山东大学儒学高等研究院教授自选集

# 耘斋古典文学论丛

张忠纲 著

山东大学出版社
SHANDONG UNIVERSITY PRESS
·济南·

**图书在版编目(CIP)数据**

耘斋古典文学论丛/张忠纲著. —济南:山东大学出版社,2023.5
(山东大学儒学高等研究院教授自选集)
ISBN 978-7-5607-7712-2

Ⅰ.①耘... Ⅱ.①张... Ⅲ.①中国文学-古典文学研究 Ⅳ.①I206.2

中国国家版本馆 CIP 数据核字(2023)第 003061 号

责任编辑 郭凯迪
封面设计 王秋忆

**耘斋古典文学论丛**
YUNZHAI GUDIAN WENXUE LUNCONG

---

出版发行 山东大学出版社
社　　址 山东省济南市山大南路 20 号
邮政编码 250100
发行热线 (0531)88363008
经　　销 新华书店
印　　刷 山东新华印务有限公司
规　　格 880 毫米×1230 毫米 1/32
　　　　 18.5 印张 416 千字
版　　次 2023 年 5 月第 1 版
印　　次 2023 年 5 月第 1 次印刷
定　　价 98.00 元

---

# 总 序

山东大学素以文史见长,人文学科为山东大学学术地位和学术声誉的铸就做出了极为重要的贡献。而在目前山东大学的人文学科集群中,2012年重组的儒学高等研究院当之无愧地位于第一方阵,是打造“山大学派”的一支生力军。山东大学儒学高等研究院已成为目前国内规模最大、实力突出的国学研究机构。而儒学高等研究院的前身和主体是2002年成立的文史哲研究院。如此说来,儒学高等研究院已然走过了20年的岁月,恰如一个刚刚走出懵懂、朝气蓬勃的青年。

在这20年的生命历程中,儒学高等研究院锻造形成了鲜明的学术特色,即以中国古典学术为重心,以古文、古史、古哲、古籍为主攻方向。本院学者在中国古典学术领域精耕细作,取得了一批具有时代高度的标志性成果,受到学术界广泛赞誉。这一学术特色使儒学高等研究院积极融入了当代学术主流。20世纪90年代以降,中国人文学术发展的大趋势是从西方化向本土化转型,而古典学术是实现本土化的一项重要资源。儒学高等研究院顺应时势,合理谋划,全力推进,因此成为近20年来中国古典学术研究复兴与前行的重要参与者和推动者。

儒学高等研究院的另一特色是横跨中文、历史、哲学、社会学（民俗学）四个一级学科，并致力于打破学科壁垒，在合理分工的基础上力求多学科协同融合。儒学高等研究院倡导和推行的儒学研究实质上是广义的国学，不以目前通行的单一学科为限。在这种开放多元的学术空间中，本院学者完全依据自身的兴趣和能力进行自主探索、自由创造，做到术业有专攻。目前，本院在史学理论、文献学、民俗学、先秦两汉文学、杜甫研究等若干领域创获最丰，居于海内外领先地位。今后的工作重点是在学科协同和学科整合上做进一步探索尝试，通过以问题为轴心的合作研究产生新的学术优势和学术生长点。

在20年的发展中，儒学高等研究院一方面继承前辈山大学者朴实厚重、精勤谨严的学风，一方面力图贯彻汉宋并重、考据与义理并重、沉潜与高明并重、传世文献与出土文献并重、国学与西学并重、历史与现实并重、基础研究与开发应用并重、个人兴趣与团队合作并重、埋头做大学问与形成大影响并重的科研方针，致力于塑造一种健康、合理、平衡的新学风。本院学者中，既有人沉潜于古籍文献的整理考释，也有人从事理论体系的创构发明，他们能够得到同等的尊重和支持。古典学术研究的学派或机构具有自身特色或专长无可厚非，但必须克服偏颇和极端倾向，摒弃自大排他心态。唯有兼顾各种风格、路向的平衡，才能更好地契合学术发展规律，更大限度地释放学术创造力。

当下，古典学术研究正面临五四以来百年未有的历史机缘。中央高度重视中华优秀传统文化的创造性转化、创新性发展，注重发挥传统文化在提升国家文化软实力、推动世界文明交流互鉴、为社会治理提供历史智慧等方面的独特功用。儒学高等研究院将顺势而为，与时俱进，将现有的学术优势与国家重大需求相对接，在古典文献整理研究、儒家思想理论阐释、传统文化精华推广普及等领域齐头并进，努力为古典学术研究的全面繁荣做出新的贡献。

2005 年的"山东大学文史哲研究院专刊"第一辑出版说明中曾提出："'兴灭业，继绝学，铸新知'，是本院基本的科研方针；重点扶持高精尖科研项目，优先资助相关成果的出版，是本院工作的重中之重。"这是当年我们这项学术事业"筚路蓝缕，以启山林"时的初心。而今机构名称虽已更易，但初心不变。"山东大学儒学高等研究院教授自选集"即是这一事业的赓续和拓延。这套书是本院 33 位专家学者历年学术成果的集中盘点和展示，有的甚至是毕生心血之结晶。这同时也是对文史哲研究院成立 20 周年暨儒学高等研究院重组 10 周年的一个纪念。期待学界同行的检阅和批评。

山东大学儒学高等研究院
教授自选集编辑委员会
2022 年 10 月

# 自　序

余生也有幸。1959年秋，以山东省唯一考生被北京大学中文系录取，从而开始了燕园五年求学的青春岁月。1964年秋，我又以唯一被录取的考生，成了山东大学冯沅君先生的研究生，从事宋元文学的研究。而1965年全国停招文科研究生，1966年又爆发“文化大革命”，所以我是冯先生的“关门弟子”，感到特别幸运。我在做冯先生的研究生时，先生为我制订了详细的培养计划，规定了必读和参考书目，每周定期辅导一次。先生曾语重心长地对我说：做学问“功夫要死，心眼要活”。所谓“功夫要死”，就是要肯下苦功，博览穷搜，精严审慎，不能有半点马虎，对知识的掌握要做到博、深、透、熟；所谓“心眼要活”，就是要肯动脑筋，善于思考，有所发现，有所创见，不能因袭成见，对知识的运用要做到活、新、真、准。这可说是先生的“治学三昧”。先生治学极为严谨，态度谦虚，从不做无根之评，从不发无据之论，从不掠人之美。她做学问，第一步就是详细地占有资料。为了研究某一问题，她总是博览群书，广征穷搜，把一切有用的材料都一一记录下来，然后抉幽显微，辨伪存真，排比推论，做出自己的判断，提出个人的见解。先生的言传身教使我受益无穷,我在学术之路上一直坚守冯先生治学的八字箴言。

1967年,我研究生毕业留校任教。1974年,冯先生不幸病逝。1978年初,人民文学出版社约请萧涤非先生主编《杜甫全集校注》,萧先生点名让我参加校注工作,并在山东大学成立了《杜甫全集》校注组。开始工作很顺利,不料"天有不测风云",1991年4月15日,萧先生溘然长逝。后出于种种原因,校注工作进展迟缓,一度停滞。2009年初,由于学校领导的重视和外界对杜集校注出版的关切,又重新启动校注工作,并让我担任全书终审统稿人。又经过五个寒暑,这部三代师生接力、历经36年完成的680万字巨著,终于在2014年1月由人民文学出版社出版。可以说,最近几十年来,我的研究工作,主要是围绕唐宋文学,特别是杜甫研究进行的。

萧先生治学的一个特点是取材宏博而取舍谨严。他研究任何问题,都是首先尽可能地占有有关材料。我曾询问先生:在研究杜诗的过程中如何处理博与专的关系?他说:博与专的关系,是辩证的关系,二者是相辅相成、相互促进的,但也有个先后次序问题,一般是先从专入手,然后由专而博,以专带博。所谓专,就是对研究对象进行深入挖掘。在深入的过程中,自然会发现问题,而要解决问题就必须博。专要求博,专又推动博。研究杜诗,杜诗就是专的对象,要熟悉对象,要集中精力,聚精会神地深入研究。这样,博才不至于漫无边际,要专中求博,对象不熟,博则无从入手。杜诗号称"诗史",号称"图经",

黄庭坚还说杜诗“无一字无来处”，所以从宋以来，都异口同声地说：“不行万里途，不读万卷书，不可读杜诗。”既然如此，研究杜诗，不博怎么行呢？研究杜诗的一字一句都要专，而要解一字之疑，释一句之难，则非博观不可。所谓“取材宏博而取舍谨严”者，就是要广泛占有材料，将占有的材料加以比较，然后才能决定取舍，才能避免片面性。取材不宏博，仅仅根据一两条材料，谈得上什么取舍？所谓“博观约取”，也是这个意思。唯有“博观”，方能“约取”；唯有“博观”，取舍方能谨严。做学问切忌断章取义，以偏概全，更不应该只凭个人好恶而妄加抑扬。研究杜诗，不仅要懂得某字某句某篇，而且要了解杜甫的全人，了解杜甫所处的时代；不仅要翻阅杜甫的全集，而且要翻阅大量的有关历史资料。这也就是上面所说的博了。由全篇而及全人，而及所处的时代，不博怎么行呢？至于注解杜诗的具体方法，萧先生认为最好是“以杜解杜”。他很欣赏清人吴兴祚在《杜诗论文》序中说的两句话：“不强杜以从我，而举杜以还杜。”我曾请先生谈谈他几十年来治杜诗的甘苦，想不到先生微笑着说：“对于治杜诗的人来说，是无所谓甘苦的，都是甘，不以为苦。研究杜甫是一种乐趣。尽管工作很艰苦，但苦中有乐，苦尽甘来，苦也就是甘了。研究杜诗就是要有一股寝食俱废的傻劲。说来也有点怪，世上就是有那么一些人心甘情愿为杜甫卖命。”

两位先生热爱学术，勤勤恳恳，孜孜不倦，博览群书，几十年如一日，视学术为生命的坚韧精神，深深感动着我，永远鼓舞着我，使我在学术研究的道路上不敢懈怠，勇往直前，永不止步！

这本自选集里的十几篇论文，是从我所撰二百多篇文章中选出的，可以说，都是遵循两位先师“功夫要死，心眼要活”和“博观约取”的治学精神的，而最后两篇《冯沅君先生的古典文学研究》和《萧涤非先生的杜甫研究》，亦是对两位先师的纪念。

壬寅季夏

张忠纲书于敝庐耘斋

# 目　录

# 历代昭君作品纵横谈*

文学艺术似乎偏爱于女性。妇女的命运和遭遇,往往更能引起文学家和艺术家们的注意和同情,我国历史上的王昭君就是显著的一例。在漫长的中国文学史上,这个普通的汉朝宫女,竟然吸引了那么多的文学家和艺术家纷纷"舞文弄墨"来吟咏她,歌颂她,她的巨大魅力不禁使我们惊叹不已。

王昭君的名字虽然见于史传,但关于她的事迹,班固的《汉书》和范晔的《后汉书》记载却很简略。现在所能看到的其他记载,最早当推汉元帝时焦延寿的《易林》一书。《易林》卷一二《萃之益》云:"长城既立,四夷宾服,交和结好,昭君受福。"同卷《萃之临》又云:"昭君死国,诸夏蒙德。异类既同,宗我王室。"而早于范晔《后汉书》记载的,尚有传为东汉蔡邕所撰的《琴操》,其卷下"怨旷思惟歌"条记云:王昭君被诏选入宫,"备后宫积五六年,昭君心有怨旷,伪不饰其形容。元帝每历后宫,疏略不过其处。后单于遣使者朝贺,元帝陈设倡乐,乃令后宫妆出。昭君怨恚日久,不得侍列,乃更修饰,善妆盛服,光晖而出,俱列坐。元帝谓使者曰:'单于何所愿乐?'对曰:'珍奇怪物,皆悉自备。惟妇人丑陋,不如中国。'帝乃问后宫:

---

* 本文原载于《文苑纵横谈》第 9 辑,山东人民出版社 1984 年版。

‘欲以一女赐单于，谁能行者起？’于是昭君喟然越席而前曰：‘妾幸得备在后宫，粗丑卑陋，不合陛下之心，诚愿往。’时单于使者在旁。帝大惊，悔之，不得复止。良久太息曰：‘朕已误矣！’遂以与之。昭君至匈奴，单于大悦，以为汉与我厚，纵酒作乐，遣使者报汉，送白璧一双，骏马十匹，胡地珠宝之类。昭君恨帝始不见遇，心思不乐，心念乡土，乃作《怨旷思惟歌》”，这就是后来所谓的《昭君怨》歌。早于《后汉书》记载而又对后世有着巨大影响的，还有旧题东晋葛洪所撰的笔记小说集《西京杂记》，其卷二“画工弃市”条载：“元帝后宫既多，不得常见，乃使画工图形，案图召幸之。诸宫人皆赂画工，多者十万，少者亦不减五万。独王嫱不肯，遂不得见。匈奴入朝，求美人为阏氏。于是上案图，以昭君行。及去，召见，貌为后宫第一，善应对，举止闲雅。帝悔之，而名籍已定，帝重信于外国，故不复更人。乃穷案其事，画工皆弃市，籍其家资皆巨万。画工有杜陵毛延寿，为人形，丑好老少必得其真；安陵陈敞、新丰刘白、龚宽，并工为牛马飞鸟众势，人形好丑，不逮延寿；下杜阳望亦善画，尤善布色；樊育亦善布色。同日弃市，京师画工，于是差稀。”后世吟咏昭君的诗词戏曲多据此敷衍而成，取材于正史者反而很少。

魏晋以后，历代吟咏演唱昭君事迹者层出不穷，艺苑丛葩，绚烂多姿，形成了“万种丹青画昭君”的盛况。王昭君这个普通的汉朝宫女，竟在中国文学史上占据一席重要的地位。据不完全统计，从晋石崇的《王明君辞》直到今天，吟咏昭君的诗词就近千首；演唱昭君的戏曲，从关汉卿的杂剧《汉元帝哭昭君》到曹禺的新编历史剧《王昭君》，见于著录的亦不下30种。在地方戏曲中，京剧、昆剧、川剧、粤剧、滇剧、湘剧、徽剧、祁剧、秦腔、同州梆子、河北梆子等剧种都有关于昭君的剧目。在说唱艺术中，最早的有唐代的《王昭君变文》，曲艺中东北大鼓、梅花大鼓、苏州弹词、北京时调小曲、子弟书等都有演述昭君故事的曲目。清代子弟书作家罗松窗编的《出塞》就是著名的一种，它着重描写王昭君远离故土的悲伤感情，在当时影响颇大。

把昭君故事谱成乐曲的，最早的有琴曲《昭君怨》，歌辞至今尚存。晋乐有吟叹曲《王明君》，传为汉人怜昭君远嫁，为作此歌。而晋石崇自制新歌，即有名的《王明君辞》。石崇有宠妓名绿珠，貌美善舞，即以此曲教之，这就是有名的《昭君舞》，即《清商乐》中著名的舞蹈。《古今乐录》云："《明君》歌舞者，晋太康中季伦（即石崇）所作也。……晋宋以来，《明君》止以弦隶少许为上舞而已。梁天监中，斯宣达为乐府令，与诸乐工以清商两相间弦为《明君》上舞，传之至今。"可见在晋宋时期演唱昭君的乐曲已经发展为载歌载舞的综合艺术形式，乐、歌、舞三者已经和谐地统一在一起。南朝刘宋谢庄《琴论》就记载有平调《明君》、胡笳《明君》、清调《明君》、间弦《明君》、蜀调《明君》、吴调《明君》、杜琼《明君》等七曲。有一首胡笳《明君别》五弄，全曲分"辞汉、跨鞍、望乡、奔云、入林"五段演唱，与后世有关昭君戏曲的故事情节已很相似了。

有关昭君出塞和亲的绘画也是历代不绝。所谓昭君《上马图》《出塞图》《渡河图》《出猎图》及《单于昭君夜坐图》，各式各样的《明妃图》《明妃画册》，更是不胜枚举。唐代大画家阎立本就画有《昭君和亲图》，画中昭君的形象是"戴帷帽以据鞍"（郭若虚《图画见闻志》）。据唐吉师老诗《看蜀女转〈昭君变〉》所云"翠眉噘处楚边月，画卷开时塞外云"，可知艺人在说唱《王昭君变文》时也是辅以图画的。北宋著名画家李公麟画有《明妃辞汉图》，所绘昭君“丰容靓饰，欲去不忍之状”颇为传神。宋代诗人韩驹《题李伯时画昭君图》诗、王庭珪《题罗畴老家明妃辞汉图》诗，都是吟咏李公麟此画的。俄国科兹洛夫在黑城考古所发现的南宋版画《美人图》，合王昭君、赵飞燕、班昭、绿珠四个美人于一画，虽画工不甚高明，但也算别具一格（见浦江清《八仙考》）。元代著名书画家赵孟頫画有《明妃出塞图》，明人张宁有《赵松雪昭君图》诗，叶向高《题赵子昂明妃出塞图》诗所谓“貌取红颜无限恨，集贤学士宋王孙”，亦咏其事。明代擅长仕女画的仇英也绘有《明妃图》，据清姚鼐《仇英明妃图》所描绘的“汉官佩剑卒举旗，分布四马连尻脽。毛端飒有风沙吹，侍女颇具宫中仪。中有襜褕拥独骑，落日黄沙万马迹。临风翠袖双蛾眉，欲到穹庐前几许”的情景，可见其画已达到微妙传神、栩栩如生的境界。不仅绘画，雕塑中亦有昭君形象。清初傅作楫有《乙酉元日虎丘市得昭君出塞泥影》三首，“泥影”即泥塑人像，距苏州不远的无锡即以雕塑“惠山泥人”著称，可见昭君形象已广泛深入民间。

不仅有关王昭君本事的文学艺术作品异常繁多，就连她的故里和墓地也成为后人吟咏寄怀的圣地，滋生出许多诗文篇章。本文着重要讲的，是在诗词和戏剧（包括说唱艺术）两种文学作品中，关于王昭君形象的不同反映。

## 一

在描述昭君故事的文学艺术作品中，数量最多的是古典诗词。在近千首吟咏昭君的诗词中，历代诗人从各个不同的角度表达了他们的看法,抒发了他们的感慨。他们笔下的昭君形象真可说是千姿百态。一般说来,唐以前的昭君诗,内容比较单纯,以怜其远嫁者居多。最早的是石崇的《王明君辞》,他对昭君的“将适单于庭”表示了深切的同情:“仆御涕流离,辕马为悲鸣。哀郁伤五内,泣泪沾朱缨。”北周庾信的“片片红颜落,双双泪眼生”(《昭君辞应诏》),陈后主的“啼妆寒叶下,愁眉塞月生”(《昭君怨》),以至唐代大诗人李白的“明妃西嫁无来日”,“蛾眉憔悴没胡沙”(《王昭君》之二),杜甫的“一去紫台连朔漠,独留青冢向黄昏”(《咏怀古迹五首》之三),以及日本平安初期诗人大江朝纲(884—956)的“翠黛红颜锦绣装,泣寻沙塞出家乡。边风吹断秋心绪,陇水流添夜泪行”(《王昭君》)等等,都充分地表达了这种感情。唐以后的不少诗人,由怜昭君远嫁的悲剧命运而联想到村女嫁比邻的人生幸福,对昭君被选入宫而远嫁的命运表示了极大的惋惜。北宋的司马光说:“自嗟不若住巫山,布袖蒿簪嫁乡县。”(《和王介甫明妃曲》)苏辙说:“不及故乡山上女,夜从东舍嫁西家。”(《昭君村》)韩驹说:“含悲远嫁来天涯,不如夔州处女发半华。”(《题李伯时画昭君图》)元许有壬诗云:“人间生女莫望贵,只可近作田家妻。”(《题友人所藏明妃图》)明高启诗云:“毡裘肉食本异俗,不如但嫁巫山村。”(《王明君》)元代雍古部人马祖常也说:“争似山中插花女,傍家只嫁一田夫。”(《昭君》)而元吴师道的《昭君出塞图》诗说得最为中肯:“巫峡故山花树红,村村婚嫁乐春风。琵琶马上无穷恨,最恨当年误入宫。”可说是接触到了造成昭君悲剧的根源。但由于封建思想的桎梏,更多的诗人是把造成昭君悲剧的责任推到了《西京杂记》中虚构的画工毛延寿身上。唐沈佺期说:“薄命由骄虏,无情是画师。”(《王昭君》)李白说:“生乏黄金枉图画,死留青冢使人嗟。”(《王昭君》之一)而唐崔国辅的“何时得见汉朝使,为妾传书斩画师”(《王昭君》),明范兆祥的“金钿换取龙泉剑,寄与君王斩画工”(《昭君怨》),更是对毛延寿恨之入骨。有的诗人则对王昭君不赂画工的高尚情操给予热情的赞扬,如明徐寿《王昭君》诗:“妾身本是乡村女,不解金钱买画工。”清吴雯更说:“不把黄金买画工,进身羞与自媒同。始知绝代佳人意,即有千秋国士风。”(《明妃》)在他们的笔下,王昭君完全是正直、高洁的化身。在君权至上的封建社会里,皇帝是万民之主宰,是造成人间悲剧的罪魁。因此,随着封建制度的日益腐朽衰落,许多诗人开始把批判的矛头指向汉元帝而为画工毛延寿开脱。宋代大政治家王安石说:“意态由来画不成,当时枉杀毛延寿。”(《明妃曲二首》之一)徐钧更说得明白:“画工虽巧岂堪凭?妍丑何如一见真!自是君王先错计,爱将耳目寄他人。”(《王昭君》)明末陈子龙说:“当年应悔轻相弃,深愧君王杀画师。”(《明妃篇》)清程良骧更直接指斥说:“如何汉天子,不庇一宫人。”(《昭君怨》)有的诗人则就昭君不赂画工而远嫁和亲,因得名垂青史的事实,为毛延寿作反面文章。明丘濬说:“当时不遇毛延寿,老死深宫谁得知。”(《题明妃图》)清吴绮说:“不为无金买图画,至今谁更识明妃。”(《明妃》)明蔡道宽则风趣地说:“谁为天子画和亲,但说丹青罪误国。明妃不幸奴亦宽,何须马上寂无言。”(《为王嫱毛奴解嘲》)清吴苌更用讽刺的手法为毛延寿摆功:“紫台人别汉宫春,天子休嫌画未真。留得蛾眉靖边塞,可知延寿是功臣。”(《昭君》)许宗彦也说:“当时合把毛延寿,画作麟台第一勋。”(《咏昭君》)有的诗人则借昭君不赂画工而幽闭深宫的遭遇,辛辣地讽刺了封建社会贿赂成风、贤佞颠倒的社会现实。明李濂说:“世途皆用赂,错倚面如花。”(《王昭君》)魏偁说:“画工误妾何足算,世有妨贤病国人。”(《王昭君》)唐龙更以屈原、伍子胥的遭谗身死,猛烈抨击了当时社会的罪恶:“吁嗟不独画工尔,自古谗憸皆如此。上官鼓舌三闾沉,宰嚭游辞子胥死。……方正倒植天地塞,蔽人之贤将奈何?”(《明妃篇》)何乔新也说:“爱恶原有命,不在妍与媸。名花萎荒穢,小草植轩墀。古今皆如此,悲叹亦奚为!”(《王昭君》)有的则借王昭君不被汉元帝所识的事实,揭露了封建社会压抑人才的罪恶,抒发了个人怀才不遇的感慨。最著名的就是王安石的《明妃曲二首》:“君不见咫尺长门闭阿娇,人生失意无南北。”“汉恩自浅胡自深,人生乐在相知心。”王安石的这一独抒怀抱的超人卓见,不知遭到多少迂腐的封建文人的抨击,但他们却没有注意到王安石的政敌司马光也有同样的感慨:“妾身生死知不归,妾意终期寤人主。目前美丑良易知,咫尺掖庭犹可欺。君不见白头萧太傅,被谗仰药更无疑。”(《和王介甫明妃曲》)而游移于王安石和司马光新、旧两党之间的大文学家苏轼也感慨地说:“古来人事尽如此,反复纵横安可知。”(《昭君村》)在贤愚不分的黑暗现实中,这真可谓“英雄同此怀抱”了。宋吕本中也说:“人生在相合,不论胡与秦。”(《明妃》)元王恽亦说:“人生正有新知乐,犹胜昭阳赤凤来。”(《王昭君出塞图》之二)这真是借昭君酒杯,浇个人块垒了。这也正是昭君这个弱女子博得历代那么多文人骚士吟咏和同情的最根本原因之一,王昭君的遭遇和历代许多志士贤人的遭遇有着许多相似之处,容易引起他们的共鸣。在许多人看来,王昭君的幽闭深宫是个悲剧,她的远嫁和亲也是一个悲剧。但昭君终以出塞和亲而留名青史,她的遭遇要比那些初得帝王宠幸而终致杀身之祸的女人，如戚夫人、赵飞燕、冯婕好、杨贵妃等，真是不知要胜过多少倍了。因而，唐宋以来许多诗人的作品，都由怜其远嫁而转为喜其远嫁。如唐张蠙《青冢》诗："倾国可能胜效国？无劳冥寞更思回。太真虽是承恩死，只作飞尘向马嵬。"清史谷贻《王昭君》诗："红颜得向胡尘老，免似杨妃辱马嵬。"周廷熺《昭君咏》："人彘穷凶出汉宫，当熊妃子泣秋风。昭君不抱琵琶去，未必恩私竟得终。"贾松年《王昭君》诗："若果三边烽火静，绝胜飞燕在昭阳。"明贺裳说："汉使北来闻近事，昭阳赐死为当熊。几年残泪今朝尽，喜不当时贿画工。"(《昭君辞》)清满族人彦德则说："人皆悲远嫁，我独羡遭逢。纵使承恩宠，焉能保始终？至今青冢在，绝胜赋秋风。"(《咏王昭君》)明李学道更是说得好："纵然恩宠倾六宫，珠钿绣幕俱尘土。独有明妃传至今，骚人感咏诗成谱。当时不遇毛延寿，安得芳名播千古？"(《反昭君怨》)看来，他这个案翻得是有道理的。所以，清人何梦篆在《王明君辞序》中说："死苟得所，名不浪垂，义而安之，怨何有焉？"他在诗中也说："所好竟为美，在欢能忘蹙。酪饮与旃裘，犹胜长门夕。"郭绩昌更说得干脆："为谢汉家天子使，阏氏自好不思回。"(《明妃出塞图》)

唐宋以来，不少诗人由昭君出塞而对和亲政策发表评论，而对和亲政策得失的评价，又俨然分为对立的两派。一般说来，民族思想比较强烈的对和亲政策往往持反对态度，认为和亲是一种屈辱的政策。唐戎昱明确表示："汉家青史上，计拙是和亲。社稷依明主，安危托妇人。"(《和蕃》)清刘墉认为："远谋竟何有，无策始和亲。"(《明妃曲》)南唐李中则对首献和亲之策的娄敬给予猛烈抨击："谁贡和亲策，千秋污简编。"(《王昭君》)元徐履方也说："当时隆准岂孱主，忍许娄郎开下策。赂遗犬马古有之,责贡何尝及颜色。"(《明妃曲》)在宋代,西夏、辽、金、蒙古相继威胁宋朝的安全,一些主张抗敌御侮的爱国人士更是反对和亲,如李纲说:"宁辞玉质配胡虏,但恨拙谋羞汉家。"(《明妃曲》)陆游说:"双驼驾车夷乐悲,公卿谁悟和戎非?"(《明妃曲》)吕本中也说:"汉氏失中策,清边烽燧频。丈夫不任事,女子去和亲。"(《明妃》)邢居实更恨恨地说:"宝刀生涩旌旗卷,汉宫嫁尽婵娟女。……安得猛士霍嫖姚,缚取呼韩作编户。"(《明妃引》)这些诗人之所以反对和亲,就是认为和亲不可恃,并不能制止和消弭异族的入侵。如元杨维桢说:"不见单于谒帝京,只见边烽驰玉关。"(《昭君曲》)周权说:"寄语汉飞将,此计诚太拙。蛾眉岂长好,不久为枯骨。"(《明妃曲》)唐苏郁则风趣地说:"君王莫信和亲策,生得胡雏虏更多。"(《咏和亲》)有的认为之所以实行和亲政策,是因为帝王昏愦无能,如欧阳修说:"虽能杀画工,于事竟何益。耳目所及尚如此,万里岂能制夷狄?汉计诚已拙,女色难自夸。"(《明妃曲和王介甫作》之二)有的则认为是国力虚弱,将帅庸懦,如元贡师泰说:"当时卫霍兵犹在,未必明王弃妾身。"(《题出塞图》)唐胡曾说:"何事将军封万户,却令红粉为和戎?"(《汉宫》)清顾夔璋说:"庙算男儿应愧死,国家大事仗女子。琵琶出塞作保障,不肯疆埸遗一矢。"(《明妃怨》)因此,他们对盛世寄予无限向往,如唐东方虬说:"汉道方全盛,朝廷足武臣。何须薄命妾,辛苦事和亲。"(《昭君怨》之一)元刘因说:"君王要听新声谱,为谱高皇猛士歌。"(《明妃曲》)应该说,上述诗人对和亲政策的批判,是与他们的爱国思想分不开的,我们似乎不能简单地一概斥之为大汉族主义思想。不然的话,元代名相契丹族人耶律楚材说的"和亲犹未敛胡尘"(《过青冢次贾抟霄韵》之二),应该作何理解?岂止耶律楚材,元代高丽人李齐贤对和亲亦持反对态度,他的《刘敬》诗说:"欲将汉主嫁昆夷,想见当初计划时。千载明妃心口语,奉春君岂是男儿!"刘敬即娄敬,汉高祖刘邦赐其姓刘,号奉春君。诗最后一句是说,提出和亲之策的刘敬难道还算是男子汉大丈夫吗?

与反对和亲政策对立的,则是肯定和歌颂昭君和亲。一般说来,元、清两代,由于蒙古族和满族统治中国,因而赞成和亲政策的诗人要多一些。清吴光说:"安边长策是和亲,白草黄沙满地春。枉却画工无罪死,谁传妾貌上麒麟?"(《明妃曲》)刘献廷说:"敢惜妾身归异国,汉家长策在和番。"(《王昭君》之一)鲍桂星也说:"卫霍年年侈战功,何如决策早和戎?蛾眉笑挟琵琶去,风掖惊看粉黛空。"(《明妃》)元虞集则对历来诗人所写昭君琵琶哀怨、青冢凄凉的诗作提出批评:"天下为家百不忧,玉颜锦帐度春秋。如何一段琵琶月,青草离离咏未休。"(《题昭君出塞图》)所以在他们眼中,昭君出塞和亲完全是一幅欢乐景象:"队队毡车细马,簇拥阏氏如画。却胜汉宫人,闭长门。"(元张翥《昭君怨》词)清初胡夏客的《王明君辞》四首更为我们描绘了一幅胡汉和好的生动景象,兹录两首如下:"出塞香车关路长,焉支妇女学宫妆。穹庐自此多颜色,草亦青青拒雪霜。"(其三)"水草逐居驼马繁,拥妻世世款中原。他时舅甥今翁婿,绝国长亲大汉恩。"(其四)近人张相文说得更好:"何如一阏氏,两国被麻昌。即今坟畔土,胡汉乐耕桑。"(《王昭君塞下作》)

不论是对和亲持反对态度的,还是持肯定态度的,他们几乎都一致肯定昭君对国家的团结和安定所作出的贡献,对昭君"功德施夷夏,声名播古今"(明丘濬《明妃图》)的功绩给予高度的评价和赞扬。“西京自有麒麟阁,画向功臣卫霍间”(宋刘子翚《明妃出塞》),认为她功比卫(青)、霍(去病)。“汉宫眉斧息边尘,功压貔貅百万人。好把香闺旧脂粉,艳妆颜色上麒麟”(宋许棐《明妃》),“傍人莫讶腰肢瘦,犹胜嫖姚千万兵”(明赵介《题昭君图》),“麟阁云台盖世勋,论功一例逊昭君”(傅增湘《咏昭君墓二首》之一),认为她功超卫、霍。“平城围后几和亲,不断边烽与战尘。一出宁胡终汉世,论功端合胜前人”(元吴师道《昭君出塞图二首》之一),认为她的功绩远远超过以前的和亲者。“安危大计在和亲,巾帼应推社稷臣。但得妾行烽火息,汉朝谁敢说无人”(清陆次云《明妃曲》之二),更把王昭君推为巾帼英雄,引为关系国家安危的栋梁大臣。这在男尊女卑的封建社会里,无疑会使广大被压抑的妇女扬眉吐气,引为自豪,所以许多女诗人几乎异口同声地赞扬王昭君的胆识和殊勋。清李含章说:“大抵美女如杰士,见识迥与常人殊。春花不枯秋不落,要令青史夸名姝。”(《明妃出塞图》)郭润玉说:“琵琶一曲干戈靖,论到边功是美人。”(《明妃》)葛秀英说:“他年重画麒麟阁,应让蛾眉第一功。”(《题明妃出塞图》)张缙英则把昭君比作请缨的终军:“慷慨襟怀类请缨,红颜漫道总倾城。未妨异域埋香骨,赢得千秋不朽名。”(《昭君》之二)周秀眉更豪迈地说:“大造英华泄,春从塞地生。琵琶弹马上,千载壮君名。”(《昭君》)

两千年来,王昭君之所以赢得那么多人的同情和赞颂,一个重要的原因就是她的行为是爱国的,她的出塞和亲对整个国家和民族是有利的,这位普通宫女的爱国精神激励着每一个有良心、有正义感的中国人。综览近千首咏昭君诗,可以看到,其中贯穿着一条红线,那就是高昂的爱国热情和赤忱。这些诗作所描绘的王昭君是一个识大体、顾大局的巾帼英雄，为了整个国家和人民的利益，不惜牺牲自己，“能为君王罢征戍，甘心玉骨葬胡尘”（宋郭祥正《王昭君上马图》），“此去妾心终许国，不劳辛苦汉三军”（元卢昭《题昭君出塞图》），“岂欲惜一死，恐起汉胡争”（明陈子龙《王明君》），“但使此身能报国，何妨恩宠属他人”（明霍瑛《青冢吊明妃》），“边尘如可靖，妾命不须论”（清韦谦恒《王昭君》）。清顾景星说得好：“丈夫各异志，女子亦有行。……晨瞻欃枪落，夜失旄头芒。久戍获归国，病马亦解缰。长安百万户，共道蛾眉强。”（《王明妃》）昭君远离故土，投身朔漠，换来的是广大人民的安居乐业，国家的安定太平。

新中国成立后，历史揭开了崭新的一页。一个多民族和睦相处的伟大社会主义国家屹立于世界民族之林。在这个国家，汉族和各少数民族是平等的、友好的，民族关系已与旧中国有了本质的不同。着眼于我们今天的民族大家庭，许多同志对昭君和亲作出了新的评价。老一辈无产阶级革命家董必武同志写于1963年的《谒昭君墓》诗——“昭君自有千秋在，胡汉和亲识见高。词客各摅胸臆懑，舞文弄墨总徒劳”，虽对前人歌咏昭君之作的评价未尽公允，但却充分肯定了昭君和亲在促进民族友好、民族团结方面所起的积极作用。谢觉哉同志也在诗中说：“万里长城杨柳绿，织成蒙汉一家春。”（《游呼和浩特，读王昭君墓上碑文》）邓拓同志根据谢觉哉同志的倡议而作的《昭君无怨》词，更是别具一格。

## 二

唐宋以来，随着说唱艺术的兴起，昭君故事遂成为说唱艺人演唱的题材。现存敦煌写本《王昭君变文》残卷，是目前所能看到的有关昭君故事的最早说唱艺术作品，分上下两卷，上卷残缺，下卷完好，内容为昭君出塞后，单于即立她为“烟(胭)脂皇后”。因昭君悒郁不乐，单于乃率军陪同出猎。昭君既登高岭，远望故土，“恨积如山，愁盈若海”，因而得病。单于很重夫妻情义，频多慰问，昭君留下遗言：“妾死若留故地葬，临时请报汉王知。”单于回答她说：“愿为宝马连长带，莫学孤蓬剪断根。公主时亡仆亦死，谁能在后哭孤魂。”昭君死后，“单于脱却天子之服，还着庶人之裳，披发临丧，魁渠并至”，不胜悲恸。更表奏汉朝，汉帝乃派使吊祭。变文文字虽嫌粗糙，但叙述颇为生动感人。唐末吉师老有《看蜀女转〈昭君变〉》诗，具体描写了《昭君变》当时演出的情况：“妖姬未着石榴裙，自道家连锦水濆。檀口解知千载事，清词堪叹九秋文。翠眉颦处楚边月，画卷开时塞外云。说尽绮罗当日恨，昭君传意向文君。”

到元代，昭君故事更被搬上戏曲舞台。大戏剧家关汉卿曾写有杂剧《汉元帝哭昭君》，吴昌龄有杂剧《夜月走昭君》，张时起也写有《昭君出塞》杂剧，以上几种可惜没有流传下来。今天我们所能看到的最早的昭君戏，就是元代马致远的《破幽梦孤雁汉宫秋》。此剧基于元代的社会现实，对《西京杂记》《王昭君变文》和前人咏昭君诗所描述的昭君故事加以改造提炼，突出表现了王昭君忠贞爱国的思想，谴责了汉朝将相的怯懦无能，抨击了毛延寿之流叛国投敌的卑劣行径。《汉宫秋》的主角是汉元帝，全剧由他一人独唱到底。马致远对汉元帝充满同情，这在第四折秋夜幽梦、孤雁哀鸣的描写中，表露得更清楚；但对汉元帝又是有讽刺的。在马致远的笔下，汉元帝是一个庸懦无能的皇帝，强敌压境，他束手无策，而见了昭君，就“如痴如醉，久不临朝”，完全是一个“愁花病酒”的多情种。而《汉宫秋》的积极意义，就是马致远借汉元帝之口，痛斥了那些贪禄误国的将相和民族败类毛延寿之流。下面两支曲子颇具代表性：

【牧羊关】兴废从来有，干戈不肯休。可不食君禄，命悬君手。太平时，卖你宰相功劳；有事处，把俺佳人递流。你们干请了皇家俸，着甚的分破帝王忧？那壁厢锁树的怕弯着手，这壁厢攀栏的怕撷破了头。

【斗虾蟆】当日个谁展英雄手，能枭项羽头，把江山属俺炎刘？全亏韩元帅九里山前战斗，十大功劳成就。恁也丹墀里头，枉被金章紫绶；恁也朱门里头，都宠着歌衫舞袖。恐怕边关透漏，央及家人奔骤。似箭穿着雁口，没个人敢咳嗽。吾当僝僽，他也他也红妆年幼，无人搭救。昭君共你每有甚么杀父母冤仇？休休，少不的满朝中都做了毛延寿！我呵，空掌着文武三千队，中原四百州；只待要割鸿沟。陡恁的千军易得，一将难求！

汉元帝不禁感慨万端地说：“谁似这做天子的官差不自由！”这显然是针对宋亡的现实而发的，有着深沉的兴亡之感。

马致远的《汉宫秋》，由于它的忠君爱国思想和精湛的艺术技巧，对明清两代的昭君戏创作产生了深远的影响。可以说，明清两代的昭君戏大多不脱《汉宫秋》的窠臼，只是稍有变化而已。

明代昭君戏见于著录的有王元寿的《紫台怨》传奇，惜已不存。还有陈宗鼎的《宁胡记》传奇，《远山堂曲品》称它“记王嫱事颇核”，全剧已不流传，仅于《群音类选》“诸腔类”中残存有《六宫写像》和《沙漠长途》两出曲文。《群音类选》“北腔类”中尚收有无名氏《王昭君和番》一剧残文，其与《和戎记》二十九折和三十一折颇多雷同。还有一种无名氏《青冢记》传奇，亦无全本流传，仅存“送昭”“出塞”二出，实源于《和戎记》第二十九折。

明代流传至今的，有无名氏的《王昭君出塞和戎记》传奇和陈与郊的《昭君出塞》杂剧。两剧虽因袭《汉宫秋》，但与后者不同的就是，都以王昭君为主角，着重描写王昭君的活动和心理变化，可以说是名副其实的昭君戏。《和戎记》长达三十六折，内容庞杂，结构松散，艺术成就不高，但借昭君之口抨击了汉朝文武大臣的懦弱苟且：“岂知当今元帝有多少文共武，百万铁衣郎，没个男儿性，忍将红粉去和番，要那将军则甚！”这就与昭君的“能舍一人之命，保全万载之邦，救万民之急难，免吾君之牵挂，与王分忧”的高尚爱国行为形成强烈对比。《昭君出塞》只有一折，以描写昭君的凄凉哀怨为主，其价值正如《远山堂剧品》所说：“明妃从来无南曲。此剧仅一出，便觉无限低回。”

清代昭君戏有无名氏传奇《昭君传》，今已不存。尚有传奇《和番记》，亦不传。清代流传下来的杂剧有尤侗的《吊琵琶》、薛旦的《昭君梦》，传奇有周乐清的《春风图画返明妃》。

《昭君梦》四折，写昭君在番邦日夜思念汉帝，不禁于梦中回到汉帝身旁，“欢娱一霎非容易，方信道阳台滋味。天那！安得个夜夜南柯归帝畿”，把昭君出塞的爱国主题完全融入才子佳人的缱绻爱情。高奕《新传奇品》虽称赞它“鲛人泣泪，点滴成珠”，但那意义是不大的。尤侗的《吊琵琶》较有特色。在被诏征博学鸿儒以前，尤侗的作品多借历史故事来表现个人的怀才不遇和故国之思，发泄对现实的不满。《吊琵琶》就是这样的作品，剧本突出歌颂了王昭君的民族气节，为此不惜推翻正史。如他借蔡文姬之口说：“昭君！你投水而亡，生为汉妃，死为汉鬼，后人乃云：先嫁呼韩邪单于，复为株累单于妇，父子聚麀，岂不点污清白乎？”这在明末清初是具有强烈时代色彩的。

在全部昭君戏中，别具一格而又绝少为人提及的是周乐清的《春风图画返明妃》。该剧为周作《补天石传奇》八种之第四种，简称《琵琶语》，分“诉庙”“驻云”“衔图”“吼狮”“归璧”“圆乐”六出，名为传奇，实是六折杂剧。剧本写昭君和番，抑郁怨愤，王母娘娘以其“远沦异域，殊可怜悯”，遂遣东方朔与青鸟使者去番邦搭救。青鸟衔出王昭君画图献于匈奴颛渠阏氏，挑动番后妒心，大闹龙庭，逼使呼韩邪单于中止和亲，送还昭君，修表进贡，并缚取毛延寿回汉正法，永修和好。时昭君被汉册封皇后，“正位中宫”，但她已“勘破尘缘”，“洗心向道”，后经东方朔点化成仙，“再休提太液芙蓉未央柳，长辞宫阙离尘垢”，遂“同赴瑶宫”，尽享仙境之乐。周乐清的《补天石传奇》八剧，皆取材于历史上的著名悲剧，而更动其主要史实，改为喜剧收场，所谓“扩前人所未发，补前人所未逮”（陈阶平《补天石传奇叙》），确能做到“旧事翻新”。而《琵琶语》新就新在它能一洗前人昭君戏中那种热衷于宣扬汉元帝与昭君缠绵悱恻爱情的庸俗描写，独出心裁，既怜昭君远嫁，又不慕帝王后妃之乐，既斥封建制度将美女幽闭深宫的罪恶，又哀叹汉朝“以宫嫔遣嫁，名遂羁弭，实则输求”的怯懦，其主导思想还是爱国忧民。尽管其超度昭君成仙是消极避世的，但那也不过是别有寄托罢了。“往事谁能叩九阍，茫茫天意总难论。凭将旋转乾坤手，一洗人间万斛冤。”（欧阳绍洛《补天石传奇题词》）这与周乐清为官期间在各地一再平反冤狱，颇受群众爱戴的事实是一脉相承的。

五四运动以后，随着反帝反封建斗争的不断深入，一批具有新思想的作家涌现出来，昭君戏的创作也呈现出新面貌。以《女神》震动了五四时期的郭沫若，于 1923 年创作了两幕话剧《王昭君》。王昭君是五四时期郭沫若所热烈歌颂的三个叛逆的女性之一。郭沫若把他彻底反封建的精神赋予剧中的王昭君，变以往的命运悲剧为性格悲剧，突出表现了王昭君反封建的倔强性格。《王昭君》无情批判了以“天下为私”的整个封建专制制度，猛烈抨击了这个罪恶制度的最高代理人——皇帝。正如郭沫若自己所说的：“她是彻底反抗王权，而且成了一个‘出嫁不必从夫’的标本了。”（《〈王昭君〉后记》）

如果说郭沫若的《王昭君》是一曲反封建的战歌，那么，顾青海发表于 1934 年的三幕话剧《王昭君》则是一曲反帝的民族主义的哀歌。它针对中国日益沦于半封建半殖民地的社会现实，揭露出皇帝的荒淫、朝政的腐败是民穷财尽、丧权辱国的主要原因，而昭君被逼出塞和亲正是它的结果。作者通过王昭君表现了他的民族主义思想。

新中国成立后，国内各民族之间的关系与旧中国有了本质的差别，适应民族大团结的需要，曹禺同志创作了五幕历史剧

《王昭君》。该剧一反以往昭君戏的传统写法，着力表现民族友好团结的主题，塑造了一个完全不同于前的昭君艺术形象，并且热烈地歌颂了王昭君与呼韩邪单于的真挚爱情，这与前人昭君戏中着力描写的王昭君和汉元帝的爱情也形成了鲜明的对照。可以说，曹禺的《王昭君》完全是一曲民族友好的热烈颂歌。

## 三

综上所述，昭君和亲两千年来，歌咏昭君的作品组成了一条璀璨夺目的艺术画廊。但必须指出的是，在众多的昭君作品中，精华和糟粕相掺杂。有的作品极力宣扬大民族主义思想，认为昭君的远嫁是“昔为匣中玉，今为粪上英”（石崇《王明君辞》），是“入狐丛，进虎牢”（《吊琵琶》），是“似仙姝投鬼方，如天女付魔王”（《昭君出塞》），对异民族充满轻蔑和侮辱。有的作品大肆宣扬封建道德观念，认为昭君的远嫁和亲是“失节”，这可以明人李有朋的《明妃新曲》为代表，其序云：“妃方幸外国，无妨，可恣其欲，视为乐土，岂复登望乡之台乎？……予病咏明妃者，多叙其情，不求其节，节已陨矣，情于何有？为作《明妃新曲》。”他在诗中则不惜对昭君进行恶毒的人身攻击，辱骂昭君“不知丑”。有的作品极力鼓吹封建的愚忠思想，把王昭君完全写成一个忠顺的奴才，视君王的宠幸为殊荣，如编辑《青冢志》的胡凤丹露骨地宣扬什么“妾不怨君王寡恩义，但怨前生薄命今生弃。……君王悔悟欲留妾，妾身已作沟中叶。今世不生连理枝，来世愿化双蝴蝶”（《明妃怨》）。这种思想在五四前的昭君戏中表现得更为明显。现存的元明清三代的昭君戏,几乎都把王昭君和汉元帝的爱情、婚姻视为“天经地义”,只是毛延寿作祟,异民族侵扰,破坏了他们的“金玉良缘”。《汉宫秋》把汉元帝和王昭君说成是“鸾交凤友”,昭君对元帝是“迎头儿呼妾身,满口儿称陛下”,她出塞和亲,是“既蒙陛下厚恩,当效一死,以报陛下”,但却抛舍不下与元帝的“闱房之情”。《王昭君和番》写昭君“思我君,想我君,指望凤枕鸾衾同欢会,谁知道凤只鸾孤,都一样肝肠碎”。《和戎记》中的王昭君怨毛延寿“误我云雨期”,希冀“天助一阵清风到御前,奴便死、终无怨。若得龙颜亲见,甘心就死在黄泉”。《吊琵琶》写昭君见汉元帝是“带泪痕喜孜孜忙开笑靥迎,拂象床待君王,扫蛾眉朝至尊”,简直是受宠若惊。而当汉元帝封她为妃子,许其“今夜荐朕枕席”时,王昭君不禁欣喜若狂地唱道:“喜结并头缘,且脱孤眠运,稳护着蜂黄蝶粉。”就在她跳河自杀时,还表示要魂魄“随着汉天子伴黄昏”。所以,《吊琵琶》和《昭君梦》的作者都安排昭君的灵魂飞回“风流汉帝”身边,以尽臣妾之责,即使在梦中“一见君王,便死亦甘心”(《昭君梦》),似乎昭君是专为满足汉元帝的淫欲而生的。这是地地道道的封建奴才思想和愚忠说教,应予彻底批判。

还应指出,在评价历代昭君作品时,不可避免地要牵涉到对和亲政策的评价问题。如前所述,对和亲政策,既有反对的,亦有赞成的,但所持态度都有偏颇。应该说,和亲作为一种权宜之计,作为汉族封建统治者羁縻、安抚少数民族的一种政策,对消弭民族仇杀、促进民族友好和文化交流是有一定作用的,由此而肯定和亲的积极意义无疑是对的。但不能因此而过分夸大它的作用,更不能把它作为一项英明的政策来大力颂扬。

怎么能够设想仅靠嫁一个公主或宫女就能赢得国家间、民族间的永久和好呢？所以鲁迅说："我一向不相信昭君出塞会安汉，木兰从军就可以保隋；也不信妲己亡殷，西施沼吴，杨妃乱唐的那些古老话。我以为在男权社会里，女人是决不会有这种大力量的，兴亡的责任，都应该男的负。"(《且介亭杂文·阿金》)有些作品过分夸大昭君和亲的作用，把昭君描写成功盖卫、霍的巾帼英雄，只不过是借昭君之口抒个人怀抱罢了。他们笔下的昭君并不是历史上的昭君，而是自己心目中的昭君，是经过艺术化的昭君形象，打着深深的时代烙印。和亲更不是爱情的结合，正如恩格斯指出的：这种联姻"是一种政治的行为，是一种借新的联姻来扩大自己势力的机会；起决定作用的是家世(旧译作'朝廷')的利益，而决不是个人的意愿。在这种条件下，关于婚姻问题的最后决定权怎能属于爱情呢"(《马克思恩格斯选集》第四卷，人民出版社 1972 年版，第 74 页)？王昭君和亲，难道不是"一种政治的行为"，而是什么自择佳婿的自由恋爱吗？如果我们对中国历史上的和亲政策作一番历史的考察和马克思主义的分析，就不能不得出这样的结论：和亲政策虽有一定的积极意义，但就和亲者本人的遭遇来说，却是一个悲剧，是没有什么"爱情幸福"可言的。和亲是统治阶级的政治交易，而不是男女爱情的肥壤沃土，所以郭沫若同志说："她的一生诚然是一个悲剧。"(《〈王昭君〉后记》)范文澜、翦伯赞、周建人、王季思等专家学者也都有类似的看法。

元明清三代的昭君戏严格说来都不能称为历史剧，因为它们都不是按照当时汉朝的历史来写的。昭君和亲，并不是因为当时汉朝软弱，相反，是因为匈奴"大虚弱"，呼韩邪单于才"自言愿婿汉氏以自亲"。正如呼韩邪单于的颛渠阏氏说的那样：

“匈奴乱十余年,不绝如发,赖蒙汉力,故得复安。”(《汉书·匈奴传》)可见,正是先有汉朝的强大、匈奴的“大虚弱”和汉朝对呼韩邪的大力扶植,然后才有呼韩邪的求亲和王昭君的出塞和亲之举,及至此后一段时期胡汉相安的和平局面。有的同志认为,不歌颂昭君和亲,就不利于我们现在国内各民族的友好团结。这种看法也是片面的。列宁说:“祖国是个历史的概念。”(《列宁全集》第三十五卷,人民出版社 1959 年版,第 238 页)中华民族的形成有一个漫长的历史过程,以今拟古不是历史唯物主义。汉朝和匈奴的关系根本不同于现在我们国内各民族之间的关系,汉朝和匈奴是两个政权,用汉朝人的话来说,汉与匈奴是“敌国”。即使是在呼韩邪单于臣服汉朝以后,汉与匈奴的关系也不等同于我们现在国内各民族之间的关系。我们现在是一个统一的多民族的社会主义国家,两者是不好作简单类比的。我们不能歪曲历史上的民族关系,也不能任意美化历史上的民族关系。如果封建统治者就能把民族关系处理得那么好,还要我们共产党人干什么?拔高古人,把古人现代化,就是贬低今人。我们无产阶级和共产党人的民族政策,是与历史上的和亲政策有着本质不同的。因此,我们不能任意夸大昭君和亲在历史上的作用,只有这样,才能对历代昭君题材的作品作出恰如其分的科学的分析和评价,剔除其封建性的糟粕,吸收其民主性的精华。

# 何逊评传*

## 一、家世与生平

何逊,字仲言,东海郯(今山东郯城县西)人。生卒年不能确指,约生于南朝齐高帝建元二年(480),卒于梁武帝天监十七年(518)。因他曾任尚书水部郎,后人遂称他为“何水部”;又因他曾两次任记室,故后世亦称他为“何记室”。

何逊的曾祖何承天,刘宋时历官衡阳内史、御史中丞等。世称“何衡阳”。好弈棋,善弹筝,通音律,“博见古今,为一时所重”(《南史·何承天传》)。何承天是著名的天文学家,曾改定“元嘉历”,订正旧历所定的冬至时刻和冬至时日所在位置;又是无神论思想家,多次进行反佛的理论斗争,利用当时自然科学所取得的成果,批判佛教的“神不灭”说和因果报应说,认为“生必有死,形毙神散,犹春荣秋落,四时代换,奚有于更受形哉”(《何衡阳集·达性论》)?何承天还于晋安帝义熙(405—418)末年私造《鼓吹铙歌》十五篇,总结历史教训,揭露封建统治者的残民虐政和骄奢淫逸。如《巫山高篇》云:“古之为国,惟德是贵。

---

* 本文原载于《中国历代著名文学家评传》第一卷,山东教育出版社1983年版。

力战而虐民，鲜不颠坠。"《君马篇》云："奈何汉魏主，纵情营所私。疲民甘藜藿，厩马患盈肥。人畜智厥养，苍生将焉归？"《上邪篇》云："上邪下难正，众枉不可矫。"郭茂倩评曰："虽有汉曲旧名，大抵别增新意，故其义与古辞考之多不合云。"(《乐府诗集》卷一九)何逊的祖父何翼，为员外郎。父亲何询，曾为南齐太尉中兵参军。从叔何僩，以才著闻，宦游不达，位至台郎。曾与梁武帝萧衍、王融、谢朓、任昉、江淹、周颙等人游竟陵王萧子良幕，皆为"当时之杰"(《金楼子·说蕃篇》)。何逊与同族兄弟何思澄、何子朗俱擅文名，时人语曰："东海三何，子朗最多。"思澄闻之则曰："此言误耳。如其不然，故当归逊。"(《梁书·何思澄传》)所以何逊不无自豪地说："吾宗昔多士，文雅高缙绅。"(《赠族人秣陵兄弟》)

何逊为梁代著名诗人，清王士禛选古诗以之冠梁代诸家之首，并说："梁代右文，作者尤众。绳以风雅，略其名位，则江淹、何逊足为两雄，沈约、范云、吴均、柳恽差堪羽翼。"(《古诗笺·凡例》)但关于何逊的生平事迹，我们所能知道的却很少。《梁书》本传说他 8 岁即能赋诗，弱冠(20 岁)参加州举，射策优异，举为秀才。当时名流范云看到他的对策，非常赏识，大加称赞，遂结为忘年交。时范云为广州刺史，何逊曾有诗赠他："缘沟绿草蔓，扶楥杂华舒。轻烟澹柳色，重霞映日余。遥遥长路远，寂寂行人疏。我心怀硕德，思欲命轻车。高门盛游侣，谁肯进畋渔？"(《落日前墟望赠范广州云》)范云写了《答何秀才》诗："少年射策罢，擢第云台中。已轻淄水耋，复笑广州翁。麟阁伫雠校，虎观迟才通。方见雕篆合，谁与畋渔同？待尔金闺北，予艺青门东。"对他期望很高。据说，从此以后，何逊凡有所作，范云即加赞赏，并对周围的人说："顷观文人，质则过儒，丽则伤俗；其能含清浊，中今古，见之何生矣！”当时文坛领袖人物沈约也很喜爱何逊的诗，曾对他说：“吾每读卿诗，一日三复，犹不能已。”（均见《梁书·何逊传》）其为当世所重也如此。

梁武帝萧衍建梁登基后，何逊曾任奉朝请。天监六年（507）迁建安王萧伟水曹行参军，兼任记室，深得萧伟信任，日与游宴，不离左右。时萧伟兼任扬州刺史（治所在今南京），何逊与吴均俱在扬州刺史幕中，写有《扬州法曹梅花盛开》（一作《咏早梅》）诗：

兔园标物序，惊时最是梅。
衔霜当路发，映雪拟寒开。
枝横却月观，花绕凌风台。
朝洒长门泣，夕驻临邛杯。
应知早飘落，故逐上春来。

故杜甫诗有“东阁官梅动诗兴，还如何逊在扬州”（《和裴迪登蜀州东亭送客逢早梅相忆见寄》）之句。天监九年六月，萧伟出为江州（今江西九江）刺史，何逊仍从掌书记。后被举荐给梁武帝萧衍，与吴均俱得宠幸。后稍失意，梁武帝就说：“吴均不均，何逊不逊。未若吾有朱异，信则异矣！”从此就疏远了他。遂迁安成王萧秀参军事，兼尚书水部郎。后因母亲去世而离职归家服丧。服丧期满，除庐陵王萧续记室。天监十六年六月，萧续出为江州刺史，何逊复随府江州。不久即去世，终年40岁左右。何逊死后，南平王萧伟命迎其柩以葬，并抚恤他的妻子。

## 二、创作及其影响

何逊死后，他的同乡友人王僧孺将其诗文辑为8卷，后散佚。明人辑有《何记室集》。今以中华书局1980年出版的《何逊集》较为完备。何逊流传至今的诗文共有100多篇。当时，他的文章与刘孝绰齐名，世称“何刘”。齐梁时代，由于政权递变，统治阶级内部争权夺利，骄奢淫逸，因而文风趋向绮靡。正如后来李谔在《上隋高祖革文华书》中指出的那样：“江左齐梁，其弊弥甚。……竞一韵之奇，争一字之巧。连篇累牍，不出月露之形；积案盈箱，唯是风云之状。”（《隋书·李谔传》）如稍早于何逊的诗坛领袖人物沈约，除了写过大量侍宴应制诗外，还写过《梦见美人》《春思》《六忆》《夜夜曲》等作品。梁简文帝萧纲更公开主张“立身之道与文章异，立身先须谨重，文章且须放荡”（《诫当阳公大心书》）。而在这种“转拘声韵，弥尚丽靡”（《梁书·庾肩吾传》）的风气中，何逊自然要受到一定的影响，他的诗题材比较狭窄，多为赠答酬唱、送别伤离之作，缺乏深广的社会内容。但他的可贵之处在于，没有被当时的颓靡文风所牢笼，绝少色情之作，有的作品能够给人一种清新自然之感，故陆时雍说：“仲言意境清微，幽芳独赏，叙怀述愫，是其所优。当梁之时，去艳修真，会归本素，亦可称大雅君子矣！”（引自何融《何水部诗注》卷首）

何逊的一些赠别诗写得婉转切情，如《临行与故游夜别》：

历稔共追随，一旦辞群匹。

复如东流水，未有西归日。
夜雨滴空阶，晓灯暗离室。
相悲各罢酒，何时同促膝？

诗作极力渲染离别时难舍难分的情绪，“夜雨”二句更是寓情于景，笼罩着一片感伤气氛，结尾设问，进一步抒发了“盛会难再”的深沉感慨。他如《赠诸游旧》《送韦司马别》《与胡兴安夜别》《相送》等诗，以景托情，情景交融，真情实感，颇为动人。故沈德潜曰：“仲言诗虽乏风骨，而情词宛转，浅语俱深，宜为沈、范心折。”（《古诗源》卷一三）

何逊的一些吟咏自然景物的诗，多写得新鲜生动，情景俱佳。如《下方山》：

寒鸟树间响，落星川际浮。
繁霜白晓岸，苦雾黑晨流。
鳞鳞逆去水，弥弥急还舟。
望乡行复立，瞻途近更修。
谁能百里地，萦绕千端愁？

诗中描写霜晨景物细致入微，有声有色，“寒鸟”“落星”“繁霜”“苦雾”，景象凄清，“鳞鳞”“弥弥”，正状其心潮的不平静，而最后四句更将归途渐近、未到之顷的微妙心情逼真地传达出来。寻常情，眼前景，妙手写来，波澜层生，加之对偶工巧，连用叠字，更给诗增添了一层和谐的形式美。陆时雍评其诗曰：“何逊诗语语实际，了无滞色。其探景每入幽微，语气悠柔，读之殊不尽缠绵之致。”（《诗镜总论》）何逊的写景诗颇多佳句，如:“黄花发岸草”“村梅落早花”“黄鹂隐叶飞”“新月雾中生”。又如:“野岸平沙合,连山远雾浮”,“游鱼乱水叶,轻燕逐风花”,“林密户稍阴,草滋阶欲暗”,“山烟涵树色,江水映霞晖”,“岸花临水发,江燕绕樯飞”,“露湿寒塘草,月映清淮流”,等等。写景状物,细微贴切,绘声绘色,意象精工,难怪黄庭坚要说“句法妙何逊”(《元翁坐中见次元寄到和孔四饮王夔玉家长韵因次韵率元翁同作寄溢城》)了。

何逊虽生乎骈俪之时,却能摆脱填缀之习,确是难能可贵。但他生当齐武帝永明(483—493)之后,正处于比较自由的古体诗向格律严整的近体诗过渡的重要阶段,沈约等人的“四声八病”之说影响颇大,所以何逊写诗很注意审音炼字。他的诗对仗自然而多工整,声韵和谐而少阻滞。就声律格调而论,有的诗已很接近后来律诗、绝句的要求,而如《慈姥矶》《与虞记室诸人咏扇》《送褚都曹》《为人妾怨》《闺怨》等诗,又俨然唐律、唐绝了。所以沈德潜说:“水部名句极多,然渐入近体。”(《古诗源》卷一二)而宋人洪迈编选的《万首唐人绝句》,竟把何逊的《闺怨》等14首五言诗误为唐人绝句收入,虽为后人讥笑,但据此足以证明何逊诗在声律格调方面已是酷似近体诗了。另有《七召》一篇,或谓何逊作,实无所据,不能确指,姑不论。

何逊虽算不上大诗人,但他的诗在我国古典诗歌由古入律的发展史上却占有一个相当的位置,在思想和艺术方面尚有不少可取之处,对后世有着一定的影响。唐代伟大诗人杜甫对何逊就很赞赏,称他为“能诗何水曹”(《北邻》),赞扬“阴(铿)何(逊)尚清省”(《秋日夔府咏怀奉寄郑监李宾客一百韵》)。当谈到自己的创作体会时,杜甫曾说“颇学阴何苦用心”(《解闷十二首》之七)，甚至有些诗的风格，有些诗的遣词用字，极似何逊。何诗工于发端，往往首联即对，如："扰扰排曙扉，鳞鳞驱早驾"(《临行公车》)、"昱昱丹旐振，亭亭素盖立"(《王尚书瞻祖日》)、"房栊灭夜火，窗户映朝光"(《嘲刘谘议》)、"朱帘旦初卷，绮机晨未织"(《咏照镜》)、"阶蕙渐翻叶，池莲稍罢花"(《秋夕仰赠从兄寘南》)、"昔闻草木焦，今窥沙石烂"(《苦热》)、"振衣喜初霁，褰裳对晚晴"(《春暮喜晴酬袁户曹苦雨》)等等。而杜甫有的律诗，特别是绝句，则往往采取首联对仗的句式。更为有趣的是，杜诗中有些名句就是从何逊诗变化来的，如杜诗之"薄云岩际宿，孤月浪中翻"(《宿江边阁》)，就是化用何诗的"薄云岩际出，初月波中上"(《入西塞示南府同僚》)而成。此类甚多，不烦赘举，故张溥曰："少陵佳句多从仲言脱出。"(《汉魏六朝百三家集·何记室集题词》)正因如此，宋代注杜者常在杜诗句下注引何逊诗文原句，为我们保存下来一些佚文佚诗片段，如《分门集注杜工部诗》卷一《对雪》诗"有待至昏鸦"句下引王洙曰："公自注：何逊诗：'城阴度堑黑，昏鸦接翅飞。'"卷一八《秋日夔府咏怀奉寄郑监李宾客一百韵》"唤起搔头急"句下引王洙曰："逊云：'金粟裹搔头。'"引赵次公曰："公自注：何逊云：'金粟裹搔头。'以见'搔头'字所出。"蔡梦弼《杜工部草堂诗笺》卷三八《送卢十四弟侍御护韦尚书灵榇归上都二十韵》诗"休添玉帐旗"句下注引："何逊《孤愤文》：'杳无玉帐之旗。'"此类情况在宋人杜诗注本中尚有七八处，由此可见何逊对杜甫的影响之大。所以陈祚明正确地指出："少陵于仲言之作，甚相爱慕。集中警句，每见规模；风格相承，脉络有本。浅学者源流弗考，一往吠声。今徒知推服少陵，而于少陵所推服者，反加诋毁，可乎？"(《采菽堂古诗选》卷二六）唐裴敬在《翰林学士李公墓碑》中称李白以前“以诗称者”，仅提到何逊、谢朓、陶潜、鲍照的名字。明龚师颜评何逊、庾信、徐陵、阴铿四家诗：“以何为上，庾次之，徐、阴又次之。盖出雄浑于婉丽，仲言犹为近古也。”（张纮《何水部集跋》）清沈德潜称何逊和沈约、江淹三人在萧梁一代“可以鼎足”，而说“阴何并称，然何自远胜”。（《古诗源》卷一三）黄子云论萧梁一代诗人，只许何逊（见《野鸿诗的》），可见对他的重视。以前，我国学术界因受极左思潮影响，有以“宫体”概南朝诗的倾向，对何逊诗的评价也偏低，新中国成立以来，除了几种《中国文学史》提到何逊外，几乎没有一篇专论何逊的学术文章。这是不公允的，也是不正常的，这种情况亟应改变。

# 唐诗与社会开放

这是我于1998年9月应邀到美国柏克莱(伯克利)加州大学讲学时的演讲稿,回国后又稍作修改,现予发表。

很高兴和大家见面。柏克莱加州大学是世界著名的高等学府,人才济济,能与诸位在一起讨论有关唐诗的问题,感到很荣幸。谢谢大家的光临!谢谢东亚语言系和中国研究中心为我组织了这次演讲会。

今天我演讲的题目是《唐诗与社会开放》。

一个社会,一个国家,只有开放,才能进步,才能强大。闭关自守,必然落后。美国是一个高度开放的国家,所以她发达,她强大。这次贵国克林顿总统访问中国,到达中国的第一站不是北京,而是西安,也就是汉唐古都的长安。西安人民用隆重的唐代礼仪热烈欢迎克林顿总统。克林顿总统还参观了举世闻名的秦兵马俑,兴奋不已。欢迎总统,不用秦代礼仪,不用汉代礼仪,单单用唐代礼仪,这是意味深长的。是否意味着,中国要重振大唐雄风,永远以开放的姿态来迎接世界各国的领导人和朋友们?

唐代是中国封建社会的黄金时代,代表着中国的辉煌!贵国第一大城市纽约,有唐人街,旧金山也有唐人街,英国伦敦也有唐人街。“唐人”,不说秦人、宋人、明人。“唐人”! 代表了中国。

唐代,是一个相当开放的时代,所以她强大。

言归正传,回到唐诗。众所周知,中国是一个诗的国度,古典诗歌是中国优秀文化遗产的重要组成部分。在几千年的历史长河中,古典诗歌犹如灿烂群星,以其独具的魅力辉耀时空,久传不衰。而唐诗无疑是这浩瀚星空中一颗璀璨夺目、闪射异彩的超级明星,照耀着一千多年来的诗坛,在国内外产生了广泛而深远的影响。据初步统计,流传至今的唐诗有 5 万多首,作者 3500 多人,不谓绝后,允称空前。而像李白和杜甫这样伟大而杰出的诗人,在世界诗歌史上也是不多见的。我主编的《全唐诗大辞典》,对唐诗作了全面的介绍,包括作者简介、唐诗名篇、名句、格律与流派体类、语词典故、地名名胜、唐诗著作等各个方面,共 2. 8 万多条,300 多万字,即将出版(按,2000 年已由语文出版社出版)。

关于唐诗繁荣的原因,中国学术界曾争论过很长时间,莫衷一是。但一个最重要的、不可忽视的原因,就是开放! 对外的开放,政治的开放,思想的开放,社会生活的开放,可以说是全面的开放。开放既是唐诗繁荣的重要原因,也是整个唐诗所表现出的风貌。

## 一、对外开放

唐朝经济繁荣,国力鼎盛,中外交流空前频繁。唐代长安是国际经济、文化交流的中心,与世界 70 多个国家和地区有交往,形成所谓“万国来廷”“华夷大同”的盛况。正如唐太宗所说:“自古皆贵中华,贱夷、狄,朕独爱之如一。”(《资治通鉴·唐太宗贞观二十一年》)其《正日临朝》诗亦云:“百蛮奉遐赆,万国朝未央。”李肱《省试霓裳羽衣曲》云:“开元太平时,万国贺丰岁。”白居易《江南遇天宝乐叟》云:“千官起居环珮合,万国会同车马奔。”长安是丝绸之路的起点,与西域、中亚、阿拉伯各国都有贸易往来,许多外国商人都来长安、扬州、泉州、广州、明州等城市经商。如长安西市,就聚集外国商人200多家;唐肃宗至德二载(757),田神功大掠扬州,只大食、波斯等国胡商死者就有数千人,可见胡商之多。唐朝与高丽、新罗、百济,特别是日本,交往更加频繁。日本在政治、经济、法律乃至文字等方面,都深受唐朝的影响。从大化改新(645)到颁布养老律令(718),日本的政治改革基本上是以唐朝为模式的。在教育方面,无论是学制和教育内容,都是仿效唐朝的做法。日本现存的第一部史书《古事记》(712),是用变体汉文撰写的;而奉元正天皇(715—724年在位)之命编纂的日本第一部国史《日本书纪》(720),则是用纯汉文撰写的,而且大量引用中国典籍。日本孝谦女帝天平胜宝三年,即唐玄宗天宝十载(751),出现了现存最早的汉诗集《怀风藻》,共收80余年间64位诗人的120首诗。《怀风藻》的诗风深受“初唐四杰”的影响,甚至袭用“四杰”文句。现藏于日本正仓院的《王勃集》中有日本庆云四年(707)的题记,这是见于记载的传入日本最早的王勃诗集。稍后出现的日本现存最早的和歌总集《万叶集》,也深受汉文化的影响。其中所收创作时间最晚的一首作于淳仁天皇天平宝字三年(759),是用所谓“万叶假名”撰写的,这就为9世纪日本正式文字——假名的诞生奠定了基础。唐宪宗元和四年(809),日本嵯峨天皇即位。他是一位汉学造诣颇深的开明君主,先后敕令编撰成两部汉诗集——《凌云集》(814)和《文华秀丽集》(818),后淳和天皇于827年又敕令编撰了汉诗文总集《经国集》,这就是所谓的“敕撰三集”。

许多国家都派遣大量留学生到唐朝学习,只贞观年间,新罗、高丽、百济、吐蕃、高昌等国相继派来的国子学生就有8000余人。唐文宗开成二年(837),只新罗在唐的留学生就有216人。日本从唐太宗贞观四年(630)第一次派出遣唐使,到唐昭宗乾宁元年(894)正式决定停派为止,共任命了19次遣唐使(其中3次未成行),有时一次多达几百人。许多外国人在唐朝出家修行,有的还做了官。唐王朝还专门为外国学子设立了“宾贡科”,以便其科举入仕。据史载,日本、新罗、高丽、百济、大食、波斯、安、康、天竺等国都有人在唐朝做官。如高丽人王毛仲、高仙芝、王思礼,在玄宗朝都官至大将军或节度使;玄奘的著名弟子神舫、圆测,都是新罗人。新罗人崔致远(857—928?)12岁即入唐求学,僖宗乾符元年(874)宾贡科进士及第,任宣州溧水尉,又入高骈幕府任都统巡官,光启元年(885)回国。崔致远精通汉文,所作诗文雅丽流畅,今存《桂苑笔耕集》20卷。其作品对朝鲜半岛的古典文学影响极大。《全唐诗逸》存其诗1首,残句7联,《全唐诗补编》补诗82首。中晚唐时,外族人在唐做官的现象似更普遍,以至唐懿宗时宰相崔慎猷竟说“近日中书,尽是蕃人”。最著名的人物就是日本人阿倍仲麻吕(698—770),他于唐玄宗开元四年(716)被选为遣唐学生,时年19岁。开元五年三月,随遣唐使多治比等人来中国,同行者517人,乘船4艘,是为第9次遣唐使。他慕中国之风,留唐不归,改姓名为晁衡,一作朝衡。在唐朝曾做过左补阙、秘书监等官。天宝十二载(753)冬,随遣唐使藤原清河等归国,船至琉球遇飓风,漂流到安南(今越南),又遇盗,同舟死者多人。晁衡与藤原等幸免于难,辗转于天宝十四载(755)六月回到长安。后升任左散骑常侍、镇南都护,封北海郡开国公,食邑三千户。死于唐代宗大历五年(770)正月,享年73岁,在中国长达50多年。当时李白误以为晁衡海上遇难,悲痛地作了《哭晁卿衡》诗哀悼他:“日本晁卿辞帝都,征帆一片绕蓬壶。明月不归沉碧海,白云愁色满苍梧。”晁衡请求回国时,唐玄宗是让他以唐王朝使臣的身份归国的,并亲自为他和藤原送行,还作《送日本使》诗云:“日下非殊俗,天中嘉会朝。念余怀义远,矜尔畏途遥。涨海宽秋月,归帆驶夕飙。因惊彼君子,王化远昭昭。”当时王维、包佶、赵骅等人也都写诗送行。晁衡亦作《衔命还国作》诗云:“衔命将辞国,非才忝侍臣。天中恋明主,海外忆慈亲。……西望怀恩日,东归感义辰。平生一宝剑,留赠结交人。”对晁衡的功绩和节操,日本人广濑淡窗写诗赞曰:“礼乐传来启我民,当年最重入唐人。西风不与归帆便,莫说晁卿是叛臣。”日本僧人最澄(762—822)于唐德宗贞元二十年(804)来台州求法,次年回国。当时的台州刺史陆质、台州司马吴颛、录事参军孟光、临海县令毛涣以及崔謩、全济时、行满、许兰、幻梦、林晕等人都写诗送行。如毛涣诗云:“万里求文教,王春怆别离。”孟光诗云:“往岁来求请,新年受法归。”崔謩诗云:“问法言语异,传经文字同。”最澄回国带去大量经书,后成为日本天台宗始祖。最澄的弟子圆仁(日本天台宗第三代座主)与学问僧圆载于唐文宗开成三年(838)随日本第18次遣唐使藤原常嗣入唐求法。宣宗大中元年(847)圆仁回国时携带汉籍584部,计802卷,其中就有《开元诗格》《祝元膺诗集》《杭越寄和诗集》等。而圆载直到唐僖宗乾符四年(877)才携带儒书和佛经几千卷回国,不幸在海上遇难。皮日休、陆龟蒙和颜萱都写有送行诗。陆龟蒙《闻圆载上人挟儒书洎释典归日本国更作一绝以送》云:“九流三藏一时倾,万轴光凌渤澥声。从此遗编东去后,却应荒外有诸生。”日本真言宗创始人空海(774—835),密号遍照金刚,卒谥弘法大师。他于贞元二十年(804)入唐求法,遍访高僧,从长安青龙寺惠果大师受密宗嫡传。永贞元年(805)十二月十五日,惠果大师圆寂。会葬僧俗千余人,公推空海撰写惠果大师碑文。此文在中国已佚,幸被日僧真济收入空海诗文集《性灵集》,才得以保存至今,成为中日友好往来的珍贵历史见证。元和元年(806),空海回国,当时朱千乘、朱少端、郑壬、昙靖、鸿渐等都有诗送行。朱千乘有《送日本国三藏空海上人朝宗我唐兼贡方物而归海东诗》,诗序称空海“能梵书,工八体,缮俱舍,精三乘”。而在空海归国带回的大量汉籍中,就有《朱千乘诗》、《王昌龄集》、王昌龄《诗格》、《朱书诗》、《王智章诗》、《贞元英杰六言诗》等。空海博览汉籍,工诗能书,著作甚丰,在中国影响最大的是《文镜秘府论》。该书涉及诗文写作之声律、对偶、体势等内容,可谓初、盛唐诗格之集大成者,对日本汉诗文写作影响甚大。空海回国后,开创了日本真言一宗,即所谓“东密”。正如高演《弘法大师正传》云:“大师于是得两部密教,为本邦密宗之开祖。所谓秘密真言,此时而立也。”空海还于唐文宗大和二年(828),仿效唐朝“坊坊置闾塾普教童稚,县县开乡学广导青衿,是故才子满城,艺士盈国”(空海《综艺种智院式并序》),创办了日本首家庶民公学——综艺种智院。空海侄孙圆珍(815—891)为日本天台宗第五代座主,曾于宣宗大中七年(853)入唐,留学5年,归国时带回经疏千余卷。据日本现存最早的汉籍藏书目录、藤原佐世奉敕于891年(即唐昭宗大顺二年)编撰完成的《日本国见在书目录》记载,总计有汉籍1578种,16997卷,这个数字,相当于《隋书·经籍志》(3127种)或《旧唐书·经籍志》(3060种)所载汉籍的一半。其中唐人诗文集就涉及李峤、王勃、杨炯、卢照邻、骆宾王、宋之问、沈佺期、刘希夷、张鷟、王维、王昌龄、李白、杜甫、钱起、李嘉祐、白居易、元稹、刘禹锡、贾岛、许浑、温庭筠、杜荀鹤等人。张鷟的《游仙窟》,在国内久已失传,但在唐玄宗开元年间传入日本,得以保存至今。日本平安时代(794—1192)的9世纪被人们称为"讴歌唐风时代",当时在日本最受欢迎的唐代诗人是白居易(772—846)。白居易在世时,他的作品就已传到日本。从嵯峨天皇(809—823年在位)开始,日本宫廷特设《白氏文集》侍读官,白居易的诗文被定为天皇的必修课程。此后,醍醐、村上、圆融等历代天皇都嗜好白氏作品。醍醐天皇(897—930年在位)在《见右丞相献家集》诗末自注即云:"平生所爱,《白氏文集》七十卷也。"大江家世为《白氏文集》侍读官,大江家家学之祖大江音人(811—877)是平安时代初期的汉学家。其孙大江维时编选有《千载佳句》,全书两卷,按内容分为75部,258门,共录唐代诗人153家,七言诗句1082联,多有《全唐诗》未收入之逸诗。其中选录白居易诗最多,凡507联,几占全书之半。一条天皇(986—1011年在位)的侍读官大江匡衡(952—1012)在自著集《江吏部集》中就说:"近日蒙纶命,点(白氏)文集七十卷。夫江家之为江家,白乐天之恩也。"《文德实录》卷三载,仁明天皇承和五年(838),藤原丘守进献《元白诗笔》。其后不久,日僧圆仁(794—864)又携《白氏诗集》六卷回国。曾三次来华的日僧惠萼,唐武宗会昌四年(844)居住苏州南禅院,亲手抄录了《白氏长庆集》,后于承和十四年带回日本。会昌五年夏,白居易在《白氏长庆集后序》中云:“白氏前著《长庆集》五十卷,元微之为序。《后集》二十卷,自为序。今又《续后集》五卷,自为记。前后七十五卷,诗笔大小凡三千八百四十首。集有五本……其日本、新罗诸国及两京人家传写者,不在此记。”当时日本流行的当是七十卷本,《日本国见在书目录》著录的即为“《白氏文集》七十卷”。上行下效,日本全国掀起了学习白居易作品的热潮。平安时代极负盛名的作家、自称中国汉灵帝之后的都良香(834—879)在《白乐天赞》中说:“治安禅病,发菩提心。为白为黑,非古非今。集七十卷,尽是黄金。”醍醐天皇时代的重臣、被誉为日本文学之神的菅原道真(845—903),总是随身携带《白氏文集》,他的作品深受白氏影响,模仿的痕迹随处可见,被人称为“得白氏之体”。平安中期的著名学者庆滋保胤(934?—997)在《池亭记》中则说:“饭餐之后,入东阁,开书卷,逢古贤。夫汉文帝为异代之主,以好俭约,安人民也;唐白乐天为异代之师,以长诗句,归佛法也;晋朝七贤为异代之友,以身在朝,志在隐也。余遇贤主、贤师、贤友,一日有三遇,一生有三乐。”这充分表明了白居易在当时日本人心目中的重要地位。白居易的诗也远播新罗、高丽等国,新罗商人花重金购买白居易诗的版本,新罗宰相都能辨别白诗的真伪,可见其谙熟白诗之深。张志和的《渔父歌》(一名《渔歌子》)五首传到日本,日本嵯峨天皇的《和张志和渔歌子》五首作于弘仁十四年,即唐穆宗长庆三年(823),仅后于张志和作49年,是为日本词学开山之作、填词的滥觞,其皇女智子内亲王和滋野贞主都有和作。

随着对外开放,大量异域风物传入唐土,为诗歌创作提供了广泛的题材和素材,使唐诗呈现出前所未有的奇异风采。这方面的情况可参阅美国谢弗著《唐代的外来文明》(吴玉贵译,中国社会科学出版社 1995 年版)。胡乐(域外音乐)的传入,使整个唐代社会声色大开,唐诗中的咏乐诗不胜枚举,名篇众多。胡乐与传统的清商乐(雅乐)结合,形成了燕(宴)乐,唐代的"九部乐""十部乐",多为胡乐,如龟兹乐、高昌乐、扶南乐、高丽乐、安国乐、康国乐等。而词的产生与燕(宴)乐有着直接关系。所有这些,都促成了唐诗的繁荣。

## 二、政治开明,言论开放

唐代是一个政治比较开明的朝代,"贞观之治""开元之治",都被誉为中国封建社会的"盛世"。史载,开元盛世,路不拾遗,夜不闭户,"远适数千里,不持寸刃"。虽不尽然,但从一个侧面反映了当时的经济繁荣,社会安定。

唐代基本上沿袭隋代以三省六部制为核心,同时辅以强大的监察机关和各司其职的诸寺诸监的中央职官制度,而其中枢决策机关、行政事务机关与监察机关的分工与合作更加完备和制度化。唐太宗身经隋末群雄割据,最后统一中国,深知人民的力量和"水能载舟,亦能覆舟"的道理。唐太宗善于纳谏,即广开言路,能够听取不同的意见。后人论《贞观政要》云:"唐太宗得天下之道不一,而莫大于纳谏。"他信任并重用魏徵,即是显著的一例。魏徵原是太子李建成的部下,曾劝建成杀掉秦王李世民,以免后患,但建成不听。结果李世民先下手为强,发动“玄武门之变”，杀掉哥哥李建成和弟弟李元吉，自己做了皇帝，这就是唐太宗。李世民做皇帝后，不但没有杀魏徵，反而重用他，直到做到宰相。魏徵直言敢谏，敢于“犯龙鳞”，有时在群臣面前让太宗下不了台。太宗有时也很生气，说要杀掉魏徵这老儿，但转念一想，魏徵说得对，全是为了国家，又说这老头儿很可爱，始终信任他，称魏徵为“人镜”。魏徵也说：“臣敢于直谏，常得陛下成全。”若是我一提意见，你就杀了我，我也不敢讲了，也就成不了“魏徵”。魏徵死时，太宗很悲痛，赋《望送魏徵葬》云：“……望望情何极，浪浪泪空泫。无复昔时人，芳春共谁遣？”所以杜甫诗云：“先朝纳谏诤，直气横乾坤。”“直词宁戮辱，贤路不崎岖！”广开言路，鼓励臣下提出不同意见，大家敢讲话，政治才能清明。武则天垂拱元年(685)始置左右补阙、左右拾遗，而按照《唐六典》所述职责，补阙、拾遗“掌供奉讽谏，扈从乘舆。凡发令举事，有不便于时，不合于道，大则廷议，小则上封”。正如白居易所说的：“有阙必规，有违必谏。朝廷得失无不察，天下利病无不言。此国朝置拾遗之本意也。”(《旧唐书·白居易传》)宋代洪迈《容斋续笔》卷二“唐诗无讳避”条云：“唐人歌诗，其于先世及当时事，直辞咏寄，略无避隐。至宫禁嬖昵，非外间所应知者，皆反复极言，而上之人亦不以为罪。”这类作品“杜子美尤多……不能悉书”，而“今之诗人，不敢尔也”。故唐代很少“文字狱”，不像宋代，特别是清代那样。

以杜甫为例。杜甫身历玄、肃、代三朝，而对这三代皇帝都有所讽谕和批判。唐玄宗早年励精图治，而晚年耽于逸乐，倦理朝政，宠信奸佞，国事日非，终于招致安史之乱，使唐王朝由盛转衰，一蹶不振。早在安史之乱爆发的前几年，杜甫就以政治家的敏感觉察到表面繁荣掩盖下的社会危机。在《兵车行》中,诗人猛烈抨击了玄宗穷兵黩武的开边政策:“边庭流血成海水,武皇开边意未已。”而这样拓边的结果是生产的大破坏和老百姓的家破人亡。“汉家山东二百州,千村万落生荆杞。”“新鬼烦冤旧鬼哭,天阴雨湿声啾啾!”这幅萧瑟凄惨的景象,不是对最高统治者的悲愤控诉吗?其言词之激烈,感情之郁愤,不是至今还使我们深感钦佩吗?要知道,这是杜甫在皇帝脚下的国都长安说的啊!在《前出塞》中,诗人写道:“君已富土境,开边一何多!”“杀人亦有限,立国自有疆。苟能制侵陵,岂在多杀伤?”这里的“君”,指的也是唐玄宗,这组诗直接抨击唐玄宗的侵略政策。玄宗外则兴师劳民,内则骄奢淫逸,和杨贵妃过着糜烂的生活,所以杜甫说是“宫中行乐秘,少有外人知”。在《丽人行》中,诗人淋漓尽致地描绘了玄宗所宠幸的杨氏兄妹的穷奢极侈和炙手可热的嚣张气焰,揭露了他们的荒淫无耻。在《自京赴奉先县咏怀五百字》中,对玄宗“君臣留欢娱,乐动殷胶葛”和“中堂舞神仙,烟雾蒙玉质”的侈糜生活进行了抨击,揭示了“朱门酒肉臭,路有冻死骨”的尖锐的阶级对立和残酷的社会现实。安史之乱最终爆发,但这场社会大动乱主要是唐玄宗造成的。对于唐玄宗宠信、纵容安禄山,杜甫不止一次地提出了批评。对于马嵬兵变,杨贵妃和杨国忠的被处死,杜甫高兴地说是“奸臣竟菹醢,同恶随荡析”。对于肃宗宠信宦官李辅国和受制于后宫张良娣,作为臣子的杜甫敢于大胆揭发隐私:“关中小儿坏纪纲,张后不乐上为忙。”对于肃宗的借兵回纥和遣嫁宁国公主和亲,杜甫都多次明确表达了反对意见:“花门既须留,原野转萧瑟。”“闻道花门破,和亲事却非。”“和亲知计拙,公主漫无归。”对唐代宗,杜甫也多有批评。对代宗，原是“周宣中兴望我皇”，可是他宠任宦官李辅国、程元振之流，杜甫就大声疾呼：“君侧有谗人！”对于代宗的不诛程元振之举，杜甫尖锐指出：“不成诛执法，焉得变危机？”他的《往在》诗更是连续批评了玄宗、肃宗和代宗。对于我国历史上唯一的女皇帝武则天，杜甫既有赞扬：“太后当朝肃，多才接迹升”，“惟昔武皇后，临轩御乾坤。多士尽儒冠，墨客蔼云屯”；也有批评：“太后当朝多巧诋”，“往者武后朝，引用多宠嬖”。可谓公允之论。

顺便说一下，武则天是我国历史上唯一一位女皇帝，她不出现在秦代、汉代、宋代、清代，而独独出现在唐代，是颇耐人寻味的。武则天掌实权 40 多年（高宗重病后），做皇帝十几年（690—705）。她之所以如此，与她的能干固然有关，但与唐代的政治环境、社会环境也是不可分的，说明唐代政治开放。中唐陆贽在《请许台省长官举荐属吏状》中说得好：“往者则天太后践祚临朝，欲收人心，尤务拔擢，弘委任之意，开汲引之门，进用不疑，求访无倦，非但人得荐士，亦得自举其才。所荐必行，所举辄试，其于选士之道，岂不伤于容易哉！然而课责既严，进退皆速，不肖者旋黜，才能者骤升，是以当代谓知人之明，累朝赖多士之用。此乃近于求才贵广，考课贵精之效也。”武则天做皇帝后，大杀李唐宗室，改唐为周，而得善终，死后并与高宗合葬乾陵，说明唐人宽容。而只有宽容，才能开放。清朝慈禧太后亦实际掌权几十年，但始终不敢废掉皇帝而自己做皇帝，不敢冒天下之大不韪。美国这么开放的现代国家，从开国总统华盛顿到现任总统克林顿，共 42 任总统，也没有一位女总统。中国早在唐代，独独出了一个女皇帝武则天，这是一个政治奇迹，一个历史特例，值得历史学家们大大研究一番，作出科学的解释。

## 三、思想多元化，儒、道、佛兼容

唐代不像汉代那样“罢黜百家，独尊儒术”，而是出现了以儒家思想为主导，儒、道、佛兼容的思想统治格局。

儒家思想，即孔子、孟子的学说，一直是汉代以后中国封建社会的统治思想。唐初，太宗即令孔颖达与颜师古、司马才章、王恭、王琰等撰《五经正义》（五经，即儒家经典《诗》《书》《易》《礼》《春秋》），以之作为科举取士的标准书。高宗永徽二年（651），又经于志宁等增删修订，颁布天下。高祖武德二年（619）六月一日，下诏曰：“宜令有司于国子监立周公、孔子庙各一所，四时致祭。”称周公、孔子为“二圣”。太宗贞观二年（628）十二月，升孔子为先圣，颜回为先师。贞观十一年七月二十四日，修宣尼庙于兖州。太宗曾直言不讳：“朕今所好者，惟在尧舜之道、周孔之教，以为如鸟有翼，如鱼依水，失之必死，不可暂无耳。”高宗乾封元年（666）正月三十日，追赠孔子为太师。武则天天授元年（690），封孔子为隆道公。唐玄宗是崇儒的，开元十三年（725），他借封禅泰山之机，亲临孔子故里，以太牢祭孔，并赋诗频致追悼崇慕之意。开元二十七年八月二十四日，更追谥孔子为文宣王，诏曰：“宏我王化，在乎儒术。能发挥此道，启迪含灵，则生人以来，未有如夫子者也。所谓自天攸纵，将圣多能，德配乾坤，身揭日月，故能立天下之大本，成天下之大经，美政教，移风俗，君君臣臣，父父子子，人到于今受其赐，不其猗欤！”（《追谥孔子十哲并升曾子四科诏》）

道家思想，即老子、庄子的学说。老子，姓李名耳，李唐王朝奉老子李耳为自己的祖先，尊老子为太上玄元皇帝，令全国各地修老子庙。在国子监设崇玄学，立玄学博士，将道家著作《老子》《庄子》《列子》《文子》升列为经，科举设道举科。唐玄宗《过老子庙》诗云："仙居怀圣德，灵庙肃神心。"杜甫有《冬日洛城北谒玄元皇帝庙》诗。

佛教，是印度释迦牟尼创立的。关于佛教传入中国内地的时间，说法不一。学术界一般认为，汉哀帝元寿元年（前2），大月氏王使臣伊存口授《浮屠经》，当为佛教传入汉地之始。魏晋南北朝时期，佛教获得急遽发展。梁武帝佞佛，儒、释、道论战，至梁武帝佛教可说是获得全胜。隋唐时期，佛教中心转移到中国。隋文帝即位之初（581），即诏令在全国范围内恢复佛教，听任士民出家。故人云："隋文承周武之后，大崇释氏，以收人望。"（《长安志》卷七）可以说，中国佛教诸宗的祖师都出在隋唐两代。唐初来华的印度僧人那提说："脂那东国，盛传大乘，佛法崇盛，赡洲（意即世界）称最。"

唐初，曾有过激烈的佛道之争，对儒、释、道三教孰先孰后问题，亦有过激烈的争论。武德八年（625），唐高祖诏叙三教先后云："老教、孔教，此土元基；释教后兴，宜崇客礼。今可老先，次孔，末后释宗。"（《集古今佛道论衡》卷丙）贞观十一年（637），唐太宗对"殊俗之典，郁为众妙之先；诸华之教，翻居一乘之后"的现象，颇为不满，遂下诏宣称："朕之本系，起自柱下。鼎祚克昌，既凭上德之庆；天下大定，亦赖无为之功。"故令"道士、女冠，可在僧尼之前"。而到贞观十五年五月，太宗亲临弘福寺为太穆皇后追福时，又自称菩萨戒弟子，并向寺僧解释说："师等宜悉朕怀，彼道士者，止是师习先宗，故位在前。今李家据国，李老在前；若释家治化，则释门居上。"（《集古今佛道论衡》卷丙)太宗晚年,转向佛教信仰,终因饵食长生之药暴疾而崩。值得一提的是,贞观初年,玄奘西行天竺(印度)取经求法,十九年(645)回国,带回佛典657部。太宗倍加礼遇,命于弘福寺组织译场,并为亲撰《大唐三藏圣教序》,特建慈恩寺。高宗信奉道教,亦优礼佛教。永徽三年(652),建大雁塔以储玄奘带回的经像,大力支持玄奘的译经事业。玄奘死后,高宗为之辍朝数日,敕营丧事。睿宗李旦佛道并重,认为"释典、玄宗,理均迹异;拯人化俗,教别功齐"(《旧唐书·睿宗纪》)。武则天为巩固政权,贬抑李唐宗室,故崇佛抑道。僧法明等撰《大云经》表上武则天,言武氏乃弥勒佛下生,当代唐为人主,武则天则"制颁于天下",自称皇帝,改唐为周,并改元"天授",随后即"敕两京、诸州各置大云寺一区,藏《大云经》,使僧升高座讲解",宣布"释教开革命之阶,升于道教之上"。(《资治通鉴》卷二〇四)"令释教在道法之上,僧尼处道士女冠之前。"(《旧唐书·则天皇后纪》)早在咸亨三年(672),武则天即以二万脂粉钱助修洛阳龙门奉先寺卢舍那大佛。武则天于久视元年(700)诏禅宗北宗创始人神秀入长安内道场,亲施跪礼,于是禅宗大为发展。唐玄宗是道教君主,但亦容佛。开元、天宝年间,禅宗南宗盛行,渐成禅宗正统,受到唐王朝的重视,安史之乱以后,更是风行天下,对士夫百姓的思想都有极大的影响,几成禅宗的代名词。究其实质,禅宗实际上是印度佛教和中国传统文化相融合的产物,或者说,是中国化的佛教。在天宝五、六载,王维应南宗创始人慧能的弟子神会之请,撰《六祖能禅师碑铭》,其后,柳宗元、刘禹锡等都为慧能撰有碑铭。开元初兴建的乐山大佛,直到贞元初才完成,历时90多年。佛教宗派之一密宗的兴盛与发展,可以说是得力于玄宗。

密宗创始人、南天竺(印度)僧金刚智(669—741)率弟子不空于开元七年(719)到达广州,次年到洛阳、长安,受到玄宗的礼遇,卒后敕谥国师。密宗,在西藏地区即为藏传佛教,俗称喇嘛教。玄宗容佛,但更重儒、道,他在《端午三殿宴群臣》诗序中云:“讽味黄老,致息心于真妙;抑扬游夏,涤烦想于诗书。”

其实,以儒为主、兼容佛道的统治方略,在隋文帝时已露端倪。隋文帝曾说:“朕服膺道化,念好清静,慕释氏不二之门,贵老庄得一之义。”“门下法无内外,万善同归;教有浅深,殊途共致。”(《历代三宝纪》卷一二)隋末大儒王通,人称“王孔子”,更明确提出儒、道、佛三教合一,但以儒为主,并在《文中子·问易篇》中说:“三教于是乎可一矣!”武德七年(624),唐高祖幸国学释奠,命博士徐旷讲《孝经》,沙门慧乘讲《心经》,道士刘进喜讲《老子》。唐玄宗更是亲注《孝经》、《道德经》(即《老子》)、《金刚经》(禅宗主要经典),颁行天下。可以说,唐到玄宗时代,以儒为主、佛道兼容的思想统治格局基本固定下来。正如元代刘谧所撰《三教平心论》卷上说的那样:“以佛修心,以道养身,以儒治世。”其后,虽有韩愈的排佛、武宗的灭佛,但总的大的格局并没有根本的变化。正如唐末五代诗僧齐己《咏怀寄知己》诗云:“三百正声传世后,五千真理在人间。”这真可说是融儒、道、佛三者于一体了,由此亦可见唐人思想信仰之一斑。更有趣的是,盛唐三大诗人,杜甫,号称诗圣,是儒家信徒;李白,号称诗仙,是道教徒,天宝三载(744)在齐州(今山东济南)紫极宫(即老子庙)由道士高如贵授道箓,正式成为道教徒;王维,号称诗佛,是虔诚的佛教徒,吃斋衣素,过着半官半隐的生活。就是被认为“一生却只在儒家界内”的诗圣杜甫,他的思想和创作亦多少受到佛、道思想的影响,还曾和李白一块到王屋山、东蒙山等地求仙访道。叶矫然《龙性堂诗话初集》谓:“杜公诗出入变化佛书,绝无痕迹。”而李白,正如龚自珍《最录李白集》所云:“庄、屈实二,不可以并;并之以为心,自白始。儒、仙、侠实三,不可以合;合之以为气,又自白始也。”其他唐代诗人,如王绩、王勃、卢照邻、陈子昂、孟浩然、王昌龄、岑参、韦应物、白居易、刘禹锡、李贺、李商隐等等,都不同程度地受到或佛或道或佛道兼有的影响。就是排佛的韩愈,他那些险怪瑰丽的诗篇,也或多或少地受到佛教的影响。唐代许多诗人都和僧、尼、道士有来往,酬和联唱,好不热闹!许多僧、尼、道士是诗人,都会作诗,著名的就有王梵志、寒山、拾得、皎然、灵澈、贯休、齐己等。《全唐诗》收僧诗 113 人,道诗 18 人。胡震亨《唐音癸签》卷三〇载,唐代诗僧有集刊行于世者,计 33 家。据统计,《全唐诗》所收士庶与佛教有关的诗,约 2700 首。唐代可以说是信仰自由,出家、还俗都可以。就是公主,也有出家的,如睿宗女金仙公主、玉真公主,玄宗女万安公主,代宗女华阳公主,德宗女文安公主,宪宗女永安公主,穆宗女义昌公主、安康公主等,都曾入道为女冠。玉真公主还曾荐李白于玄宗。武则天、杨贵妃都曾出家为道。至于李冶、鱼玄机等人,更是有名的诗人了。

其他宗教,如摩尼教,6—7 世纪传入中国新疆地区,武则天延载元年(694)波斯摩尼教高僧拂多诞到长安,始在汉族地区传播。唐代宗大历三年(768)下令在长安建摩尼教大云光明寺,又在长江流域荆、洪、扬、越各州及河南府、太原府等地立寺。景教,即基督教聂斯脱利派,于贞观九年(635)经波斯传入中国。三年后,在长安建波斯寺,后改称大秦寺。德宗建中二年(781)立“大秦景教流行中国碑”,中有“法流十道……寺满百城”之语,可见在中国传播之广。祆教,即琐罗亚斯德教,又称拜火教,早在6世纪南北朝时就传入中国,唐武德四年(621)在长安布政坊西南隅立祆祠,后在东都洛阳和河南府亦建祆祠,而碛西诸州到处都有。近年来在敦煌地区还发现了一些关于祆教的绘画材料。伊斯兰教创立不久,即于7世纪中叶从大食传入唐帝国。这些宗教对唐人思想及唐诗创作,都产生了不同程度的影响。

## 四、社会生活开放

对于唐代开放的社会生活,《明皇杂录》《开天传信记》《开元天宝遗事》《剧谈录》等唐人笔记多有记载。

唐代旅游盛行。旅游可以饱览祖国大好河山,开阔视野,增长见识,丰富阅历,激发灵感。可以说,唐代几乎没有一位大诗人没有漫游过。李白“五岳寻仙不辞远,一生好入名山游”,从25岁出峡漫游,足迹遍及大半个中国,写出了诸如《梦游天姥吟留别》《独坐敬亭山》《登金陵凤凰台》《望庐山瀑布》《望天门山》《蜀道难》等传诵千古的名篇。杜甫年轻时曾经历过数次壮游:19岁有郇瑕(今山西临猗)之游;后有吴越(今江苏、浙江等地)之游,历时四五年;后有齐赵(今山东、河北一带)之游,前后两次,历时八九年,正如其《壮游》诗所说,“放荡齐赵间,裘马颇清狂”,“快意八九年,西归到咸阳”。杜甫的第一首《望岳》诗:“岱宗夫如何?齐鲁青未了。造化钟神秀,阴阳割昏晓。荡胸生层云,决眦入归鸟。会当凌绝顶,一览众山小。”既生动地描绘了泰山巍峨的雄姿和壮丽的景象,更突出地表现了青年诗人广阔的胸怀和远大的抱负。华州弃官西走后，又被迫“漂泊西南天地间”10余年。颠沛流离的困苦生活，使杜甫更接近底层的生活，更深刻地认识到社会现实，也更有充分的时间细致地观览山川风物，以至他的纪行诗赢得了“少陵诗卷是图经”的美誉。以王维、孟浩然为代表的山水田园诗派描写了美丽的山光水色和田园情趣，以高适、岑参为代表的边塞诗派描绘了边疆的奇丽风光和风土人情。

唐人每逢节日，往往聚会、酣饮、畅游，酬答唱和，煞是热闹，因而产生了大量的节日诗。如元日（正月初一）、人日（正月初七）、元宵（正月十五）、正月晦日（正月最后一天）、中和节（二月一日）、社日（春秋两社）、上巳（三月三日）、寒食、清明、端午（五月五月）、七夕（七月七日）、中秋（八月十五）、重阳（九月九日）、冬至、腊日、除夕等节令，宗教性的浴佛节（四月八日）、盂兰盆节（中元节，七月十五），皇帝的降诞日，如八月五日的千秋节（唐玄宗生日，后改为天长节），九月三日的天平地成节（唐肃宗生日），十月十二日的天兴节（唐代宗生日），十月十日的庆成节（唐文宗生日），六月一日的庆阳节（唐武宗生日），六月二十二日的寿昌节（唐宣宗生日），二月二十二日的嘉会节（唐昭宗生日）等。在这些良辰佳日里，臣民或聚会酣饮，或祓禊游赏，或歌功颂德，但往往伴以赋咏酬唱。在《全唐诗》中，这类诗歌不胜枚举。在这些节日中，以“三令节”（正月晦日、三月三日、九月九日，唐德宗贞元五年正月后以二月一日中和节代替正月晦日）为盛。如三月三日上巳节，长安士女多于这天游赏曲江，鲜车健马，熙熙攘攘，祓禊宴乐，盛况空前。杜甫名篇《丽人行》云：“三月三日天气新，长安水边多丽人。”刘驾《上巳日》诗亦云：“上巳曲江滨，喧于市朝路。相寻不见者,此地皆相遇。"《开元天宝遗事》卷上《颠饮》云:"长安进士郑愚、刘参、郭保衡、王冲、张道隐等十数辈,不拘礼节,旁若无人。每春时,选妖妓三五人,乘小犊车,指名园曲沼,藉草裸形,去其巾帽,叫笑喧呼,自谓之'颠饮'。"当时社会风尚之开放,于此可见一斑。

唐代是中国封建社会中最为开放的一个时代。这种开放,表现在妇女地位上,就是唐代女性不论是在政治地位、经济地位,还是在家庭婚姻中的地位,不论是在社会交往方面,还是在受教育方面、财产继承方面,都较前有了较大的提高和发展。唐代妇女的参政意识较强,武则天做皇帝就是一个明显的例证。他如高祖窦皇后,太宗长孙皇后、徐贤妃,中宗韦皇后,玄宗王皇后,肃宗张皇后,武宗王贤妃,以及太平公主、安乐公主、上官婉儿、宋若莘五姐妹等,都是参政议政意识很强的女性。自称"文佳皇帝"的农民起义领袖陈硕真,在封建社会中也是不多见的杰出女性。保家卫国的战场上,也涌现出不少巾帼英雄。由于封建礼教束缚的相对松弛,唐代女性在社会生活中享有较多的自由,可以与异性公开交往,民间妇女甚至还自由结社,敦煌遗书中的两件唐末五代时"女人社"的社约文书就是最好的证明。即使妇女的服饰,也从一个侧面反映了唐代女性的开放意识。公开着男装,穿胡服,在唐代已成时尚。沈括《梦溪笔谈》卷一云:"中国衣冠,自北齐以来,乃全用胡服。"《旧唐书·舆服志》载:"开元初,从驾宫人骑马者,皆着胡帽,靓妆露面,无复障蔽。士庶之家,又相仿效","俄又露髻驰骋,或有着丈夫衣服靴衫,而尊卑内外,斯一贯矣"。"开元来……太常乐尚胡曲,贵人御馔,尽供胡食,士女皆竟衣胡服,故有范阳羯胡之乱,兆于好尚远矣。"《新唐书·五行志一》亦载:"天宝初,贵族及士民好为胡服胡帽,妇人则簪步摇钗,衿袖窄小。杨贵妃常以假鬓为首饰,而好服黄裙。”“元和末,妇人为圆鬟椎髻,不设鬓饰,不施朱粉,惟以乌膏注唇,状似悲啼者。”这些胡化的服饰,在已倾向内敛的宋人看来,都是“服妖”。沈从文《中国古代服饰研究(增订本)》七三“唐胡服妇女”云:“史志中谈唐代妇女胡服,常以为盛行于开元、天宝间,似非事实。就近年大量出土材料比较分析,大致可以分作前后两期:前期实北齐以来男子所常穿,至于妇女穿它,或受当时西北民族(如高昌、回鹘)文化的影响,间接即波斯诸国影响。特征为高髻,戴尖锥浑脱花帽,穿翻领小袖长袍,领袖间用锦绣缘饰,钿镂带,条纹毛织物小口袴,软锦透空靴,眉间有黄星靥子,面颊间加月牙儿点装。后一期则在元和以后,主要受吐蕃影响,重点在头部发式和面部化妆。特征为蛮鬟椎髻,乌膏注唇,脸涂黄粉,眉细细的作八字式低颦,即唐人所谓‘囚装’(按:当作‘妆’,下同)、‘啼装’、‘泪装’”,和衣着无关。如白居易新乐府《时世装》所咏,十分传神。”当时,穿胡服、戴胡帽、学胡妆,几成一时风气。当唐王朝强大时,人们对此不以为奇,但当唐王朝走下坡路时,就是像元稹、白居易这样的诗人也不免忧心忡忡。元稹《法曲》云:“自从胡骑起烟尘,毛毳腥膻满咸洛。女为胡妇学胡妆,伎进胡音务胡乐。……胡音胡骑与胡妆,五十年来竞纷泊。”白居易对元和年间妇女学胡妆“乌膏注唇唇似泥,双眉画作八字低”,以致“妍蚩黑白失本态”的现象也深感不安,于是告诫说:“元和妆梳君记取,髻椎面赭非华风。”(《时世妆》)

唐代男女关系比较开放,不像后代那样受封建礼教束缚严重。因李唐宗室母系为少数民族,系突厥族后裔,在男女关系特别是爱情婚姻方面,不像汉族那样礼教森严。理学家朱熹从维护封建礼教出发,批评"唐源流出于夷狄,故闺门失礼之事不以为异"(《朱子语类》卷一三六),这从反面表明了唐代男女关系的开放。唐代女子在择偶、婚配等方面都有较多的自由。《开元天宝遗事》卷上《选婿窗》云:"李林甫有女六人,各有姿色,雨露之家,求之不允。林甫厅事壁间,开一横窗,饰以杂宝,缦以绛纱。常日使六女戏于窗下,每有贵族子弟入谒,林甫即使女于窗中自选可意者事之。"奸猾狠毒如林甫者尚且开明如此,何况他人乎!未婚女子可以自由择偶,已婚女子可以主动提出离婚和改嫁,寡妇可以再嫁。即使高贵如公主,再嫁、三嫁者亦不罕见。仅据《新唐书·诸帝公主传》记载,公主凡 211 人,再嫁者 28 人,其中 3 人三嫁:中宗女安定公主初嫁王同皎,再嫁韦濯,三嫁崔铣;玄宗女齐国公主初嫁张垍,再嫁裴颍,三嫁杨敷;肃宗女萧国公主初嫁郑巽,再嫁薛康衡,三嫁回纥英武威远可汗。唐代女子改嫁是比较自由的,女子从一而终是宋代以后的事,特别是程朱理学盛行以后。北宋前期承唐遗风,女子改嫁尚不为过。范仲淹幼年随母改嫁到山东,改姓朱服;王安石在儿子病逝后,力主儿媳改嫁。北宋中期以后,程朱理学宣扬"存天理,灭人欲",声称女子"饿死事极小,失节事极大",女子改嫁才成为莫大的罪过。正如清钱泳《履园丛话》所说:"宋以前不以改嫁为非,宋以后则以改嫁为耻。"唐代女子招婿上门的例子,即所谓"招婿婚",亦不少见。周一良、赵和平所著《唐五代书仪研究·敦煌写本书仪略论》云:"唐代的妇女地位,在中国古代史上具有较显著的特点。男子投到妇家成礼,首要条件是妇人具有较为独立的经济地位,换言之,拥有独立的财产。在敦煌、吐鲁番的户籍文书和田制方面的文书中,我们可以找到不少女子当户(即为户主)的资料,这也从一个侧面说明,妇女在唐代也可以是一家之主,拥有一定的财产。”唐代女子受教育的情况也比较好,文化素质较高。仅举一例,可见一斑。《太平广记》卷三五一《韦氏子》引《唐阙史》云:“京兆韦氏子,举进士,门阅甚盛,尝纳妓于洛,颜色明秀,尤善音律。韦曾令写杜工部诗,得本甚舛,妓随笔改正,文理晓然。”就缤纷多彩的唐诗而言,《全唐诗》中收录的女性作者就有100多位,存诗600多首。这些作者,上自帝王后妃,下至士庶民女,以至僧尼道冠,可以说是包罗了社会各个阶层。其中杰出者如上官婉儿、李冶、薛涛、鱼玄机、花蕊夫人等,可谓不让须眉。特别需要指出的是,由于唐代僧尼道冠教规不甚严格,又不戒酒色,故较世俗女子有更多的自由。高士瑜在《唐代妇女》一书中甚至认为,女冠在唐代女性阶层中是“身份最为独立,同时最具开放性的一个阶层”,是“唐代女性中颇为自由而风流的一群”。唐代士子与女冠的风流韵事不绝于书,李商隐与女冠的恋爱故事更是显著的一例,这在李商隐的诗中有着充分的表现。龚自珍在《上清真人碑书后》一文中曾提到唐代道家纵欲之事:“唐世武曌、杨玉环,皆为女道士,而至真公主奉张真人为尊师。一代妃主凡为女道士可考于传记者四十余人,其无考者,杂见于诗人风刺之作,鱼玄机、李冶辈应之于下,韩愈所谓‘云窗雾阁事窈窕’,李商隐又有‘绛节飘摇空国来’一首,尤为妖冶,皆有唐一代道家支流之不可问者也。”

唐代社会交往异常活跃,诗人间的酬答唱和活动广泛而频繁。这种酬唱活动,一般可分两种形式——同地唱和与异地唱和,后者如白居易、元稹、崔玄亮三人异地遥相唱和的《三州唱和集》。就人数而言,又有二人与多人之分,多者甚至达到数十人乃至百余。如代宗广德元年至大历五年(763—770),鲍防、严维、丘丹等57人在浙东的联唱,结集为《大历年浙东联唱集》。联句也是一种唱和形式,虽说始于汉武帝与群臣所作《柏梁台诗》,但到唐代大为流行。唐代用联句作诗者极多,就体式而言,有每人一句、两句一韵者,如李益、贾岛《天津桥联句》;有每人两句一韵者,如李白、高霁、韦权舆《改九子山为九华山联句》;有每人四句两韵者,如白居易、王起、刘禹锡《喜晴联句》;有一人出一句起首,继作者出对句后复作下一联出句,如韩愈、孟郊《城南联句》等。这些联唱活动产生了大量诗歌,并对诗歌创作的发展与诗歌流派的形成有着积极的影响。

唐代的开放,是唐诗繁荣的重要原因,而唐诗的表现形态也是开放的。唐诗流派众多,风格多样,内容广泛,涉及社会生活的各个方面,大到军国大事,帝王将相,小到个人琐事,生活情趣,都可成诗。像孟浩然的《春晓》和李白的《静夜思》这样的绝妙小诗,可谓琐事成吟,妇孺皆知。

整个唐诗可用16个字予以形容:百花齐放,有容乃大,精彩纷呈,登峰造极。

# 新时期唐诗综合文献资料的重新研究与整理(1977—1998)*

文献资料是学术研究的基础,其准确性直接影响到学术研究及其结论的科学性、可靠性。作为对前几十年学风的一种反拨,近20年唐诗研究最突出的特点是文献资料工作得到充分的重视,一批著名学者投身于资料整理工作,取得了令人瞩目的、影响深远的成果。对于这方面的成果,首先应介绍的是傅璇琮的《唐代诗人丛考》(中华书局1980年版,"前言"则写于1978年11月)。此书收入作者关于唐代诗人生平事迹的考证文章27篇,涉及从唐高宗至唐德宗前期的32位诗人。作者直承现代学者陈寅恪、岑仲勉等人的朴学方法,在详尽占有资料的基础上,详细考订诗人生平,兼及诗坛流派活动情况,颇多发现和创获。正如周勋初所说:"傅璇琮以为研究唐诗必须考查清楚每一位诗人的生平,还应注意群体的活动,因此对于揭示唐诗发展各个阶段的文学集团和风格流派尤为致意。每立一论,必辑集丰富的资料,驳正旧说的迷误,这在当时来说,确有使人耳目一新之感。"(见周著《当代学术研究思辨》)此书出版于"文化大革命"结束后不久,其独特的选题角度及研究方法、

---

* 本文原载于《中国新时期唐诗研究述评》,安徽大学出版社2000年版。

严谨扎实的学风对学术风气的转变无疑起了一个带头作用,对此后的唐诗研究产生了深远的影响。

## 一、唐诗的辨伪与辑佚

唐诗是唐诗研究的本体。清编《全唐诗》共收诗49403首、句1555则、作者2576人(不计仙神鬼怪等),网罗宏富,确是一部颇具规模的断代诗歌总集。但因成书仓促,存在问题亦很多,诸如漏收、误收、重收,不注出处,编次失当,校勘粗疏,小传舛误,不一而足。书成之时,著名学者朱彝尊即指出其疏漏,并开列《全唐诗未备书目》达149种。后经康熙皇帝"御定",遂终清代200年间无人敢议其瑕疵。但早在乾隆时期,日本人市河世宁(旧题上毛河世宁)即利用彼邦文献,辑得《全唐诗逸》3卷,补录散失在日本国的逸诗66首、断句279则、缺文6首,涉及作者128人,其中82人为《全唐诗》所无。此书成于日本天明八年(1788)以前,而刊行于日本文化元年(1804),后传入中国,于道光三年(1823)刊入《知不足斋丛书》。1960年中华书局出版校点本《全唐诗》、1986年上海古籍出版社出版影印本《全唐诗》时,皆将其诗附收于书末。我国当代学者续有辑佚。中华书局将王重民、孙望、童养年辑佚成果汇为一编,于1982年出版了《全唐诗外编》。全书包括王重民《补全唐诗》和《敦煌唐人诗集残卷》、孙望《全唐诗补逸》20卷、童养年《全唐诗续补遗》21卷,意在辑补中华书局版《全唐诗》(包括《全唐诗逸》)收录之不足。但该书收录逸诗仍未完备,考订亦欠精审,重出、误收、漏收之诗亦复不少,作者传记亦有疏失舛错处。有鉴于此,中华书局特约请陈尚君对《全唐诗外编》进行一次全面的校订和续补,将王重民《敦煌唐人诗集残卷》换用刘修业整理的《补全唐诗拾遗》,仍名《全唐诗外编》,收入《全唐诗补编》,此可详见陈尚君《〈全唐诗外编〉修订说明》。

这里应该特别提出复旦大学青年学者陈尚君辑校的《全唐诗补编》(中华书局 1992 年版),这是新时期全唐诗资料整理、研究所取得的最大成就,是一部清编《全唐诗》以外的唐人遗诗的总汇性著作,共计 125 万字,精装 3 册,分《全唐诗外编》修订本和《全唐诗续拾》两部分,共收录唐人逸诗 6327 首又 1505 句,作者 1700 多人,其中 900 多人为该书新发现。陈氏历时 10 年,以一人之力先后翻阅了包括四部典籍、金石方志、释道二藏、敦煌遗书、域外善本在内的各种古籍 5000 多种,经过大量复杂而具体的研究、琐碎而严密的考订,始完成这一浩大而艰巨的工程。此书可谓网罗宏富,考辨亦称精审,体例创新,对作家小传之生平行迹多有补正,为研究唐代诗歌提供了最基本的文学史料,出版后,受到海内外的普遍重视和高度评价。有论者称,"本书作为近十数年间唐诗研究最重要的收获之一,显示了中国年轻研究者的坚实素养和认真学风"(日本京都大学《中国文学报》48 册,蔡毅书评)。但是,《全唐诗补编》并未将全唐逸诗搜罗殆尽。牛林杰《韩国文献中的〈全唐诗〉逸诗考》(《文史哲》1998 年第 5 期)一文发现高丽时期韩国人所编辑的一部唐诗选集《十抄诗》,收录了中晚唐 30 位诗人(包括 4 位新罗人)的作品,全部为七言律诗,每人 10 首,共 300 首。其中,温庭筠、许浑、杜荀鹤、方干、秦韬玉 5 人之诗,《全唐诗》皆有收录;其余 21 位唐代诗人都有未见于《全唐诗》和《全唐诗补编》的逸诗,少则 1 首,多则 10 首不等,计有刘禹锡1首、白居易4首、张籍4首、章孝标10首、杜牧1首、李远6首、雍陶7首、张祜8首、赵嘏4首、马戴10首、韦蟾10首、皮日休9首、曹唐8首、李雄10首、吴仁璧10首、韩琮9首、罗邺9首、罗隐8首、贾岛4首、李山甫10首、李群玉10首,共152首。尤其如李雄,《全唐诗》和《全唐诗补编》都未收其诗,而据《郡斋读书后志》卷二载:“《鼎国诗》三卷,后唐李雄撰。雄,洛巩人,庄宗同光甲申岁游金陵、成都、邺下,各为咏古诗三十章,以三国鼎峙,故曰‘鼎国’。”而《十抄诗》录有李雄的《漳水河》《云门寺》《秦淮》《台城》《江淹宅》《向吴亭》《水帘亭》《濯锦江》《子规》《张仪楼》等10首诗,正是其《鼎国诗》中诗。新罗人崔致远所作汉诗,据最新统计为127首,《全唐诗逸》《全唐诗补逸》《全唐诗续拾》共收补崔诗89首,尚有38首没有补录;而《十抄诗》所收崔致远10首诗,除1首已见其《桂苑笔耕集》外,其余9首皆为逸诗。其余三位新罗诗人崔匡裕、朴仁范、崔承祐所作30首七言律诗,陈尚君《全唐诗补编·续拾》只在崔致远诗后附注中录有崔匡裕《长安春日有感》1首全文。

清编《全唐诗》的误收、重收情况也非常严重。如钱起诗,《全唐诗》共收录531首,而据吴企明《唐音质疑录·钱起、钱珝诗考辨》考证:“有充分理由可以说明是钱珝(起曾孙)诗的,共有一百二十一首,占全集的23%。”又如收录唐彦谦诗2卷共180余首,而据王兆鹏《唐彦谦四十首赝诗证伪》(《中华文史论丛》52辑)和佟培基有关论著考证,其中40首与宋末元初诗人戴表元互见诗皆为戴作,唐彦谦名下非唐作还不止此数,可见《全唐诗》误收率之高。

佟培基编撰的《全唐诗重出误收考》(陕西人民教育出版社1996年版)更是在总结他人发现的基础上,对《全唐诗》的重出误收诗进行了一次总清理。该书旨在考订《全唐诗》中一诗互见于两家或多家的重出作品，以及误收唐朝以前五代以后之作，兼及唐人间误收之作。全书编次系据中华书局1979年版平装本《全唐诗》（包括《全唐诗逸》），以作家为纲，作品为目，凡属重出、误收的作家作品，均依原书编次列入，于诗题后括号内注明所在册数、卷次、页数，后即详加考辨。对历代传刻所造成的歧误，凡能明其归属者，考辨按断是非；难定归属者，列文献资料出处，以资旁证；对学术界意见不一者，分列诸说，以示疑义。意在甄辨歧互，删汰繁芜，去伪存真，态度极为审慎。编撰者博览穷搜，钩沉稽异，用功颇深，所获颇丰，共辑得重出诗3157首、句153则，误收非唐人诗863首、句25则；若加上《全唐诗》卷一〇至卷二九郊庙乐章及乐府诗又重出于作家本集中的互见诗2838首，那么，重出误收诗总计达6858首、句178则，涉及906家，尚不包括误收诗中的北周弘执恭，隋薛道衡，唐释玄逵及宋何蒙、王禹偁、刘宾、程俱、王安石、朱熹、姜夔、罗大经、周端臣，元萨都剌、虞集、丁鹤年、戴表元，明史瑾、刘崧、张以宁、汪广洋等人。该书实为有关《全唐诗》重出误收诗研究的集大成之作，凡研究和阅读《全唐诗》者，不可不读也。一些研究者在作家个案研究和作品笺注整理中，也进行了大量的甄别诗歌真伪的工作。如戴叔伦、殷尧藩、杜牧等人集中误收现象即很严重，李白集中亦混入不少伪作。

就在佟著之后，陶敏在《晚唐诗人周繇及其作品考辨》（《中华文史论丛》第55期）中，又考出《全唐诗》卷六三五所收23首周诗中即有5首实系元繇所作。陶敏、刘再华又在《〈全唐诗·牟融集〉证伪》（载《唐代文学研究》第7辑，广西师范大学出版社1998年版）一文中，考定唐无牟融其人，牟融乃东汉人,《全唐诗》卷四六七所收牟融诗一卷计 69 首,实为明人伪造。陈尚君在《唐代文学丛考》(中国社会科学出版社 1997 年版)中,对其发表于 1985 年《文史》24 辑之《〈全唐诗〉误收诗考》一文又作了较大幅度的修订和补充,吸收了他人的新发现,共考及 115 位作者,指出诗 782 首(其中重出 9 首)又 53 句,词 34 首。河南大学唐诗研究室还专门编著了《全唐诗重篇索引》(河南大学出版社 1985 年版)。该室从 1960 年以来,历经数十年的整理研究,编成是书,录重出作品 6000 余首,有关作家 700 余人。索引分为五个栏目,即作家、相重作家、题目、扬州诗局原刊本和同文书局石印本函册卷页、中华书局排印本新旧版册页。为了便于使用索引,书后还附有姓氏笔画通检。此书编纂严肃准确,对深入研究《全唐诗》大有裨益,是研究者必备的重要工具书。因此,它出版后,得到了学界的高度重视和褒评。河南大学唐诗研究室编选的《全唐诗简编》(高文主编,孙方、佟培基副主编,上海古籍出版社 1993 年版)也是关于唐诗研究的重大收获。编选者历经四载完成此编,从确定体例、甄选篇目,到校定诗篇、补写按考、重写小传,都付出了艰辛的劳动,确实做到了"简"而"全"。出版后深受人们的广泛欢迎,被誉为自《全唐诗》成书以来近 300 年间最具规模和识见的大型唐诗选本。但因《简编》成于 1986 年,限于当时条件,故有误收非唐人诗的情况。

全唐诗资料的综合性整理成果还有傅璇琮编撰《唐人选唐诗新编》(陕西人民教育出版社 1996 年版)。此书编集唐人选唐诗共 13 种,即(1)许敬宗等撰《翰林学士集》、(2)崔融编《珠英集》、(3)殷璠编《丹阳集》、(4)殷璠编《河岳英灵集》、(5)芮挺章编《国秀集》、(6)元结编《箧中集》、(7)李康成编

《玉台后集》、(8)令狐楚编《御览诗》、(9)高仲武编《中兴间气集》、(10)姚合编《极玄集》、(11)韦庄编《又玄集》、(12)韦縠编《才调集》、(13)佚名编《搜玉小集》。全书较1958年12月中华书局上海编辑所编印的《唐人选唐诗(十种)》有所变化和改进:一是补充了新材料,如增加了《翰林学士集》,重辑了《丹阳集》《玉台后集》,重加整理《珠英集》;二是改选了较好的底本,如《河岳英灵集》用接近原编的宋刻二卷本,而不用后起的明刻三卷本,《中兴间气集》《极玄集》也都改用较早的影宋抄本;三是重新根据有关版本及材料作了校记,改正了原书或过去刻本中的一些错误。此书于各集前都写有《前记》,扼要说明编选者生平、成书时代、价值与存在的问题、版本流传及此次整理情况。可以说,对传世的唐人选唐诗,《新编》基本搜罗完备,为唐诗研究者提供了最接近其本来面貌的唐人选唐诗文本。此编尚存在一些不足之处,如《翰林学士集》,编校时未用今存日本名古屋真福寺的原卷,故有些误字未及订正;《玉台后集》辑本亦有漏辑者。

张伯伟编撰的《全唐五代诗格校考》(陕西人民教育出版社1996年版)是第一部全面校录整理唐五代诗格的专著,共收录唐初至北宋人所作诗格28种:上官仪撰《笔札华梁》、佚名撰《文笔式》、旧题魏文帝撰《诗格》、佚名撰《诗格》、元兢撰《诗髓脑》、佚名撰《诗式》、崔融撰《唐朝新定诗格》、旧题李峤撰《评诗格》、旧题王昌龄撰《诗格》、释皎然撰《诗议》与《诗式》、旧题白居易撰《金针诗格》与《文苑诗格》、旧题贾岛撰《二南密旨》、王叡撰《炙毂子诗格》、李洪宣撰《缘情手鉴诗格》、郑谷等撰《新定诗格》、僧齐己撰《风骚旨格》、僧虚中撰《流类手鉴》、徐寅撰《雅道机要》、徐衍撰《风骚要式》、王玄撰

《诗中旨格》、王梦简撰《诗格要律》、僧神彧撰《诗格》、僧保暹撰《处囊诀》、桂林僧景淳撰《诗评》、旧题梅尧臣撰《续金针诗格》、佚名撰《诗评》,附录杜正伦撰《文笔要诀》、窦蒙撰《字格》以及佚名撰《赋谱》《全唐五代诗文赋格存目考》。每种诗格前有"解题",简介该书著录情况、作者生平、内容概述,交代所用底本及参校诸本。每种诗格皆汇聚善本,广搜遗逸,详加校正,为研究者提供了现存遗文的可信文本,展示了唐人在诗歌理论方面的思考和成果,这将加深我们对唐诗的理解。书首张氏所撰长篇"代前言"《诗格论》,共分五部分:(1)引言——说"诗格",(2)从《文镜秘府论》看初、盛唐的诗格,(3)皎然《诗式》及其对晚唐五代诗格的影响,(4)晚唐五代的诗格及其特色,(5)宋代以后的诗格概观。亦可作一部诗格简史读。

陈伯海主编《唐诗论评类编》(山东教育出版社 1993 年版)和《唐诗汇评》(浙江教育出版社 1995 年版)则汇集了历代对唐代诗人及其诗歌的评论资料。《唐诗论评类编》系从古近代上千种典籍中,选录有关唐五代诗论评的资料整理汇总,按类分编,共分总论、外部关系论、流变论、各体论、题材作法论、流派并称论、作家论、典籍论八大门类,每类下面再设若干子目及更细的类别。同一类目的材料大致依时代先后排列。"作家论"部分悉依《全唐诗》顺序编排。编著者这种精细的分类方法,有助于更清晰地反映各个论题的历史内涵,有利于揭示古典唐诗学的逻辑体系。书后附录引用书目及其版本,以便检索资料出处,部分资料后加精选编入《唐诗汇评》附录《历代唐诗论评辑要》。《唐诗汇评》共选录唐五代 498 位诗人的代表性诗作 5127 首,附以诗人小传和历代有关诗人、诗作的评论汇编。所选诗作本文,以《全唐诗》为底本;遇有异文,择善而从。

诗人、诗作编排，一依《全唐诗》次序。少数初入作品，列于该作家诗作末尾；补入诗人，列于全书末尾。收录历代评语，限于古人及近人，健在者不录；评语的编次，按所评诗人及诗作归类，各系其下；每类中再大致以时代先后排列；一组诗的总评，置于末首诗评语之后。全书资料丰富，条理清晰，一编在手，唐诗精华尽在其中。唯一不足之处就是，汇评所引资料只注明书名，而未标出卷次，检阅稍感不便。

霍松林主编《万首唐人绝句校注集评》（山西人民出版社1991年版）则为研究唐人绝句提供了极大方便。此书以明代赵宧光、黄习远编定的《万首唐人绝句》为底本，并参校诸本，而对有价值的异文，只在注释中注出，不作详细校记。每首诗一般都包括注释和集评两项。注释力求简明扼要，首次出现的典故引原文，引文过长者节录；重复出现时简述大意，或注明见某卷某诗注；屡见者只标"注见前"。对难句则加以串讲。集评辑录历代有关评论，略依时代先后排列。每位诗人于首见诗下列出小传，内容包括生卒年、籍贯、简况、别集名、事迹见两《唐书》卷数、作品在《全唐诗》卷数等。

袁闾琨主编《全唐诗广选新注集评》（辽宁人民出版社1994年版），共630万字，分10卷，收唐五代652位诗人的8444首诗，基本上包括了唐五代不同时期、不同流派、不同风格、不同体裁的代表作品。选诗底本为扬州诗局、中华书局版《全唐诗》和《全唐诗逸》《全唐诗外编》以及诗人本集等，亦酌选少量经确考为新发现的唐诗佳作。入选诗人原则上以生年先后为序排列，每位入选诗人都有"作者介绍"，每首诗后有"注释"和"集评"。注释博采众长，出以己意，力求简明扼要；集评辑录古代、近代及现代诗评家的评语，现代诗评家限于

1949年10月1日前作古者。该书邀集全国200余名专家、学者撰稿,尽量吸收最新成果,但亦偶有误收非唐人诗者。又因作者队伍庞杂,水平不一,故有的作者撰写的诗人诗作注评相当粗疏,有的作者似乎连霍松林主编的《万首唐人绝句校注集评》和陈尚君辑校的《全唐诗补编》都未看过,对许多有价值的材料也未加引用。

南宋人计有功编撰的《唐诗纪事》,是研究唐代诗歌必不可少的一部重要著作,共81卷,载录1150位唐代诗人的诗篇及有关本事、品评资料,搜罗可谓宏富。明人胡震亨盛赞"计氏此书,虽诗与事迹评论并载,似乎诗话之流,然所重在录诗,故当是编辑家一巨撰,收采之博,考据之详,有功于唐诗不细"(《唐音癸签》卷三一)。《唐诗纪事》最早的刊本是南宋宁宗嘉定十七年(1224)的王禧刊本。王氏历时23年校刻此书,用功颇勤。到明嘉靖二十四年(1545),洪楩和张子立又据王禧本分别刊刻。洪楩本即今流传的清平山堂本,《四部丛刊》本即据此本影印,《万有文库》本亦据洪本。崇祯五年(1632)又有毛氏汲古阁刻本,清修《四库全书》即采用此本。1913年,罗元黼校刻存古书局刊本,亦以汲古阁本为底本。1916年,丁福保又刊印上海文明书局本。1965年,中华书局上海编辑所出版新校点本。该本以洪楩本为底本,而以汲古阁本及《全唐诗》《全唐文》和有关唐人诗文别集、两《唐书》、各种唐宋笔记、小说、杂著等参校,每卷之后都附有"校记",对错字、脱文有所订补的,均一一作了说明,书末附《唐诗纪事人名四角号码索引》,颇便检索。该书由上海古籍出版社1987年又出新版。

而最值得提出的,是王仲镛《唐诗纪事校笺》。该书由巴蜀书社于1989年8月出版,分上、下册,共145万字,蔚为壮观。校笺本以洪楩本为底本,以明、清以下刻印诸本及《全唐诗话》参校,同时尽可能探讨本书资料来源,力求征引原书,以作刊正文字、校补缺脱之依据,寓校雠于笺证之中。所作校记近万条,其中许多很重要的校证,都是历来各种版本所未及的。校笺引书时,适当照顾资料的完整性,以补计氏节录过简之失。凡诗中脱字、脱句、脱段,均一一找出依据,予以补齐。其异文有参考价值者,亦酌加甄录。校笺以一人为一单元,依次编号,置于每人之下。书前有王氏所撰《前言》,详述版本源流及整理经过,还论证了该书对编纂《全唐诗》的影响,并指出今后整理《全唐诗》应当首先从《唐诗纪事》入手。书末附录历来校印诸本序跋及《四库提要》与余嘉锡辨证,并附全书人名索引,甚便检阅。该书校笺精审,是目前有关《唐诗纪事》最完备的校笺本,被香港《大公报》誉为“唐诗研究中的重大突破”(见1995年5月23日张国瀛文)。

## 二、诗人生平事迹之考订

对唐代诗人姓名、生平事迹的重新研究和考订,新时期也取得了令人瞩目的丰硕成果。前举傅璇琮《唐代诗人丛考》是新时期之初所取得的第一批研究成果,稍后,1981年四川人民出版社出版了谭优学著《唐诗人行年考》。著者对王翰、孟浩然、李颀、崔颢、王昌龄、高适、储光羲、李益、张祜、赵嘏等10位诗人的行年逐一进行考辨,按年系事、系诗。《李颀行年考》又附李颀江南行迹考、李颀交游考,而《孟浩然行止考实》则以浩然遇明皇以张说不以王维辨、吴越之游诗证、两次长安之行、洛阳客居及南还荆襄、开元十三年以前孟浩然游踪考等考证浩然生平行迹,《张祜行年考》则以张祜的名、字、籍贯及生卒年、元微之短沮令狐(楚)之表荐、“钱塘论”、“争解元”之失意、“累蒙方镇论荐”及“遍干诸侯”、文坛朋辈之交游、塞北岭南之广泛游踪、张祜之文学观及为文态度、祜之妻孥及身后萧条、张祜年表、祜诗略论等部分全面论述张祜其人其事。1987 年巴蜀书社又出版著者的《唐诗人行年考续编》,共收入作者有关唐代 13 位作家的生平行止考证论文 13 篇。13 位作家分别是宋之问、沈佺期、王维、戎昱、王建、许浑、雍陶、薛逢、马戴、薛能、李频、郑谷、崔涂。集中考证文字,多有首创之功,颇具学术价值,但亦有不少疏误之处。

王达津著《唐诗丛考》(上海古籍出版社 1986 年版)收入作者有关唐代诗人及其作品的研究论文 19 篇,大致分三类:有关作家作品评论的 5 篇,作家生平考订及作品系年的 13 篇,杂考 1 篇。是书为作者长期研究唐代文学的成果结集,内容丰富,涉及面广,包括李白、杜甫、宋之问、高适、孟浩然、王维、戎昱、卢纶、贾岛、姚合、白居易、柳宗元、温庭筠、杜牧、李商隐、韩偓、郑谷等文学史上的大小诗人。就研究方法而言,既有评论,也有考证,还有考评结合,大都不囿成说而独抒己见。论者谓“全书贯穿着作者的首创精神和勇于探索的治学方法。文字准确、鲜明、简洁,不蔓不枝。篇篇都有独到的见解”(见《唐代文学研究年鉴》1987 年卷卞孝萱书评),填补了唐诗研究中的一些空白。

而周祖譔主编的《中国文学家大辞典·唐五代卷》(中华书局 1992 年版)更是这方面研究的集大成著作,全书收录唐及五代十国作家近 4000 人,由隋入唐和由五代十国入宋的文学家的取舍，大抵以《全唐诗》《全唐文》为据。全书以姓氏笔画为序编排，一人一目，内容一般包括作家生平仕履、文学活动、文学成就之评价、作品存佚情况及主要资料来源五个方面，而以提供生平资料为重点。至于诸总集中误收其他朝代人为唐人者，作为“附录一”收入；《全唐诗》所收仙、神、鬼、怪、梦类诗，事涉虚妄，有无其人难以确定者，作为“附录二”收入。傅璇琮在《喜读〈中国文学家大辞典·唐五代卷〉》一文中指出，该书的特点一是所收人数多，“一个包含唐朝诗文作者、外国作者、少数民族作者、文学研究者、史传及杂著作者、文化高僧这样广泛的搜辑范围，必然形成一个大文学概念的人物数据库，蕴含大量有用的信息，这是符合当今编纂辞书的新要求的，将带给使用者以极大的方便”。二是引用材料极其广泛，运用时又极谨严。书中每一条目都注明出处，又往往能将出土文献与传世典籍互证，力求做到言必有据，无征不信。其材料引用之广，是同类著作中少见的。三是考析精细。

谈到有关唐代诗人的生平考订，就不能不提《唐才子传》一书。《唐才子传》是元人辛文房编撰的有关诗人传记及诗文评著作，书内立专传者 278 人、附见者 120 人。是书辑史书、文集、笔记、诗话中之材料甚多，其中不少是元以后已佚之唐人材料，具有很高的史料价值。但著者在材料搜集、排比工作中随意性较大，书中疏误随处可见，须经整理以资利用。周本淳和孙映逵分别以个人之力编撰了《唐才子传校正》（江苏古籍出版社 1987 年版）和《唐才子传校注》（中国社会科学出版社 1991 年版），纠谬补缺，创获颇多。傅璇琮主编组织国内著名学者历近十年之功撰著《唐才子传校笺》（中华书局 1987 年至 1995 年陆续出版），皇皇五册，集《唐才子传》研究之大成。是书广泛探索辛传所据材料的出处,尽可能追索唐宋文献,弄清史源;纠正史实错误,指出辛氏因误读文献、排比随意或考证粗疏所造成的失误,对一些源出唐人记载而与事实不合者,也予以纠正;补订原书未备的重要事迹。此书引证繁博,考订精审,创见颇多,提供了有唐一代重要诗人较详备的传记资料,"展示了唐代文献研究的最新水平"(《书品》1996 年 3 期蒋寅书评)。著名学者程千帆盛赞"这部集二十余位专家的精力,历时十年左右才完成的集体著作,使几百位唐五代诗人的生平事迹,获得了空前细密准确的清理,也使唐五代文学的研究随之而提高到一个空前的水平"(《唐五代文学编年史 · 序》)。这里要特别提及陶敏、陈尚君撰写的第五册,本册是对前四册的"补正",主要是提供前四册未及征引的重要记载和纠订前四册考证偶疏之失。一部著作刚刚出版不久,即又出版分量如此之重的补正之作,主编之大度,著者之胆识,令人叹服,反映了新时期唐诗研究界"唯真是求"的学术风尚。而这正是最可喜的现象,是唐诗研究跻攀高峰的希望之所在。

对全唐诗人名的考订,也是新时期唐诗研究的重大收获之一。两部关于唐诗人名考证的著作都具有很高的学术价值。吴汝煜、胡可先编著的《全唐诗人名考》(江苏教育出版社 1990 年版),分上、中、下三卷,以中华书局排印本《全唐诗》的卷次为序,一方面对诗中的人名进行了考证,另一方面又对诗人生平作了辨补,二者同时进行,相辅相成。该书的最大特点是考订精严,发明良多,征引繁富,既是集成之作,又有拓荒的性质与开风气的作用。书中除重点考订出《全唐诗》诗题及内容中的人名 70 多人次,值得称道的还有考订"一作"的正误,考订诗题中人名的衍夺,辨正征引载籍之误,匡正今人著述之误。

此书出版后在国内外引起很大反响，被《大公报》誉为“利及百代，功在千秋”的“学术巨著”。陶敏编撰的《全唐诗人名考证》（陕西人民教育出版社 1996 年版）更是后出转精的著作。该书以《全唐诗》（附及《全唐诗逸》，《全唐诗外编》中之《补全唐诗》《全唐诗补逸》《全唐诗续补遗》）所收诗中人物为对象，对其姓名、事迹以及诗中与人物有关的讹误（如官名、地名）、诗作的年代、诗作的真伪、重出诗甄辨等问题进行了考证辨析，颇多创获。全书以《全唐诗》《全唐诗外编》等编次顺序分卷次及作者排列，书末附人名索引，便于读者查寻。此书在广泛掌握丰富资料的基础上，进行严谨考证，不仅为唐诗研究者提供了便利，而且具有颇高的学术价值。正如傅璇琮在该书序中所说：“可以毫不夸张地说，自岑仲勉先生《读全唐诗札记》以后，还没有一部像本书那样，以人名考证为中心，对《全唐诗》作如此广泛而如此专注的核查，而它所获得的具体成果，比之于《读全唐诗札记》，实有过之而无不及。”陈尚君则将其与吴著比较，认为“与吴著对读，不难发现陶著体例更为合理，考订更为细密准确，于吴著且多补阙订失”（见《唐研究》第三卷所载书评）。陈耀东著《唐代文史考辨录》（团结出版社 1990 年版）、吴在庆著《唐五代文史丛考》（江西人民出版社 1995 年版）等对唐代诗人生平事迹和诗作的考补辨正，也取得了很多新成果。

为了便利检索《全唐诗》，新时期出版了多种索引。一种是张忱石编《全唐诗作者索引》（中华书局 1983 年版）。此书收录的唐诗作者，采自中华书局 1979 年出版的《全唐诗》《全唐诗逸》和 1982 年出版的《全唐诗外编》。其编排方式，以唐诗作者姓氏四角号码为序，书后附笔画与四角号码对照表，便于用不同方法检索。每位唐诗作者名下均有其在《全唐诗》等上述诸书中的册、卷、页数。凡同姓名者,则以籍贯、职官及从属关系区别之;同一首诗作者歧异,则将两作者一并收录。《全唐诗》原收作者疑误者,则加注说明。该书编纂简明,使用方便,是广大唐诗研究者和爱好者的必备之书。

一种是史成编《全唐诗索引》(上海古籍出版社 1990 年版)。本索引系据上海古籍出版社影印本《全唐诗》(包括扬州诗局本《全唐诗》和知不足斋本《全唐诗逸》)编制而成,分作者索引和篇名索引两部分。作者索引的出条,以底本原列通用称呼姓名、庙号、法名等为依据。帝后本名另出参见条。凡一个作者的诗歌有连续多卷者,以首见卷次、页码出条;同一作者的诗歌散见多处者,则按页码先后排列。篇名索引列篇名、作者、卷次、页码、栏别,以篇名首字四角号码编排。

另一种《全唐诗索引》系栾贵明、田奕、陈抗、林沧等编著,共 31 卷,分别由中华书局、现代出版社、作家出版社于 1991—1997 年出版。本索引系据中国社会科学院计算机室研制的《全唐诗数据库》生成,其编辑、排版全部采用电子计算机自动完成。《全唐诗数据库》系以中华书局 1979 年版《全唐诗》及 1982 年版《全唐诗外编》为底本。该索引以作者分卷、作品较少的作者合卷的方式编排,每卷包括索引正文、基本数据表、字频统计表、异体字表、笔画检字表五部分。索引正文由索引字、引文及出处标码组成,索引字依四角号码序排列,引文的内容包括诗句、标题、序言、注文及其异文,出处标码依次为索引字所在册、卷、页、行。此索引系单字索引,只要知道诗中一字,即可查出全诗,极便检索。已出书目有王勃、杨炯、卢照邻、骆宾王卷,张九龄卷,陈子昂、张说卷,沈佺期、宋之问卷,王维卷,王昌龄卷,刘长卿卷,孟浩然卷,李白卷,韦应物卷,岑参卷,高适卷,杜甫卷,钱起卷,李益、卢纶卷,王建卷,韩愈卷,柳宗元卷,刘禹锡卷、孟郊卷,张籍卷,李贺卷,元稹卷,白居易卷,杜牧卷,李商隐卷,贾岛卷,温庭筠卷,韩偓卷,韦庄卷。姚兆炜编著的《寒山、拾得卷》则由社会科学文献出版社于 1993 年出版。吴汝煜主编,吴汝煜、胡可先、何绰如、邹泽钧、吴耀忠编著的《唐五代人交往诗索引》(上海古籍出版社 1993 年版)从交往的角度对《全唐诗》进行了一次综合与系统的检讨与考证,收录唐五代人所有唱和、赠别、怀念、访问、宴集、谐谑、祝颂、哀挽、谣谚、酒令、应制之诗歌以及内容述及此一时期诗人之相关诗篇。全书所录以中华书局排印本与上海古籍出版社影印扬州诗局本为工作本,按人系诗,每位作者名下分为两项:一项是该作者与他人交往之诗,一项是他人与该诗人交往之诗。诗人及各项均按四角号码编排。凡唐五代人有关诗歌交往者,在该书中一索即得。此外,书中还有著者有关交往方面的人名考订,达数千条。因此,该书是汇工具性、实用性、学术性、资料性为一编的集大成工具书。正如傅璇琮序中所说:“谁要阅读《全唐诗》,谁要查考唐五代人的生平事迹,进而言之,谁要了解唐五代人通过诗作而进行的各种社会活动,是不能绕过这部索引和这部考证的。”武秀珍、阎莉等编《万首唐人绝句索引》(书目文献出版社 1984 年版),系据书目文献出版社 1983 年出版的明代赵宧光、黄习远编定,刘卓英校点《万首唐人绝句》新印本编制的,共收录绝句 10500 余首,计有诗句 42000 余条。索引按诗句首字的笔画数和汉字的笔形顺序排列,首字相同的再按“新印本”刊印的卷次、诗号及页码顺序排列。书末附《汉语拼音索引》。

## 三、唐诗相关历史资料之整理

文史结合是我国学术传统,但历来多是治史者兼治文学,较少治文学者扩展治史。随着唐诗研究的深入推进,唐诗研究领域的学者发掘史学命题进行研究并取得了丰硕成果。首先应该提到的是,郁贤皓以十年之功,遍稽典籍及金石、方志,排比考证,撰成皇皇5册、长达220万字的《唐刺史考》(江苏古籍出版社1987年版),考出唐代290年间400多个州(郡、府)的刺史(太守、尹)1万多人次,并详考其任职年代,凡不能考知其任职年代者,列入每卷末的"待考录"。每个刺史列姓名、任职年代,并列所据资料及考证。该书正编按开元二十九年(741)建置的十五道分为15编,共329卷,另有开元二十九年前后废置的州郡作为第16编,共87个州郡,从而再现了唐代刺史的巨幅图卷,为唐史园地开垦了一块荒地,为工具书领域填补了一个空白,为从事唐代文史研究的人们提供了方便。此书出版后深得海内外好评,香港中华书局在1987年即予重版。卞孝萱在该书序中指出:"重视第一手材料,进行周密的考证,是《唐刺史考》的特色;原始性和可靠性,是《唐刺史考》的优点。"不足之处在于,书末未附人名索引,检索不便,诚为憾事。近闻郁先生又历十多年之功,完成了《唐刺史考全编》,不仅对原书纠谬100多条,还新增刺史资料近2000条,并在篇末附人名索引,即将由安徽大学出版社出版(按,2000年已由安徽大学出版社出版,共6册)。

郁贤皓又和陶敏共同整理《元和姓纂(附四校记)》(中华

书局 1994 年版),全 3 册,共 198 万字。唐代林宝所撰《元和姓纂》是研究唐代谱牒及士庶变迁的重要史料,惜早已散佚。今存者乃清代四库馆臣从《永乐大典》中宋太祖《御制千家姓》下所引文字辑出的,其中漏辑、误辑以及文字衍、夺、讹、倒极多;后孙星衍、洪莹重为辑校,有刻本刊行,但对库本之误极少订正;罗振玉撰有《元和姓纂校勘记》2 卷,所校文字亦甚少;至岑仲勉撰《元和姓纂四校记》,乃参稽历代典籍,网罗出土碑志,旁搜博征,详加考校,补苴罅漏,细入毫厘,不仅成为读通《姓纂》的辅导书,而且本身即为研究唐代文史必不可少之书。但《四校记》不附《姓纂》原文,故使用不便;而《姓纂》无《四校记》,则无法读通。为此,此书将《姓纂》和《四校记》合并整理,将《四校记》逐条置于《姓纂》原文之下。为了使此书成为研究者使用的工具书,尽力保持原来两书的完整性,整理者遍稽典籍,尽可能将全部文字标点,但在衍、夺、倒之处只能作点断或保持原貌;尽可能按文意及世系分段,但有些地方为照顾岑校不得不在不该分段处分段,在一个世系文字极多处又分若干段。参稽《世本》《新唐书·宰相世系表》《古今姓氏书辩证》《通志》及历代典籍作校勘,并将岑校中的重要错误等都写入每卷末的《整理记》。书末附有《姓氏索引》和《人名索引》。此书已成为目前的最佳版本。

青年学者戴伟华历时六载撰成的《唐方镇文职僚佐考》(天津古籍出版社 1994 年版),以方镇为单位,考证方镇使府文职僚佐,时限始于该方镇设立,终于唐哀帝天祐四年(907)。方镇文职僚佐系指节度使、观察使、经略使等使府文职僚佐,有副使、行军司马、判官、掌书记、支使、推官、巡官、衙推、参谋、孔目官、要籍等。著者广为勾稽资料,悉心加以考索,收录各方镇使府僚佐约2500人。详记其姓名、任职年份,并注明其散阶、检校朝衔、宪衔、幕职、章服等。书末附方镇府主和文职僚佐人名索引,以便检索。该书颇多创获,正如论者所指出的,“作者对所搜集的各种资料排比考证,甄别辨伪,从而不仅纠正了史书记载的某些错讹,也修正了现代学者的一些误漏”,从而为唐代文史研究“填补了一个空白”。(《唐研究》第一卷刘诗平书评)著者另著有《唐代幕府与文学》(现代出版社1990年版)和《唐代使府与文学研究》(广西师范大学出版社1998年版),研究已自成体系。

朱玉龙编著《五代十国方镇年表》(中华书局1997年版),其收录方镇,以境土在今中华人民共和国领域之内且受五代十国爵命者为断。内容由“方镇年表”和“方镇附录”两部分组成。年表时限,自梁太祖开平元年(907)起,五代诸镇断于后周显德六年(959),十国之属至国亡入宋止。年表采用梁、唐、晋、汉、周王朝帝王年号纪年,帝王年号下加括注公元纪年。年表编排,基本仿吴廷燮《唐方镇年表》例,以年月为经,以人事为纬,将属某年某人之事,引隶于此年此人之下。每镇之前,新加百字小序,概述本镇建置始末、军额更易、支郡分割、带衔变化情况。全书计收方镇107个,成表92,附录15。著者极意搜讨,广采类书、杂史、碑碣、地志、文集、说部及近代考古发现、中外研究成果百余种之多,对百余个方镇六七十年间事一一进行爬梳厘剔,排比考证,颇见功力。书后附人名索引和军号索引,以便检索。

台港学者严耕望所撰《唐仆尚丞郎表》,由中华书局于1986年据初版本影印出版。所谓仆、尚、丞、郎者,即指尚书省之左右仆射、左右丞、六部尚书及侍郎。该书表列凡1116人、

2680余任。全书共22卷,卷一为“述制”,卷二至卷四为“通表”,卷五至卷二二为“辑考”,书后附录“引用及参考书目”“通表人名引得”。是书资料丰富,于学术研究颇具参考价值。

除正史外,还有大量的唐代笔记小说流传至今,对唐诗研究颇有助益,现代学者陈寅恪对此就相当重视。周勋初整理编著了《唐语林校证》(中华书局1987年版),并主编了《唐人轶事汇编》(严杰、武秀成、姚松编,上海古籍出版社1995年版)。后者共40卷,所收人物,上起自隋入唐而主要事迹在唐者,下迄五代十国入宋而主要事迹在入宋以前者,计近2700人。人物编排次序,首列唐代诸帝及后妃、宗室、王子、公主,次列唐代各朝人物,再列五代诸帝及家人、五代人物、十国人物,均以活动年代先后为序;末列不易确定具体时代者,则以所出资料之年代为序。全书以人为目,每一条目均予编号,主要事迹依时间先后为序排列,年代不详者则大体按类编排。全书不录正史,搜采范围以唐宋人撰杂史、传记、故事、小说为主,共计264种,于每条后均注明资料出处,将有关一人之材料尽列于其名下。记载相近者,仅录其首出文字或记述较完备者,其他则将书名、卷次附后。是编资料浩博,编选精审,实胜过《宋人轶事汇编》多多。书前有周勋初所撰长篇前言,内容包括公私纂述的常见弊端、正史小说的界线区划、轻视小说的传统观念不易改变、小说语言小说笔法入史的问题、小说私记材料的充分利用、编纂《唐人轶事汇编》的一些考虑等六部分。书后附录四角号码人名索引,颇便检阅。

唐代墓志向被注目,新时期史学界整理出版了不少重要墓志资料,主要有以下几种。河南省文物研究所及洛阳地区文管处据千唐志斋原主人张钫所藏志石整理编辑的《千唐志斋藏志》,由文物出版社于1984年据拓片影印出版,内收拓片1360件,其中唐代1209件、五代22件,是研究唐五代人物的宝贵史料。文物出版社于1985年又影印出版了清代陆增祥编《八琼室金石补正》一书。全书共130卷,其中卷三〇至卷八一为唐五代之作,卷一二九、卷一三〇还收录了一些有关南诏、朝鲜、越南、日本的碑文,于研治唐诗颇有裨益。李希泌根据其父李根源所藏拓片整理而成的《曲石精庐藏唐墓志》,由齐鲁书社于1986年据拓片影印出版,共收唐墓志93通。天津古籍出版社自1991年陆续出版的《隋唐五代墓志汇编》,是国内迄今为止最为完备的一部有关隋唐五代时期的碑志总集,共分9卷。计有1991年8月版陕西卷,王仁波主编。1991年12月版新疆卷,穆舜英、王炳华主编;河南卷,郝本性主编;江苏、山东卷,王思礼主编;河北卷,孟繁峰、刘超英主编;山西卷,张希舜主编;北京卷附辽宁卷,张宁等主编;洛阳卷,陈长安主编。1992年1月版北京大学卷,孙兰风、胡海帆主编。1992年4月出版索引,吴树平、吴宁欧编。上海古籍出版社于1992年排印出版的周绍良主编《唐代墓志汇编》,依墓主落葬日期,按帝王年号顺序排列,对墓志中出现的人名,除墓主远祖及用典外,均编入人名索引附于书末。上海古籍出版社于1978年出版已故著名唐史专家岑仲勉著《唐人行第录(外三种)》(附《读全唐诗札记》《读全唐文札记》《唐集质疑》)新一版;1984年又出版岑仲勉遗稿(陈达超整理)《郎官石柱题名新考订(外三种)》(附《翰林学士壁记注补》《补唐代翰林两记》《登科记考订补》)。中华书局于1984年出版赵守俨点校《登科记考》(清徐松撰),并附张忱石编《人名索引》(收录《登科记考》和岑仲勉《登科记考订补》中著录的进士、明经、制科、诸科及第者及知贡举者姓名）；又于1992年出版徐敏霞、王桂珍点校《唐尚书省郎官石柱题名考》（清劳格、赵钺著），并附张忱石编《人名索引》（包括《题名考》与岑仲勉著《郎官石柱题名新著录》和《郎官石柱题名新考订》三书著录的诸曹郎官姓名）；又于1997年出版张忱石点校《唐御史台精舍题名考》（清赵钺、劳格著），并附《人名索引》（收录《题名考》及赵魏《御史台精舍题名》、王昶《御史台精舍题名》的三院御史姓名）。这些著作都记载了大量唐人的生平资料，对我们研究唐代诗人及唐诗中的唐人都有极大的文献价值，加之杨志玖、吴枫主编的《中国历史大辞典·隋唐五代史卷》（上海辞书出版社1995年版）和谭其骧主编的《中国历史大辞典·历史地理卷》（上海辞书出版社1996年版），也为我们研究唐诗提供了许多方便。

关于唐代综合文献书目，新时期亦有不少成果。如万曼撰《唐集叙录》（中华书局1980年版），著录有传本的唐人诗集、文集、诗文合集共108家。著者对这些唐人别集的著者、书名、卷数、成书年代、编辑者、刊刻者、收藏者等各项均按时代先后作了较为详尽的介绍，对唐以后各朝代的官修书目，正史中的艺文志、经籍志，两《唐书》中的作家本传，私家藏书目录广为征引，并充分利用前人成果，对各集的版本源流、编次体例以及该书在历代的流传、演变等情况考述尤多，颇见功力。对于唐诗研究者和爱好者来说，该书是一部资料丰富、使用方便的参考书。陈伯海、朱易安编撰的《唐诗书录》（齐鲁书社1988年版），为"唐诗学研究丛书"之一种，采录自唐至1985年底有关唐诗的书目，并一一标明其书名、卷数、朝代、编撰者、版本等。全书分为总集、合集、别集、评论及资料四编，各编之内以年代先后为序编排，各书目后还附有"备考"一栏，提示著录线索。

除四编外,还附有“备考引用书目”“唐诗书录书名索引”。此书堪称治唐诗者之基本工具书,为查寻资料提供了极大便利。孙琴安著《唐诗选本六百种提要》(陕西人民教育出版社 1987 年版),钩稽历代唐诗选本,自唐至清,共 600 余种,不论今存或散佚,对每种选本都从作者、版本、选目等方面作简短提要。对于今已散佚者,则对该书作者和著作加以考索。此书以专门收录唐诗选本为主,对于较著名的唐宋诗合选本如《千家诗》《瀛奎律髓》《唐宋诗醇》《今体诗抄》等则附于书末,也撰提要;对于一般不加选择的唐诗总集,则不加收录。书后并附日本学界唐诗选本的提要,以及 1912 年以来海峡两岸出版之唐诗选本的目录。作者历时 8 年,遍阅各种方志、典籍、文献、史料数千种而成此书,故内容丰富,引起了海内外学者的重视。

唐代综合文献索引的编纂出版,是新时期古典文献整理研究所取得的最突出的成就之一。过去为人鄙薄的编制索引工作,开始受到重视,并对转变学风产生了良好的影响。除前面提到的几种以外,影响最大的是傅璇琮、张忱石、许逸民编撰的《唐五代人物传记资料综合索引》,中华书局于 1982 年 4 月初版,1992 年 7 月第 2 次印刷,并在日本和中国台湾印行。本索引系据 86 种传记著作编制而成,分字号索引和姓名索引两部分。字号索引收录 86 种传记著作中唐五代人物的字、号、别号、绰号、谥号等,并于其后括注姓名。凡出于赐姓、出家,或其他原因而更改姓名者,可查姓名索引,字号索引则不予收录。姓名索引收录唐五代各类人物近 3 万人,以姓名或常用称谓立目,其他称谓如别名、字、号、小字、别号、绰号、谥号等则附列于后。凡同一人前后姓名有变更者,以通用姓名立目,另一姓名出为参见条目。凡同姓名人物,皆注明其字号、籍贯、职官、时代及从属关系等，分别立目，以资区别。只有姓氏的妇女，以姓氏为主目，从属关系列为参见条目。各朝公主即以其封号立目。僧道之属以其法名立目。凡法名为单字者，前面加“僧”字或“释”字，法名为双字者则不加。全书按四角号码顺序排列，书末附笔画与四角号码对照表。本索引的特点是内容广博，著录准确，使用方便，程千帆盛称其“为唐五代人物现存资料的检索，提供了极大的方便。无论就三位编者来说，还是就千万使用此书者来说，这都是善与人同。他们做了一件功德无量的事。可以想象，如果历代史料都能编出这种索引，学术的发展当达到一个什么样的程度”（《唐五代文学编年史・序》）。

方积六、吴冬秀编撰的《唐五代五十二种笔记小说人名索引》（中华书局 1992 年版），系据唐五代笔记小说 47 种，宋人撰记载唐五代事迹笔记 2 种、总集 3 种共计 52 种编制而成，以姓名或常用称谓做主目，其他称谓如字、号、绰号、小名、行第、封号、谥号、简称等均附列于后；附于主目之后的各种异称，均另立参见条目。索引中所引各书后面的数码，分别表示册数、卷数、页数。本索引按四角号码顺序排列，书末附有笔画与四角号码对照表，颇便检索。

此外，张万起编《新旧唐书人名索引》（上海古籍出版社 1986 年版）和《新旧五代史人名索引》（上海古籍出版社 1980 年版）、张忱石编《唐会要人名索引》（中华书局 1991 年版）、马绪传编《全唐文篇名目录及作者索引》（中华书局 1985 年版）等，亦为唐诗研究提供了方便。

## 四、唐诗语言辞书及文学编年史之编订

新时期还出版了若干部专释唐诗词汇典故的辞典。这类著作,从其学科性质来说,属于语言研究,也是唐诗研究的基础性工作,颇值一述。范之麟、吴庚舜主编的《全唐诗典故辞典》(湖北辞书出版社 1989 年版),共上、下两册,281 万字。这部工具书以《全唐诗》中的典故为诠释对象,凡属唐诗中引用或化用的史实、故事、神话、传说、典章名物,以及前代作品中有影响的诗文佳句,均列为典目。典目顺序按简化汉字的笔画排列,同笔画者按起笔横、竖、撇、点、折排列。每条典目的诠释包括出典(指明典故出处及原文)、释义(简述典故要义)、例句(列举《全唐诗》用典例句,并阐明该典在诗中的特定含义、修辞谋篇作用)三部分。例句均注明作者、篇名以及在《全唐诗》中的页码。全书引文翔实,注释准确,援例切当,结合作品探幽发微,不仅可使读者从中获得广博的知识,而且有助于深入赏析作品。因此,论者称这是“一部极有价值的大型工具书”。

李文学编《唐诗典故辞典》(陕西人民出版社 1989 年版)则从中华书局出版的《全唐诗》《全唐诗外编》中选择典故,选辑唐代以前有关古籍的原文篇段,各篇段均自拟标题,原文后有提要、注释、词目以及唐诗用典例句。全书共列典故原文 1000 篇,以自拟标题的汉语拼音音序编目。篇下统摄典故词目 4373 条、附列词目 330 条,合计 4703 条,词目按第一字汉语音序排列。为了便于读者使用,书前有篇名及词目索引。这部工具书对于阅读唐诗、了解典故颇有裨益,但由于“只解释典

故,不解诗解句"(撰者《前言》),读者还需结合诗句理解典故的灵活运用。

张涤华主编的《全唐诗大辞典》(山西人民出版社 1992 年版)收词来源亦以中华书局版《全唐诗》和《全唐诗外编》所录唐诗为限,词目以语词为主,并广泛收录成语典故词目、人名、地名、职官名及其他有关古代文物典章制度词目。单字条目依《康熙字典》之 214 部首归部而略有调整,同部首之单字依笔画数由少到多排列,同笔画者依起笔之笔形按横、竖、撇、点、折顺序排列。词目用繁体字,而释文及书证用简化字。多义项之排列依本义、引申义(或比喻义、假借义)、通假义顺序。该辞典收词繁富,体例严谨,可惜迄今只出版了第一卷。

顾国瑞、陆尊梧主编的《唐代诗词语词典故词典》(社会科学文献出版社 1992 年版),专门诠释唐五代诗词中的语词和典故,分语词和典故两部分,均依汉语拼音顺序排列,同音者,依笔画排列。语词义以唐五代时所见为主,与今义相同的词义或义项则从略或不收。每个词条先用汉语拼音注音,然后给出释义,再引例句,例句一般 2—3 条;多义者,分列义项。典故部分,分为正条和副条,正条在释义后给出典源出处,典源力求最早;同一典故的不同形式,另外出条,为副条。语词部分和典故部分在释义上各有分工,典故条主要诠释典故的整体意义和用法,一般不释语词义。注音一般依据普通话语音,个别酌采古音。该词典所收语词、典故均采自唐五代诗词,主要引书为中华书局版《全唐诗》《全唐诗外编》,上海古籍出版社版《全唐五代词》及唐人别集等。书后附词条的笔画索引,分语词索引和典故索引两部分。

孙寿玮编《唐诗字词大辞典》(华龄出版社 1993 年版),是解决唐诗字音词义问题的普及性工具书。所收录的字词,选自唐代237位诗人的1706首诗;所收条目分单字条目和多字条目,多字条目统属在单字条目之下。所有条目及其义项,都出自以上1706首诗,对其中包含的每一个字词都给以注音释义。注音以普通话读音为准,并在汉语拼音之后注明《广韵》的声纽、韵目和反切;注释词义,力求简明扼要,浅显易懂。字词条目和列举的例句,均按汉语拼音字母的顺序排列;首字相同的词条或诗句,则按第二字的音序排列。书后附录"唐诗选目"(计1706首)、"汉字笔画索引"和"四角号码索引",颇便检查。

江蓝生、陆尊梧主编的《实用全唐诗词典》(山东教育出版社1994年版)是为诠释唐诗中难解词语而编写的,共收各类词语13000余条,均采自《全唐诗》和《全唐诗外编》。每条词目之下,先注音,次释义,后举例。注音只注本音,不注变读音。释义力求简明扼要,有的词根据情况点出其引申义、比喻义,有的词则说明其本指、泛指或特指。有典故的词,释义时指出典源;一词多义的分项释义,义项按本义、引申义的顺序排列。每一义项举一至两个例证,例证引作者和诗题名,诗题过长的,适当删减。字形相同而音义不同的词,在同一词目下按读音分别释义。该词典按词目首字的笔画数和笔顺排列,首字相同的,按第二字的笔画数和笔顺排列,余类推。

马东田主编的《唐诗分类大辞典》(四川辞书出版社1992年版)是一部分类编纂唐诗的大型辞书,分上、中、下三册,391万字。该辞典以明人张之象的《唐诗类苑》为蓝本,参校清编《全唐诗》及有关诗人专集,做了新式标点、繁体字改简化字、异文校勘及补缺、纠讹等工作。在分类上,对原书部类进行了分解化合,共得40部、1083类。书中作者排列依时代先后为序，并编制了以部、类、篇、作者为一体的综合目录，颇便读者检索查寻。

为了对唐诗研究成果及时进行阶段性整理，同时向社会普及有关唐诗知识，1990年同时出版了两种综合性唐诗辞典。一种是王洪、田军主编的《唐诗百科大辞典》（光明日报出版社），全书共收唐诗有关词条13000个，分唐诗语词、唐诗典故、唐诗研究、海外研究、唐诗美学、唐诗文化、唐代官制、唐诗名胜、唐诗知识、唐代诗人、轶事掌故、唐诗精鉴、名句精析13个分部，约请全国唐诗研究者和爱好者128人撰写，书后附录王丽娜撰《唐诗在世界文学中的地位》、"条目笔画索引"。

另一种是周勋初主编的《唐诗大辞典》（江苏古籍出版社），吸收了1990年以前的学术研究成果，慎思明辨，考订精审，立论确当，做到了知识性与学术性的统一。这部大型工具书，正编包括诗人、体类、著作、名篇、格律、典故、成语、胜迹等8个部分，共收词条约6000条（包括参见条）。附录《唐诗文献综述》与《唐诗大事年表》，则从文献导读和史事介绍两方面提供了简明可靠的参考资料。书前有按笔画编排的分类目录，书后有四角号码综合索引，颇便检索。该书出版后，受到中外学者的普遍赞誉和高度评价，如《社会科学辑刊》1992年第5期《创新·完备·精到——海内外专家学者谈〈唐诗大辞典〉》一文编者按所说："这部专科辞典集中了全国唐诗学界最优秀的专家学者，吸收了迄今为止最新的学术成果，举凡与唐诗、唐诗学有关的知识，悉收入编，是一部百科全书式的唐诗工具书。该书出版以来获得读者的广泛好评。"

以上这些研究成果，特别是有关作家生平事迹的研究和各个作家作品的系年考订，为编写唐代文学编年史奠定了坚实的基础,傅璇琮主编的《唐五代文学编年史》(辽海出版社1998年版)正是应运而生。这部巨著是傅璇琮、陶敏、李一飞、吴在庆、贾晋华历时十载而共同编著的,共254万余字,分初盛唐卷[从高祖武德元年(618)到玄宗天宝十四载(755)]、中唐卷[从肃宗至德元载(756)到敬宗宝历二年(826)]、晚唐卷[从文宗大和元年(827)到哀帝天祐三年(906)]、五代卷[从后梁太祖开平元年(907)到吴越最后献土的宋太宗太平兴国三年(978)]四大卷。在这长达360年的时间内,对诸如政府的文化政策、作家的活动(如生卒、仕历、漫游等)、重要作品的产生、作家间的交往、文学上重要问题的争论,以及与文学邻近的艺术样式如音乐、舞蹈、绘画以及印刷等门类的发展,扩而大之如宗教活动、社会风尚等等,著者都搜集剔取有代表性的资料,以年为单元,一年一年地按序编排,每一年再按月排列。这样就把中国东西南北不同地区作家的各种活动,放在同一个时间环境中,然后又把这一文学整体,按时间流程,一年一年、一月一月地往前推移,使人如看电视连续剧,真实直观,一目了然。但此书体例又有别于史书(如《左传》《资治通鉴》等)的编年方式,即不采取通贯叙述的方式,而是采取一种纲和目互见互联的办法,先用概括的语句叙述一件事,用黑体字标出,作为纲,然后引用有关材料,注明出处,表示言必有据,同时还作若干补充和辨析,使事件经过有较为丰富的具体内容。在材料编排上,"五代卷"与前三卷体例稍有不同,五代时,除梁、唐、晋、汉、周以外,还有吴、南唐、吴越、闽、荆南(南平)、楚、南汉、北汉、前蜀、后蜀十国,每一地区各有作家和文学活动,这些作家有时也往来于不同地区。为便于编排,也便于读者了解不同地区的实际状况,著者于一年之下,以政权行政区为单元,再按时间顺序叙述。这样做,既可从中了解不同政权范围内的作家活动,也可从大的范围内宏观观察五代十国的文学进展全局。而对960年宋朝建立以后直到978年间,只记南方文学情况,不记北方中原宋朝范围内的作家活动。将360年间约2000位人物的情况汇于一编,“年经月纬,一览寘如”,诚非易事。浩如烟海的史料的辨析难度很大,举凡作家的生年、卒年、活动经历、作品创作年月,许多不可考,有些过去记述有误,真伪莫辨,正误交互,处理起来很棘手。但著者知难而进,不畏艰辛,博观约取,搜罗爬梳,纠谬辨误,去伪存真,最大限度地吸取最新研究成果。可以说,这是一部集大成式的著作,必将产生巨大而深远的影响。书末附录“人名索引”,主要收录该书纲目中唐五代文学家,酌收著名之画家、音乐家、书法家及宗教界人物;纲目时事条中之帝王、宰相、节镇等官吏,科举条中及第进士、作家之交游等,仅收其中与文学活动关系密切者,共计1700余人。

由于该书所涉资料极其繁博,其间关系极其复杂,以5人之力完成如此浩大之工程,疏误之处在所难免,甚至有自相矛盾者。如关于颜真卿卒年,“初盛唐卷”461页于中宗景龙三年(709)条下云:“颜真卿卒年,《旧唐书》本传谓兴元元年卒,《全唐文》令狐峘撰《墓志》谓贞元初年,年七十六,卷五一四殷亮撰《行状》谓贞元元年(785)卒,年七十七。今依《行状》,逆推之,当生于本年。”“中唐卷”11页肃宗至德元载(756)条下亦云:“颜真卿中宗景龙三年(709)生,据《全唐文》卷五一四殷亮《颜鲁公行状》贞元元年卒、年七十七推算。”而同卷401页德宗兴元元年(784)条下纲目则谓“颜真卿被李希烈杀害于蔡州,年七十七”,并云:“据《通鉴》卷二三一,颜真卿为李希烈所害,在本年八月。《全唐文》卷三九四令狐峘《颜真卿墓志》:'今上兴元元年八月三日,蹈危致命,薨于蔡州之难。'"以子之矛攻子之盾,漏洞昭然。实则《旧唐书》和《资治通鉴》的记载是对的,那么,颜真卿的生年则当在中宗景龙二年(708)。又如"初盛唐卷"793页玄宗天宝四载(745)条下纲目云:"李邕与杜甫于青州话旧论文,后杜甫有诗忆及之。"下引《全唐诗》卷二二二杜甫《八哀诗·赠秘书监江夏李公邕》"伊昔临淄城,酒酣托末契……",并谓"青州临淄县治所即在古临淄城,见《元和郡县图志》卷一〇"。此则大谬。翻遍今存所有宋刻杜集及其后主要杜诗评注本如钱谦益《钱注杜诗》、仇兆鳌《杜诗详注》、浦起龙《读杜心解》、杨伦《杜诗镜铨》和明抄本赵次公《新定杜工部古诗近体诗先后并解》残本等,均作"伊昔临淄亭,酒酣托末契",就是著者据录的《全唐诗》亦作"伊昔临淄亭"。据笔者所见近200种杜集版本,尚未有作"伊昔临淄城"者,不知著者何据而云然?两《唐书·地理志》都记载云:齐州济南郡,本齐郡,玄宗天宝元年(742)更名临淄郡,五年又更名济南郡,乾元元年复为齐州。杜甫天宝四载在济南,正值改郡名之时,故《八哀诗》追忆云:"伊昔临淄亭,酒酣托末契。重叙东都别,朝阴改轩砌。"实则"临淄亭",即指历下亭,杜甫此时有《陪李北海宴历下亭》诗,正指当时情景。他如仅据一家不成熟之新说而引为定论,不征引他家之说,亦欠审慎。但白璧微瑕,无伤大体。

著名历史学家范文澜说得好:"现在对历史资料确有望洋兴叹之感,资料太多太散太乱,搜集、整理和考证资料,实在是一件十分重大迫切的事情。我们必须特别重视资料工作,才能动员大批人力投入这个工作里去。""希望今后有很多资料书、工具书陆续出版,这是一种功德无量的工作!”(《范文澜历史论文选集·历史研究中的几个问题》)新时期由于对唐诗文献资料整理和研究工作的重视,以及一大批研究者的卓绝工作和献身精神,所以取得了前所未有的辉煌成绩。正是以上述研究及其成果为基础,目前学术界正在进行全唐五代诗的重编工作,这将给唐诗研究提供一个准确性很高的文本,对未来唐诗研究影响极大,我们热切地期望着新编《全唐五代诗》的早日出版。

# 杜甫——继往开来的伟大诗人*

杜甫(712—770),字子美。祖籍襄阳,生于巩县(今河南巩义)。十三世祖杜预,为魏、晋间名臣,人号"杜武库"。自称有"《左传》癖",著有《春秋左氏经传集解》等。曾祖依艺,为巩县令。祖父审言,为武后时著名诗人,官至膳部员外郎。父闲,曾任兖州司马、奉天县令。夫人杨氏,为司农少卿杨怡女。

杜甫早慧,7岁即能作诗,十四五岁时,即与文坛名士交往,受到他们的称许。19岁时,出游郇瑕(今山西临猗)。20岁时,漫游吴越,历时数年。开元二十四年(736),在洛阳参加进士考试,结果落第。其父杜闲时任兖州司马,遂赴兖州省亲,开始齐赵之游。开元二十九年前后,回洛阳,筑陆浑山庄于首阳山下。约在此时,与杨氏结婚。天宝三载(744)四月,在洛阳与被唐玄宗赐金放还的李白相遇,两人相约为梁宋之游。之后,杜甫又到齐州(今济南)。四载秋,转赴兖州与李白相会,二人一同寻仙访道,谈诗论文,结下了"醉眠秋共被,携手日同行"①的深厚友谊。秋末,二人相别,杜甫结束了"放荡齐赵间,

---

* 本文原载于《杜甫研究学刊》2004年第4期。

① 《与李十二白同寻范十隐居》,(清)仇兆鳌注:《杜诗详注》卷一,中华书局1979年版,第45页。以下凡引杜甫诗文之语,皆据此本,非有必要者,不另注出。

裘马颇清狂”“快意八九年,西归到咸阳”的齐赵之游。

天宝六载(747),玄宗诏天下通一艺者到长安应试,杜甫也参加了。由于权相李林甫作梗,应试者全部落选。杜甫为实现自己的政治理想,不得不奔走于权贵之门,投赠干谒,但无结果。天宝十载正月,玄宗举行祭祀太清宫、太庙和天地的三大盛典,杜甫于九载冬预献《三大礼赋》,得到玄宗的赏识,命待制集贤院,等候分配。但直到十四载,才得授一个河西尉的小官,不就,旋改右卫率府兵曹参军。十一月,往奉先省家,就长安十年的感受和沿途见闻,写成著名的《自京赴奉先县咏怀五百字》。因远祖杜预为京兆杜陵(今陕西西安东南)人,故自称杜陵布衣、杜陵野老、杜陵野客。困居长安时期,一度住在城南少陵附近,自称少陵野老,世因称“杜少陵”。天宝十四载十一月,安史之乱爆发。明年六月,潼关失守,玄宗仓皇逃往成都。七月,太子李亨即位于灵武,是为肃宗。这时,杜甫已将家搬到鄜州(今陕西富县)羌村避难,闻肃宗即位,即于八月只身北上,投奔灵武,不幸途中为叛军俘虏,押送长安。至德二载(757)四月,杜甫冒险由长安奔赴凤翔行在。五月,被授为左拾遗,故世称“杜拾遗”。后因疏救房琯,触怒肃宗,诏三司推问,幸宰相张镐救免。闰八月,敕放鄜州省家,写了《北征》等诗。乾元元年(758)六月,贬华州司功参军,从此永远离开朝廷。冬,杜甫由华州赴洛阳,二年春,返华州,就沿途所见所感,写成著名的“三吏”“三别”。七月,弃官去秦州(今甘肃天水),开始了“漂泊西南天地间”的人生苦旅。十月,赴同谷(今甘肃成县)。年底,由同谷抵成都。上元元年(760)春,卜居西郊草堂。二年岁末,严武任成都尹兼剑南节度使,给予不少照顾。代宗宝应元年(762)七月,武奉召入朝,甫送至绵州(今四川绵阳)。因剑南兵马使徐知道叛乱,被迫流寓梓州(今四川三台)、阆州(今四川阆中)。广德二年(764),召补京兆功曹,不赴。二年正月,严武再镇成都。六月,表荐杜甫为节度参谋、检校工部员外郎,世又称“杜工部”。永泰元年(765)正月,退出幕府。四月,严武病逝,杜甫失去依靠,于五月离开成都乘舟南下,经嘉州(今四川乐山)、戎州(今四川宜宾)、渝州(今重庆)、忠州(今重庆忠县)至云安(今重庆云阳),次年暮春迁居夔州(今重庆奉节)。居夔近两年,写诗400余首。大历三年(768)正月出三峡,经江陵、公安,暮冬抵岳阳。之后,诗人漂泊湖南,贫病交加,濒临绝境。五年冬,病死在湘江舟中,时年59岁。

人所公认,杜甫是中国古典诗歌的集大成者。他,人被尊为“诗圣”,诗被誉为“诗史”,在中国文学史上享有崇高的地位。杜甫生当李唐王朝由盛转衰的历史转折时期,这也是整个中国封建社会由上升期转入下坡路的转折关头。而这一重大历史转折的界标,就是唐玄宗天宝十四载(755)十一月爆发的安史之乱,杜甫时年44岁。这就是说,杜甫一生,有四分之三的时间是生活在所谓的“开天盛世”,而四分之一的时间,即最后15年是在战乱漂泊中度过的。盛世的熏陶和战乱的体验形成强烈的反差,而这巨大强烈的反差却造就了伟大的诗人。诗人杜甫正是用如椽之笔,广泛而深刻地反映了安史之乱前后唐王朝广阔社会生活的巨大变化。一部杜诗,是他的一部自传,也是对他生活的那个时代的忠实记录,诗的表现范围达到空前的广度和深度。由于具有深厚的文化修养、深刻的社会体验和广阔的观察视野,“不薄今人爱古人”,“转益多师是汝师”,对中国传统文化采取广收博取的开明态度,加之“诗是吾家事”

的家学传统，杜甫对中国诗歌有着一种超人的执着精神，“为人性僻耽佳句，语不惊人死不休”，他简直视诗为生命。正因如此，杜甫不仅使诗的题材和体裁范围得到空前的扩大，达到了无事不可言、无意不可入的程度，而且使诗歌艺术达到了出神入化、登峰造极的境地。正如唐人元稹所云：“予读诗至杜子美，而知小大之有所总萃焉。……至于子美，盖所谓上薄风骚，下该沈宋，古傍苏李，气夺曹刘，掩颜谢之孤高，杂徐庾之流丽，尽得古今之体势，而兼今人之所独专矣。……苟以为能所不能，无可无不可，则诗人以来，未有如子美者。”①宋代秦观亦云：“杜子美之于诗，实积众家之长，适当其时而已。昔苏武、李陵之诗，长于高妙；曹植、刘公干之诗，长于豪逸；陶潜、阮籍之诗，长于冲澹；谢灵运、鲍昭（应作‘照’）之诗，长于峻洁；徐陵、庾信之诗，长于藻丽。于是杜子美者，穷高妙之格，极豪逸之气，包冲澹之趣，兼峻洁之姿，备藻丽之态，而诸家之作所不及焉。然不集诸家之长，杜氏亦不能独至于斯也。岂非适当其时故耶？《孟子》曰：伯夷，圣之清者也；伊尹，圣之任者也；柳下惠，圣之和者也；孔子，圣之时者也。孔子之谓集大成。呜呼，杜氏、韩氏，亦集诗文之大成者欤！”②明末刘荣嗣也说：“少陵诗靡所不有，有爽彻胸臆，净洗铅华，亭亭独举者；有包举万物，勾稽典丽，八音奏而五采错者；有和邕浑噩，佩玉鸣裳，声容都雅者；有危侧崄巇，历落纵横，如奔涛轰雷、断弦裂帛者；有托言寄兴，远致近含，骤而即之，莫见形似者；有直纪世变，如史传

---

① 《唐故工部员外郎杜君墓系铭并序》，冀勤点校：《元稹集》卷五六，中华书局1982年版，第600—601页。

② （宋）秦观：《韩愈论》，《淮海集》卷二二，《四部丛刊》景明本。

纪论,曲尽描画者。上之而汉魏、六朝、初盛,罔不备于少陵;即下之而中晚、宋元,少陵集中隐隐具一种变相,兹少陵所以为大与!"[①]所以清人刘熙载云:"杜诗高、大、深俱不可及。吐弃到人所不能吐弃,为高;涵茹到人所不能涵茹,为大;曲折到人所不能曲折,为深。"[②]必须指出,杜甫对中国诗歌的贡献,绝不仅仅是"集大成"而已,更重要的是对诗歌的创新,这是在继承基础上的创新,是从内容到形式的全面创新。中国古典诗歌的发展历程表明,诗到《诗经》为一大变,到以《离骚》为代表的楚辞又一大变,到汉代的五言诗又一大变,到南朝齐、梁的"永明体"又一大变,而到杜甫更是一大变化,这是更深刻的变化。郝敬说得好:"诗至子美而大成,亦自子美而大变,不可不知。"[③]陈廷焯亦云:"诗至杜陵而圣,亦诗至杜陵而变。顾其力量充满,意境沉郁。嗣后为诗者,举不能出其范围,而古调不复弹矣。故余谓自风骚以迄太白,诗之正也,诗之古也。杜陵而后,诗之变也。自有杜陵,后之学诗者,更不能求风骚之所在,而亦不得不以杜陵为止境。韩、苏且列门墙,何论余子。昔人谓杜陵为诗中之秦始皇,亦是快论。"[④]又曰:"诗有变古者,必有复古者。(如陈伯玉扫陈、隋之习是也)然自杜陵变古后,而后世更不能复古。(自风骚至太白同出一源。杜陵而后,无敢越此老范围者,皆与古人为敌国矣)何其霸也。不知古者,必

---

① (明)卢世潅:《杜诗胥钞·知己赠言》。

② 《艺概·诗概》。

③ 《荆南兵马使太常卿赵公大食刀歌》注引,《杜诗详注》卷一八,第1584页。

④ (清)陈廷焯:《白雨斋词话》卷七,《词话丛编》本,中华书局1986年版,第3940页。

不能变古,此陈、隋之诗所以不竞也。杜陵与古为化者也。惟其与古为化,故一变而莫可复兴。”①贺贻孙《诗筏》进而曰:“余观子美诗,创而不沿,孤而无偶,竟不能指某篇某句出《风》《雅》,出沈、宋,出苏、李,出曹、刘,出颜、谢,出徐、庾也。如蜂采百花以酿蜜,不能别蜜味为某花也;如秦人销天下兵器为金人十二,不能别金人之头面手足为某兵器也。合众体以成一子美,要亦得其自体而已。”信矣!简而言之,“与古为化,化而能新”八字,可以概括杜甫对中国古典诗歌的贡献。宋初王禹偁《日长简仲咸》诗云:“子美集开诗世界。”②所以说,杜甫又是中国文学史上继往开来的伟大诗人。

大概说来,杜甫对中国古典诗歌的贡献主要表现在以下几个方面:

第一,在诗歌表现内容和功能上,杜甫可以说是发挥到了极致。杜诗反映的内容极其广泛,涉及社会生活的各个方面,大到军国大事、帝王将相,小到个人琐事、生活情趣,都可成诗。刘熙载《艺概·诗概》云:“无一意一事不可入诗者,唐则子美,宋则苏、黄。要其胸中具有炉锤,不是金银铜铁强令混合也。”他以诗写时事,如《哀江头》《悲陈陶》《悲青坂》《喜闻官军已临贼境二十韵》《洗兵马》《收京》《有感》《三绝句》等。孟棨《本事诗·高逸第三》云:“杜逢禄山之难,流离陇蜀,毕陈于诗,推见至隐,殆无遗事,故当时号为‘诗史’。”明许宗鲁《刻杜工部诗序》云:“夫谓杜诗为史者,岂不信哉!是故开元治平之迹,天宝丧乱之因,至德中兴之由,上元、宝应迄乎大历,纷攘小

① 《白雨斋词话》卷七,第3941页。

② (宋)王禹偁:《小畜集》卷九,《四部丛刊》本。

康之故,靡不综述,夫其裨史氏之遗略,备一代之典籍,盖深有征焉者,故谓之为史者,信矣!信矣!”郭正域《杜律选序》云:“有直写世变,兼之论言,如传如记,世谓‘诗史’者,《诸将》《恨别》诸什是也。”吴瞻泰《杜诗提要·评杜诗略例》云:“‘诗史’二字,非徒谓其笔之严正如《春秋》书法也。如《北征》、《留花门》、前后《出塞》、《哀王孙》、《悲陈陶》、《哀江头》、《洗兵马》、《冬狩行》、《收京》、《有感》、《洞房》、《秋兴》、《诸将》等诗,能括全史所不逮,足使唐之君臣闻之不寒而栗,谓非史乎?”仇兆鳌评《八哀诗·故司徒李公光弼》曰:“光弼怵于祸患,畏缩不行,竟至悔恨而亡。诗云‘直笔在史臣’,此微显阐幽,欲为纯臣表心也,一语有关大节。《唐书》本传,史官力为暴白。皆公诗有以发之矣。”①徐秉义《问斋杜意序》云:“杜诗不易读也!……观其身当明皇、肃、代之世,任将用兵,播迁克复,天时人事,无所不纪。虽有得于比兴讽刺之体,而其奇变综博,则有似乎子长、孟坚之书,又其学富,其言远,经史百家,以至佛老舆象,莫不陶冶而出之。有经济,有权略,妙达情变,深穷物理,自谓致尧舜,比稷契,泣鬼神,愁花鸟,良非夸言。”以诗发议论,如《戏为六绝句》《题桃树》《偶题》等。郝敬评《诸将五首》云:“此以诗当纪传,议论时事,非吟风弄月,登眺游览,可任兴漫作也。必有子美忧时之真心,又有其识学笔力,乃能斟酌裁补,合度如律。其各首纵横开合,宛是一章奏议、一篇训诰,与三百篇并存可也。”②杨伦亦云:“此与《有感》五首皆以议论为诗,其感愤时事处慷慨蕴藉,反覆唱叹,而于每篇结

① 《杜诗详注》卷一六,第 1383 页。

② 《杜诗详注》卷一六引,第 1371 页。

末，尤致丁宁，所谓言之者无罪，而闻之者足以戒。”①刘克庄评《咏怀古迹五首》其五云：“卧龙公没已千载，而有志世道者，皆以三代之佐许之。如云‘万古云霄一羽毛’，如侪之伊吕伯仲间，而以萧曹为不足道，此论皆自子美发之。考亭、南轩近世大儒，不能发也。”②浦起龙亦云：“此诗后四句，非窥见霸王器局、圣贤心事者不能道。今日兔园夫子，见坊本《史断》、俗本《三国》，便道帝蜀之说，固然无足怪，不知当公之世，独见惟公一人，由公而前，仅一习凿齿耳。宋儒定论，原本此诗。”③吴瞻泰评《题桃树》云：“此杜公一首道学诗，平生经济皆具于此，可作张子厚《西铭》读，然却无理学气。”④《杜诗言志》卷一一又据此发挥说：“儒者动言天地万物为一体，而皆未曾说得明白谛当。惟《西铭》一篇，略见大意，然亦说个体段腔子，不能尽其情实。……惟读先生此诗，则一歌一咏，跃然言下。”浦起龙谓《承闻河北诸节度入朝欢喜口号绝句十二首》：“十二首竟是一大篇议论夹叙事之文，与纪传论赞相表里。”⑤翁方纲谓《喜闻盗贼总退口号五首》其五：“雅颂箴铭歌谣史乘，杜公合而一之。”⑥张溍评《戏为六绝句》云：“《六绝》为诗道司南。”⑦李因

① （清）杨伦笺注：《杜诗镜铨》卷一三，上海古籍出版社 1980 年版，第 640 页。

② （宋）刘克庄撰，王秀梅点校：《后村诗话·新集》卷二，中华书局 1983 年版，第 180 页。

③ （清）浦起龙：《读杜心解》卷四之二，中华书局 1978 年版，第 659 页。

④ （清）吴瞻泰：《杜诗提要》卷一一，《杜诗丛刊》本。

⑤ 《读杜心解》卷六之下，第 857 页。

⑥ （清）翁方纲：《杜诗附记》卷下。

⑦ （清）张溍：《读书堂杜诗注解》卷七。

笃则云:"《六绝》论诗之源流当祖风骚,固矣。然递相祖述,则舍六朝初唐无从入也。可谓卓识确见,独冠古今矣。"[①]以诗写人物传记,如《寄李十二白二十韵》《八哀诗》等。《唐诗快》卷一三评《寄李十二白二十韵》云:"此二十韵竟可作太白小传。"王嗣奭评《八哀诗》云:"此八公传也,而以韵语纪之,乃老杜创格,盖法《诗》之《颂》,而称为诗史,不虚耳!"[②]李因笃评云:"《八哀诗》叙述八公生平,称而不夸,老笔深情,得司马子长之神矣。"[③]以诗写传奇,如《义鹘行》等。杨伦评云:"记异之作,愤世之篇,便是《聂政》《荆轲》诸传一样笔墨,故足与太史公争雄千古。得之韵言,尤为空前绝后。"[④]以诗写奏议,如《塞芦子》等。杨伦亦云:"以韵语代奏议,洞悉时势,见此老硕画苦心。学者熟读此等诗,那得以诗为无用,作诗为闲事。"[⑤]以诗写赠序,如《奉赠韦左丞丈二十二韵》《投赠哥舒开府翰二十韵》等。王嗣奭就盛赞《投赠哥舒开府翰二十韵》为"投赠之最工致者"[⑥]。以诗写书札,如《萧八明府实处觅桃栽》《从韦二明府续处觅绵竹》《凭何十一少府邕觅桤木栽》《凭韦少府班觅松树子栽》《诣徐卿觅果栽》等。王嗣奭亦云:"诸章皆以诗代札,乃公戏笔。"[⑦]以诗写自传,如《壮游》《遣怀》等。王嗣奭评

① 《诸名家评定本钱注杜诗》卷一二引。

② (明)王嗣奭:《杜臆》卷七,上海古籍出版社 1983 年版,第 235 页。

③ (清)刘濬:《杜诗集评》卷三引,《杜诗丛刊》本,(台北)大通书局 1974 年版,第 367 页。

④ 《杜诗镜铨》卷四,第 193 页。

⑤ 《杜诗镜铨》卷三,第 132 页。

⑥ 《杜臆》卷一,第 18 页。

⑦ 《杜诗详注》卷九引,第 732 页。

《壮游》云："此诗乃公自为传。"[①]赵次公则云："公之生平出处，莫详于此篇，而史官为传，当时之人为墓志，后人为集序，皆不能考此以书之，甚可惜也。"[②]以诗写游记，如《陪郑广文游何将军山林十首》《渼陂行》等。王嗣奭评《陪郑广文游何将军山林十首》云："此十诗明是一篇游记，有首有尾。中间或赋景，或写情，经纬错综，曲折变幻，用正出奇，不可方物。有自为首尾者，有无首无尾者；诗不可无首尾，因有总首尾在也。"[③]至于咏物抒怀之作，更是比比皆是。胡应麟《诗薮·内编·近体上·五言》云："咏物起自六朝，唐人沿袭，虽风华竞爽，而独造未闻。惟杜诸作自开堂奥，尽削前规。"在杜甫手中，诗差不多成了万能的工具，把诗的表现功能发挥到了极致。

第二，杜诗之所以能集大成，一个重要原因，就是杜甫能够比较正确地对待前人文化遗产，既不肯定一切，也不否定一切，而是博取众长，为己所用，化为己有。刘克庄《跋黄贡士诗卷》云："少陵实兼风、雅、骚、选、隋唐众体。"[④]郑日奎《读少陵集》谓杜诗"荡除尘翳斩荆榛，为经为骚复为史"[⑤]。叶燮《原诗·内篇上》云："今之人固群然宗杜矣，亦知杜之为杜，乃合汉、魏、六朝并后代千百年之诗人而陶铸之者乎？"郑板桥《板桥后序》云："是《左传》，是《史记》，似《庄子》《离骚》，而六朝香艳，

---

① 《杜臆》卷八，第 257 页。

② （宋）赵次公：《新定杜工部古诗近体诗先后并解》卷一〇。

③ 《杜臆》卷一，第 20 页。

④ （宋）刘克庄：《后村先生大全集》卷一一〇。

⑤ 《杜诗详注》附编《诸家咏杜》，第 2297 页。

亦时用之以为奴隶。大哉杜诗,其无所不包括乎!”①黄子云《野鸿诗的》曰:“杜陵兼风、骚、汉、魏、六朝而成诗圣者也。”以对六朝文学为例,最能看出杜甫对待文化遗产的正确态度。魏晋六朝,诚如鲁迅先生所说,是一个“文学的自觉时代”。但自唐迄今,千余年来,对六朝文学的评价,却是毁誉参半,褒贬不一。大概言之,贬多于褒,毁多于誉,甚至在某个时期,几近全盘否定。对六朝文学的评价,涉及许多重大文学问题,甚或关系到对文学本质的认识。但直至近二十年来,对其评价方接近历史的本来面目。而诗圣杜甫,可谓是公正评价六朝文学之第一人。杜甫之前,对六朝文学几乎是一片挞伐之声。隋末大儒王通,对六朝文学攻击不遗余力,其《中说·事君篇》云:“子谓文士之行可见:谢灵运小人哉!其文傲,君子则谨。沈休文小人哉!其文冶,君子则典。鲍昭(当为‘照’)、江淹,古之狷者也,其文急以怨。吴筠(当为‘均’)、孔(稚)圭,古之狂者也,其文怪以怒。谢庄、王融,古之纤人也,其文碎。徐陵、庾信,古之夸人也,其文诞。或问(刘)孝绰兄弟,子曰:鄙人也,其文淫。或问湘东王兄弟,子曰:贪人也,其文繁。谢朓,浅人也,其文捷。江总,诡人也,其文虚。皆古之不利人也。”对南朝文人几乎一一骂倒,其所肯定者,仅颜延之、王俭、任昉数人而已!李谔《上隋高祖革文华书》亦云:“魏之三祖,更尚文词,忽君人之大道,好雕虫之小艺。下之从上,有同影响,竞骋文华,遂成风俗。江左齐、梁,其弊弥甚,贵贱贤愚,唯务吟咏。遂复遗理存异,寻虚逐微,竞一韵之奇,争一字之巧。连篇累牍,不出月

① 卞孝萱编:《郑板桥全集·板桥集外诗文》,齐鲁书社 1985 年版,第 247 页。

露之形，积案盈箱，唯是风云之状。世俗以此相高，朝廷据兹擢士。禄利之路既开，爱尚之情愈笃。……故文笔日繁，其政日乱，良由弃大圣之轨模，构无用以为用也。”①降及李唐，对六朝文学的谴责之声仍不绝于耳。唐初史臣，对六朝文学多持批判态度，《周书·王褒庾信传论》更直斥集南北朝文学之大成的庾信为“词赋之罪人”。“初唐四杰”虽有变革文风的自觉意识，但对六朝文学的认识仍有极大的偏颇。王勃《上吏部裴侍郎启》云：“自微言既绝，斯文不振。屈、宋导浇源于前，枚、马张淫风于后。……故魏文用之而中国衰，宋武贵之而江东乱。虽沈、谢争骛，适先兆齐、梁之危；徐、庾并驰，不能止周、陈之祸。……天下之文，靡不坏矣。”②与乃祖王通一脉相承。杨炯、卢照邻辈，持论亦与王勃无异。以高倡复古为革新的陈子昂，对六朝文学更是一笔抹倒。他在《与东方左史虬修竹篇书》中说：“文章道弊，五百年矣。汉、魏风骨，晋、宋莫传，然而文献有可征者。仆尝暇时观齐、梁间诗，彩丽竞繁，而兴寄都绝，每以永叹。”③大诗人李白，时或难免子昂的偏颇：“大雅久不作，吾衰竟谁陈？……自从建安来，绮丽不足珍。”④又曰：“梁、陈以来，艳薄斯极。沈休文又尚以声律，将复古道，非我而谁与？”⑤但太白在创作实践上对六朝文学还是颇多借鉴的，

① 《隋书》卷六六，中华书局1973年版，第1544—1545页。

② （清）蒋清翊注：《王子安集注》卷四，上海古籍出版社1995年版，第130—131页。

③ 《全唐诗》卷八三，中华书局1979年排印本，第895—896页。

④ 《古风》其一，《全唐诗》卷一六一，第1670页。

⑤ （唐）孟棨撰：《本事诗·高逸第三》，《历代诗话续编》本，中华书局1983年版，第14页。

尤其对谢朓更是情有独钟,赞不绝口,可谓“一生低首谢宣城”,太白的创作和理论是充满矛盾的。

唯独杜甫不然!他在创作和理论的结合上,较为正确地解决了借鉴六朝文学的问题。其《戏为六绝句》有云:“不薄今人爱古人,清词丽句必为邻。窃攀屈宋宜方驾,恐与齐梁作后尘。”这“清词丽句必为邻”,正是对六朝文学的肯定;而“恐与齐梁作后尘”,则是对六朝文学的批评。故清人冯班云:“千古会看齐梁诗,莫如老杜。晓得他好处,又晓得他短处。他人都是望影架子话。”①六朝时期的重要诗人,杜甫几乎都已论及。他对陶、谢、庾、鲍、阴、何的赞誉,更是人所共知。李白是杜甫最景仰的诗人和朋友,而他用“清新庾开府,俊逸鲍参军”来褒扬这位诗仙,足以见出诗圣杜甫对六朝文学的高度评价。杜甫既“别裁伪体”,又“转益多师”,博取众长,细大不捐,故能成就一部博大精深的杜诗。中唐诗人元稹正是基于此而率先提出了“杜诗集大成”说,嗣后秦观在《韩愈论》中又加以发挥。而微之、少游所论列者,大半为六朝诗人。舍六朝,何来律诗的成熟!何来唐诗的繁荣!舍六朝,杜甫何以集其成,又何以成其大!故清人厉志云:“终唐之世,善学汉、魏、六朝,以少陵为最。”②张溍更进而云:“千古善学六朝者,惟(杜)公。”③

杜甫之善学六朝,为我们提供了许多有益的经验。而杜甫之所以善学六朝,则有其深刻的文化渊源和时代背景。对此,

① (清)冯班:《钝吟杂录》卷四,文渊阁《四库全书》影印本。

② (清)厉志:《东屯茅屋四首》其二评语,《白华山人诗说》卷二,《清诗话续编》本,上海古籍出版社1983年版,第2281页。

③ 《自瀼西荆扉且移居东屯茅屋四首》其二评语,《读书堂杜诗注解》卷一七。

吴怀东博士的《杜甫与六朝诗歌关系研究》一书作了有益的探讨,得出了令人满意的结论。该书采用史论结合、宏观与微观兼顾的研究方法,在广泛占有文献资料并吸收前人研究成果的基础上,通过对魏晋、六朝至初盛唐文化背景的清理、研究,发掘了历来为人所忽略的初盛唐文化相对于六朝的"革中之承",指出以门阀士族占据统治地位和儒学思想束缚相对松弛为背景的魏晋、六朝与初盛唐属于同一文化范型,这就内在地决定着初盛唐在政治层面否定六朝而在深层文化精神以及价值观、诗学观方面对魏晋、六朝有一定程度的继承,由此决定着杜甫人格思想、审美趣味对于六朝亦有一定程度之继承,而这正是杜甫客观评价六朝,进而学习六朝诗歌的潜在前提。在此前提下,作者重新审视了六朝文化的历史贡献,代表性诗人的诗史地位,发掘了杜甫对六朝诗人评论和认识的特殊意义,全面阐述了杜甫与六朝主要诗人在思想性行和诗歌艺术方面的密切关联,突出了杜甫在继承基础上的发展和创新。该书还涉及对杜甫诗歌史地位的重新认识问题,指出杜甫诗歌不仅表明诗歌史从浪漫转向写实的重大变化,进而以更加内在的社会政治与文化的转型以及士人社会地位的调整为背景,反映士人文化心理与时代文化精神的重大变化,以及随之而来审美范型由魏晋—盛唐的和谐、对称、含蓄、宏丽之"雅"向奇险、刻削、直露、平朴之"俗"的中唐文化风气乃至"宋调"的转变。吴瞻泰评杜诗《和裴迪登蜀州东亭送客逢早梅相忆见寄》即云:"用意曲折,飞舞流动,直是生龙活虎,不受排偶之束者,陈后山最得其法,然宋人门庭,公亦开之矣。"[①]浦起龙评《野人送朱樱》诗

---

① 《杜诗提要》卷一一。

云:“通体清空一气,刷肉存骨,宋江西派之祖。”①又评《放船》云:“叙事明晰,写景波峭,五律之开宋者。”②仇兆鳌评《奉观严郑公厅事岷山沱江画图十韵》云:“昔人论此诗,为宋人咏画之祖。”③乔亿评《谒文公上方》诗云:“格制平正,词旨洞达,大开北宋人门径。”④后人谓韩愈及宋人以文为诗,以议论为诗,实肇自杜甫。胡夏客曰:“《赴奉先咏怀》,全篇议论,杂以叙事;《北征》则全篇叙事,杂以议论。”⑤他如《石笋行》《石犀行》《杜鹃行》《题桃树》《偶题》等,亦是议论佳篇。杨伦评《剑门》诗云:“以议论为韵言,至少陵而极,少陵至此等诗而极,笔力雄肆,直欲驾《剑阁铭》而上之。”⑥

第三,杜诗众体皆有,诸体兼擅,诸法俱备,为后世开无数法门。据浦起龙《读杜心解》统计,杜诗共 1458 首,其中五古 263 首,如《望岳》《自京赴奉先县咏怀五百字》《北征》《赠卫八处士》和“三吏”“三别”,以及《佳人》《梦李白二首》《遭田父泥饮美严中丞》等;七古 141 首,如《兵车行》《丽人行》《丹青引》《古柏行》《观公孙大娘弟子舞剑器行》等;五律 630 首,如《房兵曹胡马》《画鹰》《夜宴左氏庄》《春望》《月夜》《月夜忆舍弟》《天末怀李白》《春夜喜雨》《旅夜书怀》《登岳阳楼》等;七律 151 首,如《蜀相》《闻官军收河南河北》《登楼》《阁夜》《宿府》《又呈吴郎》《登高》等;五排 127 首,如《冬日洛城北谒玄元

① 《读杜心解》卷四之一,第 626 页。
② 《读杜心解》卷三之三,第 460 页。
③ 《杜诗详注》卷一四,第 1188 页。
④ (清)乔亿:《杜诗义法》卷上,清刻本。
⑤ 《杜诗详注》卷四引,第 274 页。
⑥ 《杜诗镜铨》卷七,第 309 页。

皇帝庙》《寄李十二白二十韵》《秋日夔府咏怀奉寄郑监李宾客一百韵》《风疾舟中伏枕书怀三十六韵奉呈湖南亲友》等;七排8首,如《清明二首》《岳麓山道林二寺行》等;五绝31首,如《八阵图》等;七绝107首,如《赠李白》《赠花卿》《江畔独步寻花七绝句》等。杜诗不仅名篇众多,而且富于创造,成为流传千古的艺术瑰宝,如《自京赴奉先县咏怀五百字》《北征》,向被誉为"古今绝唱"。"新题乐府"更是杜甫开创的一种新的诗歌体式,为中唐以后的新乐府树立了榜样。元稹《乐府古题序》说:"近代唯诗人杜甫《悲陈陶》《哀江头》《兵车》《丽人》等,凡所歌行,率皆即事名篇,无复倚傍。予少时与友人乐天、李公垂辈,谓是为当,遂不复拟赋古题。"①蔡居厚云:"惟老杜《兵车行》《悲青坂》《无家别》等数篇,皆因事自出己意立题,略不更蹈前人陈迹,真豪杰也。"②《饮中八仙歌》亦是创格,句句用韵,一韵到底,不发一句议论,而八人醉态活现。王嗣奭评云:"此创格,前无所因,后人不能学。描写八公都带仙气,而或两句、三句、四句,如云在晴空,卷舒自如,亦诗中之仙也。"③李因笃评曰:"此诗别是一格,似赞似颂,只一二语,可得其人生平。大家之作,妙是叙述,一语不涉议论,而八公身分自见,风雅中马迁也。"④夏力恕评云:"此篇为少陵创格……盖谣谚之别体,

---

① 《元稹集》卷二三,第255页。

② (宋)胡仔:《苕溪渔隐丛话》前集卷一《国风汉魏六朝上》引《蔡宽夫诗话》,人民文学出版社1962年版,第5页。

③ 《杜臆》卷一,第8页。

④ 《杜诗集评》卷五引,第448页。

乐府之遗音,故有重韵。"[①]梁运昌评《白丝行》曰:"本是平调,但仄韵换仄,词句自缓,音节自紧,此杜老新调。"[②]一代宗师王士禛认为:"七言古诗,诸公一调。唯杜甫横绝古今,同时大匠,无敢抗行。"[③]把杜甫的七言古诗奉为"千古标准"。管世铭《读雪山房唐诗序例·五排凡例》云:"杜工部有三体诗古今无两:七言古、七言律、五言长律也。"律诗,特别是七律,更是成熟于杜甫。清钱良择《唐音审体·律诗七言四韵论》云:"七言律诗始成于初唐咸亨、上元间,至开、宝而作者日出。少陵崛起,集汉、魏、六朝之大成,而融为今体,实千古律诗之极则。同时诸家所作,既不甚多,或对偶不能整齐,或平仄不相黏缀,上下百余年,止少陵一人独步而已。"明胡应麟更把杜甫的《登高》奉为"古今七言律第一":"杜'风急天高'一章五十六字,如海底珊瑚,瘦劲难名,沉深莫测,而精光万丈,力量万钧。通章章法、句法、字法,前无昔人,后无来学。微有说者,是杜诗,非唐诗耳。然此诗自当为古今七言律第一,不必为唐人七言律第一也。(元人评此诗云:'一篇之内,句句皆奇;一句之中,字字皆奇。'亦有识者)……若'风急天高',则一篇之中,句句皆律,一句之中,字字皆律,而实一意贯串,一气呵成。骤读之,首尾若未尝有对者,胸腹若无意于对者;细绎之,则锱铢钧两,毫发不差,而建瓴走坂之势,如百川东注于尾闾之窟。至用句用

---

① (清)夏力恕:《杜诗增注》卷一,清乾隆十四年(1749)古泉精舍刻本。

② (清)梁运昌:《杜园说杜》卷七,书目文献出版社 1995 年影印本,第 397 页。

③ 《居易录》卷二一。

字，又皆古今人必不敢道，决不能道者，真旷代之作也。”①杜甫又是拗体七律的创始者。拗体律诗，如《白帝城最高楼》《白帝》《愁》《昼梦》等，为律诗的发展增添了生命力。方回曰：“拗字诗在老杜集七言律诗中谓之‘吴体’，老杜七言律一百五十九首，而此体凡十九出。不止句中拗一字，往往神出鬼没。虽拗字甚多，而骨骼愈峻峭。今江湖学诗者，喜许浑诗‘水声东去市朝变，山势北来宫殿高’‘湘潭云尽暮山出，巴蜀雪消春水来’，以为丁卯句法。殊不知始于老杜，如‘负盐出井此溪女，打鼓发船何郡郎’‘宠光蕙叶与多碧，点注桃花舒小红’之类是也。如赵嘏‘残星几点雁横塞，长笛一声人倚楼’，亦是也。唐诗多此类，独老杜‘吴体’之所谓拗，则才小者不能为之矣。”②杜甫到夔州后写的一些长篇排律和联章诗，如《秋日夔府咏怀奉寄郑监李宾客一百韵》《诸将五首》《咏怀古迹五首》《秋兴八首》等，以它独特的风貌，标志着他对这些诗体的创造、运用已达到全新境界。明人高棅说：“排律之盛，至少陵极矣，诸家皆不及。”③王嗣奭评《秋日夔府咏怀奉寄郑监李宾客一百韵》云：“唐人百韵诗自公倡，而句句峭拔，字字精彩，乃此公独擅之长。”④浦起龙《读杜心解・发凡》云：“千言、数百言长律，自杜而开，古今圣手无两。”清人许印芳说：“七律连章诗最难出色，古来惟杜擅长。《咏怀古迹》五首、《诸将》五首、《秋

① （明）胡应麟：《诗薮・内编》卷五，中华书局上海编辑所 1958 年排印本，第 95—96 页。

② （元）方回选评，李庆甲集评校点：《瀛奎律髓汇评》卷二五，上海古籍出版社 1986 年版，第 1107 页。

③ （明）高棅：《唐诗品汇・五言排律叙目》。

④ 《杜臆》卷七，第 255 页。

兴》八首，魄力雄厚，法律精密，后学诵习，受益无量。”①可以说，夔州时期，杜甫的诗艺已达到炉火纯青、出神入化的境地。胡应麟《诗薮·内编·近体中·七言》云：“老杜字法之化者，如‘吴楚东南坼，乾坤日夜浮’‘碧知湖外草，红见海东云’，坼、浮、知、见四字，皆盛唐所无也。然读者但见其闳大而不觉其新奇。又如‘孤嶂秦碑在，荒城鲁殿余’‘古墙犹竹色，虚阁自松声’，四字意极精深，词极易简，前人思虑不及，后学沾溉无穷，真化不可为矣。句法之化者，‘无风云出塞，不夜月临关’‘露从今夜白，月是故乡明’‘江山有巴蜀，栋宇自齐梁’‘近泪无干土，低空有断云’之类，错综震荡，不可端倪，而天造地设，尽谢斧凿。篇法之化者，《春望》《洞房》《江汉》《遣兴》等作，意格皆与盛唐大异，日用不知，细味自别。”又曰：“七言如‘锦江春色来天地，玉垒浮云变古今’‘织女机丝虚夜月，石鲸鳞甲动秋风’‘香稻啄余鹦鹉粒，碧梧栖老凤凰枝’‘听猿实下三声泪，奉使虚随八月槎’，字中化境也；‘无边落木萧萧下，不尽长江滚滚来’‘二仪清浊还高下，三伏炎蒸定有无’‘永夜角声悲自语，中天月色好谁看’‘绝壁过云开锦绣，疏松隔水奏笙簧’，句中化境也；‘昆明池水’‘风急天高’‘老去悲秋’‘霜黄碧梧’，篇中化境也。”边连宝《杜律启蒙·凡例》云：“惟杜律变化，神明不可方物，动以古文散行之法，运于排比声偶之中，所谓杜甫似司马迁者，不独《八哀》篇为然，亦不独古诗为然也。”杜诗，特别是律诗，可以说是从容于法度之中，而又变化于法度之外。他于法度中求变化，纵横变化中自有法度，使二者达到完美的统一。宋谊《杜工部诗序》云：“唐之时以诗鸣者最多，而杜子

① 《瀛奎律髓汇评》卷二五，第 1116 页。

美迥然特异……其词曲而中，其意肆而隐，虽怪奇伟丽，变态百出，而一之于法度，不几于古之言志而咏情者乎！”沈德潜云：“杜诗近体，气局阔大，使事典切，而人所不可及处，尤在错综任意，寓变化于严整之中，斯足凌轹千古。”①冯舒曰：“律诗本贵乎整，老杜晚年以古文法为律，下笔如神，为不可及矣。”②杜诗内容与形式的完美结合所呈现出的主体风格是“沉郁顿挫”。所谓“沉郁顿挫”，是指杜诗内容上的博大精深，忧愤郁勃；形式上的波澜老成，顿挫变化；语言上的精练准确，含蓄蕴藉，从而形成了千汇万状、地负海涵、博大宏远、真气淋漓的美学风貌。

前人最佩服的是杜诗的“无一字无来处”。这一方面说明杜甫的学识渊博，经、史、子、集，无所不读，诸子百家，无所不精；但另一方面，更重要的是，说明杜甫对前人典籍的熟谙妙用已达到了运化无迹、有如己出的纯熟境地。正如杜甫自己所说的那样：“读书破万卷，下笔如有神。”而他对诗律与技巧的追求是终生不懈、愈老弥笃的，“晚节渐于诗律细”，确实道出了他对诗律惨淡经营的匠心。宋代大文学家苏东坡说：“学诗当以子美为师，有规矩故可学。”③清人吴瞻泰说：“子美作诗之‘本’，不可学也；子美作诗之‘法’，可学者也。”④韩国著名杜诗研究专家李丙畴更说：“杜甫复生百次，也不可能赶上李白写诗的磅礴气势；而

① (清)沈德潜:《唐诗别裁集》卷一○，上海古籍出版社1979年版，第343页。

② 《瀛奎律髓汇评》卷一○，第357页。

③ (宋)陈师道:《后山诗话》引。

④ 《杜诗提要·自序》。

李白死而复生百回,仍比不上杜甫作诗的技巧。”①诗圣杜甫作诗的丰富经验,他对作诗律法与技巧的不懈追求与勇于实践,为我们留下了一份宝贵的艺术遗产,是值得我们继承和借鉴的,也是我们繁荣社会主义文艺创作所必需的。

作为世界文化名人的杜甫,对中国文学产生了广泛而深远的影响。可以说,杜甫之后的一千多年,中国诗坛上的杰出诗人几乎没有一个不是受他影响的。唐代元稹、白居易、张籍、王建、刘禹锡、韩愈、孟郊、贾岛、李贺、李商隐、杜牧、皮日休、陆龟蒙、韩偓、韦庄等,宋代王安石、苏轼、黄庭坚、陈师道、陈与义、陆游等,金代元好问等,明代袁凯、李梦阳、郑善夫、陈子龙等,清代钱谦益等,无不推尊杜甫,学习杜甫。杜甫是我国优秀传统文化的代表。他的诗歌,堪称中国古典诗歌的范本;他的人格,堪称中华民族文人品格的楷模;他的思想,堪称中华民族传统思想的精华。诗圣杜甫那种忧国忧民无已时、君圣民安死方休的崇高精神,在其后一千多年的历史中,特别是在中华民族国难深重、危亡在即的关键时刻,不知影响和鼓舞了多少仁人志士,为民族的振兴、国家的强盛、人民的幸福而英勇献身!宋末文天祥被囚元人狱中,至死不屈,集杜句成诗200首。他在《集杜诗·自序》中说:“凡吾意所欲言者,子美先为代言之。日玩之不置,但觉为吾诗,忘其为子美诗也。乃知子美非能自为诗。诗句自是人情性中语,烦子美道耳。子美于吾隔数百年,而其言语为吾用,非情性同哉!”抗日战争胜利后,钱来苏在《关于杜甫》一文中说:“他是我们中华民族历史上最有骨头

① [韩]高光植:《杜诗研究三十载——南朝鲜杜诗研究者李丙畴一席谈》,沈默译,《国外社会科学》1988年第5期。

的一个人。他在颠沛流亡艰难困苦的环境中,甚至要穷死饿死的时候,还总是念念不忘国家。他的诗总是唤起朝野的人士赶快的把胡寇逐出中国去。他的诗集里表现民族气节,民族意识的作品,是很多的。"[①]杜甫及其诗具有很强的民族凝聚力。学习杜甫与杜诗,对于我们提高民族自信心、发扬爱国主义精神是大有裨益的。在今天,我们更需要杜甫!

---

① (延安)《解放日报》1946年11月3日。

# 杜甫是孔孟思想的继承者和实践者*

杜甫不仅是伟大的诗人，而且是伟大的思想家。他是原始儒家思想即孔孟思想的继承者和实践者，他阐释和恢复原始儒家道统思想，远在韩愈之前。而杜甫继承和恢复的是原始儒家思想的积极方面，不像韩愈那样精华与糟粕兼收并蓄。杜甫是我国优秀传统文化的代表。

杜甫出身于"奉儒守官"的家庭，受的是儒家的正统教育。他在《进〈雕赋〉表》中说："自先君恕、预以降，奉儒守官，未坠素业矣。……臣之述作，虽不足以鼓吹六经，先鸣数子，至于沉郁顿挫，随时敏捷，而扬雄、枚皋之流，庶可企及也。有臣如此，陛下其舍诸?"他的政治理想就是"致君尧舜上，再使风俗淳"。他在诗文中屡屡提到"儒家""儒门""儒流""儒生""儒术""儒冠""儒服""儒衣"和"醇儒""硕儒""巨儒""老儒""旧儒""先儒""文儒""世儒""宗儒"等，他也自称"儒"，甚至谑称"腐儒"。其《题省中壁》云："腐儒衰晚谬通籍，退食迟回违寸心。"《江汉》云："江汉思归客，乾坤一腐儒。"虽然他在屡试不第、穷愁困顿之时，也经常发出这样的牢骚："纨绔不饿死，儒冠多误身。""健儿宁斗死，壮士耻为儒。"甚至在《醉时歌》中

---

* 本文原载于《中华文史论丛》2004 年第 78 期。

愤激地喊出“儒术于我何有哉？孔丘盗跖俱尘埃”的话，惹得明代那位封建卫道士孙绪先生勃然大怒，直斥曰：“孔子，万世之师，恩同天地，诗人狂纵不检，直斥其名，如曰‘何必衔恨伤丘轲’‘何必效丘也’之类，至杜甫乃直曰‘孔丘盗跖俱尘埃’，孔子何人？与盗跖并称，且直斥姓名，可谓忍心无忌惮者也。其祖审言曰：‘为小儿造物所苦。’天地尚比之小儿，何有于夫子？盖其家传傲睨无礼，非一日矣！虽有才艺，名教罪人之言，不足多也。”①其实，正如王嗣奭所说：“此篇总是不平之鸣，无可奈何之词，非真谓垂名无用，非真薄儒术，非真齐孔、跖，亦非真以酒为乐也。”②杜甫不仅自己深于经术，而且用儒家思想来教育自己的儿子“应须饱经术，已似爱文章。十五男儿志，三千弟子行。曾参与游夏，达者得升堂”③。他认为安史之乱以后，学校荒废，儒业凋零，而国家要中兴，还得依靠儒家思想。大历五年(770)，杜甫流寓湖南衡山，亲见文庙学堂新成，喜赋《题衡山县文宣王庙新学堂呈陆宰》云：“旄头彗紫微，无复俎豆事。金甲相排荡，青衿一憔悴。呜呼已十年，儒服弊于地。征夫不遑息，学者沦素志。我行洞庭野，欻得文翁肆。侁侁胄子行，若舞风雩至。周室宜中兴，孔门未应弃。是以资雅才，涣然立新意。衡山虽小邑，首唱恢大义。”杜甫服膺儒家，清人刘

---

① (明)孙绪：《无用闲谈》，《沙溪集》卷一三，《景印文渊阁四库全书》第1264册，(台北)台湾商务印书馆1986年版，第612页。

② (明)王嗣奭：《醉时歌》评语，《杜臆》卷一，上海古籍出版社1983年版，第23页。

③ 《又示宗武》，(清)仇兆鳌注：《杜诗详注》卷二一，中华书局1979年版，第1850页。

熙载说他“一生却只在儒家界内”①,许多人还把他与孔子相提并论。秦观《韩愈论》最早将孔子和杜甫并誉为“集大成者”。仇兆鳌在奏进《杜诗详注》表中说:“伏以尼山六籍,风雅垂经内之诗;杜曲千篇,咏歌作诗中之史。上承三百遗意,发为万丈光芒。前代词人,于斯为盛;后来作者,未能或先。”②黄子云《野鸿诗的》曰:“孔子兼尧、舜、禹、汤、文、武、周公而成圣者也;杜陵兼《风》、《骚》、汉、魏、六朝而成诗圣者也。”又曰:“古来称诗圣者,惟陶、杜二公而已。陶以己之天真,运汉之风格,词意又加烹炼,故能度越前人;若杜兼众善而有之者也。余以为靖节如老子,少陵如孔子。”而宋人黄彻则把杜甫比作孟子,他在《䂬溪诗话》卷一云:“《孟子》七篇,论君与民者居半,其余欲得君,盖以安民也。观杜陵‘穷年忧黎元,叹息肠内热’,‘胡为将暮年,忧世心力弱’,《宿花石戍》云‘谁能叩君门,下令减征赋’,《寄柏学士》云‘几时高议排君门,各使苍生有环堵’,宁令‘吾庐独破受冻死亦足’,而志在大庇天下寒士,其心广大,异夫求穴之蝼蚁辈,真得孟子所存矣。东坡问老杜何如人,或言似司马迁,但能名其诗耳。愚谓老杜似孟子,盖原其心也。”③

---

① 《艺概·诗概》。

② 《杜诗详注》,第 2351 页。

③ (宋)黄彻:《䂬溪诗话》卷一,《历代诗话续编》本,中华书局 1983 年版,第 347 页。

## 一、“仁”是孔孟思想的核心

孔子思想学说的核心是“仁”。《论语》中讲到“仁”的有109次。而孔子的所谓“仁”，就是“爱人”①。他说：“仁者先难而后获，可谓仁矣。”先奉献，后获取，这就是“仁”。“克己复礼为仁”，约束自己，使言行合于礼，这就是“仁”，“人而不仁，如礼何？人而不仁，如乐何？”他主张“为仁由己”，所以他说：“仁远乎哉？我欲仁，斯仁至矣。”特别强调个人修养，主张“君子无终食之间违仁，造次必于是，颠沛必于是”，这是就“修己”而言。而就“及人”而言，“夫仁者，己欲立而立人，己欲达而达人”，“君子学道则爱人”，“修己以安人”，如果“修己以安百姓”，“博施于民而能济众”，则达于“圣”。治理国家要“节用而爱人，使民以时”，“能行五者于天下，为仁矣”。五者即指恭、宽、信、敏、惠。又称仁、知、信、直、勇、刚为“六德”。他要求后生小子“泛爱众，而亲仁”。提倡以孝悌为基础的伦理观念，强调“孝弟也者，其为仁之本与”。孔子的“仁”，也就是“忠恕之道”。他曾对曾子说：“吾道一以贯之。”曾子曰：“夫子之道，忠恕而已矣。”在《论语》中，孔子曾两次提到“己所不欲，勿施于人”。一在《颜渊篇》：“仲弓问仁。子曰：‘出门如见大宾，使民如承大祭。己所不欲，勿施于人。在邦无怨，在家无怨。’”一在《卫灵公篇》：“子贡问曰：‘有一言而可以终身行之

---

① 《论语·颜渊》，杨伯峻：《论语译注》，中华书局1984年版，第131页。以下凡引《论语》中语，皆据此本，除必要时标出篇名外，不另注出。

者乎?'子曰:'其恕乎! 己所不欲,勿施于人。'"宋代理学大师朱熹解释"己所不欲,勿施于人"说:"以己及人,仁者之心也。……近取诸身,以己所欲譬之他人,知其所欲亦犹是也。然后推其所欲以及于人,则恕之事而仁之术也。"①可以看出,孔子的"仁",就是对人的尊重,对生命的珍重。所以,他反对用木俑土俑殉葬,不用说,更反对用活人殉葬,他曾诅咒说:"始作俑者,其无后乎!"②必须指出,孔子所谓的"仁",不是"妇人之仁",而是指造福国家和人民,所以他对管仲不死而相齐桓公称赞不已:"桓公九合诸侯,不以兵车,管仲之力也。如其仁,如其仁!"又说:"管仲相桓公,霸诸侯,一匡天下,民到于今受其赐。微管仲,吾其被发左衽矣。"在孔子看来,仁是比生命还宝贵的:"志士仁人,无求生以害仁,有杀身以成仁。"孔子仁学思想的最高理想境界,就是大同世界:"大道之行也,天下为公,选贤与能,讲信修睦,故人不独亲其亲,不独子其子,使老有所终,壮有所用,幼有所长,矜寡孤独废疾者皆有所养,男有分,女有归,货恶其弃于地也,不必藏于己,力恶其不出于身也,不必为己。是故谋闭而不兴,盗窃乱贼而不作,故外户而不闭,是谓大同。"③孔子的"大同"理想,充分地体现了他的"仁"的精神,被许多现代思想家视为拯救目前世界精神危机的良方妙药。

---

① 《四书章句集注》,《新编诸子集成》第一辑,中华书局 1986 年版,第 92 页。

② 《孟子·梁惠王上》,杨伯峻:《孟子译注》,中华书局 1984 年版,第 9 页。以下凡引《孟子》语,皆据此本,除必要时标出篇名外,不另注出。

③ 《礼记·礼运》,中华书局 1980 年影印《十三经注疏》本,第 1414 页。

孟子是孔子思想的继承者,他的仁政学说是对孔子仁学思想的继承和发展,而其核心也是对人的尊重和关怀。孟子仁政学说的一个主要组成部分,就是他的民本思想,而集中地表现在下面这段话中:“民为贵,社稷次之,君为轻。是故得乎丘民而为天子。”[①]丘民,即众民,一般老百姓。朱熹解释说:“丘民,田野之民,至微贱也。然得其心,则天下归之。……是民为重也。”[②]这里的君、民是一个对立的统一体,二者相对而又相辅相成。在孟子看来,限制君权和爱护人民是统一的。这主要表现在以下几个方面。

第一,对任何统治者来说,人民是重要的,得民则政权存,失民则政权亡。孟子主张行“王道”、施“仁政”,所谓“仁者无敌”,“行仁政而王,莫之能御也”,“万乘之国行仁政,民之悦之,犹解倒悬也”。所谓“仁政”,也就是要“以德服人”,“以不忍人之心,行不忍人之政”。而“仁政”的核心是“保民而王”。他认为,“诸侯之宝三:土地、人民、政事”。而“政事”首要的是“民事”,所以他说:“民事不可缓也!”要求统治者“亲亲而仁民,仁民而爱物”,“得乎丘民而为天子”。而“桀、纣之失天下也,失其民也;失其民者,失其心也。得天下有道:得其民,斯得天下矣。得其民有道:得其心,斯得其民矣。得其心有道:所欲与之聚之,所恶勿施尔也”。所以要得天下,就要“得其民”,“得其心”,察乎民情,顺乎民意。

第二,爱民的主要标志是,让人民过上安居乐业的温饱生活,所以孟子非常重视农业生产,重视改善人民生活。孟子认

① 《孟子·尽心下》,第328页。

② 《四书章句集注》,第367页。

为,英明的君主应该使民有“恒产”,使其“仰足以事父母,俯足以畜妻子,乐岁终身饱,凶年免于死亡”。如果真能做到“老吾老,以及人之老;幼吾幼,以及人之幼”,使广大人民安居乐业,则“天下可运于掌”。能让人民过上温饱的生活,是统治者的本分。孟子还认为,一个好的统治者,不仅要使人民丰衣足食,安居乐业,而且要“与民同乐”。他对齐宣王说:“乐民之乐者,民亦乐其乐;忧民之忧者,民亦忧其忧。乐以天下,忧以天下,然而不王者,未之有也。”

第三,爱民就要养民,养民就要求统治者对人民的压迫和剥削有所限制,使其“休养生息”。所以孟子主张“取于民有制”,主张“省刑罚,薄税敛”,保护生产力,保护环境,多种经营,发展生产,使人有所教,老有所养,各得其所。他说:“不违农时,谷不可胜食也;数罟不入洿池,鱼鳖不可胜食也;斧斤以时入山林,材木不可胜用也。谷与鱼鳖不可胜食,材木不可胜用,是使民养生丧死无憾也。养生丧死无憾,王道之始也。五亩之宅,树之以桑,五十者可以衣帛矣。鸡豚狗彘之畜,无失其时,七十者可以食肉矣。百亩之田,勿夺其时,数口之家可以无饥矣。谨庠序之教,申之以孝悌之义,颁白者不负戴于道路矣。七十者衣帛食肉,黎民不饥不寒,然而不王者,未之有也。”正因为如此,孟子坚决反对“争地以战,杀人盈野;争城以战,杀人盈城”的兼并战争,痛斥发动战争者是“率土地而食人,罪不容于死”。但孟子并不反对拯民于水火之中的仁义之战。他说:“得道者多助,失道者寡助。寡助之至,亲戚畔之;多助之至,天下顺之。以天下之所顺,攻亲戚之所畔,故君子有不战,战必胜矣。”而孟子所说的“得道”,就是行仁政。

第四,孟子特别强调君主的表率作用。他要求统治者以身作则，不要奢侈腐化，滥用民力。只有“以德服人”，才能使人心悦诚服。“君仁，莫不仁；君义，莫不义；君正，莫不正。一正君而国定矣。”孟子认为国君不是至高无上和神圣不可侵犯的。对于那些严重违法乱纪而虐民的君主、贵戚，也应该绳之以法。有人问孟子：“舜为天子，皋陶为士，（舜父）瞽瞍杀人，则如之何？”孟子回答得很干脆：“执之而已矣！”逮捕法办就是了。

第五，孟子强调对人和人格的尊重，所以异常重视人格的培养。孟子理想的完美人格，就是具有浩然正气的“大丈夫”。他说：“我善养吾浩然之气。”所谓“浩然之气”，“其为气也，至大至刚，以直养而无害，则塞于天地之间。其为气也，配义与道；无是，馁也。是集义所生者，非义袭而取之也”。具有这种“浩然之气”的人，“居天下之广居，立天下之正位，行天下之大道；得志，与民由之；不得志，独行其道。富贵不能淫，贫贱不能移，威武不能屈，此之谓大丈夫”。这种人有着恻隐之心、羞恶之心、辞让之心、是非之心，而这仁、义、礼、智“四端”皆备于我，扩而充之，则可保四海，安天下。这种人，“行一不义，杀一不辜，而得天下，皆不为也”。这种人，“说大人，则藐之，勿视其巍巍然”，我正义在握，“何畏彼哉”！

与孔子有所不同的是，孟子与《孟子》一书的地位，在唐以前是不高的。司马迁作《史记》，并未为孟子单独列传，而是将其列在《孟子荀卿列传》多人合传中，真正写到孟子生平事迹的，只不过一百三四十个字。整个两汉时代，为《孟子》作注的，相传只有六家，流传至今的，只有赵岐《孟子章句》一书。整个魏晋南北朝时期，见于著录的，只有晋代綦毋邃《孟子注》一种，且已失传。而到唐代，情况起了变化。

## 二、儒家思想地位在唐代的演变

儒家思想，一直是汉代以后中国封建社会的统治思想。唐初，太宗即令孔颖达与颜师古、司马才章、王恭、王琰等撰《五经正义》[①]，以之作为科举取士的标准书。高宗永徽二年(651)，又经于志宁等增删修订，颁布天下，为儒家思想在初唐占据统治地位奠定了基础，对后世产生了深远的影响。皮锡瑞《经学历史·经学统一时代》即云："由唐至宋，明经取士，皆遵此本"，"天下奉为圭臬"。《五经正义》主张忠君、尽孝、正己、利民，崇尚孔子的"德治"，认为德治既"厚民之生"，又"利民之用"。强调任人用贤，"任用贤人，勿有二心；逐去回邪，勿有疑惑"。注重实际，故注《礼》取《礼记》而不取《周礼》《仪礼》。高祖武德二年(619)六月一日，下诏曰，"宜令有司于国子监立周公、孔子庙各一所，四时致祭。仍博求其后，具以名闻，详考所宜，当加爵土"[②]，称周公、孔子为"二圣"。武德九年，封孔子三十三代孙孔德伦为褒圣侯。太宗贞观二年(628)十二月，升孔子为先圣。贞观四年，诏州、县学皆立孔子庙。贞观十一年七月二十四日，尊孔子为宣父，诏兖州建阙里宣尼庙。又命褒圣侯朝会位同三品，赐食邑百户。贞观二十一年，诏以左丘明、穀梁赤、戴圣、毛苌等22人配享孔子庙，此为先儒从祀孔庙之

---

① 五经，即儒家经典《诗》《书》《易》《礼》《春秋》。

② (宋)王溥撰:《唐会要·褒崇先圣》，中华书局1955年版，第635页。

始。太宗曾直言不讳:“朕今所好者,惟在尧舜之道、周孔之教,以为如鸟有翼,如鱼依水,失之必死,不可暂无耳。”①高宗乾封元年(666)正月,封禅泰山,二月至曲阜,亲祭祠庙,追赠孔子为太师。武则天天授元年(690),封孔子为隆道公。玄宗是崇儒的,开元十三年(725),他借封禅泰山之机,亲临孔子故里,以太牢祭孔,并赋诗频致追悼崇慕之意:“夫子何为者?栖栖一代中。地犹鄹氏邑,宅即鲁王宫。叹凤嗟身否,伤麟怨道穷。今看两楹奠,当与梦时同。”②开元二十七年八月二十四日,更追谥孔子为文宣王,诏曰:“宏我王化,在乎儒术。能发挥此道,启迪含灵,则生人以来,未有如夫子者也。所谓自天攸纵,将圣多能,德配乾坤,身揭日月,故能立天下之大本,成天下之大经,美政教,移风俗,君君臣臣,父父子子,人到于今受其赐,不其猗欤!”③玄宗并亲注《孝经》,颁行天下。天宝三载十二月,“敕自今已后,宜令天下家藏《孝经》一本,精勤教习;学校之中,倍加传授;州县官长,明申劝课焉”④。懿宗咸通七年(866),以孔子四十代孙孔续为曲阜县令,此为孔氏任曲阜县官之始。

此时,孟子开始受到重视。魏徵在《论治道疏》中即引用孟子的话:“孟子曰:‘君视臣如手足,臣视君如腹心;君视臣如

---

① (唐)吴兢撰:《贞观政要》卷六,《景印文渊阁四库全书》第407册,第479页。

② 《经邹鲁祭孔子而叹之》,《全唐诗》卷三,中华书局1980年排印本,第30页。

③ 《追谥孔子十哲并升曾子四科诏》,(清)董诰等编:《全唐文》卷三一,中华书局1983年影印本,第347页。

④ 《唐会要·经籍》,第645页。

犬马,臣视君如国人;君视臣如土芥,臣视君如寇雠。'虽臣之事君,无有二志,至于去就之节,尚缘恩施厚薄,然则为人上者,安可以无礼于下哉?"①卢照邻在《南阳公集序》中也提到孟子:"自获麟绝笔,一千三四百年,游夏之门,时有荀卿、孟子。"②王勃在文中曾两次言及孟子,一是在《上绛州上官司马书》:"有时无主,贾生献流涕之书;有志无时,孟子养浩然之气。"③一是在《上吏部裴侍郎启》:"圣人以开物成务,君子以立言见志。遗雅背训,孟子不为;劝百讽一,扬雄所耻。"④

与杜甫同时的赵匡,从儒学宗师啖助研究《春秋》之学,时人称为"赵夫子"。他在《举人条例》中云:"其有通《礼记》《尚书》《论语》《孝经》之外,更通《道德》诸经,通《元经》《孟子》《荀卿子》《吕氏春秋》《管子》《墨子》《韩子》,谓之茂才举。达观之士,既知经学,兼有诸子之学,取其所长,舍其偏滞,则于理道,无不该矣。"⑤

在此之前,《孟子》一直被列为子书,不能称"经"。但这时,特别是安史之乱以后,随着社会的剧烈变化,随着孔子及儒学地位的提高,孟子的思想越来越受到有识之士的重视,要求把《孟子》列为经书的呼声也越来越高。与杜甫同时的礼部侍郎杨绾(? —777)于宝应二年(763)六月二十日所上《条奏贡举疏》中已有"孔孟之道"的称谓,将孟子与孔子相提并论,而他在本年七月二十六日奏贡举条目时,更请求升《孟子》为经,

① 《全唐文》卷一三九,第1414页。
② 《全唐文》卷一六六,第1692页。
③ 《全唐文》卷一七九,第1824页。
④ 《全唐文》卷一八〇,第1829页。
⑤ 《全唐文》卷三五五,第3604页。

"《论语》《孝经》皆圣人深旨,《孟子》亦儒门之达者,其学官望兼习此三者,共为一经,其试如上"①。唐代宗把杨绾的建议交由大臣李栖筠、贾至、严武等讨论,他们认为"今绾所请,实为正论",但"以为举人循习,难于速变,请自来岁始",代宗"乃诏明经、进士与孝廉兼行"。② 虽出于种种原因,孝廉科于德宗建中元年(780)即停,但却反映了孟子在当时的影响和地位。

唐代研究《孟子》的专书,见于著录的共有五种,而其中三种就作于杜甫生活的年代或稍后,这就是陆善经的《孟子注》、张镒(？—783)的《孟子音义》、丁公著(769—832)的《孟子手音》。三人都是吴郡(今江苏苏州)人。陆善经于玄宗开元间预修国史、《开元新礼》、《唐六典》等,曾任集贤学士,天宝间官至国子司业,天宝三载(744)后数年间卒。张镒与杨绾相友善,杜甫死时(770)他任濠州刺史,后拜中书侍郎、同平章事。丁公著,贞元中明经及第,累迁礼部尚书、太常卿。这三人有关《孟子》的著作,惜今已不存,但在马国翰辑《玉函山房辑佚书》中都有辑本,有的多达200余则。宋代孙奭《孟子音义序》云:"其书(指《孟子》)由炎汉之后盛传于世,为之注者,则有赵岐、陆善经;为之音者,则有张镒、丁公著。"③由此可见三书对后世《孟子》研究的影响。孙奭的《孟子音义》、朱熹的《孟子集注》都征引了张镒和丁公著的许多说法。

安史之乱以后,杜甫过着颠沛流离的困苦生活,亲身经历

① 《唐会要·贡举中·孝廉举》,第1396页。

② (宋)欧阳修、宋祁:《新唐书·选举志上》,中华书局1975年版,第1168页。

③ (宋)孙奭:《孟子音义》,《景印文渊阁四库全书》第196册,第31页。

了国家深重的苦难,他的积极入世的儒家思想至死不衰。他继承和发扬了孟子的“大丈夫”精神,以天下为己任,忧国忧民,爱国爱民,为苦难中的知识分子树立了光辉的典范。对此,下文将详述。

正是在这种时代背景下,以恢复儒家道统为己任的韩愈,第一次明确提出了儒家的道统说:“斯吾所谓道也,非向所谓老与佛之道也。尧以是传之舜,舜以是传之禹,禹以是传之汤,汤以是传之文、武、周公,文、武、周公传之孔子,孔子传之孟轲。轲之死,不得其传焉。”①他在《与孟尚书书》中亦云:“其祸出于杨、墨肆行而莫之禁故也。孟子虽贤圣,不得位,空言无施。虽切何补?然赖其言,而今学者尚知宗孔氏,崇仁义,贵王贱霸而已。……向无孟氏,则皆服左衽而言侏离矣。故愈尝推尊孟氏,以为功不在禹下者为此也。”②他在《送王秀才序》中更明确指出:“自孔子没,群弟子莫不有书,独孟轲氏之传得其宗,故吾少而乐观焉。……故求观圣人之道,必自孟子始。”③由于韩愈等人的宣传和古文运动的推动,孟子的地位更加高涨,影响更加广泛。到晚唐,皮日休在《请孟子为学科书》中更要求把《孟子》列为经书,设科取士:“夫《孟子》之文,粲若经传。天惜其道,不烬于秦。自汉氏得之,常置博士,以专其学。故其文,继乎六艺,光乎百氏。真圣人之微旨也。……后之人将爱仲尼者,其嗜,在《孟子》矣。呜呼!古之士,以汤、武为逆取者,其不读《孟子》乎?以杨、墨为达智者,其不读《孟子》乎?由是观

① 《原道》,屈守元、常思春主编:《韩愈全集校注》,四川大学出版社1996年版,第2665页。

② 《韩愈全集校注》,第2351—2352页。

③ 《韩愈全集校注》,第2776页。

之,《孟子》之功利于人亦不轻矣。今有司除茂才明经外,其次有熟庄周、列子书者,亦登于科。其诱善也虽深,而悬科也未正。夫庄、列之文,荒唐之文也。读之可以为方外之士,习之可以为鸿荒之民。有能汲汲以救时补教为志哉?伏请命有司,去庄、列之书,以《孟子》为主。有能精通其义者,其科选,视明经。苟若是也,不谢汉之博士矣。既遂之,如儒道不行,圣化无补,则可刑其言者。"①

孟子到宋代大受重视。特别是王安石变法以后,神宗熙宁四年(1071)二月正式列《孟子》为"经",成为科举必考科目。元丰六年(1083)十月第一次封孟子为邹国公。元丰八年三月,刚刚即位的哲宗又诏孟子配享孔子庙庭。正如胡舜陟所说:"夫孔子之后深知圣人之道者,孟子而已。愿诏东宫官遵旧制,先读《论语》,次读《孟子》。"②

从此以后,孟子仅次于孔子的地位就基本固定下来了。据不完全统计,整个宋代,研究《孟子》的著作约有120种。

## 三、杜甫的忠君思想

关于杜甫思想的渊源,大多数研究者都认为是儒家。近20年来,对杜甫儒家思想的研究有新的开拓。在这方面,邓小军连续发表了三篇很有见地的论文——《杜甫是唐代儒学复

---

① (唐)皮日休著,萧涤非、郑庆笃整理:《皮子文薮》卷九,上海古籍出版社1981年版,第89页。

② (元)脱脱等:《宋史·胡舜陟传》,中华书局1985年版,第11669页。

兴运动的孤明先发者》《杜甫:儒学复兴运动的先声》《杜甫与儒家的人性思想和政治思想》。① 论文作者认为,人性思想和建基于人性思想之上的政治思想,是晚周原始儒家思想的两大骨干。原始儒家人性思想的核心意义是,人性源于天道、人性本善、人性普遍平等这三层。其发展高峰,是孟子直指人性本善、恻隐之心为仁的思想,这也是晚周儒家人性思想的高峰。至汉代,董仲舒改变了原始儒家人性思想的核心意义,创天有善恶、人性善恶浑、人性三等说,原始儒家人性思想核心遂不传。而杜甫直接继承了晚周原始儒家人性思想,对孟子的恻隐之心为仁的人性思想核心作出了独立的重新发明。杜甫指出,恻隐之心,对人民疾苦的同情心,乃是民本政治即仁政的根本。而隋唐两代的主要儒家如王通、韩愈、李翺等,对孟子的人性思想核心却都没有作出重新发明。杜甫明确指出恻隐之心即仁心,这就具有在我国思想史上独立地重新发明失落已久的孟子人性思想核心的意义。而原始儒家的现实政治思想,包含民本与仁政、君臣关系相对性、君权有限合法性三层核心意义,其中民本是仁政、君臣关系相对性、君权有限合法性的基础。而人性源于天道、人性本善、人性普遍平等,则是民本的基础。儒家的现实政治思想由孔子上承三代文化传统而奠基,并由孟子发展到高峰。“杜甫的诗歌与行为表明,在政治思想上,他完全继承着原始儒家和隋代王通一系传统,而决不是董仲舒一系,更不是法家一系。”所以说,“杜甫真正地继承、体现了儒家思想的真精神即核心意义”,“杜甫整幅人生,都是儒家的生命”。

---

① 分别载于《杜甫研究学刊》1990 年第 4 期、《陕西师范大学学报》1991 年第 3 期、《杜甫研究学刊》1991 年第 4 期。

谈到儒家思想，自然不能不涉及杜甫的忠君思想。后世许多人都把杜甫说成是“愚忠”的典型，封建帝王也极力宣扬杜甫的所谓“愚忠”，更把它溯源于儒家思想。其实不然。

在中国，对忠君思想的宣扬由来已久，但历史上第一个提倡对君王愚忠的，不是儒家的孔、孟，而是法家的韩非。他宣扬对“君”要绝对服从：“人主虽不肖，臣不敢侵也。”“故人臣毋称尧、舜之贤，毋誉汤、武之伐，毋言烈士之高，尽力守法，专心于事主者为忠臣。”[①]所谓儒家大师董仲舒鼓吹的“三纲”实际上是从韩非那里来的。在先秦时期，大凡法家，都主张对君主要无条件服从，即所谓“愚忠”。而儒家的鼻祖孔子则主张“君使臣以礼，臣事君以忠”[②]，忠君是有条件的，不是绝对的，“所谓大臣者，以道事君，不可则止”[③]。这里的“道”，即指“仁义”。至于孟子，就更不提倡愚忠了。他说：“民为贵，社稷次之，君为轻。”“君之视臣如手足，则臣视君如腹心；君之视臣如犬马，则臣视君如国人；君之视臣如土芥，则臣视君如寇雠。”在孟子看来，即使是君臣关系，也要求人格的平等，对人格的尊重。如果君主无道，不施仁义，有贤德的大臣是可以谏阻甚至撤换他的，“君有大过则谏，反复之不听，则易位”。而像夏桀、殷纣这样的暴君，杀死他也是应该的，算不上什么“犯上作乱”。齐宣王问孟子：“臣弑其君，可乎？”孟子义正词严地回答：“贼仁者谓之贼，贼义者谓之残。残贼之人谓之一夫。闻诛一夫纣矣，未闻弑君也。”这真是石破天惊之论，难怪明太祖朱元璋要因

---

① 《韩非子·忠孝》，陈奇猷校注：《韩非子集释》，上海人民出版社1974年版，第1108、1109页。

② 《论语·八佾》，第30页。

③ 《论语·先进》，第117页。

此而撤销孟子配享孔子的资格。明人黄瑜《双槐岁钞》卷一“尊孔卫孟”条云:“上(朱元璋)尝览《孟子》,至‘土芥’‘寇雠’之说,大不然之,谓非臣子所宜言,议欲去其配享。诏有谏者以不敬论,且命金吾射之。(钱)唐抗疏入谏,舆榇自随,袒胸受箭,曰:‘臣得为孟轲死,死有余荣。’上见其剀切,出于至诚,命太医院疗其箭疮,而孟子配飨得不废。”

我们知道,杜甫所处的时代,是唐王朝由盛转衰的历史时期,其转折点就是天宝末年爆发的安史之乱。在当时,维护唐王朝的统一,拥护唐王朝的平叛,就是爱国。杜甫对安史叛军有着刻骨的仇恨,对他们的暴行进行了无情的揭露。杜甫曾被叛军俘虏,但他没有变节投降,而是冒死逃出长安,“麻鞋见天子,衣袖露两肘”。在著名的“三吏”“三别”中,他既揭露战争给广大人民带来的深重灾难,又忍痛勉励人民投入平叛的斗争,他为战争的失利而深深忧虑,更为平叛的胜利而欢喜若狂。“近贺中兴主,神兵动朔方”,“再光中兴业,一洗苍生忧”,杜甫的忠君和忧国忧民是紧密联系在一起的,而且主导方面是爱国忧民。他虽漂泊流离,但“尚想趋朝廷,毫发裨社稷”,还是希望为国出力,为民造福,忧国忧民之志,至死不衰。在他的绝笔诗《风疾舟中伏枕书怀三十六韵奉呈湖南亲友》中,这位爱国诗人仍念念不忘国事:“公孙仍恃险,侯景未生擒。书信中原阔,干戈北斗深……战血流依旧,军声动至今。”

杜甫认为,“兴衰看帝王”,所以他终身所抱的政治理想就是“致君尧舜上,再使风俗淳”,“致君唐虞际,淳朴忆大庭”,希望当今皇帝能成为尧舜那样的圣明君主。他不仅自己这样想、这样做,而且经常以此勉励同道友人:“致君尧舜付公等,早据要路思捐躯。”“死为星辰终不灭,致君尧舜焉肯朽?”杜甫确实忠君，但并非愚忠。他身历玄、肃、代三朝，而对这三代皇帝都有所讽谕和批判。唐玄宗早年励精图治，而晚年却耽于逸乐，倦理朝政，宠信奸佞，国事日非，终于招致了安史之乱，使唐王朝由盛变衰，一蹶不振。早在安史之乱爆发的前几年，杜甫以政治家的敏感觉察到了表面繁荣掩盖下的社会危机。在《兵车行》中，诗人毫无顾忌地抨击了玄宗穷兵黩武的开边政策："边庭流血成海水，武皇开边意未已。"而这样拓边的结果是生产的大破坏和老百姓的家破人亡："汉家山东二百州，千村万落生荆杞。""新鬼烦冤旧鬼哭，天阴雨湿声啾啾！"这幅萧瑟凄惨的景象，不是对最高统治者的悲愤控诉吗？其言词之激烈，感情之郁愤，不是至今还使我们深感钦佩吗？要知道，这是杜甫在皇帝脚下的国都长安发出的大声疾呼呵！在《前出塞》中，诗人写道："君已富土境，开边一何多！""杀人亦有限，立国自有疆。苟能制侵陵，岂在多杀伤？"这里的"君"，指的也是唐玄宗，这组诗是直接抨击玄宗的扩张政策的。玄宗对外兴师劳民，内则骄奢淫逸，和杨贵妃过着糜烂的生活，所以杜甫说是"宫中行乐秘，少有外人知"。在《同诸公登慈恩寺塔》中，诗人与同登诸公不同，他别具慧眼，看到唐玄宗"惜哉瑶池饮，日晏昆仑丘"的侈靡生活，不禁隐忧国事："秦山忽破碎，泾渭不可求。俯视但一气，焉能辨皇州？"可谓高瞻远瞩，预见未来。在《丽人行》中，诗人淋漓尽致地描绘了玄宗所宠幸的杨氏兄妹的穷奢极侈和炙手可热的嚣张气焰，揭露了他们的荒淫无耻。在《自京赴奉先县咏怀五百字》中，对玄宗"君臣留欢娱，乐动殷胶葛"和"中堂舞神仙，烟雾蒙玉质"的侈靡生活进行了抨击，揭示了"朱门酒肉臭，路有冻死骨"（二句实脱胎于《孟子·梁惠王上》之"庖有肥肉，厩有肥马；民有饥色，野有饿殍"）的尖锐的阶级对立和残酷的社会现实,而“群冰从西下,极目高崒兀。疑是崆峒来,恐触天柱折”,更是对安史之乱前唐王朝岌岌可危政治形势的形象描绘。这是政治家的预见。就在诗人写此诗之时,安史之乱终于爆发。

这场造成“五十年间似反掌,风尘澒洞昏王室”的社会大动乱,主要的根源是唐玄宗。对于玄宗宠信、纵容安禄山,杜甫不止一次提出了批评。对于马嵬兵变,杨贵妃和杨国忠的被处死,杜甫高兴地说,“奸臣竟菹醢,同恶随荡析”,并热烈赞扬为国除害的陈玄礼将军是“仗钺奋忠烈。微尔人尽非,于今国犹活”。对于肃宗宠信宦官李辅国和受制于后宫张良娣,作为臣子的杜甫敢于大胆揭发隐私:“关中小儿坏纪纲,张后不乐上为忙。”对于肃宗借兵回纥和遣嫁宁国公主和亲,杜甫都多次明确表示了反对意见:“花门既须留,原野转萧瑟。”“闻道花门破,和亲事却非。”“和亲知计拙,公主漫无归。”对唐代宗,杜甫也多有批评。他原是“周宣中兴望我皇”的,可是代宗宠任宦官李辅国、程元振之流,杜甫就大声疾呼:“君侧有谗人!”对于代宗不诛程元振,杜甫尖锐指出:“不成诛执法,焉得变危机?”他的《往在》诗更是连续批评了玄宗、肃宗和代宗。对于我国历史上唯一的女皇帝武则天,杜甫是有所赞扬的:“太后当朝肃,多才接迹升。”“惟昔武皇后,临轩御乾坤。多士尽儒冠,墨客蔼云屯。”但也有批评:“太后当朝多巧诋”,“往者武后朝,引用多宠嬖”。此可谓公允之论。宋代洪迈《容斋续笔》卷二“唐诗无讳避”条云:“唐人歌诗,其于先世及当时事,直辞咏寄,略无避隐。至宫禁嬖昵,非外间所应知者,皆反复极言,而上之人亦不以为罪”,这类作品“杜子美尤多……不能悉书”,而“今之诗人,不敢尔也”。上述足以证明,杜甫对皇帝并非愚忠,更不是只忠于皇帝一人一姓，而更多的是从整个国家和人民利益着想的，无非是希望皇帝和大臣们能把国家治理好。杜甫说："上感九庙焚，下悯万民疮。"他希望有一个好皇帝，能使人民过上安居乐业的生活："几时高议排金门，各使苍生有环堵。"这种愿望是好的。可见，杜甫的忠君实质是爱国爱民。

与其说杜甫是忠臣，不如说他是直臣。在关键时刻，他敢于挺身而出，仗义执言，疏救房琯就是一个明显的例证。

房琯与杜甫为布衣交，友情深厚。房琯为人正直。史载，天宝十三载秋，大雨伤稼，而宰相杨国忠"取禾之善者献之"，欺骗唐玄宗说："雨虽多，不害稼也。"而当时任扶风太守的房琯却能据实上报"所部水灾"，遭到杨国忠的推问。① 房琯有远谋。安史乱起，他从玄宗幸蜀，建诸王分镇之策，使安禄山闻之生畏，拊膺叹曰："吾不得天下矣！非琯无能画此计者。"②后琯与韦见素、崔涣等人奉册灵武，谒见肃宗，深得肃宗重用，"由是军国事多谋于琯"，"诸相拱手避之"。③ 后因他"颇以直忤旨"，对肃宗不那么驯服，加之贺兰进明献谗，肃宗"始恶琯"。至德元载十月，房琯率军与安史叛军遇于陈涛斜，交战不利，"琯欲持重有所伺"，而"中人邢延恩促战"，致使大败，四万义军几尽覆没。肃宗"虽恨琯丧师，而眷任未衰"。第二年春，因琴工董庭兰赂谢事，为有司劾治，琯为己申诉，招致肃宗震怒，

---

① （宋）司马光：《资治通鉴》卷二一七，中华书局 1987 年版，第 6928 页。

② （宋）胡仔：《苕溪渔隐丛话》前集卷一四引《蔡宽夫诗话》所记司空图《房太尉汉中诗》注，人民文学出版社 1962 年版，第 92 页。

③ 《资治通鉴》卷二一八，第 6998 页。

遂于五月罢相。① 可见房琯罢相的直接导火线是所谓董庭兰赂谢事。而前人已辨此事之妄。北宋朱长文《琴史》载，与杜甫同时而以琴待诏翰林的薛易简“称庭兰不事王侯，散发林壑者六十载，貌古心远，意闲体和，抚弦韵声，可以感鬼神矣。天宝中，给事中房琯，好古君子也，庭兰闻义而来，不远千里。余因此说，亦可以观房公之过而知其仁矣。当房公为给事中也，庭兰已出其门，后为相，岂能遽弃哉！又赂谢之事，吾疑谮琯者为之。而庭兰朽耄，岂能辨释，遂被恶名耳。房公贬广汉，庭兰诣之，公无愠色”②。这当是可信的。房琯罢相的政治原因，即他是玄宗的人，他的诸王分镇的建议对肃宗是不利的，加之贺兰进明、崔圆、李辅国之流的谗毁，遂使肃宗决定罢掉房琯。而所谓董庭兰赂谢事，只不过是政敌捏造的一个堂皇的借口罢了。房琯实际上是玄宗和肃宗之间权力之争的牺牲品。而杜甫不察其中奥妙，却仗义执言，上疏谏诤，力辩“罪细不宜免大臣”，遂触怒肃宗，诏三司推问，幸亏宰相张镐救了他。杜甫虽然胳膊扭不过大腿，但他并未改变自己对房琯的看法。在事后上肃宗的《奉谢口敕放三司推问状》中，他还是极力为房琯说好话：“窃见房琯，以宰相子，少自树立，晚为醇儒，有大臣体。时论许琯，必位至公辅，康济元元。陛下果委以枢密，众望甚允。观琯之深念主忧，义形于色，况画一保泰，其素所蓄积者已。”他希望肃宗能“弃细录大”，所以才“冒死称述”。对肃宗的敕放推问，他自然表示万分感激，但他恳切希望肃宗“深容

---

① 以上见《新唐书·房琯传》。

② （宋）朱长文：《琴史》卷四，《楝亭藏书十二种》本。

直臣”,则“天下幸甚！天下幸甚！”[①]他疏救房琯时,吴郁因为民辨诬,取忤朝贵,遂被贬斥。杜甫身为谏官,无力疏救,深以为憾。在流亡秦州时,他路过两当县吴郁故宅,睹物思人,遂写诗深自痛责:“余时忝诤臣,丹陛实咫尺。相看受狼狈,至死难塞责。行迈心多违,出门无与适。于公负明义,惆怅头更白。”[②]这种光明磊落的胸襟,千载而下,读之仍催人泪落。

杜甫虽因疏救房琯而断送了自己的政治前程,但他始终未悔。在《建都十二韵》中,他说:“牵裾恨不死,漏网辱殊恩。永负汉庭哭,遥怜湘水魂。”在《壮游》诗中,他说:“斯时伏青蒲,廷诤守御床。君辱敢爱死,赫怒幸无伤。”他在《秋日夔府咏怀奉寄郑监李宾客一百韵》中说:“恳谏留匡鼎,诸儒引服虔。不过输鲠直,会是正陶甄。”在《折槛行》中,他慨叹道:“呜呼房魏不复见,秦王学士时难羡。……千载少似朱云人,至今折槛空嶙峋。”他不但不改初衷,还劝勉朋友:“公若登台辅,临危莫爱身。”房琯罢相,贬官在外。杜甫在漂泊西南的岁月里,仍时时不忘房琯,光是写到他的诗文就有七八篇。在广德元年(763)写的《祭故相国清河房公文》中,杜甫对房琯受命于危难之际极为赞许:“小臣用权,尊贵倏忽。公实匡救,忘餐奋发。累抗直词,空闻泣血。”对他的忠而遭贬深表愤慨:“高义沉埋,赤心荡折。贬官厌路,谗口到骨。”对自己的疏救无成深感愧耻:“见时危急,敢爱生死。……伏奏无成,终身愧耻。”对房琯之死深致痛悼:“天柱既折,安仰翊戴。地维则绝,安放夹载。”从杜甫对房琯的一贯态度,可以看出杜甫并非愚忠,更不会阿谀

① 以上见《杜诗详注》卷二五,第 2197—2198 页。

② 《两当县吴十侍御江上宅》,《杜诗详注》卷八,第 671 页。

奉承,无原则地迎合最高统治者的意旨。李纲曰:“肃宗之怒房琯,人无敢言,独子美抗疏救之,由是废斥终身而不悔,是必有言之不可已者,与阳城之救陆贽何以异!然世罕称之者,殆为诗所掩故耶?”①

杜甫这种“白鸥没浩荡,万里谁能驯”的桀骜性格,这种义薄云天的浩然正气,还表现在他对李白、郑虔等老朋友深挚的友谊上。这些,都体现了杜甫为道而自重的独立人格。

## 四、杜甫的恻隐之心为仁

孟子曰:“无恻隐之心,非人也;无羞恶之心,非人也;无辞让之心,非人也;无是非之心,非人也。恻隐之心,仁之端也;羞恶之心,义之端也;辞让之心,礼之端也;是非之心,智之端也。”②又曰:“老而无妻曰鳏,老而无夫曰寡,老而无子曰独,幼而无父曰孤。此四者,天下之穷民而无告者。文王发政施仁,必先斯四者。”③杜甫是实践孟子“恻隐之心为仁”的典型。他在《过津口》诗中明确地指出:“白鱼困密网,黄鸟喧嘉音。物微限通塞,恻隐仁者心。”像杜甫这样的诗人,在我国漫长的历史上是不多见的。艰难困苦、颠沛流离的坎坷生活经历使杜甫更接近广大劳苦群众,加之深厚的传统文化素养,他更加深刻懂得“邦以民为本”的道理,人民是国家的主体,人民是平定安

① (宋)李纲:《重校正杜子美集序》,《梁溪集》卷一三八,清刻本。
② 《孟子·公孙丑上》,第80页。
③ 《孟子·梁惠王下》,第36页。

史之乱的主力。因此,他对饱尝战乱之苦、处于水深火热之中的广大人民抱着深切的同情,“穷年忧黎元,叹息肠内热”,“乾坤含疮痍,忧虞何时毕?”对人民的苦难,他可谓是无事不忧,无时不忧。征夫戍卒,田妇野老,寡妻弱子,渔民樵夫,这些普通老百姓的命运,无不牵动着诗人的心。“万方哀嗷嗷,十载供军食”,“乱世诛求急,黎民糠籺窄”,“况闻处处鬻男女,割恩忍爱还租庸”。

人民的命运真是太悲惨了,人民的负担真是太沉重了,为什么会造成这样悲惨的局面呢?在杜甫看来,除了战乱的原因之外,就是统治者对人民的横征暴敛,强取豪夺。而对人民的残酷压榨和剥削,完全是为了满足他们穷奢极欲的生活:“富家厨肉臭,战地骸骨白”,“高马达官厌酒肉,此辈杼柚茅茨空”。面对如此不合理的现实,我们的诗人不禁挺身而出,为民请命:“愿闻哀痛诏,端拱问疮痍”,“谁能叩君门,下令减征赋”。杜甫认为,人民的沉重负担来自统治者的奢侈糜费,因此他要求统治者“行俭德”,节欲戒奢,轻徭薄赋,减轻对人民的盘剥,以取得人民的信任和拥护:“君臣节俭足,朝野欢呼同。”“文王日俭德,俊乂始盈庭。”“借问悬车守,何如俭德临?”“不过行俭德,盗贼本王臣。”王嗣奭评《提封》云:“此为朝廷画中兴之策,盖以前数章之总结也。国以人心为本,故首言‘万国同心’,根本尚无恙也。悬车守险,不如俭德临民;俭者不夺,民心自怀,有无形之险也。俊乂在朝,折冲樽俎,何虑犬羊!兵勿轻动,则恩加四海,可复贞观、开元之盛矣。公之谋国,堂堂正正,即孟子所以告齐、梁之君者;其自许稷、契,亦以此也。”①崇

① 《杜臆》卷八,第261页。

俭戒奢,是杜甫人生观的一个重要组成部分,也是我们中华民族的传统美德。统治者只有真正做到崇俭戒奢,才能真正减轻人民的负担,才能有效地遏制腐败现象,免蹈“朝野欢娱后,乾坤震荡中”的覆辙。所以诗人总是怀着满腔的义愤,无情地鞭挞统治者的奢侈腐化:“忆昔南海使,奔腾献荔枝。百马死山谷,到今耆旧悲。”“云壑布衣鲐背死,劳人害马翠眉须。”对那些“庶官务割剥,不暇忧反侧”的“豪夺吏”恨之入骨:“必若救疮痍,先应去蝥贼!”大声疾呼:“安得务农息战斗,普天无吏横索钱?”

而对那些苦于诛求、濒临绝境的穷苦老百姓,杜甫则关怀备至,体贴入微:“堂前扑枣任西邻,无食无儿一妇人。不为困穷宁有此?只缘恐惧转须亲!即防远客虽多事,便插疏篱却甚真!已诉征求贫到骨,正思戎马泪沾巾。”这首传诵千古、感人至深的《又呈吴郎》可以说是诗圣杜甫血泪凝成的至情文字。清人卢世漼云:“语云:‘仁人之言,其利溥。’又云:‘仁义之人,其言蔼如。’今观子美诗犹信。子美温柔敦重,一本之恺悌慈祥,往往溢于言表。他不具论,即如《又呈吴郎》一首,极煦育邻妇,又出脱邻妇;欲开示吴郎,又回护吴郎。七言八句,百种千层,非诗也,是乃仁音也。恻隐之心,诗之元也。词客仁人,少陵独步。”①

古往今来,像杜甫这样写平常人,写平常事,对身处社会底层的小人物给予如此关注和同情的诗人,实为少见。诗圣杜甫有着一颗仁慈的心,有着一副博大的胸襟,他所交往的,不尽是达官贵人,更多的是小人物,他是以平等的态度和这些小人物

---

① (明)卢世漼:《杜诗胥钞·大凡》,明崇祯七年(1634)刻本。

来往的,从不摆大诗人的架子。他和邻居相处,可以“隔屋唤西家”,“墙头过浊醪”,借酒相饮,可见很随便。春社将近,田翁邀饮,这位热情豪爽的老农民“叫妇开大瓶”,和杜甫整整对饮了一天,他“高声索果栗,欲起时被肘。指挥过无礼,未觉村野丑”。对田翁的粗豪,诗人不仅不嫌其“无礼”,反而爱他真诚。这位曾做过左拾遗的大诗人,热情地歌颂了劳动人民那种豪爽天真的优秀品质,表现了他对劳动人民的热爱。杜甫爱的是真诚,厌恶的是“机巧”。而村野多真诚,官场尽机巧,所以他“不爱入州府,畏人嫌我真！及乎归茅宇,旁舍未曾嗔”。这“旁舍”,正是劳动人民。诗人热爱他们,他们也从来没有讨厌过诗人,他们之间总是友好的。贫苦的劳动妇女在旧社会是地位最低的,被人瞧不起,但杜甫却给予她们深厚的同情。像《负薪行》,更是专咏夔州劳动妇女:“夔州处女发半华,四十五十无夫家。更遭丧乱嫁不售,一生抱恨长咨嗟。”老大未嫁,命运已很悲惨,又要承担繁重的体力劳动,如砍柴卖薪,负盐出井。繁重的劳动和悲惨的遭遇,使这些妇女变得“粗丑”,但她们本是美丽的,“若道巫山女粗丑,何得此有昭君村?”这是多么沉痛的控诉！对自己家中的奴仆,杜甫也能以平等的态度对待他们,关怀他们。在《示獠奴阿段》一诗中,他对夜间上山寻源引水的阿段的安全很是关心,“怪尔常穿虎豹群”,担心他会被虎豹伤害。在《信行远修水筒》一诗中,他对仆人信行的“秉心识本源,于事少滞碍”的恭谨干练很是赞赏,而对他在荒险崖谷中往来四十里修筒引水的艰辛劳动很是同情,对信行因修水筒而耽误吃饭的辛劳,既惊且愧,于是将供自己老病享用的瓜果和面饼拿来给他吃,“于斯答恭谨,足以殊殿最”。所以申涵光赞曰:“‘日曛惊未餐,貌赤愧相对’,体恤下情如是,真仁者之用心。”①

杜甫对人如此，就是在那些咏物诗中，他也常常因物及人，对贫苦的人们寄予同情。在《题桃树》中，他赞美桃树：“高秋总馈贫人食，来岁还舒满眼花”，“寡妻群盗非今日，天下车书正一家”。因桃树而念及贫人，因贫人而念及寡妻群盗，一副仁人热肠。他如《病柏》《病橘》《枯椶》《枯柟》等，也都是因物比兴，寓意深刻。《枯椶》云：“蜀门多椶榈，高者十八九。其皮割剥甚，虽众亦易朽。……交横集斧斤，凋丧先蒲柳。伤时苦军乏，一物官尽取。嗟尔江汉人，生成复何有？有同枯椶木，使我沉叹久。死者即已休，生者何自守？”枯椶的遭遇就是当时人民的悲惨命运。枯椶惨遭割剥而枯死，正是人民群众遭受残酷剥削和深重灾难的形象写照。同是下雨，当着久旱甘霖降时，诗人则无限欣喜：“好雨知时节，当春乃发生。随风潜入夜，润物细无声。”即使是滂沱大雨，茅屋漏湿，只要对农事有利，诗人依然十分高兴：“敢辞茅苇漏，已喜黍豆高。……沉疴聚药饵，顿忘所进劳。则知润物功，可以贷不毛。”但当久雨成灾，“禾头生耳黍穗黑，农夫田父无消息”时，诗人不禁勃然大怒：“吁嗟乎苍生，稼穑不可救！安得诛云师，畴能补天漏？”由此可见，杜甫的喜怒哀乐是以人民的利益为转移的，对人民有利则喜，有害则怒，这是难能可贵的。

杜甫一生多半是在穷愁潦倒、颠沛流离中度过的。这种悲惨的经历使他接触了社会下层，接近了人民。他的可贵之处就是身处逆境，却心系国家，心想人民，一颗爱国爱民、忧国忧民的赤子之心从没有停止跳动。安史之乱前夕，杜甫由长安往奉

① 《杜诗详注》卷一五引，第1311页。

先县探家，沿途所见，完全是一幅萧条凄惨的景象，而更惨的是，“入门闻号咷，幼子饿已卒”，“所愧为人父，无食至夭折”。身为人父，却无力养家，致使自己的小儿子被活活饿死。此情此景，催人泪下，令人心碎。而杜甫的伟大，恰恰是在自己惨遭不幸的情况下，想到的却不只是自己一家的命运，而是广大人民群众，“抚迹犹酸辛，平人固骚屑。默思失业徒，因念远戍卒”。自己出自“奉儒守官”的世家，享受着“生常免租税，名不隶征伐”的特权尚且如此，而那些失去土地的农民，远离家乡戍守的战士，他们的命运不是更悲惨吗？每念及此，诗人不禁“忧端齐终南，澒洞不可掇”了。孟子曰：“老吾老，以及人之老；幼吾幼，以及人之幼。天下可运于掌。”又曰：“禹思天下有溺者，由己溺之也；稷思天下有饥者，由己饥之也，是以如是其急也。”杜甫这种己饥己溺的仁者胸怀，在有名的《茅屋为秋风所破歌》中同样得到了集中的体现。尽管自己居住的地方是“床头屋漏无干处，雨脚如麻未断绝”，“布衾多年冷似铁，娇儿恶卧踏里裂”，但他想到的却是“安得广厦千万间，大庇天下寒士俱欢颜，风雨不动安如山！呜呼！何时眼前突兀见此屋？吾庐独破受冻死亦足！”这就是1200多年前诗人杜甫的胸怀！翁方纲曰：“《奉先咏怀》一篇，《羌村》三篇，皆与《北征》相为表里。此自《周雅》降风以后，所未有也。迹息《诗》亡，所以有《春秋》之作。若《诗》不亡，则圣人何为独忧耶？李唐之代，乃有如此大制作，可以直接《六经》矣。”①

杜甫自华州弃官，流离陇蜀，漂泊荆湘，他生命的最后11

① （宋）翁方纲：《石洲诗话》卷一，《清诗话续编》本，上海古籍出版社1983年版，第1374页。

年，历尽千辛万苦，过着“计拙无衣食，途穷仗友生”的生活。但艰难的生活使他走向了人民，更增加了他对穷苦人民的同情心，他总是尽其所能，乐于助人：“药许邻人劚”，“枣熟从人打”，“拾穗许村童”，“减米散同舟，路难思共济”。就是对那些小生物，他也充满恻隐之心：“筑场怜穴蚁”，“盘飧老夫食，分减及溪鱼”，“愿分竹实及蝼蚁，尽使鸱枭相怒号”。杜甫有一首《白小》诗：“白小群分命，天然二寸鱼。细微沾水族，风俗当园蔬。入肆银花乱，倾箱雪片虚。生成犹拾卵，尽取义何如？”石间居士评曰：“此《白小》诗是悲细民之同遭屠戮，一则忠君之心如见，一则爱民之念独深，真粹然儒者之言。”①但杜甫不是无原则的和事佬，“疾恶怀刚肠”，他的爱憎是非常鲜明的：“新松恨不高千尺，恶竹应须斩万竿。”

赵次公曰：“杜陵野老负王佐之才，有意当世，而骯脏不偶，胸中所蕴，一切写之以诗。其曰：‘许身一何愚，窃比稷与契。’又曰：‘致君尧舜上，再使风俗淳。’此其素愿也。至其出处，每与孔、孟合。”②潘德舆亦曰：“考杜公诗，于国家之利病，军国之成败，往往先事而谋，援古而讽，无不洞中窾要。而其难进易退，去就皎然，亦何尝非‘接淅而行’‘三宿出昼’之宗派哉！”③这“接淅而行”“三宿出昼”之典，亦皆出于《孟子》也。《孟子·万章下》云：“孔子之去齐，接淅而行；去鲁，曰：‘迟迟吾行也，去父母国之道也。’可以速而速，可以久而久，可以处而处，可以仕而仕，孔子也。”杨伯峻译“接淅而行”云：“孔子离

① 《藏云山房杜律详解》五律卷五。

② 《杜工部草堂记》，（宋）程遇孙等辑：《成都文类》卷四二，文津阁《四库全书》本。

③ 《养一斋李杜诗话》卷三，《清诗话续编》本，第 2207 页。

开齐国，不等把米淘完，漉干就走。"①又《孟子·公孙丑下》云："孟子去齐。尹士语人曰：'不识王之不可以为汤、武，则是不明也；识其不可，然且至，则是干泽也。千里而见王，不遇故去，三宿而后出昼，是何濡滞也？士则兹不悦。'"孟子解释说："夫尹士恶知予哉？千里而见王，是予所欲也；不遇故去，岂予所欲哉？予不得已也。予三宿而出昼，于予心犹以为速，王庶几改之！王如改诸，则必返予。夫出昼，而王不予追也，予然后浩然有归志。予虽然，岂舍王哉！王由足用为善；王如用予，则岂徒齐民安，天下之民举安。王庶几改之！予日望之！"昼为齐地，在今山东淄博临淄西南，为孟子自齐返邹必经之道。尹士不明白孟子说齐王施仁政而王天下的苦心，错怪了孟子，是毫不奇怪的。孟子的苦心，也正是杜甫的苦心。明汪瑗评《有感五首》云："此五章，皆大道理正议论，可见少陵学术之深宏，非特诗人而已。碧溪谓少陵似孟子，视此五章，诚非怍色。"②

总之，杜甫对孔、孟所倡导的忧患意识、忠恕之道、仁爱精神、恻隐之心等等，都有深刻的理解，并身体力行之。而传诵千古的杜诗，就是这些思想生动形象的反映。所以后人多认为杜甫是儒者典范，往往把杜诗比作儒家经典。清人张谦宜云："古之人，如杜子美之雄浑博大，其在山林与朝廷无以异，其在乐土与兵戈险厄无以异，所不同者山川风土之变，而不改者忠厚直谅之志。志定，则气浩然，则骨挺然，孟子所谓'至大至刚塞乎天地'者，实有其物。而光怪熊熊，自然溢发，少陵独步千

① 《孟子译注》，第 234 页。
② （明）汪瑗：《杜律五言补注》卷二，明万历新安汪文英刊本。

古，岂骚人香草、高士清操而已哉！”[1]宋代李复《与侯谟秀才书》云：“盖子美深于经术，其言多止于礼义。……子美诗，自魏晋以来，一人而已。”[2]邹浩《送裴仲孺赴官江西叙》云：“昔司马子长、杜子美皆放浪沅湘，窥九疑，登衡山，以搜抉天地之秘，然后发愤一鸣，声落万古，儒家仰之，几不减六经。”[3]陈善云：“老杜诗当是诗中六经，他人诗乃诸子之流也。”[4]李纲《读四家诗选》其四云：“杜陵老布衣，饥走半天下。作诗千万篇，一一干教化。是时唐室卑，四海事戎马。爱君忧国心，愤发几悲咤。孤忠无与施，但以佳句写。风骚到屈宋，丽则凌鲍谢。笔端笼万物，天地入陶冶。岂徒号诗史，诚足继风雅。使居孔氏门，宁复称赐也。残膏与剩馥，沾足沾丐者。呜呼诗人师，万世谁为亚。”[5]清龚鼎孳《杜诗论文序》云：“诗之有少陵，犹文之有六经也。前乎此者，于此而指归；后乎此者，于此而阐发。文无奇正，必始乎经；诗无平险，必宗乎杜。此少陵之诗与六经之文，并不朽于天地间也。”吴兴祚《杜诗论文序》亦云：“千载杜公，邈乎诗圣，古今骚人拟学而卒未能学，屡注而卒未能注，所以者何？杜公忠诚恻怛，格物穷理，为儒者之粹美，特以遭时不偶，守死善道，不免假六义以立言，申忠孝于天下耳。……杜公者，圣贤而豪杰者也。尝试读其《蚕谷行》《茅屋叹》，非禹稷饥溺之心乎？《留花门》《洗兵马》，非吉甫、方叔之略乎？《悲青坂》《达行在》，属国苏武之节也。《喜官军》《送节度》，丞相

① （清）张谦宜：《絸斋诗谈》卷三。

② （宋）李复：《潏水集》卷五。

③ （宋）邹浩：《道乡先生文集》卷二七。

④ （宋）陈善：《杜诗高妙》，《扪虱新话》下集卷一。

⑤ 《梁溪集》卷九。

出师之义也。《石壕村》《无家别》，召公、郇伯之仁也。《义鹘行》《贫交行》，信陵、平原之侠也。早朝而玉藻明堂有其志，北征而吉月朝服有其恭，儒者如此，可不谓有唐一代之完人乎！其他敦节义，重彝伦，声声吐肝膈，言言泣鬼神，虽借草吟花之余，偶尔游戏，无不披露。然则杜诗非诗也，盖五经之遗文耳。”梁章钜云：“犹忆少时闻先资政公言：读杜诗须当一部小经书读之。此语似未经人道过。顾亭林亦谓：经书后有几部书可以治天下，《前汉书》其一，杜诗其一也。”[①]吴乔亦云：“诗出于人。有子美之人，而后有子美之诗。子美于君亲、兄弟、朋友、黎民，无刻不关其念，置之圣门，必在闵损、有若间，出由、求之上。生于唐代，故以诗发其胸臆。有德者必有言，非如太白但欲于诗道中复古者也。余尝置杜诗于六经中，朝夕焚香致敬，不敢轻学。非子美之人，但学其诗，学得宛然，不过优孟衣冠而已”，甚至主张，“窃谓朝廷当特设一科，问以杜诗意义，于孔、孟之道有益。从来李、杜并称，至此不能无轩轾”。[②]

---

① （清）梁章钜：《退庵随笔》卷二一。

② （清）吴乔：《围炉诗话》卷四。

# 杜甫献《三大礼赋》时间考辨*

《新唐书·玄宗纪》载:“(天宝)十载正月壬辰,朝献于太清宫。癸巳,朝享于太庙。甲午,有事于南郊,大赦,赐侍老粟帛,酺三日。”①《资治通鉴·唐玄宗天宝十载》亦云:“春,正月,壬辰,上朝献太清宫;癸巳,朝享太庙;甲子(当作‘甲午’),合祭天地于南郊,赦天下,免天下今载地税。”②这就是所谓的“三大礼”。杜甫“适遇国家郊庙之礼,不觉手足蹈舞,形于篇章”③(《进〈三大礼赋〉表》),遂作《朝献太清宫赋》《朝享太庙赋》《有事于南郊赋》,即所谓《三大礼赋》,投延恩匦以献。但关于杜甫献赋的时间,历史上有三说:天宝九载(750)冬、十载、十三载。而现今学术界基本认定的十载献赋说,实是千年误读。正确的说法,应该是杜甫于天宝九载冬预献三赋。

---

* 本文原载于《文史哲》2006年第1期。

① (宋)欧阳修、宋祁:《新唐书·玄宗纪》,中华书局1975年版,第147—148页。

② (宋)司马光:《资治通鉴》卷二一六,中华书局1956年版,第6902页。

③ (清)仇兆鳌注:《杜诗详注》卷二四,中华书局1979年版,第2104页。

## 一

其实,关于献赋的时间,杜甫自己就说得很明白。他在《进〈三大礼赋〉表》中说:"臣生长陛下淳朴之俗,行四十载矣。"①行,行将也,即将近40岁,也就是39岁。杜甫生于唐玄宗先天元年(712),39岁正是天宝九载(750)。"行"的这一用法,可从陶渊明《责子》诗得到证明。诗云:"阿宣行志学,而不爱文术。"逯钦立注:"行,将要。志学,指十五岁。"②袁行霈注:"行志学:行将十五岁。《论语·为政》:'吾十有五而志于学。'"③又曰:"'行志学',行将满十五岁。阿舒已十六岁,阿宣将满十五岁(当是十四岁),比长子阿舒小二岁。"④几乎所有注陶诗者都是这样解释的。杜甫用字极费斟酌,天宝十三载,献赋请封西岳华山,其《进〈封西岳赋〉表》云:"臣本杜陵诸生,年过四十,经术浅陋,进无补于明时,退尝困于衣食,盖长安一匹夫耳。顷岁,国家有事于郊庙,幸得奏赋,待制于集贤,委学官试文章,再降恩泽,仍猥以臣名实相副,送隶有司,参列选序。"⑤因年已四十三,故用一"过"字。"国家有事于郊庙,幸得奏赋"云云,即指进献《三大礼赋》。而在《朝献太清宫赋》一开始说得更清楚:"冬十有一月,天子既(一作'将')纳处士之

① 《杜诗详注》卷二四,第2103页。
② 逯钦立校注:《陶渊明集》,中华书局1979年版,第106页。
③ 袁行霈:《陶渊明集笺注》,中华书局2003年版,第305页。
④ 《陶渊明集笺注》,第852页。
⑤ 《杜诗详注》卷二四,第2158页。

议,承汉继周,革弊用古,勒崇扬休。明年孟陬,将攄大礼以相籍,越彝伦而莫俦。”[①]所谓“处士之议”,《唐会要》卷二四“二王三恪”记之甚详:“(天宝)九载六月六日,处士崔昌上封事,以国家合承周、汉,其周、隋不合为二王后,请废。诏下尚书省,集公卿议。昌负独见之明,群议不能屈。会集贤院学士卫包抗表,陈论议之夜,四星聚于尾宿,天象昭然。上心遂定,乃求殷、周、汉后为三恪,废韩、介、酅等公,以昌为赞善大夫,包为虞部员外郎。”[②]《资治通鉴·唐玄宗天宝九载》云:“(八月)辛卯(九载八月丁巳朔,无辛卯,当为九月),处士崔昌上言:‘国家宜承周、汉,以土代火;周、隋皆闰位,不当以其子孙为二王后。’事下公卿集议。集贤殿学士卫包上言:‘集议之夜,四星聚于尾,天意昭然。’上乃命求殷、周、汉后为三恪,废韩、介、酅公。”注:“韩,元魏后;介,后周后;酅,隋后。”[③]《旧唐书·玄宗纪》则记此事为九月:“乙卯,处士崔昌上《五行应运历》,以国家合承周、汉,请废周、隋不合为二王后。冬十一月……己丑,制自今告献太清宫及太庙改为朝献。”[④]《新唐书·玄宗纪》则云:“九月辛卯,以商、周、汉为三恪。”[⑤]《旧唐书·礼仪志四》亦载:“(天宝)九载九月,处士崔昌上《大唐五行应运历》,以王者五十代而一千年,请国家承周、汉,以周、隋为闰。十一月,

---

① 《杜诗详注》卷二四,第2105页。

② (宋)王溥撰:《唐会要·二王三恪》,中华书局1955年版,第462页。

③ 《资治通鉴》卷二一六,第6899页。

④ (后晋)刘昫等:《旧唐书·玄宗纪》,中华书局1975年版,第224页。

⑤ 《新唐书·玄宗纪》,第147页。

敕：‘唐承汉后，其周武王、汉高祖同置一庙并官吏。’”[①]其实，崔昌所言，乃袭王勃旧说。《新唐书·王勃传》记述这一过程甚详：“（勃）谓：‘王者乘土王，世五十，数尽千年。……自黄帝至汉，五运适周，土复归唐，唐应继周、汉，不可承周、隋短祚。’乃斥魏、晋以降非真主正统，皆五行沴气，遂作《唐家千岁历》。”[②]武后时，李嗣真请以周、汉为二王后，而废北周、隋。天宝中，以承平日久，上言者多以诡异进，于是处士崔昌乃采王勃旧说，上《五行应运历》，请承周、汉，废北周、隋为闰。当时右相李林甫亦赞佑之。玄宗集公卿议可否，集贤学士卫包、起居舍人阎伯玙上表曰：“都堂集议之夕，四星聚于尾，天意昭然矣。”于是玄宗下诏以唐承汉，黜隋以前帝王，废韩、介、酅公，尊周、汉为二王后，以商为三恪，京城起周武王、汉高祖庙。后李林甫死，杨国忠为右相，自称隋宗，遂于天宝十二载（753）五月九日复元魏为三恪，北周、隋为二王后，韩、介、酅等公复旧封，其周、汉、魏、晋、齐、梁帝王庙，依旧制。六月九日，贬崔昌乌雷尉，卫包夜郎尉，阎伯玙涪川尉。上述记载“处士之议”的具体月份虽微有差异，但基本内容与杜甫所说是相符的。而杜甫所说“明年孟陬，将摅大礼以相籍，越彝伦而莫俦”，正是指的将于天宝十载正月隆重举行“三大礼”。“孟陬”，即正月。屈原《离骚》“摄提贞于孟陬兮，惟庚寅吾以降”，即是说他生于寅年正月庚寅日。因此，如果将献《三大礼赋》的时间定在天宝十载，杜赋“明年孟陬，将摅大礼”云云，是无论如何也讲不通的。

---

① 《旧唐书·礼仪志四》，第916页。

② 《新唐书·王勃传》，第5740页。

## 二

据今见文献言之，最早记载杜甫献《三大礼赋》时间的是唐人元稹《唐故检校工部员外郎杜君墓系铭》："甫字子美，天宝中，献《三大礼赋》，明皇奇之，命宰相试文。"①但未言具体年份。《旧唐书・杜甫传》则云："天宝末，献《三大礼赋》，玄宗奇之，召试文章，授京兆府兵曹参军。"②亦未明言具体年份。到王洙所撰《杜工部集记》始明言具体年份："天宝十三年，献三赋，召试文章。"③《新唐书・杜甫传》因之："天宝十三载，玄宗朝献太清宫，飨庙及郊，甫奏赋三篇。帝奇之，使待制集贤院，命宰相试文章。"④吕大防始作《杜工部年谱》，亦主天宝十三载献《三大礼赋》。十三载献三赋显然是不对的：一是杜甫时已43岁，与"行四十载矣"不符；二是十三载，玄宗只是朝献太清宫与朝享太庙，并未行郊礼，而且是在二月⑤，与"三大礼"不符。

蔡兴宗首倡天宝九载冬预献三赋说。蔡氏《重编杜工部年谱》于天宝"九载庚寅"下云："时年三十九。是岁冬，进《三大礼赋》。进表曰：'臣生陛下淳朴之俗，行四十载矣。'其赋曰：'冬十有一月，天子将纳处士之议。'又曰：'明年孟陬，将摅

---

① （宋）王洙：《宋本杜工部集》二十卷附，商务印书馆1957年版。

② 《旧唐书・杜甫传》，第5054页。

③ 《宋本杜工部集》卷首。

④ 《新唐书・杜甫传》，第5736页。

⑤ 《新唐书・玄宗纪》，第149页。

大礼。'……而《新书》列传、《集记》、旧谱及赋题之下注文皆作十三年,非也。"[①]蔡氏将杜赋与唐史结合起来考察,认定杜献赋在天宝九载冬,纠正了《新唐书》本传、王洙《杜工部集记》、吕(大防)谱及旧注的错误。蔡氏所考是对的。稍后的赵次公亦主天宝九载冬预献三赋说。他在《送韦书记赴安西》诗注中云:"公三十九岁之冬上《三大礼赋》,四十岁之春后,方召试得官。"[②]《重过何氏五首》注中亦云:"公三十九岁之冬方献三赋。"[③]在《杜位宅守岁》注中更明确指出:"公于天宝九载三十九岁之冬,预献明年《三大礼赋》。表云:'甫行四十载矣,沉埋盛时。'则亦急于仕矣。"[④]葛立方(? —1164)先则同意旧说天宝十三载献赋,后即纠正说:"老杜卒于大历五年,享年五十九,当生于先天元年。观其《献大礼赋表》云:'臣生陛下淳朴之俗,行四十载矣。'以此推之,天宝十载始及四十,则是献《大礼赋》当在天宝九载也。本传以谓天宝十三载,因献三赋,帝奇之,待制集贤院,误矣。"[⑤]完全赞同蔡兴宗的说法。后来黄鹤更是力主九载献赋,他在《杜工部诗年谱·睿宗先天元年壬子》下云:"先生生于是年。蔡兴宗引元微之墓志、王原叔集记,鲁訔引《唐书》列传,皆云先生年五十九岁,卒于大历五年,则当生于是年。鲁又引公《上大礼赋表》云:'臣生陛下淳朴之俗,行四十载矣。'天宝十载奏赋,年三十九,逆数公今年生。

① 阙名编:《分门集注杜工部诗》卷首,《四部丛刊》景宋本。

② 林继中辑校:《杜诗赵次公先后解辑校》,上海古籍出版社 1994 年版,第 40 页。

③ 《杜诗赵次公先后解辑校》,第 51 页。

④ 《杜诗赵次公先后解辑校》,第 52 页。

⑤ (宋)葛立方:《韵语阳秋》,上海古籍出版社 1984 年版,第 79 页。

吕汲公云:公生先天元年癸丑,天宝十三载奏赋。若果十三载奏赋,则先生四十三岁矣。梁经祖集谱亦云十三载奏赋。今考《通鉴》《唐宰相表》及《酹远祖文》,以开元二十九年为辛巳,《祭房公文》以广德元年为癸卯,则先天元年为壬子无疑。如鲁谓十载奏赋,则是年辛卯,恰四十岁,不可谓之年三十九,何以表谓之'行四十载'?案《朝献太清宫赋》首云'冬十一月,天子纳处士之议',又云'明年孟陬,将摅大礼',则是九载庚寅预献赋,故年三十九,表宜云'行四十载'。"①于"天宝九载庚寅"下,黄鹤又云:"先生是年进《三大礼赋》。"②由此可见,鹤说完全是从蔡说沿袭来的。而稍晚于蔡兴宗的赵子栎《杜工部草堂诗年谱》却于"明皇开元元年癸丑"下云:"按:天宝十载,公年三十九,奏《上大礼赋表》云:'生陛下淳朴之俗,行四十载。'逆数之,甫今年生。"③又在"天宝十载辛卯"下云:"明皇纪:天宝十载春正月,朝见太清宫、朝飨太庙及有事于南郊,甫上《三大礼赋》。"④赵谱之所以主张十载献赋,是因为他定杜甫生于开元元年,死于大历六年,将杜甫生卒都推后一年。但在39岁献赋这一点上,与蔡兴宗是一致的。其后,宋人鲁訔、刘辰翁诸谱虽亦主十载献赋,但他们却都是主杜甫生于先天元年的,即40岁献赋。明清两代,亦多依之。特别是从钱谦益《钱注杜诗》所云:"按诸书载十三载献赋,并承《新书》本传之误,然献赋自在大礼告成之日,鹤以谓九载预献,则非也","十载献赋

① (宋)徐居仁:《集千家注分类杜工部诗》,《杜诗丛刊》本,(台北)大通书局1974年版,第108页。

② 《集千家注分类杜工部诗》,第120页。

③ (宋)蔡梦弼:《杜工部草堂诗笺·杜诗年谱上》,《古逸丛书》本。

④ 《杜工部草堂诗笺·杜诗年谱上》。

明矣”。[1] 之后，几乎所有注杜者，如清代朱鹤龄、顾宸、张溍、张远、周篆、仇兆鳌、浦起龙、范廷谋、杨伦等，以及现当代的许多著名杜甫研究专家，皆从钱说。对于这一千年误读，台湾学者陈文华在《杜甫传记唐宋资料考辨》中有所辨别，可以参看。但他将“九载献赋”之发明权归于黄鹤，认为“这是黄鹤的一大贡献”，而蔡说“所提证据，亦类如黄鹤”[2]，则是不确的。

## 三

钱谦益所谓“献赋自在大礼告成之日”，未免武断。杜甫的《封西岳赋》，即是未封预献之作。天宝九载正月，玄宗听群臣奏封西岳，三月，关中旱，西岳庙发生火灾，乃停封。天宝十三载，杜甫上表献《封西岳赋》，再次请求玄宗封西岳。最显著的例证，就是唐玄宗封禅泰山。据《旧唐书·礼仪志三》载，玄宗于开元十三年十一月封禅泰山，而“开元十二年，文武百僚、朝集使、皇亲及四方文学之士，皆以理化升平，时谷屡稔，上书请修封禅之礼并献赋颂者，前后千有余篇”[3]。《唐会要》亦载：“时（开元十二年）儒生墨客，献赋颂者数百计。”[4]《旧唐书·房琯传》亦云：“开元十二年，玄宗将封岱岳，琯撰《封禅书》一

---

① （清）钱谦益：《钱注杜诗》，上海古籍出版社1979年版，第653页。

② 陈文华：《杜甫传记唐宋资料考辨》，（台北）文史哲出版社1987年版，第69页。

③ 《旧唐书·礼仪志三》，第891页。

④ 《唐会要·郊议》，第107页。

篇及笺启以献。”[1]可见,钱谦益所谓“献赋自在大礼告成之日”是缺乏根据的。钱氏又引《旧唐书·玄宗纪》与杜赋所记日期相同,以证其说。《旧唐书·玄宗纪》云:“(天宝)十载春正月乙酉朔。壬辰(初八日),朝献于太清宫。癸巳(初九),朝飨太庙。甲午(初十),有事于南郊,合祭天地,礼毕,大赦天下。”[2]《朝享太庙赋》曰:“壬辰,既格于道祖,乘舆即以是日致斋于九室。”[3]又曰:“甲午,方有事于采坛。”[4]《有事于南郊赋》曰:“二之日,朝庙之礼既毕。”[5]于是,钱氏断言杜赋“与《旧书》甲子俱合,则为十载献赋明矣”[6]。其实,钱氏所言,毫不为怪。作为朝廷大典,必当十分慎重,预为准备,日程是早已安排好的。即如开元十三年封禅泰山,玄宗早在一年前,即开元十二年十二月就发出《开元十三年封泰山诏》曰:“是以敬承群议,弘此大猷,以光我高祖之丕图,以绍我太宗之鸿业。永言陟配,祇感载深,可以开元十三年十一月十日,式遵故实,有事泰山,所司与公卿诸儒,详择典礼,预为备具。勿广劳人,务存节约,以称朕意。所缘封禅仪注,兵马陪集,并皆条奏,布告遐迩。”[7]并“诏中书令张说、右散骑常侍徐坚、太常少卿韦絛、秘书少监康子元、国子博士侯行果等,与礼官于集贤书院刊撰仪注”[8],

① 《旧唐书·房琯传》,第 3320 页。
② 《旧唐书·玄宗纪》,第 224 页。
③ 《杜诗详注》卷二四,第 2124 页。
④ 《杜诗详注》卷二四,第 2135 页。
⑤ 《杜诗详注》卷二四,第 2137 页。
⑥ 《钱注杜诗》,第 653 页。
⑦ (宋)宋敏求:《唐大诏令集》,商务印书馆 1959 年版,第 370 页。
⑧ 《旧唐书·礼仪志三》,第 892 页。

“及玄宗将作封禅之礼，张说等参定仪注”①。《新唐书·康子元传》亦云：“玄宗将东之太山，（张）说引子元、行果、徐坚、韦縧商裁封禅仪。”②天宝十载的“三大礼”盛典想必亦如此，朝廷既然“布告遐迩”，急于求仕的杜甫当然对大典的日程知道得清清楚楚，这又有什么奇怪的呢？

或谓从玄宗决定行三大礼，到举行三大礼，时间不过两个月，盛典仪注的参定来得及吗？答案是肯定的。一是三大礼就其尊崇程度而言，不及封禅泰山那么隆重和规模宏大；而更重要的是，朝献太清宫、朝享太庙、有事于南郊，要比封禅泰山频繁得多。唐初，即用隋礼。太宗时有《贞观礼》，高宗时有《显庆礼》。因《贞观礼》与《显庆礼》仪注前后不同，玄宗时遂折中损益，于开元二十年撰成《大唐开元礼》颁布施行。至此，唐之五礼之文始备，终唐之世，虽小有损益而无大变。以合祭天地于南郊为例，仅据《旧唐书·礼仪志》《新唐书·礼乐志》《唐会要》记载，就有高祖武德四年十一月甲申，太宗贞观二年十一月辛酉、五年十一月丙子、十四年冬十一月甲子朔、十七年己卯，高宗永徽二年冬十一月辛酉、总章元年十二月丁卯，武则天天册万岁元年、长安二年十一月戊子，中宗景龙三年十一月乙丑，睿宗景云元年十一月十三日乙丑冬至、太极元年正月辛巳，玄宗开元十一年十一月戊寅等10余次。更值得注意的是，唐玄宗于天宝元年二月丁亥，加尊号为开元天宝圣文神武皇帝，“辛卯，亲享玄元皇帝于新庙。甲午，亲享太庙。丙申，合祭天

① 《旧唐书·礼仪志三》，第894页。

② 《新唐书·康子元传》，第5701页。

地于南郊"[①]。这也是三大礼同时举行,只是中间相隔数天而已,不像天宝十载正月那样,连续三天举行三大礼。又据《唐会要》卷九下引《册府元龟》:"天宝五载十二月辛酉,诏曰:'祈谷上帝,春祀先王,永惟因心,敢忘如在。顷以详诸旧典,创以新仪。……宜以来岁正月,朕亲谒太庙,便于南郊合祭。仍令中书门下,即与礼官详定仪注。六载正月戊子,亲祀南郊,遵祀皇地祇。'"[②]至于典礼每道程序的具体要求,诸如斋戒、陈设、省牲器、銮驾出宫、奠玉帛、进熟、銮驾还宫等,都有详细的规定。据上所述,早在天宝十载正月举行三大礼以前,已有详定仪注,这时只要根据具体情况略加修订即可,是要不了多少时间的。

我们现在所说的向某某盛大庆典、某某大会献礼,如"向党的九大献礼""向党的十六大献礼"等等,都是在之前,而不是在之后。以此揆之,杜甫献《三大礼赋》自当在"三大礼"举行之前,而不应当在之后。

献《三大礼赋》,是杜甫一生中最引为荣耀的一件大事,所以他念念不忘。《奉留赠集贤院崔(国辅)、于(休烈)二学士》云:"昭代将垂白,途穷乃叫阍。气冲星象表,词感帝王尊。天老书题目,春官验讨论。……谬称三赋在,难述二公恩。"原注:"甫献《三大礼赋》出身,二公尝谬称述。"[③]后流落成都作《莫相疑行》亦云:"忆献三赋蓬莱宫,自怪一日声烜赫。集贤学士如堵墙,观我落笔中书堂。往时文采动人主,此日饥寒趋

① 《旧唐书·玄宗纪》,第 215 页。
② 《唐会要·杂郊议下》,第 185 页。
③ 《杜诗详注》卷二,第 130—132 页。

路旁。”[①]杜甫献赋在“三大礼”之前，至于“待制于集贤，委学官试文章”，“天老书题目，春官验讨论”，则在“三大礼”结束之后。恐怕“学官试文章”的，也不止杜甫一人。

① 《杜诗详注》卷一四，第 1213 页。

# 诗趋奇险谱新篇*

## ——从杜甫到韩愈

如果以安史之乱为界，将中国漫长的封建社会分为前后两期，套用恩格斯对但丁的评价，那么，杜甫可称为中国封建社会前期的最后一位诗人，后期的第一位诗人。以杜为界，前后期的诗歌风格大变。杜甫既集前期诗歌之大成，又开后期诗歌之"新世界"，可以说，后期诗歌的发展，无不受其牢笼。正如郝敬所说："诗至子美而大成，亦自子美而大变，不可不知。"①陈廷焯亦云："诗至杜陵而圣，亦诗至杜陵而变。顾其力量充满，意境沉郁。嗣后为诗者，举不能出其范围，而古调不复弹矣。故余谓自风骚以迄太白，诗之正也，诗之古也。杜陵而后，诗之变也。自有杜陵，后之学诗者，更不能求风骚之所在，而亦不得不以杜陵为止境。韩、苏且列门墙，何论余子。昔人谓杜陵为诗中之秦始皇，亦是快论。"②就唐诗而言，安史之乱前后，风格

---

* 本文原载于《文史哲》2012 年第 6 期。

① 《荆南兵马使太常卿赵公大食刀歌》注引，（清）仇兆鳌注：《杜诗详注》卷一八，中华书局 1979 年版，第 1584 页。以下凡引杜甫诗文之语，皆据此本，非有必要者，不另注出。

② （清）陈廷焯：《白雨斋词话》卷七，《词话丛编》本，中华书局 1986 年版，第 3940 页。

亦大不同,而杜甫正是转变的关键。目前学术界多沿用明人高棅《唐诗品汇》的初、盛、中、晚四分期来评论唐诗,其实并不科学。如比较通行的说法,玄宗开元至代宗永泰(713—765)为盛唐,代宗大历至敬宗宝历(766—826)为中唐,将代宗一朝分属两期,又将杜甫归属盛唐,而杜甫的许多著名诗篇,如《秋兴八首》《诸将五首》《咏怀古迹五首》《登岳阳楼》等等,都作于大历以后。杜甫现存 1450 多首诗,作于安史之乱以前的,只有 100 多首。严格来讲,盛唐气象的代表是李白,而不是杜甫。杜甫的诗,不是盛唐的"颂歌",而是盛唐的"挽歌",是对李唐王朝由盛转衰的反思。杜诗所达到的高度成就,使其成为人们学习和效仿的范本,对后世产生了深远的影响。叶燮即云:"自甫以后,在唐如韩愈、李贺之奇奡,刘禹锡、杜牧之雄杰,刘长卿之流利,温庭筠、李商隐之轻艳,以至宋、金、元、明之诗家,称巨擘者无虑数十百人,各自炫奇翻异,而甫无一不为之开先。"①他人无论,只就韩愈而言,他的诗,虽亦学多家,如李白等,但对他影响最大的,无疑是杜甫。而他学杜甫,也是有所偏重的。赵翼说:"韩昌黎生平,所心摹力追者,惟李、杜二公。顾李、杜之前,未有李、杜,故二公才气横恣,各开生面,遂独有千古。至昌黎时,李、杜已在前,纵极力变化,终不能再辟一径。惟少陵奇险处,尚有可推扩,故一眼觑定,欲从此辟山开道,自成一家。此昌黎注意所在也。"②而韩愈的学杜奇险,乃是有其思想和诗学渊源的。

---

① (清)叶燮:《原诗 · 内篇上》,《清诗话》本,中华书局 1963 年版,第 570 页。

② (清)赵翼:《瓯北诗话》卷三,《清诗话续编》本,上海古籍出版社 1983 年版,第 1164 页。

# 一

杜甫是原始儒家思想即孔孟思想的继承者和实践者，他阐释、恢复原始儒家道统思想，远在韩愈之前。杜甫出身于一个“奉儒守官”的家庭，他在《进〈雕赋〉表》中说：“自先君恕、预以降，奉儒守官，未坠素业。”又在《祭远祖当阳君文》中说：“不敢忘本，不敢违仁。”受的是儒家正统教育，他的政治理想就是“致君尧舜上，再使风俗淳”。有的论者称“杜甫是唐代儒学复兴运动的孤明先发者”①，他直接继承了原始儒家的人性思想。杜甫是实践孟子“恻隐之心为仁”的典型。《过津口》诗云：“物微限通塞，恻隐仁者心。”杜甫明确指出恻隐之心即仁心，这就具有在我国思想史上独立地重新发明失落已久的孟子人性思想核心的意义。安史之乱后，杜甫过着颠沛流离的困苦生活，亲身经历了国家深重的苦难，更接近广大劳苦群众，加之深厚的传统文化素养，使他深深懂得儒家“邦以民为本”的道理。因此，他对饱尝战乱之苦、处于水深火热之中的广大人民抱着深切的同情。他继承和发扬了孟子的“大丈夫”精神，以天下为己任，忧国忧民，爱国爱民。杜甫对安史之乱以后亟须复兴儒家传统予以格外关注。大历五年，杜甫经过衡山县参观孔庙新学堂时，特别写了一首《题衡山县文宣王庙新学堂呈陆宰》诗：“旄头彗紫微，无复俎豆事。金甲相排荡，青衿一憔悴。呜

---

① 邓小军：《杜甫是唐代儒学复兴运动的孤明先发者》，《杜甫研究学刊》1990年第4期。

呼已十年,儒服弊于地。征夫不遑息,学者沦素志。我行洞庭野,欻得文翁肆。侁侁胄子行,若舞风雩至。周室宜中兴,孔门未应弃。是以资雅才,涣然立新意。衡山虽小邑,首唱恢大义。因见县尹心,根源旧宫闷。讲堂非曩构,大屋加涂塈。下可容万人,墙隅亦深邃。何必三千徒,始压戎马气?林木在庭户,密干叠苍翠。有井朱夏时,辘轳冻阶陀。耳闻读书声,杀伐灾仿佛。故国延归望,衰颜减愁思。南纪改波澜,西河共风味。采诗倦跋涉,载笔尚可记。高歌激宇宙,凡百慎失坠!"他对安史乱后10余年来,战乱频仍,生灵涂炭,儒学不讲,道德沦丧的惨状,深感痛心;而对衡山县令陆某重修孔庙新学堂,以儒家思想培养新人的义举,大加赞赏。他认为"儒服弊于地"的现状必须改变,唐朝要中兴,"孔门未应弃",就必须振兴儒家思想,恢复儒家传统。所以,他从衡山县"首唱恢大义"的壮举中,看到了未来的希望,不觉"衰颜减愁思","高歌激宇宙",诗人那种欢欣鼓舞之情跃然纸上。

在崇尚儒学、恢复儒家道统方面,韩愈和杜甫是心有灵犀一点通的。孙何《文箴》云:"奕奕李唐,木铎再扬。文之纪纲,断而更张。巨手魁笔,磊落相望。凌轹百代,直趋三王。续《典》绍《谟》,韩领其徒。还《雅》归《颂》,杜统其众。"[①]在《赴江陵途中寄赠王二十补阙李十一拾遗李二十六员外翰林三学士》诗中,韩愈明确表示:"生平企仁义,所学皆孔周。"[②]故身为监察御史,面对饥荒重赋,百姓卖儿鬻女、弃尸路旁的惨痛现

---

① (宋)孙何:《文箴》,(宋)吕祖谦编:《宋文鉴》卷七二,文渊阁《四库全书》影印本(以下简称"四库本")。

② 屈守元、常思春主编:《韩愈全集校注》,四川大学出版社1996年版,第222页。以下凡引韩愈诗文之语,皆据此本,非有必要者,不另注出。

实,他不顾个人安危,毅然上书,"上陈人疾苦","为忠宁自谋"? 于是被贬阳山令。他说:"胡不上书自荐达,坐令四海如虞唐。""我身蹈丘轲,爵位不早绾。""方今太平日无事,柄任儒术崇丘轲。"他的冒死谏迎佛骨,如同杜甫的疏救房琯,都是基于儒家"以道事君"的直言敢谏传统。杜甫于至德二载(757)五月始被任命为左拾遗,当月房琯罢相,杜甫仗义执言,上疏谏诤,力辩"罪细不宜免大臣",遂触怒肃宗,诏三司推问,幸亏宰相张镐救免。杜甫虽然胳膊扭不过大腿,但他并未改变自己对房琯的看法。在六月一日上肃宗的《奉谢口敕放三司推问状》中,他还是极力为房琯说好话:"窃见房琯,以宰相子,少自树立,晚为醇儒,有大臣体。时论许琯,必位至公辅,康济元元。陛下果委以枢密,众望甚允。"他希望肃宗能"弃细录大",所以才"冒死称述"。杜甫因此被贬为华州司功参军,从此永远离开了朝廷。杜甫虽因疏救房琯而断送了自己的政治前程,但他始终未悔。从其对房琯的一贯态度,可以看出杜甫并非愚忠,更不会阿谀奉承,无原则地迎合最高统治者的意旨。李纲曰:"肃宗之怒房琯,人无敢言,独子美抗疏救之,由是废斥终身而不悔,是必有言之不可已者,与阳城之救陆贽何以异!然世罕称之者,殆为诗所掩故邪。"①韩愈和杜甫都是操行坚正、荣悴不易、真率不诡随的儒者。他的谏迎佛骨与杜甫之疏救房琯何异!他将个人生死置之度外,而毅然奉召宣抚镇州,又是何等的英雄气概!他一贬阳山,再贬潮州,历经坎坷,而卫护儒家精神的坚定信念始终不渝。他在《与孟尚书书》中说得很坚决:

---

① (宋)李纲:《重校正杜子美集序》,《梁溪集》卷一三八,四库本。下引李纲语,皆出此本。

“释老之害过于杨墨。韩愈之贤不及孟子，孟子不能救之于未亡之前，而韩愈乃欲全之于已坏之后。呜呼！其亦不量其力，且见其身之危莫之救以死也。虽然，使其道由愈而粗传，虽灭死万万无恨。天地鬼神临之在上，质之在傍，又安得因一摧折自毁其道以从于邪也。”真有点视死如归的殉道精神。在《原道》中，他直接揭示出自己的儒家道统观：“斯吾所谓道也，非向所谓老与佛之道也。尧以是传之舜，舜以是传之禹，禹以是传之汤，汤以是传之文、武、周公，文、武、周公传之孔子，孔子传之孟轲。轲之死，不得其传焉。”而他是以弘扬儒家道统为己任的。他认为孟子之后，儒家道统不传，而他自认是孟子之后的继承人，所以他对孟子的评价很高。《送王秀才序》云：“自孔子没，群弟子莫不有书，独孟轲氏之传得其宗，故吾少而乐观焉。……故求观圣人之道，必自孟子始。”《与孟尚书书》亦云：“其祸出于杨、墨肆行而莫之禁故也。孟子虽贤圣，不得位，空言无施。虽切何补？然赖其言，而今学者尚知宗孔氏，崇仁义，贵王贱霸而已。……向无孟氏，则皆服左衽而言侏离矣。故愈尝推尊孟氏，以为功不在禹下者为此也。”但韩愈对孟子人性思想的核心“恻隐之心为仁”，却没有作出重新发明。杜甫说：“君臣节俭足，朝野欢呼同。”“不过行俭德，盗贼本王臣。”韩愈却说：“民不出粟米麻丝作器皿通货财以事其上，则诛。”（《原道》）应该说，杜甫的儒家思想更具有实践性的品格，他继承和发扬的多是儒家思想积极的一面，而韩愈则是精华和糟粕兼收并蓄。

杜甫和韩愈对孟子的重视，既是时代使然，也是儒家思想发展的必然。在此之前，《孟子》一直被列为子书，不能称“经”。但安史之乱以后，随着社会的剧烈变化，随着孔子及儒学地位的提高，孟子的思想越来越受到有识之士的重视，要求把《孟子》列为经书的呼声也越来越高。与杜甫同时的礼部侍郎杨绾（？—777）于宝应二年六月二十日所上《条奏贡举疏》中已有“孔孟之道”的称谓，将孟子与孔子相提并论，而他在本年七月二十六日奏贡举条目时，更请求升《孟子》为经：“《论语》《孝经》皆圣人深旨，《孟子》亦儒门之达者，其学官望兼习此三者，共为一经，其试如上。”①唐代宗把杨绾的建议交由大臣李栖筠、贾至、严武等讨论，他们认为“今绾所请，实为正论”，但“以为举人循习，难于速变，请自来岁始”，代宗“乃诏明经、进士与孝廉兼行”。② 虽出于种种原因，孝廉科于德宗建中元年（780）即停，但却反映了孟子在当时的影响和地位。而贾至、严武和杨绾，都是杜甫交往密切的友人。

与孔子不同的是，孟子与《孟子》一书的地位，在唐以前是不高的。司马迁作《史记》，并未为孟子单独列传，而是将之列入《孟子荀卿列传》多人合传中，真正写到孟子生平事迹的，只不过一百三四十个字。整个两汉时代，为《孟子》作注的，相传只有六家，流传至今的，只有赵岐的《孟子章句》一书。整个魏晋南北朝时期，见于著录的只有晋代綦毋邃《孟子注》一种，且已失传。而到唐代，情况起了变化。唐代研究《孟子》的专书，见于著录的共有五种，而其中三种就作于杜甫和韩愈生活的年代，这就是陆善经（约 700 前—746 后）的《孟子注》、张镒（？—783）的《孟子音义》、丁公著（769—832）的《孟子手音》。

---

① （宋）王溥撰：《唐会要 · 贡举中 · 孝廉举》，中华书局 1955 年版，第 1396 页。

② （宋）欧阳修、宋祁：《新唐书 · 选举志上》，中华书局 1975 年版，第 1168 页。

正是在这种时代背景下，以恢复儒家道统为己任的韩愈才明确地提出了儒家的道统观，大力弘扬儒家思想，使孟子的地位更加高涨，影响更加广泛。

应该特别指出的是，杜甫和韩愈的思想，其主导方面虽是儒家思想，但亦程度不同地受到佛、道思想的影响。其实，以儒为主、兼容佛道的统治方略，在隋文帝时已露端倪。而到唐玄宗时代，以儒为主、佛道兼容的思想统治格局基本固定下来。在这样的时代背景下，杜甫自然会受到影响。譬如杜甫同情弱势群体的“恻隐仁者心”的儒家情怀，与佛家“普渡众生”的思想是相通的。杜甫离开朝廷后，“漂泊西南天地间”，艰难困苦的生活使他走向了人民，更增强了他对穷苦人民的同情心，他总是尽其所能，乐于助人：“药许邻人劚”，“枣熟从人打”，“拾穗许村童”。到湖南后，生活极其困苦，还“减米散同舟，路难思共济”。杜甫不但对穷苦百姓关爱，对他的仆人关爱，对动物、小生命以及环境也十分爱惜，充满恻隐之心：“筑场怜穴蚁”，“盘飧老夫食，分减及溪鱼”。“分减”，历来注家都没有注明出处。其实，“分减”是佛教用语，出自《华严经》。在《大方广佛华严经》卷二一中出现了3次。菩萨行十种施，“分减施”为其一，“何为菩萨分减施？此菩萨禀性仁慈，好行惠施，若得美味，不专自受，要与众生，然后方食。凡所受物，悉亦如是”①。杜甫用的是佛经原意。韩愈虽极力攘斥佛老，但在时风的影响下，在与僧人的交往中，他的思想亦有所变化。其《原道》之“博爱之谓仁”，《原人》之“圣人一视而同仁”，虽根

① （唐）实叉难陀译：《大方广佛华严经》卷二一，《大正新修大藏经》第10册，第112页。

源于儒家,但与佛家仁慈爱人、众生平等之思想亦不无关系。有的论者则认为是"融墨于儒",与墨家提倡的"兼爱"有相通之处。[①] 陈寅恪甚至认为韩愈的"道统之说,表面上虽由《孟子》卒章之言所启发,实际上乃因禅宗教外别传之说所造成,禅学于退之之影响亦大矣哉"[②]。虽未尽的,但亦不无道理。

韩愈是思想家,又是开宗立派的诗人,他是韩孟(郊)诗派的领袖人物。正是由于在恢复儒家道统上思想的一致,所以韩愈对杜甫非常推崇。张晋《仿元遗山论诗绝句六十首》之三十二云:"吏部才雄气亦豪,精神远与少陵交。"故其《调张籍》诗云:"李杜文章在,光焰万丈长。不知群儿愚,那用故谤伤。蚍蜉撼大树,可笑不自量。伊我生其后,举颈遥相望。"《醉留东野》又云:"昔年因读李白杜甫诗,长恨二人不相从。吾与东野生并世,如何复蹑二子踪。"韩愈的可贵之处,还在于他是李杜并尊的,对二人并无优劣之分。他在诗文中凡是提到杜甫,几乎都是将之与李白并称,如《荐士》诗云:"勃兴得李杜。"《城南联句》云:"蜀雄李杜拔。"《感春四首》其二云:"近怜李杜无检束,烂漫长醉多文辞。"《石鼓歌》云:"少陵无人谪仙死,才薄将奈石鼓何。"《酬司门卢四兄云夫院长望秋作》云:"远追甫白感至诚。"韩愈并尊李杜,故其诗风格既有李诗的豪逸,又有杜诗的雄奇。而更主要的是,他继承杜甫完成了诗风诗格的新变,并发展了杜诗以文为诗、以议论为诗的奇险倾向,形成自己奇崛险怪、豪健奔放的独特风格。

---

① 参见邓小军:《理学本体—人性论的建立——韩愈人性思想研究》,《孔子研究》1993 年第 2 期。

② 陈寅恪:《论韩愈》,《历史研究》1954 年第 2 期。

关于杜甫求奇思变的创作倾向，前人论述颇多，此不赘述。这里需要指出的是，杜甫的这一倾向，并不是凭空产生的，而是与他所处的安史之乱前后的时代思潮密切相关。葛晓音在《论天宝至大历间诗歌艺术的渐变——从杜甫岑参等诗人创奇求变的共同倾向谈起》一文中指出："如果仔细阅读天宝至大历间的全部诗作，就会发现杜诗中某些'变态'，乃是当时诗坛的共同趋势，只不过这些微妙的变化散见于其它诗人的作品中，不像杜诗表现得那么集中而已"，"经过分析排比，仍然可以举出一批与杜甫具有共同的奇变倾向的诗人，例如岑参、毕曜、苏涣、王季友、孟云卿、独孤及等，他们创奇求变的端倪由顾况等大历至贞元之间的一批诗人接续，逐渐开出了贞元、元和之间诗歌大变的风气"。① 论文虽然没有直接触及韩愈，不过修正了传统的杜甫与韩愈诗变的单线联系的说法，厘清了韩愈诗变的发展过程。葛文提到的岑参、毕曜、苏涣、王季友、孟云卿，都和杜甫交往密切，有诗为证。杜甫与独孤及虽无交往的文字留下来，但独孤及与杜甫的友人李白、高适、岑参、毕曜、贾至、郑潜曜、李之芳、薛华、李舟、陈兼等关系密切，而陈兼之子陈京即出独孤门下，想来甫与及当有来往。岑参诗雄奇瑰丽，风格奇峭。殷璠评其诗曰："参诗语奇体峻，意亦奇造。"②杜确《岑嘉州诗集序》亦云："属辞尚清，用意尚切，其有所得，多入佳境，迥拔孤秀，出于常情。"③苏涣是一传奇人物，剽勇不羁，

---

① 陈平原、陈国球主编：《文学史》第2辑，北京大学出版社1995年版。

② （唐）殷璠：《河岳英灵集》卷上，傅璇琮编：《唐人选唐诗新编》本，陕西人民教育出版社1996年版，第158页。

③ 《岑嘉州诗》卷首，明正德庚辰（1520）济南刊本。

作诗求奇,他的《变律诗》就是有意变奇之作。王季友,亦是奇人,杜甫称其“豪俊”[①],殷璠评其诗曰:“季友诗,爱奇务险,远出常情之外。”[②]孟云卿,工诗,杜甫称为“古人诗”[③]。元结乾元三年编《箧中集》,录沈千运等七人之诗24首,其中录云卿诗5首。元结《箧中集序》云:“吴兴沈千运,独挺于流俗之中,强攘于已溺之后,穷老不惑,五十余年。凡所为文,皆与时异。故朋友后生,稍见师效,能似类者,有五六人。”[④]实则七人之诗“皆与时异”。《四库全书·〈箧中集〉提要》评云:“其诗皆淳古淡泊,绝去雕饰”,“与当时作者门径迥殊”。独孤及与萧颖士、李华、贾至等都提倡古文,实为唐代古文运动的先驱。《四库全书·〈毘陵集〉提要》云:“唐自贞观以后,文士皆沿六朝之体,经开元、天宝,诗格大变,而文格犹袭旧规,元结与及始奋起湔除,萧颖士、李华左右之,其后韩、柳继起,唐之古文遂蔚然极盛,斫雕为朴,数子实居首功。《唐实录》称韩愈学独孤及之文,当必有据。”辛文房谓及诗“格调高古,风神迥绝”[⑤]。至于顾况,善为歌诗,性诙谑放任,不修检操。韩愈弟子皇甫湜称其诗“偏于逸歌长句,骏发踔厉,往往若穿天心,出月胁,意外惊人语,非寻常所能及,最为快也。李白、杜甫已死,非君将谁与哉?”[⑥]贺裳评其诗曰:“顾况诗极有气骨,但七言长篇,粗硬中

---

① 《可叹》,《杜诗详注》卷二一,第1830页。

② 《河岳英灵集》卷上,第139页。

③ 《解闷十二首》其五,《杜诗详注》卷一七,第1511页。

④ (唐)元结:《箧中集》卷首,四库本。

⑤ (元)辛文房:《唐才子传》卷二,四库本。

⑥ (唐)皇甫湜:《唐故著作佐郎顾况集序》,《皇甫持正集》卷二,四库本。

时杂鄙句，惜有高调而非雅音。”①粗硬而杂鄙句，正是求奇。以上数人，对韩愈的创作都有或多或少、或直接或间接的影响。但就诗歌创作的奇险倾向而言，杜甫的影响是主要的。

## 二

开天盛世，是中国古典诗歌发展的黄金时期，李白、杜甫和王、孟、高、岑等共同把诗歌创作推向一个高峰。杜甫要超越同时代大家，就必须创新，开辟一条自己的路。“为人性僻耽佳句，语不惊人死不休”，这里的“语”，实际上就是指诗歌创作。诗怎样才能“惊人”？杜甫追求的目标之一，就是“奇”，正如他在《题李尊师松树障子歌》中所说的“老夫平生好奇古”。怎样才能达到“奇”？杜甫主要采取了三种手法：以文为诗，以议论为诗，探索新的体式和句式。

以文为诗，是指诗的散文化，即以作文之法作诗。吴瞻泰云：“子美之诗驾乎三唐者，其旨本诸《离骚》，而其法同诸《左》《史》。不得其法之所在，则子美之诗多有不能释者，其旨亦因之而愈晦……而至其整齐于规矩之中，神明于格律之外，则有合左氏之法者，有合马、班之法者。其诗之提掣起伏，离合断续，奇正主宾，开阖详略，虚实正反整乱，波澜顿挫，皆与《史》法同。”②刘熙载云：“杜陵五、七古叙事，节次波澜，离合断续，

① （清）贺裳：《载酒园诗话又编》，《清诗话续编》本，第340页。

② （清）吴瞻泰：《杜诗提要·自序》，《杜诗丛刊》本。

从《史记》得来，而苍莽雄直之气，亦逼近之。”①方东树亦云：“杜公以《六经》《史》《汉》作用行之，空前后作者，古今一人而已。”②管世铭则云：“杜工部五言诗，尽有古今文字之体。前后《出塞》、‘三别’、‘三吏’，固为诗中绝调，汉、魏乐府之遗音矣。他若《上韦左丞》，书体也；《留花门》，论体也；《北征》，赋体也；《送从弟亚》，序体也；《铁堂》《青阳峡》以下诸诗，记体也；《遭田父泥饮》，颂体也；《义鹘》《病柏》，说体也；《织成褥段》，箴体也；《八哀》，碑状体也；《送王砅》，纪传体也。可谓牢笼众有，挥斥百家。”③《塞芦子》，犹似一章奏议。《萧八明府实处觅桃栽》《从韦二明府续处觅绵竹》《凭何十一少府邕觅桤木数百栽》《凭韦少府班觅松树子栽》《又于韦处乞大邑瓷碗》等，直如书札。《八哀诗》，犹如八人传记。仇兆鳌评《八哀诗·赠太子太师汝阳郡王琎》曰：“此拈‘谨洁极’为通篇之眼，将诏王射雁，用三段详叙。如《史记·淮阴侯传》多入蒯通语，《司马相如传》备载文君事，皆以旁出见奇，方是善于写生者。”又评《赠秘书监江夏李公邕》云：“各章以序事成文，部署森严，纯似班史。唯此章，感慨激昂，排荡变化，直追龙门之笔。”④陈訏评《草堂》诗云：“此诗序述其事，似一篇重来草堂记序。盖仿太史公《史记》序事体，直书其事而以韵语出之。开后来《诸将》、《八哀》、《往昔》（疑当作《往在》或《昔游》）、《壮游》诸诗

---

① 《艺概·诗概》。

② 方东树著，汪绍楹校点：《昭昧詹言》卷八，人民文学出版社 1961 年版，第 211 页。

③ （清）管世铭：《读雪山房唐诗序例·五古凡例》，《清诗话续编》本，第 1546 页。

④ 《杜诗详注》卷一六，第 1394、1403 页。

体格。”[①]至于个别散文式的诗句，如《春日忆李白》之“白也诗无敌，飘然思不群”，《病后过王倚饮赠歌》之“尚看王生抱此怀，在于甫也何由羡”，《徐卿二子歌》之“丈夫生儿有如此二雏者，名位岂肯卑微休”，《丹青引》之“将军魏武之子孙，于今为庶为清门。英雄割据虽已矣，文采风流今尚存”，《短歌行·赠王郎司直》之“王郎酒酣拔剑斫地歌莫哀，我能拔尔抑塞磊落之奇才”“青眼高歌望吾子，眼中之人吾老矣”等等，更是比比皆是。

以议论为诗，虽不是杜甫的首创，但却是杜诗的一个显著特点。《自京赴奉先县咏怀五百字》表现了以议论入诗又能保持诗歌情韵的艺术独创性。此诗根据自身经历，按照还家的时间顺序，以议论与叙事抒情相结合的形式，通过真切描写沿途见闻和到家后的情景，集中表现了他“致君尧舜上”的抱负、对社会现实的洞察力，以及对国家命运和人民疾苦的深切关怀。《北征》的布局是两头议论、中间叙事，叙的是还家探亲的私事，议的是对国家大事的深谋远虑，而以家国之忧和身世之感直贯全篇，充分体现了杜诗博大精深、沉郁顿挫的风格。杜甫此类五古长篇，发挥赋的铺陈排比的手法，夹叙夹议，便于表达复杂的感情、错综的内容。而《戏为六绝句》，开以绝句论诗的先河，在文学批评史上有着重要的地位和影响。《偶题》，前半论诗文，后半叙境遇，叙议结合，脉理精细。翁方纲评曰：“杜公之学，所见直是峻绝。其自命稷、契，欲因文扶树道教，全见于《偶题》一篇，所谓‘法自儒家有’也。”[②]杜甫的一些咏物诗，往往借物寓理，发大议论。如《题桃树》，虽题属桃树，而寓意

① （清）陈訏：《读杜随笔》下卷，清雍正十年（1732）松柏堂刻本。

② （清）翁方纲：《石洲诗话》卷一，《清诗话续编》本，第1380页。

却甚大。范廷谋评曰:“此《诗》之兴体,偶借桃树以起兴,于小题中抒写大胸襟、大道理。通首八句,因桃树而念及贫人,因贫人而念及禽兽,而遂及寡妻群盗,仁民爱物之心一时俱到。公之性情、经济具见于此,勿认作咏物诗看。”[①]洪迈评《缚鸡行》云:“此诗自是一段好议论,至结句之妙,非他人所能跂及也。”[②]《麂》,全诗借麂立言,工于体物,巧于抒情,以灵动笔致书写警世至理,允称大手笔。故吴瞻泰云:“极小题目,每每发出绝大议论。”[③]七言歌行《古柏行》,描写古柏形神兼备,抒情议论寄托遥深。最后八句,“卒章显其志”,联系大厦将倾需栋梁的现实,发出“古来材大难为用”的深沉感喟。杨伦评《剑门》诗云:“以议论为韵言,至少陵而极,少陵至此等诗而极,笔力雄肆,直欲驾《剑阁铭》而上之。”[④]杜甫的许多咏史怀古诗,往往借古人躯壳而抒己怀抱,以史为鉴,寓含议论。如《石笋行》,杜甫在诗中对古来的传说给予了否定,推想石笋当是昔时卿相墓表,指出蒙蔽百姓的世俗之见,犹如小臣之谄媚皇帝,误国乱政,其害无穷。诗以“安得壮士掷天外,使人不疑见本根”作结,表现了杜甫疾恶如仇和反对迷信的鲜明态度。吴瞻泰评曰:“绝大议论,忽发在石笋极细事中,使人动心骇目,正不必泥其所指也。”[⑤]《咏怀古迹五首》其五,几乎全用议论,然

---

① (清)范廷谋:《杜诗直解》七律卷一,清雍正六年(1728)范氏稼石堂刻本。

② (宋)洪迈:《容斋三笔》卷五,《四部丛刊》续编本。

③ 《杜诗提要》卷九。

④ (清)杨伦笺注:《杜诗镜铨》卷七,上海古籍出版社1980年版,第309页。

⑤ 《杜诗提要》卷六。

因其并无肤泛空言，且感情充沛，形象鲜明，而仍使人觉得诗味盎然。故沈德潜云："此议论之最高者，后人谓诗不必著议论，非通言也。"①而杜甫直咏时事的诗篇，更是借事发议，寓意深刻。如《有感五首》，这组诗是收京后第二年春，杜甫有感于时局动荡，就军国大政发表见解的一组政治诗。汪瑗评曰："此五章，皆大道理正议论，可见少陵学术之深宏，非特诗人而已。"②《诸将五首》，是用七律的形式议论军国大事，讽刺诸将不能御寇安疆，为国解困分忧的一组政治讽刺诗。郝敬评曰："此讽天宝以来诸将，以诗当纪传，议论时事，非吟弄风月，登眺游览，可以任兴漫作者也。……五首纵横开合，宛是一章奏议，一篇训诰，与《三百篇》并存可也。"③又如《前出塞九首》第六首纯为议论，表达了杜甫对于战争目的和民族关系等根本问题的正确见解，见识远高于当时所有的边塞诗。

杜诗奇，源于创。敢于创新，避熟生新，因旧翻新。"即事名篇，无复依傍"的"新题乐府"是杜甫开创的一种新的诗歌体式，为中唐以后的新乐府树立了榜样。蔡居厚云："惟老杜《兵车行》《悲青坂》《无家别》等数篇，皆因事自出己意立题，略不更蹈前人陈迹，真豪杰也。"④《饮中八仙歌》亦是创格，句句用韵，一韵到底，不发一句议论，而八人醉态活现。王嗣奭评云：

---

① （清）沈德潜：《杜诗偶评》卷四，乾隆十二年（1747）潘承松赋闲草堂初刻本。

② （明）汪瑗：《杜律五言补注》卷二，明万历新安汪文英刊本。

③ （明）郝敬：《批选杜工部诗》卷四，明天启六年（1626）山草堂刻《山草堂集·外编》本。

④ （宋）胡仔：《苕溪渔隐丛话》前集卷一《国风汉魏六朝上》引《蔡宽夫诗话》，人民文学出版社1962年版，第5页。

“此创格,前无所因,后人不能学。描写八公都带仙气,而或两句、三句、四句,如云在晴空,卷舒自如,亦诗中之仙也。”[①]夏力恕评云:“此篇为少陵创格……盖谣谚之别体,乐府之遗音,故有重韵。”[②]《曲江三章章五句》,是一种每首五句的七言诗体,一、二、三、五句押同一韵,都在第三句上作顿,非今非古,自我作古,亦是杜甫的创体。梁运昌评《白丝行》曰:“本是平调,但仄韵换仄,词句自缓,音节自紧,此杜老新调。”[③]

律诗,至唐始定型。五言律诗,至杜审言、沈佺期、宋之问时已成熟;但七言律诗直到杜甫时始成熟。律诗有严格的格律,有一定的平仄格式。为使律诗有更多变化,有的诗人尝试打破固定的平仄格式,即所谓拗体律诗。杜甫之前,律诗中虽已出现拗句,但拗体七律却是杜甫的新创,而且是有意为之。关于杜甫拗体七律的数量,说法不一。方回谓:“拗字诗,在老杜集七言律诗中谓之‘吴体’,老杜七言律一百五十九首,而此体凡十九出,不止句中拗一字,往往神出鬼没,虽拗字甚多,而骨骼愈峻峭。”[④]香港学者邝健行认为有 34 首。[⑤] 于年湖博士则认为杜诗中广义的拗体七律共有 50 首,狭义的(既有拗句又有拗调的七律)有 38 首[⑥],如《白帝城最高楼》、《白帝》、《黄

① (明)王嗣奭:《杜臆》卷一,上海古籍出版社 1983 年版,第 8 页。

② (清)夏力恕:《杜诗增注》卷一,清乾隆十四年(1749)古泉精舍刻本。

③ (清)梁运昌:《杜园说杜》卷七,书目文献出版社 1995 年影印本,第 397 页。

④ (元)方回:《拗字类序》,《瀛奎律髓》卷二五,四库本。

⑤ 邝健行:《论吴体和拗体的贴合程度》,《诗赋与律调》,中华书局 1994 年版,第 35—36 页。

⑥ 于年湖:《杜诗语言艺术研究》,齐鲁书社 2007 年版,第 68 页。

草》、《即事》(暮春三月)、《立春》、《愁》、《昼梦》、《暮春》、《赤甲》、《江雨有怀郑典设》等。有人认为杜甫居夔州时方有拗体七律,其实不然,较早所作的《郑驸马宅宴洞中》《题省中壁》《曲江对酒》《题郑县亭子》《望岳》《早秋苦热堆案相仍》《崔氏东山草堂》等诗,已是拗体七律。王渔洋云:"唐人拗体律诗有二种:其一苍莽历落中自成音节,如老杜'城尖径仄旌旆愁,独立缥缈之飞楼'诸篇是也;其一单句拗第几字,则偶句亦拗第几字,抑扬抗坠,读之如一片宫商,如许浑之'溪云初起日沉阁,山雨欲来风满楼'、赵嘏(应为许浑)之'湘潭云尽暮山出,巴蜀雪消春水来'是也。"①而渔洋所说的第二种拗体,即所谓的"丁卯句法",其实也是杜甫始创。方回早已指出:"今江湖学诗者,喜许浑诗'水声东去市朝变,山势北来宫殿高''湘潭云尽暮山出,巴蜀雪消春水来',以为'丁卯句法',殊不知始于老杜,如'负盐出井此溪女,打鼓发船何郡郎''宠光蕙叶与多碧,点注桃花舒小红'之类是也。"②而百韵长排也是杜甫首创的。仇兆鳌评《秋日夔府咏怀奉寄郑监李宾客一百韵》即曰:"考唐人排律,初惟六韵左右耳。长篇排律,起于少陵,多至百韵,实为后人滥觞。"③杜甫绝句亦别具一格,奇崛朴健,与盛唐诸家不同。有人统计过,在杜甫今存138首绝句中,就有古绝32首,拗绝29首。④ 杜诗押仄韵、押险韵的情况也比较多。

---

① (清)王士禛:《分甘余话》卷三,四库本。

② 《拗字类序》,《瀛奎律髓》卷二五。

③ 《杜诗详注》卷一九,第1716—1717页。

④ 参见黄震云、张英:《杜甫绝句的诗学艺术》,《杜甫研究学刊》2005年第2期。

律诗句式,五言诗一般为“二三”式,或“二二一”式,但杜诗句式还有“四一”式、“二一二”式、“一一三”式、“一三一”式、“一四”式、“三二”式等多种形式。七言诗句式一般有“四三”式或“四二一”式,但杜诗句法还有“四一二”式、“五二”式、“二五”式、“三四”式、“一六”式等多种形式。杜甫还有意造成错位句,使句子成分颠倒错综,给人耳目一新之感。如《郑驸马宅宴洞中》之“春酒杯浓琥珀薄,冰浆碗碧玛瑙寒”,为写富贵人家酒好器丽之名句,其妙在于避俗就新,不直言“琥珀杯薄春酒浓,玛瑙碗碧冰浆寒”,而是“将杯、碗倒拈在上,而以浓、薄、碧、寒四字互映生姿,得化腐为新之法”。[①] 又如《放船》之“青惜峰峦过,黄知橘柚来”,用一四句式突出“青”“黄”二字,极为准确地写出了船行迅速、两旁景物联翩而过的视觉感受,颇为精警。他如《陪郑广文游何将军山林十首》其五之“绿垂风折笋,红绽雨肥梅”,《秋兴八首》其八之“香稻啄余鹦鹉粒,碧梧栖老凤凰枝”,都是著名的例子。

杜诗的“奇”,还表现在内容和形式上不避俚俗,而又能做到由雅入俗。如《愁》诗,题下原注:“强戏为吴体。”黄生即云:“皮陆集中,亦有吴体诗,乃当时俚俗为此体耳,诗流不屑效之。杜公篇什既众,时出变调,凡集中拗律,皆属此体,偶发例于此,曰‘戏’者,明其非正律也。”[②] 如《戏作俳谐体遣闷二首》,写夔州风俗之可怪,又别具一格。又如《夜归》诗,写醉后归家所见所闻深夜景象,以及边歌边舞之醉态,亦近俳谐体。胡震亨评云:“故作一种粗卤质俚之态,以尽诗之变,此所以为

① 《杜诗详注》卷一,第 47 页。

② 《杜诗详注》卷一八引,第 1599 页。

大家也。"①杜诗还大量使用俚词俗语。黄彻即云:"数物以个,谓食为吃,甚近鄙俗,独杜屡用。'峡口惊猿闻一个''两个黄鹂鸣翠柳''却绕井栏添个个';《送李校书》云:'临歧意颇切,对酒不能吃''楼头吃酒楼下卧''但使残年饱吃饭''梅熟许同朱老吃'。盖篇中大概奇特可以映带者也。"②吴齐贤《论杜》云:"极俗鄙之句,而化为神奇者,如'攀桂仰天高''捣药兔长生',举之不胜举也。"③此类尚多。杜甫不避俗,而能化俗为雅,甚至不避丑,而能化丑为美,这正是杜诗的奇特之处。杜诗用语的独特之处,还在于敢用他人所不用或极少用的词语。如"侧塞"一词,唐以前,大概只有《水经注》和梁简文帝的文章中偶尔用过,诗中尚未见。而在清编《全唐诗》中,只有杜甫两次用过"侧塞"一词。一是《大云寺赞公房四首》之四:"侧塞被径花,飘摇委墀柳。"一是《阻雨不得归瀼西甘林》之"虚徐五株态,侧塞烦胸襟"。而文中,似乎只有颜真卿在大历六年(771)三月所写的《抚州宝应寺律藏院戒坛记》中用过:"于是远近骏奔,道场侧塞,圣像放光。"原来"侧塞"一词是佛经翻译中的常用词语,意为积满充塞。如后汉竺大力、康孟详共译《修行本起经》卷下《出家品第五》云:"至夜半后,明星出时,诸天侧塞虚空。"唐僧提云译《佛说大乘造像功德经》卷上云:"净居天众侧塞虚空。"唐玄奘译《甚希有经》云:"侧塞充满,无有间隙。"唐释道世撰《法苑珠林》卷五一云:"乃睹塔内侧塞僧徒,合掌

① (明)胡震亨:《杜诗通》卷一四,清顺治七年(1650)朱茂时刊刻本。

② (宋)黄彻:《碧溪诗话》卷七,《历代诗话续编》本,中华书局1983年版,第379页。

③ 《杜诗详注》附编《诸家论杜》,第2346页。

而立。”杭州雷峰塔中之藏本《一切如来心秘密全身舍利宝箧印陀罗尼经》亦载佛言:“一切如来、应、正等觉侧塞无隙,犹如胡麻。”如此等等,不胜枚举。而在诗中,据今所见,恐杜为首用。后宋人范浚《题茂安兄秀野亭》诗云“侧塞乱花红被径,檀栾高竹翠缘陂”①,乃是因袭杜诗。张戒说得好:“世徒见子美诗多粗俗,不知粗俗语在诗句中最难,非粗俗,乃高古之极也。自曹、刘死至今一千年,惟子美一人能之。中间鲍照虽有此作,然仅称俊快,未至高古。元、白、张籍、王建乐府,专以道得人心中事为工,然其词浅近,其气卑弱。至于卢仝,遂有‘不唧溜钝汉’‘七碗吃不得’之句,乃信口乱道,不足言诗也。近世苏、黄亦喜用俗语,然时用之亦颇安排勉强,不能如子美胸襟流出也。”②

## 三

应该说,诗到杜甫,已是登峰造极,很难逾越。韩愈对杜甫自然是无限景仰的,他的诗有的模仿杜诗,有的袭用或化用杜诗。如《题张十一旅舍三咏》,有似杜诗,而其中《井》诗云“贾谊宅中今始见,葛洪山下昔曾窥。寒泉百尺空看影,正是行人渴死时”,则全模仿杜诗《江南逢李龟年》。杜诗《江村》云:“老妻画纸为棋局,稚子敲针作钓钩。”韩诗《感春五首》之一则

① (宋)范浚:《香溪集》卷四,四库本。

② (宋)张戒:《岁寒堂诗话》卷上,《历代诗话续编》本,第 450—451 页。

云："已呼孺人戛鸣瑟，更遣稚子传清杯。"韩诗《石鼓歌》亦多模仿杜诗《李潮八分小篆歌》，如杜云"潮乎潮乎奈汝何"，韩则云"才薄将奈石鼓何"；杜云"快剑长戟森相向"，韩则云"快剑斫断生蛟鼍"。韩诗《送李六协律归荆南》"江燕正飞飞"，即袭用杜诗《秋兴八首》之三"清秋燕子故飞飞"。《闲游二首》之二"子云祇自守"，亦袭用杜诗《送杨六判官使西蕃》之"子云清自守"。甚至个别用词，也步杜甫后尘而用之。吴农祥评杜诗《荆南兵马使太常卿赵公大食刀歌》曰："崛强险怪，是昌黎所祖。"①王士禛曰："杜七言千古标准。……贞元、元和间，学杜者唯韩文公一人耳。"②田雯曰："善学少陵者，无如昌黎歌行，盘空硬语，妥帖恢奇，乃神似，非形似也。"③乔亿亦曰："退之五言大篇学杜，而峭露特甚。"④方东树则曰："（韩）公七言皆祖杜拗体。"⑤所以王楙曰："因知韩诗亦自杜诗中来。"⑥

志大气傲的韩愈，是不甘心屈居杜甫之后亦步亦趋的，他要开宗立派，独树一帜。但是如何才能达到呢？宋谊《杜工部诗序》云："唐之时以诗鸣者最多，而杜子美迥然特异。相望数千载之间，而独得古人之大体。其词曲而中，其意肆而隐，虽怪奇伟丽，变态百出，而一之于法度，不几于古之言志而咏情者

---

① （清）刘濬：《杜诗集评》卷六引，《杜诗丛刊》本，（台北）大通书局1974年版，第541页。

② 张宗柟纂集，戴鸿森校点：《带经堂诗话》卷四，人民文学出版社1963年版，第95页。

③ （清）田雯：《古欢堂集·杂著》卷二，《清诗话续编》本，第700页。

④ （清）乔亿：《剑溪说诗》卷上，《清诗话续编》本，第1083页。

⑤ 《昭昧詹言》卷一二，第269页。

⑥ （宋）王楙：《野客丛书·韩用杜格》，中华书局1987年版，第71页。

乎!”①“怪奇伟丽,变态百出”,正是杜诗的一大特点。于是,韩愈一眼觑定而极力效仿之,超越之。他在《调张籍》中即云:“李杜文章在,光焰万丈长。……我愿生两翅,捕逐出八荒。精诚忽交通,百怪入我肠。”《县斋有怀》云:“少小尚奇伟,平生足悲咤。”《醉赠张秘书》云:“险语破鬼胆,高词媲皇坟。”《答张彻》云:“搜奇日有富。”《谁氏子》云:“力行险怪取贵仕。”《上宰相书》云:“居穷守约,亦时有感激怨怼奇怪之辞,以求知于天下。”《上兵部李侍郎书》说:“《南行诗》一卷,舒忧娱悲,杂以瑰怪之言,时俗之好,所以讽于口而听于耳也。”怪奇伟丽,力行险怪,正是韩诗最突出的特点。

怎样才能做到险怪伟丽?以文为诗,以议论为诗,就是韩愈求奇而采用的重要手段。赵翼《瓯北诗话》云:“以文为诗,自昌黎始。”其实韩愈是继承和发展了杜甫“以文为诗”的传统。苏洵《上欧阳内翰第一书》谓:“韩子之文,如长江大河,浑浩流转,鱼鼋蛟龙,万怪惶惑。”②韩诗又何尝不如是!他的诗喜用古文之法,铺张扬厉,蔚为大观。如有名的《南山诗》,长达一百零二韵,以汪洋恣肆的笔触,对终南山雄伟奇丽的自然景观作了多角度、多层次的全方位描写,诗中连用51个“或”字和14组叠字,其气势之宏大,结构之严密,体物之巧妙,雕琢之精工,无不追新猎异,穷极变化,雄奇纵恣,独辟蹊径。关于连用51个“或”字,饶宗颐认为系脱胎于古印度马鸣著、北凉昙无谶译《佛所行赞·破魔品》中的一段译文。③ 有的论者对

① 阙名编:《分门集注杜工部诗》卷首,《四部丛刊》景宋本。

② (宋)苏洵:《嘉祐集》卷一二,四库本。

③ 参见饶宗颐:《韩愈〈南山诗〉与昙无谶译马鸣〈佛所行赞〉》,(日本东京)京都大学《中国文学报》第十九册,1963年。

此提出了异议，认为韩愈创作《南山诗》，不一定是受了《佛所行赞》的影响，而是基于中国文化传统的创造，并指出在商代已有比较成熟的连用格了，而在《易经》、扬雄《解嘲》、曹植《洛神赋》以及陆机《文赋》等作品中也有若干“或”字连用之例，而道教作品中“或”字连用次数亦有多达 37 次的，与《佛所行赞》大致相当。① 而对于博取众长的韩愈来说，二者的影响当是兼而有之。但佛经翻译的特点之一是通俗化、口语化，语多重沓繁冗。而《南山诗》的不免辞费，意有重复，当是受译经的影响大一些。再如《石鼓歌》，全诗长达 66 句，以文为诗，以议论为诗，体势宏敞，雄浑光怪，典重瑰丽，句句语重，音韵铿锵，一韵到底。如《桃源图》，开首即云：“神仙有无何渺茫，桃源之说诚荒唐。”以议论突兀而起，又以议论戛然而止，排斥众议，力辟神仙之说。而中间夹以桃源故实的铺叙与桃源图画的描绘，从而使议论新而不空，描叙平中见奇，章法妙绝。《谢自然诗》也是反对神仙之说，认为“木石生怪变，狐狸骋妖患。莫能尽性命，安得更长延”，秦皇、汉武笃信神仙之术，致使“此祸竟连连”，规劝人们“人生处万类，知识最为贤。奈何不自信，反欲从物迁”？顾嗣立评曰：“公排斥佛老，是生平得力处。此篇全以议论作诗，词严义正，明目张胆，《原道》《佛骨表》之亚也。”②如《汴泗交流赠张仆射》全仿杜诗《冬狩行》，写张建封与他的部下打马球游戏。开头写打马球前的情形，中间正面描写打马球的精彩场面，末发议论，“此诚习战非为剧，岂若安坐

① 参见娄博：《韩愈〈南山诗〉“或”字连用格出自〈佛所行赞〉说献疑》，《现代语文》（文学研究）2007 年第 11 期。

② （清）顾嗣立：《昌黎先生诗集注》，清光绪九年（1883）广州翰墨园三色套印本。

行良图。当今忠臣不可得,公马莫走须杀贼",讽劝张建封莫耽于游戏作乐,而应率部杀敌立功。全诗写得奇巧诡谲,变化多端,遒劲拗峭,令人神惊意骇。特别是20句诗竟7次换韵,每韵二句者与四句者相为承接转,而意与韵或断或连,平仄互协,错综峭拔,充分体现了韩诗奇险拗峭的独特风格。如《谒衡岳庙遂宿岳寺题门楼》诗,开头两句,先概写五岳,然后专写衡岳。写衡岳,先概写其雄伟气势,再特写其由阴转晴的变化,由众峰的突兀耸立再特写四峰的各具姿态。然后进到谒庙拜祭,占卜吉凶。末写佛寺投宿,照应题目,脉络清晰,章法井然。而在写登岳谒庙中,寄寓个人身世之感,岳峰的奇姿百态与个人的兀傲不平,错综交织,互为映衬,夹叙夹议,亦庄亦谐,挥洒自如,极具变化。用韵亦颇费苦心,全诗用平声东韵一韵到底,17个韵句,除三个对句末三字用平仄平外,余皆用三平调,音节铿锵有力。沈德潜评曰:"'横空盘硬语,妥帖力排奡',此诗足当此语。"①如《岳阳楼别窦司直》,诗的前半写景,记述岳阳楼的胜况,铺写洞庭风涛的壮丽景色,以赋家手法,层层铺叙,浓墨重彩,笔力雄健,雕形镂象,遂成壮观;后半叙事,抒发其迁谪之恨的感慨,以议论入诗,自叙经历,关合挽转,前后照应,自成章法,布局巧妙。孙昌武评曰:"此种磊落长篇,尽力铺排,穷极笔力,用语用韵更逞奇求新,典型地表现出韩诗特色。"②即如《荐士》诗,不啻一篇诗歌论。先叙诗歌的发展流变,肯定《诗经》、建安以来诗歌创作的优良传统,高度评价了陈子昂改革唐代诗风的不朽功绩和李白、杜甫的巨大成就,严厉批判了

---

① 《唐宋诗醇》卷二九引,四库本。

② 孙昌武选注:《韩愈选集》,上海古籍出版社1996年版,第60页。

齐梁陈隋的不良诗风；次叙孟郊的诗品人品，提出了“横空盘硬语，妥帖力排奡”的诗歌创作主张；末写荐士的宗旨目的。叙事纵横，善用比喻，铸词造句，语多奇崛。全诗“虽为荐孟郊作，其论诗之旨，悉具于是矣”①。又如《调张籍》一诗，名为戏赠张籍，实是针对当时某些人贬抑、诋毁李白、杜甫的偏向，给予尖锐的批评，而旗帜鲜明地提出自己的看法。他既不扬李抑杜，也不扬杜抑李，而是李杜并尊，绝无轩轾：“李杜文章在，光焰万丈长。”在一千多年来争论不休的“李杜优劣”论战中，韩愈第一次公开提出为后人服膺的公允评价，实为卓识。对于李杜诗歌创作的成就，作者不是平铺直叙，而是驰骋想象，运用一系列奇瑰生动的比喻，揣想李杜创作时灵感发越的奇伟壮观和诗歌所达到的奇妙瑰丽的艺术境界，奇幻变化，壮浪恣肆，以形象为议论，充分体现了韩诗尚奇的特点。延君寿谓此诗“通首极光怪奇离之能，气横笔锐，无坚不破”②。朱彝尊则评曰：“议论诗，是又别一调，以苍老胜。他人无此胆。”③《忽忽》《嗟哉董生行》等皆全诗散文化。他如《泷吏》云：“往问泷头吏，潮州尚几里。行当何时到，土风复何似？泷吏垂手笑，官何问之愚。”《寄卢仝》云：“玉川先生洛城里，破屋数间而已矣。一奴长须不裹头，一婢赤脚老无齿”，“放纵是谁之过欤，效尤戮仆愧前史”。《马厌谷》云：“一朝失志兮其何如，已焉哉！嗟嗟乎鄙夫。”《路傍堠》用入声陌、锡韵，而“千以高山遮，万以远水隔”，则是特殊句法。从某种意义上讲，过于追求以文为诗，以

①　夏敬观：《说韩》，引自钱仲联集释：《韩昌黎诗系年集释》卷五，上海古籍出版社 1984 年版，第 541 页。

②　（清）延君寿：《老生常谈》，《清诗话续编》本，第 1818 页。

③　（清）朱彝尊：《批韩诗》，《韩昌黎诗系年集释》卷九，第 993 页。

议论为诗，过于散文化，往往会减弱诗的韵味。韩愈及韩孟诗派中人自不免此弊。如韩愈的弟子卢仝（号玉川子）作了一首《月蚀诗》，“虽豪放，然太怪险，而不循诗家法度”①，过于散文化，如开头即云“新天子即位五年，岁次庚寅，斗柄插子，律调黄钟”，与韩愈《月蚀诗效玉川子作》开头“元和庚寅斗插子，月十四日三更中”云云，则是学杜甫《北征》诗开头“皇帝二载秋，闰八月初吉”。而韩诗大半增减卢仝诗句，不及杜诗远矣。如《古风》全用古文句法，难怪刘克庄将其误为“古赋”②。又如《落齿》，全诗用十八韵三十六句絮絮叨叨地写掉牙，又用焉、矣、尔等虚词津津有味地加以描绘，真是一首歪诗。故沈括云：“韩退之诗，乃押韵之文耳。虽健美富赡，而格不近诗。”③张耒则谓：“老杜语韵浑然天成，无牵强之迹，则退之于诗，诚未臻其极也。”④

韩愈基于他“不平则鸣”的文学主张，是有意追求奇险的。如《李花赠张十一署》，诗前半着力摹写李花的情状，刻画从黑夜到清晨之间李花的物色变化，描绘了阳光、云彩和花树交相辉映的丽景，奇思壮采，灿烂辉煌，令人魂迷眼乱，其浪漫的情调、宏阔的意境和丰富的想象，充分体现了诗人“神奇变幻”的艺术特征；后半由花及人，借花致慨，自伤身世，百感交集。全诗写得精妙奇丽，体物入微，发前人未得之秘。又如《听颖师弹琴》，前十句用各种不同的比喻形容颖师弹琴的抑扬变化，

---

① （宋）王观国：《学林》卷八，四库本。

② （宋）刘克庄撰，王秀梅点校：《后村诗话》新集卷五，中华书局1983年版，第218页。

③ 《苕溪渔隐丛话》前集卷一八引《隐居诗话》，第118页。

④ （宋）张耒：《明道杂志》，顾氏文房小说本。

称赞琴声之妙;后八句写诗人听琴的感受和反应,抒发闻琴而悲的抑郁情怀。全诗章法奇诡,不拘一格,极顿挫抑扬之致。难怪林駉称其为"奇作"①,朱彝尊称誉此诗"写琴声之妙入髓,又一一皆实境","可谓古今绝唱"。② 又称《利剑》诗"语调俱奇险"③。又如《贞女峡》诗,虽短短六句,却生动形象地描绘了山峡的险峻、江流的湍急和诗人惊心动魄的感受。故蒋抱玄评曰:"起语恢奇,收语雄而直率。"④又如《游青龙寺赠崔大补阙》,诗前半写秋游青龙寺,在描写寺内柿叶柿实一片彤红时,用了这样的一些比喻:"赫赫炎官张火伞,然云烧树火实骈,金乌下啄赪虬卵。"可谓句奇语怪,狠重奇险,但取喻颇工。宋人黄震称"《南山诗》,险语层出","《雉带箭》,峻特有变态","《石鼓歌》《双鸟诗》尤怪特","《赤藤杖歌》'赤龙拔须''羲和遗鞭'等语,形容奇怪","《辛卯雪》'万玉妃'之句,《李花》'万堆雪'之句,《寄卢仝》'犹上虚空跨騄駬'之句,《醉留东野》为云为龙之句,皆立怪以惊人者"。⑤ 刘偭则谓"《答张彻》一诗尤奇丽"⑥。方回曰:"昌黎大才也,文与六经相表里,史汉并肩而驱者。其为大篇诗,险韵长句一笔百千字。"⑦如《落叶送陈羽》《赠河阳李大夫》为拗律,《答张彻》排律用拗体,《河南令舍池台》似仄韵拗律,《南山诗》《喜侯喜至赠张籍张彻》

---

① (宋)林駉:《古今源流至论》后集卷一,四库本。

② (清)朱彝尊:《批韩诗》,《韩昌黎诗系年集释》卷九,第1008页。

③ (清)朱彝尊:《批韩诗》,《韩昌黎诗系年集释》卷二,第184页。

④ 蒋抱玄:《评注韩昌黎诗集》,《韩昌黎诗系年集释》卷二,第191页。

⑤ (宋)黄震:《黄氏日抄》卷五九,四库本。

⑥ 《东雅堂昌黎集注》卷二引《笔墨闲录》,四库本。

⑦ 《瀛奎律髓》卷二〇。

《赠崔立之评事》《叉鱼招张功曹》《病中赠张十八》等用险韵，愈险愈奇。而"《答张籍》五律一首，自起至结，句句对偶，又全用拗体，转觉生峭。此则创体之最佳者"①。特别是《陆浑山火和皇甫湜用其韵》，写冬夜野火烧山之事，驰骋想象，极尽铺张扬厉之能事，写得光怪陆离，词旨诡异，造语险怪，可谓韩愈刻意求奇之作。宋人员兴宗《永嘉水并引》云，"韩退之《陆浑山火》诗，变体奇涩之尤者，千古之绝唱也"②，遂用其韵而赋《永嘉水》诗。正因此诗怪异奇特，故后之仿效者不乏其人。而这首怪诗竟使韩愈成了"仙"，林希逸《纪异诗》即云："天在屋头非虚言，陆浑山火虽富妍，无所劝戒何足编，惜渠不遇昌黎仙。"③陈允吉更是独具慧眼，精辟地指出韩愈所受佛教壁画的影响，而《陆浑山火》"应该是有'地狱变相'为其构思加工的基础的"④。所以有人认为韩愈"以丑为美"，以怪为美。的确，韩愈在诗中不厌其烦地描写那些丑恶险怪的事物，甚至津津有味地渲染阴森恐怖的杀人场面，如《元和圣德诗》所描写的那样，不惜以1024字的冗长篇幅极力铺陈，为的是"明天子文武神圣，以警动百姓耳目，传示无极"。难怪李如篪斥责说："如退之《元和圣德诗》序刘辟与其子临刑就戮之状，读之使人毛骨凛然，风雅中安有此体？"⑤苏辙亦斥韩愈之陋："韩退之作《元和圣德诗》言刘辟之死……此李斯颂秦所不忍言，而退之自谓

① 《瓯北诗话》卷三，第1168页。

② （宋）员兴宗：《九华集》卷二，四库本。

③ （宋）林希逸：《竹溪鬳斋十一稿》续集卷七，四库本。

④ 陈允吉：《论唐代寺庙壁画对韩愈诗歌的影响》，《唐音佛教辨思录》，上海古籍出版社1988年版，第139页。

⑤ （宋）李如篪：《东园丛说》卷下，四库本。

无愧于雅颂,何其陋也!”①

## 四

杜甫集诗之大成,奇险乃其一偏,韩愈继之将此发展到极致而“自成一家新语”②。但韩诗之怪奇伟丽,主要表现在古体诗的创作上,而他的律诗大多写得平易晓畅。正如赵翼所说:“其实昌黎自有本色,仍在文从字顺中,自然雄厚博大,不可捉摸,不专以奇险见长。恐昌黎亦不自知,后人平心读之自见。若徒以奇险求昌黎,转失之矣。”③但韩诗的主体风格还是雄奇瑰丽。叶燮云:“韩愈为唐诗之一大变。其力大,其思雄,崛起特为鼻祖,宋之苏、梅、欧、苏、王、黄,皆愈为之发其端,可谓极盛。”④说韩愈为唐诗之一大变,诚然不错;但说宋之诸人“皆愈为之发其端”,则有未的。若追溯起来,发宋诗之“端”者,实是杜甫。杜诗不仅表明中国诗歌史从浪漫转向写实的重大变化,而且以更加内在的社会政治与文化的转型以及士人社会地位的调整为背景,反映士人文化心理与时代文化精神的重大变化,以及随之而来审美范型的重大转变。就诗歌演进的历程而言,杜诗肇示了中国古典诗歌由所谓“唐音”向“宋调”的转变。历代诗家所说的“唐音”,实际上多指“盛唐之音”。李白诗即

① (宋)苏辙:《诗病五事》,《栾城三集》卷八,四库本。

② (后晋)赵昫:《旧唐书·韩愈传》,中华书局 1990 年版,第 4204 页。

③ 《瓯北诗话》卷三,第 1164 页。

④ 《原诗·内篇上》,第 570 页。

是“唐音”的典型,杜诗则是“宋调”的滥觞。朱彝尊评《醉为马坠诸公携酒相看》云:“别开一调,为宋诗先声。”[①]乔亿评《谒文公上方》诗云:“格制平正,词旨洞达,大开北宋人门径。”[②]吴瞻泰评杜诗《和裴迪登蜀州东亭送客逢早梅相忆见寄》即云:“用意曲折,飞舞流动,直是生龙活虎,不受排偶之束者,陈后山最得其法,然宋人门庭,公亦开之矣。”[③]浦起龙评《野人送朱樱》诗云:“通体清空一气,刷肉存骨,宋江西派之祖。”[④]又评《放船》云:“叙事明晰,写景波峭,五律之开宋者。”[⑤]仇兆鳌评《奉观严郑公厅事岷山沱江画图十韵》云:“昔人论此诗,为宋人咏画之祖。”[⑥]如此之类,不胜枚举。可以说,整个北宋诗坛是为杜、韩所笼罩的,而其间又有一个渐进演变的过程。

宋初诗坛,一般都沿袭方回的说法,把它分为白体、晚唐体、西崑体三派。[⑦] 白体学白居易,晚唐体学姚合、贾岛,西崑体学李商隐。而白、姚、贾、李,都是学杜的,姚、贾又是韩孟诗派的重要成员。由于宋继五代乱世之后,施行加强中央集权和右文的政策,白居易晚年那种诗、酒、琴、姬的所谓“中隐”的优雅闲适的生活情趣,对宋代文人士大夫的生活方式有着很大的影响。即如白体代表诗人、北宋诗文革新运动的先驱王禹偁

---

① (清)朱彝尊:《朱竹垞先生杜诗评本》卷九,日本昭和六十年土政善麿氏赠寄早稻田大学图书馆藏本。

② (清)乔亿:《杜诗义法》卷上,清刻本。

③ 《杜诗提要》卷一一。

④ (清)浦起龙:《读杜心解》卷四之一,中华书局 1978 年版,第 626 页。

⑤ 《读杜心解》卷三之三,第 460 页。

⑥ 《杜诗详注》卷一四,第 1188 页。

⑦ 参见(元)方回:《送罗寿可诗序》,《桐江续集》卷三二,四库本。

《游虎丘》云："乐天曾守郡，酷爱虎丘山。一年十二度，五马来松关。我今方吏隐，心在云水间。"[①]所以他说："予自谪居，多看白公诗。"他之所以推崇白居易，一是认同白的"惟歌生民病"的文学主张，一是赞赏白的浅近平易的文风。但追根溯源，白的文学主张实受杜甫的深刻影响，他所倡导的新乐府运动，实是杜甫"即事名篇"新乐府创作的继续和发展。但在王看来，白易学而杜难至，在他心目中，杜是高不可攀的，所以他明言学白而实亦学杜。他的儿子见其诗语意颇类杜甫，就询问他，甚至怀疑他"偷窃"杜诗，他不但不生气，反而高兴地说："本与乐天为后进，敢期子美是前身？从今莫厌闲官职，主管风骚胜要津。"意谓我本是学白居易的，算是他的后辈，哪敢想诗圣杜甫是我的前身呢？如果我的诗真像杜甫那样，从今以后，我再不埋怨贬官赋闲；能像杜甫那样独领风骚，不是胜过身居要职吗？原来王禹偁是把杜甫置于白居易之上的，这足以见出杜甫在他心目中的地位。何以如此？他于淳化四年(993)春所作《日长简仲咸》可谓道出个中隐秘："子美集开诗世界。"这是对杜甫价值判断的一次升华，在杜诗学史上具有划时代的意义。杜甫在宋代享有无可争辩的崇高地位，王禹偁可谓开其端，说他是两宋尊杜第一人，大概是不错的[②]。王禹偁不仅自己尊杜、学杜，而且对他人学杜亦给予肯定和赞扬。王禹偁与后进孙何、孙仅兄弟及丁谓关系密切，揄扬有加，一个重要原因，也是他们的共通之处，就是对杜诗和韩文的喜爱和重视。

---

① (宋)王禹偁:《小畜集》卷六。以下所引王诗文之语，非特别注出者，皆见《四部丛刊》本《小畜集》和《小畜外集》，不另注出。

② 详参拙文《王禹偁——两宋尊杜第一人》，《齐鲁学刊》2004年第1期。

孙何、孙仅今传作品不多，但各有一篇专论杜甫的诗文却甚为后世所重。这两篇作品最早见于宋本阙名编《分门集注杜工部诗》卷首，其后几家影响甚大的著名杜诗注本，都曾予以收录，在杜诗学史上具有重要的地位。孙何《读杜子美集》云："丽思苏幽蛰，神功凿险艰。语成新体句，才折好官班。"孙仅《读杜工部诗集序》云："公之诗，支而为六家：孟郊得其气焰，张籍得其简丽，姚合得其清雅，贾岛得其奇僻，杜牧、薛能得其豪健，陆龟蒙得其赡博，皆出公之奇偏尔，尚轩轩然自号一家，爀世烜俗。后人师拟不暇，矧合之乎！风骚而下，唐而上，一人而已。是知唐之言诗，公之余波及尔。"可以说，自元稹《唐检校工部员外郎杜君墓系铭并序》以后，此前还没有人像孙仅这样全面而精到的评论。元稹和孙仅都是从中国诗歌发展史的角度，深刻论述了杜甫及杜诗所取得的伟大成就和在中国文学史上的崇高地位。一则曰："诗人已来，未有如子美者。"一则曰："风骚而下，唐而上，一人而已。"真是英雄所见略同，不谋而合！但二人所论侧重点又有所不同，元稹所论侧重在杜诗的集大成，而孙仅所论则侧重在杜诗对后世的深远影响。这也就是说，元稹强调的是杜诗的"承前"和"继往"，孙仅强调的是杜诗的"启后"和"开来"。而孙何所谓的"语成新体句"，也是就"启后"和"开来"而言的。这是对杜甫及杜诗认识上的一大变化，而且是具有历史意义的重大变化。而孙仅兄弟对杜诗的这种新认识，是受了王禹偁的直接影响。后王洙编《杜工部集》，搜集各种杜集凡 99 卷，其中就有"孙仅一卷"，可见他对杜甫是有相当深入研究的。王禹偁在长诗《寄题陕府南溪兼简孙何兄弟》中云："篇章取李杜，讲贯本姬孔。古文阅韩柳，时策闻晁董。"在淳化元年(990)冬所作《送孙何序》中，又盛称孙何之文云："皆师戴六经，排斥百氏，落落然真韩、柳之徒也。"在《殿中丞赠户部员外郎孙府君（庸）墓志铭》中称赞孙何"其文有韩柳风格，因夸于同列荐于宰执间"。丁谓与孙何齐名友善，时号"孙丁"，皆得王所推重。淳化二年春，王在《送丁谓序》中大赞丁谓云："其间有律诗、今体赋文，非向所号进士者能及也。其诗效杜子美，深入其间。其文数章，皆意不常而语不俗，若杂于韩、柳集中，使能文之士读之，不之辨也。"在《荐丁谓与薛太保书》中又特别提道："有进士丁谓者，今之巨儒也。……其文类韩、柳，其诗类杜甫。"其《赠孙何丁谓》诗更云："二百年来文不振，直从韩柳到孙丁。如今便可令修史，二子文章似六经。"虽嫌过誉，但可看出杜、韩在宋初的影响。而丁谓则是所谓西崑体的重要成员。因此，不能据方回对宋初三派的划分，而否定自宋初以来就存在的尊杜倾向。据今文献所载，宋初不喜杜甫者，恐只有西崑体代表人物杨亿一人而已。①

由上所述，可见王禹偁不仅尊杜，而且尊韩。宋代第一个尊韩的是柳开。他倾慕韩柳，故初名肩愈，字绍元，后改名开，字仲涂，意谓开古圣贤之道于时也。他公开宣称："吾之道，孔子、孟轲、扬雄、韩愈之道；吾之文，孔子、孟轲、扬雄、韩愈之文也。"②在《上符兴州书》中，自谓"师孔子而友孟轲，齐扬雄而肩韩愈"，俨然以"二百年"之后的韩愈自命。故张景在《柳公

---

① 刘攽《中山诗话》云："杨大年（杨亿字）不喜杜工部诗，谓为村夫子。"（《历代诗话》本，第288页）

② （宋）柳开：《应责》，《河东集》卷一，四库本。以下所引柳开语，皆见此本，不另注出。

行状》中云："韩之道大行于今，自公始也。"①王禹偁在宋太宗即位之初所作的《投宋拾遗书》中亦云："某尝谓书契以来，以文垂教者，首曰孔孟之道。"并且更加明确和发展了柳开所排定的儒家道统传承为孟子—扬雄—王通—韩愈，而盛赞韩愈"独以词旨幽远，规正人伦，亦曰唐之夫子焉。下韩氏二百年，世非无其文章，罕能聚徒众于门，张圣贤之道矣"②。柳视韩犹为贤，王尊韩直为圣矣。《答张扶书》又云，"近世为古文之主者韩吏部而已"，称赞张扶"能远师六经，近师吏部"。《和朱严留别》称扬朱严"师仰唯韩愈，才名压李观"，又自注："生有《师韩说》。"《赠朱严》又云："谁怜所好还同我，韩柳文章李杜诗。"在《送谭尧叟序》中赞扬谭氏"读尧、舜、周、孔之书，师轲、雄、韩、柳之作，故其修身也誉闻于乡里，其从政也惠布于郡县"。后石介公开打出"尊韩"的旗号，而他在《尊韩》中所说的儒家道统，依然是柳、王所说的孟—扬—王—韩，并云："孔子后，道屡塞，辟于孟子，而大明于吏部。道已大明矣，不生贤人可也。故自吏部来三百有年矣，不生贤人。若柳仲涂（开）、孙汉公（何）、张晦之（景）、贾公疏（同），祖述吏部而归尊之。"③孙复于景祐五年（1038）正月所作《信道堂记》则谓："吾之所为道者，尧、舜、禹、汤、文、武、周公、孔子之道也，孟轲、荀卿、扬雄、王通、韩愈之道也。"④穆修和尹洙亦力主恢复韩、柳古文传统，尝刻印韩、柳文集行世。

---

① 《河东集》卷一六。

② 《宋文选》卷七，四库本。此文不载《四部丛刊》本《小畜集》和《小畜外集》。

③ （宋）石介：《徂徕集》卷七，四库本。

④ （宋）孙复：《孙明复小集》，四库本。

韩柳倡导的古文运动,开辟了唐宋以来古文的发展道路,苏轼称其"文起八代之衰,而道济天下之溺"①。而这"道",正是孔孟之道。古文运动,正是以复兴儒学为其理论基础的。而欧阳修领导的北宋诗文革新运动,正是唐代古文运动的继续和发展,也是以儒家学说为其理论基础的。苏轼的《六一居士集叙》,完全因袭韩愈的思想,以为"以孟子配禹可也",并进而云:"自汉以来,道术不出于孔氏,而乱天下者多矣。晋以老庄亡,梁以佛亡,莫或正之。五百余年而后得韩愈,学者以愈配孟子,盖庶几焉。愈之后三百有余年而后得欧阳子,其学推韩愈、孟子以达于孔氏。"故"士无贤不肖不谋而同曰:'欧阳子今之韩愈也!'"欧阳修自幼就酷好韩文,他认为"韩氏之文、之道,万世所共尊、天下所共传而有也"②。由于欧阳修等的大力提倡,韩文遂大行于世,学者非韩不学,可谓盛矣!欧与韩都主张"文以载道",欧之"诗穷而后工",也是从韩之"欢愉之辞难工,而穷苦之言易好"(《荆潭唱和诗序》)发展而来,欧诗风格亦深受韩愈影响,王安石就说他"诗如韩愈,而功妙过之"③。刘攽《中山诗话》载欧阳修"不甚喜杜诗",以为"不可晓"。而《竹庄诗话》卷九引章望之《延漏录》载欧云,"杜子美才出人表,不可学,学必不至,徒无所成,故未始学之。韩退之才可及,而每学之",故章谓"欧诗多类韩体"。此当可信。欧诗《堂中画像探题得杜子美》对杜甫即表达了钦仰之情:"风雅久寂寞,吾思

① (宋)苏轼:《潮州韩文公庙碑》,《东坡全集》卷八六,四库本。下引苏轼语,皆见此本。

② (宋)欧阳修:《记旧本韩文后》,《欧阳文忠公集》卷七三,《四部丛刊》景元本。下引欧语,皆出此本,不另注出。

③ (宋)何汶:《竹庄诗话》卷九引《荆公语录》,四库本。

见其人。杜君诗之豪,来者孰比伦。生为一身穷,死也万世珍。言苟可垂后,士无羞贱贫。”故陈岩肖说:“世谓六一居士欧阳永叔不好杜少陵诗。……六一于杜诗,既称其虽一字人不能到,又称其格之豪放,又取以证碑刻之真伪,讵可谓六一不好之乎?后人之言,未可信也。”[①]刘壎即谓欧诗“有甚似杜少陵者”[②]。实际上欧诗继承和发展了杜、韩议论化、散文化的倾向。而诗文革新运动的主要诗人,都是尊杜、学杜的。如石延年“大爱杜甫,独能嗣之”[③],其诗风格豪放,格律奇峭,得杜一体。被誉为宋诗开山的梅尧臣对杜、韩亦甚仰慕,尝云:“既观坐长叹,复想李杜韩。愿执戈与戟,生死事将坛。”[④]他亦自比杜甫,如《七夕永叔内翰遗郑州新酒言值内直不暇相邀》云:“予穷少陵老,公似谪仙人。”别人亦将他视如杜甫,《依韵和表臣见赠》即云:“君乃遗我诗,盛称我为贤。比之少陵豪,望我何太全。”和梅尧臣共称为诗文革新运动“哼哈二将”的苏舜钦于景祐三年(1036)编成《老杜别集》,尚早于王洙所编《杜工部集》。此本收诗380余首。其《题杜子美别集后》谓杜诗“皆豪迈哀顿,非昔之攻诗者所能依倚,以知亦出于斯人之胸中”[⑤]。舜钦为诗,或雄豪奔放,或沉郁顿挫,有类杜诗。方回即云:

---

① (宋)陈岩肖:《庚溪诗话》卷上,《历代诗话续编》本,第168页。

② (元)刘壎:《隐居通议》卷七,四库本。

③ (宋)范仲淹:《祭石学士文》,《范文正公集》卷一〇,《四部丛刊》景明翻元本。

④ (宋)梅尧臣:《读邵不疑学士诗卷杜挺之忽来因出示之且伏高致辄书一时之语以奉呈》,《宛陵集》卷四六,四库本。以下引梅诗,皆见此本。

⑤ (宋)苏舜钦:《苏学士文集》卷一三,《四部丛刊》景清刊本。

"苏子美不早卒,其诗入老杜之域矣。"①

北宋诗文革新运动,道尊孔孟,文宗韩愈,诗尊杜甫。而真正把孟子、韩愈、杜甫三人一齐推向高峰的,是诗文革新运动的大将、改革家王安石。其《孟子》诗云:"沉魄浮魂不可招,遗编一读想风标。何妨举世嫌迂阔,故有斯人慰寂寥。"②《寓言九首》之七又云:"仁声入人深,孟子言之醇。"又《秋怀》诗云:"柴门半掩扫鸟迹,独抱残编与神遇。韩公既去岂能追,孟子有来还不拒。"《送孙正之序》云,"如孟韩者,可谓术素修而志素定也,不以时胜道也",如"能以孟韩之心为心而不已",则"孟韩之道去吾党岂若越人之望燕哉",将韩愈与孟子相提并论。欧阳修、曾巩及其后朱熹、杨万里、陆游等人亦皆并称"孟韩"。曾巩《寄王介甫》云:"君材信魁崛,议论恣排辟","寥寥孟韩后,斯文大难得"。③ 王安石还亲自撰《解孟子》十四卷,其子雱亦撰《解孟子》十四卷。王安石变法以后,熙宁四年(1071)二月正式列《孟子》为"经",其成为科举必考科目。元丰六年(1083)十月第一次封孟子为邹国公。元丰七年五月,诏孟子配享孔子庙庭,封韩愈为伯,并从祀。从此以后,孟子仅次于孔子的地位就基本固定下来了。安石尊韩,但对韩多有批评。如《性说》即云:"孔子曰:性相近也,习相远也。吾是以与孔子也。韩子之言性也,吾不有取焉。"甚至对孟子亦有所批评。王之言道,往往越过韩愈,直追孔孟,甚至直言尧舜。作为志向远大而又学识渊博的政治改革家,王安石与杜、韩一样,都

---

① 《瀛奎律髓》卷二二。

② (宋)王安石:《临川先生文集》卷三二,《四部丛刊》景明本。以下引王氏诗文,皆见此本,不另注出。

③ (宋)曾巩:《元丰类稿》卷二,《四部丛刊》景元本。

慨然有矫世变俗之志,他们的政治理想是尧舜之治。《宋史·王安石传》载:"熙宁元年四月,始造朝入对。(神宗)帝问:'为治所先?'对曰:'择术为先。'帝曰:'唐太宗何如?'曰:'陛下当法尧舜,何以太宗为哉?'"《论馆职札子》亦云:"愿陛下以尧舜文武为法,则圣人之功必见于天下。"鉴于宋建百年守内虚外、积贫积弱的形势,财力日益困穷、风俗日益衰坏的现实,如何实现尧舜之治?只有变法。要变法,就要统一人们的思想。如何统一?那就要"一道德"。《宋史·选举志三》载:"帝尝谓王安石曰:'今谈经者人人殊,何以一道德?卿所著经,其以颁行,使学者归一。'(熙宁)八年,颁王安石《书》《诗》《周礼》义于学官,是名《三经新义》。"于是学者无不传习,有司用以取士,而先儒之传注悉废。安石至谓"天变不足畏,祖宗不足法,人言不足恤",可谓勇于改革,无所畏惧。王安石确实与杜、韩一样,都有一股"拗"劲。所谓"一道德",就是要以《三经新义》所阐释的新儒家学说,即融儒释道于一体的"荆公新学"来改造人们的道德,重塑士人的精神品格。这就要选择一个人们可以学习的典型,而王安石选取的典型之一,就是杜甫。早在任鄞县知县时,王安石就把杜甫作为精神偶像来崇仰了。他的《杜甫画像》云:"吾观少陵诗,为与元气侔。力能排天斡九地,壮颜毅色不可求。浩荡八极中,生物岂不稠。丑妍巨细千万殊,竟莫见以何雕锼。惜哉命之穷,颠倒不见收。青衫老更斥,饿走半九州。瘦妻僵前子仆后,攘攘盗贼森戈矛。吟哦当此时,不废朝廷忧。常愿天子圣,大臣各伊周。宁令吾庐独破受冻死,不忍四海寒飕飕。伤屯悼屈止一身,嗟时之人我所羞。所以见公画,再拜涕泗流,惟公之心古亦少,愿起公死从之游。"皇祐五年(1053)编有《杜工部后集》,其序云:"予考古之诗,尤爱杜甫氏作者。……予之令鄞,客有授予古之诗世所不传者二百余篇。观之,予知非人所能为而为之实甫者,其文与意之著也。”他编选的《四家诗选》,以杜甫为第一,欧阳修第二,韩愈第三,而李白第四,居最后。王安石是将杜甫作为诗艺和道德两臻极致的榜样来学习和崇仰的。他的诗用硬语,押险韵,好用典,讲对仗,有类杜、韩,而其雅丽精严,又有杜、韩所不及者。故王士禛曰:“究公(欧阳修)之后,学杜、韩者,王文公为巨擘。”①延君寿亦云:“王介甫诗,昔人谓如邓艾用兵,专以奇险为功,确论也。古体学杜、韩而不袭,殊胜六一;今体亦能我行我法,依傍一空。”②刘将孙甚至称王安石为“东京之子美”③。但就事功言,王安石身居相位,力行变法,又是杜、韩所不及的。陆九渊盛赞王安石曰:“洁白之操,寒于冰霜,公之质也。扫俗学之凡陋,振弊法之因循,道术必为孔孟,勋绩必为伊周,公之志也。”④

王安石之后,亦多是从道德和诗艺两方面推尊杜甫,而多赞誉韩愈的文章。如标志诗文革新运动最高成就的苏轼,一方面称颂杜甫的忠君:“古今诗人众矣,而杜子美为首,岂非以其流落饥寒,终身不用,而一饭未尝忘君也欤。”(《王定国诗集叙》)另一方面又肯定杜、韩集诗文之大成:“诗至于杜子美,文至于韩退之,书至于颜鲁公,画至于吴道子,而古今之变,天下之能事毕矣。”(《书吴道子画后》)后以黄庭坚为代表的江西诗

---

① 《带经堂诗话》卷四,第 95 页。

② 《老生常谈》,第 1805 页。

③ (元)刘将孙:《王荆公诗序》,《永乐大典》(残卷)卷九〇七“诗”字引。

④ (宋)陆九渊:《荆国王文公祠堂记》,《象山集》卷一九,四库本。

派,更奉杜甫为祖师,对韩愈之文亦赞不绝口。黄庭坚《与王观复书》云:“观杜子美到夔州后诗,韩退之自潮州还朝后文章,皆不烦绳削而自合矣。”①又《答洪驹父书》云:“自作语最难,老杜作诗,退之作文,无一字无来处,盖后人读书少,故谓韩杜自作此语耳。古之能为文章者,真能陶冶万物,虽取古人之陈言入于翰墨,如灵丹一粒,点铁成金也。”及至秦观的《韩愈论》,纵论古今诗文的因革演变,而大赞杜甫和韩愈乃“集诗文之大成者”②。李纲《读陈子直短歌三复而悲之次其韵》云:“君不见韩昌黎,文章二百年。又不见杜陵老,风月三千首。”③此后论诗,几乎都是独尊杜甫了。胡应麟说得好:“六一虽洗削西崑,然体尚平正,特不甚当行耳。推毂梅尧臣诗,亦自具眼。至介甫创撰新奇,唐人格调,始一大变。苏、黄继起,古法荡然。”④应该说,诗至王、苏、黄,“宋调”才正式形成了。“天下几人学杜甫,谁得其皮与其骨?”⑤王、苏、黄乃上继杜、韩而变,变亦利弊互见;等而下之,学杜、韩则多得其皮毛矣。故张戒说:“自汉魏以来,诗妙于子建,成于李杜,而坏于苏黄。余之此论固未易为俗人言也。子瞻以议论作诗,鲁直又专以补缀奇字,学者未得其所长,而先得其所短,诗人之意扫地矣!”⑥严

---

① (宋)黄庭坚:《山谷集》卷一九,四库本。下引黄语亦出此书此卷。

② (宋)秦观:《淮海集》卷二二,《四部丛刊》景明本。

③ (宋)李纲:《梁溪集》卷一五,四库本。

④ (明)胡应麟:《诗薮·外编》卷五,中华书局上海编辑所 1958 年排印本,第 211 页。

⑤ (宋)苏轼:《次韵孔毅甫集古人句见赠五首》之三,《东坡全集》卷一三。

⑥ 《岁寒堂诗话》卷上,第 455 页。

羽亦深加批评："近代诸公，乃作奇特解会，遂以文字为诗，以才学为诗，以议论为诗，夫岂不工，终非古人之诗也。盖于一唱三叹之音有所歉焉。"①诚心而论，末流之弊，虽不能归罪于首倡者，但诗变而极，必生其弊，亦诗道发展之必然也。

① （宋）严羽：《沧浪诗话·诗辩》，《历代诗话》本，第688页。

# 皮日休、陆龟蒙学杜与“吴体”之谜*

皮日休与陆龟蒙为晚唐著名诗人，他们继承杜甫、白居易等人关心民生疾苦、反映社会现实的优良传统，写出了一些脍炙人口的诗篇。皮日休的《正乐府》十首更是直承杜甫“即事名篇”的新乐府。杜甫首创百韵长律，皮、陆则以律化百韵古诗继之。如皮日休《吴中苦雨因书一百韵寄鲁望》《鲁望昨以五百言见贻过有褒美内揣庸陋弥增愧悚因成一千言上述吾唐文物之盛次叙相得之欢亦迭和之微旨也》，陆龟蒙《奉酬袭美先辈吴中苦雨一百韵》《袭美先辈以龟蒙所献五百言既蒙见和复示荣唱至于千字提奖之重蔑有称实再抒鄙怀用伸酬谢》。皮的《鲁望昨以五百言见贻过有褒美……》即云，“猗与子美思，不尽如转辁。纵为三十年，一字不可捐。既作风雅主，遂司歌咏权。谁知耒阳土，埋却真神仙。当于李杜际，名辈或溯沿”①，对杜甫极为推崇。其《郢州孟亭记》亦云：“明皇世，章句之风，大得建安体。论者推李翰林、杜工部为尤。”②陆时雍更盛赞陆的《奉酬袭美先辈吴中苦雨一百韵》“滚滚汩汩，相注

---

* 本文原载于《杜甫研究学刊》2022 年第 1 期。

① 《全唐诗》卷六〇九，中华书局 1980 年排印本，第 7024 页。

② （唐）皮日休著，萧涤非、郑庆笃整理：《皮子文薮》卷七，上海古籍出版社 1981 年版，第 70 页。

而来，绝无排迭堆垛之病，所以为难。自少陵以来，可称绝响”①。可见孙仅《读杜工部诗集序》谓“陆龟蒙得其赡博”②，不谓无据。杨慎就认为陆龟蒙的《引泉诗》和杜甫的《行官张望补稻畦水归》“二诗曲尽农田之景，然而词语且宕落”③。

皮、陆与杜甫的关系，最令人讶异的是步杜甫后尘而作的“吴体”诗。大历二年(767)春，杜甫在夔州作有《愁》诗一首：“江草日日唤愁生，巫峡泠泠非世情。盘涡鹭浴底心性，独树花发自分明。十年戎马暗万国，异域宾客老孤城。渭水秦山得见否，人今罢病虎纵横。”题下原注：“强戏为吴体。”④诗特标以“吴体”，杜诗只此一例，当时及其后亦无提及或效仿者。直到一百年后，皮日休出仕苏州，与陆龟蒙结为诗友，二人曾以“吴体”唱和，竟有六首之多。

陆龟蒙《早春雪中作吴体寄袭美》云：

> 迎春避腊不肯下，欺花冻草还飘然。光填马窟盖塞外，势压鹤巢偏殿巅。山炉瘿节万状火，墨突乾衰孤穗烟。君披鹤氅独自立，何人解道真神仙。⑤

皮日休《奉和鲁望早春雪中作吴体见寄》云：

---

① (唐)陆时雍：《唐诗镜》卷五二，文渊阁《四库全书》影印本。

② (宋)蔡梦弼：《杜工部草堂诗笺·传序碑铭》，《古逸丛书》本。

③ (明)杨慎：《升庵集》卷五七“引泉诗”条，文渊阁《四库全书》影印本。

④ 《杜甫全集校注》卷一五，人民文学出版社 2014 年版，第 4387 页。以下凡引杜诗，皆见此本，不另注出。

⑤ 《全唐诗》卷六二四，第 7174 页。

威仰噤死不敢语，琼花云魄清珊珊。溪光冷射触鸂鶒，柳带冻脆攒栏杆。竹根乍烧玉节快，酒面新泼金膏寒。全吴缥瓦十万户，惟君与我如袁安。①

陆龟蒙《独夜有怀因作吴体寄袭美》云：

人吟侧景抱冻竹，鹤梦缺月沉枯梧。清涧无波鹿无魄，白云有根虬有须。云虬涧鹿真逸调，刀名锥利非良图。不然快作燕市饮，笑抚肉枅眠酒垆。②

皮日休《奉和鲁望独夜有怀吴体见寄》云：

病鹤带雾傍独屋，破巢含雪倾孤梧。濯足将加汉光腹，抵掌欲捋梁武须。隐几清吟谁敢敌，枕琴高卧真堪图。此时枉欠高散物，楠瘤作樽石作垆。③

陆龟蒙《早秋吴体寄袭美》云：

荒庭古树只独倚，败蝉残蛩苦相仍。虽然诗胆大如斗，争奈愁肠牵似绳。短烛初添蕙幌影，微风渐折蕉衣棱。安得弯弓似明月，快箭拂下西飞鹏。④

---

① 《全唐诗》卷六一三，第 7069 页。
② 《全唐诗》卷六二四，第 7176 页。
③ 《全唐诗》卷六一三，第 7071 页。
④ 《全唐诗》卷六二六，第 7189 页。

皮日休《奉和鲁望早秋吴体次韵》云：

书淫传癖穷欲死，譊譊何必频相仍。日干阴藓厚堪剥，藤把欹松牢似绳。捣药香侵白袷袖，穿云润破乌纱棱。安得瑶池饮残酒，半醉骑下垂天鹏。①

陆龟蒙又有《新秋月夕，客有自远相寻者，作吴体二首以赠》：

风初寥寥月乍满，杉篁左右供余清。因君一话故山事，忆鹤互应深溪声。云门老僧定未起，白阁道士遥相迎。日闻羽檄日夜急，掉臂欲归岩下行。（其一）

惊闻远客访良夜，扶病起坐纶巾欹。清谈白纻思悄悄，玉绳银汉光离离。三吴烟雾且如此，百越琛赆来何时。林端片月落未落，强慰别情言后期。（其二）②

皮、陆之后，晚唐五代再无人踵武为“吴体”者。而宋以后，却代不乏人。刘克庄《后村诗话》即云：“苏子美歌行雄放于圣俞，轩昂不羁如其为人，及蟠屈为吴体，则极平夷妥帖。绝句云：‘别院深深夏簟清，石榴开遍透帘明。树阴满地日卓午，梦觉流莺时一声。’又云：‘春阴垂野草青青，时有幽花一树明。晚泊孤舟古祠下，满川风雨看潮生。’极似韦苏州。《垂虹亭观中秋月》云：‘佛氏解为银色界，仙家多住玉华宫。’极工。而世惟咏其上一联‘金饼彩虹’之句，何也？‘山蝉带响穿疏户，野

① 《全唐诗》卷六一四，第 7083 页。

② 《全唐诗》卷六二四，第 7172 页。

蔓蟠青入破窗’,亦佳句。”①“别院深深夏簟清”云云,为苏舜钦《夏意》绝句;“春阴垂野草青青”云云,为苏舜钦《淮中晚泊犊头》绝句;而“佛氏解为银色界,仙家多住玉华宫”,则为苏舜钦七律《中秋松江新桥对月和柳令之作》颈联诗句,而诗题不作《垂虹亭观中秋月》;“山蝉带响穿疏户”二句,为苏氏七律《沧浪静吟》颔联。但刘克庄所举诗与诗句,苏舜钦本集都未标示“吴体”,不知原因为何。而宋代标示“吴体”最早者,为张方平(1007—1091)《柳》:“翠眉含愁展新叶,长袖善舞拖旧条。黄莺初啭一何喜,红桃相映不胜娇。行人歇马近驿路,渔叟系舟临溪桥。斜风细雨与残照,不妨意气常飘飘。”题下小注:“吴体。”②其后直标“吴体”的有:

黄庭坚《二月丁卯喜雨吴体为北门留守文潞公作》:

乘舆斋祭甘泉宫,遣使骏奔河岳中。谁与至尊分旰食,北门卧镇司徒公。微风不动天如醉,润物无声春有功。三十余年霖雨手,淹留河外作时丰。③

史浩《次韵鲍以道天童育王道中吴体》:

逆云佛塔金千寻,傍耸滴翠玲珑岑。春供万象富远目,响答两地纷啼禽。风摇野帻去复去,露浥乳窦深尤深。

---

① (宋)刘克庄撰,王秀梅点校:《后村诗话·前集》卷二,中华书局1983年版,第23页。

② 《全宋诗》卷三〇七,北京大学出版社1998年版,第6册,第3860页。

③ 《全宋诗》卷一〇〇〇,第17册,第11460页。

奇声俊逸鲍夫子，蓬社不挂渊明心。①

胡铨《过三衢呈刘共父》：

原注："予自兵侍罢归，从三衢城外遵陆，以两夫肩篮舆，太守刘共父谓予云：'两夫肩舆，甚似微服过宋。'因作此戏简，效吴体。"

别离如许每引领，邂逅几何还着鞭。微服过宋我何敢，大国赐秦公不然。衰鬓凋零已子后，高名崒嵂方丁年。即看手握天下砥，山中宰相从云眠。②

胡铨《王司业龟龄口占绝句奇甚用韵和呈效吴体》：

南山旧说王隐者，北斗今看韩退之。不须觅句花照眼，行见调羹酸着枝。③

王十朋《胡秘监赠诗一绝〈司业口占绝句奇甚铨辄用韵和呈效吴体〉"南山旧说王隐者……"，某依韵奉酬》：

平生恨未识刚者，今日岂期亲见之。欲把江梅比孤

---

① 《全宋诗》卷一九七三，第35册，第22113页。

② 《全宋诗》卷一九三四，第34册，第21590页。

③ （宋）胡铨：《两宋名贤小集》卷一七七《澹庵诗集》，文渊阁《四库全书》影印本。《全宋诗》诗题作《司业口占绝句奇甚铨辄用韵和呈效吴体》，见《全宋诗》卷一九三四，第34册，第21587页。

洁，江梅无此岁寒枝。①

陆游《吴体寄张季长》：

九月十月天雨霜，江南剑南途路长。平生故人阻携手，万里一书空断肠。人生强健已难恃，世事变迁那可常。两家子孙各长大，他年穷达毋相忘。②

陆游《夜闻大风感怀赋吴体》：

故都宫阙污膻腥，原野久稽陈大刑。未须校尉戍西域，先要将军空朔庭。意言挥戈可退日，身乃读书方聚萤。病起窗前发如雪，夜闻风声孤涕零。③

李洪《隐岩吴体》：

屋头日日闯云山，簿领沉迷肯放闲。一行作吏遽如许，三径就荒那得还。绿阴留与后人憩，丛桂时招好客攀。邂逅清泉与白石，岸巾时得洗衰颜。④

---

① （宋）王十朋：《梅溪后集》卷七，文渊阁《四库全书》影印本。《全宋诗》诗题作《依韵奉酬胡秘监》，自注：“时胡丈同馆中诸公见访，因留小酌。予举和程泰之梅诗‘压到屋檐斜入枝’句，胡颇称赏，和枝字韵以赠。”见《全宋诗》卷二〇三〇，第36册，第22755页。

② 《全宋诗》卷二一九一，第40册，第24997页。

③ 《全宋诗》卷二一六九，第39册，第24600页。

④ 《全宋诗》卷二三六六，第43册，第27166页。

汪炎昶《俞伯初见访，示吴体诗既去。而江和叔至，甚恨相后先也，是夕用韵寄二君子》：

一日二子各两屐，踏碎一径松花黄。人好禽鱼亦光耀，山空水石逾荒凉。胸次似涤冰雪莹，笑语欲染烟霞香。痴绝犹嫌不联袂，此已天幸宽愁肠。①

方回《宾旸来饮秀山予醉小跌次韵为吴体》：

无冰为水柘为浆，深入醉乡心自凉。微官误身鱼中饵，俗士缚礼龟榰床。未妨卖书笑杜甫，宁能食乳羡张苍。颠崖仆树幸无损，当复与君浮万觞。②

又《冰崖杨明府德藻携红酒殽果来饮归舟独坐熊皮索笔作字且出示箧中书为赋吴体》：

有美一人升秋堂，木犀花中清言香。熊皮端坐雪衣洁，兔颖疾挥葱指长。琥珀味浓酒溢□，□□价重书盈箱。怱羔剪韭儿辈问，此岂拜石米元章。③

又《约端午到家复不果赋吴体》：

① 《全宋诗》卷三七二五，第71册，第44822页。
② 《全宋诗》卷三四八五，第66册，第41492页。
③ 《全宋诗》卷三四八五，第66册，第41498页。

略无一点南来风，日日褰裳泥雨中。端午到家复失约，良辰阙酒非真穷。世情故宜俗眼白，时事不改戎葵红。三年为客可归矣，亦念儿曹思乃翁。①

又《寄还程道益直谅道大直方昆季诗卷》：

自序云：“朱文公谓吾州山峭厉，水清激，故其人物亦然，而文章亦然。……因赋吴体寄之曰”：

山水吾州称绝奇，间生杰出当如之。不行天上五岭路，焉识人间二程诗。无逸幼檠金华似，才翁子美欧阳知。怒流汹涌各分派，万折到海夫奚疑。②

又《饮天庆观即席赋吴体》：

寂静日月白云乡，漂摇湖海厖眉郎。壁间犹见画龙在，柱表不闻归鹤翔。杯酒新竹与同色，炉熏异花无此香。索茗浇渴上马去，绿树含雨山苍凉。③

元代王恽作有《托陶晋卿借郑氏所藏刘房山行草效吴体出入格》：

房山一字三过笔，此帖挥洒何其殊。临池亲睹长史

---

① 《全宋诗》卷三四九二，第 66 册，第 41614 页。
② 《全宋诗》卷三四九六，第 66 册，第 41679 页。
③ 《全宋诗》卷三四九九，第 66 册，第 41731 页。

作，透绡又是涪翁书。春葩舞女多姿态，远韵高风见步趋。手追心摹情正切，托君为借今何如？

又《复作一诗以继前韵》：

郑家数幅房山书，自笑伎痒须临摹。五陵裘马见年少，两汉剑履多文儒。游谈得叙真可壮，破冢求法何其愚。烦君更击冯夷鼓，未信骊龙不吐珠。①

洪焱祖有《初冬晴暖历永康、武义、金华三县境赋吴体以纪之》：

我行婺女爱平陛，远胜括山多涧冈。千林柏子冻的皪，数点梅萼春微茫。穷檐炙背傲行客，新店当垆多艳妆。姜畴蔗垄不足算，木棉轧轧霜机张。②

唐元有《拟吴体》二首：

黄牛三峡厌朝暮，瀼溪归爱清涟漪。非宫非商调自古，兼风兼雨常如斯。浣纱小女足屐滑，角力篙师声更悲。武夷山前棹歌发，头白老父思吾儿。

神仙变幻事已古，桃杏妖娆春正迟。楼高自可摘星斗，句好何用求毛皮。暖融迸地笋满尺，坐久煮茶藤一枝。

---

① 以上王恽二诗，见《秋涧集》卷一九，文渊阁《四库全书》影印本。

② （元）洪焱祖：《杏庭摘稿》，文渊阁《四库全书》影印本。

参同契好不易读，邹䜣谈笑真吾师。①

明代黄仲昭有《致仕归言怀效吴体四首》：

失脚一下苍苔矶，顿觉世途多险巇。圣代敢言轻去就，时评或恐迷是非。混雌与雄乌莫辨，隔形吠声尨曷知。归来稳坐茅檐下，闲看白云出翠微。

媕阿媚世吾所惭，便寻旧隐南山南。寸心静观元了了，众口可笑犹喃喃。秋风世途双眼冷，夜雨吟窗孤梦酣。羹有溪鱼饭有粟，一饱岂必求肥甘。

白日不照我肺肝，曲学阿世诚何颜。诗书聊堪遗孙子，杞菊亦足供盘餐。铜山铸钱彼为得，瓦瓮灌畦吾所安。自笑无能成巧宦，只合归伴沙鸥闲。

违心徇禄非吾情，春田夜雨思归耕。经纶谁能赞化育，出处我岂关重轻。王侯只如槐蚁梦，诗酒聊寻花鸟盟。勋烈无阶上钟鼎，且免青史遗臭名。②

桑悦有《题凤洲草堂效吴体》：

江水四面围高丘，草堂结在丘山头。频经春雨打不漏，苦耐秋风吹未休。枕边惊闻橹声过，槛外俯看云影浮。我约吴郎来借住，并吞沙草占溪鸥。③

---

① （元）唐元：《筠轩集》卷六，文渊阁《四库全书》影印本。

② （明）黄仲昭：《未轩文集》卷九，文渊阁《四库全书》影印本。

③ （清）朱彝尊：《明诗综》卷二八，文渊阁《四库全书》影印本。

符锡有《舟中月夜有怀偶效吴体》：

北风遥遥吹客舟，凉月下瞰疏帏秋。迟回莎岸虫唧唧，顾盼玉宇鸿悠悠。日暮晴云敛海色，天南宿草连芳洲。美人若为成远别，含情一上江之楼。①

李达有《立春吴体》：

江东客里逢立春，节物风光愁杀人。盘中生菜不可食，门前柳条还欲嚬。悠悠西塞独身远，杳杳南国多兵尘。中兴宗社大臣在，怅望涕泪沾衣巾。②

清代全祖望有《薄暮过愚亭，见其少子五郎读罢灌园，甚有古意，为赋吴体二律》：

郎君说经长兀兀，聊尔荷锄道则通。采兰佳句本束氏，剥枣新说嗤荆公。夏苴冬葵在《曲礼》，早菘晚韭饶清风。阿翁有子致足乐，切莫落其荒厥功。

高门群从半纨绔，那得清况供清吟。种橐驼树悟王道，卖青门瓜识天心。谁言孺仲儿寒素，为笑南郡家慆淫。春园春草多生意，与尔观物一披襟。③

---

① （明）符锡：《颖江漫稿》卷三，明刊本。

② ［朝鲜］李达编：《荪谷集一》卷四，万历四十六年（1618）刊本。

③ （清）全祖望：《全祖望集汇校集注·鲒埼亭诗集》卷四，上海古籍出版社2000年版，第2119页。

边连宝有《戏仿吴体》:

> 一枝两枝野菊芳,三点五点晚鸿翔。落叶相追响刺桐,孤云不动高苍凉。鬓边白发苦不放,日里赤乌有底忙。筋力如何聊小试,枯藜茫屩好扶将。[①]

乾隆时惜钦保所作七言八句诗,末署“吴体”:

> 韶开六琯恩庞鸿,衢歌巷舞熙春风。曰耋曰期古斯尚,以引以翼今尤隆。酺欢高列千叟集,嵩祝齐听三呼同。五老游河长生宇,飞星入昴尧天崇。[②]

就检索所及,直署“吴体”者,不过四五十首;但有的未署“吴体”却被认为“吴体”者,尚有不少。如杜诗《释闷》,赵次公即谓:“诗六韵,谓之古诗;而中四韵尽对,谓之近体,而字眼不顺,句之平仄不拘,盖所谓吴体者乎?”[③]杜诗《寄岑嘉州》,赵次公谓:“诗乃吴体,故不拘诗眼。”[④]《晓发公安数月憩自(息)此县》,题注引赵次公曰:“此篇盖吴体矣。”[⑤]方回《瀛奎律髓》曰:“拗字诗在老杜集七言律诗中谓之‘吴体’,老杜七言律一百五十九首,而此体凡十九出。不止句中拗一字,往往神出鬼

---

① (清)边连宝:《随园诗集》卷二二“随园病余草”,中国人民大学图书馆藏稿本。

② 《钦定千叟宴诗》卷二二,文渊阁《四库全书》影印本。

③ 《九家集注杜诗》卷一三,文渊阁《四库全书》影印本。

④ 《九家集注杜诗》卷二九。

⑤ 《九家集注杜诗》卷三五。

没。虽拗字甚多，而骨骼愈峻峭。今江湖学诗者，喜许浑诗‘水声东去市朝变，山势北来宫殿高’‘湘潭云尽暮山出，巴蜀雪消春水来’，以为丁卯句法。殊不知始于老杜，如‘负盐出井此溪女，打鼓发船何郡郎’‘宠光蕙叶与多碧，点注桃花舒小红’之类是也。如赵嘏‘残星几点雁横塞，长笛一声人倚楼’，亦是也。唐诗多此类，独老杜‘吴体’之所谓拗，则才小者不能为之矣。五言律亦有拗者，止为语句要浑成，气势要顿挫，则换易一两字，平仄无害也，但不如七言‘吴体’全拗尔。”①他谓杜诗《七月一日题终明府水楼》其二："后诗谓之吴体，惟山谷能学而肖之，余人似难及也。"②谓《十二月一日三首》云："此三诗，张文潜集中多有似之者，气象大，语句熟，虽或拗字近吴体，然他人拘平仄者，反不如也。"③谓《江村》《南邻》《狂夫》云："老杜七言律诗一百五十余首，求其郊野闲适如此者，仅三篇。……格高律熟，意奇句妥，若造化生成。为此等诗者，非真积力久，不能到也。学诗者依次为准，为吴体拗字变格，亦不可不知。"④谓《题省中院壁》云："此篇八句俱拗，而律吕铿锵，试以微吟，或以长歌，其实文从字顺也。以下吴体皆然。"包括《愁》《昼梦》《暮归》《早秋苦热堆案相仍》，"乃取吴体五篇于此。他如《郑驸马宴洞中》《九日》《至后》《崔氏草堂》《晓发公安》等篇，自当求之集中"⑤。谓《释闷》"此亦所谓吴体拗字"⑥，与赵

---

① （元）方回：《瀛奎律髓》卷二五，文渊阁《四库全书》影印本。

② 《瀛奎律髓》卷一二。

③ 《瀛奎律髓》卷一三。

④ 《瀛奎律髓》卷二三。

⑤ 《瀛奎律髓》卷二五。

⑥ 《瀛奎律髓》卷三二。

次公同。何焯则谓：“《赤甲》，吴体。”①“《昼梦》，亦吴体。”②梁运昌《杜园说杜》卷一二“七律钞全卷”不录《愁》诗，独录《昼梦》一首作为杜甫“吴体”之代表，并云：“是吴体之佳者。吴体独录此首，以备一格，他皆拗律也。说者以杜老晚作颓唐，不知皆是吴体也。在夔峡间多作此格，所谓‘老去诗篇浑漫与’者也。……吴体与拗律不同，凡篇中杂以方语谐词者皆是吴体。”③施鸿保《读杜诗说》注《愁》诗云：“后《昼梦》、《江雨有怀郑典设》、《暮春》、《即事》四首、《赤甲》一首，皆同此体，或是同时所作，此注盖统言也。”④果如此，则杜诗“吴体”多达20余首矣。

而他人未署“吴体”而被认为吴体的，如方回《瀛奎律髓》谓梅尧臣《依韵和李舍人旅中寒食感事》：“此乃吴体。”⑤谓黄庭坚《题落星寺》其二：“此学老杜所谓拗字吴体格。”谓黄庭坚《汴岸置酒赠黄十七》：“此见山谷外集，亦吴体学老杜者。”谓黄庭坚《题胡逸老致虚庵》：“亦近吴体。又山谷《永州题淡山岩》前诗，亦全是此体。”谓张耒《寒食》《晓意》诗：“宛丘吴体二首，皆顿挫有味，穷而不怨。”谓谢逸《闻徐师川自京师归豫章》：“此吴体。”谓谢薖《饮酒示坐客》：“此学山谷，亦老杜吴体。”谓汪藻《次韵向君受感秋》：“此效吴体。”谓曾几《张子公

---

① （清）何焯：《义门读书记》卷五五，文渊阁《四库全书》影印本。

② 《义门读书记》卷五六。

③ （清）梁运昌：《杜园说杜》卷一二，书目文献出版社1995年影印本，第849页。

④ （清）施鸿保：《读杜诗说》卷一八，上海古籍出版社1983年版，第179页。

⑤ 《瀛奎律髓》卷一六。

召饮灵感院》:"此其生逼山谷,然亦所谓老杜吴体也。此体不独用之八句律,用为绝句尤佳。山谷《荆江亭病起十绝》是也。"谓曾几《南山除夜》:"合入时序诗中,以其为拗字吴体,近追山谷,上拟老杜,故列诸此。"①谓曾几《郡中禁私酿严甚戏作》:"此吴体,三四绝佳。"谓曾几《家酿红酒美甚戏作》:"此诗三四,不甚入律,然终篇发明红酒之妙,前此未有,当时时玩味之。乃老杜吴体、山谷诗法也。"②谓曾几《瓶中梅》:"此诗吴体也,可谓神清萧散。"③谓范成大《人鲊瓮》:"此吴体。"④谓范成大《重午》:"后四句有用吴体。"⑤谓王质《东流道中》:"此诗乃吴体而遒美。"⑥谓赵蕃《上巳》:"老杜集此等诗谓之吴体,昌父乾道中诗,犹少作也。"⑦谓赵蕃《晚晴》:"聱牙细润,吴体也。读至尾句(脱却世故甘佣耕),乃与山谷逼真。此章泉学诗妙言也。"⑧约略20首。

以上只是约略列出了直署"吴体"或被认为是"吴体"的诗,但为什么称"吴体","吴体"到底是一种什么诗体,并没有明确的定义和解释,而千余年来,仍众说纷纭,莫衷一是。可能是因为最早效仿杜诗"吴体"的皮日休、陆龟蒙,时在苏州(陆是苏州人,皮在苏州为官),于是有的论者就与吴中、吴音、吴歌联系起来。黄生即云:"皮陆集中,亦有吴体诗,大抵即拗律

---

① 以上黄庭坚、张耒、二谢、汪、曾诗评,俱见《瀛奎律髓》卷二五。
② 以上曾二诗俱见《瀛奎律髓》卷一九。
③ 《瀛奎律髓》卷二〇。
④ 《瀛奎律髓》卷四。
⑤ 《瀛奎律髓》卷一六。
⑥ 《瀛奎律髓》卷一四。
⑦ 《瀛奎律髓》卷一六。
⑧ 《瀛奎律髓》卷一七。

诗耳。乃知当时吴中俚俗为此体，诗流不屑效之。独杜公篇什既众，时出变调，凡集中拗律，皆属此体。偶发例于此，曰‘戏’者，明其非正声也。”①许印芳亦谓：“七律拗体变格，本名吴体，见老杜《愁》诗小注，皮、陆两家集中，亦有此体诗。盖当时吴中歌谣，有此格调，诗流亦效用之也。”②夏承焘步其后尘，则谓：“我以为杜作‘吴体’本是用民间歌谣声调，并没有什么字声上的规律。皮、陆承律体作法大备之后，于打破律体一部份格律之外，又严守拗句相救的格律，而亦以‘吴体’命名，实非老杜本体。”③郭绍虞《论吴体》更明确提出了“吴体”实是吴地民歌的观点：“所谓吴体原指民间诗体。……杜甫在二十岁至二十四岁时曾游吴越，吴中歌谣格调，当所习知，晚年戏效其体，自属可能。”又引皮日休、陆龟蒙诗为证：“陆氏原为吴人，故所作特多吴体，皮氏之诗纯为和陆而作，所以亦效其体。于此，也可证明吴体原出吴中民间诗。”又说：“吴体，则是运用古调的拗律，而又深受民歌的影响者。”“必须通首平仄参错，而又接近民歌风格者，才成吴体。所以吴体实是拗体中不用古调而又接近民歌风格之拗体。……所谓吴体则是拗体中接近民歌之格。……所以吴体是民歌体的拗体，而还不是苍茫历落纯用古调的拗体。”④任半塘则对此观点质疑道：“唐人所谓‘吴体’，实近于文字修辞，不属于声乐歌唱。”“近人夏承焘《杜诗

---

① （清）黄生：《杜诗说》卷九，清康熙三十五年（1696）一木堂刻本。

② （清）许印芳：《七律拗体》，《诗谱详说》卷四，《丛书集成续编》第199册，（台北）新文丰出版公司1989年版，第604页。

③ 夏承焘：《杜诗札记》，《杜甫研究论文集》（二辑），中华书局1963年版，第224—225页。

④ 郭绍虞：《论吴体》，《复旦学报》增刊（1980年《古典文学论丛》）。

札记》谓杜诗'吴体'乃'仿效南方民歌声调',按当时南方民歌之辞无传,是否用七言八句拗格为声调,不可知;古民歌长至八句者亦少见,此说殆想象耳。"[①]邝健行《"吴体源于民歌说"新议》一文,则对"民歌说"提出了商榷,邝文从源流、音律、风貌等方面对吴体作了详细剖析,指出:"吴体不源于民歌,当然也不源于吴中歌谣。"[②]王辉斌《杜诗"吴体"探论》据梁运昌《杜园说杜》"凡篇中杂以方语谐词者皆是吴体"的说法,进一步发挥说:"梁运昌从'方言(按:原文作"语")谐词'的角度考察杜诗中的'吴体',不仅方法令人首肯,而且结论也是值得称道的。换言之,梁运昌的'方言谐词'说,既为我们解开了'吴体'之'吴'所指的谜案,又揭示了'吴体'为什么在平仄上会出现'拗句'的原因之所在,因为诗中'杂以'吴地的'方言谐词',而使之构成了特点独具的'吴声',所以其不符合北方'官话'之律。"[③]又回到了前面所提到的吴音、吴歌之说。其实,整首《愁》诗用语很少吴语独用的方言词,也很少巴渝风味。倒是《戏作俳谐体遣闷二首》:

异俗可吁怪,斯人难并居。家家养乌鬼,顿顿食黄鱼。旧识难为态,新知已暗疏。治生且耕凿,只有不关渠。(其一)

---

① 任半塘:《任半塘文集·唐声诗》第一章"范围与定义",上海古籍出版社2006年版,第30—31页。

② 邝健行:《"吴体源于民歌说"新议》,《杜甫新议集》,(台北)万卷楼图书股份有限公司2004年版。

③ 王辉斌:《杜诗"吴体"探论》,《太原师范学院学报》(社会科学版)2009年第8卷第5期。

西历青羌坂，南留白帝城。於菟侵客恨，粔籹作人情。瓦卜传神语，畬田费火耕。是非何处定？高枕笑浮生。（其二）

多用巴渝方言俗语。又如《夜归》诗，粗卤质俚，亦是俳谐体。杜甫夔州所作诗，多有用方言俗语谐词者。陈仅《竹林答问》谓“吴体即俳谐体”[①]，是混二为一，不足为训。正如葛景春所指出的：杜甫的吴体诗，并非是按吴地方音声调写的，而是按唐朝流行的《切韵》和《唐韵》来写的，只是不按律诗的平仄声律而已。即使是吴越地区的诗人，也并不用吴语声调来写律诗，也一样用《切韵》《唐韵》所规定的平仄声调，律诗的平仄声调是用官韵来作标准的，全国统一。[②]

“吴体”不源于吴地、吴歌，殆源于人耶？而确有如此主张者。桂馥《札朴》即云，“杜诗七言拗律题下自注云：戏效吴体。案：《梁书·吴均传》：‘均文体清拔有古气，好事者或敩之，谓为吴均体。’杜所称吴体，盖谓均也。清拔，言不拘声病”[③]，明确指出所谓“吴体”即齐梁时之“吴均体”。今人鲍恒深以为然，特予指出：“此条材料多为今之学者所疏忽，但却颇有见地，足解‘吴体’之谜。”并详论曰：“需要指出的是，杜甫‘吴体’虽源于‘吴均体’，但绝不是‘吴均体’的简单的翻版，与

---

① （清）陈仅：《竹林答问》，《清诗话续编》本，上海古籍出版社 1983 年版，第 2241 页。

② 参见葛景春：《吴体是杜甫所创的新体古诗》，《杜甫研究学刊》2018 年第 2 期。

③ （清）桂馥撰，赵智海点校：《札朴》卷第六“吴体”条，中华书局 1992 年版，第 236 页。

‘吴均体’相比已有了很大的不同。大而言之,如杜为七言诗,吴均则多五言,时代之别昭然。因此,杜甫之‘吴体’是经过杜甫加工改造过的‘吴均体’。杜甫自注云:‘强戏为吴体。’一个‘戏’字,已表明他并不是以认真的态度来严格地模仿‘吴均体’(其实吴均体以其无特定的形式之体也无法进行严格的模仿),而是偶一为之,借‘吴均体’之某些特点来表达自己的某种思想感情,可谓借‘吴均’之名而行‘杜甫’之实。换言之,这是一种带有杜甫个人和时代鲜明特征的‘吴均体’,或可称作‘杜体’。杜甫‘吴体’除了保留‘吴均体’感喟愤世的作意与风格特征外,在语言形式与表达方式上也有了创造性的发展。这种创造突出地表现在两个方面:一是以唐人谙熟之七言律诗为基本表现形式,又故意突破这种形式的格律要求,借语音之拗展现心中之不平以显其怪。二是用俗语入诗以对时人之所谓雅,以此表现与社会中心的疏离以显其怒。这一点在杜诗中尤为突出。……正由于杜甫‘吴体’具有明显的独创性,故使后之学者很难把它与齐梁时的‘吴均体’联系起来,从而亦使‘吴体’来历变得模糊不清。”①其实早在桂馥之前,宋初编纂的《册府元龟》即云:“(吴)均文体清拔,有古气,好事者或效之,谓为‘吴体’。”②《册府元龟》竟然将《梁书·吴均传》中的“吴均体”直书为“吴体”,恐不是疏忽所致,当有所据依。但几乎所有研究者都未言及。

---

① 鲍恒:《历史误读与范式确立——杜甫“吴体”新论》,《文学评论丛刊》2008年第6卷第1期。

② 《册府元龟》卷八三九《总录部·文章第三》,文渊阁《四库全书》影印本。周勋初等校订之《册府元龟》与此文字全同,亦作“吴体”,见第10册,凤凰出版社2006年版,第9743页。

杜甫“吴体”当指“吴均体”，有别于“齐梁体”。冯班《钝吟杂录》云：“永明体齐梁体　永明之代，王元长、沈休文、谢朓三公皆有盛名于一时，始创声病之论，以为前人未知，一时文体骤变，文字皆避八病，一简之内音韵不同，二韵之间轻重悉异，其文二句一联，四句一绝，声韵相避，文字不可增减。自永明至唐初皆齐梁体也，至沈佺期、宋之问变为新体，声律益严，谓之律诗。陈子昂学阮公为古诗，后代文人始为古体诗。唐诗有古律二体，始变齐梁之格矣。今叙永明体，但云齐诸公之诗，不云自齐至唐初，不云沈谢，知其胸中愦愦也。齐时如江文通诗，不用声病；梁武不知平上去入，其诗仍是太康元嘉旧体。若直言齐梁诸公，则混然矣。齐代短祚，王元长、谢玄晖皆殁于当代，不终天年；沈休文、何仲言、吴叔庠、刘孝绰皆一时名人，并入梁朝，故声病之格通言齐梁，若以诗体言，则直至唐初皆齐梁体也。白太傅尚有格诗，李义山、温飞卿皆有齐梁格诗，但律诗已盛，齐梁体遂微，后人不知，或以为古诗。若明辨诗体，当云齐梁体创于沈谢，南北相仍，以至唐景云、龙纪始变为律体。”①就齐而言，是“永明体”，连两朝言之，则谓“齐梁体”，二而一也。陆时雍《诗镜总论》所谓四杰“调入初唐，时带六朝锦色”②，范围大了一点，实则一也。杜甫之前，唐诗直标“齐梁体”的，只有岑参《夜过盘石隔河望永乐寄闺中效齐梁体》：“盈盈一水隔，寂寂二更初。波上思罗袜，鱼边忆素书。月如眉已画，云似鬓新梳。春物知人意，桃花笑索居。”③沈佺期的《和杜麟台元

① （清）冯班：《钝吟杂录》卷五，文渊阁《四库全书》影印本。

② （明）陆时雍：《诗镜总论》，文渊阁《四库全书》影印本。

③ 《全唐诗》卷二〇〇，第2089页。

志春情》:“嘉树满中园,氛氲罗秀色。不见仙山云,倚琴空太息。沉思若在梦,缄怨似无忆。青春坐南移,白日忽西匿。蛾眉返清镜,闺中不相识。”①赵执信《声调谱》亦谓“齐梁体”②。“齐梁体”,亦称“齐梁格”。白居易有《九日代罗樊二妓招舒著作(齐梁格)》:“罗敷敛双袂,樊姬献一杯。不见舒员外,秋菊为谁开。”③又有《洛阳春赠刘李二宾客(齐梁格)》,刘禹锡和诗则作《和乐天洛城春齐梁体八韵》。范摅《云溪友议》载:“文宗元年秋,诏礼部高侍郎锴复司贡籍,曰:‘夫宗子维城,本枝百代,封爵便宜,无令废绝。常年宗正寺解送人,恐有浮薄,以忝科名。在卿精拣艺能,勿妨贤路。其所试,赋则准常规,诗则依齐梁体格。’乃试《琴瑟合奏赋》《霓裳羽衣曲诗》。”④李商隐有《齐梁晴云》,温庭筠有《边笳曲(一作齐梁体)》《春日(一作齐梁体)》《咏嚬(一作齐梁体)》《太子西池二首(一作齐梁体)》,曹邺有《霁后作(齐梁体)》,贯休有《拟齐梁体寄冯使君三首》等。以上所举“齐梁体”或“齐梁格”诗,都是五言诗,或八韵,或六韵,或四韵,或二韵不等。但皮日休《寄题天台国清寺齐梁体》:“十里松门国清路,饭猿台上菩提树。怪来烟雨落晴天,元是海风吹瀑布。”⑤陆龟蒙《寄题天台国清寺齐梁体》:“峰带楼台天外立,明河色近罘罳湿。松间石上定僧寒,半夜

---

① 《全唐诗》卷九五,第1022页。

② (清)赵执信:《声调谱》卷二,文渊阁《四库全书》影印本。

③ 《全唐诗》卷四四四,第4981页。

④ (唐)范摅:《云溪友议》卷上“古制兴”条,《唐五代笔记小说大观》,上海古籍出版社2000年版,第1271页。

⑤ 《全唐诗》卷六一五,第7099页。

楢溪水声急。”[①]则为七言二韵。而温庭筠《春晓曲(一作齐梁体)》:“家临长信往来道,乳燕双双拂烟草。油壁车轻金犊肥,流苏帐晓春鸡早。笼中娇鸟暖犹睡,帘外落花闲不扫。衰桃一树近前池,似惜红颜镜中老。”[②]则为七言四韵。这种变化值得注意。杜甫是个富有创造性的诗人,早在《题李尊师松树障子歌》中,他就说“老夫平生好奇古”,求新求奇是杜诗的一大特点。《蔡宽夫诗话》云:“文章变态,固亡穷尽;然高下工拙,亦各系其人才。子美以‘盘涡鹭浴底心性,独树花发自分明’为吴体,以‘家家养乌鬼,顿顿食黄鱼’为俳谐体,以‘江上谁家桃树枝,春寒细雨出疏篱’为新句。虽若为戏,然不害其格力。”[③]“家家养乌龟”二句,见《戏作俳谐体遣闷二首》其一。“江上谁家桃树枝”二句,见《风雨看舟前落花戏为新句》。大而言之曰“齐梁体”,其中又可分各家体。如皇甫冉有《送张南史效何记室体》,李绅有《移九江效何水部》《泛五湖效谢惠连》《忆登栖霞寺峰效梁简文》《忆东郭居效丘迟》,李商隐有《效徐陵体赠更衣》,罗隐有《仿玉台体》等等。杜甫《赠毕四曜》即云:“流传江鲍体。”“吴均体”亦是其中一体,梁纪少瑜有《拟吴均体应教诗》:“庭树发春辉,游人竞下机。却匣擎歌扇,开箱择舞衣。桑萎不复惜,看花遽将夕。自有专城居,空持迷上客。”[④]李绅《上家山》亦是“吴均体”,其题注曰:“余顷居梅里,常于惠山肄

---

① 《全唐诗》卷六二八,第 7214 页。

② 《全唐诗》卷五七七,第 6708 页。

③ (宋)胡仔:《苕溪渔隐丛话》前集卷一四引《蔡宽夫诗话》,人民文学出版社 1962 年版,第 93 页。

④ (南朝梁)纪少瑜:《拟吴均体应教诗》,逯钦立辑校:《先秦汉魏晋南北朝诗》梁诗卷一三,中华书局 1983 年版,第 1778 页。

业，旧室犹在，垂白重游，追感多思，因效吴均体。”①“吴均体”自有特色，别是一家，这就是《梁书·吴均传》所说的“清拔有古气”，“清拔”指不拘声病，“古气”则高古质朴。正如韩愈《送灵师》所云：“古气参象系，高标摧太玄。”②于是杜甫对“吴均体”加以改造变化，以上所举各家效仿齐梁体及齐梁各家诗，除皮、陆、温庭筠《春晓曲》外，都是五言诗，而杜甫变五言为七言（吴均现存诗140余首，只有《行路难五首》为七言），这是因袭，也是创变，故曰“强戏为吴体”。为了说明杜甫的因袭变化，特将《愁》诗并标示平仄如下：

江草日日唤愁生，巫峡泠泠非世情。
平仄仄仄仄平平　平仄平平平仄平
盘涡鹭浴底心性，独树花发自分明。
平平仄仄仄平仄　仄仄平仄仄平平
十年戎马暗万国，异域宾客老孤城。
仄平平仄仄仄仄　仄仄平仄仄平平
渭水秦山得见否，人今罢病虎纵横。
仄仄平平仄仄仄　平平平仄仄平平

像首联上句后五字平仄，吴均《咏怀诗二首》其一首联“仆本报恩人，走马救东秦”二句③、《胡无人行》四联“男儿不惜死，破胆与君尝”下句，亦都作仄仄仄平平。首联下句后五字平仄，

① 《全唐诗》卷四八一，第5472页。

② 《全唐诗》卷三三七，第3776页。

③ 以下引吴均诗，均见逯钦立辑校：《先秦汉魏晋南北朝诗》梁诗卷一〇、卷一一，中华书局1983年版。

吴均《伤友诗》首联“可怜桂树枝,怀芳君不知”下句,《至湘洲望南岳诗》二联“鸟飞不复见,风声犹可闻”下句,《别鹤》首联“别鹤寻故侣,联翩辽海间”下句,《咏怀诗二首》其一之二、三联“黄龙暗迢递,青泥寒苦辛。野战剑锋尽,攻城才智贫”每联的下句,《主人池前鹅诗》四联“怀恩未忍去,非无江海心”下句,亦是都作平平平仄平。二联“盘涡鹭浴底心性,独树花发自分明”上句后五字平仄,吴均《登二妃庙诗》二联“折菡巫山下,采荇洞庭腹”下句、《咏怀诗二首》其一之三联“野战剑锋尽,攻城才智贫”上句,也都作仄仄仄平仄;而七言诗《行路难五首》其一“年年月月对君子,遥遥夜夜宿未央”一联上句、《行路难五首》其三“尽是昔日帝王处,歌姬舞女达天曙”一联下句,则与杜诗全同,作平平仄仄仄平仄。杜诗二、三、尾联下句后五字都作平仄仄平平,吴均《送吕外兵诗》一、二联“白云浮海际,明月落河滨。送君长太息,徒使泪沾巾”每联下句,《别鹤》二联“单栖孟津水,惊唳陇头山”下句,《胡无人行》三联“高秋八九月,胡地早风霜”下句,《主人池前鹅诗》二联“摧藏多好貌,清唳有奇音”下句,《别王谦诗》首联“严光不逐世,流转任飞蓬”下句,也都作平仄仄平平。杜诗尾联上句“渭水秦山得见否”后五字平仄,吴均《咏怀诗二首》其一之四联“唯余一死在,留持赠主人”上句,《主人池前鹅诗》四联“怀恩未忍去,非无江海心”上句,《胡无人行》三、四联“高秋八九月,胡地早风霜。男儿不惜死,破胆与君尝”每联上句,《别王谦诗》首联“严光不逐世,流转任飞蓬”上句,也都作平平仄仄仄。而吴均《行路难五首》其五“玉阶行路生细草,金炉香炭变成灰”一联下句,则与杜诗尾联下句平仄全同,作平平平仄仄平平。杜诗尾联与吴均《行路难五首》其一“白璧规心学明月,珊瑚映面做风花”一联，则都是律联。

仅就以上有限的平仄对勘，可见杜甫“吴体”《愁》诗，确实是变化“吴均体”而为之，特别是每联下句多因袭，每联上句多变化。而后之学杜者如皮、陆，平仄格式与杜多不同，细检皮、陆八首吴体诗，多用三平调，与《愁》诗平仄同者只有数句，如皮日休《奉和鲁望早秋吴体次韵》二联下句“藤把欹松牢似绳”，与杜诗首联下句“巫峡泠泠非世情”同作“平仄平平平仄平”；陆龟蒙《新秋月夕，客有自远相寻者，作吴体二首以赠》其一之二联上句“因君一话故山事”，其二首联上句“惊闻远客访良夜”，与杜诗二联上句“盘涡鹭浴底心性”同作“平平仄仄仄平仄”；陆龟蒙《早秋吴体寄袭美》三联上句“短烛初添蕙幌影”，皮日休《奉和鲁望早秋吴体次韵》三联上句“捣药香侵白袷袖”，与杜诗尾联上句“渭水秦山得见否”同作“仄仄平平仄仄仄”。就是被认为杜诗吴体的《暮春》，只有二联下句“巫峡长吹千里风”，与《愁》诗首联下句“巫峡泠泠非世情”平仄同，作平仄平平平仄平。七言六韵的《释闷》，也只有第五联上句“但恐诛求不改辙”，与《愁》诗尾联上句“渭水秦山得见否”平仄同，而六联中竟有五联的下句都作三平调。《白帝城最高楼》无一句与《愁》诗平仄同者，而前三联下句都作三平调，与《释闷》略同。多用三平调，这点倒与皮、陆吴体相似。而《寄岑嘉州》六联与《愁》诗无一句平仄同者。由此可见，杜诗吴体的确是“不拘声病，自创音节”的。

杜甫戏作吴体诗，另一重要原因，就是“清拔有古气”的“吴均体”，与杜甫求新求奇的艺术追求是灵犀相通的。隋末大儒王通对六朝文学攻击不遗余力，他就痛斥吴均说：“吴筠

(当为‘均’)、孔(稚)圭,古之狂者也,其文怪以怒。”①吴均诗,造语恢奇崛峭,时有一股不平之气,抑郁之情充溢其间。王嗣奭评《愁》诗即云:“愁起于心,真有一段郁戾不平之气,而因以拗语发之,公之拗体大都如是。此诗前四句是愁,后四句是所以愁。愁人心事,触目可憎,如江草自生,以为唤愁;巫峡自流,怪非世情;‘盘涡鹭浴’,此自得也,而疑其‘心性’。……此等语当会其意,不可以文义求之者。”②又评《晓发公安数月憩自(息)此县》曰:“七言律之变至此而极妙,亦至此而神。此老夔州以后诗,七言律无一篇不妙,真山谷所云‘不烦绳削而合’者。”③卢世㴶亦评曰:“更瘦更狂,摇曳脱洒,真七言律中散圣。”④杜甫《戏为六绝句》云:“不薄今人爱古人,清词丽句必为邻。窃攀屈宋宜方驾,恐与齐梁作后尘。”这“清词丽句必为邻”,正是对六朝文学的肯定;而“恐与齐梁作后尘”,则是对六朝文学的批评。前引唐人“齐梁体”诗,除皮、陆外,大都“犹带六朝锦色”,故杜甫未有直标“齐梁体”诗,而独标“吴体”,自有深意存焉。而杜甫“吴体”实亦不同于“齐梁体”。

“吴体”究竟属何诗体,至今众说纷纭,莫衷一是,不能一一缕述。但就其齐言、用韵、格律、对仗等构成因素看,既不是古体诗,也不是新体诗(永明体、齐梁体),应属近体诗(律诗)。但自从方回、胡应麟、黄生等人主张拗律以来,大多认为吴体属

① (隋)王通:《中说·事君篇》,文渊阁《四库全书》影印本。

② (明)王嗣奭:《杜臆》卷七,上海古籍出版社1983年版,第245页。

③ 《杜臆》卷一〇,第362页。

④ (明)卢世㴶:《杜诗胥钞·余论·论七言律诗》,明崇祯七年(1634)刻本。

拗体七律。若单就杜甫吴体《愁》诗而言，此说尚可；但通观历代自标“吴体”或被称为“吴体”诗者，尚有二韵（七绝）、六韵（七排）等诗，统言拗体七律，未免以偏概全。许印芳《诗谱详说》云：“解杜诗者，一云拗体皆是吴体，老杜《愁》诗自注所以发凡起例。然《愁》诗以前诸拗律，未有如《愁》诗之奇变者。吴体之名，不注于前而注此诗之下，作者本自分明，解者何庸附会，故知吴体为拗律之变调，非拗律之总名耳。”①郭绍虞亦云：“吴体虽是拗体，然亦微有分别：拗体可该吴体，吴体不可该拗体，这全是义界大小的关系。”②又云：“杜甫的拗体，有时看去好似很随便，但同时必须看到他对拗体的煞费苦心处。”③早在宋代，宋谊《杜工部诗序》即云：“唐之时以诗鸣者最多，而杜子美迥然特异……其词曲而中，其意肆而隐，虽怪奇伟丽，变态百出，而一之于法度，不几于古之言志而咏情者乎！”④这“怪奇伟丽，变态百出，而一之于法度”，可说是“吴体”的一个根本特征。故我以为“吴体”称为“七言拗律的一种特殊形式”，较为近是！

---

① 《七律拗体》，《诗谱详说》卷四，第 604 页。

② 郭绍虞：《论吴体》，《复旦学报》增刊（1980 年《古典文学论丛》）。

③ 郭绍虞：《关于七言律的音节问题兼论杜律的拗体》，《古代文学理论研究》第二辑，1980 年。

④ （宋）宋谊：《杜工部诗序》，《分门集注杜工部诗》卷首，《四部丛刊》景宋本。

# 宋代杜集“集注姓氏”考辨*

在今传宋代杜集《分门集注杜工部诗》（本文所据为《四部丛刊》影印上海涵芬楼借南海潘氏藏宋刊本，以下简称《分门集注》）、《黄氏补千家集注杜工部诗史》（该书《四库全书总目》作《黄氏补注杜诗》，而《文渊阁四库全书》则简作《补注杜诗》，本文所据为《文渊阁四库全书》本电子版，以下简称《黄氏补注》）和《集千家注分类杜工部诗》（本文所据为 1974 年台北大通书局依元皇庆元年建安余氏勤有堂刊元末叶氏广勤堂印本影印《杜诗丛刊》本，以下简称《分类杜诗》）卷首，都载有“集注杜工部诗姓氏”，但详略不同，数目不等，先后次序亦不同（但《分门集注》与《黄氏补注》次序相同）。《分门集注》载有 149 家。《黄氏补注》载有 151 家，较《分门集注》多出 2 人，即谢良佐与谢逸。《分类杜诗》载有 156 家，较《黄氏补注》多出 5 人，又合赵次公与赵彦材、李希声与李錞、林敏修与林子来各为 1 人，实则多出 8 人，即杨蟠、洪兴祖、蔡梦弼、黄希、黄鹤、文天祥、谢枋得、刘辰翁；将汪端本改正作江端本；苏养直、张天觉、曾公衮 3 人均有名有字等，纠误颇多，均较《分门集注》与《黄氏补注》为胜。今以《分类杜诗》所载“集注姓氏”为底本，

---

* 本文原载于《文史》2006 年第 1、2 辑，稍有增补。

并与《分门集注》和《黄氏补注》所载加以考辨,以窥见所谓“集注杜工部诗姓氏”的真面目,亦可略知宋代所谓“千家注杜”的概貌。今依次列出原文,然后简介其生平与注杜情况,予以考辨。各家注释在杜集中出现次数的统计,则依《文渊阁四库全书》本《补注杜诗》与《四部丛刊》本《分门集注》,必要时兼及《分类杜诗》与其他有关宋代杜集版本。值得注意的是,《四部丛刊》本题王十朋纂集《集注分类东坡先生诗》(以下简称《分类苏诗》)卷首所载“增刊校正王状元集注分类东坡先生诗姓氏”,总计96人,其中重1人(林敏修与林子来误作2人),实为95人,其中杜集无者11人,而与杜集同者竟多达84人。这84人可与杜集“集注姓氏”互参,为我们透露某些信息。

## 一、韩愈

原文:“唐贤:昌黎韩氏,名愈,字退之,谥文公,封昌黎伯,有《题子美坟》诗。”

按:“唐贤”指以下韩愈和元稹。韩愈(768—824),字退之,排行十八,唐河南河阳(今河南孟州)人,郡望昌黎,世称韩昌黎。幼孤力学,三试不第,贞元八年(792)方中进士。又三试博学宏词而不入选,乃先后入董晋、张建封节度使幕任推官,后迁监察御史,又以直言得罪,贬阳山令。元和十二年(817),以行军司马从裴度征讨淮西吴元济叛乱,乱平,以功升任刑部侍郎。十四年,又因谏迎佛骨,触怒宪宗,被贬潮州刺史,量移袁州。后回朝历官国子祭酒、兵部侍郎、吏部侍郎、京兆尹等职,世称韩吏部。卒谥文,世又称韩文公。宋神宗元丰七年(1084),诏封昌黎伯。新、旧《唐书》有传。韩愈为唐代著名哲学家，以弘扬儒家道统为己任。又是杰出的散文家，为唐宋八大家之首。他和柳宗元倡导的古文运动，开辟了唐宋以来古文的发展道路，苏轼称其“文起八代之衰，而道济天下之溺”（《潮州韩文公庙碑》）。韩愈又是开宗立派的诗人，他是韩孟（郊）诗派的领袖人物。韩愈对杜甫非常推崇，《调张籍》诗云：“李杜文章在，光焰万丈长。不知群儿愚，那用故谤伤。蚍蜉撼大树，可笑不自量。伊我生其后，举颈遥相望。”《醉留东野》又云：“昔年因读李白杜甫诗，长恨二人不相从。吾与东野生并世，如何复蹑二子踪。”他继承杜甫完成了盛唐诗风向中唐诗风的转变，并发展了杜诗以文为诗、以议论为诗的奇险倾向，形成自己奇崛险怪、豪健奔放的独特风格。有《昌黎先生集》行世。《题子美坟》诗，三本卷首均载，《黄氏补注》与《分类杜诗》题作《题杜子美坟》。此诗最早见于刘斧《摭遗小说》。郑印《跋杜子美诗并序》亦云：“余读李元宾《补遗传》及韩退之《题杜工部坟》诗，皆自《摭遗》所载，疑非二公所作。然大历、元和，时之相去犹未为远，不当与本集抵牾若是，大抵后之好事者托而质（疑当作‘为’）之也。”蔡梦弼《集注草堂杜工部诗外集·酬唱附录》亦载此诗，跋亦云：“此退之《题杜工部坟》，惟见于刘斧《摭遗小说》，韩昌黎正集无之，似非退之所作。……乃后之好事俗儒托而为之，以厚诬退之，决非退之所作也明矣。”后多认为伪作。

## 二、元稹

原文：“元氏，名稹，字微之，作《子美墓志铭》。”

按:元稹(779—831),字微之,别字威明,排行九。为北魏鲜卑族拓跋部后裔。唐洛阳(今属河南)人。贞元九年(793)以明两经擢第。十九年登书判拔萃科,授秘书省校书郎。元和元年(806)中才识兼茂明于体用科,授左拾遗。四年任监察御史。五年贬江陵士曹参军。十年奉召回朝,出为通州司马,转虢州长史。十四年,再度回朝任膳部员外郎,次年擢祠部郎中、知制诰。迁中书舍人,充翰林学士承旨。长庆二年(822),以工部侍郎同平章事,居相位三月,即出为同州刺史。改浙东观察使。大和三年(829),入为尚书左丞,又出为武昌军节度使,卒于任所。新、旧《唐书》有传。有《元氏长庆集》传世。元稹工诗,与白居易齐名,时称"元白",同为新乐府运动的倡导者,推崇杜甫,创作"即事名篇"的新乐府。其《乐府古题序》云:"近代唯诗人杜甫《悲陈陶》《哀江头》《兵车》《丽人》等,凡所歌行,率皆即事名篇,无复倚傍。予少时与友人乐天、李公垂辈,谓是为当,遂不复拟赋古题。"而他的《唐故工部员外郎杜君墓系铭并序》,更是第一篇全面而系统地评价杜甫及其诗歌的历史文献,其云:"至于子美,盖所谓上薄风骚,下该沈宋,古傍苏李,气夺曹刘,掩颜谢之孤高,杂徐庾之流丽,尽得古今之体势,而兼今人之所独专矣。……诗人以来,未有如子美者。"此《墓系铭》三本卷首均载。

## 三、王禹偁

原文:"宋贤:钜野王氏,名禹称(按:《分门集注》《黄氏补注》均作'偁',是),字元之,济州钜野人,翰林学士,知审官院兼通进、银台、封驳司。”

按：“宋贤”以下皆宋代人。王禹偁(954—1001)，字元之。宋济州钜野(今山东巨野)人。出身贫苦农家。太平兴国八年(983)进士，授成武主簿。徙知长洲县，就改大理评事。端拱元年(988)，太宗下诏求直言，闻其名，召试，擢右拾遗、直史馆，献《端拱箴》，又上《御戎十策》，太宗深嘉之。迁左司谏、知制诰，判大理寺。淳化二年(991)九月，因事坐贬商州团练副使。四年四月量移解州。秋，入为礼部员外郎。十一月，直昭文馆。五年四月，再知制诰。至道元年(995)召拜翰林学士，知审官院兼通进、银台、封驳司。五月，罢为工部郎中、知滁州，二年十一月，移知扬州。屡上书主张变法，为北宋政治改革派先驱。真宗即位，复知制诰，预修《太祖实录》，以直书史事，降知黄州，故世称“王黄州”。咸平四年(1001)春，移知蕲州，时病已重，肩舆上路，四月到任，五月十七日即与世长辞，年仅48岁。著有《小畜集》等。《宋史》有传。禹偁有诗名，早岁嗜白居易诗，后重杜甫，诗风为之一变。淳化四年春作《日长简仲咸》云：“日长何计到黄昏，郡僻官闲昼掩门。子美集开诗世界，伯阳书见道根源。”《海录碎事》又载：“王禹偁云：杜甫且为诗宰相。”“子美集开诗世界”，这是对杜甫价值判断的一次升华，在杜诗学史上具有划时代的意义。就诗歌演进的历程而言，杜甫的所谓“开诗世界”，就是肇示了诗歌由“唐韵”向“宋调”的转变。杜甫在宋代享有无可争辩的崇高地位，王禹偁可谓开其端。他不仅在生平遭际和思想性行方面，与杜甫有许多相似之处；他的诗歌创作，也确实继承了杜甫的现实主义传统，揭露现实，针砭时弊，鞭挞丑恶，反映和同情民生疾苦，对宋诗发展起了积极的推动作用。《黄氏补注》于《登兖州城楼》、《前出塞九首》其五、《遭田父泥饮美严中丞》、《大雨》、《双燕》等诗引"(王)禹偁曰"凡5条,皆肤浅不足信;而《前出塞九首》其五"我始为奴仆,几时树功勋"句下引"禹偁曰:汉卫青奋于奴仆",《分门集注》则作"洙曰"。而《分门集注》于《醉为马坠诸公携酒相看》两引"禹偁曰",《黄氏补注》则不见引;又于《别赞上人》《送张二十参军赴蜀州因呈杨五侍御》引"禹偁(称)曰",《黄氏补注》《分类杜诗》则俱不见引及。

## 四、孙何

原文:"蔡州孙氏,名何,字汉公。"

按:孙何(961—1004),字汉公。孙仅之兄。宋蔡州汝阳(今河南汝南)人。早慧。少与丁谓齐名,时号孙丁,王禹偁尤推重之。淳化三年(992)进士第一。解褐将作监丞、通判陕州。召入直史馆,迁秘书丞、京西转运副使。历右正言,改右司谏。真宗朝,权户部判官,出为京东转运副使,徙两浙转运使。景德元年(1004),判太常礼院,迁知制诰,掌三班院。《宋史》有传。著有《孙何集》22卷、《西垣集》40卷,均已佚。《全宋诗》录其诗14首,《全宋文》录其文3卷。三本卷首皆载孙何《读子美诗》,盛赞杜甫"高名落身后,遗集出人间"及杜诗的"语成新体句"。王禹偁作长诗《寄题陕府南溪兼简孙何兄弟》,称扬孙何、孙仅兄弟,中云:"棣萼本多才,甘棠应少讼。枕簟与琴书,鸰原聊自奉。篇章取李杜,讲贯本姬孔。"

## 五、孙仅

原文:“孙氏,名仅,字邻几,撰《子美诗序》。汉公之弟。”

按:孙仅(969—1017),字邻几。宋蔡州汝阳(今河南汝南)人。少勤学,与兄何齐名。举咸平元年(998)进士第一。授舒州团练推官。四年八月,以团练推官应贤良方正科入等,擢光禄寺丞、直集贤院,俄知浚仪县。景德元年(1004),拜太子中允、开封府推官。曾充“国母生辰使”,赴辽为萧太后祝寿。改开封府判官,迁右正言、知制诰,出知永兴军。大中祥符元年(1008),加比部员外郎。代还,知审刑院。拜右谏议大夫、集贤院学士、权知开封府。改左谏议大夫,出知河中府。归朝,复领审刑院。官终给事中。《宋史》有传。有集50卷,已佚。王禹偁赞其诗云:“新集《甘棠》尽雅言,独疑陈杜指根源。”《全宋诗》录其诗7首,《全宋文》录其文2篇。王洙《杜工部集记》云孙仅有所编杜集“一卷”,可见他对杜甫是有相当研究的。三本卷首均载孙仅《读杜工部诗集序》,中云:“公之诗,支而为六家:孟郊得其气焰,张籍得其简丽,姚合得其清雅,贾岛得其奇僻,杜牧、薛能得其豪健,陆龟蒙得其赡博,皆出公之奇偏尔。……风骚而下,唐而上,一人而已。”孙仅的序文,在杜诗学史上有着特殊的意义。可以说,自元稹《唐故工部员外郎杜君墓系铭并序》以后,此前还没有人像孙仅这样全面而精到的评论。元稹所论侧重在杜诗的集大成,而孙仅所论则侧重在杜诗对后世的深远影响。这是对杜甫及杜诗认识上的一大变化,而且是具有历史意义的重大变化。

## 六、孙皜

原文:“孙氏子尚。”

按:孙皜(1114—1145),字子尚。三本俱漏名。宋开封(今属河南)人。绍兴十五年(1145)卒于会稽(今浙江绍兴),年仅32岁。与王十朋为同窗挚友,情谊甚笃。其《往浙西别王龟龄》云:“中原回首尚胡尘,世事徒惊日月新。羁旅不堪频作别,壮怀虽在已甘贫。南来求友传三益,西去论心有几人。别后梦魂何处是,只应来往慎江滨。”十朋《跋季仲默诗》云:“弱冠,从林先生师禹于金溪,时大梁孙皜子尚游吾乡,年少有俊才,能歌诗。”《祭孙子尚文昭》云:“君气如长虹,貌如明珠,才如锦绣,语如琼琚。体有四乳之奇,目无再阅之书。”又有咏子尚诗8首。《送子尚如浙西》云:“孙子往从西北来,头角轩轩真一鹗。飘飘逸气凌云霄,凛凛高谈吐锋锷。文辞翰墨两奇绝,世上群儿徒碌碌。”《读孙子尚旧所寄书》云:“君诗句句清且新,高压曹刘倒元白。”又有《亡友孙子尚槁葬会稽山大禹寺之侧,某至官八日,出郊访其墓不获。明年春,被命祀禹,访而得之。又明年春,再往酹酒,因植柏十根,哭之以诗》。

## 七、张咏

原文:“鄄城张氏,名咏,字复之,濮州鄄城人,谥忠定公。”

按:张咏(946—1015),字复之,自号乖崖子,宋濮州鄄城

（今属山东）人。太平兴国五年（980）进士。授大理评事、知鄂州崇阳县，累迁荆湖北路转运使，擢枢密直学士、同知银台通进封驳司兼掌三班院。两知益州，治行优异，真宗褒美曰："得卿在蜀，朕无西顾之忧矣。"归朝，复掌三班，领登闻检院。后知升州，加左丞，转工部尚书，充升、宣等十州安抚使，进礼部尚书。奏劾丁谓、王钦若，出知陈州。卒年七十，赠左仆射，谥忠定。《宋史》有传。咏刚方自任，为治尚严猛，所至以政绩闻。有《乖崖集》行世。《黄氏补注》于《玄都坛歌寄元逸人》、《积草岭》、《石砚》、《刘九法曹郑瑕丘石门宴集》、《将赴成都草堂途中有作先寄严郑公五首》其一、《望牛头寺》、《夔府书怀四十韵》等诗引"（张）咏曰"凡 12 条，皆极简；而《分门集注》于《七月三日亭午已后校热退晚加小凉稳睡有诗因论壮年乐事戏呈元二十一曹长》《阻雨不得归瀼西甘林》引"（张）咏曰"，《黄氏补注》不见引及；于《佳人》诗引"咏曰"，《黄氏补注》与《分类杜诗》则均未引及。

## 八、夏竦

原文："九江夏氏，名竦，字子乔，江州人，封英国文庄公（《分门集注》《黄氏补注》均作'枢密使，封英国公'。是）。"

按：夏竦（985—1051），字子乔，宋江州德安（今属江西）人。江州，隋大业三年（607）改为九江郡，故曰"九江夏氏"。景德四年（1007）以丹阳县主簿举贤良方正科，擢光禄寺丞，通判台州。召直集贤院，为国史编修官、判三司都磨勘司，累迁右正言。仁宗初封庆国公。迁知制诰。历知黄、邓、襄、寿、安、洪等州。与宰相王钦若善,起复知制诰,进翰林学士兼侍读,迁枢密副使,改参知政事,与宰相吕夷简不相能,复为枢密副使。后又出知数州府。除陕西经略安抚使,因怯于对西夏用兵,数请解兵柄,改判河中府,徙蔡州。庆历中,召为枢密使,为台谏所劾,徙知亳州,改授吏部尚书。拜同中书门下平章事、判大名府。改枢密使,封英国公。罢知河南府,迁武宁军节度使,进郑国公。卒赠太师、中书令,谥文庄。王珪为撰《夏文庄公神道碑》。《宋史》有传。竦有才智,但性贪而狡,与王钦若、丁谓相朋比,当时并称为奸邪。为文典雅藻丽,多识古文,学奇字,著有《文庄集》《古文四声韵》传世。《黄氏补注》于《送高三十五书记》、《前出塞九首》其二、《别赞上人》引"(夏)竦曰"凡3条;而《分门集注》于《陪诸贵公子丈八沟携妓纳凉晚际遇雨二首》其一、《北征》、《送从弟亚赴河西判官》、《重题》、《扬旗》等诗引"(夏)竦曰",均不见于《黄氏补注》与《分类杜诗》;又《分门集注》于《扬旗》"初筵阅军装"句下引"竦曰:阅,视也",《王状元集百家注编年杜陵诗史》(以下简作"宋百家本")作"洙曰";而蔡梦弼《杜工部草堂诗笺》于《杜鹃》("西川有杜鹃"首)诗题下注引"夏竦曰",以上诸本却未引。

## 九、夏倪

原文:"夏氏,名倪,字均父。"

按:《分类苏诗》亦有夏倪。夏倪(?—1127),原名侔,字均父,一作均甫,宋蕲州蕲春(今属湖北)人。竦孙。宣和元年(1119),自府曹左官祁门监酒,终知江州。文词富赡,侪辈罕及,与黄庭坚、饶节、汪革、吕本中等相友善,为江西诗派作家。有《远游堂集》,已佚。《两宋名贤小集》卷六八存《五桃轩集》1卷,《全宋诗》录其诗19首、佚句若干。《黄氏补注》于《渼陂西南台》《一百五日夜对月》《扬旗》《得家书》等诗引"(夏)倪曰"凡4条;而《分门集注》于《丽人行》引"夏倪曰",《黄氏补注》《分类杜诗》则不见引及。

## 一〇、刘敞

原文:"临江刘氏,名敞,字原父。"

按:刘敞(1019—1068),字原父,号公是。刘攽兄。排行第十。宋临江军新喻(今江西新余)人。庆历六年(1046)进士。通判蔡州,直集贤院,判尚书考功。至和元年(1054),迁右正言、知制诰。二年,奉使契丹,以熟知其山川地理,为契丹人所叹服。使还,出知扬州,徙郓州兼京东西路安抚使。旋召还,纠察在京刑狱。出知永兴军。治平三年(1066),改集贤院学士、判南京御史台。卒年五十,欧阳修为撰《刘公墓志铭》。《宋史》有传。敞学问渊博,长于《春秋》,著有《春秋权衡》《春秋传》《公是集》等,又与弟攽、子奉世合著《汉书标注》。尚编有《杜子美外集》5卷。其《公是集》卷二四有《编杜子美外集》诗云:"少陵诗笔捷悬河,乱后流传简策讹。乐自戴公全废坏,书从鲁壁幸增多。斯文未丧微而显,吾道犹存啸也歌。病肺悲愁情自失,苦吟时复望江沱(子美诗云:'病肺卧江沱。'予亦有此疾)。"又有《寄王二十》诗并序,序云:"先借王杜甫外集,会疾未及录。近从吴生借本,增多于王所收。因悉抄写分为五卷,又为作序,故报之。”诗云:“昔借君家杜甫集,无端卧疾不曾编。近从霅上吴员外,复得遗文数百篇。夫子删诗吾岂敢,古人同疾意相怜(子美亦有肺疾也)。新书不惜传将去,怅望秦城北斗边。”此本尚早于黄伯思所编《校定杜工部集》,因是写本,故未见公私书目著录。已佚。三本俱于《奉留赠集贤院崔于二学士》“随水到龙门”句下引“刘敞曰”1 条;而《分门集注》于《醉时歌》引“刘敞曰”,《黄氏补注》《分类杜诗》则均不见引及。

## 一一、宋祁

原文:“开封宋氏,名祁,字子京,谥景文,撰《唐书·子美传》。”

按:宋祁(998—1061),字子京。宋庠弟。宋安州安陆(今属湖北)人,后徙雍丘(今河南杞县)。雍丘,为宋东京开封府畿县,故曰“开封宋氏”;而《分门集注》《黄氏补注》误作“西蜀宋氏”。天圣二年(1024)进士。释褐复州军事推官,改大理寺丞、国子监直讲,授直史馆,迁太常博士、同知礼仪院。预修《广业记》成,迁尚书工部员外郎、同修起居注、权三司度支判官。徙判盐铁勾院,同修礼书。累擢知制诰、翰林学士、史馆修撰。历知寿、陈、许、亳、成德、定、益、郑等军州。官终翰林学士承旨。卒谥景文。《宋史》有传。有《景文集》行世。祁预修《新唐书》10 余年,出入内外,以史稿自随,为列传百五十卷。其所撰《杜甫传》,虽颇多错讹,但对杜甫的文学成就仍给予很高评价。在诗文中,亦屡屡提及杜甫。知益州时,寻访杜甫故居遗迹,怜怜情深。《题蜀州修觉寺》云:“少陵佳句后,物色付吾僚。”又有《和贾相公览杜工部北征篇》。周紫芝《竹坡诗话》卷二载晁以道家有宋祁手书《杜少陵诗》1 卷,宋代杜集有引宋祁本以订正杜诗文字者。吴若《杜工部集后记》云:“称宋者,宋景文也。”蔡梦弼《杜工部草堂诗笺跋》云:“凡校雠之例:题……曰宋者,宋子京本也。”但薛雪《一瓢诗话》斥为“此是好事愚人伪作宋抄本欺世,并以道跋亦是假者”。

## 一二、晏殊

原文:“临川晏氏,名殊,字同叔,谥元献公。”

按:晏殊(991—1055),字同叔,宋抚州临川(今属江西)人。景德初以神童荐,赐同进士出身,擢秘书省正字。历直史馆、知制诰,为翰林学士,迁左庶子。仁宗初,拜枢密副使,改参知政事。康定初,知枢密院事,遂为枢密使,进同中书门下平章事。庆历中,拜集贤殿学士、同平章事,兼枢密使。历知颍、陈、许、永兴等州军,移河南府,以病归京师。卒赠司空兼侍中,谥元献。《宋史》有传。殊平居好贤,范仲淹、欧阳修等皆出其门。文章赡丽,尤工诗词。有《珠玉词》《晏同叔先生集》等。《黄氏补注》于《醉时歌》引“晏殊曰”1 条,又于《醉时歌》、《白水县崔少府十九翁高斋三十韵》、《戏赠阌乡秦少府短歌》、《西枝村寻置草堂地夜宿赞公土室二首》其一、《石笋行》、《过郭代公故宅》、《除草》、《奉酬薛十二丈判官见赠》、《敬赠郑谏议十韵》、《九日蓝田崔氏庄》、《寄岳州贾司马六丈巴州严八使君两阁老五十韵》等诗引“晏曰”计 12 条;而《分门集注》于《对雪》

“北雪犯长沙”句下引晏殊曰:“北地多雪,长沙南郡偶有之,故云犯也”,《分类杜诗》同,《黄氏补注》则不见引及;又于《为农》《丹青引》引“晏曰”,《黄氏补注》《分类杜诗》则均未引及。

## 一三、尹洙

原文:“河南尹氏,名洙,字师鲁,起居舍人、直龙图阁。”

按:尹洙(1001—1047),字师鲁,排行十二。宋河南府(今河南洛阳)人。天圣二年(1024)进士。调正平县主簿,知光泽县。八年举书判拔萃科,改知伊阳县。召为馆阁校勘,迁太子中允。范仲淹被贬,洙仗义申辩,黜监唐州酒税。洙常在兵间,尤熟悉西北形势。西夏攻宋期间,累被陕西主帅辟为判官,尤为韩琦所深知。琦知秦州,辟洙通判州事,加直集贤院。改太常丞、知泾州。以右司谏知渭州兼领泾原路经略公事。徙晋州,迁起居舍人、直龙图阁、知潞州。坐贬崇信军节度副使,徙监均州酒税。卒年四十七,欧阳修为撰《墓志铭》。《宋史》有传。洙性内刚外和,博学有识度,尤深于《春秋》。与欧阳修力倡古文,世称河南先生。有《河南先生集》《五代春秋》。《分门集注》于《苦雨奉寄陇西公兼呈王征士》《月》(“四更山吐月”首)二诗两引“尹洙曰”;而《黄氏补注》《分类杜诗》于前诗均未引,于后诗则引作“尹曰”,引文亦不尽同。此“尹曰”当指师尹,详参[师尹]条。

## 一四、欧阳修

原文:“庐陵欧阳氏,名修,字永叔,吉州永丰人,谥文忠公。”

按:欧阳修(1007—1072),字永叔,号醉翁,晚年又号六一居士。排行第九。宋吉州庐陵(今江西吉安)人。大中祥符四年(1011),修葬父于故居吉州吉水县泷冈,熙宁三年(1070)立墓碑《泷冈阡表》,至和元年(1054),析吉水县之报恩镇置永丰县,泷冈遂隶永丰,故曰“吉州永丰人”。天圣八年(1030)进士,调西京推官。景祐元年(1034),入为馆阁校勘,三年作《与高司谏书》,为范仲淹申辩,贬夷陵令,移乾德令、武成节度判官。复馆阁校勘,进集贤校理。庆历三年(1043),知谏院,擢同修起居注、知制诰,赞助庆历新政。新政失败,出知滁、扬、颍等州 11 年。至和元年(1054),迁翰林学士兼史馆修撰。嘉祐三年(1058),权知开封府。五年,任枢密副使,六年拜参知政事。治平四年(1067),以观文殿学士、刑部尚书出知亳州。转知青州、蔡州。熙宁四年(1071),以太子少师致仕。卒,谥文忠。《宋史》有传。有《欧阳文忠公集》等行世。曾奉诏主修《新唐书》,由宋祁撰列传,修主撰纪、志、表,而本纪和《选举》《仪卫》两志,以及本纪赞语和志、表序文,皆由修亲撰。其《艺文志》载《杜甫集》60 卷及《小集》6 卷。其他诗文亦有提及杜甫者,如《感二子》云:“昔时李杜争横行,麒麟凤凰世所惊。”《堂中画像探题得杜子美》云:“风雅久寂寞,吾思见其人。杜君诗之豪,来者孰比伦。生为一身穷,死也万世珍。言苟可垂后，士无羞贱贫。”宋代杜集有引欧本以订正杜诗文字者，蔡梦弼《杜工部草堂诗笺跋》云：“凡校雠之例：题……曰欧者，欧阳永叔本也。”又有称欧阳公本、欧阳文忠公本者。《黄氏补注》于《天育骠骑歌》《送樊二十三侍御赴汉中判官》《送韦十六评事充同谷防御判官》《洗兵马》《行次昭陵》《巳上人茅斋》等诗引“欧阳（修）曰”凡 6 条；又于《太平寺泉眼》、《幽人》、《往在》、《戏为六绝句》之二、《秋日夔府咏怀奉寄郑监李宾客一百韵》等诗引“欧曰”12 条。而《分门集注》于《桥陵诗三十韵因呈县内诸官》及《后出塞五首》之五引“欧阳曰”，《黄氏补注》《分类杜诗》则均未引及。欧注亦有不经者，或疑为伪。如三本《巳上人茅斋》均引欧阳修曰：“僧齐己也，善吟诗，知名于唐。”按：齐己（864—937？），为晚唐五代著名诗僧，晚于杜甫百多年，杜甫岂能赠诗于他？

## 一五、梅尧臣

原文：“宣城梅氏，名尧臣，字圣俞。”

按：梅尧臣（1002—1060），字圣俞，排行第二。宋宣州宣城（今安徽宣州）人。宣城古称宛陵，故世称宛陵先生。屡试不第，以荫补太庙斋郎，历桐城、河南、河阳主簿。知德兴、建德、襄城三县，监湖州盐税，签书忠武、镇安判官，监永济仓。皇祐三年（1051）召试，赐进士出身，为国子监直讲，累迁尚书都官员外郎。预修《唐书》，成，未奏而卒。欧阳修为撰《墓志铭》。《宋史》有传。尧臣工诗，诗名远播，与欧阳修同为北宋诗文革新运动领袖。有《宛陵集》行世。梅氏咏及杜甫的诗有十几首。如《太师杜相公篇章真草过人远甚而特奖后进流于咏言辄依韵和》云:“杜诗尝说少陵豪,祖德兼夸翰墨高。”《依韵和王介甫兄弟舟次芜江怀寄吴正仲》云:“少陵失意诗偏老。”《海棠》云:“当时杜子美,吟遍独相忘。”《读邵不疑学士诗卷杜挺之忽来因出示之且伏高致辄书一时之语以奉呈》云:“既观坐长叹,复想李杜韩。愿执戈与戟,生死事将坛。”《依韵和表臣见赠》云:“君乃遗我诗,盛称我为贤。比之少陵豪,望我何太全。”《黄氏补注》于《赠卫八处士》《丽人行》《玉华宫》《李鄠县丈人胡马行》《前出塞》《春望》《秋日夔府咏怀奉寄郑监李宾客一百韵》等诗引“梅曰”凡 19 条;《分门集注》引“梅曰”凡 24 条,又于《春望》《冬日洛城北谒玄元皇帝庙》引“梅圣俞曰”2 条。或误称“梅舜俞”。

## 一六、王洙

原文:“太原王氏,名洙,字原叔。翰林学士、兵部郎中、知制诰、史馆修撰。注《子美集》,先古诗,后近体,计三十六卷。”

按:王洙(997—1057),字原叔(一作源叔),一说字尚汶。排行第八。宋应天宋城(今河南商丘)人。其先为太原人,故称“太原王氏”。天圣二年(1024)进士。补舒城县尉,调富川县主簿。晏殊荐为府学教授。召为国子监说书,改直讲。擢史馆检讨、同知太常礼院,为天章阁侍讲。累迁太常博士、尚书工部员外郎,加直龙图阁、权同判太常寺。坐事出知濠、襄、徐、亳等州。召为史馆修撰、知制诰,至和元年(1054)为翰林学士。卒,谥文,欧阳修为撰《墓志铭》。《宋史》有传。欧阳修《墓志铭》谓其"累官至尚书吏部郎中",未言官"兵部郎中",《宋史》本传亦未及。洙博览多闻,图纬、方技、阴阳、五行、算数、音律、训诂、篆隶之学,无所不通。曾校定《史记》《汉书》,预修《崇文总目》《国朝会要》《三朝经武圣略》等书。仁宗朝参与制定明堂礼仪、雅乐制度。著有《易传》等。王洙对杜诗的最大贡献,就是搜集整理编辑成《杜工部集》20卷,后经王琪镂板刊行,遂成后世所有杜集之祖本。王洙未曾注杜诗,他所编辑的《杜工部集》,只是白文本。世传所谓王洙《注杜诗》36卷,实为邓忠臣注,因忠臣入元祐党籍,故托名于王洙也。关于邓注杜诗问题,可详参梅新林《杜诗伪王注新考》(《杜甫研究学刊》1995年第2期)和邓小军《邓忠臣〈注杜诗〉考》(《杜甫研究学刊》2002年第1期)。《黄氏补注》引"(王)洙曰"凡6419条;《分门集注》引"(王)洙曰"6091条。

## 一七、王琪

原文:"王氏,名琪,字君玉。"

按:王琪,字君玉,宰相王珪从兄。宋成都华阳(今四川成都)人。举进士,调江都主簿。除馆阁校勘、集贤校理。诏通判舒州,知复州。历开封府推官、直集贤院、两浙淮南转运使、修起居注、盐铁判官、判户部勾院、知制诰。庆历七年(1047),使契丹还,责授信州团练副使。历知润州、江宁、苏州、邓州、扬州。治平元年(1064)知杭州。二年,复知扬州。又知润州。以礼部侍郎致仕。卒,年七十二。《宋史》有传。嘉祐四年(1059),时为苏州郡守的王琪取王洙所编《杜工部集》20卷重新编定镂板刊行。其《杜工部集后记》云:"翰林王君原叔,尤嗜其诗,家素畜先唐旧集,及采秘府名公之室,天下士人所有得者,悉编次之,事具于记,于是杜诗无遗矣。……原叔虽自编次,余病其卷帙之多而未甚布。暇日与苏州进士何君瑑、丁君修得原叔家藏及古今诸集,聚于郡斋而参考之,三月而后已。义有兼通者,亦存而不敢削,阅之者固有浅深也。而又吴江邑宰河东裴君煜取以覆视,乃益精密,遂镂于版,庶广其传。"《分门集注》《黄氏补注》均于《天育骠骑歌》、《前出塞九首》其九、《昔游》("昔者与高李"首)、《醉为马坠诸公携酒相看》、《冬日洛城北谒玄元皇帝庙》、《画鹰》、《天末怀李白》等诗引"(王)琪曰"凡8条。

## 一八、王昱

原文:"建安王氏,名昱,字公旦,建阳人。度支员外郎、秘阁校理。"

按:王昱(962—1035),字公旦,宋建阳(今属福建)人,郡望太原。建阳县属建州建安郡,故称"建安王氏"。年十八,以文行高妙,为本郡举首。咸平元年(998)登进士第。除桐城县主簿,升大理评事,再迁殿中丞,改太常博士,转尚书屯田、度支二曹员外郎,典职崇文院校勘、秘阁校理。历知柳州、南康、润州、武昌、邵武等军州。生平事迹详见滕宗谅《王公旦墓志铭》。《黄氏补注》于《送高三十五书记》《游龙门奉先寺》《三川观水涨二十韵》《南池》《西阁曝日》《上韦左相二十韵》《奉赠太常张卿二十韵》《赠特进汝阳王二十韵》《九日杨奉先会白水崔明府》《赠翰林张四学士》《和贾至舍人早朝大明宫》《宣政殿退朝晚出左掖》《八阵图》等诗引"昱曰"15条,其注较为雅驯;而《分门集注》于《天池》《往在》《自京赴奉先县咏怀五百字》《水宿遣兴奉呈群公》《夜听许十诵诗爱而有作》《送裴五赴东川》《又吟》(即《雨二首》其二"空山中宵阴")引"(王)昱曰",均不见于《黄氏补注》与《分类杜诗》。

## 一九、王安石

原文:"临川王氏,名安石,字介甫,抚州临川人。拜左仆射,谥文公。"

按:王安石(1021—1086),字介甫,号半山。宋抚州临川(今属江西)人。庆历二年(1042)进士,授签书淮南判官。七年,改知鄞县。历舒州通判、群牧判官。嘉祐二年(1057),知常州。次年,移提点江东刑狱,入为三司度支判官。六年,迁知制诰。神宗即位,起知江宁府,召为翰林学士兼侍讲。熙宁二年(1069),拜参知政事,推行新法。次年,拜同中书门下平章事。七年,因新法遭强烈反对,罢相,以观文殿大学士出知江宁府。八年,复拜相。《三经义》成,加尚书左仆射兼门下侍郎。九年,再罢相,出判江宁府。后退居江宁(今江苏南京)钟山半山园。元丰元年(1078),封舒国公。二年,复拜尚书左仆射、观文殿大学士,改封荆国公,世称"王荆公"。绍圣中,谥文,世又称"王文公"。崇宁三年(1104),追封舒王。《宋史》有传。曾与子雱等重新注释《周官》《尚书》《诗经》,颁之学官,时称《三经新义》。退居江宁时,又撰《字说》,文字训诂亦多与前人不同。善属文,为"唐宋八大家"之一。其文集今传有《王文公文集》《临川先生文集》。安石对杜甫非常推崇,其《杜甫画像》云,"吾观少陵诗,为与元气侔。力能排天斡九地,壮颜毅色不可求。……所以见公画,再拜涕泗流,惟公之心古亦少,愿起公死从之游",并手写杜诗《丹青引》跋曹霸画马图卷(见郭祥正《林和中家观画卷五首》)。他在杜集的整理、注释和杜诗的思想、艺术研究方面,都作出了不少贡献。他所编《杜工部后集》,仅比王洙所编杜集晚13年。又有《四家诗选》,以杜甫为第一,宋人所辑总集,录杜诗成卷者,以王氏《四选》为最早。宋代杜集有引王本以订正杜诗文字者,吴若《杜工部集后记》云:"称荆者,介甫《四选》也。"蔡梦弼《杜工部草堂诗笺跋》云:"凡校雠之例:题曰……王者,乃介甫也。"《黄氏补注》于《秋雨叹三首》之二及《洗兵马》《赠蜀僧闾丘师兄》《太子张舍人遗织成褥段》《相从歌》《殿中杨监见示张旭草书歌》《魏将军歌》《奉赠太常张卿二十韵》《喜雨》《送鲜于万州迁巴州》等诗引"(王)安石曰"凡10条;而《分门集注》于《故武威将军挽词三首》之一引"安石曰",则不见引于《黄氏补注》与《分类杜诗》。

## 二〇、王令

原文:"广陵王氏,名令,字逢原。"

按:王令(1032—1059),初字钟美,改字逢原。祖居元城(今河北大名),随叔祖长于广陵(今江苏扬州),遂为广陵人。王安石奇其才,妻以夫人之女弟。诗学韩孟,识度高远,著有

《广陵先生文集》《论语注》《孟子讲义》《十七史蒙求》等。卒年二十八。王安石为撰《王逢原墓志铭》。《宋史翼》有传。令有《读老杜诗集》曰:“气吞风雅妙无伦,碌碌当年不见珍。自是古贤因发愤,非关诗道可穷人。镌镵物象三千首,照耀乾坤四百春。寂寞有名身后事,惟余孤冢耒江滨。”《黄氏补注》于《溪涨》《相从歌》《醉为马坠诸公携酒相看》《别房太尉墓》等诗引“逢原曰”凡 4 条;而《分门集注》于《望岳》《晦日寻崔戢李封》《承沈八丈东美除膳部员外郎阻雨未遂驰贺奉寄此诗》引“(王)逢原曰”,则不见引于《黄氏补注》与《分类杜诗》。

## 二一、王铚

原文:“王氏,名铚,字性之。”

按:《分类苏诗》亦有王性之。王铚,字性之。宋汝阴(今安徽阜阳)人。曾纡婿。南渡后,寓居剡中,自称汝阴老民。善属文,不乐仕进。记问该洽,尤长宋代故事。绍兴初,累官右承事郎,守太府丞、迪功郎、权枢密院编修官。纂集《祖宗兵制》,书成,赐名枢庭备检。罢为主管台州崇道观。进右宣议郎,又进右宣教郎、充湖南安抚使参议官。尝撰《七朝国史》,为秦桧所阻,不克成。著有《雪溪集》《补侍儿小名录》《默记》《四六话》《谈苑》等。《宋史翼》有传。王铚《别故人张孝先》诗云:“平生尝叹少陵诗,岂谓残年尽见之。共脱兵戈身偶在,各怀乡国语犹悲。”三本未引王铚语,但胡仔《苕溪渔隐丛话》后集卷八引《诗说隽永》云:“王性之(铚)尝见唐人写本杜诗云:‘孤城此日堪肠断,愁对寒云雪满山。’乃‘白满山’也。”四库本《集千家注杜工部诗集》卷四《至日遣兴奉寄北省旧阁老两院故人二首》其二“愁对寒云白满山”下注亦引《诗说隽永》云:“王性之尝见唐本杜诗,‘愁对寒云雪满山’,乃‘白满山’也。”而《分类苏诗》引“性之(曰)”6条。

## 二二、曾巩

原文:“南丰曾氏,名巩,字子固,建昌南丰人。擢试中书舍人。”

按:曾巩(1019—1083),字子固,宋建昌军南丰(今属江西)人。学者称“南丰先生”。嘉祐二年(1057)进士。调太平州司法参军,召编校史馆书籍,迁馆阁校勘、集贤校理,为实录检讨官。出通判越州,历知齐、襄、洪、福、明、亳、沧等州,多有政绩。召入判三班院,加史馆修撰,管勾编修院兼判太常寺。元丰五年(1082)擢试中书舍人。卒,追谥文定。曾肇为撰《子固先生行状》,韩维撰《曾公神道碑》。《宋史》有传。巩善文,为“唐宋八大家”之一。著有《元丰类稿》。曾巩知齐州(今山东济南)时,曾因杜诗“东藩驻皂盖,北渚凌清河”而修北渚亭。其《鹊山亭》诗又云:“少陵骚雅今谁和?”《孙少述示近诗兼仰高致》将杜甫与陶渊明相提并论:“少陵雅健材孤出,彭泽清闲兴最长。”《黄氏补注》于《龙门》“驿树出城来”句下引“曾巩曰:驿树,言驿道两畔之树也”,又于“气色皇居近”句下引“曾曰:言近洛邑也”。《分门集注》《分类杜诗》所引同。《黄氏补注》《分门集注》又于《奉同郭给事汤东灵湫作》《自京赴奉先县咏怀五百字》《北征》《徒步归行》《无家别》《八哀诗·故著作郎贬台州司户荥阳郑公虔》《奉赠太常张卿二十韵》《寄司马山人十二韵》等诗引“曾曰”凡8条，当为曾巩注。

## 二三、曾纡

原文：“曾氏，名纡，字公衮，曾文肃公之子也。”

按：《分类苏诗》亦有曾公衮。曾纡（1073—1135），字公衮，一作公卷，晚自号空青老人。排行第三。宋建昌军南丰（今属江西）人。为巩弟布第三子（汪藻《墓志铭》谓“丞相文肃公布之第四子”，误）。布官至丞相，卒谥文肃，故曰“曾文肃公之子”。以父荫为承务郎，除太常寺主簿。入元祐党籍，窜永州。会赦，复承奉郎、监潭州南岳庙，改签书宁国军节度判官。通判镇江府，知楚州、秀州，提举京畿常平、江南东路转运判官，升副使。罢归，主管南京鸿庆宫，屏居湖州。起除直显谟阁、江南东路转运副使。知抚州，除江南西路转运副使，迁司农少卿，改福建路提点刑狱，进直宝文阁，赴阙中道除知信州，寻移衢州，未之官卒。汪藻为撰《右中大夫直宝文阁知衢州曾公墓志铭》。有《空青遗文》。《宋史翼》有传。尤袤《遂初堂书目》著录其《空青集》，已佚。《全宋词》录其词9首，《全宋诗》录其诗10首。宋蔡正孙《诗林广记》前集卷二于杜甫《春水生二绝》后引赵章泉云：“学诗者贵乎似，论似者果可以尽言邪？少陵《春水生二绝》后，有曾空青《题清樾轩二绝》，其语意绝相类。”《黄氏补注》《分门集注》《分类杜诗》及宋百家本都只有曾巩注而无曾纡注，参见［曾巩］条。而《分类苏诗》引“公衮（曰）”3条。

## 二四、苏轼

原文:“眉山苏氏,名轼,字子瞻,眉州眉山人。谥太师、文忠公。著《释事》。”

按:苏轼(1037—1101),字子瞻,一字和仲,号东坡居士。宋眉州眉山(今属四川)人。嘉祐二年(1057)进士,复举制科,授凤翔府签书判官。治平二年(1065)入判登闻鼓院,除直史馆。历判官告院、开封府推官。熙宁四年(1071)通判杭州,徙知密、徐、湖三州。元丰二年(1079),因“乌台诗案”责授黄州团练副使。哲宗即位,起知登州,历起居舍人、中书舍人、翰林学士。元祐四年(1089),出知杭州。六年,召为翰林学士承旨,寻知颍州、扬州。七年,除兵部尚书,改端明殿、翰林侍读两学士充礼部尚书。哲宗亲政,出知定州。绍圣间,贬惠州、儋州。徽宗立,赦还,提举玉局观。卒于常州。高宗即位,赠资政殿学士,崇为文章之宗,追赠太师,谥文忠。《宋史》有传。著述甚丰,有《东坡七集》《东坡乐府》等。苏轼为文艺全才,一代大师。他文为“唐宋八大家”之一,诗与黄庭坚并称“苏黄”,词与辛弃疾并称“苏辛”。苏轼对杜甫极为推崇,在他的诗文中,论及杜甫的有50来处。如《韩干马》云:“少陵翰墨无形画。”《王定国诗集叙》云:“古今诗人众矣,而杜子美为首。岂非以其流落饥寒,终身不用,而一饭未尝忘君也欤!”《书吴道子画后》云:“诗至于杜子美……而古今之变,天下之能事毕矣。”但苏轼是李杜并尊者。《次韵张安道读杜诗》云:“谁知杜陵杰,名与谪仙高。扫地收千轨,争标看两艘。”这正是他的可贵处,对后世影响很大。《释事》,殆即所谓《东坡杜诗故事》者,宋人已辨其伪,即所谓“伪苏注”。《门类增广十注杜工部诗》《王状元集百家注编年杜陵诗史》《分门集注杜工部诗》《黄氏补千家集注杜工部诗史》《集千家注分类杜工部诗》等宋元杜集刻本都曾征引“伪苏注”,其中除少量确属苏轼者外,大多是伪托的。《黄氏补注》引“苏(轼)曰”凡941条;而《分门集注》引“苏轼曰”73条、又引“苏曰”799条。

## 二五、秦观

原文:“淮海秦氏观,字少游。”

按:秦观(1049—1100),字太虚,后改字少游,别号邗沟处士、淮海居士。宋扬州高邮(今属江苏)人。少从苏轼游,为“苏门四学士”之一。元丰八年(1085)进士。授蔡州教授。元祐五年(1090)五月,除太学博士,寻罢。六月,为秘书省校对黄本书籍。六年,迁秘书省正字。八年,任国史院编修官。绍圣元年(1094),坐党籍,改馆阁校勘,出为杭州通判,道贬监处州酒税。迭贬郴州,编管横州,移雷州。徽宗即位,放还,至滕州卒。《宋史》有传。观善诗赋策论,尤工词。有《淮海集》《淮海居士长短句》。观有《韩愈论》,推崇杜甫为中国古典诗歌的“集大成者”:“杜子美之于诗,实积众家之长,适当其时而已。昔苏武、李陵之诗,长于高妙;曹植、刘公干之诗,长于豪逸;陶潜、阮籍之诗,长于冲澹;谢灵运、鲍昭(应作‘照’)之诗,长于峻洁;徐陵、庾信之诗,长于藻丽。于是杜子美者,穷高妙之格,极豪逸之气,包冲澹之趣,兼峻洁之姿,备藻丽之态,而诸家之作所不及焉。然不集诸家之长,杜氏亦不能独至于斯也。岂非适当其时故耶?《孟子》曰:伯夷,圣之清者也;伊尹,圣之任者也;柳下惠,圣之和者也;孔子,圣之时者也。孔子之谓集大成。呜呼,杜氏、韩氏,亦集诗文之大成者欤!”观还有《拟杜子美》诗。《黄氏补注》于《丽人行》、《送李校书二十六韵》、《洗兵马》、《遣兴三首》其一(“下马古战场”首)、《遣兴五首》其二(“昔者庞德公”首)、《法镜寺》、《赠特进汝阳王二十韵》、《故武卫将军挽词三首》其一、《宣政殿退朝晚出左掖》、《望岳》(七律)、《秦州见敕目薛三据授司议郎毕四曜除监察……三十韵》、《奉寄李十五秘书二首》其一、《十六夜玩月》、《麂》等诗引“秦(观)曰”者凡15条;而《分门集注》于《太平寺泉眼》、《戏为韦偃双松图歌》、《将赴成都草堂途中有作先寄严郑公五首》之二、《不见》、《送韦十六评事充同谷防御判官》引“秦曰”,则不见引于《黄氏补注》与《分类杜诗》。

## 二六、秦觌

原文:“秦氏,字少仪。”

按:《分类苏诗》亦有秦少仪。秦觌,字少仪。三本均漏标名。宋扬州高邮(今属江苏)人。《宋史·秦观传》云:“弟觌,字少章;觏,字少仪。”实误。黄庭坚《书秦觏诗卷后》云:“少章别来逾年,文字亹亹日新。”是秦觏字少章。《山谷诗注》内集卷一《赠秦少仪》题下任渊注曰:“少仪名觌,少游之弟。”《后山诗注》卷二《送秦觏二首》题下任渊注曰:“觏,字少章,少游之弟也,从东坡学于杭州。”《苕溪渔隐丛话》前集卷五〇引《王直方诗话》云:“秦觌,字少仪,好为诗,初亦不甚工,既而以所业献山谷。山谷作诗赠之。”能文,与黄庭坚等人游。而《舆地纪胜 · 淮南东路 · 高邮军》引本地人物云:“觌,字少章。有诗名,坡、谷皆称之。”其《赠王直方》云:“不到王家近十年,子猷风韵亦依然。旧时朋友今何在,别后新诗谁与传?”《诗话总龟》前集卷一九引《王直方诗话》云:“秦少章不见十年,忽一日见访,书一篇为惠云……余戏曰:莫太犯老杜所谓‘不见旻公三十年,封书寄与泪潺湲。旧来好事今能否,老去新诗谁与传?’”所谓杜诗即《因许八奉寄江宁旻上人》。三本未引秦少仪语,而《分类苏诗》引“少仪(云)”3 条。

## 二七、张耒

原文:“宛丘张氏,名耒,字文潜。”

按:张耒(1054—1114),字文潜,号柯山。宋楚州淮阴(今属江苏)人,祖籍亳州谯县(今安徽亳州)。晚年居陈(今河南淮阳),陈地古名宛丘,故称“宛丘张氏”。学者称宛丘先生。熙宁六年(1073)进士。历临淮主簿、寿安尉、咸平县丞。入为太学录,迁秘书省正字、著作佐郎、秘书丞、著作郎、史馆检讨,擢起居舍人。绍圣初,知润州。坐党籍徙宣州。谪监黄州酒税,徙复州。徽宗立,起为通判黄州,知兖州,召为太常少卿。出知颍、汝二州。崇宁初,复坐党籍,主管明道宫。以为苏轼“举哀行服”,贬房州别驾,黄州安置。晚年居陈州。《宋史》有传。耒工诗能文,受知于苏轼,为“苏门四学士”之一。因曾任起居舍人,故人称“张右史”。有《张右史文集》。其《邓慎思学士挽词》云:“文成典午群疑泮,诗和少陵佳句新。”《次韵智叔三首》云:“诗坛李杜谁为将,尽扫欃枪正国刑。”又所撰《明道杂志》论及杜甫的有4条。宋刻杜集诸本时引耒注,蔡梦弼《杜工部草堂诗笺跋》云:“凡校雠之例……刊云一作某字者,系王原叔、张文潜、蔡君谟、晁以道及唐之顾陶本也。”《黄氏补注》于《房兵曹胡马》《催宗文树鸡栅》《奉寄章十侍御》《秋日夔府咏怀奉寄郑监李宾客一百韵》等诗引“(张)耒曰”凡4条;而《分门集注》于《佳人》、《后出塞五首》其三、《高都护骢马行》、《赠陈二补阙》四诗所引“耒曰”,《黄氏补注》均未引及,《分类杜诗》只《佳人》《赠陈二补阙》未引(《分门集注》于《高都护骢马行》引“耒曰”,误作“来曰”,而《分类杜诗》作“宋曰”,引文全同)。

## 二八、黄庭坚

原文:“豫章黄氏,名庭坚,字鲁直。”

按:《分类苏诗》亦有黄庭坚。黄庭坚(1045—1105),字鲁直,号山谷道人,晚号涪翁。排行第九。宋洪州分宁(今江西修水)人。洪州古称豫章,故曰“豫章黄氏”。治平四年(1067)进士,调叶县尉。熙宁五年(1072),除北京国子监教授。元丰三年(1080),知太和县。六年,移监德州德平镇。哲宗立,召为校书郎、《神宗实录》检讨官。逾年,迁著作佐郎,加集贤校理。《实录》成,擢起居舍人,秘书丞。绍圣初,出知宣州、鄂州。贬涪州别驾,黔州安置,移戎州。徽宗初,羁管宜州,卒于贬所。私谥文节先生。《宋史》有传。著有《豫章黄先生文集》

等。庭坚受知于苏轼,为"苏门四学士"之一。以诗著称,与苏轼并称"苏黄"。又是江西诗派的开创者,论诗以杜甫为宗,讲究修辞造句,强调"无一字无来处"。其《次韵伯氏寄赠盖郎中喜学老杜诗》云:"老杜文章擅一家,国风纯正不欹斜。……千古是非存史笔,百年忠义寄江花。潜知有意升堂室,独抱遗编校舛差。"《老杜浣花溪图引》亦云:"中原未得平安报,醉里眉攒万国愁。生绡铺墙粉墨落,平生忠义今寂寞。"曾尽书杜甫两川夔峡诗,刻石藏于大雅堂,并为之作《大雅堂记》《刻杜子美巴蜀诗序》。魏了翁有《跋程正伯家所藏山谷书杜少陵诗帖》。吴说《古今绝句》跋云:"说少日,尝观山谷老人为同郡胡尚书(讳直儒)以研绫笺写杜陵、临川绝句,错综间见,参以行草。"宋刻杜集诸本时引黄注,吴若《杜工部集后记》云:"称刊及一作者,黄鲁直、晁以道诸本也。"蔡梦弼《杜工部草堂诗笺跋》云:"凡校雠之例:题曰……黄者,乃鲁直也。"另,《豫章黄先生别集》载有《杜诗笺》,笺注杜诗60则。或以为伪书,或以为不是,当以存疑为慎。《黄氏补注》于《奉赠韦左丞丈二十二韵》《白丝行》《同诸公登慈恩寺塔》《哀江头》《奉先刘少府新画山水障歌》《洗兵马》《寒峡》《法镜寺》《戏作花卿歌》《往在》《耳聋》《野望》《北风》等诗引"黄曰"者凡34条;《分门集注》引"黄曰"则多达40条,又于《秋雨叹三首》之二、《苦雨奉寄陇西公兼呈王征士》、《画鹰》引"黄庭坚曰"3条。

## 二九、黄中立

原文:"黄氏少度。"

按:《分类苏诗》亦有黄少度。黄中立,字少度,一字无立。三本俱漏名。宋永福(今福建永泰)人。绍兴二十四年(1154)进士。乾道间,知晋江县。为王十朋守泉州时属吏。乾道六年(1170),十朋离泉州时,作《越境送别者七人蒋元肃、黄少度、鹿伯可、赵元序、陈德溥、叶飞卿、林致约少酌驿舍》云:"同僚送我枫庭驿,共酌临分酒一杯。我念泉人仍惜别,此身虽去首频回。"淳熙间,以奉议郎知建阳县。庆元间,知连城县。终德庆府通判。三本未引黄少度语,而《分类苏诗》引"少度(曰)"3条。

## 三〇、晁补之

原文:"济北晁氏补之,字无咎。"

按:晁补之(1053—1110),字无咎,号济北,晚慕陶渊明,自号归来子。排行第二。宋济州钜野(今山东巨野)人。熙宁间,从父端友官杭州,得谒通判杭州的苏轼,甚得称赏。元丰二年(1079)进士。元祐初,为太学正,除秘书省正字,迁校书郎,以秘阁校理通判扬州,召为著作佐郎。绍圣元年(1094),哲宗亲政,信任新党,苏轼远贬惠州,补之受牵连,这年六月出知齐州。二十一年前,曾巩知齐州,曾因杜诗"东藩驻皂盖,北渚凌清河"而修北渚亭,时已荒废,补之予以重修,并作《北渚亭赋》以记其盛。坐事降通判应天府、亳州,又贬监处、信二州酒税。徽宗立,召为吏部员外郎、礼部郎中,兼国史编修、实录检讨官。党论起,出知河中府,徙湖、密、果三州,主管鸿庆宫。大观中,起知达、泗二州。补之为"苏门四学士"之一,才气飘逸,工诗词，善书画，有《鸡肋集》《晁氏琴趣外篇》。《宋史》有传。补之有重事功而轻文艺的倾向，如其《海陵集序》云："诗如李白、杜甫，于唐用人安危成败之际，存可也，亡可也，故世称诗人少达而多穷，由汉而下枚数之，皆孙樵所论相望于穷者也。以其不足以发身而又多穷如此。"他虽认为"诗人少达而多穷"，但诗本性情，有不以患难穷达而易者，故终不可废也。又《题陶渊明诗后》云："诗以一字论工拙，如'身轻一鸟过''身轻一鸟下'，'过'与'下'与'疾'与'落'，每变而每不及，易较也。"其"身轻一鸟过"，乃杜甫《送蔡希鲁都尉还陇右因寄高三十五书记》之名句。其《同杨希仲吴子进李希孝张景良北关纳凉晚过大安寺》诗云："君不见少陵翁，昔时亦厌在泥滓，青鞋布袜翁自喜。"又《试院求李唐臣画》云："韦侯直干傥不难，杜陵东绢那能惜。"又《消息·端午》词云："趣蜡酒深斟，菖菹细糁，围坐从儿女。还同子美，江村长夏，闲对燕飞鸥舞。算何须、楚王雄风，方消畏暑。"

## 三一、晁冲之

原文："晁氏冲之，字叔用。"

按：《分类苏诗》亦有晁冲之。晁冲之，字叔用，一字用道，排行二十六。宋济州钜野（今山东巨野）人。补之从弟。少有才华，受知于陈师道、吕本中。授承务郎。擅诗词，为江西诗派作家。绍圣间隐居具茨山下，世称具茨先生。有《晁具茨先生诗集》。吕本中《紫微诗话》云："众人方学山谷诗时，晁叔用冲之独专学老杜。"如《感梅忆王立之》诗，方回评曰："此诗才学后山,便有老杜遗风。”(《瀛奎律髓汇评》卷二〇)他在诗中亦时时提及杜甫,如《次韵江子我腊梅二首》其二云:“江城仍似锦城无,半额轻黄笑越姝。我亦少花如杜老,舍南为乞两三株。”自注:“此花吴蜀所无。”《与秦少章题汉江远帆五首》其四云:“江阔雁不到,山深猿自迷。传闻杜陵老,只在瀼东西。”又《答韩君表》云:“但见少陵能继祖,不闻小陆可优兄。”有些诗句亦化用杜诗。如《和王立之腊梅二首》其二“但令春酿皆如此,百罚深杯亦倒垂”,下句即是袭用杜诗《乐游园歌》之“百罚深杯亦不辞”。又《再至徐州示诸弟》之“宛有鱼鸟来相亲”,亦是化用杜诗《江村》之“自去自来堂上燕,相亲相近水中鸥”。《分门集注》与《黄氏补注》均于《行官张望补稻畦水归》、《送李校书二十六韵》、《自京赴奉先县咏怀五百字》、《遣怀》(昔我游宋中)、《前出塞九首》之八、《观公孙大娘弟子舞剑器行》、《奉赠射洪李四丈》、《寄刘峡州伯华使君四十韵》、《奉寄章十侍御》、《送韦讽上阆州录事参军》、《送杨六判官使西蕃》、《八哀诗·赠司空王公思礼》引“晁曰”13 条;而《分门集注》于《冬日洛城北谒玄元皇帝庙》“掌节镇非常”句下引“晁冲之曰:赐以节,所以镇重其庙”,《黄氏补注》《分类杜诗》均未引及;而《黄氏补注》《分类杜诗》均于《羌村三首》之二、《洗兵马》引“晁曰”,《分门集注》则未引及。《分类苏诗》引“叔用(曰)”仅 1 条。

## 三二、陈师道

原文:“后山陈氏,名师道,字无己,一字履常,号彭城居士。”

按:《分类苏诗》亦有陈师道。陈师道(1053—1102),字履常,一字无己,或作无忌,号后山居士,一号彭城居士。排行第三。宋徐州彭城(今江苏徐州)人。元祐二年(1087),以苏轼等荐,起为亳州司户参军,充徐州教授,移颍州教授。绍圣初,谪监海陵酒税。元符三年(1100),召为秘书省正字,逾年病卒。《宋史》有传。著有《后山集》《后山谈丛》。师道为“苏门六君子”之一,以诗名世,与黄庭坚并称“黄陈”。诗宗杜甫,受黄庭坚影响较大,为江西诗派代表作家,被尊为该诗派“三宗”之一。师道对杜甫佩服得五体投地,对黄庭坚的“点铁成金”之法,可谓深谙三昧,故点化杜甫诗句以入诗的例子,比比皆是。曾几说他“豫章乃其师,工部以为祖”(《次陈少卿见赠韵》)。吴瞻泰《杜诗提要》评杜诗《和裴迪登蜀州东亭送客逢早梅相忆见寄》即云:“用意曲折,飞舞流动,直是生龙活虎,不受排偶之束者,陈后山最得其法,然宋人门庭,公亦开之矣。”宋刻杜集诸本时引陈师道注,吴若《杜工部集后记》云:“称陈者,陈无己也。”蔡梦弼《杜工部草堂诗笺跋》云:“凡校雠之例:题曰……陈者,乃无己也。”《草堂诗笺》于异文标“陈作某”者凡11处。郭知达《九家集注杜诗》亦偶有“陈作某”,但不在“九家”之列。《黄氏补注》于《洗兵马》《上韦左相二十韵》《寄岳州贾司马六丈巴州严八使君两阁老五十韵》等诗引“无己曰”3条;又于《天育骠骑歌》《谒文公上方》《园人送瓜》《日暮》等诗引“师道曰”4条。而《分门集注》未引及“无己曰”3条;又于《戏为六绝句》之三“历块过都见尔曹”句下引“师道曰:言逸足过都如历士(土)块之易也”,《黄氏补注》与《分类杜诗》则不见引及。

## 三三、陈元佐

原文:“陈氏希仲。”

按:《分类苏诗》亦有陈希仲。陈元佐,字希仲。三本俱漏名。《宋人传记资料索引》《宋人传记资料索引补编》《全宋诗》《全宋文》均不载此人。王十朋辟馆授徒时,元佐预焉。十朋《梅溪题名赋》引曰:“吾徒宋孝先、李大鼎作《梅溪庚午多士赋》,叙一堂八斋六十人名字,而铺陈条列三百六十字之中,言简意尽,有足观者。陈元佐、万孝杰、童侃又作《梅溪多士赋》,通前后八年间,凡一百二十人而并列之,文工而事益详。”赋曰:“敢不希仲舒之明经。”自注:“陈元佐希仲。”绍兴二十六年(1156),十朋又作《陈希仲赠山茶》诗。三本未引陈希仲语,而《分类苏诗》引“希仲(曰)”3 条。

## 三四、陈元龙

原文:“陈氏元龙。”

按:《分类苏诗》亦有陈元龙。陈元龙,名不详。《宋人传记资料索引》《宋人传记资料索引补编》《全宋诗》《全宋文》均不载此人。与王十朋同年(绍兴二十七年,1157)中进士,曾任封州教官。王十朋知泉州时有《送陈元龙赴封州教官》诗云:“温陵尊酒偶相逢,记得同年旧日容。书读短檠游太学,经传绛帐适临封。清新得句肠生锦,瘦硬通神笔吐锋。莫向炎州叹官冷，行看湖海起元龙。”多化用杜甫诗句。三本未引陈元龙语，而《分类苏诗》引“元龙(曰)”2条。

## 三五、陈知柔

原文：“陈氏体仁。”

按：《分类苏诗》亦有陈体仁。陈知柔(？—1184)，字体仁，自号“休斋居士”。三本俱漏名。宋泉州永春(今属福建)人。绍兴十二年(1142)进士。授台州判官，历建州、汀州教授，知循州、贺州。不阿附秦桧，解官归，主管冲佑观。与王十朋有交游。王于乾道五、六年知泉州，有《赠陈体仁》诗云：“我来守清源，德星识二陈。……儒先贺州守，才气超等伦。胸中包古今，笔下真有神。唾手取甲科，齿发方青春。声名满天下，文字惊缙绅。”泉州五代时属清源军。又有《陈贺州速客送酒》《陈贺州赋双莲诗不言祥瑞次韵以酬》《次韵陈贺州题姜秦二公祠》等。朱熹有《答陈体仁书》《祭陈休斋文》。陈氏著有《易本旨》《春秋义例》《易大传》《易图》《论语后传》《诗声谱》《休斋诗话》等，均已佚。郭绍虞《宋诗话辑佚》辑得《休斋诗话》佚文9条，其中涉及杜甫者4条，如云：“杜子美诗有‘冷蕊疏枝半不禁’，语固佳矣，而不若‘山意冲寒欲放梅’为尤妙。又‘荷叶荷花净如拭’，此有得于佛书，以清净荷花喻人性之意。故梅之高放，荷之清净，独子美识之。”又云：“老杜虽落魄不偶，而气常自若，如‘纳纳乾坤大’，何其壮哉！”郭绍虞评《休斋诗话》云：“休斋亦宋代儒者，故其论诗推崇陶杜，而重气象，重野意，重识物理，粹然儒者之学，然不涉于拘泥，盖合道学与诗人而为一者。”《全宋词》录词1首,《全宋诗》录诗16首、佚句1。其《登巾山》云:“司马胸中著云梦,杜陵眼底盖乾坤。”《次海上长亭村》末联云:“平生诵佳句,今见海冥冥。”自注:“老杜:台州地阔海冥冥。”所引杜诗为《题郑十八著作丈故居》首句。又《诗人玉屑》引休斋论杜4则,多有可取。三本未引陈体仁语,而《分类苏诗》引“体仁(曰)”4条。

## 三六、陈德溥

原文:“陈氏德溥。”

按:《分类苏诗》亦有陈德溥。陈孔光,字德溥。三本俱漏名。宋临安(今属浙江)人。一作福州长乐(今属福建)人。乾道二年(1166)登进士第,授左文林郎,两使职官。王十朋于乾道五年(1169)知泉州,陈氏为节度推官。十朋《贡院图》诗序云:“节推陈德溥董贡院之后,既成,画图见示,因作是诗。”诗曰:“陈君少年登甲科,红莲首泛清源波。清源贡宇高嵯峨,同僚宣力陈君多。”六年闰五月,十朋离任,德溥为作百韵诗送别,王十朋有《陈德溥以百韵诗送别因赠一绝》云:“莲幕游从一二年,送行越境继前贤。笔头皆有珠千颗,端似少陵夔府篇。”又有《越境送别者七人蒋元肃、黄少度、鹿伯可、赵元序、陈德溥、叶飞卿、林致约少酌驿舍》诗:“同僚送我枫庭驿,共酌临分酒一杯。我念泉人仍惜别,此身虽去首频回。”三本与《分类苏诗》俱未引陈德溥语。《宋人传记资料索引》《宋人传记资料索引补编》《全宋诗》《全宋文》均不载此人。

# 三七、潘大临

原文:“豫章潘氏大临,字邠老。”

按:《分类苏诗》亦有潘大临。潘大临(? —1106),字邠老,一字君孚,排行第十。宋黄州(今属湖北)人,祖籍福建长乐。徽宗大观间,客死蕲春(今属湖北),年未五十。谓“豫章潘氏”,无据。一生未仕,与弟大观皆以诗名,为江西诗派中人。与苏轼、黄庭坚、张耒游,雅所推重。张耒有《潘大临文集序》。有《柯山集》,已佚。《两宋名贤小集》存《潘邠老小集》1卷。《全宋诗》录其诗 31 首、佚句若干。《全宋文》录其文 1篇。刘克庄《后村诗话》谓:“其诗自云师老杜,然有空意无实力,余旧读之,病其深芜。”作诗多化用杜句,故王直方曰:“邠老作诗,多犯老杜,或若邠老为之不已,老杜亦难为存活。使老杜复生,则须共潘十厮炒。”(《苕溪渔隐丛话》前集卷五二引《王直方诗话》)《黄氏补注》于《自京赴奉先县咏怀五百字》、《阌乡姜七少府设鲙戏赠长歌》、《遣兴五首》其一(“朔风飘胡雁”首)、《遣兴五首》其三(“漆有用而割”首)、《发同谷县》、《泛江》、《遣闷奉呈严公二十韵》、《哭李尚书之芳》等诗引“大临曰”凡 10 条;《分门集注》引“(潘)大临曰”则为 12 条;其于《遣兴五首》其四(“贺公雅吴语”首)、《送韦十六评事充同谷郡防御判官》引“大临曰”,《黄氏补注》则未引。宋人诗话中引潘氏论诗颇多,但其论杜各条,三本却很少引及。

## 三八、潘大观

原文:“潘氏大观,字仲达。”

按:《分类苏诗》亦有潘大观。潘大观,字仲达。宋黄州(今属湖北)人,祖籍福建长乐。与兄大临俱有诗名,为江西诗派中人。黄庭坚、徐俯均极称之。《分门集注》《黄氏补注》《分类杜诗》俱于《送高三十五书记》《夜听许十诵诗爱而有作》《木皮岭》《泛江》《遣闷奉呈严公二十韵》等诗引“(潘)大观曰”凡5条。

## 三九、谢逸

原文:“临川谢氏逸,字无逸,号溪堂居士。”

按:《分类苏诗》亦有谢逸。谢逸(1068—1112),字无逸,一字夷季,号溪堂居士。宋抚州临川(今属江西)人。少孤,博学工文辞,与弟薖并称“二谢”,同为江西诗派中人。累举进士不第,以诗文自娱,见赏于黄庭坚。尝作蝴蝶诗300首,多佳句,人称“谢蝴蝶”。《宋史翼》有传。有《春秋广微》《樵谈》《溪堂集》《溪堂词》。《全宋词》录其词62首,《全宋诗》录其诗6卷,《全宋文》录其文4卷。其《寄题黄文昌觞咏亭》云:“锦官城西杜少陵,醉挹浣花溪水横。”《和智伯绝句四首》其三云:“黄四娘家花有声,杜陵野老最关情。恐遭江上春风恼,岂是哦诗太瘦生。”《寄幼槃弟》云:“宁似杜陵长蹭蹬,不依严武更逍遥。细思洗马池边路,便是成都万里桥。"《梅》诗云:"老杜骑驴入草堂,独怜江路野梅香。"《游西塔寺探得王夷甫玉柄麈尾以柄字为韵》云:"但慕杜陵翁,长镵白木柄。"《分门集注》于"集注姓氏"中无谢逸。但在卷五《陪李北海宴历下亭》"海右此亭古"句下却引"谢逸曰:'此亭乃李之芳所创,居海之右,此亭作之久矣,故云古。'"与《黄氏补注》《分类杜诗》所引全同。又于《自京赴奉先县咏怀五百字》《佳人》《寄赞上人》《同谷七歌》《秦州杂诗二十首》《宿昔》《黄鱼》《园人送瓜》《寄岳州贾司马六丈巴州严八使君两阁老五十韵》《谒文公上方》《上韦左相二十韵》《赠郑十八贲》《课伐木》《哭长孙侍御》等诗引"逸曰"者凡 19 条;而后五诗不见引于《黄氏补注》与《分类杜诗》。或疑此"逸曰"为张逸,殆非。

## 四〇、谢薖

原文:"谢氏薖,字幼槃。"

按:《分类苏诗》亦有谢薖。谢薖(1074—1116),字幼槃,自号竹友。宋抚州临川(今属江西)人。工诗文,与兄逸并称"二谢",同为江西诗派中人。吕本中谓:"无逸似康乐,幼槃似玄晖。"又谓:"二谢修身励行,在崇、观间,无所污染,不独以文见称。"《宋史翼》有传。著有《竹友集》(亦称《谢幼槃文集》)。其《余赋野香亭前木犀花……复长韵示之》云:"君不见,杜陵布衾冷如铁,朝来米尽炊烟绝。偶然乘兴江上行,无奈被花恼不彻。城南陋巷有江涘,读书蒲团生虮虱。吟成少陵七字诗,酷爱梅花似冰雪。"又《寄饶次守》云:"探怀出君诗,字字槊玑珇。笔踪入颜柳,句法窥李杜。”《读潘邠老庐山纪行诗》云:“杜陵骨已朽,潘子今似之。欻观庐山作,乃类《北征》诗。”他的《饮酒示坐客》诗,被方回称为“老杜吴体”(《瀛奎律髓》卷二五)。《黄氏补注》于《叹庭前甘菊花》、《凤凰台》、《石砚》、《课伐木》、《行次昭陵》、《将赴成都草堂途中有作先寄严郑公五首》其四、《望牛头寺》、《谒文公上方》等诗引“薖曰”凡 8 条;而《分门集注》于《佳人》诗引“薖曰”1 条,《黄氏补注》《分类杜诗》均未见引及。

## 四一、洪朋

原文:“豫章洪氏朋,字龟父。”

按:《分类苏诗》亦有洪朋。洪朋(1060? —1104?),字龟父,号清非居士。宋洪州南昌(今属江西)人。洪州古称豫章,故曰“豫章洪氏”。黄庭坚甥。幼孤,力学,与弟刍、炎、羽俱有才名,世号“四洪”,同为江西派诗人。累举不第,终身布衣。《宋史翼》有传。有《清非集》,已佚,后人辑有《洪龟父集》。《全宋诗》录其诗 2 卷。其《送谢无逸还临川》云:“春来入诗垒,窥杜逮户牖。”《跋山谷帖用其韵》其一云:“学书右军尽善,下笔少陵有神。”《黄氏补注》《分门集注》同于《苦雨奉寄陇西公兼呈王征士》《渼陂西南台》《渼陂行》《白沙渡》《释闷》《赠王二十四侍御契四十韵》等诗引“(洪)朋曰”凡 6 条;而《分门集注》于《遣遇》引“朋曰”,不见引于《黄氏补注》与《分类杜诗》。

# 四二、洪刍

原文:“洪氏刍,字驹父。”

按:《分类苏诗》亦有洪刍。洪刍(1163? —1132?),字驹父。宋洪州南昌(今属江西)人。朋弟。黄庭坚甥。曾为黄州知录。绍圣元年(1094)进士。崇宁间坐事降两官,监汀州酒税,入党籍。五年(1106),复宣德郎。靖康元年(1126),为左谏议大夫。建炎元年(1127),坐为金人括财,长流沙门岛,卒。有《豫章职方乘》《香谱》《老圃集》《洪驹父诗话》。郭绍虞《宋诗话辑佚》辑得《洪驹父诗话》佚文 22 条,其中涉及杜甫者 8 条。又《次子字韵呈郑太玉》云:“风味契渊明,流落逾子美。”《再用前韵答李商老》云:“汉阴丈人少机事,草堂先生能寄诗。”王直方称其《过李公择尚书墓》之“鹿场兔径白昼静,稻垄松竹青嶂深”诗句“大逼老杜”(《诗话总龟》前集卷四三引《王直方诗话》)。《黄氏补注》与《分门集注》于《白丝行》、《秋雨叹三首》其二(再吟)、《瘦马行》、《白沙渡》、《七月三日亭午已后校热退晚加小凉稳睡有诗因论壮年乐事戏呈元二十一曹长》、《释闷》、《忆弟二首》之一、《戏题寄上汉中王三首》之三、《水宿遣兴奉呈群公》等诗引“(洪)刍曰”凡 9 条;而《分门集注》于《夜听许十诵诗爱而有作》引“刍曰”,不见引于《黄氏补注》与《分类杜诗》。

## 四三、洪炎

原文:“洪氏琰,字玉父。”

按:三本俱作“琰”,误。当作“炎”。《分类苏诗》正作“洪炎”。洪炎(1067? —1133),字玉父,或作玉甫。排行第六。宋洪州南昌(今属江西)人。与兄朋、刍,弟羽,号“四洪”。黄庭坚甥。绍圣元年(1094)进士及第,为谷城令。坐以兄弟罹元祐党同贬窜,复知谯县。累官著作郎、秘书少监。高宗初,召为中书舍人。建炎二年(1128)以中奉大夫提举西京嵩山崇福宫,晚年以徽猷阁待制提举台州崇道观。《宋史翼》有传。诗酷似黄庭坚。有《西渡集》,尝编《尘外记》。《全宋诗》录其诗2卷,《全宋文》录其文6篇。“四洪”诗多袭用杜甫诗句,炎有《将去宝峰诵老杜“更欲投何处”赋五言三首》,“更欲投何处”为杜诗《舟中出江陵南浦奉寄郑少尹审》首句。《福州程使君止戈堂二首》其二又云:“谁是诸侯老宾客,酣歌应许杜陵人。”周紫芝《竹坡诗话》卷二载:“近世士大夫家所藏杜少陵逸诗,本多不同。余所传古律二十八首,其间……一诗,洪炎父记云:得之江中石刻。”《黄氏补注》与《分门集注》于《秋雨叹三首》其三(《又吟》)、《北征》、《木皮岭》、《释闷》《忆弟二首》其二、《赠王二十四侍御契四十韵》、《遣闷奉呈严公二十韵》等诗引“(洪)炎曰”凡9条;而《分门集注》于《对雪》(“北雪犯长沙”首)、《桥陵诗三十韵因呈县内诸官》、《遣遇》引“炎曰”,则不见引于《黄氏补注》《分类杜诗》。

## 四四、徐俯

原文:“东湖徐氏俯,字师川。”

按;《分类苏诗》亦有徐俯。徐俯(1075—1141),字师川,号东湖居士。排行第十。宋洪州分宁(今江西修水)人。黄庭坚甥。以父荫授通直郎,累官司门郎。宣和年间,辟为吉州通判。靖康元年(1126),召为尚书员外郎。张邦昌僭位,遂致仕。绍兴二年(1132),除右谏议大夫,赐同进士出身,兼侍读。三年,迁翰林学士,擢端明殿学士、签书枢密院事。四年,兼权参知政事。寻求去,提举洞霄宫。九年,知信州,奉祠归。《宋史》有传。俯与曾几、吕本中游,有诗名,为江西诗派中人。有《东湖居士集》。《黄氏补注》与《分门集注》于《望岳》《醉歌行》《两当县吴十侍御江上宅》《寄题江外草堂》《扬旗》《魏将军歌》《重经昭陵》《水宿遣兴奉呈群公》等诗引“徐(俯)曰”凡11条;而《分门集注》于《丽人行》《送从弟亚赴河西判官》《送韦十六评事充同谷防御判官》《白水崔少府十九翁高斋三十韵》等诗引“徐(俯)曰”4条,并不见引于《黄氏补注》与《分类杜诗》。

## 四五、林敏功

原文:“蕲阳林氏敏功,字子仁。蕲州人。赠高隐处士。”

按:《分类苏诗》亦有林敏功。林敏功,字子仁,别字松坡。

宋蕲州蕲春(今属湖北)人。治《春秋》,乡荐不第,杜门不出20年。元符末,诏征不赴,与弟敏修以文字终老,世号“二林”。赐号高隐处士,视朝散大夫。与谢逸、夏倪等人有交往,均为江西派诗人。有《高隐集》《蒙山集》《松坡集》,均佚。尝有编年苏诗注本,今《集注分类东坡先生诗》中尚存其注600余则。《全宋诗》录其诗8首、佚句若干。《全宋文》录其文8篇。其《书吴熙老醉杜甫像》云:“百年风雅前无古,沈宋曹刘安足数。后来一字人难补,君莫笑渠作诗苦。”《黄氏补注》与《分门集注》均于《同诸公登慈恩寺塔》、《两当县吴十侍御江上宅》、《观公孙大娘弟子舞剑器行》、《观李固请司马弟山水图三首》其一等诗引“敏功曰”凡6条;而《黄氏补注》于《乾元中寓居同谷县作歌七首》其六、《八哀诗·赠司空王公思礼》两引“敏功曰”,则不见引于《分门集注》;而《分门集注》于《赠比部萧郎中十兄》引“林敏功曰”,又不见引于《黄氏补注》。

## 四六、林敏修

原文:“林氏敏修,字子来。”

按:《分门集注》《黄氏补注》与《分类苏诗》皆误作“林氏敏修,(字)子敬”。而将“林氏子来”误作另一人。林敏修,字子来,号漫郎。宋蕲州蕲春(今属湖北)人。敏功弟。二人皆有诗名,为江西派诗人。有《无思集》,已佚。《全宋诗》录其诗9首、佚句1。《黄氏补注》于《示从孙济》、《九成宫》、《乾元中寓居同谷县作歌七首》其六等诗引“敏修曰”凡3条;而《分门集注》于《八哀诗·赠司空王公思礼》“刻铭天山石”句下引

“敏修曰:《唐·薛仁贵传》云:三箭定天山”,《分类杜诗》作“敏功曰”,《黄氏补注》则不见引。又《分门集注》于《冬日洛城北谒玄元皇帝庙》引“陈敏修曰”1条,当为林敏修之讹。

## 四七、林季任

原文:“林氏明仲。”

按:林季任(1106—1168),字明仲。三本与《分类苏诗》俱漏名。宋温州乐清(今属浙江)人。官终鄞县主簿。与王十朋同乡里。十朋《林明仲自梅屿挐舟招丁道济道揆张思豫及予同饮索诗坐间成六绝七月朔日》其一云:“君家梅屿我梅溪,一笑相逢郡治西。”其五云:“下笔惭无少陵句,老怀徒爱宋公庄。”《次韵林明仲见寄》云:“梅溪梅屿不相远。”是二人相距不远且关系密切。又有《酬林明仲寄书并长篇》、《林明仲和诗复用前韵》、《寄蒲墨与明仲》、《林主簿明仲挽词》三首等诗,可考其生平。三本均未引林明仲语,而《分类苏诗》引“明仲(曰)”6条。

## 四八、林致明

原文:“林氏致明。”

按:林致明,无考。或为林致约。《分类苏诗》有“林氏致约”。王十朋守泉州时,有《赠林尉致约》《临行至贡院观桂赠致约》《越境送别者七人蒋元肃、黄少度、鹿伯可、赵元序、陈德溥、叶飞卿、林致约少酌驿舍》等诗。据诗所云，林致约当为泉州属县县尉。十朋同时又有《题莆田林氏双阙》诗，林氏或指致约一族。三本均未引林致明与林致约语，而《分类苏诗》引“致约(按)”6条。

## 四九、汪革

原文：“临川汪氏革，字信民。”

按：《分类苏诗》亦有汪革。汪革(1071—1110)，字信民，一字伯更。排行十二。宋抚州临川(今属江西)人。绍圣四年(1097)进士。吕希哲门人。先后任长沙、宿州、楚州教授。任宿州教授时，傍溪筑室，取杜甫《自瀼西荆扉且移居东屯茅屋四首》之二“东屯复瀼西，一种住青溪。来往皆茅屋，淹留为稻畦”句，名其堂曰“青溪”。学者称青溪先生。卒年四十。周彦约为撰《青溪汪先生传》，谢逸作《祭汪伯更教授文》，晁说之有《汪信民哀辞》。汪革有诗名，为江西诗派作家。吕本中有诗云：“四海交游一信民，后来情分更谁亲？”有《青溪类稿》《论语直解》，已佚。《全宋诗》录诗7首、佚句3，《全宋文》录其文3篇。《黄氏补注》与《分门集注》均于《两当县吴十侍御江上宅》、《谒文公上方》、《柴门》、《得家书》、《别常征君》、《热三首》其一、《偶题》等诗引“革曰”凡9条；而《分门集注》于《陪李北海宴历下亭》、《同诸公登慈恩寺塔》、《春日戏题恼郝使君兄》、《前出塞九首》其三、《龙门镇》引“(汪)革曰”，《黄氏补注》《分类杜诗》均不见引及。

# 五〇、汪藻

原文:“汪氏藻,字彦章。”

按:《分类苏诗》亦有汪彦章。汪藻(1079—1154),字彦章,号浮溪,又号龙溪。排行十四。宋饶州德兴(今属江西)人。崇宁二年(1103)进士。调婺州观察推官,改宣州教授,稍迁江西提举学事司干办公事。除《九域图志》所编修官,再迁著作佐郎。出通判宣州,提点江州太平观。钦宗即位,召为屯田员外郎,再迁太常少卿、起居舍人。高宗立,召试中书舍人。宰相黄潜善恶之,免为集英殿修撰、提举太平观。复召为中书舍人兼直学士院,擢给事中,迁兵部侍郎兼侍讲,拜翰林学士。高宗以所御白团扇,亲书杜诗“紫诰仍兼绾,黄麻似六经”十字赐藻。绍兴元年(1131),除龙图阁直学士、知湖州,因事罢。起知抚州,升显谟阁学士,寻知徽州、泉州、宣州、镇江府,夺职居永州。卒,孙觌为撰《宋故显谟阁学士左大中大夫墓志铭》。藻通显三十年,无屋庐以居。博极群书,老不释卷。有《浮溪集》《靖康要录》《青唐录》《裔夷谋夏录》等。《宋史》有传。汪藻咏杜较少,《汴中放船归阳羡》云:“纵无邻翁饮子美,会有稚子迎渊明。”《次韵熊使君登楼感秋之作》云:“工部也应儿女隔,羡他相近水中鸥。”其《己酉乱后寄常州使君侄四首》描写靖康战乱之实,颇似杜诗,方回评云:“此等诗皆本老杜,亦惟老杜多有此等诗。”纪昀评云:“四首入之杜集不辨。”三本均未引汪彦章语,而《分类苏诗》引“彦章(曰)”8 条。

## 五一、汪涓

原文:“汪氏洋,字养源。”

按:汪涓(?—1170),字养源(一作养原),一字养元。三本与《分类苏诗》俱误作“汪洋”。汪洋,为其弟汪应辰本名。宋信州玉山(今属江西)人。兄弟俱有文名,时称“二汪”。绍兴八年(1138)进士,授宣城尉。隆兴二年(1164)为左司谏。乾道元年(1165)以国子司业假工部尚书,充接伴金国贺生辰使。二年二月,由左司谏除直敷文阁、江南西路记度转运副使。四年任起居郎。五年除中书舍人,同年七月提举江州太平兴国宫。旋卒。践履笃实,有古君子风。王十朋有《悼汪舍人养源》诗,韩元吉有《祭汪舍人文》,周必大有《祭汪养原待制文》。《诗林广记》卷二《缚鸡行》引“汪养源云云”,则确已注杜。三本均未引汪养源语,而《分类苏诗》引“养源(曰)”18 条。

## 五二、韩驹

原文:“韩氏驹,字子苍。”

按:《分类苏诗》亦有韩驹。韩驹(1080—1135),字子苍,号牟阳,学者称陵阳先生。宋仙井监(今四川仁寿)人。政和初,以献颂补假将仕郎,召试舍人院,赐进士出身,除秘书省正字。因曾从苏辙学,谪监华州蒲城县市易务。改知洪州分宁县,召为著作郎。宣和五年(1123),除秘书少监。六年,迁中书舍人兼修国史,寻兼权直学士院。靖康元年(1126),由知应天府移知黄州。复坐乡党曲学,以集英殿修撰提举江州太平观。高宗即位,知江州。绍兴五年(1135),卒于抚州。《宋史》有传。驹能诗,甚为苏辙所赏,谓其诗似储光羲,为江西诗派的重要作家。王十朋《陈郎中赠韩子苍集》云:“唐宋诗人六七作,李杜韩柳欧苏黄。近来江西立宗派,妙句更推韩子苍。非坡非谷自一家,鼎中一脔曾已尝。”有《陵阳集》。其《上陈龙图生辰诗》云:“杜诗韩笔继骚雅,凤髓鸾胶室世传。”《金粟堆》云:“少陵金粟堆前泪,叹息开元万事空。今日我来愁又绝,更无松竹鸟呼风。”《谢人寄小胡孙》云:“真宜少陵觅,未解柳州憎。”《次韵何文缜种竹》云:“杜陵穷老觅桤栽,不似何郎种笛材。”《黄氏补注》与《分门集注》均于《兵车行》引“韩驹曰”1条,又于《病后过王倚饮赠歌》、《苏端薛复筵简薛华醉歌》、《前出塞九首》其八、《鹿头山》、《太子张舍人遗织成褥段》、《壮游》、《秦州杂诗》其二十、《承闻河北诸道节度入朝欢喜口号绝句十二首》其八、《宿江边阁》等诗同引“韩曰”凡 10 条;而《分门集注》于《寄司马山人十二韵》、《有感五首》其三引“韩曰”2条,《黄氏补注》《分类杜诗》均未引及。郭知达《九家注》亦时有引及。

## 五三、江端本

原文:“江氏端本,字子之。”

按:《分门集注》《黄氏补注》与《分类苏诗》均误作“汪氏端本”。江端本,字子之。宋陈留(今河南开封)人。端友弟。

徽宗初,补河南府助教。宣和二年(1120),通判温州。绍兴元年(1131),主管临安洞霄宫。能诗,为江西诗派中人,与晁冲之、吕本中等人交往。晁冲之《赠江子我子之》诗云:"江郎淮海秀,经术古同师。温润无前辈,清新有近诗。"吕本中《奉送子之还京师》诗云:"颇怀平生友,相就语肝膈。诸江好兄弟,夫子眉最白。词林三二公,子实门下客。布帆千里来,许我间宾席。阶庭出兰树,户牖照圭璧。诗如驾高浪,万顷随笔力。"有《陈留集》,已佚。《全宋诗》录其诗 5 首。《黄氏补注》于《后出塞》其五、《两当县吴十侍御江上宅》、《谒文公上方》、《春日戏题恼郝使君兄》、《种莴苣》、《八哀诗·赠司空王公思礼》等诗引"端本曰"凡 6 条。而《分门集注》于《凤凰台》引"端本曰",《黄氏补注》则不见引;又于《赠比部萧郎中十兄》引"汪(应作'江')端本曰",《后出塞》其四"云帆转辽海"句下引"端本曰:刘晏:云帆桂楫。辽海,辽东郡",《八哀诗·赠司空王公思礼》"意无流沙碛"句下引"端本曰:沙石曰碛,言必扫荡之也",《黄氏补注》与《分类杜诗》俱不见引及。

## 五四、杨符

原文:"杨氏符,字信祖。"

按:《分类苏诗》亦有杨符。杨符,字信祖,宋洪州新建县(今江西南昌市新建区)人。据汪藻《赠左大中大夫致仕陈君(彦恭)墓志铭》载,杨符为陈彦恭女婿,尝官北海簿。能诗,为江西诗派中人,与王直方、饶节、吕本中等人有交往。《直斋书录解题》著录有《杨信祖集》1 卷,杨士奇《文渊阁书目》著录有

《杨信祖诗》一部一册,均佚。《全宋诗》仅录其佚诗二句:“吏道官官恶,田家事事贤。”而《永乐大典》存其诗3首,《全宋诗》失收。《黄氏补注》于《苦雨奉寄陇西公兼呈王征士》引“杨符曰”,于《释闷》引“符曰”,于《水会渡》《夏日李公见访》诗末引“杨曰”,《分门集注》同;而《黄氏补注》于《得家书》引“符曰”,《分门集注》则未引;而《分门集注》于《遣遇》《赠翰林张四学士》引“杨曰”,《黄氏补注》《分类杜诗》均不见引及;《分门集注》于《夏日李公见访》“清风左右至”句下引“符曰:江淹诗:晨飙自远至,左右芙蓉披”,《黄氏补注》《分类杜诗》均作“梦符曰”。

## 五五、王直方

原文:“王氏立之,字直方。”

按:王直方(1069—1109),字立之,号归叟。三本俱名、字颠倒。而《分类苏诗》正作“王氏直方,字立之”。王直方,宋汴州(今河南开封)人。娶宗室女,补承奉郎,监怀州酒税,寻易冀州粂官,投劾归,遂不复出。少知自好,喜从苏、黄诸文人游。为江西派诗人。陈师道卒于京师,直方赙吊割田十顷,以周其孤。生平事迹见晁说之《王立之墓志铭》。著有《归叟集》《归叟诗话》,均佚。《归叟诗话》,亦称《王直方诗话》,又称《归叟诗文发源》,原有6卷,今传世者无足本,以郭绍虞《宋诗话辑佚》本最为详备,计录306则,其中涉论杜诗者44则,颇有可取。又《题清芬阁》云:“人以诗自业,在唐如蜂房。香英众采撷,论功归其王。恭维少陵老,实提六义纲。人能分一体,犹足生辉光。”《黄氏补注》于《赠卫八处士》引“直方曰”,又于《遣兴五首》其一(“朔风飘胡雁”首)、其四(“猛虎凭其威”首)、《遣兴五首》其三(“陶潜避俗翁”首)、《出郭》、《渝州候严六侍御不到先下峡》引“立之曰”,《分门集注》同;但《黄氏补注》于《宗武生日》引“王立之曰”1条,《分门集注》未引;而《分门集注》于《铁堂峡》引“立之曰”,《黄氏补注》则未引。《分门集注》又于《对雪》“有待至昏鸦”句下引“杜立之曰”1条,《黄氏补注》《分类杜诗》均作“王立之评曰”。

## 五六、王回

原文:“王氏深父。”

按:王回(1023—1065),字深父(亦作深甫)。三本俱漏名。宋福州侯官(今福建福州)人,迁居颍州汝阴(今安徽阜阳)。嘉祐二年(1057)进士,为亳州卫真县主簿,岁余自免。退居颍州,不仕。治平二年(1065),以为忠武军节度推官、知南顿县,命下而卒。王安石为作《王深父墓志铭》。《宋史》有传。著有《王深甫集》,已佚。宋方深道辑《诸家老杜诗评》卷一引《王深甫集》,尚存评论杜诗“三吏”“三别”及《留花门》《塞芦子》《佳人》《兵车行》《悲陈陶》《悲青坂》《哀王孙》等佚文13条,《分门集注》与《诸家老杜诗评》《九家注》所引略同,或作“王深父曰”,或作“王深父云”,或作“王深父序云”;《分门集注》又于《赠王二十四侍御契四十韵》引“深父曰”1条。而《黄氏补注》仅于《哀王孙》《新安吏》《潼关吏》《石壕吏》《新婚别》《垂老别》引“王深父曰”6条,又于《悲陈陶》《留花门》《塞芦子》引“王深父序云”3条。

## 五七、高荷

原文："江陵高氏荷，字子勉。"

按：《分类苏诗》亦有高荷。高荷，字子勉，号还还先生。宋江陵(今湖北荆州)人。为王铚表兄。元祐中太学生。曾入陕西转运使张永锡幕。晚为童贯客，得兰州通判，官至龙图阁学士，终知涿州。有《还还集》，已佚。荷为江西派诗人。黄庭坚自黔南贬所东归至江陵时，荷往见之，作《见黄太史》五言长律，深得杜甫五排妙处，大得黄氏赞赏。黄氏《跋高子勉诗》云，"高子勉作诗，以杜子美为标准，用一事如军中之令，置一字如关门之键，而充之以博学，行之以温恭，天下士也"，并作《赠高子勉四首》，其四云："拾遗句中有眼，彭泽意在无弦。顾我今六十老，付公以二百年。"荷又作《答山谷先生》诗逊谢。叶梦得《石林诗话》卷中亦谓荷"学杜子美作五言，颇得句法"。《全宋诗》录其诗7首、断句若干。三本均于《示从孙济》《兵车行》《奉酬薛十二丈判官见赠》《鹿头山》《通泉驿南去通泉县十五里山水作》等诗引"高(荷)曰"凡5条；但《分门集注》于《同诸公登慈恩寺塔》《阆州东楼筵奉送十一舅往青城》《除草》引"高曰"，不见引于《黄氏补注》与《分类杜诗》。

## 五八、李觏

原文："盱江李氏觏，字泰伯。"

按:李覯(1009—1059),字泰伯。宋建昌军南城(今属江西)人。倡立盱江书院(盱江在南城),教授生徒,学者称盱江先生。皇祐初,范仲淹荐为试太学助教,后为直讲,故又称直讲先生。嘉祐中,召为海门主簿、太学说书。卒年五十一,陈次公为撰《李先生墓志铭》。《宋史》有传。覯以文章知名,著有《周礼致太平论》《平土书》《礼论》《退居类稿》《皇祐续稿》。明人编辑成《盱江集》(亦作《直讲李先生文集》),近经整理为《李覯集》。其《回黄通诗篇》云:“老杜没已久,嗟哉吾子心。时人任诟病,独自革浮淫。”《君赐以新诗相示因成四十字答之》云:“景物将才思,相期李杜坛。”《闷书》云:“李杜今何在,芳樽谁与开。”《黄氏补注》于《送高三十五书记》《春日忆李白》《立秋雨院中有作》引“李泰伯曰”凡 3 条,又于《送樊二十三侍御赴汉中判官》、《送韦十六评事充同谷防御判官》、《前出塞》其一、《青阳峡》、《戏题王宰画山水图歌》、《寄题江外草堂》、《殿中杨监见示张旭草书图》、《秋日夔府咏怀奉寄郑监李宾客一百韵》、《遣闷》等诗引“泰伯曰”凡 10 条,《分门集注》同;而《分门集注》于《丽人行》《五盘》引“泰伯曰”2 条,《黄氏补注》《分类杜诗》均不见引及。

## 五九、李观

原文:“李氏,名观,《补遗子美传》。”

按:李观(1023—1095),字梦符,自号玉溪叟。宋袁州(今江西宜春)人。庆历二年(1042)进士。历秘书省校书郎,以著作佐郎知清江县。熙宁初为太学官,出判处州。元丰四年(1081)

知岳州。元祐初，由监江州太平兴国观除知虔州，不就，请监南岳庙以归。终日醉吟溪上，淡泊世事。然排斥佛老，至老不衰。终朝议大夫。黄庭坚赠其弟诗有“乃兄本是文章伯”之誉。李觏有《答李观书》，王珪有《开封府襄邑县尉李观可大理寺丞制》。《全宋诗》录其诗8首、断句1。《分门集注》卷首有题“皇宋李观撰”《遗补传》；《黄氏补注》与《分类杜诗》卷首俱作《遗补杜子美传》，撰者只题“李观”。后人多以为唐人字元宾者之李观，并视之为伪作。该传于杜甫生平全无知晓，纯系小说家言，是否宋李观作，当俟详考。

## 六〇、李錞

原文：“李氏錞，字希声。”

按：《分门集注》《黄氏补注》俱作“李氏希声”，同时另一处又误作“季(《黄氏补注》仍作‘李’)氏錞，希声”。将一人误作二人。《分类苏诗》则误作“季氏錞，字希声”。李錞，字希声。宋豫章(今江西南昌)人。绍兴间官至秘书丞。能诗，为江西诗派中人，与米芾、谢逸、王直方等人有交往。谢逸有《怀李希声》诗。《直斋书录解题》著录有《李希声集》1卷，已佚。《宋史·艺文志》著录《李錞诗话》，亦作《李希声诗话》，约作于大观三年(1109)至绍兴元年(1131)间。该书已佚，郭绍虞《宋诗话辑佚》辑得17条，其中涉及杜甫者3条。《全宋诗》录其诗10首、断句若干。《黄氏补注》于《送高三十五书记》引“李希声曰”1条，又于《骢马行》《积草岭》《立秋雨院中有作》等诗引“希声曰”凡4条，《分门集注》同；但《分门集注》于《送高三十五书记》引“李希声曰”另一条，于《南池》引“希声曰”1条，《黄氏补注》《分类杜诗》均不见引及。

## 六一、李彭

原文：“李氏彭，字商老。”

按：《分类苏诗》亦有李彭。李彭，字商老，自号日涉园翁、海昏逸人。排行二十七。宋南康军建昌（今江西永修）人。为黄庭坚舅父李常从孙。博闻强记，诗文富赡宏博，为江西诗派重要作家，与苏轼、黄庭坚、吕本中、陈师道、张耒、何颉、徐俯、韩驹、苏庠、谢薖、饶节、祖可、洪刍、潘大观、惠洪等人相唱和。有《日涉园集》。擅书法，有钟、王之风，人争传宝。《宋史翼》有传。《全宋词·订补续记》录其《渔歌十首》，《全宋诗》录其诗10卷，《全宋文》录其文2篇。其《庆上人以“再闻诵新作，突过黄初诗”为韵作十诗见寄，次韵酬之》其三云：“蝉噪嗟齐梁，凤鸣推沈宋。诸人勤著脚，何尝窥妙用。独有杜参谋，变态无与共。绝唱冠古今，孤高追《惜诵》。”对杜甫给予很高评价。而“再闻诵新作，突过黄初诗”乃是杜诗《苏大侍御涣……》之三四句。又《玉花骢》云：“杜陵绝唱《骢马行》，想见蹑云喷玉声。”其《闻官军已临贼境》袭用杜诗《喜闻官军已临贼境二十韵》题目，用韵相同，而用词亦多袭杜句。《次韵东坡“五更山吐月”》序云：“东坡先生喜诵杜少陵‘五更山吐月，残夜水明楼’之句。其在峤南，列置五章，仆盖诵之不离口，欲效其仿佛而不可得。……乃次其韵作五首。”“五（实为‘四’）更山吐月，残夜水明楼”乃为杜甫《月》诗首二句。《次山谷答范信中韵》云："少陵未筑耒阳坟，尚喜宗文有环堵。"《寄张圣源》云："拾遗已见传三赋。"《黄氏补注》于《青阳峡》《寄题江外草堂》《扬旗》《哭李尚书之芳》等诗引"彭曰"凡 4 条，《分门集注》同；而《分门集注》于《乐游园歌》引"彭曰"2 条，于《丽人行》"炙手可热势绝伦，慎莫近前丞相嗔"句下引"李彭曰：炙手可热，言门第炎炎也"，《黄氏补注》《分类杜诗》均不见引及。

## 六二、苏庠

原文："赵郡苏氏，名庠，字养直，京口人。父坚，字伯固。"

按：《分门集注》《黄氏补注》与《分类苏诗》均简标"苏氏养直"。苏庠（1065—1147），字养直，初以病目，自号眚翁。排行老大。为绅之后，颂之族孙。颂本泉州（今属福建）人，因父死葬润州丹阳（今属江苏），遂徙居之。润州即今江苏镇江市，镇江古称京口，故曰"京口人"。苏颂曾为宰相，封赵郡公，故曰"赵郡苏氏"。庠居丹阳之后湖，更号"后湖病民"。绍兴间，居庐山，与徐俯同召，不赴。工诗善文，诗风似李白。苏轼《书苏养直诗》称其诗"若置在《太白集》中，谁复疑其非也"。周必大《跋周德友所藏苏养直诗帖》称其"歌诗清腴，盖江西之派别"。有《后湖集》《后湖词》。《宋史》有传。《全宋诗》录其诗 32 首，《全宋词》录其词 23 首，《全宋文》录其文 19 篇。庠父坚，字伯固，曾为钱塘丞，督开西湖。有诗名，与苏轼唱和甚多。终通判建昌军。三本俱未引及苏庠语。

## 六三、祖可

原文:"东汉诗僧祖可,字正平,赵郡苏坚之子,养直之弟也。以病癞,江西目为癞可。"

按:《分门集注》《黄氏补注》均简作"东汉诗僧祖可,正平"。祖可(?—1106?),字正平,俗名苏序,宋丹阳(今属江苏)人。为苏坚子,苏庠弟。后为僧,住庐山。被恶疾,人号癞可。宋人亦称其为可师、释可正平。能诗,为江西派诗人,李彭谓"可诗句句是庐山景物"。周紫芝有《林老借可正平诗编以诗还之》诗,杨万里有《梳头看可正平诗有寄养直时未祝发等篇戏题七字二首》。有《东溪集》《瀑泉集》《僧祖可诗》,已佚。"东汉",当为"东溪"之误。《分类苏诗》正作"东溪诗僧祖可,字正平"。《全宋诗》录其诗28首、断句若干,《全宋词》录词3首。三本均未引祖可语,而《分类苏诗》引"(僧)祖可(曰)"10条。

## 六四、善权

原文:"真隐诗僧善权,字巽中。"

按:《分类苏诗》亦有善权。善权,字巽中,号真隐,俗姓高。宋靖安(今属江西)人。因长得清癯,人目为"瘦权"。善权能诗,与苏庠、王铚、谢逸、饶节、惠洪等人交往唱和,为江西派诗人。饶节《送善权归豫章》谓其"时出新诗皆可传"。惠洪

《题权巽中诗》云:“巽中下笔,豪特之气凌跨前辈,有坡、谷之渊源。”方回评其《寄致虚兄》诗云:“如此诗亦出老杜,而避寇寄兄,题目甚易,无一唱三叹之风。”(《瀛奎律髓》卷四七)《直斋书录解题》著录其《真隐集》3 卷,已佚。《声画集》有善权逸诗 9 首,《全宋诗》漏收。凌郁之《〈全宋诗〉“江西诗派”辨订五则》(载《古籍研究》2005 年卷上)又补善权诗 20 首(包括《声画集》4 首)。三本均未引善权语,而《分类苏诗》引“善权(按)”4 条。

## 六五、饶节

原文:“诗僧饶氏节,字德操,弃家祝发,名如璧。从吕居仁游。”

按:《分类苏诗》亦有饶节。饶节(1065—1129),字德操,一字次守,又字进父。排行第三。宋抚州临川(今属江西)人。尝为曾布客,论新法非是,不合,乃祝发为僧,法名如璧,自号倚松道人,驻锡杭州灵隐寺。晚主襄阳天宁寺,又居邓州香严寺,为青原第十四世香严海印智月禅师法嗣。生平事迹详见释正受《青原第十四世香严海印智月禅师法嗣邓州香严倚松如璧禅师传》(《嘉泰普灯录》卷一二)。饶节能诗,为江西派诗人,与吕本中、善权、王直方、谢逸、夏倪、杨符、汪革等人有交往,陆游称其为当时诗僧第一。有《倚松老人集》。《全宋诗》录其诗2 卷。《黄氏补注》与《分门集注》均于《夜宴左氏庄》、《九日寄岑参》、《大云寺赞公房四首》其一、《送率府程录事还乡》、《送长孙九侍御赴武威判官》、《忆昔二首》其二、《送韦讽上阆州录事参军》、《行官张望补稻畦水归》、《观公孙大娘弟子舞剑器行》、《八哀诗·赠司空王公思礼》、《遣遇》、《白水明府舅宅喜雨》、《得家书》、《送段功曹归广州》、《寄刘峡州伯华使君四十韵》、《千秋节有感二首》其一等诗引"饶(节)曰"凡17条;而《分门集注》于《晚晴》("高唐暮冬雪壮哉"首)引"饶节曰",于《赠卫八处士》《发同谷县》《遣怀》引"饶曰",《黄氏补注》《分类杜诗》均不见引及;又三本均于《大云寺赞公房四首》其一诗末注引"饶曰""时西郊逆贼拒官军未已",而此十字《宋本杜工部集》作原注,未署名氏。

## 六六、惠洪

原文:"诗僧洪氏,名惠,字觉范。少为儒生,祝发。"

按:三本姓名均误。《分门集注》误作"洪氏,僧觉范",《黄氏补注》误作"洪惠,僧觉范",当作"惠洪"。惠洪(1071—1128),宋诗僧。一作慧洪。又名德洪,自称洪觉范,又称觉范道人。尝住简州景德院,赐号圆明禅师。俗姓彭(一说喻)。宋筠州新昌(今江西宜丰)人。幼孤。元祐四年(1089),于汴京天王寺祝发剃度为僧。政和元年(1111),因受牵连而流配崖州(今海南三亚崖城镇)。三年放还,又被诬坐狱,再释归湘上。持戒不严,人或讥为"浪子和尚"。能诗善画,与苏轼、黄庭坚为方外交,与江西派诗人谢逸、汪革、夏倪、林敏功、洪炎、韩驹、徐俯、李彭、善权、饶节等均有唱和。著有《石门文字禅》《冷斋夜话》《林间录》《禅林僧宝传》等。另有《天厨禁脔》3卷,或疑为伪书。惠洪对杜甫很是推崇,其论及杜甫者不下三四十处。如《次韵曾侯见寄》云:“句追工部袂,气拍翰林肩。”《次韵游鹿头山》云:“因诗曾访少陵祠。”《次韵言怀》云:“子美工夫志未酬。”《次韵孙先辈见寄》云:“从来佳句出寒饿,太白飘零子美穷。”《次韵谒子美祠堂》云:“心许房次律,神交郭元振。人品如奇峰,横秋耸孤峻。笔阵工斫伐,忠义见词刃。仕如上濑船,饶力挽不苊。酒狂夸严武,登高叫虞舜。大爱淮南王,甘作天厨摈。死犹遭谤诬,谓坐酒肉馑。”为杜甫之死辩诬,诚为卓识。另一首《次韵谒子美祠堂》又云:“醉眼盖千古,诗名动八荒。”《跋杜子美祭房太尉文稿》云:“甫称琯之材,虽困蹇以死,益坚壮,非忠义激烈,笃于自信,其能尔耶!”《冷斋夜话》卷三云:“吾是知文章以气为主,气以诚为主,故老杜谓之诗史者,其大过人在诚实耳。”诸如此类,诚有可取。《黄氏补注》于《龙门》诗引“洪觉范曰”1条,又于《大云寺赞公房四首》其三(后重出)、《送韦讽上阆州录事参军》、《寄题江外草堂》、《七月三日亭午已后……戏呈元二十一曹长》、《秦州杂诗》其十六、《陪李梓州王阆州苏遂州李果州四使君登惠义寺》等诗引“觉范曰”凡7条(其中重出1条);而《分门集注》于《苦雨奉寄陇西公兼呈王征士》引“洪觉范曰”,于《奉同郭给事汤东灵湫作》引“觉范曰”,《黄氏补注》《分类杜诗》均不见引及。

## 六七、沈括

原文:“叶郡沈氏括,字存中。”

按:沈括(1031—1095),字存中。宋杭州钱塘(今浙江杭州)人。作“叶郡”误。至和元年(1054),以父荫为沭阳主簿。

嘉祐八年(1063)进士。编校昭文书籍,为馆阁校勘,删定三司条例。迁太子中允、检正中书刑房、提举司天监,加史馆检讨,迁集贤校理,察访两浙农田水利,迁太常丞、同修起居注。擢知制诰,兼通进、银台司。熙宁七年(1074),为河北西路察访使。次年,出使辽国。挫其夺地之谋,回朝上《使契丹图抄》。拜翰林学士、权三司使。出知宣州。元丰三年(1080)除鄜延路经略使、知延州。坐谪均州团练副使。元祐初徙秀州,继以光禄少卿分司,居润州梦溪园8年,自号梦溪翁,卒。《宋史》有传。括博学善文,于天文、方志、律历、音乐、医药、卜算,无所不通,多所建树。著有《长兴集》《苏沈良方》,尤以《梦溪笔谈》著称于世。沈括涉杜言论不多,约有十来条。如《梦溪笔谈》卷一五云:"唐名贤辈诗,多用正格,如杜甫律诗,用偏格者十无一二。"又如《图画歌》云:"将军曹霸善图写,玉花骢马今传之。驭人相扶似偶语,老杜咏入丹青诗。"《黄氏补注》于《刘九法曹郑瑕丘石门宴集》引"沈括曰"1条;而《分门集注》于《月》("四更山吐月"首)、《落日》引"沈括曰",《黄氏补注》《分类杜诗》则不见引;《黄氏补注》又于《石壕吏》、《夏日叹》、《瘦马行》、《洗兵马》、《后出塞五首》其二、《归来》、《九日》、《上后园山脚》、《秋兴八首》其七、《喜达行在所三首》其二及其三、《冬狩行》等诗引"沈曰"凡30条,《分门集注》则引"沈曰"33条。

## 六八、吕大防

原文:"蓝田吕氏大防,字微仲,撰《年谱》。"

按:吕大防(1027—1097),字微仲。排行第二。宋京兆蓝田(今属陕西)人,郡望汲郡。皇祐元年(1049)进士,调冯翊主簿、永寿令。迁著作佐郎、知青城县。入权盐铁判官。英宗即位,改太常博士、监察御史里行,出知休宁县。神宗立,通判淄州,知泗州,改河北转运副使。韩绛宣抚陕西,命为判官,又兼河东宣抚判官,除知制诰,改知延州。坐环庆兵变,降知临江军,徙华州、秦州,改知永兴军,数年,知成都府。曾重修杜甫草堂,并绘杜甫像于其上。哲宗即位,召为翰林学士、权开封府,迁吏部尚书。元祐元年(1086),拜尚书右丞,进中书侍郎,封汲郡公,世称"吕汲公"。三年,超拜尚书左仆射兼门下侍郎。任宰执凡八年,为元祐更化的主要人物。哲宗亲政,贬放外任。绍圣四年(1097),累贬舒州团练副使,安置循州,至虔州信丰病卒。高宗绍兴初,赠太师、宣国公,谥正愍。《宋史》有传。大防编有《杜工部年谱》。其自记云:"予苦韩文、杜诗之多误,既雠正之,又各为年谱,以次第其出处之岁月,而略见其为文之时,则其歌时伤世、幽忧窃叹之意,粲然可观。又得以考其辞力,少而锐,壮而肆,老而严,非妙于文章,不足以至此。"观此,大防当曾编杜集,惜集已亡,幸谱尚存。吕谱不仅为杜甫年谱之第一种,亦为我国现存年谱之第一种,《分门集注》卷首即载吕谱。《黄氏补注》与《分门集注》均于《桥陵诗三十韵》《石壕吏》《新婚别》及《后出塞五首》其一等诗引"吕曰"凡5条。

## 六九、唐庚

原文:"眉山唐氏庚,字子西。"

按:唐庚(1071—1121),字子西,人称鲁国先生。宋眉州丹棱(今属四川)人。绍圣元年(1094)进士。调利州司法参军,知阆中县、绵州。大观中为宗子博士,张商英荐其才,除提举京畿常平。商英罢相,坐贬惠州。会赦,复官承议郎,提举上清太平宫。归蜀,道病卒。《宋史》有传。庚为文精密,通于世务,文采风流,人呼为“小东坡”。有《眉山唐先生文集》《唐子西文录》。其《将家游治平院(盖老杜所谓东津也)》诗云:“昨日西楼吊王孙,今日东津悲逐臣。江边胜事略寻遍,不见海棕高入云。”“东津”,在绵州(今四川绵阳)涪江边,杜甫于唐代宗宝应元年(762)秋曾到此。“不见”句,即指杜甫在绵州所作《海棕行》所云“左绵公馆清江渍,海棕一株高入云”。《登越王楼》诗云:“向来何处识面目,应在少陵诗句中。”杜甫在绵州时曾作《越王楼歌》。又《寄杜蓬州》诗云:“阆中胜事不妨奇,旧来僻佐人谁知。只缘乃祖肠断句,名与江水东南驰。阆人德之不敢忘,遗祠今在南山上。壁间画得太瘦生,想是当年苦吟样。”“乃祖肠断句”,即指杜甫《阆水歌》之“阆中胜事可肠断,阆州城南天下稀”。《唐子西文录》共录唐庚言论35则,涉及杜甫者就有8则。如云:“六经已后,便有司马迁;三百五篇之后,便有杜子美。六经不可学,亦不须学。故作文当学司马迁,作诗当学杜子美。二书亦须常读,所谓‘不可一日无此君’也。”又云:“过岳阳楼观杜子美诗,不过四十字尔。气象闳放,涵蓄深远,殆与洞庭争雄,所谓富哉言乎者。”《黄氏补注》与《分门集注》均于《画鹘行》、《前出塞九首》其八、《石柜阁》、《早发射洪县南途中作》、《壮游》、《奉酬薛十二丈判官见赠》、《路逢襄阳少府入城戏呈杨员外绾》、《秋日阮隐居致薤三十束》、《陪章留后侍御宴南楼》等诗引“唐曰”凡9条;而《分门集注》于《哀江头》《兵车行》《送樊二十三侍御赴汉中判官》《枯楠》引“唐曰”4条,《黄氏补注》则未引及。

## 七〇、张商英

原文:“张氏,名商英,字天觉,自号无尽居士。”

按:《分门集注》《黄氏补注》均漏名简作“张氏天觉”。张商英(1043—1121),字天觉,自号无尽居士。宋蜀州新津(今属四川)人。治平二年(1065)进士。调通川主簿,知南川县。以章惇荐,权检正中书礼房公事,擢监察御史里行。坐事责监荆南税,更十年,除馆阁校勘、检正中书刑房,坐监鄂州汉川镇酒税,改荆南江陵县赤舞市盐茶税。哲宗即位,除开封府推官。出提点河东刑狱,连使河北、江西、淮南。绍圣元年(1094)召为右正言、左司谏,徙左司员外郎,责监江宁酒税。起知洪州,入权工部侍郎,迁中书舍人,出为河北都转运使,降知随州。崇宁初,为吏部、刑部侍郎,翰林学士。蔡京拜相,进尚书右丞,转左丞。罢知亳州,入元祐党籍。大观四年(1110),除中书侍郎,拜尚书右仆射。继以观文殿大学士出知河南府,旋贬崇信军节度副使,衡州安置。卒谥文忠。《宋史》有传。有《无尽居士集》,已佚,今存后人所辑《友松阁遗稿》。《黄氏补注》与《分门集注》均于《临邑舍弟书至苦雨》《佳人》《石砚》《上后园山脚》《七月三日亭午已后……戏呈元二十一曹长》等诗引“(张)天觉曰”凡5条;又于《两当县吴十侍御江上宅》“鹍鸡号枉渚”句下引“张无尽《武陵图经纠谬》云……”,《独坐二首》其二“黄牛更在东”句下引“张无尽天觉(《黄氏补注》误作

‘角’)赞曰……”;而《分门集注》于《将赴成都草堂途中有作先寄严郑公五首》其二“雪山斥候无兵马”句下引“天觉曰:无兵马,言靖乱也”,《分类杜诗》同,《黄氏补注》则误作“大觉曰”。

## 七一、蔡肇

原文:“蔡氏,名肇,字天启。”

按:《分门集注》《黄氏补注》均漏名简作“蔡氏天启”。蔡肇(? —1119),字天启。宋润州丹阳(今属江苏)人。元丰二年(1079)进士。历明州司户参军、江陵推官。元祐中,为太学正,通判常州,召为卫尉寺丞,提举永兴路常平。徽宗初,入为户部、吏部员外郎,兼编修国史。出提举两浙刑狱。张商英当国,引为礼部员外郎,进起居郎,拜中书舍人。罢为显谟阁待制,知明州。以从苏轼游,夺职,提举洞霄宫。会赦,复知睦州,卒。《宋史》有传。肇能为文,最长歌诗,工画山水人物。周紫芝《韩干画郭家师子花此画本江南故家物自腕而下绢素烂脱李伯时得之马忠肃家补足之蔡天启貌本以传其甥王季共》云:“一洗万古凡马空,九原谁唤杜陵翁。”与晁补之、张耒相唱和,与邓忠臣唱和尤多。有《丹阳集》,已佚。仅《两宋名贤小集》中存《据梧小集》1 卷。《全宋诗》录其诗 2 卷,《全宋文》录其文 11 篇。蔡梦弼《草堂诗笺》谓校正异文曾参以蔡氏《义说》。三本均于《盐井》《五盘》二诗引“天启曰”。《诗话总龟》引《丹阳集》论杜诗凡 8 条,不见葛胜仲《丹阳集》,殆为蔡氏《丹阳集》中语耶?

## 七二、杨蟠

原文:"章安杨氏蟠,字公济。"

按:《分门集注》《黄氏补注》均无。杨蟠,字公济,自号浩然居士。宋章安(今浙江临海)人。庆历六年(1046)进士。为密、和二州推官。历官光禄寺丞、提举陕西常平、太常博士。苏轼知杭州,蟠通判州事。后知温州、寿州,卒。《宋史》有传。蟠能诗,欧阳修曾称誉之。平生为诗数千篇,有《章安集》。《全宋诗》录其诗1卷。三本卷前均载其《观子美画像》云:"文光万丈照词林,独步才难一代钦。尘土未论今日貌,篇章空忆旧时心。寂寥冠剑无由作,零落丹青岂复吟。师法望公千载后,仰风三叹感知音。"

## 七三、邵博

原文:"河南邵氏博,字伯温。"

按:邵博(?—1158),字公济,号西山。宋河南(今河南洛阳)人,祖籍范阳(今河北涿州)。为著名道学家邵雍之孙,邵伯温之次子。三本俱将父名误作子字。绍兴八年(1138),赐同进士出身。九年三月,除秘书省校书郎兼实录院检讨官,言者论其过,出知果州、眉州,坐事降三官。二十八年降授左朝散郎,卒于犍为县。《宋史翼》有传。有《西山集》,已佚。《全宋词》录其词1首,《全宋诗》录其诗6首。今存《邵氏闻见后录》,其中涉论杜诗者23条,多可取。又有《同杨元澈游杜子美草堂》诗。其父邵伯温著《邵氏闻见前录》记花惊定事亦可参:"余为西蜀宪,其治在嘉州。州之西有花将军庙。将军英武,见于杜子美之诗。庙史以匣藏唐至德元年十月郑丞相告,云花惊定将军也。……或云:将军,丹棱东馆人,今东馆庙貌尤盛云。"其祖父邵雍《首尾吟》其一百二十五亦云:"既贪李杜精神好,又爱欧王格韵奇。"《分门集注》引"余(葵)曰"引及《邵氏闻见录》者即多达11处。

## 七四、石懋

原文:"橘林石氏,名懋,字敏若。"

按:石懋,字敏若,自号橘林。宋芜湖(今属安徽)人。《分门集注》《黄氏补注》俱漏名只标字。元符三年(1100)进士。宣和元年(1119)又中博学弘词科。官至密州教授。因斥阉宦梁师成,遂被排摈。卒年三十四。有《橘林集》。《全宋诗》录其诗12首、断句若干,《全宋文》录其文10篇。《黄氏补注》与《分门集注》均于《醉时歌》、《桃竹杖引》、《扬旗》、《赠特进汝阳王二十韵》、《崔氏东山草堂》、《喜闻官军已临贼境二十韵》、《观安西兵过赴关中待命二首》其二、《漫成二首》其二等诗引"石(敏若)曰"凡9条;但《黄氏补注》于《地隅》引"石曰",《分门集注》未引及。

# 七五、王得臣

原文:“凤台王氏彦辅,《和注子美诗》四十九卷,自号凤台子。”

按:王得臣(1036—1116),字彦辅,自号凤台子。三本均漏标名。宋安州安陆(今属湖北)人。初受学于郑獬,又受学于胡瑗。嘉祐四年(1059)进士。知岳州巴陵,提举开封府界常平、开封府判官,历知唐、邠、鄂、黄等州。元祐八年(1093),为福建转运司判官。官至司农少卿。绍圣四年(1097),管勾崇禧观,致仕。得臣学问博洽,著有《麈史》三卷,其中涉及杜甫者12条,所论多可取,如辨杜甫不是大历五年夏卒于耒阳,而定“其卒当在潭岳之间,秋冬之际”,可谓精核之论,后世注杜者多从其说。得臣又有《增注杜工部诗集》49卷。其《增注杜工部诗集序》云:“予时渔猎书部,尝妄注缉,且十得五六。宦游南北,因循中辍。投老家居,日以无事,行乐之暇,不度芜浅,既次其韵,因旧注惜不忍去,搜考所知,再加笺释。又不幸病目,无与乎简牍之观,遂命子瀓、洎孙端仁,参夫讨绎,俾之编缀,用偿夙志焉耳。……按郑文宝《少陵集》,张逸为之序,又有蜀本十卷。自王原叔内相再编定杜集二十卷,后姑苏守王君玉得原叔家藏于苏州进士何瑑、丁修处,及今古诸集,相与参考。乃曰:义有兼通者,亦存而不敢削。故予之所注,以苏本为正云。”序作于徽宗政和三年(1113),时得臣已78岁高龄。三本卷首均载王氏自序。王明清《挥麈录》云:“伯祖彦辅,以文学政事,扬历中外。……伯祖名得臣,自号凤台子,有《注和杜少陵诗》《麈史》行世。”《和注子美诗》《注和杜少陵诗》云云，当合指《增注杜工部诗集》和《凤台子和杜诗》。而《宋史·艺文志》仅著录其《凤台子和杜诗》3卷，却未著录《增注杜工部诗集》。二书是一而二，抑或二而一，因均亡佚，确难详考。《黄氏补注》引“彦辅曰”共计118条，像《兵车行》一诗竟多达8条，《奉赠韦左丞丈二十二韵》亦多达6条；而《分门集注》引“(王)彦辅曰”，更多达142条。

## 七六、王澂

原文：“王氏，名徵，凤台子之子。”

按：徵，当作“澂”。王澂，宋安州安陆(今属湖北)人。王得臣之子。得臣《增注杜工部诗集序》云：“予时渔猎书部，尝妄注缉，且十得五六。宦游南北，因循中辍。投老家居，日以无事，行乐之暇，不度芜浅，既次其韵，因旧注惜不忍去，搜考所知，再加笺释。又不幸病目，无与乎简牍之观，遂命子澂、洎孙端仁，参夫讨绎，俾之编缀，用偿夙志焉耳。”《宋诗纪事补遗》云王徵曾官临安簿，并据《括苍金石志》录其《题谢康乐石门作》诗1首，有阙文。不知此王徵即王澂否？

## 七七、王端仁

原文：“王氏名端仁，凤台子之孙。”

按：王端仁，宋安州安陆(今属湖北)人。王得臣之孙。得臣《增注杜工部诗集序》云:“予时渔猎书部,尝妄注缉,且十得五六。宦游南北,因循中辍。投老家居,日以无事,行乐之暇,不度芜浅,既次其韵,因旧注惜不忍去,搜考所知,再加笺释。又不幸病目,无与乎简牍之观,遂命子澂、洎孙端仁,参夫讨绎,俾之编缀,用偿夙志焉耳。”余无考。

## 七八、谢良佐

原文:“上蔡谢氏良佐,字显道。”

按:《分门集注》无谢良佐。谢良佐(1050—1103),字显道。宋蔡州上蔡(今属河南)人。从程颢、程颐受学,与游酢、吕大临、杨时在程门号“四先生”。元丰八年(1085)登进士第,初授秦州教授。历知应城县。徽宗立,召对,忤旨去,监西京竹木场,后废为民。卒谥文肃。世称上蔡先生。谢为宋代理学家,著有《上蔡先生语录》《论语解》等。《宋史》有传。谢氏注杜各家很少征引,仅见《分门集注》于《漫成二首》其二“仰面贪看鸟,回头错应人”二句下引“余葵曰:上蔡谢氏《语解》云云”。

## 七九、胡铨

原文:“庐陵胡氏铨,字邦衡,号澹庵。”

按:《分类苏诗》亦有胡邦衡。胡铨(1102—1180),字邦衡,号澹庵。宋吉州庐陵(今江西吉安)人。建炎二年(1128)

进士。绍兴七年(1137),以贤良方正荐,赐对,以左承直郎、荆湖南路提点刑狱司干办公事迁左通直郎、充枢密院编修官。八年,秦桧主和,铨上疏乞斩秦桧、王伦、孙近三人之首,桧怒,除铨名,编管昭州,后迫于公论,乃以铨监广州盐仓,改签书威武军判官,又编管新州,移谪吉阳军。桧死,量移衡州。孝宗即位,知饶州。召对,除吏部郎,迁秘书少监,擢起居郎,兼侍讲、国史院编修官。历宗正少卿、兼国子祭酒、权兵部侍郎,出为措置浙西淮东海道使。乾道初,以集英殿修撰知漳州,改泉州,留为工部侍郎。七年,以敷文阁直学士奉祠。淳熙七年(1180),以资政殿学士致仕。卒,谥忠简。杨万里为撰《胡公行状》。有《澹庵集》等。《宋史》有传。胡铨以刚直著称,忠鲠之气,有类杜甫。他在《忠辨》中称杜“情不忘君,世推其忠”。对杜诗,更是推崇备至,其《僧祖信诗序》云:“少陵杜甫耽作诗,不事他业,讽刺、讥议、诋诃、箴规、姗骂、比兴、赋颂、感慨、忿懥、恐惧、好乐、忧患、怨怼、凌遽、悲歌、喜怒、哀乐、怡愉、闲适,凡感于中,一于诗发之。仰观天宇之大,俯察品汇之盛,见日星霜露、丰隆列缺,屏翳沆瀣,烟云之变灭;云岩邃谷、悲泉哀壑,深山大泽,龙蛇之所宫;茂林修竹、翠篠碧梧,鸾鹄之所家;天地之间,诙诡谲怪,苟可以动物悟人者举萃于诗。故甫之诗,短章大篇,纡余妍而卓荦杰,笔端若有鬼神,不可致诘。后之议者至谓:书至于颜、画至于吴、诗至于甫,极矣。”又有《跋陆处善集杜诗》文和《过青潭铺用杜少陵韵》诗。三本俱未引胡铨语,而《分类苏诗》引“邦衡(曰)”亦只1条。

# 八〇、鲁訔

原文:“嘉兴鲁氏訔,《编注子美诗》一十八卷。”

按:鲁訔(1099—1175),字季钦,一作季卿,自号冷斋。宋嘉兴(今属浙江)人,后徙海盐(今属浙江),郡望扶风。鲁詹季弟。绍兴五年(1135)进士。授左迪功郎、余杭县主簿。历广德军、台州教授,知江山县。三十二年,擢太常丞。改吏部员外郎。乾道三年(1167)进太府少卿、兼权大理少卿。除直敷文阁、江西转运副使,徙浙东、福建提点刑狱公事。力请奉祠,主管台州崇道观,致仕,官至朝请郎。著有《易说》20 卷、《论语解》10 卷,已佚。《全宋诗》录其诗 3 首,《全宋词补辑》录其词 1 首。生平事迹详见周必大《直敷文阁致仕鲁公訔墓志铭》(《文忠集》卷三四)。鲁訔又有《编次杜工部诗》(即《编注子美诗》)18 卷,又称《编注杜少陵诗》,已佚。周必大《直敷文阁致仕鲁公訔墓志铭》载:“《编注杜少陵诗》十八卷、又《年谱》一卷。”三本及蔡梦弼《杜工部草堂诗笺》卷首均载有鲁訔于绍兴二十三年(1153)五月所撰《编次杜工部诗序》云:“骚人雅士,同知祖尚少陵,同欲模楷声韵,同苦其意律深严难读也。余谓少陵老人初不事艰涩索隐以病人,其平易处,有贱夫老妇所可道者。至其深纯宏远,千古不可追迹。其序事稳实,立意浑大,遇物为难状之景,纾情出不说之意,借古的确,感时深远。若江海浩溔,风云荡汩,蛟龙鼋鼍出没其间而变化莫测,风澄云霁,象纬回薄,错峙伟丽,细大无不可观。离而序之,次其先后,时危平,俗媺恶,山川夷险,风物明晦,公之所寓舒局,皆可概见，如陪公杖屦而游四方，数百年间，犹有面语，何患于难读耶！……余因旧集略加编次，古诗近体，一其后先，摘诸家之善，有考于当时事实及地理、岁月与古语之的然者，聊注其下。"《杜工部草堂诗笺》即依"鲁訔编次"。蔡梦弼《杜工部草堂诗笺跋》云："梦弼因博求唐宋诸本杜诗十门，聚而阅之，三复参校，仍用嘉兴鲁氏编次先生用舍之行藏、作诗岁月之先后，以为定本。"所谓王十朋辑《王状元集百家注编年杜陵诗史》亦依"鲁訔编年并注"。二书都引有少量鲁注。据周采泉《杜集书录》载，鲁书尚有朝鲜翻刻本。元姚桐寿《乐郊私语》云："《杜少陵集》自《游龙门》至《过洞庭》，诗目次第，为此州先正鲁訔季钦编定。大都一循少陵生平行迹，亦可以见其诗法升降，亦随其年自少而壮，而老，愈入于细而化也。注脚多所补益，极为后学借资。"鲁訔所编《杜工部诗年谱》一卷，原载《分门集注》及《草堂诗笺》卷首。《四库全书总目》著录。有《四库全书》本、清道光二年（1822）山阴杜春生校宋刻本（与赵子栎撰《杜工部年谱》合刊）、民国三年（1914）天津华新印刷局排印本、1978 年台北市影印本。《四库全书总目·史部·传记类一》载："《杜工部诗年谱》一卷，宋鲁訔撰。……訔曾注杜诗，今存者惟此谱。篇首有訔《编次杜工部诗序》，末有王士祯跋，谓甫《年谱》创始于吕汲公大防，訔以甫生于睿宗先天元年壬子，卒于大历五年庚戌，盖承吕谱之旧也。……近时滏阳张氏、吴江朱氏所注杜诗，其《年谱》大率仿此而推拓之，知密于赵子栎谱多矣。虽间有附会，又乌可以一眚掩乎？"《黄氏补注》引"鲁曰"凡 82 条，《分门集注》引"鲁曰"87 条；二本俱于《丹青引》引"鲁曰：赠曹将军霸"，《相从歌》引"鲁曰：赠严二别驾。时方经崔旰之乱"，《短歌行》引"鲁曰：送祁录事归合州，因寄苏使君”,《客至》引“鲁曰:喜崔明府相过”,《愁》引“鲁曰:强戏为吴体”,《严公仲夏枉驾草堂携酒馔》引“鲁曰:得寒字。一云郑公枉驾携酒(《分门集注》无‘酒’字)馔访水亭”,《不见》引“鲁曰:近无李白消息”,《鹦鹉》引“鲁曰:一云剪羽”,《寄杜位》引“鲁曰:顷者与位同在故严尚书幕”,《有叹》引“鲁曰:传蜀官军自围普还”,《宋本杜工部集》等多作题注而不署名。但《分门集注》于《水会渡》引“鲁曰:一云水回渡”,《黄氏补注》未引及。而二本均于《戏作花卿歌》“成都猛将有花卿”句下引“鲁曰:花卿家在丹棱东馆镇,至今血食其乡,本朝封为忠应公”,提供了关于花惊定的生平材料,颇为珍贵。

## 八一、赵次公

原文:“西蜀赵氏次公,字彦材,著《正误》。”

按:《分类苏诗》亦有赵次公。赵次公,字彦材。或云名彦材,字次公。《分门集注》《黄氏补注》均在另一处又标“赵氏彦材”,将一人误作二人。宋嘉州龙游(今四川乐山)人。与邵溥、晁公武交游。曾任隆州司法参军。著有《注杜诗》59卷,有称《杜诗正误》或《杜诗证误》者,有称《赵次公注杜甫诗集》者。是书成于高宗绍兴四年(1134)至十七年之间。全本已佚,今残存明抄本《新定杜工部古诗近体诗先后并解》26卷,为今存最早的杜集编年注本。故清周春《杜诗双声叠韵谱括略序》云:“杜之有注,自赵次公始也。”宋曾噩《新刊校定集注杜诗》(即《九家集注杜诗》)序云:“惟蜀士赵次公为少陵忠臣。今蜀本引赵注最详。”为郭知达所集九家注中最重要的一家,引其注近5000条。今人林继中有《杜诗赵次公先后解辑校》,最大限度地恢复了赵注原貌。次公对杜诗甚有研究,对杜甫评价很高,其《杜工部草堂记》云:“杜陵野老,负王佐之才,有意当世,而肮脏不偶,胸中所蕴,一切写之以诗。其曰:‘许身一何愚,自比稷与契。’又曰:‘致君尧舜上,再使风俗淳。’此其素愿也。至其出处,每与孔孟合。”次公尚有《解东坡诗》。又《宋代蜀文辑存》收其文2篇及附传。孔凡礼辑撰《宋诗纪事续补》辑其诗2首。《黄氏补注》于《游龙门奉先寺》引“赵次公曰”1条,又引“赵曰”凡2743条,如《奉赠韦左丞丈二十二韵》竟引“赵曰”多达11次。而《分门集注》引“(赵)次公曰”多达288条,又引“赵曰”多达3310条。

## 八二、赵夔

原文:“西蜀赵氏夔,字尧卿。”

按:《分类苏诗》则作“西蜀赵氏夔,字尧卿。前知荣州”。赵夔,字尧卿,号漳川居士。宋遂宁(今属四川)人。乾道二年(1166)特奏名登进士第。曾任转运使。常寓正悟寺,遍游桂林。尝注苏诗,是苏诗八家注及十家注作者之一,并首倡分类,将苏诗分为五十门。南宋黄善夫家塾刻本《百家注分类东坡先生诗》及《分类苏诗》卷首都载有赵夔所作序,序云:“崇宁年间,仆年志于学,逮今三十年,一句一字,推究来历,必欲见其用事之处。经史子传,僻书小说,图经碑刻,古今诗集,本朝故事,无所不览;又于道释二藏经文,亦常遍观、抄节,及询访耆旧老成间,其一时见闻之事,有得既已多矣。顷者,赴调京师,继复守官。累与小坡叔党(即苏轼幼子苏过)游从至熟,叩其所未知者,叔党亦能为仆言之。"《宋人传记资料索引》与《宋人传记资料索引补编》均不载此人,《全宋诗》小传亦不及其字与籍贯,只录其诗5首。《桂山诸洞歌》开头即云:"宜人之地少陵诗,阅玩前贤词意奇。"三本俱未引赵夔语,而《分类苏诗》引"(赵)尧卿曰"406条。

## 八三、赵元序

原文:"赵氏元序。"

按:《分类苏诗》亦有赵元序。赵元序,名不详。为王十朋守泉州时同僚。乾道六年(1170),王十朋离泉州时,作《越境送别者七人蒋元肃、黄少度、鹿伯可、赵元序、陈德溥、叶飞卿、林致约少酌驿舍》云:"同僚送我枫庭驿,共酌临分酒一杯。我念泉人仍惜别,此身虽去首频回。"余无考。《宋人传记资料索引》《宋人传记资料索引补编》《全宋诗》《全宋文》均不载此人。三本俱未引赵元序语,而《分类苏诗》引"元序(曰)"3条。

## 八四、师古

原文:"西蜀师氏,名古,著《详说》二十八卷。"

按:师古,字彦立,号义学。宋眉山(今属四川)人。官迪功郎。宋南渡时人,略早于赵次公。曾讲授于福建长溪县赤岸。著有《杜甫诗详说》28卷。《宋史·艺文志》著录:"《杜甫诗详说》二十八卷。”注云:“不知作者。”殆即是书。宋人杜诗注本和诗话多引其说。赵次公注即引及师古之说。蔡梦弼《杜工部草堂诗话》卷一引蜀人《师古诗话》3 条。《竹庄诗话》卷一一引其所撰《师氏诗说》3 条。意《师氏诗说》《杜甫诗详说》《师古诗话》,三者盖为一书而异名。书今不传。或疑为伪书,殆非。严羽《沧浪诗话·考证》云:“杜注中,‘师曰’者,亦‘坡曰’之类。但其间半伪半真,尤为淆乱惑人,此深可叹。然具眼者自默识之耳。”钱谦益《钱注杜诗·略例》云:“蜀人师古注尤可恨!‘王翰卜邻’,则造杜华母命华与翰卜邻之事;‘焦遂五斗’,则造焦遂口吃,醉后雄谭之事。流俗互相引据,疑误弘多。”师注伪撰故实,挟伪乱真,诚为学界一厄,但不尽然,亦有可取者。如《杜工部草堂诗话》卷一引《师古诗话》云:“子美《江村》诗云:‘老妻画纸为棋局,稚子敲针为钓钩。’谓:‘妻比臣,夫比君,棋局,直道也。针本全直而敲曲之,言老臣以直道成帝业,而幼君坏其法。稚子,比幼君也。’此《天厨禁脔》之说也。或说老妻以比杨贵妃,稚子以比安禄山,盖禄山为贵妃养子。棋局,天下之喻也,贵妃欲以天下私禄山,故禄山得以邪曲,包藏祸心。此说似为得之。虽然,子美之意亦不如此。老妻、稚子,乃甫之妻子,甫肯以己妻子而托意于淫妇人与逆臣哉!理必不然。且如《进艇》诗云:‘昼引老妻乘小艇,晴看稚子浴清江。’则又将何所比况乎?此皆村居与妻子适情以自乐,故形之诗咏,皆若托意于草木鸟兽之类,不宜区区肆穿凿也。”此条亦见《分门集注》卷七、《王状元集百家注编年杜陵诗史》卷一二《江村》诗注;《黄氏补注》卷二一、《分类杜诗》卷七所引,只少“故形之诗咏”以下数语。《黄氏补注》引“师古曰”凡 200 条,但几乎都是《汉书》颜师古注,只有《伤春五首》题下引“师古曰:时避寇在蜀作”(《分门集注》所引同),为宋代师古注;又引“师曰”多达873条。《分门集注》则明标宋代“师古曰”62条,又引“师曰”819条。

## 八五、师尹

原文:“师氏尹,字民瞻。”

按:《分类苏诗》亦有师尹。师尹(?—1152),字民瞻。宋彭山(今属四川)人。政和八年(1118)以上舍擢第,调京兆府兵曹掾兼工曹,为夏县主簿,改监京兆府税,历延安府、凤翔府教授,监汉州税,辟成都府等路榷茶司干办公事、总领四川财赋所主管文字,官终夔州通判。曾注杜诗、苏诗,有文集20卷。生平事迹详见魏了翁《朝奉大夫通判夔州累赠正奉大夫师君墓志铭》(《鹤山集》卷八七)。师尹为宋代注杜名家,为郭知达《九家集注杜诗》之重要一家,引其注文多达336条,于杜诗异文多所考定。赵次公注即将师本作为旧本正文的主要校本,并云:“师民瞻所传任昌叔本。”魏了翁《墓志》即云:“予幼读杜工部、苏文忠公诗,于师氏注释,明辩闳博,心窃好之。”《黄氏补注》与《分门集注》均于《奉赠韦左丞丈二十二韵》、《陪李北海宴历下亭》、《古柏行》、《棕拂子》、《水槛遣兴二首》其二、《奉寄高常侍》、《赠王二十四侍御契四十韵》、《宗武生日》、《南极》、《送孟十二仓曹赴东京选》、《题柏大兄弟山居屋壁二首》其一、《舍弟观赴蓝田取妻子三首》其一、《元日示宗武》、《移居公安敬赠卫大郎钧》、《小寒食舟中作》等诗引“尹曰”;而《分门集注》于《渡江》、《赠李白》(五古)引“尹曰”,《黄氏补注》

未引及;《黄氏补注》于《柏学士茅屋》“白马却走身岩居”句下引“尹曰:光武临朝或有惰容……”,《分门集注》误作“日曰”;又《黄氏补注》于《月》(“四更山吐月”首)引“尹曰”,《分门集注》则作“尹洙曰”。又《分门集注》于《忆郑南》“郑南伏毒寺”句下引“赵曰:旧本作‘毒守’,难解。师民瞻本作‘毒手’,无义。一本作‘毒寺’,却似有义。盖寺名伏毒而在江心,故以到江心为潇洒也”。

## 八六、王楷

原文:“建安王氏,名楷。”

按:王楷,宋建安(今福建建瓯)人。生平无考。《宋人传记资料索引》《宋人传记资料索引补编》《全宋诗》《全宋文》均不载此人。《黄氏补注》于《大觉高僧兰若》《承闻故房相公灵榇自阆州启殡归葬东都有作二首》引“楷曰”凡 2 条;《分门集注》又于《今夕行》《薄暮》《佐还山后寄三首》《入奏行》《冬末以事之东都,湖城东遇孟云卿,复归刘颢宅宿,宴饮散因作醉歌》引“楷曰”5 条,但《分门集注》于《秋兴八首》其四“征西车马羽书迟”句下引“楷曰:征西,兴于汉代,以张辽为征西大将军也。一作驰”,《黄氏补注》《分类杜诗》则作“洙曰”。

## 八七、王杞

原文:“王氏,名杞。”

按:王杞,据陈亮《汪夫人曹氏墓志铭》载,德化县主簿汪浃有孙婿名王杞,授承务郎。或即其人。汪氏卒于高宗绍兴十三年(1143),则王杞当为孝宗时人。余无考。《宋人传记资料索引》《宋人传记资料索引补编》《全宋诗》《全宋文》均不载此人。

## 八八、王纡(纾)

原文:"建安王氏,名纡。"

按:王纡,宋建安(今福建建瓯)人,生平无考。《宋人传记资料索引》《宋人传记资料索引补编》《全宋诗》《全宋文》均不载此人。纡,似当作"纾"。据雍正《山西通志》卷六五载,王纾,宋进士,泽州(今山西晋城)人,曾任钱塘令。《分门集注》于《初月》诗引"王纾曰"1条,系转录《复斋漫录》的一段文字。

## 八九、徐宅

原文:"东莱徐氏,字居仁,《编次门类诗》。"

按:徐居仁,名宅,以字行,宋东莱(今山东莱州)人。乾隆《浙江通志・选举三・宋进士》载:徐宅为绍兴十二年(1142)陈诚之榜进士,系西安县(今属浙江衢州)人。《宋会要・选举》二〇之一九《试官》载:乾道四年(1168)八月五日,"国子监发解,命监察御史李简能监试","干办行在诸军审计司徐宅"等人"点检试卷"。不知此徐宅与徐居仁为一人否?或东莱系徐宅郡望？陈振孙《直斋书录解题》卷一九著录：“《门类杜诗》二十五卷，称东莱徐宅居仁编次，未详何人。”振孙将《门类杜诗》编在郭知达编《杜工部诗集注》（即《九家集注杜诗》）之后。郭知达序撰于淳熙八年（1181）八月，而今传宋刻本为曾噩（1167—1226）于宝庆元年（1225）任广东转运判官时校刻。据此，则徐居仁当生活于1200年前后。《门类杜诗》今已不存。洪业认为《分门集注杜工部诗》即参酌徐本改编而成。今天我们所看到的本子，是署为“东莱徐居仁编次、临川黄鹤补注”的《集千家注分类杜工部诗》25卷。此书乃后人以徐居仁《门类杜诗》为底本，编入黄鹤注及文天祥、谢枋得、刘辰翁等人评语而成。它的一个显著特点就是把全部杜诗分为72门。三本均于《望岳》“岱宗夫如何”句下引“徐曰：按王原叔、吕居仁、王彦辅、鲁訔（《分门集注》下有‘诸本’二字）并作‘夫’，独师本作‘天’字说”，但《分门集注》于《白水崔少府十九翁高斋三十韵》引“徐曰”，《黄氏补注》《分类杜诗》均未引及。

## 九〇、徐君平

原文：“徐氏君平。”

按：徐君平，宋金陵（今江苏南京）人。久从王安石学，安石当国不随。苏辙称其文字。元祐五年（1090）十月，以苏辙荐，由知大宗正丞事除为监察御史，六年三月，迁度支员外郎、权知郓州，又知蕲州。十月，迁京东路转运判官。后以左朝散郎权发遣淮南东路提点刑狱。绍圣三年（1096），迁河东提刑司。《宋人传记资料索引》《宋人传记资料索引补编》《全宋诗》均不载此人。《全宋文》卷二五六九收其文4篇。《黄氏补注》与《分门集注》均于《遣兴五首》其一(“朔风飘胡雁”首)及《别赞上人》《扬旗》《遣闷》等诗引及“君平曰”;而《分门集注》于《丽人行》引“徐君平曰”,《黄氏补注》《分类杜诗》均不见引及。

## 九一、徐持晦

原文:“徐氏持晦。”

按:《分类苏诗》亦有徐持晦。徐持晦,生平无考。《宋人传记资料索引》《宋人传记资料索引补编》《全宋诗》《全宋文》均不载此人。三本俱未引徐持晦语,而《分类苏诗》引“持晦(按)”4条。

## 九二、蔡兴宗

原文:“东莱蔡氏伯世,撰《年谱》。”

按:蔡兴宗,字伯世。三本俱漏名。东莱(今山东莱州)人;或云蜀人,非。生活在北宋后期,年代略早于赵次公。蔡与江西派诗人颇有来往。蔡为韩驹表弟,韩驹有《赠蔡伯世》《答蔡伯世食笋》等诗。饶节有《用蔡伯世韵作诗寄之兼简吕居仁兄弟十首》《蔡伯世吕隆礼敦智李肃老求颂二首》等诗。吕本中有《寄蔡伯世赵才仲》诗。蔡有《重编少陵先生集》20卷、

《重编杜工部年谱》和《杜诗正异》，俨然是一位卓有成就的杜甫研究专家。胡仔《苕溪渔隐丛话》后集卷八云："子美诗集，余所有者凡八家……《重编少陵先生集》并《正异》，则东莱蔡兴宗也。"晁公武《郡斋读书志》著录有"蔡兴宗《编杜甫诗》二十卷"，并批评说："近时有蔡兴宗者，再用年月编次之；而赵次公者，又以古律诗杂次第之，且为之注。两人颇以意改定其误字，人不善之。"汪应辰《书少陵诗集正异》云："始余得洪州州学所刻《少陵诗集正异》者观之，中间多云：其说已见卷首，或云他卷，或云年谱，殊不可晓，既而过进贤，偶县大夫言有蜀人蔡伯世重编杜诗，亟借之，乃得其全书。然后知正异者，特其书之一节尔，不可以孤行也。此书诠次先后，考索同异，亦已勤矣。世传杜诗，往往不同，前辈多兼存之，今皆定从某字，其自任盖不轻矣。诗以气格高妙、意义精远为主。属对之间，小有不谐，不足以累正气。今悉迁就偶对，至于古诗亦然，若止为偶对而已，似未能尽古人之意也。……闽中所刻《东坡杜诗事实》者，不知何人假托，皆凿空撰造，无一语有来处。如引王逸少诗云：'湖上春风舞天棘'，此其伪谬之一也。今乃用此改'天棘梦青丝'为'舞青丝'。政使实有此证，犹未可轻改，况其不然者乎？余谓不若于杜集之后，附益以重编年谱、各卷叙说、目录、正异等，以存一家之说，使览者有考焉可也，未可以为定本。"对蔡氏轻改杜诗文字和征引"伪苏注"深致不满。书已不存，无从窥其全貌。但据汪文，可知所谓《杜诗正异》，"特其书之一节尔，不可以孤行"，故胡仔称为"《重编少陵先生集》并《正异》"；又据晁志所云，其书当是编年体的，而且早于赵次公注本。朱鹤龄、仇兆鳌等注杜大家，在杜诗编年上多有参考蔡氏者。《诗话总龟》后集卷一八"正讹门"辑有《杜诗正异》32

条佚文，对杜诗字句的考订，多有可取之处。而《分门集注》卷首还载有蔡兴宗撰《重编杜工部年谱》。为杜甫作年谱者，今存以吕大防所撰为最早。但吕谱极简，且多疏误，如其所署甲子皆误。蔡谱对吕谱多所订正，且多发明。如定杜甫献《三大礼赋》在天宝九载冬；考《北征》中"惨淡随回鹘"，当作"回纥"等，可谓精确。赵次公注多引蔡说，特别是利用了蔡氏编年的成果。《黄氏补注》与《分门集注》均于《兵车行》、《白马》、《黄草》、《陪王使君晦日泛江就黄家亭子二首》其一、《玄都坛歌寄元逸人》、《北征》、《青丝》等诗引"蔡（伯世）曰"；而《分门集注》于《立秋后题》引"蔡伯世曰"，《黄氏补注》《分类杜诗》均未引及。

## 九三、蔡絛

原文："蔡氏絛。"

按：蔡絛（？—1126），字约之，自号百衲居士，又号无为子。排行十三。宋兴化军仙游（今属福建）人。蔡京季子。官至徽猷阁待制。宣和六年（1124），京再相，年老不能视事。絛任龙图阁直学士兼侍读，代为决事。靖康元年（1126）贬窜白州（今广西博白），居铁围山，著《铁围山丛谈》。绍兴末尚在世。《宋史翼》有传。又著《西清诗话》（有台湾广文书局影印古今诗话续编本）3 卷，计 120 则，其中有关杜甫者 21 则。如云"诗至李杜，古今尽废"，又云"唐人吊杜子美：'赋出三都上，诗须二雅求。'盖少陵远继周诗法度"，并论及"杜少陵文自古奥"。《黄氏补注》与《分门集注》于《游龙门奉先寺》、《同谷七歌》其四引“伪苏注”，于《饮中八仙歌》引“修可曰”，都曾引及“蔡絛云”。如《饮中八仙歌》引“修可曰：蔡絛云：‘船’字、‘眠’字、‘天’字、‘前’字各再押，‘前’字凡三押，于古未见其体。尝质之叔父元度，云：‘此歌分八篇，人人各异，虽重押韵无异，亦周诗分章之意也。’”

## 九四、薛苍舒

原文：“河东薛氏苍舒，《续注子美诗》。”

按：薛苍舒，一作仓舒。字梦符。宋河东（今山西永济）人。政和三年（1113）以奉议郎举词学兼茂科，除太仆寺丞。曾任翰林学士。余不详。著有《补注杜工部集》（又名《杜诗补遗》《续注杜诗补遗》《续注子美诗》《广注子美诗》《杜诗刊误》等）。薛氏为宋代注杜重要一家，郭知达《九家集注杜诗》所收九家注，引薛注多达157条。三本俱云：“河东薛氏苍舒，《续注子美诗》；薛氏梦符，《广注子美诗》。”则将一人误作二人，后世多沿其误。参蔡锦芳《薛苍舒考论》（《杜甫研究学刊》1996年第4期）。《黄氏补注》引“苍舒曰”46条；《分门集注》引“（薛）苍舒曰”55条；二本又引“薛曰”22条，当即苍舒。

## 九五、薛梦符

原文：“薛氏梦符，《广注子美诗》。”

按:三本均将薛苍舒(字梦符)一人误作二人。《黄氏补注》引“梦符曰”121条;《分门集注》引“(薛)梦符曰”多达189条。

## 九六、薛综

原文:“薛氏综。”

按:薛综(?—243),字敬文。三国吴沛郡竹邑(今安徽宿州)人。少依族人避乱交州,从刘熙学。交州豪族士燮归附孙权,召综为五官中郎将,除合浦、交趾太守。还都,守谒者仆射。吴黄龙三年(231),为孙权子建昌侯虑长史。嘉禾元年(232),入守贼曹尚书,迁尚书仆射。赤乌三年(240),徙选曹尚书。五年,为太子少傅。六年春,卒。《三国志》有传。著《私载》,已佚。曾为张衡《二京赋》作注,唐李善采入《文选注》。今存文11篇。综为三国时人,不可能注杜,三本均误。《分门集注》《黄氏补注》均于《往在》“掖垣迩濯龙”句下引“赵曰”曾引及“薛综注”;《黄氏补注》又于《大云寺赞公房四首》其一黄希“补注”引及“薛综注”。薛综或为韩综之误。苏舜钦《题杜子美别集后》云:“天圣末,昌黎韩综官华下,于民间传得号《杜工部别集》者,凡五百篇。”惜韩综藏本已佚不传。韩综(1008—1052),字仲文。宋开封雍丘(今河南杞县)人,其先真定灵寿(今属河北)人。韩亿次子,绛、缜之兄。刘敞岳父。荫补将作监主簿,奏授签书凤翔府判官,改太常寺太祝,寻迁大理评事。天圣八年(1030)进士。通判天雄军,荐授集贤校理、同知太常院。历开封府推官、三司户部判官、同修起居注、判三司度支勾院，迁尚书祠部员外郎。庆历六年（1046）使契丹，执政以为生事，出知滑州，徙许州。移袁州，复为江东转运使。累迁刑部员外郎、知制诰、知审官院。卒，年四十五。张方平为撰《韩君墓志铭》。《宋史》有传。三本均未引韩综语。

## 九七、薛伯宣

原文：“薛氏上昭。”

按：《分门集注》《黄氏补注》均作“薛氏士昭”，是。薛上昭，生平无考。《宋人传记资料索引》《宋人传记资料索引补编》《全宋诗》《全宋文》均不载此人。薛伯宣，字士昭，宋温州乐清（今属浙江）人。与王十朋同乡。十朋有5首诗咏及他，《士昭赠寸金鱼子》云：“乡人得得分乡味，转使乡心念故乡。”《薛士昭寄新柑……》云：“书后谁题字？乡人远寄柑。”又有《薛士昭主管母夫人加封送酒为寿薛有诗谢次韵以酬（伯宣）》。曾任提举、寺丞、衡阳守。曾协有《送薛士昭》诗，李洪有《次韵薛士昭琴室》，蔡戡有《再用韵呈薛士昭提举》。朱熹在《衡州石鼓书院记》中曾提到“衡守薛侯伯宣”，陆九渊在《武陵县学记》中亦曾提到“仓台薛公伯宣助成讲堂”云云。三本俱未引薛士昭语，而《分类苏诗》引“士昭（曰）”3条。《黄氏补注》卷三一于《八阵图》诗引“余曰：按永嘉薛氏云：武侯之图，可见者三：一在沔阳之高平旧垒，一在广都之八阵乡，一在鱼复永安宫南江滩水上。……故桓温以为常山之蛇，杜甫伟其江流而不转也”。《分门集注》卷一五、《分类杜诗》卷五、宋百家本卷二二均引及，文字几乎全同。按：“余曰”即指余葵所说，《黄氏补注》引"余曰"凡 34 条,此为其一。"永嘉薛氏",疑为薛伯宣。永嘉,即温州。

## 九八、薛元肃(蒋元肃)

原文:"薛氏元肃。"

按:《分类苏诗》亦有薛元肃。薛元肃,生平无考。三本俱未引薛元肃语,而《分类苏诗》引"元肃(曰)"3 条。《宋人传记资料索引》《宋人传记资料索引补编》《全宋诗》《全宋文》均不载此人。疑当作蒋元肃,名雝,号朴卿子。宋莆田(今属福建)人。少博学强记,人称南方夫子。与林光朝等十人俱知名,号莆阳十先生。绍兴二十一年(1151)进士,授德化(泉州属县)令。王十朋守泉州时,元肃为州学教授,十朋见其文大加赏识,元肃因作《梦仙赋》以献,十朋称其词新意古,可与司马相如《大人赋》、李白《大鹏赋》相颉颃。又献《时政十议》,十朋读而叹曰:"经世文也!"乾道六年(1170)三月,王十朋为作《读礼堂记》云:"莆田蒋君元肃,好古而能文,于书无所不读,喜亲之享年而荣其生封也,名堂曰蕴仁,乡党歆艳之。其执亲之丧也,又名堂曰读礼,养生丧死无憾,可谓知真读书矣。"离泉州时,作《越境送别者七人蒋元肃、黄少度、鹿伯可、赵元序、陈德溥、叶飞卿、林致约少酌驿舍》云:"同僚送我枫庭驿,共酌临分酒一杯。我念泉人仍惜别,此身虽去首频回。"又作《别蒋元肃》云:"符竹南来识广文,经横讲席见渊源。凌云词赋胜三赋,医国忠言压万言。"自注:"元肃尝作二赋、十议。"《次蒋元肃韵》曰:"酒杯三十六人衔,劝我殷勤不止三。长记白蘋离浙右,忍看丹荔别泉南。"又有《次韵蒋教授喜雨》《题蒋元肃蕴仁堂》《跋蒋元肃梦仙赋》等。元肃后知江阴军。淳熙十年(1183)知通州,筑三贤堂,同年程大昌为撰《通州三贤堂记》。秩满入觐,将除赣州,为执政所沮,遂退居朴乡十余年,凡四请祠,以寿终。有《朴斋文集》。

## 九九、杜修可

原文:"城南杜氏修可,《续注子美诗》。"

按:杜修可,据考,宋代实无其人。乃是坊贾以杜田注和赵次公注及其他一些注拼合出来的一个人物。详参蔡锦芳《杜修可考》(《杜甫研究学刊》1997 年第 4 期)。《黄氏补注》引"修可曰"凡 240 条;《分门集注》引"(杜)修可曰"更多达 273 条。

## 一〇〇、杜田

原文:"杜氏名田,字时可,著《补遗》。"

按:杜田,字时可,一字汝耕。宋安岳(今属四川)人。以文章孝行举临江府教授。官终大邑县丞。生活于南北宋之交。有《注杜诗补遗正缪》。杜田为宋代注杜重要一家,赵次公注即屡引杜田之说。郭知达《九家集注杜诗》所收九家注,引杜田注多达 500 余条,仅次于赵次公注,居第二位。三本均云:"城南杜氏修可,《续注子美诗》;杜氏名田,字时可,著《补遗》;

杜氏定功。”稍早而托名王十朋编《王状元集百家注编年杜陵诗史》,已是分标三人注,此后蔡梦弼《杜工部草堂诗笺》等重要杜诗注本,莫不引及“修可”“定功”之名。而据考,宋代实无此二人。乃是坊贾伪撰之人,将其名附会于杜田等人注文以欺世。详参聂巧平《杜田考论》(《杜甫研究学刊》1998 年第 4 期)和蔡锦芳《杜修可考》(《杜甫研究学刊》1997 年第 4 期)。《黄氏补注》于《王兵马使二角鹰》引“杜田云”一条,又引“(杜)田曰”凡 65 条;《分门集注》引“(杜)田曰”69 条,又引“(杜)时可曰”15 条。

## 一〇一、杜定功

原文:“杜氏定功。”

按:杜定功,据考,宋代实无其人。详参聂巧平《杜田考论》(《杜甫研究学刊》1998 年第 4 期)。《黄氏补注》引“定功曰”凡 72 条;《分门集注》引“(杜)定功曰”74 条。

## 一〇二、张孝祥

原文:“历阳张氏孝祥,字安国。”

按:《分类苏诗》亦有张孝祥,并云“号于湖居士”。张孝祥(1132—1170),字安国,号于湖居士。宋历阳乌江(今安徽和县)人。绍兴二十四年(1154),高宗亲擢进士第一,授承事郎、签书镇东军节度判官,召为秘书省正字。历校书郎、礼部员外郎、起居舍人、权中书舍人，被劾，提举江州太平兴国宫，起知抚州。孝宗即位，复集英殿修撰、知平江府。除中书舍人，迁直学士院兼都督府参赞军事，兼领建康留守，改除敷文阁待制，劾罢。起知静江府、广南西路经略安抚使，徙知潭州，又知荆南、荆湖北路安抚使。进显谟阁直学士致仕。卒年三十九。《宋史》有传。孝祥善诗文，尤工词，有《于湖集》《于湖词》。《黄氏补注》与《分门集注》均于《画鹰》、《高都护骢马行》、《送韦十六评事充同谷防御判官》、《洗兵马》、《幽人》、《佳人》、《寄赞上人》、《发同谷县》、《剑门》、《哭长孙侍御》、《夔府书怀四十韵》、《九日五首》其三、《上白帝城》、《遣兴五首》其四（“贺公雅吴语”首）、《热三首》其二、《清明二首》其二、《至日遣兴奉寄北省旧阁老两院故人二首》其二、《奉寄章十侍御》等诗引“（张）孝祥曰”18 条；而《分门集注》于《后出塞五首》其一、《上韦左相二十韵》、《石笋行》、《白水崔少府十九翁高斋三十韵》引“孝祥曰”，《黄氏补注》《分类杜诗》俱未引及。

## 一〇三、张伯玉

原文：“张氏伯玉，读《子美集》有诗。”

按：张伯玉，字公达。宋建安（今福建建瓯）人。天圣末，守陈州司户参军。景祐元年（1034）中书判拔萃科，除两使幕职官。庆历初，为苏州郡从事。皇祐元年（1049）进士及第。历并州判官。以秘书丞知太谷县，范仲淹举以应贤良方正能直言极谏科。至和中，通判睦州。嘉祐中为侍御史，历知太平、越、福、睦等州，入为司封郎中。能诗善饮，时号张百杯，又号张百篇。有《蓬莱集》。三本卷首均载其《读子美集》:"寂寞风骚主,先生第一材。诗魂躔斗壁,笔力撼蓬莱。运动天枢朽,奔腾地轴摧。万蛟盘险句,千马夹雄才。势走岷峨尽,辞含混沌来。剖山无鹊石,倾厩尽龙媒。荐擢夸三赋,飘零放一杯。艰难行蜀道,感激上燕台。日月兵前没,江湖笑里开。独吟千载后,肝胆洗尘埃。"

## 一〇四、张逸

原文:"张氏,名逸,序蜀本《子美诗》一十卷。"

按:张逸(? —1040),字大隐。宋郑州荥阳(今属河南)人。进士及第,为试秘书省校书郎,知邓城县。迁澶州观察推官,改大理寺丞,知长水县,徙青神县。再迁太常博士、知尉氏县。天圣二年(1024),由监察御史为提点益州路刑狱、劝农使。历开封府判官,为两浙转运使,徙河东、陕西,以龙图阁待制知梓州。累迁尚书兵部郎中,知开封府。景祐四年(1037)以枢密直学士知益州,卒于官。《宋史》有传。王洙《杜工部集记》云:"搜裒中外书,凡九十九卷。"其中有"郑文宝序《少陵集》二十卷"。王得臣《增注杜工部诗集序》亦云:"按郑文宝《少陵集》,张逸为之序,又有蜀本十卷。"《宋史·张逸传》云:"以枢密直学士知益州。逸凡四至蜀,谙其民风。"意文宝所序《少陵集》为张逸刻于四川,故称蜀本。蜀本仅为"十卷",与"郑文宝序《少陵集》二十卷"是何关系?惜郑、张二序俱不存,无从确知。

# 一〇五、孙倬

原文:"西蜀孙氏倬,字瞻民。"

按:孙倬,字瞻民。宋孙奕《示儿编》卷一三曾引及"孙倬",或即其人。又有嘉定元年(1208)进士名孙倬者,但是婺源人,非西蜀人。余无考。《分类苏诗》作孙淖。为苏集宋刊十注之一。《宋人传记资料索引》《宋人传记资料索引补编》《全宋诗》《全宋文》均不载此人。《黄氏补注》与《分门集注》均于《醉时歌》"名垂万古知何用"句下引"孙瞻民曰:昔人为名,盖若画饼充饥者也。杜言郑名虽大,无益于用"。于"忘形到尔汝"句下又引"孙瞻民曰:《庄子》曰:养志者忘形"。又于《太平寺泉眼》、《通泉县署屋壁后薛少保画鹤》、《石砚》、《奉酬薛十二丈判官见赠》、《八哀诗·赠司空王公思礼》、《发刘郎浦》、《寄张十二山人彪三十韵》、《野望因过常少仙》、《得广州张判官叔卿书使还以诗代意》、《西山三首》其二、《送舍弟颖赴齐州三首》其一、《九日》、《赠崔十三评事公辅》、《送王十六判官》、《夔州歌十绝句》其五等诗引"孙曰"凡15条;但《黄氏补注》于《热三首》其二引"孙曰",《分门集注》未引及;《分门集注》于《北邻》《故武卫将军挽词三首》其三引"孙曰",《黄氏补注》则未引及;又于《晚出左掖》、《喜闻盗贼总退口号五首》其三引"孙曰",《黄氏补注》《分类杜诗》均未引及。《分类苏诗》于《同柳子玉游鹤林招隐醉归呈景纯》"一声吹裂翠崖岗"句下引"绰(曰):杜甫《赴奉先县咏怀》诗:岁暮百草零,疾风高岗裂"一条,疑"绰"当为"淖"或"倬"之误。

## 一〇六、孙安国

原文:“孙氏彦忠。”

按:《分类苏诗》作“永嘉孙氏彦忠”。孙安国(一作国安),字彦忠。三本俱漏名。宋会稽(今浙江绍兴)人。绍兴二十七年(1157)榜进士。十朋《至福唐会乡人丁镇叔、张器先、甄云卿、项用中、赵知录、薛主簿、同年孙彦忠草酌试院》诗云:“一同年友七乡人,劝酒那容耳不闻。……诗篇共约题孤屿,游宦犹疑在五云。”自注:“彦忠,会稽人,予昔仕越,与彦忠友。”《宋人传记资料索引》《宋人传记资料索引补编》《全宋诗》《全宋文》均不载此人。三本俱未引孙彦忠语,而《分类苏诗》引“(孙)彦忠(曰)”5条。

## 一〇七、程演(缜)

原文:“西蜀程氏演,字季良。”

按:《分类苏诗》作“程氏缜,字季长”,临川人。为苏集宋刊五家注之一。《铁琴铜剑楼藏书目录》卷二〇《集注东坡诗前集》注亦作“程缜”,并谓“程缜,字季长,居里未详”。《玉海》卷一五《地理书》载:“《职方机要》四十卷,大观中晋原丞程缜撰。”《宋史·艺文志》亦载:“程缜《职方机要》四十卷。”《宋人传记资料索引》《宋人传记资料索引补编》《全宋诗》《全宋文》均不载程演或程缜。宋有张缜(?—1207),亦字季长,唐安(治今四川崇州东南江源镇)人,隆兴元年(1163)进士。历秘书省正字,仕至大理少卿。距大观(1107—1111)50多年,当不会误为一人。《黄氏补注》与《分门集注》均于《醉时歌》引"程演曰"1条,又于《白水县崔少府高斋三十韵》、《送从弟亚赴安西判官》、《泛溪》、《冬到金华山观》、《贻华阳柳少府》、《城西陂泛舟》、《遣意二首》其一、《西山三首》其三、《诸葛庙》等诗引"程曰"凡9条;但《分门集注》于《观兵》《寄张十二山人彪三十韵》《送陵州路使君之任》引"程曰",《黄氏补注》《分类杜诗》均未引及。《分类苏诗》引"(程)缜(曰)"多达2352条。

## 一〇八、程天祐

原文:"程氏天祐。"

按:《分类苏诗》亦有程天祐。程天祐,名不详。王十朋知泉州时,有《赠程天祐秀才》云:"程生嗜好与人殊,杖屦遥遥访我庐。不踏槐花随举子,手持医国惠民书。"余无考。《宋人传记资料索引》《宋人传记资料索引补编》《全宋诗》《全宋文》均不载此人。三本俱未引程天祐语,而《分类苏诗》引"天祐(曰)"6条。

## 一〇九、宋援

原文:"西蜀宋氏援,字正辅。"

按:《分类苏诗》亦有宋援。为苏集宋刊五家注之一。宋援,字正辅,西蜀人。《铁琴铜剑楼藏书目录》卷二〇《集注东坡诗前集》注谓“宋援,字正卿”。生平无考。《宋人传记资料索引》《宋人传记资料索引补编》《全宋诗》《全宋文》均不载此人。《黄氏补注》于《醉时歌》引“宋援曰”1条,又于《高都护骢马行》《贻阮隐居》《陪王侍御同登东山最高顶》《郑典设自施州归》《发刘郎浦》《城西陂泛舟》《哭长孙侍御》《不归》及《遣意二首》其二、《夔州歌十绝句》其一等诗引“宋曰”凡10条。而《分门集注》于《西山三首》之三引“宋曰”,不见引于《黄氏补注》;又于《送李校书二十六韵》《寄岳州贾司马六丈巴州严八使君两阁老五十韵》及《奉寄李十五秘书二首》之一引“宋曰”,则《黄氏补注》《分类杜诗》俱不见引及。

## 一一〇、宋彦材

原文:“宋氏彦材。”

按:《分类苏诗》亦有宋彦材。王十朋《宋彦才挽词》云:“德著吾乡月旦评,丘园萧散傲虚名。袍虽不夺诗尤好,秋不曾悲赋自清。早挂儒冠知有命,晚凭贝叶悟无生。人间月落天池后,定向维摩顶上行。”《代祭宋彦才文》云:“念吾乡之耆旧,所余才二三人,嗟浮世之年龄,自古稀七十者。……惟公望倾士论,德冠乡评,妙龄接步于青衿,白首游心于黄卷。”或即其人。温州乐清(今属浙江)人,为王十朋乡贤,能诗文,晚年向佛,卒年当在七十以上。余无考。《宋人传记资料索引》《宋人传记资料索引补编》《全宋诗》《全宋文》均不载此人。

# 一一一、李尧祖

原文:“临安李氏尧祖,字唐卿。”

按:《分类苏诗》亦有李尧祖。李尧祖,字唐卿。生平无考。《宋人传记资料索引》《宋人传记资料索引补编》《全宋诗》《全宋文》均不载此人。三本俱未引李尧祖语,而《分类苏诗》引“尧祖(曰)”44条。

# 一一二、李厚

原文:“李氏厚,字德载。”

按:《分类苏诗》亦有李厚。为苏集宋刊五家注之一。李厚,字德载,建昌人。范仲淹《举张讽李厚充青州职官状》云:“邓州南阳县主簿李厚,进士出身,素有文行。”荐其为青州节度推官。欧阳修皇祐五年(1053)在《与梅圣俞书》中,曾提及李厚。强至有《送李厚秘校赴相州户曹》诗。李如篪《东园丛说》卷上“《春秋》感麟而作”条提及李厚作《春秋总要序》。陈耀文编《花草粹编》收李德载词在晏殊、欧阳修后,晏几道前。当即其人。《全宋词》收李德载词3首,而不知李德载名厚。《宋人传记资料索引》《宋人传记资料索引补编》《全宋诗》《全宋文》均不载此人。三本俱未引李厚语,而《分类苏诗》引“(李)厚(曰)”多达1969条。

## 一一三、何泓

原文:“苏州何氏泓。”

按:何泓,生平无考。《宋人传记资料索引》《宋人传记资料索引补编》《全宋诗》《全宋文》均不载此人。

## 一一四、何觊

原文:“何氏觊,字人表。”

按:《分类苏诗》亦有何觊。何觊,字人表,排行十三。黄罃《山谷年谱》卷二九则谓何十三名觊。江西派诗人李彭有《戏何人表》诗,黄庭坚于崇宁元年(1102)九月所作《跋元祐间与三妗太君帖》提及何人表之妻,则何当为江西诗派中人,而今知江西诗派中有何颉,而无何觊。刘克庄《江西诗派小序》则云:“内何人表颙、潘仲达大观,有姓名而无诗。”而吕本中《江西诗社宗派图》无何颙。或何颙为何觊、何颉之讹,或谓三者实为一人,或谓何觊、何颉当是何颉之误,何颙则为另一人。究为何人,尚待详考。《宋人传记资料索引》《宋人传记资料索引补编》《全宋诗》均不载此人。《黄氏补注》于《兵车行》“尘埃不见咸阳桥”句下引“何觊曰:咸阳桥,即长安城外桥,兵行尘埃坌起,故桥为之不见也”,《分门集注》《分类杜诗》同。《黄氏补注》《分门集注》又于《醉歌行》《赠卫八处士》《石柜阁》《送韦讽上阆州录事参军》《早发射洪县南途中作》《独酌成诗》

《壮游》《野望》等诗引"何曰"凡10条；但《分门集注》于《雨》（"行云递崇高"首）引"何觊曰"，于《重题郑氏东亭》《太子张舍人遗织成褥段》引"何曰"，均不见引于《黄氏补注》《分类杜诗》。《分类苏诗》引"（何）人表（曰）"4条，又引"觊（曰）"1条。

## 一一五、丁修

原文："姑苏丁氏修。"

按：丁修，王琪《杜工部集后记》云："翰林王君原叔，尤嗜其诗，家素畜先唐旧集，及采秘府名公之室，天下士人所有得者，悉编次之，事具于记，于是杜诗无遗矣。……原叔虽自编次，余病其卷帙之多而未甚布。暇日与苏州进士何君瑑、丁君修得原叔家藏及古今诸集，聚于郡斋而参考之，三月而后已。"王得臣《增注杜工部诗集序》亦云："自王原叔内相再编定杜集二十卷，后姑苏守王君玉得原叔家藏于苏州进士何瑑、丁修处，及今古诸集，相与参考。乃曰：义有兼通者，亦存而不敢削。故予之所注，以苏本为正云。"则丁修乃协助王琪编定杜集者。余无考。《宋人传记资料索引》《宋人传记资料索引补编》《全宋诗》《全宋文》均不载此人。

## 一一六、丁镇叔

原文："永嘉丁氏镇叔。"

按:《分类苏诗》亦有丁镇叔。丁镇叔,名不详,宋温州乐清(今属浙江)人,永嘉即温州。为王十朋同乡。十朋《至福唐会乡人丁镇叔、张器先、甄云卿、项用中、赵知录、薛主簿、同年孙彦忠草酌试院》诗云:“一同年友七乡人,劝酒那容耳不闻。”余无考。《宋人传记资料索引》《宋人传记资料索引补编》《全宋诗》《全宋文》均不载此人。三本俱未引丁镇叔语,而《分类苏诗》引“(丁)镇叔(曰)”3条。

## 一一七、丁康臣

原文:“丁氏惠安。”

按:《分类苏诗》亦有丁惠安。丁康臣,字道济。三本俱漏名、字。宋温州乐清(今属浙江)人,为王十朋同乡。王十朋守泉州时,丁康臣为惠安县令。非姓名为丁惠安也。绍兴二十四年(1154)登进士第。十朋《送丁惠安》诗序云:“某假守温陵(即泉州),获观七邑(指晋江、南安、同安、惠安、永春、清溪、德化七属县)之政,治行可称者三四人,然未有出惠安之右者。以严明为治,而济以廉平,以抚字为心,催科不扰而办。”诗云:“把麾平海看操刀,惟我乡人治最高。”又有《丁惠安赠肉苁蓉》诗,自注:“往年同泛舟城南,有卜筑之意。”十朋又有《应诏举官状》云:“左奉议郎、新监登闻鼓院丁康臣,尝知处州青田、泉州惠安二县,狱讼详明,民无冤诉,催科不扰,办居众先,付以繁难,必可倚仗。”累迁知兴化军。《宋人传记资料索引》《宋人传记资料索引补编》《全宋诗》《全宋文》均不载此人。三本俱未引丁惠安语,而《分类苏诗》引“(丁)惠安(曰)”5条。

# 一一八、王十朋

原文:“永嘉王氏,名十朋,字龟龄。《集注编年诗史》三十二卷。”

按:《分类苏诗》亦有王十朋,并云:“永嘉王氏十朋,字龟龄,《集百家注》。”而黄本《百家注分类东坡先生诗》无“集百家注”四字。王十朋(1112—1171),字龟龄,号梅溪。宋温州乐清(今属浙江)人。绍兴二十七年(1157)进士第一,高宗御笔亲批:“经学淹通,议论醇正,可作第一人。”授绍兴府签判。历秘书省校书郎、著作佐郎、大宗正丞、国子司业、侍御史等。出知饶、夔、湖、泉诸州。除太子詹事,以龙图阁学士致仕。追谥忠文。汪应辰为作《龙图阁学士王公墓志铭》。有《梅溪集》。《宋史》有传。十朋于孝宗乾道元年(1165)七月九日自饶州赴夔州,十一月初一抵夔,三年七月十七日离夔,居夔二年多。其《初到夔州》诗序即云:“乙酉十一月朔至夔,水落沙露,宛然在目。所历山川,皆少陵诗中景物也。”诗亦云“忠怀雅合杜陵诗”。其《登诗史堂观少陵画像》云:“万丈光芒笔有神,两眉犹带旧酸辛。残杯不复随肥马,剩馥端能丐后人。夔子江头吟处景,杜鹃声里拜时身。敬瞻遗像观诗史,一酹云安曲米春。”《诗史堂荔枝歌》云:“君不见诗人以来一子美,莫年流落来夔子。赋诗三百六十篇,西瀼东屯客愁里。何人作堂画遗像,收拾光芒榜诗史。……泸戎一经少陵擘,至今传诵轻红句。少陵伤时泪成血,一点丹心不磨灭。散成朱实满炎方,风味如诗两奇绝。……我生四百余年后,来作先生游处守。登堂三叹荔正丹，聊效柳人祠子厚。安得先生今复生，添赋夔州歌一首，要使荔枝之名长不朽。”《诗史堂荔枝晚熟而佳预约同官共赏……》云：“汝今已晚何用好，不是少陵谁眼之。贵妃游魂遭血污，玉坐悲怀何以诉。惟有云安再拜人，闷解夔州两绝句。（自注：少陵夔州《解闷十二绝》及荔枝者二）遗像空存食不血，满目烟霞明自灭。”又《州宅杂咏·诗史堂》云：“谁镌堂上石，光艳少陵章。莫作诗人看，斯文似子长。”《万卷堂》又云：“书读万卷破，少陵观国初。登堂吾有愧，头白腹空虚。”《夔路十贤·少陵先生》亦云：“子美稷禼志，空抱竟无用。夔州三百篇，高配风雅颂。”《续访得七人·黄太史》云：“天遣来黔涪，诗鸣配子美。”《至东屯谒少陵祠》之二云：“忠不忘君句有神，当时无地可容身。草堂遗像英灵在，又见匙翻雪稻新。”《东屯溪山之胜似吾家左原》云：“我待还家筑茅屋，作诗招取少陵魂。”《题诸葛武侯祠》云：“我来再拜瞻遗像，泪满襟如老杜诗。”《游卧龙山呈行可元章》云：“图留沙碛怀诸葛，诗诵江渍忆少陵。”《题卧龙山观音泉呈行可元章》云：“源如少陵词，清入光芒篇。”《又用行可韵》云：“酬唱又成夔府集，论文欣对少陵尊。”又《谒杜工部祠文》云：“风雅颂息，嗣之者谁？后代风骚，先生主之。读书万卷，盖欲有为。明光三赋，烜赫一时。致君尧舜，卒不克施。此志萧条，乃昌其诗。天欲其鸣，穷之使悲。复生太白，如埙应篪。流落剑南，厥声益驰。暮年制作，莫多如夔。诗史有堂，遗像有祠。光艳照人，膏馥满碑。歌蜀道难，诵杜鹃词。忠不忘君，先生是思。”对杜甫其人其诗，可谓颂扬备至，钦敬不已。《伤时感怀》云：“伤时眼泪满襟血，更把少陵诗句哦。”《肃宗》云：“杜陵独念君臣义，长向云安拜杜鹃。”《陈郎中赠韩子苍集》云：“唐宋诗人六七作，李杜韩柳欧苏黄。”《渊源堂十二诗·蕴秀轩》云:“剡溪蕴秀异,久郁少陵诗。”《恢义斋》又云:“忆昔杜陵老,恨无千万间。”《过虎牙》云:“天遣西来亦大奇,眼中浑是少陵诗。”《十八坊诗·庆丰》云:“守臣忧国愿,端似杜陵翁。”《除日》云:“何如杜陵老,守岁阿咸居。”《六客堂》云:“眉山有客何等人,退之少陵李太白。直道高才时不容,天遣数子为游从。”《宿饭溪驿》云:“老怀如子美,到处不忘君。”《题何子应金华书院图》云:“君不见杜陵野客老更狂,浣花溪上结草堂。又不见谪仙世人皆欲杀,匡山读书头如雪。二公同时鸣有唐,文章万丈光艳长。”《哭何子应》云:“襟抱杜陵尊。”《杜殿院挽词》云:“流落杜陵老,平生一饭忠。”《赠陈教授正仲》云:“益友平生所愿亲,南来深喜得斯人。渊源师杜真知体,人物如平岂久贫。”自注:“正仲赠予诗云:‘渊源师老杜,体制陋西昆。’而正仲诗殊有杜体。”所谓《集注编年诗史》32卷,即《王状元集百家注编年杜陵诗史》,旧题王十朋集注。是书虽题称“王状元”之名,实系伪托。十朋盖未尝注杜也。洪业《杜诗引得序》云:“原书不知何人所编。试就翻本(指刘世珩影印本)检阅,逐叶皆有伪苏之注,通儒如龟龄,何至为所欺。盖犹所谓《王状元集注东坡诗集》者,同为妄人所假托也。书中所载‘十朋曰’者,并不多,所言恐亦窃自他人,妄归王氏耳。然既托王状元之名,则书之编辑当在绍兴二十七年(1157)十朋以第一人进士及第后也。书中宋讳避及‘慎’字,而‘敦’‘廓’不避,则其书原刻当在隆兴(1163—1164),乾道(1165—1173),淳熙(1174—1189)之间。唯诗注中或冠‘希曰’二字,皆是黄希之言;希书成于嘉定(1208—1224),其子鹤补注成书,序于宝庆二年(1226);故疑刘氏旧藏之本乃宝庆后伪王之本又经翻刻,偶有阙叶,遂盗取黄鹤补注本,删减其注,以为补足者也。……窃疑伪王集注编纂之法，乃取《六十家注》及《门类十注》等书，依鲁訔编年之目，而改编焉。”是书号称“集百家注”，而以伪王洙注、伪苏注、赵次公、王得臣、杜田、杜修可诸家为多，而独于师古尊称为“师先生”，引其注多且长，或疑此书与师古有关，恐成于师古门人之手。《黄氏补注》于《游龙门奉先寺》、《苦雨奉寄陇西公兼呈王征士》、《奉先刘少府新画山水障歌》、《送韦十六评事充同谷防御判官》、《遣兴五首》其五（“相逢富家葬”首）、《后出塞五首》其二、《桔柏渡》、《病柏》、《百舌》等诗引“（王）十朋曰”凡10条；而《分门集注》于《病柏》未引“十朋曰”。《分门集注》于《五盘》《洗兵马》《春日忆李白》《敬赠郑谏议十韵》引“十朋曰”4条，《黄氏补注》《分类杜诗》则未引及。《分类苏诗》引“（王）十朋（曰或按）”50条。

## 一一九、张器先

原文：“永嘉张氏器先。”

按：《分类苏诗》亦有张器先。张器先，名不详，宋温州乐清（今属浙江）人，为王十朋同乡。登进士第，官终福清丞。十朋《至福唐会乡人丁镇叔、张器先、甄云卿、项用中、赵知录、薛主簿、同年孙彦忠草酌试院》诗云：“一同年友七乡人，劝酒那容耳不闻。……诗篇共约题孤屿，游宦犹疑在五云。”《祭张器先文》云：“萧洒宗之，风流长卿，壮游上庠，益驰令名。选压万中，赋高二京，覃思稽古，下帷授经。史学最长，诗律尤精，暮景侵寻，一第始登。宜在馆阁，盍扬王庭，天乎命乎，卒于一丞。呜呼哀哉！我守泉南，君官福清，惠然肯来，不寒前盟。"《张器先和诗复用前韵》云："忧国非同长卿病，感时端类少陵题。"又有《张器先复和诗作五言以寄》。《宋人传记资料索引》《宋人传记资料索引补编》《全宋诗》《全宋文》均不载此人。三本俱未引张器先语，而《分类苏诗》引"（张）器先（曰）"6条。

## 一二〇、鲍彪

原文："缙云鲍氏文虎，著《谱论》。"

按：鲍彪（1091—1160后），字文虎。三本俱漏名而标字。宋处州龙泉（今属浙江）人。处州亦称缙云郡，故又称缙云人。笃学守道，安于静退。建炎二年（1128）进士，处选调20年。尝为常州州学教授、左宣教郎、太常博士、守尚书司封员外郎。绍兴三十年（1160），以左奉议郎、守尚书司封员外郎赐绯鱼袋致仕，时年七十。生平事迹详见民国《缙云县志·人物传》。《四库全书·史部·杂史类》著录《鲍氏战国策注》10卷，并云"彪此注成于绍兴丁卯"，即绍兴十七年（1147）。《谱论》，即《少陵诗谱论》，又有《杜诗注》，均佚。胡仔《苕溪渔隐丛话》后集卷八载："子美诗集，余所有者凡八家……《少陵诗谱论》，则缙云鲍彪也。"三本与《门类增广十注杜工部诗》等多采其说。《黄氏补注》于《赠李白》"李侯金闺彦"句下引"鲍文虎曰"1条，又引"鲍曰"凡86条；《分门集注》于《梅雨》、《绝句漫兴九首》其七、《春日江村五首》其四引"鲍文虎曰"3条，又引"鲍曰"96条。《能改斋漫录》亦屡引鲍说，郭知达《九家集注杜诗》更把鲍彪作为九家之一,引其说多达 57 条,可见其在当时影响之大。

## 一二一、洪兴祖

原文:“丹阳洪氏,名兴祖,字庆善,著《辨证》二卷。”

按:《分门集注》《黄氏补注》俱无。洪兴祖(1090—1155),字庆善,号练塘。宋镇江丹阳(今属江苏)人。登政和八年(1118)上舍第,为商水主簿,改湖州士曹,除州学教授。召试,授秘书省正字。历太常博士、驾部郎官,应诏上疏,为时宰所恶,主管太平观。起知广德军,擢提点江东刑狱,知真州,徙饶州。以忤秦桧,编管昭州,卒。《宋史》有传。兴祖博学好古,著有《楚辞补注》《老庄本旨》《周易通义》《杜诗辨证》(附《杜甫年谱》)等。《全宋诗》录其诗 1 首。《郡斋读书志》卷五下赵希弁《附志》载:“《杜诗辨证》一卷,右洪兴祖所纂也。《年谱》列于前。兴祖,字庆善,镇之丹阳人也。张釜刻于兴国。”而《宋史 · 艺文志》则著录:“洪兴祖《杜诗辨证》二卷。”可能将《年谱》列为 1 卷。此书久佚,仅从宋人记载中可窥知一二,如姚宽《西溪丛语》卷上云:“老杜《送孔巢父》:‘几岁寄我空中书。’用史宗引小儿腾空觉脚下有波涛寄书事,乃蓬莱仙人也。洪庆善云:‘空中书,乃雁足书。’非也。”龚颐正《芥隐笔记 · 作诗下字来历》云:“洪氏《辨证》谓:‘“急急能鸣雁,轻轻不下鸥”。“能鸣”用《庄子》、“不下”用《列子》语,于此见其用出处下字之法。’”周必大《二老堂诗话 · 杜诗元日至人日》云:“杜诗云:‘元日到人日,未有不阴时。’……洪兴祖引《东方朔占书》,谓岁后八日,一鸡、二犬、三豕、四羊、五牛、六马、七人、八谷,其日晴,则所主物育,阴则灾。天宝之乱,人物俱灾,故子美云尔。"

## 一二二、马存

原文:"扶风马氏存,字子材。"

按:《分门集注》《黄氏补注》均作"马氏存、子才"。马存(? —1096),字子才。宋乐平(今江西德兴)人,寓居楚州。扶风,当系郡望。元祐三年(1088)进士,授镇南节度判官,再调越州观察推官。《宋史翼》有传。师徐积,以诗文名世,有文集20卷,已佚。《黄氏补注》与《分门集注》均于《高都护骢马行》、《大云寺赞公房四首》其三、《羌村三首》、《送长孙九侍御赴武威判官》、《送韦十六评事充同谷防御判官》、《送李校书二十六韵》、《木皮岭》、《泛溪》、《送韦讽上阆州录事参军》、《别李义》、《承沈八丈东美除膳部员外阻雨未遂驰贺奉寄此诗》、《送杨六判官使西蕃》、《天末怀李白》、《野老》、《赠王二十四侍御契四十韵》、《晚秋陪严郑公摩诃池泛舟》等诗引"马曰"凡18条;《分门集注》又于《冬日洛城北谒玄元皇帝庙》引"马存曰"1条,于《白水崔少府十九翁高斋三十韵》《题李尊师松树障子歌》《奉赠太常张卿二十韵》《送从弟亚赴河西判官》引"马曰"4条,而《黄氏补注》《分类杜诗》则未引及。

## 一二三、胡宗愈

原文:"成都胡氏,名宗愈,撰《草堂序》。"

按:《分门集注》《黄氏补注》均漏名而仅标"胡氏,撰《子美草堂序》"。胡宗愈(1029—1094),字完夫。宋常州晋陵(今江苏常州)人。曾为官成都,而并非成都人。嘉祐四年(1059)进士,为光禄丞。神宗立,以为集贤校理,兼史馆检讨、同知谏院。出通判真州、苏州。历提点河东刑狱。元丰三年(1080),为开封府推官、吏部右司郎中,改知蔡州。元祐初,进起居郎、中书舍人、给事中、御史中丞,拜尚书右丞。出知陈州。五年(1090),徙知成都府,蜀人安之。召为礼部尚书,迁吏部。绍圣元年(1094)罢知定州,卒,谥简修。《宋史》有传。宗愈知成都时,曾刻杜甫诗碑于草堂。其《成都草堂诗碑序》云:"先生以诗鸣于唐,凡出处、动息劳佚、悲欢忧乐、忠愤感激、好贤恶恶,一见于诗,读之可以知其世。学士大夫,谓之诗史。其所游历,好事者随处刻其诗于石。及至成都,则阙然。……宗愈假符于此,乃录先生之诗,刻石置于草堂之壁间。先生虽去此,而其诗之意,有在于是者,亦附其后。庶几好事者,于以考当时去来之迹云。"三本卷首俱载宗愈此序。

## 一二四、胡仔

原文:"苕溪胡氏仔。"

按:《分类苏诗》亦有胡仔。胡仔(1110—1170),字元任。宋徽州绩溪(今属安徽)人。后徙湖州,卜居苕溪,日以渔钓自适,自号苕溪渔隐。舜陟次子。以荫授迪功郎、两浙转运司干办公事。改广西经略安抚司书写机宜文字,就差广西提刑司干办公事。后闲居苕溪20年。起差福建转运司干办公事。除知常州晋陵县,未赴。《宋史翼》有传。撰有《苕溪渔隐丛话》前后集100卷行世。《丛话》以人分类,“遂取元祐以来诸公诗话,及史传小说所载事实,可以发明诗句,及增益见闻者,纂为一集。凡《诗总》(即《诗话总龟》)所有,此不复纂集,庶免重复”(《前集·自序》)。《丛话》全书重点在李、杜、苏、黄四家,而尤重杜甫和苏轼两家。专论杜甫者有13卷(前集9卷、后集4卷)之多,收录近50家之论杜言论,所引之书多有今所不传者。其中以《艺苑雌黄》(17条)、《复斋漫录》(16条)、东坡(13条)、《蔡宽夫诗话》(12条)为多;而苕溪渔隐自论者竟达50余条,不乏精核之论。他卷涉及杜甫者亦不少。因为“老杜于诗学,世以谓前无古人,后无来者”(《前集》卷九引《瑶溪集》)。所以胡仔云:“余纂集《丛话》,盖以子美之诗为宗。”(《前集》卷一四)又云:“近时学诗者,率宗江西,然殊不知江西本亦学少陵者也。故陈无已曰:‘豫章之学博矣,而得法于少陵,故其诗近之。’今少陵之诗,后生少年不复过目,抑亦失江西之意乎?江西平日语学者为诗旨趣,亦独宗少陵一人而已。余为是说,盖欲学诗者师少陵而友江西,则两得之矣。”(《前集》卷四九)三本俱未直接引胡仔语,而《分类苏诗》引“胡仔曰”1条。

# 一二五、郑印

原文:“长乐郑氏印,著《释文》。”

按:郑印,宋长乐(今属福建)人。或谓即字尚明之郑昂,疑非。郑昂为福州侯官(今福建闽侯)人,崇宁元年(1102)举首,政和五年(1115)进士及第。历详定《九域志》所编修官,乞致仕,转承事郎。而郑印生平不详。所谓《释文》,当指其所撰《杜少陵诗音义》,已佚。三本卷首均载其所撰《杜少陵诗音义序》与《跋杜子美诗并序》。观其《杜少陵诗音义序》谓作于绍兴元年(1131),当为南渡时人。印论杜颇有见地。如《杜少陵诗音义序》云:“读少陵诗,如驰骛晋楚之郊。以言其高,则邓林千岩,楩楠杞梓,扶疏摩云;以言其深,则溟波万顷,蛟龙鼋鼍,徜徉排空。拭眦极目,方且心骇神悸,莫知所以。若其甄别名状,实难为功。韩退之推其光焰万丈长,殆谓是矣。”《跋杜子美诗并序》亦云:“余读李元宾《补遗传》及韩退之《题杜工部坟》诗,皆自《摭遗》所载,疑非二公所作。然大历、元和,时之相去犹未为远,不当与本集抵牾若是,大抵后之好事者托而质(疑当作‘为’)之也。”其辨杜甫不卒于耒阳云:“尝考子美以大历五年四月,臧玠杀崔瓘,由是避地入衡州,至耒阳,游岳祠。以大水,涉旬不得食。耒阳聂令具舟迎之。水涨,遂泊方田驿,子美诗以谢之。继而沿湘流,将适汉阳,暮秋归秦,有诗别湖南幕府亲友。岂以夏而溺死耒阳,复有此作?盖其卒在潭岳间秋冬之际。元微之志铭,亦略见本末。作史者惑于《摭遗》之说,遂有牛炙白酒一宿卒之语,信史之误,余不可以不辨。”虽承王得臣余绪,但辩驳颇为有力。《黄氏补注》引“郑曰”凡439条;《分门集注》引“郑卬曰”48条,引“郑曰”则多达928条,多为字义音训之类。

## 一二六、余葵

原文:“建安余氏葵。”

按:余葵,宋建安(今福建建瓯)人,生平无考。《宋人传记资料索引》《宋人传记资料索引补编》《全宋诗》《全宋文》均不载此人。《黄氏补注》引“余曰”凡34条;《分门集注》引“余葵曰”5条,又引“余曰”多达54条,多为典故出处,且多引他人之说,尤以《邵氏闻见录》为最,竟多达11处。

## 一二七、蔡梦弼

原文:“建安蔡氏梦弼,字傅卿,笺注《子美诗》。”

按:《分门集注》《黄氏补注》俱无。蔡梦弼,字傅卿,宋建安(今福建建瓯)人。约宁宗嘉泰(1201—1204)前后在世,编撰有《杜工部草堂诗笺》50卷,影响颇大。俞成《校正〈草堂诗笺〉跋》称其“生平高尚,不求闻达,潜心大学,识见超拔,尝注韩退之、柳子厚之文,了无留隐。至于少陵之诗,尤极精妙”。蔡氏跋语云:“梦弼因博求唐宋诸本杜诗十门,聚而阅之,三复参校,仍用嘉兴鲁氏编次先生用舍之行藏、作诗岁月之先后,以为定本。每于逐句本文之下,先正其字之异同,次审其音之反切，方作诗之义以释之，复引经子史传记，以证其用事之所从出，离为五十卷，目曰《草堂诗笺》。凡校雠之例，题曰樊者，唐润州刺史樊晃小集本也；题曰晋者，晋开运二年官书本也；曰欧者，欧阳永叔本也；曰宋者，宋子京本也；王者，乃介甫也；苏者，乃子瞻也；陈者，乃无已也；黄者，乃鲁直也。刊云一作某字者，系王原叔、张文潜、蔡君谟、晁以道及唐之顾陶本也。又如宋次道、崔德符、鲍钦止，暨太原王禹玉、王深父、薛梦符、薛苍舒、蔡天启、蔡致远、蔡伯世皆为义说；其次如徐居仁、谢任伯、吕祖谦、高元之，暨天水赵子栎、赵次翁、杜修可、杜立之、师古、师民瞻亦为训解。复参以蜀石碑诸儒之定本，各因其实以条纪之。至于旧德硕儒，间有一二说者，亦两存之，以俟博识之决择。"此书成于宋宁宗嘉泰四年（1204），而初刻于开禧（1205—1207）年间。《草堂诗笺》是宋代最重要的杜诗集注本之一，《杜工部草堂诗话》附刻其中。

## 一二八、元勋

原文："阳翟元氏，名勋，字不伐。"

按：《分门集注》《黄氏补注》《分类苏诗》均简作"元氏不伐"。元勋，字不伐，号具茨。宋河南阳翟（今河南禹州）人，郡望京兆。自元祐初从黄庭坚游，几二十年。庭坚称其涸俗而志刚，居今而好古。政和间知宁国县。绍兴十七年（1147）以右朝散大夫知利州，坐事贬夔州编管。二十五年，诏除名勒停。官终春陵太守，一说终知随州。与周紫芝交厚，酬赠颇多。紫芝《赠元具茨二首》题注云："时具茨作宁国宰，名勋，字不伐，具茨其号也。"其一云:"平生结客少年场,人物如君见未尝。早岁风流知漫叟,一时师友是黄香。相从便作双凫去,欲见应须一苇航。只恐涪翁门下士,九重应合奉清光。"自注:"勋师山谷,山谷常为作字序。"又《书元宁川帖后》云:"元具茨参江西,禅遂得句法,真山谷法嗣也。具茨亲见山谷,其得处便似不同。"《谢元不伐寄灵岩七诗用梅圣俞韵》云:"具茨笔力扛九鼎,坐遣清诗入山骨。"又有《寄题元具茨双梅庵》《次韵具茨老人观腊月十五日按兵》《具茨老人读书寮》《送元具茨归黄山》《次韵元不伐暮春再游俞氏园》《元具茨不起道州之疾哭之以诗》等。惠洪有《次韵元不伐知县见寄》。《全宋诗》录其诗 9 首。《灵岩》诗云:"今兹固殊特,独冠江南山。少陵惜未到,我语凭谁删。"三本俱未引元不伐语,而《分类苏诗》引"不伐(曰)"1 条。

## 一二九、曹逢时

原文:"曹氏梦良。"

按:《分类苏诗》亦有曹梦良。曹逢时(? —1170),字梦良。三本俱漏名。宋温州乐清(今属浙江)人。以太学优选知临江县。绍兴二十七年(1157)王十朋榜进士,授严州司户,官终福州教授。少从郑国材学《易》,工文词,与王十朋齐名,二人唱和颇多。十朋《曹梦良自许峰来访留山间数日赋诗数十章复出四绝见赠次韵》云:"与君连夕灯前语,胜读千年窗下书。八斗文章千里足,未应低首掾桐庐。"《送曹梦良赴桐庐户掾》云:"年少论交老愈坚,交情尽在和韩篇。"《祭曹梦良文》

叙二人交情甚详:“我与梦良,三纪论交,义则弟兄,坚如漆胶。……隶业太学,君居我先,同登科名,若相待然。作掾严陵,赫然有誉,需次闽泮,行将美赴。我尝以君,名闻庙朝,拭目以观,耸壑昂霄。胡为一疾,遽然不起,命压人头,乃止于此。”三本俱未引曹梦良语,而《分类苏诗》引“梦良按”1条,又引“曹曰”3条。

## 一三〇、傅藻

原文:“傅氏藻,字荐可。”

按:《分类苏诗》作“傅氏藻,字荐可,撰《纪年》”。《分类苏诗》卷首有其所撰《东坡纪年录》,署“仙溪傅藻编纂”。藻,似应作薻。仙溪,在今福建省。生平无考。《宋人传记资料索引》《宋人传记资料索引补编》《全宋诗》《全宋文》均不载此人。

## 一三一、鹿何

原文:“鹿氏伯可。”

按:《分类苏诗》亦有鹿伯可。鹿何(1127—1183),字伯可,一作伯奇。三本俱漏名。宋台州临海(今属浙江)人。绍兴三十年(1160)进士,授秀州华亭尉,乾道四年(1168)知南安县,历监登闻鼓院、通判吉州、知饶州、诸王宫教授,迁尚书屯田员外郎、郎中。52岁即上章致仕,进朝奉郎、直秘阁,归筑见一堂,自号见一先生。有《见一堂集》,已佚。王十朋守泉州时,何为其属县南安令。乾道六年(1170),十朋离泉州时,作《越境送别者七人蒋元肃、黄少度、鹿伯可、赵元序、陈德溥、叶飞卿、林致约少酌驿舍》云:“同僚送我枫庭驿,共酌临分酒一杯。我念泉人仍惜别,此身虽去首频回。”又《寄南安鹿宰》题注云:“何,字伯奇。”当系误书。诗序云:“予比至延福,访姜相祠,则迁于他所;问姜相墓,则曰不知也。以语南安宰鹿君。越数日,南安见访,云祠已复旧,墓亦得之,且修治矣。”朱熹《挽鹿伯可郎中二首》其一云:“造辟谋谟远,勤民志虑专。中身谢轩冕,毕志友林泉。”王质有《书鹿伯可事》,周必大有《饯送鹿伯可致仕直阁兼简吴明可致政给事》,范成大有《寄题鹿伯可见一堂》三首,楼钥有《鹿伯可郎中园池杂咏》13 首、《再过鹿伯可》等。三本俱未引鹿伯可语,而《分类苏诗》引“伯可(曰)”1 条。

## 一三二、任居实

原文:“任氏居实,字文孺。”

按:《分类苏诗》亦有任居实。任居实,字文孺。宋眉州(今四川眉山)人。崇宁五年(1106)进士。尝注苏诗。余不详。《全宋文》卷四七六〇载其《象耳山题名》云:“象耳实吾州邑之胜处……乃同来游,为留两日。凡五人:任居实文孺、史沆行远、杨仁刚仲、程敦厚子山、唐秬和甫。时绍兴己巳(十九年,1149)季春云。”三本俱未引任居实语,而《分类苏诗》引“任曰”48 条。

## 一三三、吴宪

原文:“吴氏宪。”

按:《分类苏诗》亦有吴宪。吴宪,宋泉州惠安(今属福建)人。绍圣元年(1094)特奏名进士。王十朋有《送吴宪知叔》诗,范成大有《送吴智叔检详直中祕使闽》诗,或即其人。三本俱未引吴宪语,而《分类苏诗》引“吴宪曰(或按)”3 条。

## 一三四、吴翼

原文:“吴氏季南。”

按:《分类苏诗》亦有吴季南。吴翼,字季南。三本俱漏名。宋建宁建阳(今属福建)人。绍兴二十一年(1151)特奏名登进士第。少从王十朋学。十朋《梅溪题名赋》曾提及他:“如翼斯飞。”自注:“吴翼季南。”又《送吴翼万庠赴省试序》云:“(绍兴十四年)秋,万子庠中乡选,徐子大亨中国学选,吴子翼中同文馆选。一时物论,咸推梅溪为盛事。……冬十一月,同舍展饯礼,时徐子居贤关,独吴子、万子预焉。”后游学衡山,师事胡宏,复与张栻游,遂买田筑室于衡山之下,一以明理修身为要,谢绝科举之学,当政者聘为岳麓书院山长,不就,自称南岳居士。《宋人传记资料索引》《宋人传记资料索引补编》《全宋诗》《全宋文》均不载此人。三本俱未引吴季南语,而《分类苏诗》引“吴季南曰”1 条。

## 一三五、吴芾

原文:“吴氏明可。”

按:《分类苏诗》亦有吴明可。吴芾(1104—1183),字明可。三本俱漏名。自号湖山居士。宋台州仙居(今属浙江)人。绍兴二年(1132)进士,历乐清尉、秘书省正字。通判处、婺、越三州,知处州。除监察御史,迁殿中侍御史。孝宗即位,历知婺州、绍兴府,充两浙东路安抚使。权刑部侍郎,迁给事中,改吏部侍郎。以敷文阁直学士知临安府,充两浙西路安抚使。迁礼部侍郎,提举江州太平兴国宫。起知太平州,进徽猷阁直学士,知隆兴府,充江南西路安抚使。以龙图阁直学士致仕,特迁通奉大夫。卒谥康肃。朱熹为作《龙图阁直学士吴公神道碑》。有《湖山集》。《宋史》有传。与王十朋有诗唱和,十朋《吴明可自当涂以诗见寄因次其韵》其二云:“吴公治行今第一,也问君王欲乞身。”又有《用贡院韵寄当涂吴给事明可》。芾有《用王龟龄韵题五柳堂》《和王龟龄待制贡院落成二首》《送王龟龄得请还乡》。周必大有《饯送鹿伯可致仕直阁兼简吴明可致政给事》。三本俱未引吴明可语,而《分类苏诗》引“明可(曰)”3条。

## 一三六、吴少云

原文:“吴氏少云。”

按:《分类苏诗》亦有吴少云。吴少云,生平无考。《宋人传记资料索引》《宋人传记资料索引补编》《全宋诗》《全宋文》均不载此人。三本俱未引吴少云语,而《分类苏诗》引“少云(按)”4条。

## 一三七、贾岩老

原文:“贾氏岩老。”

按:《分类苏诗》亦有贾岩老。贾岩老,名不详,宋温州乐清(今属浙江)人。王十朋同乡,当是十朋岳丈家人,且年辈长于十朋。十朋《送贾岩老还乡》其三云:“乃翁贤德冠吾乡,伯氏声名蔼上庠。更喜君如里曾子,少年孝义已非常。”又有《送岩老出北门》。余无考。《宋人传记资料索引》《宋人传记资料索引补编》《全宋诗》《全宋文》均不载此人。三本俱未引贾岩老语,而《分类苏诗》引“岩老按”1条,又引“贾曰”2条。

## 一三八、崔雍

原文:“崔氏肃之。”

按:《分类苏诗》亦有崔肃之。崔雍,字肃之。三本俱漏名。曾为王十朋同僚。十朋《崔肃之(雍)自湖至泉迁二亲之丧归葬诗以送之》云:“郡水同僚旧,遥从霅水来。”又有《寄崔肃之》云:“怀州别驾生贤丁,盘谷先生有外甥。”余无考。《宋人传记资料索引》《宋人传记资料索引补编》《全宋诗》《全宋文》均不载此人。三本俱未引崔肃之语，而《分类苏诗》引“崔曰”2 条。

## 一三九、万庚

原文：“万氏先之。”

按：《分类苏诗》亦有万先之。万庚（？—1169），字先之，一字汝金。三本俱漏名。宋温州乐清（今属浙江）人。王十朋表弟。为万世延（字叔永）长子。善词赋，与弟庠皆以儒学名家。绍兴二十四年（1154）太学上舍及第，为左迪功郎。授缙云尉，以忧不赴，调全州教授，兼摄幕职，为文雄深雅健，湖南诸郡碑碣，必属庚撰述。改洪州录参。虞允文入相，以王十朋言拟除为学官，名未上而卒，终从政郎。十朋咏及万庚诗甚多。《万先之生两男作洗儿歌贺之》云，“君不见徐卿二子生绝奇，熊罴入梦非同时。徒烦孔子与释氏，两回抱送麒麟儿”，乃全袭用杜甫《徐卿二子歌》诗句。《哭万先之》云：“太学时名重，吾乡德誉崇。才华盍天禄，官职止儒宫。相国方知愈，诸公竞荐雄。天涯忽闻讣，老泪洒西风。”又有《送万先之赴清湘教官》《次韵万先之读〈庄子〉》《祭万先之文》等。杨万里有《赠蜀中相士范思齐往全州见万先之教授》诗。三本俱未引万先之语，而《分类苏诗》引“先之（曰）”4 条。

## 一四〇、万庠

原文:“万氏申之。”

按:《分类苏诗》亦有万申之。万庠,字申之。三本俱漏名。宋温州乐清(今属浙江)人。王十朋表弟。万世延次子,庚弟。从学于王十朋,以妙龄预乡贡。十朋《和醉赠张秘书寄万大年、先之、申之》序云:“戊辰(绍兴十八年,1148)十一月十一日过万桥,是夕会饮先之家,同衔杯者四人,大年、先之、申之及予也。”诗云:“共对灯烛光,芳尊细论文。通家忝孔李,促席联机云。……春舟会稽别(自注:‘孟夏别大年于会稽’),秋袂钱塘分(自注:‘七月先之归,八月申之归’)。顾我与三友,新当败孤军。”三本俱未引万申之语,而《分类苏诗》引“(万)申之(曰)”3条。

## 一四一、万椿

原文:“万氏大年。”

按:《分类苏诗》亦有万大年。万椿,字大年。三本俱漏名。宋温州乐清(今属浙江)人。王十朋表弟。绍兴十八年(1148)与十朋赴试俱落第。十朋有咏大年诗十几首。《大年和诗再用韵》云:“何忧晁错不高第,未怕杜陵无好男。”自注:“大年诗有未禄无男之叹。”《贫家连岁蚕荒,今年尤甚,妻孥有号寒之患……表弟万大年家,蚕熟酒醇,有足乐者,因思旧诗有

"剩栽桑柘教妻蚕"句,遂和以寄之》云:"年逾四十尚何堪,愈老生涯愈不谙。……堪羡通家万公子,细君善酿更能蚕。"又有《寄万大年》《大年和棋诗复次前韵》《大年游延福寺》等。三本俱未引万大年语,而《分类苏诗》引"(万)大年(曰)"3 条。

## 一四二、甄龙友

原文:"永嘉甄氏云卿。"

按:《分类苏诗》亦有甄云卿。甄龙友,后改良友,字云卿。三本俱漏名。宋永嘉(今浙江温州)人,迁居乐清(今属浙江)。为王十朋同乡。十朋《至福唐会乡人丁镇叔、张器先、甄云卿、项用中、赵知录、薛主簿、同年孙彦忠草酌试院》诗云:"一同年友七乡人,劝酒那容耳不闻。"绍兴二十四年(1154)进士,官国子监簿。少有俊声,滑稽辩捷。尝为邑宰,游天竺寺,集诗句为大士赞,书壁间。孝宗临幸,一见赏之,召见不称旨,遣还。薛季宣有《月潭甄龙友》《送甄云卿赴西宫学官序》,楼钥有《喜雨次甄云卿监簿韵》,孙应时有《雪中次甄云卿监簿韵》,范成大有《次韵甄云卿晚登浮丘亭》。《全宋诗》录诗 8 首,《全宋词》录词 4 首,《全宋词补辑》录词 6 首。三本俱未引甄云卿语,而《分类苏诗》引"云卿(曰)"1 条,又引"甄曰"2 条。

## 一四三、龚茂良

原文:"龚氏实之。"

按:《分类苏诗》亦有龚实之。龚茂良(1121—1178),字实之。三本俱漏名。宋兴化军(今福建莆田)人。绍兴八年(1138)进士。为南安簿、邵武司法。调泉州观察推官,改宣教郎,除秘书省正字,累迁吏部郎官。除监察御史,迁右正言,出知建宁府。乾道三年(1167),为广东提刑,就知信州。除直显谟阁、江西运判兼知隆兴府。因救荒有功,进待制敷文阁,除礼部侍郎。淳熙元年(1174),拜参知政事,继以首参行相事。出知镇江府,寻责授宁远军节度副使、安置英州,卒于贬所。后复官,谥庄敏。《宋史》有传。有《静泰堂集》。《直斋书录解题》著录其《龚实之奏稿》6卷,已佚。《全宋诗》录其诗6首。与陆游、朱熹、杨万里、王十朋等有交往。王十朋《次韵龚实之正言见寄》云:"堂堂人物冠清流,不减当年宋广州。"又《用喜雨韵呈龚实之》云:"灯前落檐花,欣衔少陵杯。"陆游有《寄龚实之正言》诗。杨万里有《贺龚实之运使启》《见龚实之运使正言书》。朱熹有《与龚实之书》。黄公度有《和龚实之闻戎人败盟》《送龚实之赴官南安十韵》。三本俱未引龚实之语,而《分类苏诗》引"龚(曰)"4条。

## 一四四、芮烨

原文:"芮氏国器。"

按:《分类苏诗》亦有芮国器。芮烨(1114—1172),字国器,一字仲蒙,小名胜郎,小字耆老。排行六十。三本俱漏名。宋乌程(今浙江湖州)人。与弟辉同登绍兴十八年(1148)进士,为仁和尉。二十五年迁左从政郎,为秦桧所忌,编管武冈军。桧死,复原官。三十年,除国子正。迁秘书省正字,兼国史院编修官。擢监察御史,隆兴二年(1164)出为广东提刑。乾道五年(1169),除国子司业,旋升祭酒。请祠,以右文殿修撰致仕。为吕祖谦岳丈。工书能文,博通诸经,尤长于《易》。有《易传》1卷、《诗文集》11卷、《奏议》2卷,已佚。《宋史翼》有传。王十朋有《林黄中少卿出守吴兴,芮国器司业以诗送之,有"今日桐城王刺史,异时遗爱在吾州"句,用韵寄二公》,陆游有《送芮国器司业》等诗,朱熹有《送芮国器二首》《与芮国器书》,周必大有《次韵芮国器正字馆中木樨三首》《送芮国器察院漕广东》《祭芮国器祭酒文》。《全宋诗》录其诗5首,《全宋词补辑》录其词1首。三本俱未引芮国器语,而《分类苏诗》引"芮(曰)"2条。

## 一四五、冯方

原文:"冯氏方,字圆仲。"

按:《分类苏诗》亦有冯方。冯方(?—1165),字符仲,一作员仲,一作元仲,一作圆中,三本俱作"圆仲"。宋普康(今四川安岳)人。绍兴十五年(1145)进士。授左文林郎。二十八年正月,以左儒林郎除国子正,九月,改差户部架阁文字。二十九年七月,由御史台主簿除秘书省正字。三十年四月,进校书郎,八月,兼国史院编修官。三十二年,迁吏部员外郎,知邛州。张浚督师北伐,为督府参议官。隆兴元年(1163)六月,降授左承事郎、直秘阁。迁江西运判,官终太府少卿。《全宋文》录其文7篇。冯方才识兼茂,立朝有直声,临事不避难,遍行两淮,筑治城垒，力主抗金恢复。《宋史·王十朋传》云："秦桧久塞言路，至是十朋与冯方、胡宪、查籥、李浩相继论事，太学生为《五贤诗》述其事。"十朋《与王总领》云："既而馆中诸公相继论列，上一一开纳。但侧目者众，迹不自安。某与冯圆仲一二同舍皆请外，庙堂不肯。"《答湖守陈郎中》云："圆仲之去可惜，然于出处无愧，吾徒之幸。"《哭冯员仲》云："一代奇男子，哀哉命止斯。"乾道三年(1167)六月作《跋冯员仲帖》又云："员仲，天下士也，负有用之才，怀许国之忠，而不获究其万一，命矣夫！虽困于谗，而死于不幸，然知己数公，皆一代之杰，亦可以无憾矣。"又有《次韵冯员仲正字湖上有作》《寄冯员仲》《冯员仲赴阙奏事士君子咸欲其留……》《冯员仲复元官与致仕恩泽》《祭冯少卿文》等。史浩有《饯冯圆中郎中守邛州》《饯冯圆中吏部出守》等，周必大有《送冯圆仲吏部出守邛州》。三本俱未引冯方语，而《分类苏诗》引"冯曰"1条。

## 一四六、喻良能

原文："喻氏叔奇。"

按：《分类苏诗》亦有喻叔奇。喻良能，字叔奇，号香山。三本俱漏名。宋义乌(今属浙江)人。与弟良弼俱以古文词有声太学，与兄良倚同登绍兴二十七年(1157)王十朋榜进士。补广德尉(王十朋有《送喻叔奇尉广德序》)，历鄱阳丞、安仁令，通判绍兴府。乾道七年(1171)，为建宁府学官。入为国子主簿、工部郎中、太常寺丞。出知处州，寻以朝请大夫、开县男致仕。《宋史翼》有传。工文能诗，有《忠义传》《诸经讲义》

《家帚编》等,已佚。今尚存《香山集》。陈亮谓其“为文精深简雅,读之愈久而意若新”。与洪迈、陆游、杨万里、王十朋等交好,仅十朋与其唱和的诗文就有20余首。其《赠喻叔奇县尉》云:“同舍同年友,天资迥不群。诗文侵晋宋,兄弟类机云。”《怀喻叔奇》云:“冀北群空殊昔别,江东日暮倍伤神。同年四百二十六,莫逆论交能几人。”《读喻叔奇送行六诗》云:“送别六诗诗似杜,绝胜刘子《竹枝歌》。”《和喻叔奇宿大木寺》云:“论文一尊酒,何日故人同。”杨万里有《送喻叔奇工部知处州》。张镃有《送喻叔奇工部括苍二首》。吕祖谦有《送喻叔奇通判会稽》。赵蕃《寄喻叔奇文二首》其一云:“遥知磬湖上,不减浣花滨。”的确,喻氏对杜甫情有独钟,其《偶题》云:“少陵五十六,负暄候樵牧。我今年与齐,而亦处幽独。”《仆坐钓矶季野弟寄诗来因次韵》云:“诗穷吾师杜少陵,一杯未用身后名。”《同德坊寓居》云:“残年饱吃饭,细诵少陵诗。”《次韵李大著春日杂诗十首》之七云:“平生杜陵老,耿耿寸心知。”《读韩诗有感用介甫体》云:“少陵无人谪仙死,吏部文章日月光。”《简张子温运使》云:“少陵子厚妙炉锤,力不能追心自期。”《参议李郎中惠示古律诗两巨轴次韵首篇奉酬》云:“仙李诗人麻竹多,佳句唯传杜陵老。”《次韵杨廷秀浣花图歌》云:“李白张旭称世贤,姓名优入少陵编。”《新居成茂恭以诗见贺次韵奉酬》云:“子美堂工始上元,断手乃在宝应年。顾我无能为杜役,有此屋庐差不难。”《草堂成即事二首》其一云:“经理草堂唐宝应,耘锄荒径晋陶潜。”其二又云:“子美浣花元不恶,渊明栗里总宜贫。”《读初寮集呈王宗丞》云:“家声不坠推王粲,句法能传有杜陵。”《次韵陈鲁望郎中》云:“草堂诗律在,风味唤仍还。”《次韵伯寿兄海棠》云:“无情长笑杜陵老,不识海棠春意好。”

《松峭山傍偃松……》云:“独树未须夸老杜,五楸那复论韩公。”《试院中秋效诸进士作月涌大江流》云:“翻思杜陵老,岸草泊樯舟。”《重阳咏菊》云:“何事杜陵嗔竹叶,却教从此不须开。”《重阳遣兴》云:“秋高身老少陵悲,不独云飞雁亦飞。红叶色深偏照酒,黄花香重欲沾衣。绝知落帽欢娱好,最奈登山伴侣稀。强插茱萸修故事,未妨醉眼送斜晖。”几乎全是点化杜甫诗句。《送侍御还夔府》云:“烹鲜不劳力,余事杜陵诗。”《次韵王待制刘侍郎倡和》云:“急峡高江追子美,清风明月笑严维。”《峡桥》云:“妙语曾闻杜陵老,高江急峡斗雷霆。”《读侍御去国集次韵》云:“先生一饭不忘主,诗句端如杜少陵。”《次韵王待制初见虎牙铜柱诗》云:“千骑远征夔子国,百篇还赋杜陵诗。”《次韵王侍御题诗史堂》更盛赞杜甫:“欲识当年泣鬼神,诗皆绢妇与齑辛。洗空千古无凡马,称到于今有几人。肯与齐梁充后乘,只应苏李是前身。丰碑更著最佳处,传示宜过一万春。”三本俱未引喻叔奇语,而《分类苏诗》引“喻曰”1条,又引“喻按”2条。

## 一四七、毛宏

原文:“毛氏叔度。”

按:《分类苏诗》亦有毛叔度。毛宏,字叔度,原名公弼,字虞卿。三本俱漏名。宋温州乐清(今属浙江)人,为王十朋同乡。资禀不凡,幼与兄宣俱有文名,时称“二毛”。十朋《答毛唐卿虞卿借昌黎集》云:“羡君兄弟俱早慧,家学岂止传柔翰。”《寄毛虞卿》云:“弟兄并秀如君少,朋友相知独我深。”二人酬唱颇多，十朋尚有《次韵虞卿送别》《戏酬毛虞卿见和》《毛虞卿见过》等诗。毛氏与王十朋、刘方叔三人又有《夜听双瀑联句》。毛宏中绍兴十五年（1145）进士，授宁海主簿，有治绩。丁父忧，以哀毁卒。王十朋《祭毛叔度主簿文》云："昔吾年未冠，而子方志学，黄卷同披，短檠共照，相期以古人，相待以国士"，"岂青春方盛，一分官况，遽为新鬼也"。又云："奈何年亦不多乎颜、贾，而命仅同乎四子也。"则毛宏卒年在30岁左右。三本俱未引毛叔度语，而《分类苏诗》引"叔度（曰）"1条。

## 一四八、朱邦翰

原文："朱氏邦翰。"

按：《分类苏诗》亦有朱邦翰。《三朝北盟会编》卷一九九"绍兴十年"载："单、徐间诸邑富人随而来三二十人，有朱良翰、朱邦翰者，屡投笺启。"或即其人。余无考。《宋人传记资料索引》《宋人传记资料索引补编》《全宋诗》《全宋文》均不载此人。

## 一四九、项用中

原文："永嘉项氏用中。"

按：《分类苏诗》亦有项用中。项用中，名不详，宋温州乐清（今属浙江）人，为王十朋同乡。永嘉，即温州。十朋《至福唐会乡人丁镇叔、张器先、甄云卿、项用中、赵知录、薛主簿、同年孙彦忠草酌试院》诗云:“一同年友七乡人,劝酒那容耳不闻。”余无考。《宋人传记资料索引》《宋人传记资料索引补编》《全宋诗》《全宋文》均不载此人。三本俱未引项用中语,而《分类苏诗》引“用中(曰)”3 条,又引“项曰”1 条。

## 一五〇、周成祖

原文:“周氏成祖。”

按:《分类苏诗》亦有周成祖。周成祖,生平无考。《宋人传记资料索引》《宋人传记资料索引补编》《全宋诗》《全宋文》均不载此人。

## 一五一、陈正敏

原文:“遁斋陈氏正敏。”

按:陈正敏,或误作“范正敏”。号遁斋。宋南剑州沙县(今属福建)人。为陈瓘兄子。官朝奉郎。曾为政和知县。或谓尝任福建长溪县令。有《遁斋闲览》,已佚。《郡斋读书志》卷三下载:“《遁斋闲览》十四卷,右皇朝陈正敏崇、观间撰。正敏自号遁翁,录其平昔所见闻,分十门,为小说一编,以备异日披阅。”《直斋书录解题》卷一一载:“《剑溪野语》三卷,延平陈正敏撰。自号遁翁,别有《遁斋闲览》十四卷,未见。”胡仔《苕溪渔隐丛话》录有《遁斋闲览》佚文 31 条,其中涉及杜甫者 6 条。《黄氏补注》于《古柏行》“霜皮溜雨”二句下引“正敏曰:

沈内翰讥子美此句，以谓四十围配二千尺为太细长。不知子美之意，但言其色而已，犹言其翠色苍然，仰视高远，有至于二千尺而几于参天也。若如此求其疵，则二千尺固未足以参天，而《诗》谓‘峻极于天’者，更为妄语。善论诗者，正不应尔”。《分门集注》亦引此，文字稍异。而《分门集注》于《哀江头》“欲往城南忘南北”句下引“正敏曰：荆公集句云：‘欲往城南望城北，此心炯炯君应识。’又云：‘欲往城南望城北，三步回头五步顾。’始疑杜诗误，后得荆公善本，皆作‘忘南北’。或云：公故改此二字，以合己意。然公平生未尝改古人字，观者宜详此”。《黄氏补注》《分类杜诗》均不见引及。

## 一五二、黄鹤

原文：“临川黄氏鹤，《补注子美诗》。”

按：《分门集注》《黄氏补注》俱无。黄鹤字叔似，号牧隐。宋宜黄（今属江西）人。黄希之子。希尝著《补注杜诗》，未成而卒，鹤续成之，并撰《年谱辨疑》，即今流传之《黄氏补千家集注杜工部诗史》36卷。鹤有《北窗寓言集》，已佚。《黄氏补注》载“鹤曰”共计1615条。

## 一五三、黄希

原文：“黄氏希。”

按：《分门集注》《黄氏补注》俱无。黄希，字仲得，一字梦得,号师心。宋宜黄(今属江西)人。乾道二年(1166)进士。官终永新令,尝作春风堂于县治,杨万里为作记。酷嗜杜诗,晚年作诗慕少陵句法,尝著《补注杜诗》,未竣而卒,子鹤续成之,即今流传之《黄氏补千家集注杜工部诗史》36卷。同治《宜黄县志·儒林传》有传。《宋诗纪事》辑其诗1首。《黄氏补注》载"希曰"共计676条。

## 一五四、文天祥

原文:"庐陵文氏天祥。"

按:《分门集注》《黄氏补注》俱无。文天祥(1236—1283),初名云孙,字天祥,以字贡于乡,改字履善,又字宋瑞,号文山。宋吉州庐陵(今江西吉安)人。宝祐四年(1256)进士第一。后任军器监兼权直学士院,忤贾似道,被劾罢。起为湖南提刑,改知赣州。德祐元年(1275),元军东下,应诏勤王。次年,任右丞相兼枢密使,诣元军议和被拘,至镇江脱逃,泛海至温州。端宗即位,复任右丞相兼枢密使,都督诸路军马。后加少保,封信国公。故世称"文信公"。祥兴元年(1278)十二月,在五坡岭(今广东海丰北)被俘。坚拒元将张弘范诱降,被送至大都(今北京),囚禁三年,誓死不屈。在狱中作《集杜诗》200首,借集杜诗以纪时事,而抒忧国之怀与亡国之痛,被誉为"诗史"。临刑作《正气歌》以明志。后谥忠烈。《宋史》有传。著作经后人辑为《文山先生全集》。文天祥为我国著名民族英雄,他的思想和创作深受杜甫的影响。他的学杜,不是形式上的追求,而是学杜诗的精髓,学杜甫的为人,学杜甫的爱国精神,学杜甫崇高的思想境界。其《题梅尉诗轴》云:"忧国杜少陵,感兴陈子昂。"《咏怀》云:"子卿羝羊节,少陵杜鹃心。"又有《读杜诗》和《新淦曾季辅〈杜诗句外〉序》。

## 一五五、谢枋得

原文:"广信谢氏枋得,字君直,《批点子美诗》。"

按:《分门集注》《黄氏补注》俱无。谢枋得(1226—1289),字君直,号叠山。宋信州弋阳(今属江西)人。广信,即信州。宝祐四年(1256)与文天祥同举进士。除抚州司户参军,即弃去。明年复出,试教官,中兼经科,除教授建宁府,未上,赵葵辟为江东西宣抚司干办公事。寻应试建康,忤贾似道,谪居兴国军。后放归,以江东提刑、江西招谕使知信州。抗元兵败,乃变姓名,弃家入闽。宋亡不仕,强送至大都(今北京),绝食死。门人私谥文节。李源道撰《文节先生谢公神道碑》。《宋史》有传。枋得诗文俱佳,著有《叠山集》《文章轨范》《诗传注疏》等。谢氏为宋末抗元义士,倡导志节,故对杜甫其人其诗甚为崇仰。其《与刘秀岩论诗》云:"凡人学诗,先将毛诗选精深者五十篇为祖,次选杜工部诗五言选体、七言古风、五言长篇、五言八句四句、七言八句四句,八门类编成一集,只须百首。"《重刊苏文忠公诗序》云:"唐人诵杜子美诗,必怜其忠。"《代上杜按察三首》其三云:"万物宁无吐气时,平生爱诵杜陵诗。"《示儿二首》其二云:"千古兴亡我尽知,一家消息又何疑。古来圣哲少才子,世乱英雄多义儿。靖节少陵能自解,孔明王猛使人悲。"《批点子美诗》,不见诸家著录,亦未见传本。

## 一五六、刘辰翁

原文:“时贤:庐陵刘氏会孟,字辰翁,《批注子美诗》。”

按:《分门集注》《黄氏补注》俱无。刘辰翁(1232—1297),字会孟,号须溪。排行五十八。《分类杜诗》误将名、字颠倒。宋吉州庐陵(今江西吉安)人。补太学生。景定三年(1262)进士。以亲老请为濂溪书院山长。后入江万里幕。咸淳元年(1265),为临安府教授。四年,入江东转运司幕。五年,为中书省架阁。宋亡,不仕。有《须溪集》。《新元史》有传。须溪善诗词,又喜批选旧籍,其评点唐宋名家集,尤为著名。今传《集千家注批点杜工部诗集》,流传颇广,影响颇大。其《读杜拾遗百忧集行有感》云:“我亦一饭不忘君,文人相轻所不及。伤哉白首杜拾遗,入蜀还秦劳辙迹。文章盖世亦何为,妻子相看百忧集。”又有《题刘玉田〈选杜诗〉》《题宋同野〈编杜诗〉》二文。刘辰翁对杜诗的评论源于对杜诗的悉心体验,他的文学创作亦深受杜诗的影响。刘氏在评论、评点、学习杜诗上所作出的贡献,使他成为宋末杜诗研究的一大家。

综上所述,所谓“集注姓氏”156 人,除薛综为汉朝人,薛梦符、薛苍舒一人误为二人外,实则 154 人。其中生平无考而又未引其说者,计有 9 人:林致明、徐持晦、程天祐、李尧祖、何泓、傅藻、吴少云、朱邦翰、周成祖。生平无考而引其说者,计有 7 人:王楷、杜修可、杜定功、孙倬、程演、宋援、余葵。而杜修可、杜定功实无其人。生平有考而又未引其说者,计有 45 人,而其中与王十朋有直接关系者多达 33 人:黄中立、陈元佐、陈元龙、陈知柔、鹿何、孙鎬、陈德溥、林季任、汪涓、赵元序、薛伯宣、蒋元肃、孙安国、宋彦材、丁镇叔、丁康臣、张器先、曹逢时、崔雍、吴宪、吴翼、吴芾、贾岩老、万庚、万庠、万椿、甄龙友、龚茂良、芮烨、冯方、喻良能、毛宏、项用中。不管生平有考、无考而引其说者,恰为百人。而《分门集注》与《黄氏补注》则不足百人。但亦有不在“集注姓氏”之列而引其说者,如《黄氏补注》卷六《铁堂峡》“缥缈乘险绝”句下引“逢元曰:缥缈,衣裳飞扬貌”。卷七《题李尊师松树障子歌》“更觉良工心独苦”句下引“迈曰:韩宏曰:良工用心何苦刻如斯”。如详细检核,《分门集注》与《黄氏补注》恐亦在百人以上。这可视为宋人所谓“千家注杜”的一个缩影。

## 附 邓忠臣

宋本《分门集注》于“集注杜工部诗姓氏”最后有用墨笔所书“邓氏忠臣,字慎思”七字,《黄氏补注》《分类杜诗》均无,显系后人所加。但邓忠臣注杜确曾引起一场公案,有必要加以介绍。按:邓忠臣(? —1104?),字慎思,一字谨思。因居玉池峰,自号玉池先生。宋长沙(今属湖南)人。熙宁三年(1070)进士。累官知衡阳县,大理丞。元丰四年(1081)为开封府界提举司管勾官。五年,为秘书省正字。元祐三年(1088)权通判瀛州。迁考功员外郎。六年,为秘书省注《晋书》官。崇宁元年(1102)十二月,入元祐党籍,出守彭门,改知汝州。坐事罢为管干南京鸿庆宫。约二年九月至三年六月间,卒于家。后赠直秘阁。《宋史翼》有传。与晁补之、张耒等同舍唱和,有《同文馆唱和诗》。有《玉池集》,已佚。陈振孙《直斋书录解题》卷一七邓忠臣《玉池集》解题云:“尝和杜诗全帙……今皆轶弗传,所存一二而已。”尝注杜诗,世传所谓王洙《注杜诗》(一作《注杜工部集》)36 卷,实为邓忠臣注,因忠臣入元祐党籍,故托名于王洙也。《续资治通鉴长编》卷四六四哲宗元祐六年载刘挚曰:“(邓)忠臣有学问,能文,长于杂记。顷尝注杜诗,久留心晋史,故使注之。”黄庭坚元丰元年作《奉和慎思寺丞太康传舍相逢并寄扶沟程太丞尉氏孙著作二十韵》云:“邓侯诗成锦绣段,浣花屑玉邀我赋。……诗穷净欲四壁立,奈何可当杜武库。”张耒《邓慎思学士挽词》云:“文成典午群疑泮,诗和少陵佳句新。”显然是指邓氏注杜和杜而言。金元好问编《中州集》乙集祝简小传谓简云王洙未曾注杜诗,又引吴激《东山集》之《赠李东美》诗引云:“邓忠臣,字慎思,余柳氏姨之夫,今世所注杜工部诗,乃慎思平生究竭心力而为之者。镂板家标题,遂以托名王源(当作‘原’)叔。翰林两王公前后记,初无一语及此注,而《后记》又言‘如源叔之能文,止作记于后’,则源叔不注杜诗,为可见矣。”梅新林指出:“世所传疑之‘洙注’,系由邓忠臣以王洙编校本十八卷诗为底本,然后加以笺注而成,同时又将每卷一分为二,成三十六卷。其中注释部分为邓忠臣所作,校勘部分则出于王洙之手。邓氏杜注当成书于元祐二年四月至六年八月十二日之间,在此后的约二十年中,被坊贾作伪,去邓氏之名,题于王洙,至政和初已流行于世。”邓小军进而认定托名王洙之《注杜诗》当刊刻于崇宁二、三年间(1103、1104)邓去世后至政和七年(1117)之前。此为杜诗第一部全注本,具有很高的文献价值和学术价值。惜邓注本已佚,其注则散见于宋刻杜集诸本中。《分门集注》与《黄氏补注》均于《宿花石戍》题下引"郑曰：邓慎思云在峡州，凤台子以谓此诗在潭、衡之间作。谓在巴峡非也。《十道志》：潭州湘潭县北二十里有锦石区，疑花石即锦石"。关于邓注杜诗问题，可详参梅新林《杜诗伪王注新考》(《杜甫研究学刊》1995 年第 2 期)和邓小军《邓忠臣〈注杜诗〉考》(《杜甫研究学刊》2002 年第 1 期)。

# 新时期杜甫研究述评(1977—1998)*

新时期的杜甫研究,依然是整个唐诗研究的重镇和热门话题。据不完全统计,在此期间,国内(不含港、澳、台)共出版各类有关杜甫著作100余部,发表论文2500多篇,数量之多,稳居唐代诗人之冠,可见研究之深广与热烈。现仅就以下几个方面,作一简要评述。

## 一、杜甫研究的重新兴起

杜甫研究的重新兴起,是从批判梁效的《杜甫的再评论》开始的,这方面的文章有数十篇。大家主要是从政治上进行批判,着重揭露了"四人帮"操纵御用写作班子炮制反动文章的政治目的。应该说,作为学术研究,新时期的杜甫研究是从对刘大杰《中国文学发展史》("文革"改写本)第二册杜甫部分和郭沫若《李白与杜甫》一书的批评开始的。前者以陆侃如《与刘大杰论杜甫信》(《文史哲》1977年第4期)为代表,后者则以萧涤非《关于〈李白与杜甫〉》(《文史哲》1979年第3期)

---

* 本文原载于《杜甫研究学刊》2001年第1期。

为代表,这两位著名学者的意见对新时期杜甫研究起了正本清源的作用。陆文集中就所谓杜甫后期“轻儒重法”问题,提出商榷,指出在杜诗提到的330多个历史人物中,被“四人帮”封为“法家”代表人物的秦始皇,只提到过1次;“大法家”曹操,只被提到2次;真正的法家人物管仲,也只提到2次;而对“更坚决地执行了法家路线”的武则天,杜甫不仅不怎么“景慕”,反而多有批评。杜甫的诗证明,他不是“轻儒重法”的,而是“尊儒尊孔”的。萧文则纠正了郭老在李杜研究上的偏颇。文章指出:“扬李抑杜是《李白与杜甫》一书的基调。”对于郭老曲解、误解杜诗之处,一一作了驳证。对如何对待李、杜两位大诗人的问题,萧文认为,李白和杜甫,“一个是浪漫主义,一个是现实主义。他们是分道扬镳,而又各有千秋。李白不能包括杜甫,杜甫也不能包括李白。我们既需要杜甫,也需要李白”。文章发表后,引起强烈反响,充分表现了作者的胆识和理论勇气。他如匡扶《杜甫政治思想的形成和发展》、张德鸿《对〈李白与杜甫〉中几个问题的管见》、刘世南《对〈李白与杜甫〉的几点意见》、吴鹭山三篇《评郭沫若说杜诗》(见《杜诗论丛》附录)、胡守仁《〈杜甫的阶级意识〉析疑》、萧文苑《读〈李白与杜甫〉》、韩培基《郭沫若与杜甫》、钟来因《“杜甫的地主生活”异议》等文,各从不同方面就不同问题提出了商榷意见。有的同志对批评《李白与杜甫》提出不同看法,这可以李保均《文章千古事,得失寸心知》(《四川大学学报》1979年第4期)、宁业高《杜甫过的不是地主生活吗?》(《宁夏大学学报》1981年第1期)两文为代表。李文认为,“郭老基本上是用马列主义的立场、观点和方法对李杜进行了再评价”,“不少见解,很有独到之处,是杜甫研究、李白研究的新的进展”。宁文认为,“杜甫不仅是地主,还是小官僚”,杜甫过的是“小官僚地主的生活”。事隔二十几年以后,人们对《李白与杜甫》出版的内幕认识得更清楚了,从而思考着更深层次的问题。

王学泰在《20 世纪文化变迁中的杜甫研究》(载新疆人民出版社 1997 年版《中国古典文学学术史研究》)一文中说:“1966 年底至 1967 年初江青审查解放以来所拍摄的国产影片,便对 1962 年为纪念杜甫所拍的纪录影片《诗人杜甫》大放厥词。说什么这是冯至一帮人为影射现实而拍摄的,是恶毒攻击社会主义的作品。并说毛主席喜欢李白而不喜欢杜甫。于是杜甫、杜诗就这样荒诞地被枪毙了。”又引述何其芳 1977 年写给王季思的信:“杜李向有争论,我过去持‘李杜操持事略齐’说。最近再三考虑毛主席更爱好李白诗的原因,略有改变。”并在信末附言中说:“毛主席不止一次说过,他更爱读李白的诗,而且听说还说过:李白是千古诗人之冠。”①于是作者认为:“《李白与杜甫》中的怪论实际上是个人崇拜在古典文学研究中的表现,此书把自古就存在的‘扬李抑杜’推到惊世骇俗的地步,而其目的就是一个,‘毛主席更爱好李白诗’,因此就要改变自己的爱好和经过研究得出的客观结论。这是荒诞而可悲的。”胡可先《论〈李白与杜甫〉的历史与政治内涵》(《杜甫研究学刊》1998 年第 4 期)一文,把《李白与杜甫》放在当时特殊的历史背景与漫长百年学术背景下综合考察、评价,认为此书是特定的历史时代的产物,从某种意义上说是一部政治著作,是以扬李抑杜为主旋律的,进而分析了著者的个人原因和时代原因以及政治对学术的影响,从而得出两点启示:中

① 《何其芳文集》第六卷,人民文学出版社 1984 年版。

国知识分子的人格缺陷和学者应具有人文精神。李中耀《毛泽东为什么不喜杜诗》(同上)一文,重点分析了毛泽东不喜欢杜甫的三个原因:杜甫"站在小地主的立场",杜诗"哭哭啼啼",杜诗是"政治诗"。这"完全是出于个人的兴趣爱好,属一家之言",但在那个特定的年代,却对整个社会的学术研究思想、研究方法带来重大影响。"这种影响最明显的例证就是70年代初《李白与杜甫》一书的出现,就是曾经长期盛行于文学批评领域的唯阶级论、简单化的阶级分析的方法。当然,这一切已经成为过去的历史。但是,在'左'的东西还没从我们的社会生活中根绝,有时还在某些地方、某些领域隐约闪现的情况下,回想和反思这段历史,其意义恐怕不仅仅是前车之鉴。"

在谈到全面系统地研究杜甫时,不能不提到萧涤非的《杜甫研究》和几部各具特色的杜甫评传。《杜甫研究》是萧涤非精心研究杜甫的一部力作,由于它说理透辟,内容丰富,独具特色,在学术界产生了广泛的影响,被誉为"一部有创造性的作品",能"以今日的科学方法,进行全面系统的研究,从而作出新的正确的评价"。特别是作者做到了"烂熟杜诗于胸中,不但分析杜甫作品时,可以'呼之即出',即叙述杜甫的时代、生活、思想时,也处处'有诗为证',没有一句虚测或附会的话"。该书出版于20世纪50年代,由山东人民出版社出版,分上、下两卷。上卷对杜甫所处时代背景,及其生活、思想、作品、体裁等,作了全面的论述。下卷是作品选注,选诗266首,除对诗中的一些史实、典故作了注解外,对每首诗的写作地点、年代、背景、中心思想和艺术特色,均作了简要介绍。该书在1980年由齐鲁书社再版时,作者对内容作了较大的改动和补充,仍分上、下卷,上卷为杜甫及其诗歌的全面论述,下卷为建国以来作者关于杜甫研究论文的结集。而原版下卷之杜诗选注部分,则易名为《杜甫诗选注》,修改后由人民文学出版社于1979年出版。再版后的《杜甫研究》,作者试图运用马列主义、毛泽东思想的立场、观点和方法,分析伟大诗人杜甫的思想、生活及其作品的思想内容和艺术成就,不仅着重研究了杜诗思想的博大精深,而且用了较大的篇幅,分析了杜诗的艺术性,并写了《杜诗的体裁》的专章。下卷所收的26篇论文,多有创见。《杜甫研究》代表了我国20世纪80年代杜甫研究的水平,正如论者所指出的:"自建国初期迄今,在杜诗研究界事实上还没有一部在观点、方法或规模上超越《杜甫研究》的著作出现。"它奠定了萧涤非教授在我国杜甫研究领域的地位,为他赢得了崇高的声誉。他在学术上的精深造诣,也颇为国内外学者所称许。

朱东润的《杜甫叙论》(人民文学出版社1981年版)是一部独具风格的杜甫传记。作者在《自序》中说:"'叙论'的本意就是评传,我这本书对于杜诗的发展讲得较多,实际上是杜甫的评传。"它的显著特点就是博采史实,在当时社会现实的大背景下,联系杜甫在安史之乱前后的经历和进入夔州以后的生活变化,深刻阐述了杜诗的两次高峰,把对杜甫诗歌成就的评价同其生平经历的叙述紧密结合在一起,有理有据,富有说服力和感染力。杜诗的第一次高峰,是从《自京赴奉先县咏怀五百字》起,到《同谷七歌》为止。作者认为:"乾元二年(759),杜甫的诗已经发展到最高的境界。""在这年以前杜甫的诗还没有超过唐代其它的诗人,在这年以后,唐代的诗人便很少有超过杜甫的了。"重要原因就在于艰苦的生活,缩短了杜甫和人民之间的距离,"杜甫的生活已经差不多和血泪斑斑的人民等同了”。他这时期写下的“三吏”“三别”这些诗，“完全是人民的诗，是人民在艰难困苦之中求生不得、求死未忍的诗，每个字都是以血泪写下的。杜甫这时确确实实是人民的诗人，而他的诗句也确确实实写下了八世纪中国人民的苦难”。寓居夔州时期，杜诗达到了第二次高峰。这个时期，虽然“杜甫对于当时的现实理解得更多了”，但“和人民反而远了。他以十倍的力量作诗，不仅仅是因袭而且有所创造，有所收获，在多种体裁方面都开辟了新路”。在七古、七律和排律，特别是组律和拗律等律诗形式上，杜甫都有极大的创造，取得了超前绝后的成就，完成了集大成的光辉业绩。对于李白和杜甫这两位伟大诗人，作者明确地指出：“李白是诗国的飞仙，杜甫也是飞仙，但是他有一双泥足，他的不如李白处在此，他的为我们这些平常百姓所爱之处也在此。”朱东润是著名的传记文学作家，他为我国现代传记文学的发展作出了开创性的贡献。他说：“传记文学是史，同时也是文学。”他的《杜甫叙论》既注意了对大量翔实的历史资料的运用，又注意充分运用文学的表现方法和技巧，讲究语言的传神、描写的精切和叙述的生动形象，感情充沛，情文并茂，不像有些学术著作那样枯燥乏味，大大地提高了它的可读性。

陈贻焮《杜甫评传》分上、中、下三册，共 20 章，计 108 万字，上海古籍出版社先后于 1982 年和 1988 年出版。它是我国五四以来第一部规模浩大的综合研究杜甫的学术巨著。作者对历代研究杜甫的浩繁资料进行爬梳剔抉，去芜存菁，广泛地吸收了前代和当代学者研究杜甫的众多成果，运用综合考察、纵横比较等多种研究方法，突破了前人侧重笺注辨义和笼统评述的传统研究方式，取得了许多重要的进展和可喜的成果。其一,作者从政治、经济、哲学、宗教、艺术(包括绘画、建筑、音乐、舞蹈、书法等)、社会风俗、典章制度等各方面,完整而详尽地论述了盛唐及安史之乱前后唐王朝由盛转衰的纷繁复杂的历史背景,从宏观与微观的角度,对时代和创作的关系,杜诗所产生的社会条件,诗人生活、经历、素养、性格、心境等个人因素对其创作的影响等等,都进行了深入而细致的研究。其二,《评传》按历史和生活的本来面目,深刻地揭示了杜甫处身在复杂的社会关系之中所形成的复杂的思想性格,细腻地勾勒出他的整个思想发展过程。作者对杜甫的生平作了详细精审的考证,从大量人所熟见的材料中钩稽出前人所未曾发现的行迹,并直接使这些考据成果为杜甫思想及作品的研究所用。作者既充分地肯定了杜甫与人民大众在生活遭遇和思想感情上的千丝万缕的联系,又生动地再现了他与当时官僚权贵往来应酬的生活图景和社交气氛,令人从中具体地感受到他在为人处世中既有一贯的忠厚、耿直、热诚的一面,也有违心地应酬交际、庸俗世故的一面。由于《评传》避免了杜甫评价一般化和简单化的倾向,致力于从生活的各个侧面塑造杜甫的丰满形象,因而其能够令人信服地证明伟大诗人的一切进步性和局限性都根源于他的时代环境、社会地位和阶级属性。其三,《评传》广泛联系先秦、汉、魏、六朝至宋、元、明、清以及与杜甫同时代的许多作家,进行纵横比较,并在诗歌艺术的分析中探讨有关的创作理论,对杜甫诗歌艺术的独创性及其在诗歌发展史上的作用等问题,提出了一系列富有新意的见解。如评李杜优劣之争的渊源,杜诗对盛唐诗歌“旧法”的突破以及对中晚唐诗歌的影响,盛唐和中唐“奇思”的差别,作家素养对创作潜移默化的作用,艺术想象和生活实感的关系,诗歌在艺术上的成功与否不以比兴形象为唯一目的,等等。这些精辟的论述,突破了历来评杜就诗论诗的观点,使杜诗艺术研究达到了新的理论深度。其四,《评传》写法上独具特色。作者以杜甫的代表诗作为主线,夹叙夹议,兼传兼评,对具体诗篇的阐释,能将注解、典故、赏析、翻译融为一体,文如行云流水,酣畅淋漓,雅俗共赏,富于诗情。正如林庚序云,"《评传》之作,盖脱胎于诗话而取意于章回",遂为学术性的评传之作拓一新路。该书填补了杜甫研究中的一些空白,出版后赢得了学术界的高度评价和肯定。金启华、胡问涛合著《杜甫评传》(陕西人民出版社 1984 年版),以杜甫思想艺术发展的轨迹为主轴,以传为经,以评为纬,评传结合,经纬交织,全面介绍评述了杜诗的思想内容、艺术形式、表现手法、审美情趣、渊源影响等,清楚地勾勒出杜诗独特的风貌。莫砺锋《杜甫评传》(南京大学出版社 1993 年版),为匡亚明主编"中国思想家评传丛书"之一种。作为传记类著作,该书的特点在于既把杜甫作为伟大诗人,详细论述其诗歌创作成就及其创作发展过程,又把杜甫当作伟大的思想家,对其人生哲学、政治思想、文学思想和美学思想进行了探讨。同时,该书于评传结合中侧重于评,试图把杜甫置于时代和社会的广阔背景中予以审视,从而对杜甫的地位及影响作出了较深刻的阐述。

谈到新时期的杜甫研究,不能不提到程千帆、莫砺锋、张宏生合著的《被开拓的诗世界》(上海古籍出版社 1990 年版)。书名盖取宋人王禹偁"子美集开诗世界"诗意,全书收录师生合作有关杜甫的论文 11 篇,程千帆自撰《杜诗镜铨批抄》,附录程氏自作诗集《闲堂诗存》。著者以上下数千年中国文学发展史长河为广阔背景,从深层开掘了杜诗流变的纵向研究传统;又通过对"同题共作"等形式的比较研究,极大地拓展了杜诗横向研究系统的视野。该书的显著特点是,能采取多维视角,对杜诗进行立体的、综合的、多层次的观照剖析,其中渗透了著者多年研究的独到心得,故颇多创获。出版后,甚得学术界称誉,为杜诗研究的重要著作。吴鹭山《杜诗论丛》(浙江文艺出版社 1983 年版)分 4 卷,对杜甫的文学主张、创作方法、人道主义、爱国精神,以及体裁、风格、交游、咏怀状物、名物训诂等无不涉及,且时有己见,足资参考。另有附录 3 篇,主要评郭沫若说杜诗。作者本着"百家争鸣"的精神,对郭沫若《李白与杜甫》一书中的"扬李抑杜"问题,如对杜诗的某些"曲说"和"误解",列举了大量事实,针锋相对地提出了自己的看法,不失为一家之言。李汝伦《杜诗论稿》(广东人民出版社 1983 年版)是作者 20 世纪 50—80 年代初关于杜甫研究论文的结集,依论文内容分编为三辑,收录有关杜诗论文 43 篇、评笺文章 10 余篇。一辑所收文字比较杂,有关于杜甫思想、杜甫诗歌的评论,杜诗或与杜甫有关的诗作归属真伪的辨析文章,杜诗赏析文章等。二辑皆为有关杜诗语汇的解诂和诗法的辨析小文,共 11 篇。三辑主要是关于杜甫题画、咏画诗的评论,涉及杜甫题画、咏画诗 19 题 20 余首。特别是对杜诗塑造的平民形象、杜诗的讽刺、杜诗的浪漫主义及反迷信思想等问题作了挖掘和剖析。此书因有专题探讨,亦有作品的赏析评点,故既是一部学术著作,又具有通俗的特色。傅庚生、傅光合著《杜甫论集》(黑龙江人民出版社 1986 年版),共收入著者父子二人有关杜甫的论文 45 篇,包括杜甫思想与诗歌成就的评述,李杜诗歌的比较,杜甫诗歌思想内容与艺术的阐发辨析,杜甫身世的考订,具体作品的句解、赏析、考辨等内容,形式与写法随文章内容而定,不拘一格,不少论文见解独到。

张忠纲从20世纪70年代末即埋头于《杜甫全集校注》的编撰,所著《杜诗纵横探》(山东大学出版社1990年版)为其校注工作的副产品。此书宏微兼顾,细大不捐,共收录论文20多篇,内容包括杜甫思想、生平交游、行踪遗迹、作品鉴赏、版本考证、词语阐释等方面,多为前人所未涉及或很少涉及者。著名杜甫研究专家陈贻焮称誉此书"多发前人之所未发,创见迭出,是一部很有价值的专著"(《文史哲》1995年第2期)。朱明伦著《杜甫散论》(辽宁大学出版社1993年版)为作者研究杜甫的论文集,分家世生活篇、思想篇、艺术篇、鉴赏篇、评论篇五部分,对杜甫其人其诗进行了多方位研究。陈贻焮于序中盛赞其朴素之风、求实精神,认为此书"既展示了杜甫研究的最新成果,同时也必然会推动古典文学的研究进一步向前发展"。丘良任著《杜甫研究论稿》(中国文联出版公司1998年版)收集了作者有关杜甫研究的10余篇论文,其中数篇涉及对杜甫卒因、卒地、卒年等的考证,列举大量史实及资料,质疑杜甫死于牛肉白酒之说,并考订杜甫是大历六年(771)春季病逝于昌江,殡于小田。作者又撰《杜甫湘江诗月谱》,不仅罗列杜氏相关史事,还诠释了诗文、各种评议及相互关系。《论稿》后半部为"杜诗今译",作者按年代先后选译了38首有代表性的杜诗,既可帮助年轻学人理解杜诗,也是古诗今译的有益尝试。钟树梁著《杜诗研究丛稿》(天地出版社1998年版),收录著者有关杜诗的论文22篇,内容广泛,有论杜甫各期诗的,有论杜诗的妇女形象的,有对杜诗名篇的赏析,有对杜诗精义的阐释。著者自序云:"余以为研究杜诗自应独立思考,百花齐放,义理、词章、考据皆善,而弘扬杜甫伟大精神实为要道","同时精研诗圣杜甫诗歌艺术的特点、优点,以为今天文学发展的借鉴”。实为不刊之论,很有针对性和现实意义。

## 二、关于杜甫思想的研究

杜甫的“伟大精神”是什么?就是崇高而深挚的爱国主义精神。我国历史上的伟大人物,都是伟大的爱国者。杜甫不仅是一个伟大的诗人,而且是一个伟大的爱国者。他,人被尊为“诗圣”,诗被誉为“诗史”,忧国忧民,爱国爱民,其忧也深,其爱也笃,在我国历史上产生了广泛而深远的影响。

张忠纲《忧国忧民无已时——杜甫爱国思想琐谈》(《杜甫研究学刊》1995 年第 3 期)一文,对影响深远的杜甫忧国爱民思想进行了深切的论述。文章从国家和君主的辩证关系入手,指出在杜甫生活的中国封建社会的鼎盛时期,忠君和爱国是不能分开的,而杜甫绝非愚忠,他忠君的实质是爱国爱民,他对安史叛军的仇恨,对玄、肃、代三朝皇帝的讽喻,对广大普通百姓的热爱都表明了这一点。而杜甫一以贯之的自我牺牲精神,正是他一生忧国忧民的根基。正如作者所指出的:“继承和发扬杜甫的爱国思想,对促进社会主义精神文明建设,无疑会有着重大的意义。”谈杜甫的爱国思想,自然离不开他的忠君思想。而对杜甫忠君思想的认识,是存在着不同意见的。

赖长扬《略论杜甫对待人民的态度》(《文史哲》1978 年第 1 期),认为“诗人对帝王的愚忠,简直达到了狂热的程度”,“杜甫顽固地站在地主阶级立场上,千方百计地维护濒于危机的封建制度”,“是极端反动的”,所以,“应当对他持基本否定态度”。许多同志都不同意这种看法。廖仲安《漫谈杜诗中的忠君思想》(《江汉论坛》1981 年第 4 期)对杜甫的忠君思想作了分析和评论,肯定了杜甫的忧国忧民和直言敢谏。张忠纲在《应该正确评价杜甫的忠君思想》(《山东大学文科论文集刊》1982 年第 2 期)中,对忠君问题进行了历史的考察和辩证的分析,他指出:“在中国,宣扬忠君思想,由来已久。但历史上第一个提倡对君王愚忠的,不是儒家的孔、孟,而是法家的韩非。”“在先秦时期,大凡法家,都主张对君主要无条件服从,即所谓‘愚忠’。而儒家的鼻祖孔子则主张‘君使臣以礼,臣事君以忠’,忠君是有条件的,不是绝对的。至于孟子,就更不提倡愚忠了。他说:‘民为贵,社稷次之,君为轻。’要求‘君之视臣如手足,则臣视君如腹心;君之视臣如犬马,则臣视君如国人;君之视臣如土芥,则臣视君如寇雠’。如果君主无道,不施仁义,变成独夫民贼,那么,他的臣民就可以起来杀死他,而这不叫‘弑君’,是谓之‘诛一夫’。”杜甫忠君,但并非愚忠,他身历玄、肃、代三朝,而对这三代皇帝都有所讽喻和批判;他敢犯龙鳞救房琯,尤为一生大节;他与李白等人的友谊也不迎合上峰旨意,足证他不是愚忠。作者认为:“杜甫的忠君思想有其深刻的社会根源和思想根源,有其历史的必然性,何况杜甫并非愚忠,他批评皇帝,指斥奸佞,针砭时政得失,揭露社会黑暗,反映人民疾苦,维护祖国统一,充满爱国爱民的热忱,而这些都是我们应该批判继承的。”陶今雁《不能低估杜甫爱国爱民诗的进步意义》(《江西社会科学》1983 年第 6 期)也对杜甫的忠君和爱国作了分析。他说:“毫无疑问,杜甫爱民与维护封建统治有关。但不是所有维护封建统治的文人都能像杜甫这样真诚地忧民,深刻地反映他们的悲惨处境,揭露统治者百般敲剥他们的罪恶，这就不是简单地说杜甫描写劳动人民疾苦是为了维护封建统治可以了事。”“即就‘葵藿倾太阳，物性固难夺’的内容来说，也还饱含着杜甫关心朝政生死不渝的爱国热情。”作者还在《忧国忧民，死而后已》（《江西师院学报》1983年第4期）中认为“杜甫忧国忧民的精神，像一条红线贯穿在他入岳州后的许多诗中”。祁和晖、谭继和《能臣之才、良臣之节——论杜甫的政治器识和节操》（《草堂》1986年第1期）在引证了自唐迄清一些文学家和政治家的评论后，认为杜甫有直臣的节操、良臣的才干。文章指出：“杜甫是位很重视为国立功，有补社稷、苍生的人。他的政治事业心很强，政治责任感极重，从小志向远大，一直想着为君国出力，以天下为己任，先天下之忧而忧等政治气质是杜甫生平的基本特点之一。”“人们公认杜甫在政治德操上是位忠君爱民的直臣，有刚直敢谏的高风亮节。”而康伊《杜甫君臣观新探》（《草堂》1986年第2期）更认为杜甫的君臣观，实质上就是魏徵的君臣观，即“良臣观”而不是“忠臣观”。魏徵的“良臣观”强调君臣相契，强调明君直臣，强调爱国利民。而杜甫有人格独立的坚定信念，他弃官赴秦州和离开严武幕府的行为，说明他并非一切唯命是从的愚忠之臣；他直言敢谏，议论朝政，批评皇帝，同情人民，坚定而真诚地为苍生为社稷忧虑。这都是良臣观的直接表现。文章认为：“用这种良臣观来观察杜甫，解释杜甫的言行，更自然更合理，所谓‘一饭未尝忘君’不是杜甫的本色。”

至于杜甫爱国爱民思想的渊源，大多数研究者都认为是儒家。新时期对杜甫儒家思想的研究有新的开拓。在这方面，邓小军连续发表了3篇很有见地的论文：《杜甫是唐代儒学复兴运动的孤明先发者》（《杜甫研究学刊》1990年第4期）、《杜甫:儒学复兴运动的先声》(《陕西师大学报》1991 年第 3 期)、《杜甫与儒家的人性思想和政治思想》(《杜甫研究学刊》1991 年第 4 期)。作者认为,人性思想和建基于人性思想之上的政治思想,是晚周原始儒家思想的两大骨干。原始儒家人性思想的核心意义,是人性源于天道、人性本善、人性普遍平等这三层。其发展高峰,是孟子直指人性本善、恻隐之心为仁的思想,这也是晚周儒家人性思想的高峰。至汉代,董仲舒改变了原始儒家人性思想的核心意义,创天有善恶、人性善恶混、人性三等说,原始儒家人性思想核心遂不传。而杜甫直接继承了晚周原始儒家人性思想,对孟子的恻隐之心为仁的人性思想核心,作出了独立的重新发明。杜甫指出,恻隐之心,对人民疾苦的同情心,乃是民本政治即仁政的根本。而隋唐两代的主要儒家如王通、韩愈、李翱等,对孟子的人性思想核心,却都没有作出重新发明。杜甫明确指出恻隐之心即仁心,这就具有在我国思想史上独立地重新发明失落已久的孟子人性思想核心的意义。杜甫为奴婢们写的许多诗就是证明。在杜甫心灵中,人类不分贵贱,不分等级,亦不分种族,在人性上、人格上,都是平等的。杜甫对隶人所表现的平等精神,对隶人善良人性的肯定,乃是对原始儒家人性普遍平等思想的实践品格的发展。而原始儒家的现实政治思想,包含民本与仁政、君臣关系相对性、君权有限合法性三层核心意义,其中民本是仁政、君臣关系相对性、君权有限合法性的基础,而人性源于天道、人性本善、人性普遍平等,则是民本的基础。儒家的现实政治思想,是由孔子上承三代文化传统而奠基,并由孟子发展到高峰。“杜甫的诗歌与行为表明,在政治思想上,他完全继承着原始儒家和隋代王通一系传统,而决不是董仲舒一系,更不是法家一系。换言之,杜甫与愚忠不相干。”“杜甫的廷争、弃官、不赴召，终于漂泊以死，乃是以实践的品格，体现了士在君主面前为道而自重的独立自由之人格。”杜诗还深刻体现了儒家的君权有限合法性思想。所以说，“杜甫真正地继承、体现了儒家思想的真精神即核心意义”，“杜甫整幅人生，都是儒家的生命”。作者认为，杜甫对韩愈所领导的中唐古文暨儒家复兴运动的两大中心思想，即尊王攘夷，维护以中原文化为基础的祖国统一，反对以胡化为本质的藩镇割据的政治层面和复兴儒学、攘斥佛教的文化层面，都已孤明先发，以诗歌文化为表现形式，明确地表示出来，代表了当时中国志士仁人所能达到的思想高度。所以，“杜甫与杜诗，乃是唐代儒学复兴运动的先行者与先声”，在我国思想史和文化史上，具有不容忽视的地位。

莫砺锋在其《杜甫评传》中也发表了类似的看法。他从以“仁”为核心的政治思想，以夷夏之辨为基础的爱国思想，“弘毅”的人格精神，“兴、观、群、怨”的文学思想四个方面，论证了“杜甫所服膺的仅是早期的儒家思想，亦即孔孟之道，而且主要是孔孟之道中的积极因素”，精辟地指出：“他终身伏（服）膺且视为安身立命之所的则是儒家思想，是以孔孟之道为核心的早期儒家思想。孔、孟所关心的是人间而不是彼界，是人类社会的伦理道德而不是宇宙的本体，所以孔孟之道在本质上是关于立身处世的人生哲学，这也就是杜甫世界观的核心。”刘明华在其《社会良知——杜甫：士人的风范》（山西教育出版社1994年版）一书中，通过对杜诗的阐释，而将杜甫的忧患意识、批判精神、重建意识、民胞物与思想整合在“社会良知”这一伟大人格形象中，深刻地揭示了这一人格形象的文化内涵和思想渊源，指出杜甫作为“社会良知”的真诚、勇气、理想、情怀，都来源于中国传统文化的主干——儒家思想。杜甫的伟大,昭示了传统文化的伟大;诗圣的悲剧,也暴露了传统文化在现实生活中的困境。作者认为:“杜甫之所以伟大,就在于他不是封建统治阶级的卫道士,他的关怀不仅超越了一己之得失,也超越了他所属的‘生常免租税,名不隶征伐’的阶层,而是面向整个社会及广大的民众。在思想上他既是儒学的坚定信仰者,同时还在某些方面有所突破。”杜甫扬弃了仁政学说中以君为核心的问题,他是以民(人)为出发点的。杜甫巨大的困惑、深深的忧患和深刻的批判,无一不是建立在对人类普遍的关切和普遍的爱的基础上的。对于杜甫的忠君思想,作者指出:“杜甫不是愚忠,而是‘谏诤型’的有保留的忠,而且忠于具有象征性的君位,忠于祖国、社稷的成分多于忠于一人一姓一家的皇帝。”胡晓明《略论杜甫诗学与中国文化精神》(《文艺理论研究》1994 年第 5 期)一文,认为杜甫曾是中国文化生命的“托命之人”,是中国文化的人格代表,在杜甫的身上正体现了中国哲学的终极关怀不轻贱、不贬抑生命价值的、迥异于佛学的特点。裴斐在《贫病老丑话杜甫》(《江汉论坛》1982 年第 8 期)一文中特别指出:“中华民族永不枯竭的生命力来源于伟大的韧性,杜甫正是最能体现这种民族性格的诗人。杜甫的韧性一方面固然表现于他对社会、时代和民族命运始终不渝的关怀;另一方面也表现于他在日常生活中始终保持的丰富情趣。毫无疑问,体现杜甫性格两个方面的两类作品是相互辉映的,只有从辉映中才能看出杜甫性格的全部光辉,也才能充分理解杜诗作为一代国史的全部意义。”他在多处反复强调指出杜甫性格的这一典型性和重要性。

谢思炜《杜诗的伦理内涵与现代阐释》(《文学遗产》1995

年第 1 期)站在新的高度对杜诗的伦理内涵进行了阐释。文章认为杜甫的道德实践伴随着真诚的内心情感发现,因而具有一种自觉性,但作为具有意识形态混合性特点的盛唐精神的产儿,又未达到高度理论自觉性,所以他始终是个思想纷杂的诗人。因此,杜诗的伦理内涵超越了对某一道德原则的简单确认,并把历史的客观形式呈现给读者。其中表现出的儒家伦理的诸种困境和儒者个人的道德发现、完善乃至动摇、失落的过程,对我们今天批判改造在历史上曾发挥正面、负面巨大作用的儒家思想,无疑会有重大的启示。吴贤哲《儒家理想与杜甫悲剧意识》(《杜甫研究学刊》1998 年第 2 期)论证了杜甫悲剧意识与儒家理想的关系:杜甫悲剧意识与他对儒家理想的执着追求有着最直接的联系,换言之,杜甫的悲剧意识正是他对儒家理想——正心、诚意、修身、齐家、治国、平天下的执着追求所带来的结果,并从盛世之悲、君弃之悲、自然之悲和乡愁之悲四个层面来论述其悲剧意识,指出治平阶段的不顺利乃是其症结所在。

何锡光《杜甫批评时政诗歌的类型分析》(《杜甫研究学刊》1997 年第 2 期)认为古代儒家士人有儒士、士大夫两种角色,分别担当着章炳麟曾论述过的两大社会政治职责:修身和治人。而杜甫批评时政之作既有儒士类型层面的,又有士大夫类型层面的,还有交叉类型层面的。作者在对具体诗作进行分析后指出:“杜甫批评时政之作所依据的尺度一为儒家理想,一为士大夫应世态度,造成了其作品以感情为优和以理智为本的双重层面。当这两者发生冲突和矛盾时,杜甫根据情势有取舍,有侧重。由于他的儒士理想较为强烈持久,他的这类作品就时常把感情的重心投注在人民的利益上,也就使其批评时政之作获得了为人们所称道的‘人民性’。”赵海菱《杜甫人格生命论》(《社会科学辑刊》1996 年第 2 期)分仁者之心、名士之韵、诗人之魂三个方面论析了杜甫的人格生命。文章认为“仁”是一种“大者含元气,细者入无间”的圆融境界,因此,在杜甫的心目中,社稷、人伦乃至一草一木都是息息相通、休戚相关的。受道家思想的影响,杜甫也不乏清新俊逸的名士气韵。尼采认为诗人往往体验到“一种非个人的、超个人的,面向一个民族、人类、全部文化以及一切受苦之存在的感觉”,杜甫正有这样一个诗人的灵魂,三者构成了诗人高大的人格生命。王启兴《试论杜甫的世界观》(《西北大学学报》1979 年第 1 期),认为杜甫的世界观“是复杂而矛盾的,既有以儒家思想为主导的落后陈腐思想观念,也有佛、道宗教唯心主义,但也还有值得肯定的政治思想和突破传统、阶级偏见的进步方面”。

关于杜甫受佛道思想的影响问题,也是新时期杜甫研究的一个热点。自从郭沫若在《李白与杜甫》中提出“杜甫对于道教和佛教的信仰很深”,而且是禅宗南宗的信徒,他的佛道信仰“老而愈笃”以后,学术界就一直存在着不同的看法。吕澂在《杜甫的佛教信仰》(《哲学研究》1978 年第 6 期)一文中,认为杜甫早年信仰禅学北宗,而与南宗无涉,入蜀后禅宗信仰逐渐动摇,终于改信了净土宗。陈允吉在《略辨杜甫的禅宗信仰》(载《唐音佛教辨思录》,上海古籍出版社 1988 年版)中也认为杜甫的禅宗信仰是属于禅宗北宗,但认为“在他的世界观中,禅学思想的影响只是一个很次要的方面”。钟来因《论杜甫与佛教》(《草堂》1983 年第 2 期)比较全面地论述了杜甫与佛教的关系。他统计杜诗中涉及佛教的不过 50 首左右,仅占全集 1/30,其中能称为名篇佳作的极少。从这些作品反映的情况看，杜甫谈不上是禅宗信徒。刘怀荣《试论杜甫的佛教信仰》(《杜甫研究学刊》1989 年第 1 期)认为杜甫一生的思想发展，受到儒、释、道三家的影响。其中，儒学的影响贯穿始终，最为深厚；佛、道二家的影响则随生活的变化，在各个时期又有所不同。他早年信仰北宗，入蜀后更多地接触了南宗禅法，并对其他宗派的佛学思想也有所了解。但杜甫的佛学信仰只是一种文人失意时的信仰，其深度有限，不过是一种“儒术难起”时的精神补充罢了。谢思炜在《禅宗与中国文学》(中国社会科学出版社 1993 年版)一书中，认为杜甫早年主要信奉道教，晚年主要信奉佛教的禅宗，南宗思想深刻影响了他的宗教信仰的发展变化，但“儒家思想和释道思想在这个最有代表性的中国诗人身上始终是以互补的、互相结合的结构呈现的”。后来，作者稍稍修正了自己的看法。他的《净众、保唐禅与杜甫的禅宗信仰》(《首都师范大学学报》1995 年第 5 期)一文，从杜甫晚年漂泊四川时期禅宗净众宗、保唐宗在四川积极弘法，并发生影响甚大的“法争”事件牵涉到高适、严武等军政官员的情况，及杜甫与这些官员的联系和至成都后有关佛法的诗文创作情况，指出杜甫在一定程度上受到了净众宗、保唐宗的影响。“身许双峰寺，门求七祖禅”两句诗写在“法争”激烈的时期，不能作为其信仰南宗或北宗的证据，而只是表达了一种求“真法”的意愿。文章认为，我们应关注的是杜甫为禅宗思想所吸引的事实，它表明，“恰恰从杜甫开始，儒家思想的认真信奉者和实践者们都必须以某种方式对禅宗思想的影响作出回应”。孙昌武在《禅思与诗情》(中华书局 1997 年版)“王维、杜甫与禅”一章中，也指出“杜甫在四川时，正是净众宗、保唐宗兴盛时，他的创作中表现的思想倾向的变化，直接或间接地与这种禅思想的发展有关系”,同时认为禅思想对杜诗的艺术表现也有一定影响。赵玉娟《从杜甫的诗看杜甫与佛教之关系》(《杜甫研究学刊》1993 年第 4 期)则认为杜甫有相当的佛教信仰,且晚年有出家倾向,唯因尘缘难了,未能如愿。金启华《论杜甫的思想》(《徐州师院学报》1977 年第 3 期)一文,认为“杜甫的思想,概括说来,是具有儒、道、佛三家的思想,是复杂的错综的,而又是矛盾的发展的”。杜甫少年时期,各家思想都有,但不成熟;后应试,儒家思想在发展;不第后,与李白相遇,发展了他的道家思想;壮年在长安及遭遇安史之乱,儒家思想发展到高峰;48 岁华州弃官及入川途中,突出地表现了道家思想,晚年在夔州发展到高峰。佛家思想在他流寓梓、阆间有了显著的表现,“暮年漂泊荆湖,又是各家思想都表现出来,而最后濒绝,似乎是以道家思想结束”。毛炳汉在《试论杜甫的晚年思想》(《草堂》1982 年第 2 期)中,不同意杜甫以道家思想终结的说法,而认为儒家的思想仍是杜甫晚年的主导思想。钟来茵《再论杜甫与道教》(《首都师范大学学报》1995 年第 3 期)一文,就郭沫若《李白与杜甫》一书中“杜甫的宗教信仰”一章的部分观点提出商榷,据郭之全部论据作驳论,阐述自己的观点:(1)对于杜甫求仙访道是否受李白的影响,作者的回答是肯定的,并认为杜甫吸收了道家道教中的许多营养,使杜诗增添了不少斑斓浪漫的色彩,是好事而不是坏事。(2)关于《三大礼赋》,作者认为其主要内容是讲唐的创业、唐玄宗的功绩,其核心思想仍是儒家思想。(3)关于《冬日洛城北谒玄元皇帝庙》,著者同意多数杜诗研究者的意见,认为诗的主旨仍是讽刺唐玄宗崇道过分。(4)关于《前殿中侍御史柳公紫微仙阁画太乙天尊图文》,著者认为该文虽然用了许多道家术语及典故,但其主旨仍然是儒家的仁政思想，核心是为民求福，盼望安史之乱早日平定。另外，刘长东《论杜甫的隐逸思想》(《杜甫研究学刊》1994年第3期)对杜甫隐逸思想的形成、发展、性质及其与释道的关系等问题进行了探讨。

许多文章都谈到杜甫的民族思想和民族观，看法不尽相同，甚至是相反的。吴逢箴《试论杜甫的民族观》(《杜甫研究学刊》1995年第1期)，以杜甫有关唐蕃关系的诗为例，探讨了他的民族观。文章认为杜甫民族观的中心内容是主张民族间友好交往，和睦相处，不事杀伐。既反对唐王朝开边黩武的战争，也反对边疆地方政权的统治者对中原的掳掠与侵扰。这正是他"穷年忧黎元"的思想在民族关系问题上的体现。刘艺《杜甫边塞诗新探》(《杜甫研究学刊》1996年第4期)一文，指出杜甫边塞诗是构成杜诗"诗史"之誉的重要因素，杜甫的边塞诗不下百首，数量上超过了高、岑，这些诗系统地表明了他的反战态度和独到的边防见解。杜甫的反战思想首先是出于其爱民之心，其次是出于儒家华夷之辨的传统，认为边战是非正义的，而藩镇之战、安史之乱等中原之战性质则不同。杜甫对边战的态度有其片面性，玄、肃、代之际的边战大多是正义的守边战争，杜甫只看到了战争中的苦难，却未看到战争中昂扬乐观的自我牺牲和英雄主义精神。杜甫的边塞诗虽然没有唱出时代的最强音，但表现出的彻底的仁爱精神仍是应充分肯定的。秦绍培《关于〈兵车行〉的现代思考》(《杜甫研究学刊》1996年第3期)一文，通过对《兵车行》及其背景的分析得出了相似的结论：玄宗并未开边，杜甫对边防的巩固没有足够的认识，杜甫观念中的国家只是汉民族的国家，而不是今天的多民族的国家，实际上是"闭关而治"的不可取的观念。安凌《关于杜甫〈兵车行〉的现代再思考》(《杜甫研究学刊》1997年第1期)一文,再次指出唐对南诏的战争是固边战争,而不是开边战争,不能说是不义战争,“在唐王朝也是事出有因,迫不得已,是为了维护自身的统一而进行的固边战争”。杜甫虽本着同情人民苦难的崇高目的写下此诗,但却未能给予讨南诏以公正客观的评价。历史的真相应该为杜诗研究者所承认了。王德亚《杜诗关于汉胡战争蠡测》(《杜甫研究学刊》1998年第4期)认为杜甫的爱国主义立场是以汉族统治为正统,在对待战争的责任方面,更多地归咎于“群胡”,在对待战争的结局上,希望汉族政权获胜,但他反对战争,主张民族团结,国家统一。曾亚兰、赵季的《杜甫议降公主借回纥申说》(《杜甫研究学刊》1998年第3期)从一个新的角度对唐肃宗的和亲借兵之策进行评说,站在历史发展的高度加以肯定,认为借兵回纥所产生的负面影响与安史之乱所造成的灾难相比,“实不及万一”,并盛赞一个皇帝为了国家利益而将亲女下嫁外夷,和亲以安国,这在中国历史上尚属首例,是“英明而利国利民”的。而杜甫却屡于诗中直陈其非计无益,指摘肃宗“计拙”,失之偏颇。

有的论文论及杜甫的妇女观。马锡鉴《杜甫的妇女观》(《温州师范学院学报》1990年第1期)从杜甫的冶游生活和对妇女的同情;关怀劳动妇女,赞颂她们的优秀品质;尊重女艺人,歌颂她们的艺术才能;讽刺、鞭挞失去纯朴灵魂的贵族妇女;对杨氏夫人爱情专一,老而弥笃等五个方面论述了杜甫进步的妇女观,同时又指出其“富贵尊荣”“夫荣妻贵”的落后的一面。钟树梁《杜甫诗中的妇女形象》(《草堂》1983年第2期)一文指出,从杜甫有关妇女题材的诗歌及其所描绘、塑造的妇女形象来看,他对妇女的态度是正确的,“那种男尊女卑、以压抑妇女为当然、戏玩妇女为有趣，从而表现在诗歌上的某些作品，在杜甫的诗卷中是完全不存在的”。杜甫尊重妇女，能以平等的态度对待妇女，对妇女在社会上的重大关系和重要贡献，能热情地肯定和赞扬；对那些统治阶级中骄奢淫逸的妇女，能予以谴责、鞭挞；而对被压迫、被剥削、生活困苦、遭遇不幸的妇女则深致关切之念并深表同情之心。这类文章，还有王滋源《杜甫诗中的妇女形象》和曾子鲁《杜甫劳动妇女诗探微》等。

## 三、关于杜甫生平行迹的考辨

关于杜甫生平行迹的考辨，新时期有不少新见。王辉斌《建国以来杜甫生平研究综述》（《山东师范大学学报》1996 年第 3 期）一文，对建国以来关于杜甫生卒年，家世妻室，李杜交游及其他，行踪与离去原因，卒地、卒因、墓地的研究成果作了简要介绍，可以参看。他的《杜甫母系问题辨说》（《杜甫研究学刊》1994 年第 2 期）一文，认为杜甫生母既非崔融长女，亦非“清河大族”，而是系出博陵安平崔氏，杜甫无咏海棠诗与其母毫无关系。关于杜甫的出生地问题，旧说都认为在河南巩县，有的还将其具体到“巩县城东二里的瑶湾”。王辉斌《杜甫出生地考实》（《首都师范大学学报》1998 年第 4 期）一文，对此进行了重新考辨与探讨，认为巩县仅是杜甫之祖的迁居住处，杜甫的出生地则在洛阳，而且杜甫家族至迟在其祖父杜审言晚年即已迁居洛阳，并断定其“故乡”诗有相当一部分是具体指洛阳的。关于杜甫的行迹游历，王重九《杜甫弱冠西游考》

(《草堂》1982年第2期)认为杜甫弱冠之年即西游长安,并考定《沙苑行》《题郑县亭子》及《望岳》("西岳崚嶒竦处尊"首)三诗皆为开元十九年西游之作,杜甫《进〈三大礼赋〉表》所谓"浪迹于陛下丰草长林,实自弱冠之年",即指此游。关于杜甫贡举应试问题,香港学者邝健行《唐代洛阳福唐观作进士科试场新议》(《杜甫研究学刊》1996年第4期)一文,认为在洛阳福唐观举行的是河南府试,如此对杜甫《壮游》中"中岁贡旧乡""忤下考功第"两句应有新的理解。接着他又发表了《杜甫贡举考试问题的再审察、论析和推断》(《杜甫研究学刊》1997年第4期)一文,对杜甫参加贡举考试问题作了更深入精细的探讨和研究,文章将12条有关资料、28家说法尽行列出,然后提出问题所在,在通过缜密论析,得出结论:"一、杜甫在开元二十三年或稍前回到故乡巩县,考过了县试;再到洛阳考过了河南府府试。二、开元二十三年十月或稍前,入长安。三、开元二十四年正、二月间,在长安参加吏部考功员外郎李昂主持的进士考试,结果落第。四、赴长安应试时,得到当时的京兆尹照拂,这时的京兆尹可能是李适之。"整篇文章眉目清晰,论述环环相扣,稳健扎实,是近年来考证文章中十分精彩的一篇。

关于杜甫和李白之间的交游,过去学术界一般认为是三次:第一次是天宝三载四月在洛阳,第二次是天宝三载秋在梁宋,第三次是天宝四载秋在兖州。耿元瑞《关于李杜交游的几个问题》(《文学遗产增刊》总第13期)对李杜初识的时地提出了怀疑。郁贤皓《李杜交游新考》(《草堂》1983年第1期),在耿文的基础上,进一步考证出李杜初识的地点是梁宋。王辉斌《李杜初识时地探索》(《四川师大学报》1987年第1期)又考出李杜初识的时间为天宝三载夏五月末与六月初之间。对于李杜第三次交游问题，上举郁文提出了“齐州盛会”新说，认为这次盛会的参加者不仅有李白、杜甫、李邕、高适、李之芳5人，还有当时在齐州任司马的卢象，“是又一次诗坛两曜与众星相聚的盛会”。刘友竹《李白与李邕关系考》(《中国李白研究》1990年集)认为，所谓“齐州盛会”纯属子虚乌有。康怀远《李杜长安相见试证》(《阅读与写作》1987年第12期)更有新发现，认为李白天宝十二、三载曾第三次入长安，其间又有一次与杜甫的相见，并认为李白的《戏赠杜甫》与杜甫的《赠李白》《饮中八仙歌》都作于此时。此说值得商榷的地方很多。乔长阜在《杜甫研究学刊》上先后发表了《杜甫与高适李白游宋中考辨——兼辨杜李游鲁及杜入长安时间》(1995年第2期)、《杜甫再游齐鲁和西归长安考辨》(1996年第1期)、《杜甫二入长安时期的几个问题——兼辨杜甫应进士试中的两个问题》(1996年第3期)、《杜甫应进士试和壮游齐赵新探——兼探杜甫初游吴越的时间》(1997年第4期)4篇文章，认为杜甫应进士试当在开元二十四年，应试地点当在长安；杜甫壮游齐赵的路线是先至鲁，再游齐，后游赵，时间当不早于开元二十六年，尤有可能始于开元二十七年；杜甫与高适、李白同游宋中，当在天宝四载深秋、初冬间，而不是在三载；杜甫再游齐鲁的时间，当在天宝五载，具体说，是五载春与李白同游鲁中，夏在齐与李邕相会，秋复至鲁，别李白而西归；第二次入长安是在天宝六载春应制举；七载冬或八载初归洛阳；第三次入长安是在天宝九载。而陶瑞芝在《杜甫和高适、李白同游宋中在何时——兼与乔长阜同志商榷》(《杜甫研究学刊》1996年第1期)仍持旧说，并以详细的考证对乔文进行了辩驳。两相对照，对杜甫这一时期的活动的了解更加深入了。陈铁民《由新发现的韦济墓志看杜甫天宝中的行止》(《文学遗产》1992年第4期)则根据新发现的韦济墓志“天宝七载,转河南尹”“九载,迁尚书左丞”“十一载,出为冯翊太守”的记载,纠正了前人认为韦济天宝七载迁左丞的错误,重新考定了杜甫《奉赠韦左丞丈二十二韵》等诗的作年,从而指出:“杜甫天宝六载应试失利后,不久即离开长安,到陆浑庄隐居”,“直到天宝九载,才再次赴京”。

关于杜甫的第一任职务,张海珊《杜甫是胄曹参军吗?》(《文学遗产》1980年第2期)和朱明伦《杜甫第一任职务辨》(《杜甫研究学刊》1988年第2期)都考定是左卫率府兵曹参军,而不是胄曹参军。对杜甫的被罢左拾遗,一般认为是因疏救房琯。庞石帚在《杜甫的政治生活与当时的党派斗争》(《草堂》1981年第2期)一文中,认为杜甫罢拾遗是因为属于房琯一党。钟来因的《杜甫左拾遗罢官新考》(《争鸣》1982年第1期),不同意这种说法,而以元稹《杜甫墓系铭》“以直言失官”之说为是。实则二者并无根本矛盾,疏救房琯即是直言敢谏的具体表现。

对杜甫华州弃官、流寓陇蜀之原因,易朝志《试论杜甫的弃官及其它》(《学术月刊》1979年第8期)不同意“关辅饥馑”说和“寇乱”说,而赞成“政治原因”说,即杜甫属于“房党”,同李亨集团存在分歧。朱宝清《杜甫〈秦州杂诗二十首〉诗说》(《首都师范大学学报》1996年第1期)一文,依据组诗的有关诗句,再结合其他资料,说明生计艰难,远祸藏身,特别是对君王和政局的失望,是杜甫决定弃官西行、卜居归隐的原因。对杜甫退出严武幕府的原因,过去有人认为是二人有矛盾,曾枣庄在《杜甫退出严武幕府的原因》(《四川师院学报》1980年第1期)中,不同意这种说法,而认为真正的原因是杜甫本人不愿入幕和杜与同僚意见不合。至于杜甫的离蜀，陈尚君《杜甫为郎离蜀考》（《复旦学报》1984 年第 1 期）和《杜甫离蜀后的行止原因新考——〈杜甫为郎离蜀考〉续篇》（《草堂》1985 年第 1 期）二文，认为不是因严武卒、无所依，而是因为严武奏请朝廷任命他为检校工部员外郎，并召他赴京，而于永泰元年春夏间离开成都，杜甫被任命检校工部员外郎，是在退出严幕之后，杜甫的离蜀是在严武生前。张忠纲《论严杜交谊与杜甫之去蜀——兼与陈尚君同志商榷》（《草堂》1987 年第 2 期）一文，在详细考辨了杜甫和严武交谊始末之后，对陈说提出了怀疑，认为"杜甫是由严武表奏为节度参谋、检校工部员外郎的，是同时授受的，是以检校工部员外郎衔入幕任参谋之职的。而不是在辞幕后又被授郎职的。他不是为郎离蜀，更不是在严武死前离蜀，而是在严武死后，生活无所依，又预见到蜀中将乱，才离蜀出峡的"。史载永泰元年四月严武病逝，而据杜诗，杜甫最早也在五月五日以后才离蜀的。

关于杜甫卒葬问题，向来聚讼纷纭，迄无定论。萧涤非"一贯主张杜甫不是饫死或溺死耒阳而是病死在由长沙到岳阳的洞庭湖上"（《杜甫研究》再版前言）。邓绍基《关于杜甫的卒年卒地问题》（见《杜诗别解》，中华书局 1987 年版），以详细的论证得出杜甫于大历五年秋后卒于耒阳，旅殡岳阳，最后归葬偃师的结论。但其主要依据之一，是所谓戎昱的《耒阳溪夜行》一诗。然此诗实为张九龄所作，载《曲江集》和明铜活字本《张九龄集》，《文苑英华》于卷一六六、卷二九一双载作张诗，萧涤非有《〈耒阳溪夜行〉的作者是张九龄》一文，载《文史哲》1985 年第 5 期，可参看。1988 年 5 月，在湖南省平江县召开的"杜甫在湖湘"学术讨论会上，有 16 篇论文论及卒葬问题,归纳起来,主要有四种观点:(1)杜甫死于耒阳,厝于耒阳,葬于耒阳;(2)依元稹说,杜甫旅殡岳阳,归葬偃师;(3)杜甫死于汨罗江,厝于平江,未能归葬偃师,而是终葬于平江;(4)认为"旅殡岳阳",即是旅殡平江(见何立《"杜甫在湖湘"学术讨论会综述》,载《唐代文学研究年鉴》1989、1990年合辑)。傅光《杜甫研究(卒葬篇)》(陕西人民出版社1997年版),以长达35万字的篇幅全面论述了杜甫卒葬的问题。是书分研究、考证两编,对杜甫卒葬的诸家之说及有关材料详加甄录考辨,尤其是对所谓戎昱《耒阳溪夜行》诗、韩愈《题杜工部坟》诗、李观《杜拾遗补传》等几则有关杜甫卒葬的关键材料进行了认真的考论。著者据胡震亨《唐音统签》认为《耒阳溪夜行》为戎昱所作,所载自注"为伤杜甫作"不是伪造。韩愈的《题杜工部坟》诗和李观的《杜拾遗补传》同出于北宋刘斧的《摭遗》一书,作者认为李观不是与韩愈同时的唐人(即字元宾者),而是年代稍早于刘斧的宋人(字梦符者),并由李观之确有其人,证其《杜拾遗补传》不是伪托,以此为旁证可知韩愈诗也不是伪托。著者力主杜甫于大历五年(770)夏卒于耒阳,"直接死因还只是饮酒过多"。杜甫初葬耒阳,旅殡岳阳,终葬偃师,三者构成了杜甫灵柩归葬的全过程。并考证《风疾舟中伏枕书怀三十六韵奉呈湖南亲友》一诗不是作于大历五年冬,而是作于"大历三年(768)冬末,地点在洞庭湖上的舟中",因而不是杜甫的绝笔诗,而《聂耒阳以仆阻水书致酒肉疗饥荒江诗得代怀兴尽本韵》诗才是杜甫的绝笔诗。但傅著所以立论的主要依据是站不住脚的。莫砺锋《重论杜甫卒于大历五年冬——与傅光先生商榷》(《杜甫研究学刊》1998年第2期)一文,赞同仇兆鳌、萧涤非等人杜甫卒于大历五年冬的说法,对傅说提出商榷和怀疑:其一,从文献学角度与诗句重点词语的辨析论证了傅著称之为"杜甫死于耒阳最可靠的铁证"的《耒阳溪夜行》诗不足为据。其二,又从文献学角度证明傅说据以为证的写到杜甫卒因卒地的所谓韩愈《题杜工部坟》诗是伪作,"此诗与《杜拾遗补传》根本不能互相证实,倒反而可以互相证谬,以宋人李观的《补传》来证明《题杜工部坟》诗出于唐人韩愈之手,在文献学上是毫无道理的",因而"傅著将此诗归于韩愈且用它来证实杜甫卒于耒阳,不能成立"。其三,又通过对杜集中作于耒阳以后的6首诗的考辨与分析,富有逻辑性地推论出"《风疾舟中》以作于大历五年(770)冬的可能为最大,它应该是杜甫的绝笔诗。傅著系此诗于大历三年的结论不能成立"。关于杜甫的卒年,通行的说法是唐代宗大历五年(770),享年59岁,则其生年为唐玄宗先天元年(712)。陈衍《石遗室诗话》则认为"杜公之卒必在大历六年",只是想当然尔,并无确证。丘良任《杜甫之死及生卒年考辨》(《杜甫研究学刊》1988年第3期)肯定陈说,亦主大历六年(771)卒。王辉斌《杜甫卒年新考》(《杜甫研究学刊》1989年第4期)亦认为在大历六年冬后,这样,杜甫的生年亦相应推后一年,为先天二年,即开元元年(713)。而在《杜甫〈风疾舟中〉诗新说》(《宁夏教育学院·银川师专学报》1992年第3期)中又认为杜甫"卒年当在大历七年的春天",则其生年为开元二年(714)。但王辉斌在《唐人生卒年录》(贵州人民出版社1989年版)中仍认定杜甫生年为先天元年(712),而在另一篇文章(见《杜甫出生地考实》注13)中则主张杜甫生年为开元三年。看来他自己也是拿不准的。

由杜甫卒葬问题引发了杜墓研究热,这方面的文章有一二十篇,并有专著出版,但归纳起来,主要有四说:一主耒阳说,一主平江说,一主偃师说,一主巩县说。冯建国《杜甫四墓考》(《草堂》1987年第1期)经过详细的考察,认为“杜甫真正的安葬地一定是在偃师杜楼村”。曾意丹《介绍一块研究杜甫家世的重要墓志——大周故京兆男子杜并墓志铭并序》(《考古与文物》1980年第2期)则认为“偃师与巩县的杜甫墓应皆是真的,只不过一是始葬地,一是迁葬地而已”。关于杜甫的死因,新时期也有几种不同的说法:有的认为死于腐肉中毒,有的认为死于醉饱后的急性胰腺炎,有的认为死于心肌梗死,有的认为死于中风,还有的认为死于因肺疾感染所引起的糖尿病并发症,亦可谓花样翻新,争讼不已。由此顺便谈到对杜甫行踪遗迹的考辨,新时期发表了大量的论文,诸如对杜甫在山东、中州、长安、延安、羌村、凤翔、灵武、秦州、同谷、成都草堂、川北各地、夔州、湖北、湖南等地的行踪遗迹,都有专文进行考辨,有不少创获。这里要特别提到山东大学《杜甫全集》校注组所著的《访古学诗万里行》(人民文学出版社1982年版)。此书是一部有关杜甫行踪遗迹的考察记,分齐鲁篇、洛阳篇、长安篇、巴蜀篇、江湘篇五大部分,对杜甫当年足迹所至均作了形象生动的记述描写。特别是结合杜诗,联系方志,对照实物,对某些诗篇诗句的理解,时有前人所未发见者。虽系一考察游记,但取材审慎翔实,文笔亦流丽明快,既有知识性、科学性,又有文艺性、趣味性,实为一别开生面的研治杜诗的著述。

## 四、关于杜诗的思想内容和艺术成就

萧涤非认为杜诗有两个最显著的特点:一是“大”。这

“大”又包括两个方面,一方面是内容的广阔性,杜诗反映了当时社会生活的各个方面,也反映了唐代文化的各个方面,如绘画、舞蹈、书法、音乐等。一部杜诗,是他自己的一部自传,也是对他生活的那个时代的忠实记录,所以向有“诗史”之称。另一方面是形式的多样性,各种诗体无所不包,古体诗、近体诗,包括律、绝直到很少用的长篇排律,杜甫都写过,可谓众体俱备,诸体兼擅。杜甫以诗代史,以诗寓褒贬,以诗写人物传记、写传奇、写奏议,以诗写赠序、写书札、写自传、写游记,在杜甫手中,诗差不多成了万能的工具。所以前人说杜甫“无一事一意不可以入诗”。二是“真”。杜甫感情真挚,毫不装腔作势,他的诗都是在一种“不吐不快”的状况下写出来的。所以那些反映人民疾苦的诗,读来格外感人。杜诗有真情实感,爱则真爱,恨则真恨,悲则真悲,乐则真乐,所以能动人(见张忠纲《萧涤非与杜甫研究》,载《杜诗纵横探》)。

张志岳在《试论关于杜甫的评价问题》(《北方论丛》1979年第6期)中,认为杜甫“最有资格代表唐诗全面发展的最高峰。和前代的诗人相比,固然可以显著地看出许多前人所不可能具有的新因素来;就是和同时代的诗人相比,从多方面所取得的业绩的总和来说,也应该说没有一个作家能赶上他的”。黄稚荃《杜诗在中国诗史上地位》(《草堂》1983年第1期)一文,认为“自汉魏以来,诗人何啻千万,惟杜甫一人之诗,思想性与艺术性高度统一,成就最大,最为完美,影响也最为深远,在中国二千余年的诗史上,居于承先启后、继往开来的最关键的地位”。但杜甫的继承前人,绝不是机械模仿,而是有崇高的独立精神和伟大的创造发展能力。而他“对后代影响之大,影响之深远,历代诗人中,一人而已”,“元明清三代,或尚唐诗,或尚宋诗,无有不归宗杜诗的”。程千帆、莫砺锋《杜诗集大成说》(见《被开拓的诗世界》)亦有类似精彩的论述:“正像孔子及其思想体系一样,杜甫和他的诗歌也是一个完美的整体。在1400首杜诗中,伟大的人格和崇高的风格、充实的思想内容和完美的艺术形式、卓越的天才和精深的学力,这一切都极其和谐地统一起来了。”又进而说:“在杜诗中,从朝政国事到百姓生计,从山川云物到草木虫鱼,整个外部世界都与诗人的内心世界融合无间,而且都被纳入儒家的政治理想、伦理准则、审美规范的体系之中。”文章从历史时代、文学背景、思想基础、艺术修养等方面论述了杜诗的成就。日本已故著名汉学家吉川幸次郎在《我的杜甫研究》(《国外社会科学》1981年第1期)一文中说:“杜甫的眼光始终注视着祖国大地,描写普通人的苦恼和希望”,“杜诗本身太伟大了,其艺术性尤其对偶之妙可以傲视万邦”,“对杜甫的研究也层出不穷”。尽管他是一位异国的研究者,但他对杜甫其人其诗的认识无疑是深刻而准确的。

关于杜诗“诗史”的特质,邓魁英《释“诗史”》(《草堂》1984年第1期)认为杜甫用诗歌概括了封建社会阶级对立这一基本事实,记载了当时的许多社会情况和历史事件,记载了自己的生平经历,并通过对个人忧国忧民感情的抒发,反映了8世纪中叶那个时代的苦难,以典型化了的情感概括那个时代的精神。应该说,杜甫卓越的见识和高超的史笔,对当时社会状况所作的成功的艺术描绘,才是杜甫“诗史”主要精华之所在。邓小军《杜甫诗史精神》(载中国杜甫研究会编《杜甫研究论集》)一文,认为“杜甫诗史精神,是诗人国身通一精神、良史实录精神、孔子庶人议政贬天子精神、民本精神、平等精神的集大成”,“是中国文化一系列重要的传统精神的整幅继承与创造性发展”。张金海《杜甫及其诗歌的典型意义》(《武汉大学学报》1990年第6期)认为杜诗被尊为不朽的诗歌典型,首先在于杜甫人格的完美、道德的崇高。“诗圣”的尊号,贯串着注重文学现实内容和意义的民族文化倾向,是尚实的民族精神和性格在文学典型中的鲜明体现。即是说,杜甫被尊为典型,除道德意义之外,还在于其诗的强烈现实主义精神,其诗实现了内容与形式高度完美的结合,达到了伦理的感动与美的感动的高度一致。马承五《诗圣·诗史·集大成——杜诗批评学中之誉称述评》(《杜甫研究学刊》1997年第3期)分“诗圣”——人格的升华、“诗史”——价值的评判、“集大成”——艺术的极致三部分,评述了杜甫三项誉称的内涵和意义。

有的论文着重从杜甫作为有独特个性和丰富情感的人的角度去诠释诗圣。冠松《杜子美情多杂说》(《杜甫研究学刊》1996年第2期)一文,通过对《春日忆李白》《春望》《蜀相》《登楼》诸诗的分析,展示了诗圣“思友恋家忠君爱国”的深沉情怀,指出杜诗流传千古的重要原因之一就在于“杜子美情多”。陈守元《试论“情圣”及其“情诗”》(《重庆师范学院学报》1982年第4期)一文,借梁启超称杜甫为“情圣”之名,认为杜诗的“情”或“情性”的特质主要在于反映了与人民大众相近或相通的人情、人性,表现了特定的人情美、人性美。曾枣庄《至情至性,感人至深——论杜诗的人情味》(《唐代文学论丛》1982年第1期)认为一般人读杜诗的兴味远远超过读史,就“因为它感情真挚,同情人民,关心朋友,热爱妻子儿女、兄弟姐妹,具有普通人的喜怒哀乐,能以情动人,富有人情味”。牟瑞平《杜诗自然意象中的道德伦理之思》(《杜甫研究学刊》1997年第3

期)一文通过对杜诗中常见的松、竹、荷、兰、梅、菊和凤凰、杜鹃等自然意象的分析,挖掘出其中蕴含的深厚复杂的道德伦理之思,对深刻而公允地把握杜甫的高洁人品及其爱国忠君思想颇有裨益。丁启阵《生命的悲歌——论杜甫诗中有关生命的悲剧主题》(《杜甫研究学刊》1996年第2期)一文,认为"杜甫有关生命题材的诗歌就是一曲生命的咏叹调",而"杜甫咏叹的决不只是生理的人的生命,更是社会的人的生命"。文章分求官时期、做官时期、秦(州)同(谷)时期、西川时期、东川时期、荆湘时期等六个时期剖析了杜甫生命题材的诗歌,指出杜诗这一悲剧主题的深刻和真实及其强烈的艺术感染力。朱安群的《漫谈杜诗的现实主义》(《江西师院学报》1979年第3期),从题材的多样化、典型性格的丰富性、细节描写的真实性、批判现实的深刻性和抒情的真挚性等五个方面比较深入地论述了杜诗现实主义的特点和形成这种特点的原因。

对于杜诗"沉郁顿挫"的风格,王双启的《"沉郁顿挫"辨析》(《草堂》1982年第2期)认为,内容上忧愤深广,形式上波澜老成,反映客观现实真实深刻,反映主观世界披肝沥胆,就是杜诗"沉郁顿挫"的具体内涵。周裕锴《试论杜甫诗中的时空观念》(《江汉论坛》1983年第6期)认为,盛唐诗歌常流露出一种带有漫长历史和辽阔宇宙意味的时空观念,晚唐诗歌则常常体现出一种带有个人意味的时空观念,而杜甫却把历史的、宇宙的、个人的观念不可分割地交织在一起,形成了一种特有的沉郁顿挫、苍凉悲壮的风格。王南《"沉郁顿挫"论》(《文学遗产》1993年第4期)就"沉郁顿挫"的语言学理论内涵进行了探讨,认为"沉郁"一语,原指表现在作品中的深刻、透辟的思致,在古代诗论著作中,则是指深沉蕴藉、凝重悲抑的艺术风格。杜诗之“沉郁”,体现在以沉着蕴藉的艺术手法表达博大深厚的内心情志。“顿挫”成为一个专用语汇,源于对文学著述中的语言特点的评论,起初并非仅指诗歌作品的语言;作为文学理论概念,“顿挫”主要指诗歌作品中言辞表现的曲折变化和音律声调的跌宕起伏。“沉郁顿挫”用于论作品的思想内涵时,“顿挫”二字即有了悲抑苍劲的意味;而用于论语言风格,“沉郁”二字则又成为含蓄蕴藉的同义语。袁行霈《李杜诗歌的风格与意象》(《社会科学战线》1981 年第 4 期)则从杜诗富有个性特点的意象群和独特的意象组合方式的角度阐释了杜诗沉郁的风格。吴鹭山《沉郁顿挫》《再谈沉郁顿挫》(均见《杜诗论丛》,浙江文艺出版社 1983 年版)二文认为,杜诗“沉郁顿挫”风格的形成,是与杜甫所处的历史时代、生活经历和艺术表现方法紧密联系的。杜甫诗歌反映社会现实的广泛性和深刻性,超越了同时代的任何作家,形成了他所独具的艺术风格。这种“沉郁顿挫”风格形成于天宝大乱前夕,夔州以后达到了最高峰。而杜诗的沉郁主要表现在对社会阴暗面的揭露和谴责上。李洲良《杜甫诗歌的美学特征》(《北方论丛》1996 年第 2 期)从诗歌美学的角度对杜诗“沉郁顿挫”的风格特色作了具体描述,论析了杜诗的雄阔苍劲之美、厚重沉实之美、细腻传神之美、跌宕回旋之美、老成凝练之美。裴斐更把杜诗这种“沉郁顿挫”的风格用“老”“大”“神”三字予以概括。他说:“老杜之老,其含义有三:从表面看,是指他惯于以老自称,又惯于叹老、言老;深入一层,是言其大器晚成,老而益精;再深入一层,则是对其作品个性特色的领悟。”这一个性特色,“到了夔州登峰造极”。杜诗之老,是骨格老,老极悲极,犹执着于现实人生,不是老而衰而是老而劲,“是力因年增,意兴益然,是思想阅历老成深化和艺术上炉火纯青的表现"(《老杜之老》,载《光明日报》1990 年 12 月 16 日)。杜诗之大,是指诗人心胸气魄所显现的意境,亦指作品内涵,高度概括而不失意境之真。"心胸气魄既大,笔底波澜自阔,阔大到一诗一联即足以概括一生和整个时代,并以其真切意境和浑涵汪茫的气势震撼千载之下读者的心。这真是人类艺术史上的奇迹。"(《老杜之大》,载《光明日报》1991 年 5 月 4 日)大而化之谓之神,"概括言之:'思接千载','视通万里',神来境诣,浑然无迹;错综幻化,不可端倪;既为抒情,亦为写史。这就是老杜之'神',也是夔州杜诗普遍具有的特色"(《杜诗风格与夔州风土》,《草堂》1984 年第 2 期)。而杜甫夔州所作七律名篇《咏怀古迹五首》《秋兴八首》《登高》《阁夜》,均为"老""大""神"兼备的代表作。周诒谷的《说杜诗的含蓄》(《草堂》1983 年第 1 期)则认为,杜甫运用寄人于物、寄实于虚、寄哀于乐、寄恨于怡、寄此于彼、寄厚于轻、寄深于浅、寄急于闲、寄喜于怨、寄锋芒于婉丽、寄直于曲等含蓄的艺术手法,达到了"不着一字,尽得风流"的艺术效果,不愧为运用含蓄这一艺术手段的大师。还有一些文章,如廖柏昂等《试论杜甫诗歌的浪漫主义色彩》(《广西大学学报》1979 年第 2 期)、李汝伦《杜诗的浪漫主义》(《东北师大学报》1980 年第 4 期)、郭维森《且去发现一个浪漫主义的杜甫》(《草堂》1985 年第 2 期)、彭靖《试论杜甫诗的浪漫主义特色》(《湘潭大学学报》1985 年特刊)等,都对杜诗的浪漫主义特色进行了有益的探讨和论析。

许多论文对杜甫的诗学理论进行了有益的探讨。罗宗强《浑涵汪茫,兼收并蓄——杜甫文学思想刍议》(《天津师院学报》1979 年第 3 期)认为杜甫"既赞成情性的自由抒发,又提倡比兴规讽；既重天赋，又提倡苦学与功力；既主张写实，又提倡传神；既赞美‘清水芙蓉’的美，又追求悲壮的美”。他的文学思想是有一些朴素的艺术辩证法思想因素的。谌兆麟《杜甫诗论新探》（《湖南师大学报》1985 年第 1 期）认为杜甫提出了较为完整的现实主义诗论。“诗是吾家事，人传世上情”，明确提出用诗歌传述世情，即真实地反映现实生活的理论主张。杜甫以诗为史，就是对自己现实主义诗论的成功的实践，故其诗被誉为“诗史”。穆崇栻等人的《情在强篇中——杜甫写实理论浅探》（《天津师大学报》1985 年第 1 期）认为杜甫的现实主义诗论，主要体现在他的创作倾向中。杜甫主张诗歌反映现实生活要“事”真，更要“情”真，要做到以形写神，形神兼备。王运熙《杜甫诗论的时代精神》（《杜甫研究学刊》1992 年第 2 期）则认为，杜甫身处唐王朝由盛转衰的时代，他的诗论既反映了盛唐诗人追求壮美风格、赞扬建安风骨的心态，又反映了中唐诗人关心时弊、提倡美刺比兴的要求，体现了两个不同时代的精神和诗歌的主要创作倾向。康伊《论少陵诗学的基本理论结构》（《杜甫研究学刊》1990 年第 2 期）一文，从杜甫全部诗句中，筛选出“真”“兴”“神”“律”“法”五个最具特色的词语建构起少陵诗学的大厦，认为这五个词语的有机组合及其丰富内涵，就是少陵诗学的基本理论框架。所谓“真”，是指杜甫人“真”、情“真”、诗“真”；所谓“兴”，包括诗歌抒情本体、创作灵感、创作手法三个方面的内容；所谓“神”，是指创作过程中最高度的精神自由境界，艺术欣赏中对艺术作品的高度推崇以及通过学、才、情的积累而达到创作和欣赏中“神”的境界的途径，是为追求阳刚之美服务的；杜甫于诗无体不能，而尤以律诗贡献最大，其律的特点包括骈对、平仄、音节、谐韵等，对律的态度求“中”、求“细”,达到了“鬼神惊”的境界;杜甫言“法”,一取法度、准则之意,二取方法、技巧之意。这是一个有机而富于独创性的结构,“‘真’是少陵诗学的基石,规定着少陵诗歌创作的基本价值取向,也规定着少陵诗学的特质;‘兴’和‘神’,‘律’和‘法’,四者耸立于基石之上,分别从内在情感、气质与外在形式、风貌等方面决定了少陵诗歌创作的重要特征,决定了少陵诗学的整体态势”。张少康、刘三富著《中国文学理论批评发展史(上)》(北京大学出版社 1995 年版)更认为“杜甫的诗歌创作思想核心是讲究传神”,其内容包括五个方面:(1)认为创作必须写出风骨,方能传神;(2)创作构思之时,若能进入灵感萌发、难以遏止的状态,即可写出传神之作;(3)真实、自然乃是艺术作品传神之关键;(4)要达到神化的水平,与作家知识学问的水平有密切的关系;(5)这种神化的艺术水平是作家长期创作经验的积累与对创作技巧的精心钻研的结果。万云骏《略谈杜甫的诗论》(《杜甫研究学刊》1988 年第 2 期)指出中国古代诗论大致有两派:言志派和缘情派。杜甫通常被人视为言志派的代表,而作者通过对杜甫诗论的深入研究,则认为杜甫的诗论属于缘情派,如果再从“杜甫对以气衡文的发展”和“杜甫诗论开司空图‘诗味’说与严羽‘妙悟’说的先河”等方面看,更可见杜甫确属于缘情派。蒋长栋《试论杜甫的“比兴体制”》(《求索》1997 年第 1 期)则站在整个唐诗发展史的高度,论证了杜甫的“比兴体制”中体现出的创作思想、艺术手法的改变,以及在诗歌史上的影响和意义。文章认为,如果说以李白为代表的盛唐诗人的“风骨体制”体现了唐诗第一次革新运动所取得的辉煌成果,那么在安史之乱和唐诗由盛唐向中唐演进的这一历史和诗歌史的双重转折点上出现的杜甫的

"比兴体制",则拉开了唐诗第二次革新运动的序幕,为以元、白为代表的中唐新乐府的到来做了足够的准备。"比兴体制"所带来的诗歌革新表现在内容转变、创作方法和表现手法之转变两方面。相对于"风骨体制"中体现出的唐代个体人格意识的觉醒,"比兴体制"的内核则是唐代群体人格意识的觉醒。"比兴体制"的表征是唐代现实主义诗风的形成。文章从大处着眼,概括简洁有力,论述条理清晰,颇有说服力。傅明善《杜甫诗论辩证三则》(《宁波师院学报》1997 年第 3 期)讨论了歧见纷呈的三则杜甫的诗歌理论,作者认为杜甫的"转益多师","除了虚心向前代及同时代诗人学习以外,还能向不同文体的屈赋学习,以成就其风格之多样化;能向人民大众的方俗语言学习,以成就其大众化;能向不同门类的艺术学习,以成就其诗之千汇万状、丰富多彩"。对于"读书破万卷,下笔如有神"的全面理解,应是首先重视深厚的生活基础和敏锐的艺术直觉,再辅之以"破万卷"的文化素养,才能"下笔如有神"。关于"耽佳句"与"浑漫与"则应作动态考察,杜甫早年曾有"惊人"之志,传世之想,故耽于一字一句之佳,晚年才深刻反思,取兴自然心会之间,思追陶、谢之天然横逸,这才是杜甫的艺术追求。这里要特别提到杜甫的《戏为六绝句》,它首开论诗绝句的风气,对后世诗话影响很大。郭绍虞《杜甫戏为六绝句集解》(人民文学出版社 1978 年版)一书内容原发表于《文学年报》第 1 期(1932 年 5 月),原称《杜元王论诗绝句集解》。作者后来加以增补充实。王(士禛)著关乎理论甚微,故删去不录,而以杜元(好问)之作合编一册,与整理改编后的《元好问论诗三十首小笺》合刊,并被列入由著者主编的《中国古典文学理论批评专著选辑》。六绝句虽意思一贯,宗旨易见,但文辞毕竟简约,再加上后人的穿凿,更使明者转晦。为了消除误解,探求本意,以期恢复杜甫诗论原貌,郭氏为之集解:(1)比观众说。诸家歧说,非汇萃而比观之不能别其是非,明其长短,所以该书将其分类排比,使异点所在皎然易知;(2)以杜论杜。该书对于众说加以抉择,斟酌去取,以杜甫论诗主旨为衡。本其集中其他论诗之句,触类旁通,互相印证,则群辐共毂,一贯非难,而诸家曲说,昭昭然白黑分明。这种集解的方式,对学术研究极具便利与启发。

许多文章从美学角度探讨了杜诗所取得的成就。王启兴《杜甫美学观三题》(《杜甫研究学刊》1988 年第 2 期)把杜甫的美学观归纳为三点:(1)"传情"与"遣兴"。所谓"传情",即杜甫所说"诗是吾家事,人传世上情"。"传世情"是在认识论上对我国古典诗歌传统"诗言志"的继承和发展。所谓"遣兴",即因客观事物所触发而产生的激情,必须用诗来加以排遣抒发,这是杜甫朴素唯物主义的美学观。(2)发扬"比兴"传统,重视诗歌批判现实和反映现实的作用,并把"比兴"作为诗歌的审美标准。(3)把握不同诗人作品的艺术美,赞扬其独特的艺术风格,促进诗歌风格的多样化。王岳川《杜甫诗歌意境美初探》(《人文杂志》1984 年第 2 期)认为杜甫在生活、创作、鉴赏、评论诸方面,都将悲壮意境的追求,作为自己主要的审美活动贯注一生,使悲壮崇高之美成为他全部创作的主要特征。金学智《杜甫悲歌的审美特征》(《文学遗产》1991 年第 3 期)围绕杜甫悲剧性抒情诗的美学特征,从"忧以天下"的广阔性和洞见本质的深刻性,情景相忤与情景交融,以温、光、色、音来渲染气氛等方面进行了深入的论析。杨恩成《论杜甫漫游时期的诗歌创作与审美观》(《陕西师大学报》1991 年第 3 期)结合杜甫漫游时期对社会人生体验欠深的实际,论述了此期诗歌创作在审美上崇尚古秀典雅的特色。吴调公《旅食京华春——长安十年中杜甫的审美观》(《草堂》1984年第1期)重申他对杜甫审美观的主张:杜甫的精神,是悲与壮的结合。这种美学理想有其丰富内涵:在风格上的标志是沉郁,在思想、感情的根柢上是淳真,在格律驱遣上是深稳,在篇章的规模上是阔大,在气势鼓荡上是从容、飞动。而沉郁的初见端倪恰恰是在旅食京华阶段。不得志的忧郁和由此而引起的沉思相结合,是杜甫旅食京华时期相当显著的一种审美观。长安十年,标志着杜甫追求功名的顶峰和转向"忍为尘埃没"的开始。"致君尧舜上"的道路虽没走通,但"骑驴"的"野老"精神却愈来愈走向人民了。杜甫的沉郁,表现为"穷年忧黎元"的深沉郁结,形成了地负海涵的审美境界。王景霓《杜甫山水诗的审美境界》(《暨南学报》1991年第2期)、林弘《杜甫草堂诗色调审美断想》(《杜甫研究学刊》1991年第2期)、王启兴《论杜甫题画诗的美学思想》(《武汉大学学报》1984年第1期)、何根海《杜甫题画诗绘画美学思想刍探》(《杜甫研究学刊》1991年第4期)、吴建辉《浅析杜甫题画诗所追求的风骨》(《杜甫研究学刊》1991年第3期)等文,则是从审美角度来研究杜诗某类作品的美学意义。王岳川《杜甫诗歌的象征美》(《天津师专学报》1984年第1期)认为杜甫的咏物诗,没有停留在单纯的咏物上,而是带有强烈的象征色彩,物我同一,寄意遥远,达到了"言有尽而意无穷"这样一种富于表现力的美的境界。傅绍良《论杜甫诗歌的阴柔美》(《陕西师大学报》1985年第4期)认为杜诗虽偏优于阳刚美,但同时也具有鲜明的阴柔美的特点,指出杜诗的阴柔美谐趣而不轻浮,幽静而不清冷,疏淡而不空乏,缠绵而不纤弱。张国伟《杜诗中谬理的审美效应》(《杜甫研究学刊》1995年第1期)一文,将杜诗中的谬理分为知觉变异、思维超常、想象奇特、大胆夸张、违反逻辑、语言错序、离形得似等七类,并加以分类阐述,指出杜诗的谬理具有化腐朽为神奇、变抽象为具体的效果,增加了诗的奇趣、理趣、逸趣,有着特殊的审美效应,能极大调动接受主体的创造积极性。陈开勇《杜甫的艺术追求:情感与表达——对比兴自然意象与悲剧自然意象的考察》(《河池师专学报》1995年第4期)和《杜甫的艺术追求:情感与表达——对喜剧性自然意象双重艺术内涵的考察》(《河池师专学报》1996年第1期)是姊妹篇,指出在中国传统的审美心理追求文化背景下,杜甫的艺术追求——艺术的、审美的,也即是人生的——实具有一以贯之的四个层次:(1)情感定势与比兴自然意象——矛盾的压抑;(2)悲剧情感与悲剧自然意象——悲剧的感情发泄;(3)理性悲剧情感与喜剧性自然意象——对悲剧超越的理性祈向;(4)天人合一——自由心境,自由自然意象——人生的审美化终极皈依。

这里还要提到专论杜诗写作艺术和语言艺术的几本著作。文自成、范文质著《诗圣的写作艺术》(对外贸易教育出版社1990年版),分诗美特征、写作技法、资料引得三部分。"诗美特征"部分论述了杜诗色彩美、凝练美、含蓄美、曲折美、整体美等五种美学特征和开头、结尾、语言、题画诗以及双线结构等审美方式。"写作技法"部分论述了杜诗的七种写作技法。刘明华著《杜诗修辞艺术》(中州古籍出版社1991年版)共分十章,从对仗、互文、用典、拟人、夸张、对比、句法、构词、叠字等多角度、多侧面地探讨了杜诗修辞艺术。作者把方法论和认识论、传统方法和现代方法结合起来,特别借鉴接受美学、心理学等手段，深入分析杜诗修辞艺术，提出了许多新颖独到的见解，不失为一部有特色的研究专著。侯孝琼著《少陵律法通论》(中州古籍出版社 1996 年版)，前人注杜、论杜之书，对杜律的法则虽论述不少，但多数零散，且瑕瑜互见，该书则是系统地阐发杜甫律诗法则的专著，分炼字、琢句、章法、技巧、韵律五篇，逐一以杜甫律诗为例，在精心引证前人论析的基础上，提出自己的观点，鞭辟入里，阐释精当。全书分类详细严谨，涉及杜律法则的多个方面。读之不但使人对诗圣律诗的精湛艺术成就有更深刻的认识，而且能使人了解取得如此成就的途径。正如霍松林在该书序中所说："侯孝琼女士充分发掘、吸收前人的研究成果，运用新知识、新观点，研练揣摩，深思熟虑，对杜律的一般法则，作了详细、精当的阐述，对初学者有取法、借鉴作用。在一般法则的阐述中，又突出了杜甫在传统法则的熟练运用中神明变化、推陈出新的独创性，意在启示初学者师古而不泥古，在充分继承丰厚的文化遗产、借鉴前人的创作经验和艺术技巧的基础上开拓进取，大胆创新，创作出既有民族风格，又体现时代精神的优秀诗篇。"傅庚生《杜诗析疑》(陕西人民出版社 1979 年版)，选取杜诗 130 条名联佳句，对其中某些问题作了分析和解释，意在对杜诗中的疑难和歧解，"逐步臻于客观、全面，深入问题的本质，得到正确的理解"。但王常新《读〈杜诗析疑〉札记》(《华中师院学报》1982 年第 4 期)认为傅著观点不无偏颇之处，并就"忠君思想""改良主义""个人牢骚"等问题提出商榷意见。徐仁甫《杜甫注解商榷》(中华书局 1979 年版，香港中华书局 1980 年翻印)，依仇兆鳌《杜诗详注》卷次为序，对其中 200 余首诗的虚词、语法进行了研究，提出个人的见解，对理解杜诗很有裨益。研究杜诗之虚词语法，前人论及甚少,该书实另辟蹊径,别开生面,极有学术价值。后作者又依前例,补撰约 200 条,名曰《杜甫注解商榷续编》,1986 年由四川人民出版社出版。曹慕樊《杜诗杂说》(四川人民出版社 1981 年版)为读杜笔记性质,多为散论,范围较广,如对杜甫的思想、生活、诗歌的艺术风格、遣词炼字以及考证辨异等,多有涉猎,其附录"杜诗常用字义通释""九种版本杜诗篇名索引"亦颇足参考。1989 年巴蜀书社又出版了作者的《杜诗杂说续编》,收录有关杜诗的论文 13 篇。马重奇《杜甫古诗韵读》(中国展望出版社 1985 年版),包括五方面内容:杜甫古诗用韵研究、杜甫古诗韵谱、《广韵》的声元音值的拟测问题以及《广韵》的韵元音值的拟测问题、杜甫古诗入韵字音表、杜甫古诗韵读。在第五部分中,作者试定了《宋本杜工部集》一至八卷古体诗的每一个韵字的音韵地位——摄、开合口、等、声调、韵母、声母,并把每一个入韵字拟出具体的读音,写出具体的音标。杜仲陵《读杜卮言》(巴蜀书社 1986 年版),是对杜甫诗歌的语言研究,共分七章。"杜诗与唐代口语""唐诗词汇证杜"两章,是阐明杜诗的时代特征的;"杜诗的词汇""杜诗的双声叠韵与叠字""杜诗的用典使事""杜诗的修辞手法"四章,是阐明杜诗的个性特点的;"李白杜甫两家诗歌的语言风格比较"一章,是从李杜对比中显示杜诗语言特点的。邓绍基《杜诗别解》(中华书局 1987 年版),收录作者有关杜甫和杜诗的论文 103 篇,共分二辑:第一辑收论文 7 篇,如《杜甫与裴虬》《杜甫与崔瓘》《关于杜甫的世系问题》《关于杜甫的卒年卒地问题》《关于钱笺吴若本杜集》,涉及面较广;第二辑收短文 96 篇,都是以杜诗题名为标目,排列次序概按仇兆鳌《杜诗详注》编次,是关于具体诗篇别解的,阐幽显微,多有新见。正如傅璇琮序所说:"本书倒并不以材料见长,而是能把材料及时收束,不使之旁溢,从前人种种傅会割剥中,寻求杜诗的本意;在考订是非、解释疑滞中,不故作高深,不生立奥义,而是结合杜甫作诗时的环境与心情,作实实在在的探讨,每读一篇,都使人有化繁从简、弃芜存菁、推腐致新的感觉。"成善楷《杜诗笺记》(巴蜀书社 1989 年版)共笺释杜甫诗句 310 条,每条先引原出注语,然后加以辨析,颇多创见。正如缪钺书前题辞所说:"阐释论证,抉发幽微,可为少陵功臣。"郑文《杜诗檠诂》(巴蜀书社 1992 年版)"前言"部分,就杜甫忠君与爱民、沉郁顿挫风格的理解提出自己的观点,然后论及杜诗注释中存在的一些问题。全书依仇注卷次顺序,就有关诗句之注释逐一进行辨析。征引丰富,时有新见。

## 五、杜诗分体、分类、分阶段、分地域研究

杜诗诸体俱备,各体兼擅,新时期对杜诗的分体研究愈趋精细。专论古体的,以七古和乐府歌行居多。金启华《论杜甫的七古》(《草堂》1981 年创刊号)认为杜甫七古取材极为广阔而丰富,内容包罗万象,举凡政治、战争、人事之荦荦大者,无不纳入笔端,加以描绘,而把自然山川、花鸟景物也都收入笔底。其对各种艺术,尤有所写照。其写作技巧,更是千门万户,变化莫测。其谋篇,有长篇巨制,有短制组诗。有的工于发端,起得突兀;有的承转递接,曲折多变;有的收尾袅袅,韵味不绝。其用句,有的以散文出之,明白如话;有的以律句出之,凝练铿锵。其用韵,有的一韵到底,转折不衰;有的更换用韵,愈转愈精。

其诗有时忽用“三平”落脚,有时又全用仄声字,使诗句音响顿挫,点点振人。其风格,有的沉郁,有的豪放,有的幽默讽刺,有的含蓄委婉,也是富于变化的。其渊源有自,而又衣被后昆,在中国古典诗歌的七古诗中,确是集大成的。马承五《乐府诗的体式嬗变与创格——杜甫“新题乐府”论(形式篇)》(《华中师范大学学报》1996 年第 2 期)认为:“‘新题乐府’是杜甫开创的一种新的诗歌体式。它既与汉乐府有着多方面的承续性,表现出强烈的思想内蕴和传统品格,又有对乐府体的拓展性,自立新题,自创己见,呈现出全新的形式特征。其创题方式丰富多样,名篇类型异彩纷呈,为中唐以后的新乐府树立了光辉样板。杜甫对乐府诗体式的创造性变革,最终形成了新题乐府创作的优良传统。”葛晓音《论杜甫的新题乐府》(《社会科学战线》1996 年第 1 期)则以极富说服力的统计和论述着重探讨了杜甫写作新题乐府的自觉意识和独创性,澄清了一些一直没有明确解决的问题。文章在重新界定“新乐府”和“新乐府运动”的前提下指出,杜甫反映时事的新题乐府共有 31 首。由杜甫开始的“歌”与“行”表现职能上的大致分工和杜甫明显效法汉魏古乐府取题的用意,表明了他写作新题“行”诗的自觉性。其原因一是初盛唐“行”诗较少,富有独创性的杜甫选择“行”诗来发展自己的特色很自然;一是受盛唐复古思潮的影响,比同时代诗人更自觉地将新题歌行与恢复古乐府传统联系起来。杜甫新体乐府在艺术上对于古乐府的继承和独创表现在以高度概括的场景描写展现广阔的社会背景、对汉乐府单一叙事方式的突破、以古乐府神理创造新的表现手法三个方面。

关于杜甫律诗,除少数文章专论五律和五排外,绝大多数是论七律的。赵谦《杜甫五律的艺术结构与审美功能》(《中国社会科学》1991年第4期）将杜甫五律结构分为起兴结构、客观结构、双线结构、缩连结构、比较结构和意象链结构，论述了杜甫五律结构艺术的丰富性及其审美功能的多样性。钟树梁《论杜甫的五言排律》（见其《杜诗研究丛稿》）对杜五排的内容、用韵和所取得的成就作了精细而深刻的论述，指出杜甫五排从数量与质量，从思想特点与艺术特色之结合，从承先而有所发展、启后而能为楷模的关系来看，都有功于古人，无愧于来者。李华《简谈杜甫的五言排律》（《首都师范大学学报》1993年第1期）指出，因为五排的写作带有尊重的意味，故杜甫的酬赠诗很多都用此体，他的绝笔诗《风疾舟中伏枕书怀三十六韵奉呈湖南亲友》也用五排的形式。金启华《论杜甫蜀中的排律》（《徐州师院学报》1986年第1期）将杜蜀中排律分为成都与夔州两个时期，前者以关心时事为突出，而像《伤春五首》，排律而以组诗形式出现，也是杜甫新的创造。后者为排律创作的丰收阶段，长排且多精品，应该说是他的排律的高峰，像《秋日夔府咏怀奉寄郑监李宾客一百韵》尤堪为代表作，他把当时的国家大事、一己遭遇、友朋知遇、学问思想均在诗中充分地表现出来，堪称诗史，而沉郁顿挫的风格更得到极大的发挥。《偶题》一首更是以排律论诗之作，确实难能可贵。程千帆、张宏生《晚年：回忆和反省——谈杜甫在夔州的长篇排律和联章诗札记》（《中国社会科学》1986年第1期）一文，认为杜甫到夔州后写的一些长篇排律和联章诗，以其独特的风貌，标志着他对这些诗体的创造、运用所达到的全新境界。这些最能代表杜甫晚年诗歌创作成就的作品，笼罩着一种浓厚的怀旧情绪，体现着由现在回溯过去的反省，并进而指出，杜甫晚年沉浸在对过去的回忆中，其内心的动荡是难以抑制和排遣的。在这种心态中,他认为单篇小诗已难以表达自己的感情,就尝试着方法上的更新和提高,并终于找到了最适合表现当时心情的诗体。五言排律和联章诗,作为诗歌艺术的完整体,只是到了杜甫晚年才成熟,它们代表了杜甫创作的全新阶段,是杜甫进行了多年的艺术追求后,在晚年的特定精神状态中所获得的"心智的果实"。牟怀川《试论杜甫的五言排律》(《上海师院学报》1983 年第 1 期)认为其从内容上突破了"台阁体",浸透着诗人的忧国忧民之情,有些诗"几乎是杜甫后半生的时代的缩影,真不愧'诗史'之称"。作者还论述了这些诗的艺术特色和这种体制的局限。七律是杜诗研究者的一个重点。加拿大籍华裔学者叶嘉莹的《杜甫七律诗演进的几个阶段》(《南京大学学报》1981 年第 3 期),将杜甫七律演进分为天宝之乱以前、收京以后重返长安时期、定居成都草堂时期、去蜀入夔以后时期等四个阶段。作者特别对第四阶段——杜甫七律的正格与变体,作了精细入微的阐释,认为"杜甫此一阶段之七律,对格律的运用,已经达到了完全从心所欲的化境,不过,一种从心所欲是表现于格律之内的腾掷跳跃,另一种从心所欲是表现于格律之外的横放杰出而已"。而《秋兴八首》就是前一种的代表作,叶氏特为编撰《杜甫秋兴八首集说》一书。《秋兴八首》为杜甫后期的一组七言律诗,最能代表诗人七律的思想内容和艺术风格,最能体现其"晚节渐于诗律细"的创作精神,而前人品评论述也最为浩繁。故叶氏于港、台及海外广事征搜,得历代评注杜诗专著凡 35 种,于中撷取有关《秋兴八首》之资料,力求其全面,汇为一集,且时加按语,发表己见,蔚为大观,成为一部杜诗分题专论之研究资料汇集。其所加按语,或衡校前人注评,或表示自己见解,颇具启发,尤其对艺术境界之评述最为精到,时有灼见。故此编亦为作者研治杜诗的成果集结,不得仅以资料汇编视之。该书 1966 年由台湾书店出版,后来作者又增入历代杜诗不同之注本 18 种,作了修订补充,1988 年由上海古籍出版社再版。美籍华裔学者高友工、梅祖麟合著的《唐诗的魅力——诗语的结构主义批评》(李世耀译,上海古籍出版社 1989 年版)则以七律发展史上的杰作——杜甫的《秋兴八首》为例,探讨了诗歌语义的曲折、节奏的变化、平仄音型的组合等语言规律及特征,并且将这些要素视为"唐诗的魅力"形成的依据和条件。《唐诗的魅力》在中国大陆出版后,引起了较大反响。而裴斐在《杜律举隅》(《草堂》1983 年第 2 期)中,以陇蜀纪行诗作为标志,分杜诗为前后期,而着重辨析杜甫后期七律,并声明"希望这种辨析有助于克服杜诗研究中重思想轻艺术的偏颇和对文学思想性的狭隘理解,使后期杜甫律诗的成就受到更多的重视"。他以具体诗例精细地剖析杜甫后期七律的卓越成就。如他在分析杜甫草堂后期所作《宿府》一诗后指出:"艺术上情与景浑然相融,思想上个人与社会浑然相融,这两个相融统一于一篇作品,标志着杜律已达到高度成熟和完美的地步。"而在分析杜甫夔州所作《登高》这首"古今七律第一"的名篇后又精辟地指出:"此作所以成为惊动千古的名篇,原因就在于两个'高度'和两个'相映',写景叙事的高度凝练以及个人身世的高度概括,壮丽之景与悲苦之情相映以及个人与社会相映,两个'高度'和两个'相映',从而使诗歌呈现出具有深刻意蕴而又极其鲜明生动的雄浑意境。"他认为:"夔州杜律普遍呈现出以色重、情浓、意深为特点的沉郁风格,这就是典型的杜律风格。"万云骏《试论杜甫的七律》(《唐代文学论丛》总第 3 辑)认为杜甫在安史之乱前后,七律虽写得较少,但也有上乘之作。“入蜀和居夔时期,写得较多,在艺术上也难分轩轾。故读七律可以分阶段,但不能过于拘泥,强分高低”,“从史的角度看,杜甫七律有似初唐的,有开中、晚唐的,有开宋派的,而其主导风格则是盛唐”。金启华《论杜甫的七律》(见其《杜甫诗论丛》)认为“杜甫七律是走入初唐而又走出初唐的;是继承了家风而又发扬光大的;是随着时代和个人生活的变化而有所发展的;是学习民歌丰富自己而又加以创造性发展的;是广泛取材而又千锤百炼的。其七律达到思想性艺术性高度的统一,是值得我们借鉴的”。许世荣《杜甫与七言律诗》(《杜甫研究学刊》1995 年第 3 期)详细论述了七律的发展及杜甫在内容和形式上对这一诗体作出的无比深广的创造性开掘,在更深厚的基础上重申了杜甫的七言律诗才是这一诗体成熟的标志的结论。

王硕荃《论“子美七言以古入律”——杜诗拗格试析》(《杜甫研究学刊》1996 年第 1 期)一文,探讨了争论甚多的杜甫拗体七律的问题。文章在分析古诗、律诗句式平仄格式的基础上,尝试得出结论:“杜甫的拗律归于律而非正律,句式取自古而又非古,这是介于古体与正律之间孑然独立的一种体式。”刘明华《完善与破弃——对杜甫“拗体”的思考》(《杜甫研究学刊》1997 年第 2 期)在对众家关于拗体概念和杜诗拗体数量诸说进行清理之后指出,“‘拗救’是晚起义,最早也在宋代,理论上的总结则在清代、现代”,而杜诗拗句实无规律可循。对于杜诗只拗不救或少救的原因,作者从“七言难工”和“对规律的破弃”两方面作出自己的解释。杜甫的“拗”有时是顺其自然,放弃规则;有时又是有意为之,破弃声律。杜甫能律则律、当拗则拗的创作态度,古人对“大拗”的态度,都很值得我们思索。叶嘉莹在其《杜甫秋兴八首集说》代序中对杜甫拗律给予了很高的评价:“杜甫此种变体之拗律,虽是横放杰出于声律之外,然而却实在是深入于声律的三昧之中了。因此,我以为此种变体之拗律,与另一种谨守格律,而于格律之拘限中作腾掷跳跃的正格律诗,实在乃是同一种成就的两种表现。这两种表现,都说明了杜甫已经深得律诗之三昧,达到了出入变化运用自如的地步。”而裴斐对杜甫拗律则给予了否定评价。他认为杜甫拗律主要集中在夔州时期,“拗律的尝试总的看来是不成功的”。杜之拗律多属泛泛写景而意寓不深的随意之作,这就说明杜甫“只有在表达还不十分重要的内容时才作突破的尝试,而且事实上这种尝试一般说来并不成功”(见其《杜律举隅》)。

对杜甫的绝句,向来毁誉参半。李谊等的《关于杜甫绝句的评价问题》(《四川师院学报》1981 年第 1 期),一一批驳了前人对杜诗绝句的误解,认为“杜诗绝句在唐人绝句中是独树一帜,别具一格,光彩照人的。且为后世绝句诗的发展,作出了应有的贡献”。唐异明《别开异径的杜甫七绝》(《学术研究》1981 年第 2 期)认为,杜甫七绝“别开异径”的地方主要表现在两类作品上:“一类是接近民歌,以写景咏怀为主,看去像是随意吟成的绝句;另一类是以作古风之法作绝句,以叙事议论为主,采取组诗的形式。”周啸天《杜甫——绝句艺术的拓新者》(《安徽师大学报》1982 年第 1 期)认为盛唐绝句总的倾向是浪漫的,偏重抒情的,叙事、议论成分较少,杜甫则在题材内容、表现手法、样式风格等方面对绝句有所开拓。丁成泉《略论杜甫对绝句的改造》(《华中师大学报》1990 年第 4 期)认为杜绝多联章体、创为拗体、多着议论、尚质尚俗,与李白、王昌龄一派分道扬镳,打破了他们的一统天下,从内容到形式诸多方面,改变了盛唐绝句那种“语近情遥,含吐不露”“意尚含蓄,语务从容”的格调,创立了一种情思迫促、声调拗峭、笔墨质实,宜于反映乱世心声,与其沉郁风格一致的绝句新风貌。而陈邦炎的《试论杜甫绝句的得失》(《草堂》1982 年第 2 期)则认为,杜甫对绝句的创新,有得有失。从艺术性强的绝句所占比例看,似乎失大于得。“但从文学史角度、从绝句发展演进的角度看,具有特别重要意义。”莫砺锋在《论杜甫晚期今体诗的特点及其对宋诗的影响》(《南京大学学报》1989 年第 1 期)一文中指出,杜甫入蜀以后的诗歌创作发生了明显的变化,今体诗所占比重大大地增加了,在艺术上也臻于成熟。杜甫晚期今体诗在题材、格律、艺术手法诸方面所作的探索在其后 300 年绝少嗣响,论者往往认为这是今体诗发展过程中的“变体”,但文学的发展本来就有赖于作家的不断求新求变,况且就今体诗的整个发展过程来看,杜诗的滥觞之源到宋代就发展成波澜壮阔的长江大河,其创新意义不容轻视。

王辉斌《杜甫诗歌:中国古代学者诗的范本——以其近体诗为研究的中心》(《首都师范大学学报》1994 年第 3 期)一文认为,唐代诗人有才子型和学者型两类,前者凭才气写诗,后者以功力写诗。学者型诗人的产生,与近体诗的发展密切相关。杜之近体诗既开学者诗之先河,又为后世诗人提供了一部学者诗的范本。文章通过对杜甫近体诗的重要创获及有关问题的讨论,揭示出中国古代学者型诗人及学者诗的一些规律。研究杜律的论文还有林继中《杜律:生命的形式》(《首都师范大学学报》1996 年第 4 期)。文章巧征博引,以崭新的视角探讨杜律的艺术成就。作者认为,杜甫后期致力于抒情诗形式的研究,力图创造诗歌独特的语言,表现诗歌独特的境界。古今时空交错,语法服务于感受,是杜律的重要创造。杜律的“逻辑”与“秩序”是,以情感生命的起伏为起伏,极力追摹生命的节奏,让诗的形式之律动与人的内在生命之律动同步合拍,由此焕发出诗美。

杜诗分类研究涉及各个方面,诸如边塞诗、咏物诗、山水诗、纪行诗、咏马诗、题画诗、亲情诗、自传诗、教子诗、妇女诗、乡愁诗、登高诗、梦诗、写竹诗、农事诗、花鸟诗、苦热诗、戏题诗等等,都有文章进行研究,探讨各类诗的不同特色。其中尤以山水景物诗为多。李芳民《简论杜甫的山水诗》(《唐代文学研究》第 4 辑)统计出杜甫涉及山水题材的诗歌有 280 余首,并指出安史之乱后,随着整个社会动乱所带来的杜甫个人生活的沦落,他把浓重的家国之思和凄怆的个人情怀倾注于或雄奇险峻或宁静明丽的山水景物,在家国之思与个人身世飘零的双重情感的聚合中,创作出独特的山水境界来,具有划时代的意义。颜家安《论杜甫山水诗》(《海南大学学报》1997 年第 4 期)以时地为序,从纵向方面勾勒了杜甫山水诗六个阶段不同的内容风格特点:泰山豪情、慈恩寺塔“百忧”、凤凰台自誓、成都楼伤感、白帝城“血痕”、洞庭湖畔眼泪。作者认为杜甫山水诗有着巨大成就,但不受重视,原因是受“诗圣”“诗史”等传统研究思想的束缚。金启华《杜甫的山水诗》(见其《杜甫诗论丛》)认为各地山川的壮丽险绝、雄奇清秀,都给杜甫以美的感受,激发他的情思,使他写出各种不同风格的诗篇。他更能结合自己的遭遇,抒发自己的思想感情,有些诗篇更是寄寓一些哲理,而近乎所谓的“道”。但杜甫又不局限于自己的抒愤和牢骚,能结合当时的现实,表现出他关心国家命运和人民疾苦的思想感情,使诗篇富有重大的现实意义。他能把爱山川、爱国家、爱人民的思想感情结合在一起来写。他的山水诗,不仅给人以美的享受,更能激发人们的进取心和热爱祖国大好河山的思想感情。马晓光《论杜甫入蜀诗对山水诗的贡献》(《山西大学学报》1985 年第 1 期)认为,在文学史上,是杜甫首先以积极入世、关心现实、干预现实的姿态来把握山水,并把山水题材与忧国忧民的思想感情融合起来,使山水诗放射出现实主义的光彩。这是杜甫对山水诗最重大的贡献。而杜甫入蜀诗的风格是"奥险清峭,雄奇荒幻"。曾明《杜甫山水诗中的人文主义精神》(《杜甫研究学刊》1997 年第 3 期)认为杜甫山水诗中的人文主义精神在于注重对真与善的追求,注重体现人的价值。牟瑞平《杜甫山水景物诗中的生命意识》(《杜甫研究学刊》1994 年第 2 期)一文认为,杜甫对人生意义和生命之谜有着清晰的自觉,并终其一生探究不已,他的山水景物诗以大自然为参照,"对人类生命情感作出了深邃而炽烈的体验探索",在创造了至高的美学境界的同时,也使诗人对生命意识的体察寻绎突入了一种新的境界。他的另一篇《杜甫山水景物诗中的历史意识》(《杜甫研究学刊》1996 年第 1 期)着重探讨了杜甫山水景物诗中强烈深邃的历史情感。文章认为,杜甫山水景物诗中的历史意绪大致有三种表现:或抒思古幽情,总结历史兴亡;或寄坎坷遭遇,抒发怀才不遇之怨;或写伤今情绪,表达对现实的关注和批判。杜甫实是将山水景物诗和怀古诗完美结合并使之定型定性的第一人,为后来诗人起了典型的示范作用。

成松柳《试论杜甫的纪游诗》(《华中师院学报》1985 年第 4 期)认为杜甫纪游诗是以意为先,在自然山水的塑造中,还有时代的风云和自己的身影,使山水草木都充满着诗人忧国忧民之情与迟暮飘零之感，这是杜甫纪游诗区别于山水诗派的重要标志。杜甫还突破了盛唐诗歌“诗情画意”的艺术习尚，在纪游诗中有意换格，这在唐代诗坛也是独树一帜的。程千帆、莫砺锋《崎岖的道路与伟丽的山川——读杜甫纪行诗札记》（见《被开拓的诗世界》）则对杜甫“发秦州”“发同谷”两组纪行诗作了深入研究，认为杜甫“以狮子搏兔之全力描绘秦陇山川，而且打并入身世之感、生事之艰，成为古代纪行诗中的空前绝后之作”。

程千帆、张宏生《英雄主义和人道主义——读杜甫咏物诗札记》（见《被开拓的诗世界》）认为杜甫的咏物诗取得了空前的成就。这表现在，他的咏物诗数量多、题材广、命意深，举凡山川日月、花鸟虫鱼，无不摄入毫端，以之吟咏情性。这些诗，反映了杜甫多方面的思想倾向，是诗人思想历程某一侧面的然而是深刻的记录，同时在艺术上也有很高的价值。作者着重讨论了其中英雄主义和人道主义的内涵，指出杜甫咏物诗中的英雄主义主要表现为致远雄心和疾恶刚肠，其出发点和最后归宿都在于报国的满腔热忱。而杜甫咏物诗中的人道主义，其最全面、最集中的表现则在于他所具有的广泛的同情心：对漂泊流离的悲伤，对生灵涂炭的悲悯，对物力衰竭的惋惜，对博施济众的赞美。杜甫的人道主义在广泛接受前代文学遗产的同时，还受到儒家仁、恕思想的影响。唯其能仁，所以物与心会；唯其能恕，所以随处“移情”，这使他的作品具有理性的深度。金启华《杜甫的花鸟诗阐微》（见其《杜甫诗论丛》），对杜甫专咏花、木、鸟、兽的 80 多首诗进行了深入的探讨，认为杜诗写花木鸟兽，能把它们的形象、特征、个性都刻画出来，能联系到它们和现实的关系来描绘，能把它们当作象征事物来抒写，又能把它们的内在含义表托出来,并蕴含着作者强烈的爱憎。

谢思炜《论自传诗人杜甫》(《文学遗产》1990 年第 3 期)、曾子鲁《杜甫自传诗初探》(《江西师大学报》1990 年第 3 期)都对杜甫的自传诗进行了探讨。谢文在论述杜甫之前的中国自传诗发展历史的基础上,探讨了杜甫自传诗的特征,认为杜甫的诗完整地反映了自己的生活经历和思想经历;诗人在每一个重要阶段都写出了回顾性的长篇作品,详述个人遭遇,剖析揭示思想矛盾和痛苦;杜甫晚年还创作了一些总结描述自己一生的纯粹的自传作品,如《壮游》《昔游》等。谢文还将杜甫与西方自传诗人如华尔华兹、惠特曼等作了比较。曾文认为杜甫的自传诗,不仅是杜甫个人的历史,而且是安史之乱前后唐代社会的真实写照,同样具有“诗史”的性质,并指出在写作上杜甫注重向司马迁《史记》中的纪传文体学习借鉴。

李贵的《热旱情境中的诗歌意象与诗人心态——论杜甫的苦热诗》(《杜甫研究学刊》1997 年第 1 期)可谓别开生面,作者研究了杜诗中 11 首描写酷热、干旱以及为求雨而焚起大火的苦热诗,探析了这些诗作的现实性、审美形态及体现出的诗人意志倾向。苦热诗,可称为杜诗研究中的一个盲点,但它们却体现出一种阳刚之美的崇高,“为中国诗歌筑起了一道全新而独特的风景”,同时也反映出杜甫“以饥寒之身而怀济世之心,处穷迫之境而无厌世之想”的高尚情怀。

由于杜甫生活经历的特殊性,杜诗的分时期研究往往是和分地域研究联系在一起的。对于杜甫一生经历的分期,有四期、五期、六期、八期之说,而新时期影响较大的是裴斐的《杜诗八期论》(《文学遗产》1992 年第 4 期)。他根据杜甫的社会经历对其诗歌创作的影响和杜诗发展呈现出的阶段性,将其创作以秦州划线分为前后期,又细分为八期。认为壮游时期(35岁以前)是杜诗风格尚未形成的懵懂期;长安十年是杜诗风格的形成期,自叹身世与忧国伤时构成杜诗的两大基本内容,这在长安十年的作品中都出现了,杜诗"沉郁顿挫"的风格开始形成;辗转兵燹(三年半)是杜诗既成风格的发展期;奔逃陇蜀(半年)是杜诗风格的变化期,此期杜诗的重大变化一是表现在社会时事淡化(不是消失),诗人自己已成为其所描绘和咏叹的社会悲剧的主角,二是自然景物在诗中占据了最大的分量;栖息草堂(两年半)是杜诗新风格的形成期,形成了萧淡婉丽的风格;流离两川(三年半)是杜诗风格的再变期,雄浑悲壮与萧淡婉丽两类风格到这时都已经形成;羁留夔州(两年半)则是杜诗这两类风格全面发展和登峰造极的时期,他认为"杜甫的夔州诗集杜诗之大成";落魄荆湘(两年半)是杜诗发展的落潮和光辉的结束期。裴斐的"杜诗八期论",不仅是对杜甫生活经历的分期,而且是对杜诗风格演变的分期,比较细致地描绘了杜诗风格形成和演变的轨迹,比较深入地论述了杜甫生活经历与其诗歌风格的辩证关系,从而精辟地指出杜诗思想和艺术上的成熟以至登峰造极,乃取决于诗人对现实人生始终不渝的执着与超越。而杜甫成为伟大诗人的关键,即在其一己之穷通已与天下之治乱浑融为一。这里起决定作用的还是诗人的人生态度。

对杜甫各个时期的研究,都有不少论文和著作,而尤以长安、陇右、两川和夔州时期为多。李志慧《杜甫与长安》(陕西人民出版社1986年版)是"中国古代作家研究丛书"之一种。全书共分十章,前九章依次为初入长安、投诗干谒、困居寄食、揭示时代危机、定居城南、从长安到奉先、安史乱中、左拾遗任上、离别长安,描述了从天宝五载(746)至乾元元年(758)十余年间杜甫在长安的生活与创作,揭示了杜甫由一个世宦子弟到一个忧国忧民的爱国主义者的转变过程,创作上由以描写个人生活与摹写景物到赢得“诗史”称号的现实主义的过程。第十章“思念长安”,则写杜甫离开长安后对长安的长久思念之情。全书首尾一贯,紧扣“杜甫与长安”这一主题展开,叙写生动,文字流畅,兼具学术性和知识性。张哲民《杜甫在长安》(三秦出版社 1998 年版)以 80 万字的篇幅,熔小说、传记和历史为一炉,细致描绘了天宝年间大唐社会的剧变史以及都城长安的风情地貌,让读者领略杜甫在长安的艰难求索、凄凉人生和抛洒在三秦大地上的点点血泪、声声华章,从而认识那段不同寻常的历史灾难,感受诗人百折不挠的报国情怀。该书自问世以来颇得读者好评,被称为“长篇历史文献小说”,认为“是杜甫研究的重要成果,也是一部极具学术价值的杜诗研究专著”。

陇右诗是指唐肃宗乾元二年(759)立秋后,杜甫弃官华州司功参军,携家流寓秦州(今甘肃天水)、同谷(今甘肃成县),至年末移家成都这不足半年时间里所作的诗,流传下来的就有 120 首左右。陇右半年,是杜甫一生生活的转折时期,是诗人诗歌创作生涯的一个重要转变时期,具有非同寻常的意义,陇右诗所取得的艺术成就、它所显示的杜诗在内容和形式方面的明显变化,期待着人们对其地位和价值进行深入的阐释。李济阻等的《杜甫陇右诗注析》(甘肃人民出版社 1985 年版),由于注析者进行了实地考察,并查阅了大量地方史料,填补、纠正了前人注释的不少空白和错误之处,基本理清了一直未有定论的杜甫在陇右的行踪遗迹。甘肃人民出版社 1994 年又出版了吕兴才主编的《杜甫与徽县》一书。该书主要辑录了有关杜甫在徽县生活创作的历史资料和论文诗作，内容包括杜甫陇右诗述评、赏析、遗迹简介、考辨及相关资料，历代吟咏杜甫与徽县的诗作、传说故事等，内容丰富翔实，是杜甫陇右诗研究的又一重要成果。1996年9月，中国杜甫研究会特地在甘肃省天水市召开了“杜甫陇右诗学术讨论会”，就杜甫在秦州、同谷的活动与诗歌创作进行了广泛而深入的讨论。地处陇上的天水师专中文系的教师们，借地利之便，多年来潜心研究杜甫陇右诗，多所创获。为迎接中国杜甫研究会成立后的第二次大型学术活动——“杜甫陇右诗讨论会”，他们特地编辑了《杜甫陇右诗研究论文集》（甘肃人民出版社1995年版），收录研究杜甫陇右诗的44篇论文，内容丰富，从行踪遗迹考证到陇右诗的思想内容、艺术成就，都有所涉及，极大地推动了杜甫陇右诗的研究。其中，李济阻的10余篇论文，在进行实地考察和查阅大量地方史志的基础上，对杜诗阐幽发微，澄清了许多模糊认识，更正了过去的一些谬误。聂大受的10余篇论文专门探讨了“秦州咏物诗”托物寓意的手法和在艺术上的创新及10余首单篇诗作的艺术特色。安涛《陇右诗在杜甫诗歌中的作用和地位》一文，全面论述了陇右诗的成就和价值。文章认为，无论是在杜甫个人的创作历程中，还是在整个唐代文学的发展变化中，陇右诗都具有继往开来的历史作用。“正是以它为界，杜甫先是完成了唐代文学由盛唐时期向衰败动荡时期转变的历史使命，把主观性阶段的文学转变成了客观性阶段的文学，从而达到了现实主义的高峰。随后他又以陇右诗为转折起点，从思想精神、情感色彩、审美风格和体裁形式等方面进一步变化发展，又进入了另一个主观性的文学创作时期，并以此开启了中唐诗歌的一代新风。”张忠纲《陇右艰难诗兴多》（《首都师范大学学报》1997年第1期),通过对杜甫陇右时期叹身世叙怀抱、抒写亲情友情、描绘自然山水的五言诗作的研究,指出"这一时期是杜甫诗歌创作生涯的一个极其重要的阶段。政治上的失意、生活上的多艰,促使诗人在叙事、抒情、写景过程中'绝脂粉以坚其骨,贱风神以实其髓',从而完成了'洗尽铅华,独留本质'的诗风转变"。

四川成都草堂是诗人杜甫居住的地方,诗人在这里前后居住了三年零九个月,留下了数百首诗歌和无数遗迹。成都杜甫研究学会于1986年4月在杜甫草堂专门召开了"杜甫两川诗学术讨论会"。四川文艺出版社于1997—2000年特地出版了一套"杜甫草堂历史文化丛书"(张志烈主编)。该丛书为帮助读者较全面、直接地感受成都杜甫草堂的文化精神,弘扬诗圣的爱国主义精神而编写。其中与杜甫直接有关的,有师野《杜甫草堂诗选》,周维扬、丁浩《杜甫草堂史话》《杜甫草堂匾联》,师兴《杜诗今译》,刘新生《历代咏草堂诗选》《诗圣杜甫》,贾兰《画坛撷英——杜甫草堂馆藏书画精品评介》等。此前还出版了李谊《杜甫草堂诗注》(四川人民出版社1982年版)和杜甫草堂博物馆编《杜甫草堂诗选注》(四川人民出版社1989年版)。曾枣庄《杜甫在四川》(四川人民出版社1980年版)一书,专论杜甫流寓四川(包括今重庆)10年的生活和创作,资料丰富,论及广泛,颇有地方特色,书中对学术界一些有争论的问题,亦时有己见,颇有参考价值。杜甫夔州(今重庆奉节)诗向来是研究的重点。成都杜甫研究学会于1984年4月专门召开了"杜甫夔州诗学术讨论会",《草堂》杂志还出了"杜甫夔州诗专辑",受到学术界的重视。裴斐在《杜诗风格与夔州风土》(《草堂》1984年第2期)一文中阐发了杜诗风格与夔州风土的关系，他认为杜诗风格的最后完成在夔州。杜诗一入夔州，规模气象顿显阔大，莽莽苍苍不可端倪，读之令人欲泣欲歌而不明其所以，正是颇具特色的夔州风土时时触发杜甫诗兴并对其诗风变化起了重要作用。夔州风土，包括它那雄奇险绝的江山、变化无常的气候、殊风异俗和由于连年征伐诛求而贫困不堪的民情，均与老杜那种异常愤激之情完全合拍；这种不期而然的巧妙结合，终于使杜诗风格由沉郁顿挫发展到横逆不可当的完美地步。所以他说："夔州诗集杜诗之大成。"刘健辉等编著的《杜甫在夔州》（重庆出版社 1992 年版），详细考察了杜甫留滞夔州的概况及其在夔州寓居时的生活行止，评介了夔州诗的丰富内容。资料翔实，考证严谨，对全面了解杜甫在夔州时的生活和创作情况颇有参考价值。祁和晖《杜甫与巴蜀文化》（《杜甫研究学刊》1990 年第 1、3 期）着重论述了杜甫与巴蜀文化的关系。她认为杜甫作品中蕴藏着丰富的巴蜀文化资料，特别是有关唐代巴蜀文化史料的全面性、生动性，更是无与伦比。如杜诗中有关蜀王的传说，就为巴蜀古史传说提供了其他载籍所没有的信息。杜甫对巴蜀"殊方""殊俗"的强烈感受，证明巴蜀是一个与以中原文化为代表的北方文化区和吴越荆楚所组成的南方文化区都有明显区别的独特文化区。由于杜甫忠实于史实和生活，久居巴蜀，又有着好奇探古的修养和兴趣，所以他对巴蜀文化的鉴定具有非同寻常的可靠性和生动性。

1988 年 5 月在湖南平江召开的"杜甫在湖湘学术讨论会"对杜甫的湖湘诗及其卒葬问题进行了深入的探讨。论者大多认为杜甫入湖湘后，虽老病孤舟，生活困苦，其诗作无复少年时的锐气、中年时的恣肆，但笔力日趋沉重，风格愈增平淡，形式愈求精工,境界愈加沉郁。四川杜甫研究学会还于1998年8月在新疆召开了“杜甫与西域文化研讨会”。

## 六、杜诗学研究

杜甫是中国古典诗歌的集大成者,具有承前启后、继往开来的伟大意义。因此,对杜诗学的研究,一直是新时期杜甫研究的一个热点,出版了不少著作,发表了大量论文。大家认为,研究杜诗学史,应包括杜诗所受前人的影响及杜诗对后世的影响,还应包括对后世研究杜甫著作的再研究与再评价。

杜甫诗歌能取得那样高的成就,是与他正确地学习和继承前代的文学遗产分不开的。他主张“不薄今人爱古人”,“转益多师是汝师”,并身体力行之,故能集其大成。元稹在《杜工部墓系铭序》中说得好:“至于子美,盖所谓上薄风骚,下该沈宋,古傍苏李,气夺曹刘,掩颜谢之孤高,杂徐庾之流丽,尽得古今之体势,而兼今人之所独专矣。”金启华《杜诗渊源论》(见其《杜甫诗论丛》)即认为杜诗继承了《雅》诗的精神实质,发展了汉魏六朝初唐各家诗歌的篇法章法,又学习了齐梁间人的造句遣词,取精用宏,源远流长。他又在《杜诗证经》《杜诗证史》《杜诗证子》《广〈杜诗证选〉》(同上)诸文中,详列杜诗化用《诗经》《尚书》《论语》《史记》《汉书》《后汉书》《三国志》《晋书》《宋书》《南史》《老子》《关尹子》《庄子》《荀子》《尹子》《韩非子》《列子》《吕氏春秋》《淮南子》《法言》《牟子》《抱朴子》《颜氏家训》《文中子》《文选》及梁、陈、北朝、隋、初唐诸人语义的诗句,并与原文排比,足见杜甫学习前人范围之广、知识之渊博，真可谓“无一字无来处”。叶征洛在《“熟精文选理”——杜甫与〈文选〉》（《杜甫研究学刊》1988 年第 1 期）一文中，从四个方面论述了杜甫所受《文选》影响：（1）杜甫的诗直接受《文选》诗的影响。（2）杜甫的近体诗，重视韵律，用韵极严，也是受《文选》的影响，并引段玉裁语云：“唐之杜甫，熟精《文选》及庾信诸家，故所为近体诗，用‘五支’韵者，凡二十七首，不杂‘脂’‘支’一字。”（3）杜甫得力于《文选》，还表现在他所写的大量排律，因排律实导源于齐梁时的“永明体”。（4）杜赋亦与《文选》有着密切关系。卢燕平《意惬关飞动，篇终接混茫——杜甫诗美之于庄子》（《杜甫研究学刊》1992 年第 2 期）探讨了庄子美学风格对杜甫的影响，具体来说是受到庄子以混元气理论为基础的齐物齐天、合于大化的审美观的影响，但又指出这种影响在杜甫实际创作中毕竟是有限的。杜甫自云：“窃攀屈宋宜方驾。”不少论文探讨了屈原和楚辞对杜甫的影响。程千帆、莫砺锋《忧患感和责任感——从屈原、贾谊到杜甫》（见《被开拓的诗世界》）一文，从忧国忧民的忧患感和对国对民的责任感两方面论述了屈、贾对杜甫的影响。作者指出，杜甫在学习《诗经》《楚辞》这些典范时，着眼点不在于它们的艺术形式而在于它们的精神实质。与屈骚、贾赋一样，深沉的忧患感构成了大部分杜诗的基调。与屈、贾一样，杜甫对国家、人民也具有强烈的责任感。他们三人的一个最大共同点，就是都怀着对国家、人民的命运的巨大关切，都具有对现实生活的深邃洞察力，因而都能够极其敏锐地察觉到当时政治、社会中各种形式的隐患。诗人的忧患感与对国家、人民的责任感融为一体。作者最后的结论是：“杜甫乃是屈原精神的最好继承者。”黄中模《杜甫“抑屈”辨》（《学术月刊》1982 年第 12 期）

认为杜甫继承并发扬了屈原的文艺思想和批判精神。王飞《别样风韵,一样情怀——杜诗〈寄韩谏议注〉的楚骚遗韵与政治情结》(《杜甫研究学刊》1996年第3期)一文,具体分析了杜诗对楚骚的继承。文章指出,《寄韩谏议注》一诗不论艺术手法的运用,还是思想感情的抒发,都有明显的骚化特点,有别于杜甫他作。杜之学屈,直接其风骨与神韵,达到了入而后出的境界。曾亚兰《杜甫诗兼蔡琰风骨》(同上)也探讨了杜诗与骚体的渊源关系。文章指出:"杜甫与蔡琰在家学渊源、诗艺天赋、身世遭遇、乱世经历等方面都颇相似,正是这些相似的人生经历和社会环境结成了他们诗歌一脉相传之缘。"蔡琰诗(作者将《胡笳十八拍》亦定为蔡作)"开少陵宗派",杜集中仿笔甚多,或为刻意模仿,或为烂熟蔡诗而自然流露,致使杜诗兼有明显的蔡琰气韵风骨。胡晓明《从儒家思想论屈陶杜苏的相通境界》(《安徽师范大学学报》1997年第1期)则探讨了杜甫与屈原、陶渊明、苏轼的相通性,文章认为他们四人都是中国诗史上第一流的大诗人,他们的诗歌和人格在各自不同的时代树立了士人文化的一座座主峰,他们共同的生命体验和精神境界就是儒家的"践身心之则",这既造成了他们的生命困境,也成就了他们的诗艺创造的典型性。他们的文化心态,不仅是古代士大夫的特殊心态,而且是中国有理想的知识分子的共通心态,他们的诗歌遗产不仅属于中国文艺,而且是中国人文精神的一份重要遗产。黄珅《陶杜异同论》(《文学遗产》1991年第3期)一文,细致地考察了陶渊明、杜甫的同中之异、异中之同,颇有见地。如论陶、杜之"真"在本质上的差异,作者认为,陶的"真"也就是自然,陶的理想是自然,热爱的是自然,追求的也是自然,所以陶"超世遗俗,随遇而安,只是任其自然";而杜之"真"绝非"自然",杜的"真在性情,真在气骨",所以他"关心民物,忧乐万方","能蒿目时艰,心忧天下,直斥奸佞,为民请命"。"陶之真最终转向内心、转向自然,杜之真最终转向外物、转向社会;陶之真以自我为中心,杜之真以人世为对象;陶是脱俗的真,杜是入世的真。"由于陶、杜之"真"有着本质的差异,故在诗的境界、诗的景物形象、诗的风格特征上都各有不同。见解新颖又颇信实。徐有富《杜甫学习陶诗风格问题》(《草堂》1983 年第 1 期)认为杜甫入蜀后所写大量田园诗,风格平淡简易、淡泊娴静,是学习陶渊明的表现;但于恬静自然之外,又有激昂沉郁,则是学陶而又有自己的特点。莫砺锋《论李杜对二谢山水诗的因革》(见《杜甫研究论集》),分析了李杜对"二谢"山水诗不同的因革方式,指出杜甫对"二谢"诗的学习体现在对词汇与句法的借鉴,而不是径用成句上,对其排偶手法,五古中运用少,律诗中运用多,相比于李白,杜甫因少革多。杜甫更多继承了大谢山水诗写实的手法,他笔下的山水更具鲜明的个性。陶道恕《何刘沈谢力未工,才兼鲍照愁绝倒——略谈鲍照诗对杜甫的影响》(《草堂》1982 年第 1 期)和《"庾信文章老更成"——杜甫学习庾信艺术经验浅谈》(《四川大学学报丛刊》第 15 辑),把鲍照诗、庾信诗赋与杜诗从思想内容和艺术表现两方面加以类比,以说明杜甫对两家诗歌的借鉴。张帆《江汉思归客,乾坤一腐儒——论杜甫晚年的乡关之思》(《杜甫研究学刊》1998 年第 3 期)一文,通过比较杜甫与庾信所处时代、个人遭际、人格境界、学识修养的异同来分析对乡关之思的开拓和升华。乡关之思这一传统母题的影响、庾信的影响都是显而易见的。日本学者加藤国安《论杜甫的创作与庾信的关系》(《辽宁师范大学学报》1985 年第 1 期)认为杜甫对庾信的尊崇并不限于某一时期,而是贯串了他整个一生。文章以具体诗例着重谈了庾信对青年时代杜甫的影响,以及庾信《哀江南赋》对杜甫战乱诗的影响。像何逊、阴铿这样的二三流作家对杜甫也有一定影响,杜甫在谈到自己的创作体会时曾说:"颇学阴何苦用心。"张忠纲《何逊评传》(载《中国历代著名文学家评传》第1卷,山东教育出版社1983年版)指出:"杜甫有些诗的风格,有些诗的遣词用字,极似何逊。"如何诗工于发端,往往首联即对;而杜甫有的律诗,特别是绝句,也往往采取首联对仗的句式。更为有趣的是,杜诗中有些名句就是从何逊诗变化来的。前人曾云:"千古善学六朝者,惟(杜)公。"(张溍语)"千古会看齐梁诗,莫如老杜。"(冯班语)张志岳《略论杜甫对魏晋南北朝诗歌的继承与发展》(《草堂》1982年第1期)一文,就结合杜甫生活的背景和遭遇,实事求是地分析了杜诗思想、艺术两方面对建安以来诗歌的继承和发展。张明非在《杜甫与六朝文学》(《广西师范大学学报》1984年第1期)中,更进一步指出:"如果说在诗歌的现实主义和爱国主义精神方面杜甫主要继承了《诗经》和《楚辞》的传统,那末在诗歌语言的华美和艺术技巧的丰富方面,则更多地继承和发展了六朝文学的经验。杜甫对六朝文学的正确评价正来源于他自身深刻的体验。"她还从三个方面谈到杜甫对六朝文学的继承和发展——对文学社会作用的认识、对诗歌语言的锤炼、律诗的写作,认为杜甫是在诗歌发展面临新形势、新任务的转变关头,通过评价六朝文学提出了一个如何正确对待文学遗产的重大问题,充分表现了他的远见卓识。

唐人在文学上对杜甫影响较大的,论文中提到较多的是陈子昂和杜审言。吴明贤《论杜甫与陈子昂》(《草堂》1983年第

1 期）认为杜、陈在各自诗歌理论指导下的创作实践，虽各具特色，但关注国事民生、感怀时事政治、具有强烈的现实性和深刻的人民性却是一致的。特别是陈子昂的《感遇》诗，忧国忧民，更给杜甫以很大影响。陈子昂作为唐诗革新的先驱，影响和启迪了杜甫；而杜甫又继承并发展了陈子昂的成就，遂成为唐诗集大成的巨匠。钟树梁《陈子昂与杜子美》（见其《杜诗研究丛稿》）认为陈子昂在政治上的重大成就，一为重申民本思想，二为坚持贤人政治，三为力主安边政策，四为严斥酷刑统治。而这几方面对杜甫都有显著影响，尤其是前三个方面，在杜诗中彰彰可见。文章指出：陈、杜同为有致君尧舜的理想，又同居不可有为之世，子昂谏书屡上，杜甫亦有谏言，心同热而官同冷。其于文学，又同有起衰扶弊、开时用世之心，圣贤之志，豪杰之情，使二人在文学上皆大有成就。而杜甫入川后之诗，尤可见其受陈影响之大，思想感情及诗歌风格均有相通相承之处。两文皆着力阐发陈子昂“为李杜开先”、为“杜陵之先导”的思想。陈昌渠《“诗是吾家事”》（《四川大学学报丛刊》第 15 辑）从杜甫对其祖父杜审言诗歌遗产的继承和发展上，对杜甫的艺术修养进行探索，并对前人评论作了较好的融会和阐发。许永璋《杜甫“吾祖诗冠古”的时代意义》（《杜甫研究学刊》1988 年第 2 期）则在逐条驳正前人之“非议”后，历举“律化之经营”“五律臻于精工宏丽”“七律建成之首功”“排律巨制之冠时”“七言绝句之示范”五个方面阐述我国诗歌艺术形式发展到初唐阶段的特殊情形和杜审言于诗歌律化的卓绝贡献，并进而指出杜审言和杜甫二人“性情之真”与“艺术之真”的连接，形成唐诗新体制——律诗之光辉成就的主流。香港学者邝健行《杜甫对初唐诗体及其创作技巧的肯定和继承》（同上 1992 年第 2

期)指出杜诗近体远远超过古体,约占总数的72%,认为杜甫的偏向近体,跟他在相当大程度上肯定和继承初唐新诗体及其相关的艺术创作方法不无关系,并逐一考察了杜审言、崔融、沈佺期、宋之问等人对他的影响,而杜甫肯定和继承初唐的是诗歌的形式和技巧。张志烈《杜甫与刘允济》(同上1993年第4期)考证出杜诗《寄峡州刘伯华使君四十韵》中"昔岁文为理"一段,描述的是刘允济之事,肯定刘伯华为允济之孙,并通过对刘允济与杜审言为同乡同僚情事及刘为审言子杜并作祭文的考察,论述了刘在道德品质、儒学思想、诗文艺术等方面所能给予杜甫的影响,指出刘的咏物诗在寄托、构象和用事上都与杜诗有共同之处。此一问题前人绝少涉及,该文为杜诗渊源研究提出了一个新的研究课题。

这里需要特别提到的是杜甫与李白这对盛唐诗坛的"双子星座",许多著作和论文都谈到杜甫与李白的关系以及李杜比较、李杜优劣等问题。罗宗强《李杜论略》(内蒙古人民出版社1980年版),可说是新时期李杜综合研究的第一部著作。全书共七篇,"李杜优劣论之历史回顾"的总论之后,是各自独立而又相互关联的对李杜六个方面的比较——政治思想、生活理想、文学思想、创作方法、艺术风格和艺术表现方法。通过比较,找出特征,发现规律,加深认识,以资借鉴,是该书的主要写作目的。其贡献首先表现在补偏救弊上,如针对郭沫若所持封建时代士大夫阶层历来是"抑李扬杜"的观点,罗著征引近50种文献和60余家评论,证明这种观点是没有根据的。其次,书中对李诗"飘逸"、杜诗"沉郁"如何表现、如何形成,通过具体作品的分析,作了令人信服的解释。最后,理论深度也是该书的特色,如在论述诗人与时代的关系时,没有采取庶族地主阶层出身决定作家成就这一唐代文学研究中的一般说法,而是反复强调现实生活对于创作的意义,论及杜甫在政治上的迂阔、李白的天真,说明政治家与文学家的不同,进而探讨了诗人认识、概括和反映现实的特殊方式,等等。该书虽在有些方面,如李诗反映盛唐时代地主精神面貌,对李杜诗歌的审美价值的论述等还有待深入(这大概也是时代的局限),然而其开拓之功是不可抹杀的。燕白《简论李白和杜甫》(四川人民出版社1981年版)一书通过对李杜身世、如何评价李杜、李杜所写有关四川的诗、李杜世界观及艺术观、李杜诗歌特点等方面的比较研究,对李杜诗歌的特点、异同加以概括和总结,否定了郭沫若《李白与杜甫》一书"抑杜扬李"的观点,主张应客观公允地评价"诗仙"李白和"诗圣"杜甫,并在肯定两人贡献的基础上,借用明代王世贞《艺苑卮言》评论李杜的话"十首以前,少陵较难入,百首以后,青莲较易厌"来谈读李杜诗的感受,颇具启发意义。王伯敏《李白杜甫论画诗散记》(西泠印社1983年版)共收李杜论画、题画诗(包括画赞)47首(其中李18首,杜24题28首、画赞1首),读诗散记37篇。论画、题画诗又分论画山水、论画鸟兽、题画像、题画人物、题画佛道、怀念画友等若干类,读诗散记着重从画史画论的角度,对所收诗进行初步探讨,意在谈画,所以有些论述不涉文学。书前有作者所撰《李白、杜甫的论画诗(代序)》,书后附《李白、杜甫论画诗年表》《李杜论画诗题名画家简介》《李杜论画诗专论文章目录》,另有历代名画、李杜诗意画等50余幅。这是一部从新的角度研究李杜关系的饶有艺术趣味的著作。郑文《李杜论集》(甘肃民族出版社1994年版)收入作者有关李白、杜甫的论文17篇,其中论李的12篇,论杜的5篇——《论杜甫的〈兵车行〉》《也谈杜甫〈洗兵马〉的系年》《杜甫为什么弃官》《杜甫爱国爱民与忠君思想是否必须分开》与《由杜甫对唐玄宗、肃宗及代宗之评论看其晚期思想有无质变》,多为与人商榷之作。金熙《李白杜甫寄怀长诗选》(学苑出版社 1996 年版)选录李白、杜甫寄怀长诗各 7 首。后者依次是《奉赠韦左丞丈二十二韵》《自京赴奉先县咏怀五百字》《北征》《寄李十二白二十韵》《壮游》《偶题》与《风疾舟中伏枕书怀三十六韵奉呈湖南亲友》。每篇按原诗、题注、注释、今译、集说编排。其中,“集说”选辑自唐至今对原诗的有关评述。该书从一个侧面反映出李杜杰出的诗歌成就。

论文方面,房日晰《李白杜甫诗反映现实之比较》(见其《唐诗比较论》增订本,三秦出版社 1998 年版)一文,从观察体验生活角度的不同——杜诗以叙事笔法、以情节与细节组成现实生活画面,李诗以抒情笔法展示一幅幅奇特壮观的写意画来比较李杜反映现实的不同特点。又《李诗影响不及杜诗之原因探讨》(同上)一文,先归纳出李诗影响不及杜诗的三种表现:历代学者研究杜甫者多,研究李白者少;历代诗人学杜者多,其成就斐然者多,学李诗者少,且鲜有成功者;历代尊杜者多,尊李者少。接着“检讨”了其原因:“杜甫一生的主导思想是信奉儒家思想,李白的主导思想则是道家思想,那么这种信仰与行动在封建社会的价值与地位就有极大的不同”;唐代以后的统治者及文人强调杜甫的忠君思想,责难李白的“某些离经叛道行为、独立的主观精神”;“李白性格浪漫,天才横溢,其诗绝非仅凭学力可以达到的”,“学杜诗是有章可循的,单凭后天的勤奋努力,庶几可以学到”。文章论辩的脉络较为清晰,有的地方,如关于李白思想的主导方面,恐会引起争论。萧瑞峰《李杜诗论新探》(《杭州师院学报》1995 年第 4 期)总结了李杜诗论的同异点:共同点表现在倡导诗歌的现实主义、主张文质兼胜和清新质朴三方面;不同点则在李重“逸兴”“批判”和“创造”,杜则重“诗律”“继承”和“学习”。萧华荣《文学批评史上的李白》(《华东师大学报》1995 年第 6 期)站在文学批评史的高度,从六个方面对李杜作了比较研究:“热闹局”与“冷落局”——古人学杜的多,学李的少,更没有学李的流派;“守旧”的李白与“革新”的杜甫——李朝向过去,前见古人,杜面向未来,后见来者;在宋道学作用下,杜甫地位明显上升,李则相形见绌;明人难圆的“青春梦”——明人提倡“诗必盛唐”,亲近喜欢李白而不能学习李白,对杜甫有微词而实学杜甫;清代的“实学”与“经世”——杜甫地位再度上升,李白又被冷落;萧条异代不同时——李白代表着青春,其时代不可重复,故其诗不可学。李蓁非《论李白、杜甫诗歌创作的习尚》(《萍乡教育学院学报》1985 年第 1 期)一文研究角度较为新颖,先界定“习尚”——作家选定为自己所崇尚的范文,勤加摹拟,以形成良好的习惯。然后说李白曾三拟《文选》,又摹拟过古乐府;杜甫熟精《文选》理,也曾“颇学阴何苦用心”。李白作诗从高处着眼,杜甫作诗从近处、深处着眼,这是二人相反习尚的表现。二人风格不同,既为二人性格决定,也受二人习尚的影响。张浩逊《李杜咏月比较论》(《上海师大学报》1995 年第 3 期)在比较共同点——酷爱明月、擅于以月营构意境、睹月怀乡和以月寄托国事的同时,探讨了不同点——李多名篇,杜多佳句;李多古体及五七绝句,且语言清新,感情炽热,杜全是五律,语言凝练,感情浑厚;李多浪漫气质,杜多现实笔墨。总之,杜用典过多,匠气过重,不如李之清新。康怀远《元白批评李白刍议》

(《祁连学刊》1990年第1期)指出元白批评李白的失误在于,二人过分从形式和风格立论,另设藩篱,把李杜有意对立起来。康氏另有《论李杜〈忆旧书怀〉〈北征〉二诗》和《论李白陷狱与杜甫获罪》二文。李一飞《李杜并称、李杜优劣论探源》(《湘潭师院学报》1991年第2期)认为,唐人李杜并称始于贞元,盛于元和,将李杜并称最早见于文字则为元稹《唐故工部员外郎杜君墓系铭》(按:此说不确。据现存文献而言,最早李杜并称者当推元稹于贞元十年所作长诗《代曲江老人百韵》,中云:"李杜诗篇敌,苏张笔力匀。"而《唐故工部员外郎杜君墓系铭》则作于元和八年),而元所说李"亦差肩于子美"并非有意抑李。方凤岐《"李杜文章在,光芒万丈长"——关于李杜评估的历史回顾》(《江汉大学学报》1991年第4期)从文艺学角度指出,飘逸和沉郁只是李杜诗歌互相区别的风格特征,不可据以妄比二人的优劣高下。卢燕平《略论李白诗以意驱象特点及其文化心理成因》(《天府新论》1988年第5期)认为李诗的意象具有有机联系、互为契机的两个特点:对时空的包容性、超越性和大幅度的跳跃性;以意驱象,情思指向性极强。作者又把这两个特点与王维、杜甫等进行了比较,更显其突出。作者认为:"杜甫虽有'致君尧舜上,再使风俗淳'的功业之心,但此意多从景物细微处、生活实感中自然流露出来,如'感时花溅泪,恨别鸟惊心','却看妻子愁何在,漫卷诗书喜欲狂',一己的功业喜忧紧合国运盛衰,表现真切动人。其诗从笔力变化的近体到长篇巨制的古体,如《北征》《自京赴奉先县咏怀五百字》等,这种意象的为时空所囿,都明显异于李白。可以说与杜诗之'意'多融于景事不同,李诗之'意'多驾驭景事。"同时从社会心理、文化教养以及诗歌创作审美规律等方面考察了其成因。

史双元《王维诗歌与盛唐气象》(《南京师大学报》1986 年第 1 期)认为李白、杜甫和王维诗歌都是盛唐之音不可或缺的声部。顺便提及,王志清《山水诗中物的心态化试论——王维杜甫山水诗比较研究》(《人文杂志》1993 年第 1 期)一文,主要从王、杜山水诗所提供的“物的心态化”,探讨王杜山水诗既酷似又迥异、既稳定又变化的心态历程和所呈现的艺术个性。此文视角新颖而有理论深度。

正如程千帆、莫砺锋在《杜诗集大成说》(见其《被开拓的诗世界》)中所说的:“杜甫之‘集大成’与孔子之‘集大成’一样,最重要的意义不在于承前而在于启后。”所以杜诗的流传及其对后世的影响自应是杜诗学研究的重点。杜晓勤《开天诗人对杜诗的接受问题考论》(《文学遗产》1991 年第 3 期)和《杜诗在至德、大历间的流传和影响》(《陕西师大学报》1991 年第 3 期)两文,在考察了杜诗在大历以前的流传情况后指出:“在开天大半时间里,由于杜诗风格未成型,杜甫审美思想与盛唐诗坛接受视野不合”,“所以开天诗人对杜诗的接受情况是极为有限的”。而杜诗在至德、大历年间,仍未得到时人的普遍赞誉。分析其原因有二:一是安史之乱爆发,妨碍了时人对杜诗完整的认识;二是杜诗的审美风尚与时人趋异。曾枣庄《论唐人对杜诗的态度》(《草堂》1981 年创刊号)认为:(1)在唐代已有不少有识之士,如杜甫生前的李邕、王翰、崔尚、魏启心、郭受、韦迢,杜甫死后的樊晃、韩愈、元稹、白居易等人,认识到了杜诗的价值,给予了很高的评价;(2)但杜诗的价值并未被多数唐人认识,故今存唐人选唐诗中,多未选杜诗;(3)杜诗普遍受到重视是在宋代。而陈尚君《杜诗早期流传考》(载《中国古典文学丛考》第 1 辑,复旦大学出版社 1985 年版)则认为由于载籍零落,杜诗原本无存,故一些研究者对杜诗在唐代诗坛的崇高地位及给予中晚唐诗人的巨大影响,未有足够的认识。于是他博览穷搜,钩沉辑佚,对王洙《杜工部集记》所载的9种杜诗版本,逐一加以考证,并对北宋之前以各种形式流布世间的杜诗作了探讨,对杜甫生前和死后近300年间,杜诗在社会各阶层和各流派诗人间的流传情况及其影响进行了考察,从大量史料的考核中得出结论——“杜诗在唐五代的流传极其广泛,受到唐代有成就诗人的普遍推重,并对中晚唐诗歌发展产生了深远的影响”,并认为樊晃《杜工部小集序》所载的“杜甫文集六十卷”,是杜甫生前整理成帙,死后由其子结集传世的。王辉斌《任华与杜甫交游考索》(《杜甫研究学刊》1989年第2期)详细考察了任华和杜甫交游的情况,并考订任华《杂言寄杜拾遗》诗作于广德元年(763)前后,从而认为“杜甫的诗歌,并非如某些研究者所言,是在杜甫死后才为社会所重视的”,而是在其生前即“在社会上广为流传并受到人们的喜爱”。作者又结合任华所作《杂言寄李白》一诗,指出“任华是唐代正确评价李杜诗歌的第一人”。吴庚舜《并尊李杜第一人——任华考兼论唐人李杜观》(载《俞平伯先生从事文学活动六十五周年纪念文集》)得出同样的结论。他考订《杂言寄杜拾遗》写于代宗宝应元年(762)严武镇蜀时,并称“任华是并尊李杜的第一人”。胡可先《唐人书中所见杜甫诗辑目》(《杜甫研究学刊》1990年第4期)将唐人著述中记载的杜诗一一搜罗爬梳出来,计得《唐诗类选》29首、《又玄集》7首、皎然《诗式》1首、《元氏长庆集》4首、《白氏长庆集》6首、《刘宾客嘉话录》3首、《明皇杂录》5首、《剧谈录》1首、《云溪友议》3首、《唐摭言》3首、《旧唐书》1首、见于唐人吟咏者4首。正如作者所说,这些记载,“对于整理杜甫诗歌资料,校正字句异同,辨别诗文真伪,具有重要作用;也可以看出当代人对杜诗的看法”。之后,作者又在《〈唐诗类选〉选杜诗发微》(同上1993年第2期)一文中,对其所选杜诗进行了细致的考察,认为顾陶对杜诗的去取,采取了非常审慎的态度,可谓深得杜诗之精髓,故《唐诗类选》所选杜诗具有很高的校勘价值。

杜甫对其后唐五代诗人的影响,论者经常提到的有元稹、白居易、张籍、王建、刘禹锡、韩愈、孟郊、贾岛、李贺、李商隐、杜牧、皮日休、陆龟蒙、韩偓、韦庄等,而尤以韩愈、李贺、李商隐为多。葛晓音《论天宝至大历间诗歌艺术的渐变——从杜甫岑参等诗人创奇求变的共同倾向谈起》(《文学史》第2辑,北京大学出版社1995年版)指出,“如果仔细阅读天宝至大历间的全部诗作,就会发现杜诗中某些‘变态’,乃是当时诗坛的共同趋势,只不过这些微妙的变化散见于其它诗人的作品中,不像杜诗表现得那么集中而已”,“经过分析排比,仍然可以举出一批与杜甫具有共同的奇变倾向的诗人,例如岑参、毕曜、苏涣、王季友、孟云卿、独孤及等,他们创奇求变的端倪由顾况等大历至贞元之间的一批诗人接续,逐渐开出了贞元、元和之间诗歌大变的风气”。论文虽然没有直接触及韩愈,不过修正了传统的杜甫与韩愈诗变的单线联系的说法,理清了韩愈诗变的发展过程。房日晰《论韩愈对杜诗的继承与发展》(《杜甫研究学刊》1989年第4期)指出:盛唐诗风向中唐诗风的转变,是从杜甫开始的。这种诗风的变化,突出地表现在诗的赋笔的运用与散文化方面。杜诗中开始出现了散文句式、拗句以及词序颠倒的现象,绝句的风格也在发生变化。韩愈正是在杜甫革新诗歌的基础上,作了许多艰苦的探索与创造,使古典诗歌走上了一条“以文为诗”的新路,使其诗成为唐诗到宋诗过渡的桥梁。作者还具体地指出了韩愈对杜诗继承与发展的三个方面:其一,杜诗的奇险;其二,杜诗的赋化倾向——诗的叙述描写与议论;其三,杜诗句式的创新与创格。吴光兴《李杜独尊与八世纪诗歌的价值重估》(《文学遗产》1994年第3期)以探讨韩白诗风与诗学观的矛盾为切入点,阐述韩愈的诗学观及其贡献。唐元和年间,元稹认为李比不上杜;白居易认为李不如杜,对杜的评价也不高;韩愈以为李杜齐名并尊,不可臧否。作者认为韩推尊李杜与他师从梁肃、独孤及受李华、萧颖士的影响有关,这也是韩的学术渊源。在他们志复“古道”、赞赏“气势”和“壮丽”风格的基础上,韩愈形成了自己的诗歌趣味——“志—气—气势—壮丽”,这是一种新观念。因为它以“气势”替代了8世纪近体诗所重视的“意象”,而“骨力气势”成为其诗歌追求的主要目标。以新观念为代表的韩愈等人对8世纪作重新考量时,以李杜为最,以主张“兴寄”的陈子昂为七八世纪之交的诗坛第一重镇,沈宋被忽略了,“兴象”“风骨”兼备的开天诗坛被充分肯定,杜甫完全被当作开天诗人,而且与李白一起成为盛唐诗坛的中心(气局狭小的大历诗人成为陪衬)。这就意味着8世纪的结束,9世纪的新创。这种站在学术史的高度重新考量李、杜、韩关系及韩的创新的方法,很值得注意。吴明贤《韩愈诗文异趣论》(《文史哲》1988年第4期)一文主要从韩愈诗文理论主张与创作实践两方面比较了韩愈诗文的异同及其原因。作者认为,在继承与创新问题上,韩愈主张“散文更多地以两汉以前的典籍为主要学习对象;诗则以李杜为中心,上自《诗经》,下及同时代人,学习范围要广泛得多”。黄景进的《从韩愈、孟郊的文学思想看中唐险怪诗派的两种风格》

(《文学史》第2辑,北京大学出版社1995年版)是一篇旨在探讨韩、孟险怪诗派渊源及其风格的长篇论文。全文分四个部分,第二部分是“险怪派与李杜诗”。作者认为韩氏的险怪论与他的复古主义是不可分的,他自认为古体诗派,并以继承李、杜自命。而其险怪风格受两个因素影响,即好古精神及学习李、杜。他推崇李、杜的一个重要原因是李、杜具有非凡的表现力。韩氏一些奇崛的诗,常有豪放浪漫的气势,喜欢运用超现实及较不寻常的素材,富有传奇色彩,与李白风格接近;他又很喜欢造怪语,这则与杜甫“语不惊人死不休”的精神相近。张清华的《诗到元和体变新——论韩诗对杜诗艺术的继承与创新》(《殷都学刊》1992年第3期)一文,深入探讨了韩诗对杜诗内在的沿革关系。作者认为,在儒家思想指导下,杜甫的政治倾向和现实主义精神直接影响了韩愈的创作,所谓“韩诗直追少陵”;从“趋与避”,即诗史上传与承经常运用的师法上看,“韩愈是杜甫之后学杜最早成就最大的第一人”;杜甫偶一而为之的奇险之作对韩诗创作造成了直接影响。结论是:韩愈觑定杜诗奇险处,劈山开道创立奇崛诗风新径,白居易继承杜诗现实主义传统表现出坦易风格,二者共同完成了诗到元和的变革与创新。

日本学者松浦友久的《论白居易诗中“适”的意义——以诗语史的独立性为基础》(李宁琪译,《山西师大学报》1997年第1期)从词汇史特别是诗语史角度考察构成白居易“闲适诗”思想基础的“适”的意义,颇有新意。作者从白氏喜欢“从精神的角度来吟咏‘适’”入手,在探其源于“《庄子》和《吕氏春秋》这一谱系”以及受杜甫影响又超过之的论述中,提出“至少应该看到主要原因之一是他那生来就虚弱的体质和高度敏感的身心感受力”以及以之作为生存方式的标尺之表现:对于自己能决定的事,以“适”处之;对于自己不能决定的事,则委之于命运。林继中《白居易自我调节机制的实现》(《山东大学学报》1988年第4期)认为白氏在逆境中的表现与李、杜明显不同,他力图自我克制,有意自我调节,追求内心的平衡。朱迴远《从〈琵琶行〉的成就看文化积淀的重要意义》(《辽宁大学学报》1997年第5期)一文从琵琶文化传统与艺伎文化传统探讨此诗的文化渊源与主旨,认为此诗与杜甫《听杨氏歌》、刘禹锡《泰娘歌》也有渊源关系,特别是后者,实为《琵琶行》的雏形,而《唐宋诗醇》等书仅着眼于杜甫《观公孙大娘弟子舞剑器行》对此诗的影响,未免肤浅。此论虽不无道理,但未尽允。日本学者入谷仙介的《关于〈琵琶行〉的创作——重点研究与杜甫的关系》(《唐代文学研究》第5辑,广西师范大学出版社1994年版)对此有精彩的评论。作者从诗歌叙事模型和大量被人忽略的原始文献两个方面,揭示了白居易创作《琵琶行》所受到的杜甫的影响。宋人刘克庄和清人田雯都指出过《琵琶行》对于杜甫作于夔州时期的《观公孙大娘弟子舞剑器行》之继承关系。受此启发,作者进一步通过对此类题材的社会心理内涵的分析以及对杜、白心理的比较来透视《琵琶行》的内涵:“在夔州江州偏僻都市里,流浪的诗人邂逅了身怀绝技的亦为流浪者的女性。女性早已失去青春年华,却曾有过显赫的过去。虽不能犹如李十二娘的过去,但从一代名人公孙大娘传授人所公认的剑器舞看,令人情不自禁地想到她在长安或洛阳曾有过炫耀的鼎盛时期。”“诗人以她们的演技为媒介,追忆难以忘怀的过去,加深了现实的流浪生活的悲哀。对于杜甫来说,追忆的对象是他怀念不已的英年,讴歌了玄宗皇帝统治下中国空前的繁荣与和平的开元盛世。""白居易追思的对象则是长安。他满怀着青春的欲望和壮年的野心,和元稹及其它朋友们一起奋力展翅,飞翔在世界的首都。可惜作为写作对象的女性,虽身怀高超的演技,却漂泊四方。她们把公孙大娘的弟子、穆曹二善才的弟子这种荣誉引以为自豪,依靠技能勇敢地生活。在这里,作者结合进自己虽亦以文学造诣为自豪,却也漂泊四方,从而抒发了深刻的人性共鸣。以上所指出的《琵琶行》的主题与《剑器行》则完全一致。"这样的分析发人所未发,比停留在作品本身的议论、敷衍要精彩得多。

吴汝煜《论刘禹锡诗歌的渊源》(《南开学报》1985 年第 1 期)认为刘诗渊源于《诗经》的《国风》,又受惠于《楚辞》,并且他从自己的审美理想出发,远绍近取,转益多师,杜甫、唐太宗、皎然都深深影响了他,这样他在诗歌创作上"做到入门不失其正,故能恢宏气度,骨力豪劲",形成了自己独特的诗风。

对杜甫与李贺创作的关系,房日晰在《杜甫诗歌对李贺诗风的影响》(《文学遗产》1993 年第 2 期)一文中,认为杜诗对李贺诗风形成的影响,不在于人们常说的杜甫的现实主义诗歌对李贺诗歌创作的某些启示,也不在于个别诗句的脱胎或承袭,而在于杜甫部分诗歌浓郁的浪漫主义色彩与情调对李贺诗风的形成有着直接而深刻的影响,这个影响对李贺诗歌带有整体的根本的性质,这才是问题的关键。而这一要害问题,恰恰被当代诗论家忽视。作者又通过对具体例证的探析,论述了杜甫诗中对鬼的意象的描写、对谲诡情调的追求以及对诗句的精心锤炼,对李诗主导风格形成的深刻影响。房氏又在《杜诗与贺体——从用髑髅说起》(《杜甫研究学刊》1996 年第 4 期)、《萨都剌与杜甫》(同上第 1 期)两文中,探讨了杜甫、李贺和元代后期以萨都剌、杨维桢为代表的“贺体”诗的渊源关系,认为杜甫写了一些谲诡的诗,这类诗对元代后期贺体诗的形成有着深刻的影响。所以说,由杜甫到李贺再到“贺体”诗,他们在诗歌创作的某些方面是一脉相承的,从而断言:“杜甫应是元代后期贺体诗的不祧之祖。”吴企明《论杜甫和李贺》(同上 1996 年第 3 期)更明确指出杜甫和李贺的联系“绝非空泛之言、无根之谈。杜甫和李贺有亲旧关系,长吉自幼倾慕这位当代的大诗人。李贺从大处着眼,继承杜甫诗歌中的现实主义精神、乐府精神、锤炼语言等方面的优秀艺术传统”。这既说明杜甫膏沐百家的历史作用,也说明李贺兼取众长,才能在有限的年岁内取得突出的艺术成就。孟修祥《论李贺对前人诗歌艺术的继承心态》(《殷都学刊》1991 年第 1 期)对李贺学习《楚辞》、游仙诗、六朝乐府、鲍照、杜甫、韩愈的心态上的原因进行了探讨,认为韩派诗人“以丑为美”的审美特征是李贺所倾心的。尽管李贺在创作手法上与韩愈不尽相同,但其审美心态是一致的,所以受韩愈的影响远大于杜甫。刘衍《关于李贺的家世——读杜甫〈公安送李晋肃〉》(《文学遗产》1982 年第 3 期)认为李贺之父李晋肃与杜甫是较远的舅表兄弟关系,他们在孩提时代可能就有过文学上的交往或生活上的接触,则李贺自然会受到杜甫的影响。房日晰《杜甫李商隐七律之比较》(《杜甫研究学刊》1991 年第 2 期)是他“唐诗比较论”系列论文之一。文章认为,李之七律在杜诗基础上,继续拓宽了反映现实生活的路子,特别是以咏史的形式讽喻现实、讽刺皇帝,从而把七律的内容引向更广泛的现实和人生。李虽受到杜的深刻影响,但他学杜不似杜,充分继承与发展了杜甫在七律上的艺术成就,达到了另一个光辉的峰巅。文章强调李对七律的发展与创新,认为李形成了自己的个性风格，取得了独立存在的艺术价值，批评文学史家往往强调李受杜甫影响而对其开拓和创新估计不足的偏向，甚至认为，就七律而言，李诗反映现实的广度与深度似超过杜甫的水平，达到了一个新的难以企及的高峰，李对政治的实际理解与认识似比杜公深了一层。如此议论，似有矫枉过正之嫌。

孙琴安《杜甫、李商隐七律之比较》（同上 1994 年第 4 期）亦认为义山七律源出少陵，并在题材上较杜甫拓展了一步，但他又认为李之七律是熔王维七律之密丽与杜甫七律之变化于一炉而自成一家的。程千帆、张宏生《七言律诗中的政治内涵——从杜甫到李商隐、韩偓》（见其《被开拓的诗世界》）一文，认为七律发展到杜甫，被注入了丰富而深刻的政治内涵，使之跳出宫廷和个人生活的小圈子。而杜甫所开创的这一传统，在他身后相当长的一段时间里，并没有得到很好的继承，而是直到晚唐的李商隐和韩偓，才得到真正的、全面的继承和发展。文章比较了杜、李、韩三人七律政治内涵的异同，并强调指出李、韩在向其前辈学习时，脱略枝节，抓住精髓，结合自己的具体情况，在题材的开掘、主题的发挥等方面都作了适合于各自的时代和个人风格的处理，称赞李商隐使杜甫所开创的七言律诗的新境界得到进一步拓展，韩偓"是杜诗在唐末的最好继承者"。但文章也指出，杜甫所开创的七律联章诗（组诗）这一表现形式在唐代却没有得到很好的继承，李、韩二人或因才力不足而未能继承，或因不够重视而不愿学习。李新《浅说杜甫的文学思想对韦庄的影响》（《徐州教育学院学报》1998 年第 1 期）一文，着重从两方面谈其影响：一是对韦庄具有明快、沉郁、雄健风格的词的影响，一是对韦庄诗的影响。那"流离漂泛,寓目缘情,子期怀旧之辞,王粲伤时之制,或离群轸虑,或反袂兴悲,四愁九愁之文,一咏一觞之作”(韦縠《浣花集序》)的韦诗,就是晚唐的“诗史”,不容忽视。

杜诗学在宋代得到空前未有的发展,出现了所谓“千家注杜”“学诗者非子美不道”的盛况,杜甫“诗圣”的崇高地位也是宋人树立起来的。对于这一现象出现的原因,许多论文都进行了有益的探索。林继中《杜诗与宋人诗歌价值观》(《文学遗产》1990年第1期)指出杜诗在唐大历年间“只在较小范围内(‘江汉之南’),甚至是以部分面目(‘戏题剧论’)进入文学交流系统的,尚未被时人所充分认识”,“中晚唐至五代,杜甫的影响是广泛的,但尚未有模式化的倾向,更无推为宗主的迹象”。而到了大一统的宋代,新儒学重新“定于一尊”,致力于“政教合一”的宋学,以“致用”“务本”及与之相适应的审美意识作为其价值取向的三股绳,“杜诗以其忠君爱国病民省身的潜在意义及其丰富的审美情趣通过了宋人的价值选取,与之视野交融,在长期接受过程中得到认同,终于成为新时代的最高典范——‘诗圣’”。宋人所尊由浅俗的白体到雅化的西昆体,再到“务本”“致用”二者兼有的韩愈、梅尧臣,最后弃韩、梅而尊杜,在这一认同过程中,“王安石起了重大作用”。林氏后在《杜诗与宋人诗歌价值观续论》(《杜甫研究学刊》1991年第3期)中,又着重就江西诗派、千家注杜、宋诗话三者在杜甫“诗圣”地位确立过程中所起的作用,进行了有见地的探讨。许总《论宋学对杜诗的曲解和误解》(见其《杜诗学发微》,南京出版社1989年版)则认为“杜诗地位在宋代的确立,很重要的因素之一就是理学的道德观在文学研究领域中的贯彻和集中表现”。而“忠君说”也就成为宋代杜诗研究界占统治地位的学说,宋人对杜诗的解说即多从此着眼,而这正是宋人对杜诗的曲解和误解。对杜甫思想中的忧国忧民与忠君的概念必须分开,绝不可混为一谈。裴斐在《唐宋杜学四大观念述评》(《杜甫研究学刊》1990 年第 4 期)一文中指出:杜甫去世 40 多年后,到中唐元和年间既出现了以元稹、白居易为代表的抑李扬杜论,又出现以韩愈为代表的李杜并重论;元和以后约 280 年间都是并尊李杜,杜甫地位在上升,李白地位并未因此下降;直到北宋中期,杜甫诗名之盛才真正超过李白,被视为古今诗人之冠。从并尊李杜到独尊杜甫,其论据主要有四,即教化说、诗史说、集大成说、无一字无来处说。他对盛行于两宋并对后世产生了深远影响的这四大观点进行了寻源溯流的梳理和评论,指出集大成说与诗史说渊源于元稹和孟棨,普遍流行却在两宋;教化说与无一字无来处说,则分别由苏轼、黄庭坚始倡,又在诸家评说中不断地被引申、发挥和重复。而教化说与诗史说侧重思想内容,将杜诗视同经史;集大成说与无一字无来处说则侧重于艺术。对这四大观点,我们不能不加分析地接受,所取态度应是都要继承,更要突破。由梳理唐宋杜诗学的四大观点,裴斐发现了两宋杜诗学中普遍存在而被人们忽视的一种倾向,并给予了理论上的阐释(见其《略论两宋杜诗学中存在的一种倾向》,载《中国文学研究》1995 年第 3 期)。这种倾向,就是宋人将杜诗视同经史,盛赞其忠君爱国与史笔森然;而实际欣赏的却是那些无关忠爱无关现实的写景咏物和琐事沉吟之作,即理学家程颐所讥的“闲言语”之类。这种思想评价与审美偏好相背的倾向,无关个人品格,主要决定于时代环境。处于儒学再兴、中央集权空前加强和屡兴“文字狱”(苏、黄等人均身罹其祸)的环境,难免说些言不由衷的过头话。杜诗并非

“每饭不忘君”,并非“一一干教化”,亦并非“唐实录”,他们可以说得煞有介事甚至慷慨激昂,实在是时代的悲剧。而他们实际喜好的杜诗则又偏于雍容和缓而非沉着痛快一类,其中确有佳制,但究非杜诗主要风格之所在,这恐怕也与时代环境有关。我们应该了解他们的局限,不然,在杜诗研究中便很难真正突破因袭成见而取得实质性创获。曾枣庄《天下几人学杜甫,谁得其皮与其骨》(《草堂》1982 年第 1 期)除论宋人学杜概况外,还分别指出宋人大力搜集整理杜诗,进行注释、编年、评点,建立祠庙碑刻等成绩,并以王安石、黄庭坚、陆游为重点,总结了宋人学杜的经验与教训。

高克勤《“愿起公死从之游”——论王安石在杜诗学上的地位》(《杜甫研究学刊》1990 年第 2 期)认为王安石毕生推崇杜甫及其作品,在杜集的整理、注释和杜诗的思想、艺术研究方面,都作出了不少贡献。他不仅在理论上总结了杜诗在思想艺术上的巨大成就,指出了学习杜诗的方法门径,而且更以自己的创作实践,为后人学习杜诗作出了榜样。在王安石诗中,我们可以看到不少受杜诗影响的印迹。王安石在杜诗学上的地位,主要就在于他以一个诗文大家的地位,起而大力倡导崇杜之风,并以自己步趋杜诗的实践,尤其是在艺术形式方面的创作理论和实践,直接影响了黄庭坚及其江西派诗人的创作理论和实践,从而对确立宋代诗风有很大的影响。赵晓兰《王安石与杜甫》(同上 1991 年第 4 期)也认为“宋诗的基本特色是在王安石学杜并积极创新的基础上,在王安石手中才逐渐奠定的”。张浩逊《苏轼和杜甫》(同上 1998 年第 1 期)从苏与杜都有“致君尧舜”的抱负、独立不倚的人格,都有漂泊天涯的磨难和政治失意后的自遣(尽管在表现程度和方式上有着差异)、对诗艺的不懈追求、较为一致的审美取向以及超卓的成就等方面分析苏对杜的喜爱、学习和发展。李凯《二苏论杜比较》(《成都大学学报》1997 年第 2 期)分析了苏轼、苏辙论杜的相同和相异之处,并指出"二苏"正生活在宋庆历以后"学诗者非子美不道"的时期,作为著名的诗人和宋诗特色的奠定者,"二苏"的意见颇能代表宋人论杜的一般意见,杜诗的集大成、杜甫的忠君、苏轼李杜并尊与苏辙扬杜抑李的倾向及理由都给后人以深远影响。

莫道才《黄庭坚论杜甫》(《杜甫研究学刊》1997 年第 2 期)在分析了黄庭坚对杜甫的评论后指出:"黄庭坚对杜甫的认识虽不能说很全面,但却是较深刻的,绝不是后人所知道而误解的'点铁成金'和所谓的'脱胎换骨'这么片面而狭窄。"金启华《杜甫诗句对黄山谷的影响》(见其《杜甫诗论丛》)认为黄之学杜,"重在句法",并列举了大量实例,证明山谷学杜除直接仿效、变换其句法外,亦学得杜甫之造句手段。周裕锴《工部百世祖,涪翁一灯传——杜甫与江西诗派》(《杜甫研究学刊》1990 年第 3 期)一文,细致而深刻地论述了杜甫与以黄庭坚为代表的江西诗派的渊源关系,认为杜甫在诗坛的崇高地位是在北宋中叶后才真正奠定的。宋代诗坛由崇韩(愈)到崇杜(甫)的转移,大约发生在熙宁、元祐年间,转变风气的人物首推王安石,辅之以王的政敌司马光、张方平、苏轼兄弟等。黄庭坚正是生活在由崇韩到崇杜的转移时期。由于时代影响和家学渊源,黄庭坚对杜诗的思想风貌和艺术精神有较为深刻的认识,这使他比同时代其他任何诗人都更自觉地把杜诗作为全面仿效的对象。黄之学杜侧重点有前后期的不同:青年时期受王安石、苏轼等人影响,对杜诗的理解主要是从社会功能和伦理价值的角度着眼;晚年谪居黔州以后,则大力提倡杜甫夔州后诗,并进一步发展了杜甫夔州后诗抒写个人感情和日常生活的创作倾向。他更为欣赏的是杜甫夔州后诗自我内省的创作精神及其体现出来的伟大人格力量、深厚的文化艺术修养和变态百出的艺术形式,他的学杜也从功利的、伦理的朝超功利的、审美的方向转变。文章指出,黄庭坚具体而微地总结了杜甫的艺术手法,并推广为作诗的不二法门,如句法、句中有眼、点铁成金、拗体七律等,而黄学杜的桥梁是韩愈、李商隐、唐彦谦。杜甫与以黄庭坚为代表的江西诗派的艺术渊源和师承关系,说明北宋的学杜思潮开始演变为有宗主家法、有师承渊源的诗歌流派,杜甫也不再仅仅作为儒家理想人格的化身为人推崇,而是作为一个超凡入圣、牢笼百代的艺术范型受到膜拜。而杜诗在江西派诗人历时态的阅读和接受中,又不断地获得各种不同的反馈。文章最后又简述了陈师道等 20 多位江西派诗人尊杜学黄的情况,从而指出这个诗歌流派主要继承的是杜诗的艺术形式以及对诗歌格律音韵、表现手法孜孜不倦的探求态度,完全称得上是一个有共同艺术主张、艺术倾向的诗歌流派。

吴忠胜《"诗宗已上少陵坛"吗——再评陈与义学杜》(同上 1996 年第 1 期)则认为陈与义早期学杜只是表层的,战乱期间,由于人生经历与杜甫安史之乱的经历近似,对杜诗的认识有质的飞跃,在审美心理上与杜甫有了沟通。另外,又从沉郁、雄浑两层分析了陈与义对杜诗神髓的继承,但陈与杜毕竟还存在种种差异,不同的经历、环境造成他们人生态度、处世态度的不同,从而在诗歌精神上存在差异,陈终是似杜而不能比杜。从诗歌观照世界的角度而言,杜重外,陈主内,差别也十分明显。刘瑞莲《杜甫与李清照》(同上 1991 年第 2 期)则是从杜甫的咏马诗联系到李清照《打马赋》《打马图谱》等作品，指出李的一些作品“无论思想、还是诗的风格，都确有老杜诗风的一面”，而“造成他们两位诗人这种风格上类似的原因，则是他们都具有浓厚的伤时忧国的思想感情”。李凯《江西诗风盛行下的杜甫观——〈韵语阳秋〉论杜述评》（同上 1997 年第 1 期）认为《韵语阳秋》的作者“葛立方生活的时代，正是徽、钦、高时期江西诗风盛行之时”，因此这部诗话“不能不受到江西诗风的影响，不能不体现出江西派诗话的一些特点”。文章通过对《韵语阳秋》论杜的具体评述，探求了江西诗风盛行下的杜甫观，并对葛立方论杜的得失进行了评价。杨胜宽《葛立方论学杜——重提学杜得失的话题》（同上第 3 期）则认为葛立方创作《韵语阳秋》的态度十分严肃，尽管受到江西诗派的影响，《韵语阳秋》整体上仍属于抽绎句义、商榷诗艺之作，但作者却从不拘于门户之见的批评意识和呼唤杜诗精神的良苦用意出发，对当时诗坛，尤其是江西诗派学杜而流入雕琢造作的创作流弊进行了批评。葛氏重提经历靖康之难的南宋之初对学杜得失的话题，具有重要的意义。杨氏又在《张戒论诗：尚意与崇杜》（同上 1998 年第 2 期）一文中，抓住《岁寒堂诗话》“对杜甫的重视和高度推崇”，“又与声势甚壮的江西诗派大有区别”，与“论诗尚意”“对杜诗别有会心”，而且“顺应了宋代文学艺术尚意的时代思潮”，即从尚意与崇杜两方面对张戒论诗进行了探讨，指出张戒对杜诗的认识与评价值得重视。沙先一《试论朱熹对杜甫夔州诗的评价》（同上第 3 期）对朱熹评“杜甫夔州诗都不可晓”“自出规模，不可学”的观点进行了论证，指出作为理学家的朱熹推赏昂扬向上、积极进取、英姿雄发之诗作，如杜甫夔州以前的一些诗作，而贬低有老境之美、平淡之味的诗作,更不喜欢以诗歌抒写生命的负面因素,如叹老嗟卑之类;形式上,朱熹重章法、规矩,反对纵横恣肆,任意驱遣。杜甫夔州诗正典型地反映了朱熹不喜欢的和反对的,这就是他贬之的主要原因。其实,朱熹没有更深一层地看到,杜甫夔州诗之平淡之美、老境之趣中蕴含着老而弥坚的生命韧性。

刘扬忠《稼轩词与老杜诗》(《文学遗产》1992 年第 6 期)阐发缪钺关于辛弃疾为"词中老杜"的观点,认为综合思想内容、胸怀气度、艺术境界及风骨体制等重要方面来进行比较,在宋词诸名家中堪与杜甫并肩而立的,只有号称"词坛飞将军"的辛弃疾。作者细检 629 首辛词,其中隐括杜诗或融化杜句者,竟达 140 首之多,超过 1/5,可见杜诗对辛词影响之大。作者进而具体分析辛词学杜用杜的若干例证,深刻指出杜诗对辛词的影响几乎是全方位的。由于这种广泛深入的影响,辛词成为宋词中杜诗色彩很浓的一家。辛弃疾对杜诗的吸取,最突出地表现在稼轩词中那几乎无处不在的杜甫式的系念家国安危的忧患感和使命感。而稼轩词的主旋律,便是抒写这种与杜甫声息相通、气味相投的忧患感和责任感。杜对辛的影响还表现在审美情味、风格趋向和艺术方法等方面。作者最后指出:稼轩学杜因为抓住了"体大""意深"两个要点,所以十分成功。而稼轩词因为具有与老杜诗相近的"体大""意深"之长,所以堪与老杜并称。曾亚兰《姜夔与杜甫》(《杜甫研究学刊》1994 年第 4 期)认为姜、杜有着相似的生活遭际;姜之诗词受杜影响很大,他的作品中,杜诗的词语、句式、意境、典故、表现手法等随处可见,甚至袭用杜诗成句,一字不改;两家作品都体现了沉郁蕴藉的风格;两家在文学史上都占据着继往开来的宗祖地位。但引宋翔凤、张祥龄语将姜比作词中杜甫,总觉比拟不类。

对宋代著名诗论家严羽及其《沧浪诗话》，历来多有指责和批评，很流行的一种说法就是“严羽标举盛唐，阳推李杜，实崇王孟”。张忠纲在《严羽为何推尊李杜？》（载《严羽学术研究论文选》，鹭江出版社 1987 年版）一文中指出，这一批评是不符合实际的，翻了这一学术旧案。作者认为，严羽在《沧浪诗话》中对李杜倍加推崇，奉为楷模，这里既有深刻的时代背景，也有严羽自己的美学追求，既与中国诗歌发展历史的内部规律有关，也与严羽本人的生平创作有着密切的联系。严羽以禅喻诗，主张“妙悟”，视“入神”为诗之“极致”。他说：“诗之极致有一，曰入神。诗而入神，至矣，尽矣，蔑以加矣，惟李杜得之，他人得之盖寡也。”严羽所说的“入神”，是指整首诗所达到的最高审美艺术境界，是一种神韵盎然的浑沦气象，是对诗的总体把握，而不是支离破碎的杂拌儿。他又说：“少陵诗，宪章汉魏而取材于六朝。至其自得之妙，则前辈所谓集大成者也。”所谓“自得之妙”，就是“妙悟”，就是“透彻之悟”，正因如此，杜能“集大成”。所谓“集大成”，就是博采众长，融会贯通，铸为一体，达到“入神”的最高艺术境界，李杜的诗歌创作正是严羽《沧浪诗话》立论的基石。他的推尊李杜，完全是真的，是与他的生平志趣、创作实践和文学主张紧密联系着的。

杨胜宽《南宋杜学片论》（《杜甫研究学刊》1995 年第 3 期）则着重从杜甫人格对南宋士人的影响立论，认为南宋初和宋末士人对杜甫人格精神的弘扬，与北宋王安石、苏轼所称赞的杜甫忧国忧民、忠君爱国的评价是一脉相传的。自王、苏到南宋前期的李纲、胡寅、胡铨、王十朋、陆游、楼钥，直到宋末的陈人杰、汪元量、刘辰翁、文天祥、郑思肖、徐钧等，通过对杜甫这一人格价值和诗人良知的推扬，遂使杜甫的“诗圣”地位得以牢固确立,杜诗的“诗史”价值得到普遍认同。胡可先《论宋末的杜诗学》(同上1998年第1期)从宋代理学与杜诗学的关系、南宋遗民的杜诗学、江湖诗派的杜诗学几个方面来勾勒杜诗学在有宋一代成为“显学”的过程和原因,指出杜诗忧国忧民的精神在宋遗民中得到极大的发扬,南宋遗民诗歌创作继承的正是杜甫的诗史精神。在“南宋遗民的杜诗学”中,作者缕述了林景熙、谢翱、舒岳祥、谢枋得、汪元量、郑思肖等所受杜甫的影响,而重点论述了刘辰翁和文天祥的杜诗学,指出刘辰翁对杜诗的评论来源于对杜诗的悉心体验,他的文学创作也深受杜诗的影响,这与他刻意学杜有关。刘辰翁在评论、评点、学习杜诗上所作出的贡献,使他成为宋末杜诗研究的一大家。而文天祥的诗歌创作受杜诗影响最大,他的许多作品继承杜诗的优良传统,典型的是集杜诗为绝句200首,堪称宋末社会的缩影,是一部难得的“诗史”。因此可以说,宋亡而杜诗学勃兴,又集中体现于刘辰翁与文天祥身上,刘以评点杜诗暗寓自己的怀抱,文以集句杜诗描述一代诗史。钟树梁《杜甫与文天祥》(《草堂》1986年第1期)专论文天祥学杜甫的诗、师杜甫的为人、集杜甫的诗来表现自己的胸怀,这在历史上罕有其比。他的学杜,是学杜甫最高的思想境界、学杜甫诗歌的精髓,不在于形式上的追求。文天祥学杜甫的忠心,主要是学杜甫的忠于国家民族、热爱人民,绝不是只忠于一两个皇帝。张浩逊《文天祥和杜诗》(《吴中学刊》1996年第2期)也探讨了杜诗对文天祥的深刻影响。方勇《“少陵诗史在眼前”——简论南宋遗民舒岳祥诗歌的特征》(《天中学刊》1998年第4期)分析了南宋遗民诗人舒岳祥继承杜甫以序代题等艺术形式来强化他的诗歌的叙事功能,创作出了全方位、多角度、多层面地反映宋末元初东南沿海动乱现实的“诗史”巨卷情况，从而发扬光大了杜甫的“诗史”精神。刘庆云《杜诗对宋词影响管窥》（《杜甫研究学刊》1998年第3期）则从杜诗的人格精神对宋代词人的光照以及杜诗对词境创造的启示、对词法运用的开启和对丰富词语的贡献四个方面弥补了“昔人论词，多半认为词与李白、李商隐、李贺等人相关，而基本不涉及杜甫”的缺憾及对文学渊源关系的体悟，指出杜诗对宋词的影响不仅是多方面的，也是富有积极意义的，对宋词思想内容的拓展与艺术表现力的提高，确曾起过不容忽视的促进作用。文章视角较新，从另一角度透出杜甫对宋代文学的影响。

宋代杜诗学之盛还表现在所谓“千家注杜”上。新时期对宋刻诸种杜诗版本进行了介绍、整理和研究的工作，取得了显著的成绩。杨铭庆《南宋刻本〈草堂先生杜工部诗集〉评介》（《草堂》1981年创刊号），对这一海内孤本的内容、版式、价值作了详细的介绍。雷履平《赵次公的杜诗注》（《四川师院学报》1982年第1期）和《记成都杜甫草堂所藏赵次公杜诗注残帙》（《草堂》1982年第2期），前文对赵次公其人其书作了考证，并分析了赵注在笺释字句、匡谬正俗等方面的优缺点；后文确信草堂所藏赵注抄本绝非赝品，而很可能是赵次公注杜诗的初稿。邓绍基《关于钱笺吴若本杜集》（《江汉论坛》1982年第6期），认为钱谦益注杜诗时所用的底本，为南宋初年吴若本无疑。王学泰《评杜甫诗集的〈黄氏补注〉》（《文学遗产》1983年第3期），指出《黄氏补注》的特点在征史编年，而且能提出编年的根据。梅新林《杜诗伪王注新考》（《杜甫研究学刊》1995年第2期）对所谓伪王洙注进行了精细入微的考辨，得出了令人信服的结论：“世所传疑之‘洙注’，系由邓忠臣以王洙编校本十八卷诗为底本,然后加以笺注而成,同时又将每卷一分为二,成三十六卷。其中注释部分为邓忠臣所作,校勘部分则出于王洙之手。邓氏杜注当成书于元祐二年四月至六年八月十二日之间,在此后的约二十年中,被坊贾作伪,去邓氏之名,题于王洙,至政和初已流行于世。这就是此注真假掺杂而不同于《老杜事实》《杜诗笺》等纯由坊贾凭空托名于苏、黄之类的本来面目。因此,笼统地将其归于伪书,其实并不十分妥当。"蔡锦芳《薛苍舒考论》(同上 1996 年第 4 期)一文,以令人信服的证据考证出薛苍舒和薛梦符实为一人,还考证了薛变成二人的根源和过程,并探讨了薛梦符在杜诗学史上的地位。蔡氏的另一篇《杜修可考》(同上 1997 年第 4 期)又考定在众多杜诗注本上出现的"杜修可"是用杜田注和赵次公注及其他一些注拼合出来的一个人物,这个人物实际上是不存在的。聂巧平《杜田考论》(同上 1998 年第 4 期)也考证出常见引于宋代杜集注本的杜修可、杜定功二人,不过是宋代有名无实的注者,此二人与杜田实属一家,又指出杜田是宋代"千家注杜"中重要的一家,其注杜的大致时限为政和三年至绍兴四年,注文散见于各家集注本中,而以《九家注》最多、最详。蔡、聂二氏可谓英雄所见略同。这里特别值得提出的是上海古籍出版社于 1994 年出版的林继中辑校的《杜诗赵次公先后解辑校》一书。该书原是林继中的博士学位论文,卷帙浩繁,长达百余万字,是一部有很高价值的学术专著。正如作者的导师萧涤非在论文评语中所说的:"在杜甫研究领域中,作者作出了可喜的贡献。宜置优等。"因为辑校本为今后杜甫研究提供了一个迄今为止最为完整的赵注本。赵次公注是杜诗第一部较为准确、丰富,有一定深度的全注本,在宋代即享有盛名,南宋的集注本都有引录。

但赵注原本自南宋中叶后逐渐亡佚。1916 年,傅增湘发现了赵注的后半部明抄本,因故刊印未成。此书首次恢复了赵注原貌,的确是杜诗学史上的一件盛事。全书可分三部分,第一部分是长达 3 万字的前言,可说是对赵注的综合研究,对赵次公其人其书及其渊源流变进行了全面的考证和论述,翔实谨确,颇多独到见解。第二部分是正文的甲帙至丙帙,是对散佚的赵注前半部的辑佚。因《新刊校定集注杜诗》(简称《九家注》)"引赵注最详"(曾噩序),《王状元集百家注编年杜陵诗史》(简称《百家注》)编次与赵注几乎吻合,故以前者为底本,以后者为编次的主要参考,再据赵注原文作必要调整。第三部分是正文的丁帙至己帙,是对后半部赵注明抄本的增补校订。在辑佚和校订过程中对原注引文、注文的讹夺衍倒都予以纠正,缜密细致,颇见功力。此书出版后,颇得学术界称赏。著名学者程千帆致函盛赞云:"近人治杜多空谭而鲜征实,如此书之如乾嘉诸老治经者,盖未有第二家也。"1994 年 7 月书目文献出版社出版的张忠纲校注的《杜甫诗话校注五种》一书,是杜诗学研究的又一硕果。杜诗注本之多,为古今诗人之冠。唐以后浩如烟海的诸家诗话,几乎没有不论及杜甫的,但专论杜甫的诗话并不多见。流传至今的,有宋方深道辑《诸家老杜诗评》5 卷、蔡梦弼集录《杜工部草堂诗话》2 卷、清刘凤诰撰《杜工部诗话》5 卷、潘德舆撰《养一斋李杜诗话》3 卷、近人蒋瑞藻辑《续杜工部诗话》2 卷。张氏特汇集五种诗话为一编,共辑录诸家评论杜诗之语 650 条,并加以标点、校勘、注释,凡引文均一一注明出处,引用书目多达 350 余种。此书所收五种诗话,内容相当广泛,涉及杜甫其人、其诗的各个方面,对研究杜诗颇有参考价值。其中,《诸家老杜诗评》系北京大学图书馆藏清初抄本,鲜为人知,全书共辑录诸家诗话200余条,其中60余条不见于今存宋人著作,或与他书引文有较大出入,这部分资料弥足珍贵。《杜工部草堂诗话》流传虽广,但多系残本,而《四库全书》本较通行各本多出30余条,很少为人注意,一般研究论著也从未提及。《续杜工部诗话》只见于《古今文艺丛书》第四集,不见别本刊行。此五种诗话,各本之前均附有简要说明,介绍作者生平,考辨版本源流,纠谬辨误,评论得失。著名杜甫研究专家陈贻焮序称此书“精择善本以各本互校,探明诸家生平事迹,简介版本流传概况,厘正前人征引、考订之失,注释允当多创获”。此书出版后,颇得学术界好评,认为“是一部校勘精审、注释得当、科学性强的古籍整理著作”(《杜甫研究学刊》1995年第2期詹杭伦文)。王士菁编辑的《杜诗便览》(四川文艺出版社1986年版),篇幅浩繁,长达105万字。此书依据上海商务印书馆影宋本《杜工部集》,综合前人研究成果,采用编年体例,从诗歌史实与艺术分析两个方面对杜诗进行注释。取名“便览”,即“为了节约读者的宝贵时间,省却翻检之劳”,以便于“观览”或“浏览”。

新时期对金元明杜诗学的研究相对来说要少得多,有关论文不过十来篇,而以论元好问和杨慎者为多。许总《金元杜诗学探析》(见其《杜诗学发微》)一文,对金元杜诗学作了鸟瞰式的概述,认为金元诗学宗杜不过是宋代杜诗学的接响。原以共同宗杜为起点,因苏(轼)、黄(庭坚)歧异的影响,分奉苏、黄为宗主而形成对立的诗派,而苏、黄共通的影响,又促使这两个诗派及其对苏、黄本身的评价逐渐融和统一于共同宗杜的终结,这就是金元杜诗学发展的大体脉络。其对杜诗学的推进与发展,突出地表现在明确认为杜诗的成就和价值是“以情性而得之”，在宋代理学的强大影响之下，却能大为“缘情”张目，相当程度地恢复了诗人的诗论。金元杜诗学的价值就在于它是由宋代杜诗学重教化走向明清杜诗学重审美的重要的中间一环，显示出继往开来的作用和痕迹。文章又指出，金人王若虚论诗即尊杜；至元好问出，乃集大成，论诗更尊杜为圭臬，并从杜诗研究史的角度第一次明确提出“杜诗学”的概念，成为杜诗学史上一个重要的理性标记；而由宋入元的方回，作为标榜江西宗派的最后一人，始倡“一祖三宗”之说，明确地提出以杜甫为祖，又在其编选的《瀛奎律髓》中大量选入杜诗，无疑推进了元代崇杜之风的继续。詹杭伦、沈时蓉《元好问的杜诗学》（《杜甫研究学刊》1990 年第 4 期）则对首倡“杜诗学”之名的元好问的杜诗学进行了深入探讨。作者通过剖析元氏的《杜诗学引》，认为已佚的《杜诗学》包含三个组成部分，即金代作家元好问之父及其师友有关杜甫的言论、有关杜甫生平的材料、唐宋（指北宋）以来有关杜甫及其诗作的评论，并进而指出：元的《杜诗学》，是以杜诗辑注之学为其根柢，以杜诗谱志之学为其线索，以唐、宋、金诸家论杜为其参照，确实是一部博综群言、体例完备的杜诗学专著。作者又对元好问的诗歌创作进行了考察，认为元氏学杜，一在继承弘扬杜诗爱国忧民的精神实质，二在借用、点化杜甫的大量诗句。詹杭伦《方回杜诗学综论》（《草堂》1987 年第 1 期）从四个方面介绍了方回杜诗学的内容。关于杜诗渊源，方回认为杜甫古诗出自六朝，律诗出自初唐陈（子昂）、杜（审言）、沈（佺期）、宋（之问）。特别是方氏推陈为“唐人律诗之祖”，可谓特识。他认为在内容题材和艺术风格上，子昂律诗对杜甫及盛唐诗人都产生了很大影响。而方回运用“文章与时高下”的理论，对杜诗深刻的思想内容作出了高度评价,还对杜诗沉郁顿挫风格的形成作出了合理的说明,这在历史上杜诗的研究中是不多见的。总之,方回的杜诗学内容是极为丰富的,几乎涉及杜诗研究的各个重要方面,并且在理论上富于独创性,立论大胆,观点鲜明,能发前人所未发,可以说在总结宋人特别是江西诗派杜诗学理论的基础上,基本上能够自成体系。曾亚兰《从元人学杜咏杜看元代模杜之风》(《杜甫研究学刊》1995 年第 2 期)一文,通过列举大量诗文事例,指出元人作诗宗杜,以杜诗为模本,学杜蔚然成风,诗坛尊杜实不减前代;元人咏杜之作,或咏杜思想情志,或咏杜人品文品,甚至自拟于杜甫,皆以杜为诗,以杜为师;元人集杜之作,或酬赠、述怀,或描景、咏物,甚至题画等等,皆极尽古为今用之致。作者又在《元代学杜女诗人郑允端》(同上 1994 年第 3 期)中,对少为人知的郑允端尊杜学杜的情况作了具体的考察和深入的论析,指出郑氏"勤奋学杜,在思想内容、艺术风格方面均有所得,颇近杜诗"。而"一部《肃雍集》,绝去脂粉铅华,铲除旧习,抒写胸怀性情,才华横溢,人品诗品皆高,透露出郑允端的不凡气质和宗杜学杜的诗学主张,亦透露出杜诗风骨之遗韵"。明代杜诗学的研究多集中在杨慎身上。王仲镛《杨慎杜诗学述评》(《草堂》1982 年第 1 期)介绍杨氏之杜诗学,多引杨慎之《升庵诗话》与《杜诗选》评语,以阐发其"杜诗本《选》"之要旨。但文章的中心思想是在否认杨氏有"扬李抑杜"的倾向。廖仲安《杨慎与杜诗》(《光明日报》1983 年 3 月 22 日《文学遗产》)则引《杨升庵文集》卷六〇杨氏借驳斥宋人"诗史"之说而讥讽杜之《丽人行》《垂老别》《白帝》等名篇为"下乘"之作的一段话以及其他资料,证明"明朝人杨慎有'抑杜'倾向,却并没有冤枉他",并指出杨氏在抹杀杜甫乐府古诗方面的成就上是与“前七子”首领李梦阳完全一致的，但又认为杨慎“后期对杜诗的看法是有不小变化的”。钟树梁《简谈杨升庵论杜甫诗》（见其《杜诗研究丛稿》）则就《升庵外集·诗品》专论杜诗的40多条，指出升庵论杜的精当之处约有三端：一是纠正俗本的谬误，一是探寻杜句的渊源，一是从杜诗的用意和风格上作了比较正确的解说。但对杨慎曲解杜诗、以己意径改妄增杜诗之失，未予指出。

明末清初是杜诗学发展的第二个高潮时期，名家辈出，精见纷呈，许多重要杜诗评注本陆续刊刻，呈现出空前未有的盛况。许总《明清杜诗学概观》（见其《杜诗学发微》）从宏观上概述了明清杜诗学的变化和特点，指出由政教中心到审美中心的转化，由倡性灵、重情感到对创作个性、鉴赏个性的阐发和强调，文艺批评的重点完成了从外在向内在、从客体向主体的转化、发展和深入的过程，就是明清杜诗学理论发展的大体脉络和倾向性特征。这一理论对宋代杜诗学尤其是理学家诗论的背异和反抗，也正是明中叶以来巨大变动着的社会氛围和意绪以及追求个性心灵解放的具有近代气息的文艺思潮和观念在社会学领域的反映和积聚。在学术文化的繁荣之中，主张变化生新，力求自成一家，已形成明清时期文人治学的普遍风气，这种风气在杜诗学界不仅造成针锋相对的学术争鸣，而且由于避熟求生、探求新径的心理，进而展示出杜诗研究的不同的角度和视点。如王士禛论杜，即以神韵说理论掘发杜诗神韵之内涵，展现其神韵之境界；赵翼论杜，认为杜诗“出于性灵所固有”，则全然从性灵说出发揭示其价值所在；沈德潜论杜，强调其“发乎情止乎礼义”，则又从“温柔敦厚”的诗教出发，纳杜诗于封建道德规范之中。可见，清代诗坛的主要流派的理论主张在杜诗研究中的明显反映,正是批评家的这种主观倾向性和杜诗本身的客观丰富性的结合。同时,也正是由于这种结合的背景无限广阔,明清杜诗学一定程度地突破诗学范围,初步出现多学科研究方法的雏形和趋向。

清代第一杜诗注本当推钱谦益的《钱注杜诗》。蔡锦芳《吴若本与〈钱注杜诗〉》(《杜甫研究学刊》1990年第4期),通过考订,断定"钱谦益笺注杜诗始终依据的都是吴若本"。许永璋则以"取雅去俗,推腐致新"概括钱注的特点和成就(见其《取雅去俗,推腐致新——略评〈钱注杜诗〉》,载《草堂》1982年第2期),并在肯定钱氏注杜诸多新见解的前提下,作为拾遗补阙,又对杜诗《朱凤行》的特殊价值作了发掘,发前人所未发,真可谓踵事增华了。

与钱注并称于世的是朱鹤龄《杜工部诗集辑注》。蔡锦芳《朱鹤龄〈辑注杜工部集〉研究》(《杜甫研究学刊》1990年第1期)从朱氏注杜始末、朱注的成就和影响三个方面对朱注进行了全面而深入的研究,认为朱注的整理工作是很成功的,既具体照顾到前此每一家注杜的特色和成就,也综合考虑到整个杜诗学史的进展,既极大限度地保留了旧注中的精华,又不遗余力地驳正了旧注中的讹误。对钱注的精华,朱注几乎全部继承过来。可以说,朱注从一侧面反映了杜诗学的发展,它标志着杜诗学在拨乱反正中已取得了突出的成就。朱注是一个集大成的善本,它上承总结宋代杜诗学的蔡梦弼《草堂诗笺》(朱注是以蔡本为底本的),近补别开生面的钱注,下惠博采众说的仇兆鳌《杜诗详注》,远启最精简的杨伦《杜诗镜铨》(杨本是以蒋金式批朱本作为雏本的),使杜诗学史上下贯通,一脉相承,其贡献将昭示千古,永不泯灭!

金圣叹《唱经堂杜诗解》也是一个影响颇大的杜诗注本，新时期有1983年成都古籍书店排印本，书名作《金圣叹选批杜诗——四才子书》；1984年上海古籍出版社出版钟来因整理本，书名作《杜诗解》。钟来因《初评金圣叹的〈杜诗解〉》（《草堂》1982年第1期）对该书的写作、编辑、出版、流传情况作了介绍，并论及该书的特色及所反映的金圣叹的思想，又指出其存在的问题。此文实即钟氏整理本《杜诗解·前言》的雏形。唐家祚《金圣叹与〈第四才子书〉》（《齐齐哈尔师院学报》1983年第3期）认为金氏解杜诗只是借题发挥，他结合《杜诗解》论述金解杜诗真意之所在，称此书是"研究金圣叹这个一代文学怪杰的绝好材料"。周锡山在《杜甫研究学刊》上连续发表了"论金批杜诗"的3篇文章——《金批杜诗思想论》（1988年第3期）、《金批杜诗艺术论》（1989年第2期）、《金批杜诗美学论》（1992年第1期），全面而细致地论述了金氏的批评学体系，虽不乏己见，尚稍嫌词费。周兴陆《金圣叹杜诗批解的文学批评学透视》（《文学遗产》1998年第3期）对金氏杜诗批解的文学批评学予以深刻透视，首先肯定金圣叹倡导的分解批评"是杜诗研究之评点批评的典范之作"，随后解答了什么是分解批评，而这种批评在观念上是宋代以来评点的发展，又克服了它的随意性、印象化倾向，将理论思维精神贯彻到品评之中，做到了理论分析和审美品鉴的结合，又是通作者之意和开览者之心的结合，从而将杜诗研究中评点批评模式提高到了一个更高的层次。文章论点虽新，但终觉有溢美之嫌，有点拔高金氏。实际上金氏批解杜诗虽不乏新见，但其失之一，即在时带随意性，亦有穿凿附会之甚者。

对金氏解诗之法，他人往往效仿，他的好友徐增所著《说唐诗》即是明显一例。1990年中州古籍出版社出版了樊维纲校注的《说唐诗》。该书为一唐诗鉴赏集,共选唐诗305首,其中选析杜诗64首,约占1/5。管遗瑞《通俗的评说,精深的研究——评清人徐增〈说唐诗〉对杜诗的鉴赏》(《杜甫研究学刊》1993年第1期)指出徐氏说杜的四大特色:(1)解说深入浅出,务求明白易懂;(2)注意分歧之处,详加论证考辨;(3)注入个人感情,行文机趣盎然;(4)特别讲究诗法,注重分"解"和"起承转合"的有机结合。但也指出徐氏对杜诗研究的不足之处:(1)有的史实不确,杜诗系年不对;(2)有的写作地点不对,地理位置错误;(3)有时主观臆断,曲意求深,牵强附会。应该说,徐增说诗与金圣叹说杜同样都有主观臆断、穿凿附会的毛病。

屈守元《顾炎武与杜甫》(同上1996年第3期)一文比较了杜、顾在思想个性和诗歌创作上的一致性,认为"只有杜诗才能孕育文天祥、顾炎武这样的人物"。熊志庭《王船山评杜浅议》(《草堂》1986年第2期)专就王夫之贬杜的几个问题谈了自己的看法,认为明人贬杜,由于他们对诗境理解的狭隘,无法理解杜诗包罗万象的艺术境界。王氏对明人论诗颇有不满,但在贬杜问题上,对明人贬杜观点因袭的痕迹是较明显的。但王之贬杜在美学原则上和明人又有很大不同,他突破了明人贬杜的意见,更深入具体地接触到杜诗的实质,从而也比明人更深刻、更具体、更偏激地分析了杜诗的不足,这主要表现在对杜甫表现个人穷愁不遇的作品的批评方面。在对杜甫表现时事的诗歌的评价上,王氏主要从两方面批评了杜诗的不足:一是认为杜甫这方面的作品过于执实,二是批评杜甫的直接议论。作者认为,王氏贬杜不无偏颇,但他的贬杜是在基本确立了杜甫在诗歌史上的"大家"地位这样的情况下进行的。熊良智《王夫之论杜评说》(《杜甫研究学刊》1991年第3期)则认为王氏论杜的特点在于注意诗歌的审美属性,从艺术规律出发去评价杜诗的成就,总结杜诗的创作方法,批评杜诗的不足;特别是王夫之针对明代的形式主义文艺思潮,坚决反对守死法、建门庭,表现出一种鲜明的启蒙思想家的批判精神。对杜诗,王氏也是将其看作一种传统的诗歌范式,采取了一种批判的态度,但又不像一些评论家那样绝对否定,也非绝对肯定,而是针对时风,有为而发。王氏评杜的基本准则,是他的审美理想、艺术趣味和创作观点的融合。他的《唐诗评选》共选诗548首,其中选杜诗91首,但选得最多的杜诗却是描写风光景物的,对那些历来为人们所推崇的具有强烈的现实主义精神的作品却选得极少,反而多有指责,失之偏颇。

吴见思的《杜诗论文》是清初别具一格的杜诗评注本,影响颇大。许总《论吴见思〈杜诗论文〉的特色及其对杜诗学的贡献》(《草堂》1983年第1期)指出该书的特点是"以文章之法,阐诗意之隐微","注重加强对诗篇本身的剖析,以杜论杜,以杜证杜,诗意一经阐明,题旨亦必昭然",因而颇有发前人所未发的独到之处,并且认为吴氏对杜诗艺术的总论和概括,显示了杜诗艺术的精微,也表现了他本人的文艺思想和美学观点。这些观点具体地贯彻到对每一首杜诗的论说中,构成了全书的完整风貌。《杜诗论文》不仅在杜诗研究的形式方面独辟新径,而且在内容方面亦可视为第一部系统的"杜诗艺术论"。文章虽不无溢美之词,但对《杜诗论文》的总体评价还是正确的。卿三祥《〈杜诗论文〉及清代文字狱》(《杜甫研究学刊》1990年第1期)通过对《杜诗论文》中阙文阙字的研究,发现阙文阙字大都与少数民族和朱明嫌疑有关,因而得出《杜诗论文》中的阙文阙字是清代“文字狱”影响的产物的结论。

黄生的《杜诗说》也是清初最好的杜诗评注本之一,黄氏评解,多为仇兆鳌《杜诗详注》所征引。此本世传甚稀,不易得见。黄山书社于1994年出版了徐定祥点校本,方广其传。徐氏点校本功不可没,但其“前言”所云:“该书中的杜诗文字,系采撷于多种版本,但亦间有讹误。这次整理以一木堂刻本为底本,校以仇氏《杜诗详注》。凡与仇本不同者,据仇本改正,并出校记。”以后出之仇注校改黄本文字,喧宾夺主,似不足为训。徐氏点校本“前言”对黄生说杜的特色作了概括:(1)能从杜甫之生平思想、性情襟抱、立身处世的态度出发,结合杜所处的时代环境、历史事实来阐明杜诗的思想内容。黄氏说杜,重在真性情。他认为贯串杜集的基本精神,是始终怀抱济世热情,忧国爱民,至老不衰,至死不变。(2)把杜诗作为一个整体,纵横联系,前后参照,以杜注杜,以杜评杜。(3)通过比较来领会诗意,把握要旨。这种比较又包括两方面:一是杜诗自身比较,二是与他人诗作比较。(4)认为艺术技巧是表现思想内容的重要手段,通过对杜诗种种手法技巧的审视,来领悟其高度的艺术成就。同时,又适当指出黄氏说杜的缺点和不足:其一,对诗的章法结构,拘泥于起承转合的模式,有时“未免失之过浅”;对句法、字法之分析,亦时嫌过于琐细,有时甚至因拘泥技法而削足适履。其二,偶有解说失当、穿凿臆会处。其三,征引出处偶有疏漏。应该说,徐氏对黄氏的肯定和批评是中肯的。向以群《黄生论杜》(《杜甫研究学刊》1990年第1期)则对《杜诗说》中所体现的研杜方法、所评论的杜甫胸怀、杜诗是“骚人诗,非幽人诗”、杜诗的语言与现实等问题进行了探讨和评论。

王士禛为清初大家,一代宗师,对后世影响很大。但他对杜甫的评价和态度,300 年来一直被人误解,成为文学批评史上的一桩公案。自从他的甥婿赵执信扬言“阮翁酷不喜少陵”之后,学术界几乎形成一种“定论”:作为神韵说倡导者的王渔洋是不喜欢杜甫的,他对杜甫是贬低的,甚至是诋毁的。张忠纲在《渔洋论杜》(《文学评论》1987 年第 4 期)中以充足的理由推翻了这一历史“定论”。作者遍检渔洋论著和他人所引渔洋有关言论之后,去其重复,共辑得渔洋论杜言论 230 余条,通过辨证分析,得出以下结论:上述所谓“定论”是片面的,是不符合渔洋论杜的实际情况的;王渔洋对杜甫是推崇的、肯定的;他对杜甫的批评虽有偏颇,但不都是没有道理的。

仇兆鳌的《杜诗详注》是一部集前人之大成的杜集著述,其占有资料之丰富完备,为其他注本所远远不及。《四库全书总目》誉其“援引繁富,而无千家注杜之陋习,核其大局,可资考证者为多”。许永璋《略评〈杜诗详注〉》(《社会科学》1984 年第 1 期),对仇注进行了研究和评价,指出它的三条优点,即博采诸家注释、广集历代名家评论、分类以示诗法,又指出它的三条缺点,即儒家思想之牢笼、忠君思想之强制、诗史美称之拘泥。评论切当,但有个别观点失之偏颇,如对元稹《杜工部墓系铭》的评价。蒋寅《〈杜诗详注〉与古典诗歌注释学之得失》(《杜甫研究学刊》1995 年第 2 期),通过对《杜诗详注》这一古代诗歌注释典范的剖析,反思了注释传统的正负面效应,指出古典诗歌注释学的基本特征,对当代的古典诗歌注释颇有参考价值。还有许多文章是对仇注误引误注提出纠正,或对其笺注未及之处予以补正的。这里要特别提及的,是谭芝萍所著《仇注杜诗引文补正》(西南师范大学出版社1995年版)一书。她以老病之身,博览群籍,排比爬梳,阐幽显微,鞠躬尽瘁,死而后已。正如钟树梁序云:“当时她已是七十三四的人,犹欲追回时间,鼓足精力,为《杜诗详注》这一部学杜研杜者必读之书任查对补正之劳,力御恶疾,全耗余年,为杜学与仇书而尽命,三易寒暑,其著初成,而其人已逝。这真是太令人感动的事!”著者认为,仇注以其广征博引、集众家之说而又不失己见的特点,确定了自己在杜诗学史上的重要地位,成为杜诗研究者和爱好者手边不可或缺的集子,但其中存在的问题也不少,值得今之读杜者深研而慎补。据著者粗略统计,仇注征引古籍总计100多部,引注万余条,其中引注最多的是两《汉书》,计引注近800次;其次是《诗经》,引注近400次;引注200余次者,有《史记》《左传》《楚辞》《庄子》《晋书》等;曹植、陶渊明、谢灵运、谢朓、鲍照、庾信等各引百余次;《世说新语》引百余次;《周礼》《礼记》《易经》各引近百次;何逊、左思、江淹、潘岳等人各引近百次。著者将仇注引文注杜之失分为三类——引注不当类、误引类、重引类,并按经、史、子、集四部按书按人逐次逐条排比辨证,颇为精细。

康熙间佚名所撰《杜诗言志》,1957年始由扬州古旧书店从泰州购得抄本,1963年由扬州广陵古籍刻印社雕版刊行,1983年江苏人民出版社又出佛雏、李坦校点排印本。此书共选杜诗215题、327首,大抵以黄鹤之编年为序。其选释杜诗,重在知人论世,取录足以深窥诗人心志者,释诗而意在论人,故其于言简意明者不选,无深意者不选,只选那些论析有据且具微言大义的诗作。该书体例,录诗之后,不单作词语之诠释,而是在释诗为文叙述之中,重在剖解诗人作诗之意旨,时有己见,于杜诗之艺术手法,亦颇有精到之分析。然是书稍嫌琐细繁絮,有时亦难免求之过深而反失本意,拘泥于一点而不及其余。然仍不失为一部研治杜诗的佳作。关于该书作者,佛雏、李坦《〈杜诗言志〉点校本前言》(《扬州师院学报》1982 年第 1、2 期)认为,这一新发现的稿本大约写定于康熙年间,作者为一泰州佚名文人。周采泉《〈杜诗言志〉的评价和作者的探索》(《书林》1980 年第 3 期)则"倾向于该书为陈远新作",似嫌证据不足。

沈德潜是格调说的集大成者,继王士禛之后主盟诗坛,他的《杜诗偶评》是专门评选杜诗的著作,其他著作中也多有论及杜诗的。胡可先《沈德潜杜诗学述略》(《杜甫研究学刊》1994 年第 1 期)认为沈氏的诗学思想主要是重格调,尚浑成,推尊盛唐,宗法李杜,并提倡温柔敦厚的诗教,形成了一个通达融贯的理论体系。他对杜诗的论述,主要有以下四个方面:(1)杜甫集古典诗歌之大成,为唐诗正宗。(2)杜诗具有忠爱温厚之旨,且与忠君爱国的精神紧密联系在一起。(3)论述杜诗的渊源,首先是上溯《风》《雅》,继承《诗经》的优良传统;其次是祖述《楚辞》,发扬屈原的忠爱精神;再次是学习乐府古诗。(4)论述杜诗的创新,包括诗体的创新和诗格诗法的创新等。袁志彬《沈德潜及其杜诗论》(同上 1995 年第 3、4 期)亦从四个方面论述了沈氏的杜诗论:(1)论杜诗的思想内涵。沈氏认为,杜诗"温柔敦厚"之旨首先体现在诗人那矢志不渝的远大志向和宏伟抱负,以及忠君爱国"忧黎元"的深挚情怀上。(2)论杜诗的风格。沈氏认为,杜诗"雄浑"风格的特点是至大至刚、含蓄蕴藉和浑成自然。(3)论杜诗的"议论"。沈氏认为杜诗的议论含"情"富"韵"用比兴。(4)论杜诗的"体裁"和

"章法"。作者同时又指出沈氏杜诗论的局限性:出于宣扬封建伦理道德思想的需要,沈氏认为"忠君"是杜诗思想内容的中心,这是对杜诗的歪曲;出于掩盖社会矛盾、维护封建统治的需要,沈氏竭力把杜甫塑造成"怨而不怒"、温柔敦厚的形象;出于粉饰盛世的需要,割裂杜诗"雄浑悲壮"的风格;出于从形式上规范诗歌创作的需要,把杜诗很多成功的艺术手段变成了僵死的教条。

性灵说的创始者袁枚,论诗主张抒写性情,对传统的儒家"诗教"深致不满,与沈德潜形成鲜明的对比。袁氏学杜论杜可谓独树一帜。刘明华《芬芳悱恻解杜,转益多师学杜——袁枚对杜诗学的贡献》(同上 1993 年第 1 期)一文认为,袁枚以"性灵"为旨归,发掘了杜诗"芬芳悱恻"的一面,对杜诗的抒情性作了充分的肯定,体现了"六经注我"的叛逆思想;在学杜上,以"转益多师"的态度学杜,并且丰富了这一经典命题的内涵。袁枚对杜甫的态度,在杜甫研究史上是一个重要现象,它表明了新的美学观念对杜诗学惯性的冲击,这在杜诗学上是值得深入探讨的。关玉林《论〈随园诗话〉评杜诗》(同上 1994 年第 2 期)认为袁枚的诗论在一定程度上突破了正统儒家诗教的局限,在评论杜甫及其诗歌中能给予比较正确的认识和评价,即将杜甫作为一个普通的诗人而不是一个神圣不可冒犯的圣人来评价,认为杜甫也是一个多情尚义的血肉之躯,并对前代及当时杜甫评论中诸如盲目迷信杜甫、对杜诗穿凿附会等现象进行了批评。袁氏肯定杜甫的艺术成就是通过后天学习得来,杜甫是以一种博大开放的胸怀对待古人,而后世学杜者则把杜甫当成一个封闭僵化的偶像加以崇拜,这既违背了杜甫的基本精神,也是造成诗文平弱的根本原因。他把杜甫摆到和其他学习对象并列的位置，并不特别尊崇杜甫，主张既学杜，也兼学其他。学习的正确途径应该是以兼综条贯、相题行事的方法师法杜甫包容兼收的精神。因时因地，取菁去芜，最终熔铸自我，形成具有个性特征的作品。对杜甫，既要学习、继承，又要发展变化，而最终目标则是“别树一旗”，如此才算得上是真正的正确的学习，否则不如不学。

赵晓兰《四库馆臣与杜诗学》(同上 1996 年第 4 期)认为《四库全书》的编纂及《四库提要》《四库全书简明目录》《四库全书考证》的修撰，为治杜者指出了一条由简目到提要再到杜集的治杜门径，并从考杜甫生卒年、考杜诗编年、考人考地、考杜集作者、考注本源流、考注本体例、订正旧注和评旧注等方面，指出四库馆臣实事求是的精神及其对杜诗学研究的贡献。罗焕章《李调元是怎样学杜诗的?》(同上 1993 年第 2 期)对乾嘉学者李调元学杜的历程进行了考察，认为从精神上学习杜诗是其成功的关键，指出少陵精神是李调元诗歌的主干，精工的杜诗是李作诗的矩矱，推陈出新是他学杜的方法。詹杭伦《李调元六游杜甫草堂诗考述》(同上 1996 年第 4 期)一文，考察了乾嘉才子李调元平生六游草堂的诗歌，展现了一代学者终身景仰杜甫的心路历程，也反映出杜甫草堂某些文物在乾嘉时期的沿革状况。

清嘉庆以后，注杜稍衰。而梁运昌的《杜园说杜》则是其中的佼佼者。梁氏博学寡交，著述甚丰，尤嗜杜诗，枕藉其中数十年，穷一生精力而成《杜园说杜》，自言为一生最得意之作，惜未得刊行。书目文献出版社于 1995 年出版了《杜园说杜》的影印稿本。影印稿本实为未定稿。该本首列“纪读杜诗始末”；次列“杜园答问”，言其闭门不交，专心读杜之情事；次列

“凡例”十则;次录《题杜工部诗集后十二绝句》,自述治杜体会;后则分卷解说杜诗,以诗体编次。卷末附“七律补遗八首”、“伪诗辨说”若干首、“杜谭百一”101条。全书实收诗1361首。梁氏说杜,着重于对杜诗的总体把握,不作烦琐考证与冗长解释,故颇得杜诗精髓。在论析具体诗篇、用字用韵等问题时,亦多独到精辟之处。但因“家无藏籍”,所阅有限,难免有因袭、牵强、误解之处。因不是最后定稿,尚显草率。瑕不掩瑜,此书仍是“读杜者不可不读之书也”(陈衍《石遗室书录》)。《文献》1994年第3期载有张忠纲撰《梁运昌和〈杜园说杜〉》一文,对该书考辨甚详,可以参看。

史炳撰《杜诗琐证》一书,上海书店于1988年据道光五年句俭山房刊本影印。该书不是杜诗注本,只是考证辩驳个别杜诗词语、字句或名物的笺释,共120条,分上、下卷。因史氏博览群书,精通音韵之学,长于史地考据,故于诸家误注误引之处,多所订正,时有新见,极具参考价值。刘开扬《晚学逾知注杜难——读史炳〈杜诗琐证〉》(《杜甫研究学刊》1989年第2期)精选《琐证》37条,视其不同情况,或全录,或节选,然后加按语予以评述,或赞史氏辨证之精确,或订正史氏之失。张寅彭《史炳〈杜诗琐证〉中征引与驳议的赵次公注文》(同上1996年第3期)考察了《杜诗琐证》一书征引与批驳赵次公注文的情况,指出了不为林继中《杜诗赵次公先后解辑校》一书所录的几则赵注和赵注粗疏之处。

桐城派作为清代影响最大的散文流派,在诗学上也是尊杜的。许总《以文论诗,寓刚于柔——桐城派杜诗学阐论》(见其《杜诗学发微》)对此作了深入的探讨。作者认为,作为一个文学流派推崇杜甫、学习杜诗的,在中国诗史上,只有江西、桐城先后辉映。桐城派学杜正是借鉴了江西派学杜的历史经验,从江西派学杜入手,进而融会贯通,形成自身杜诗学的特色。江西尊杜为“祖”,桐城奉杜为“佛”,可谓一脉相承。故在桐城派诗学之中,极为明晰地显示了与江西派学杜的一致性以及对江西派本身的继承性。桐城派认为,从以文为诗看,宋人学韩(愈),其论固是,然亦正是在以文为诗这一点上,韩本学杜,渊源极为明晰。桐城派诗论中的杜、韩、黄(庭坚)“一灯相传”的体系,正是在以文为诗的创作背景中,由以文论诗的艺术理论有力地扭结起来。以此运用于杜诗研究,桐城派文人不仅发现了杜诗开创性的艺术实践,而且处处阐发以文为诗在杜诗中的普遍运用,将杜甫之诗与司马迁之文相提并论。文章在叙述了桐城派文人对清廷的离异与臣服两种现象的消长变化后指出,桐城文人的离异心理不仅表现为能够一定程度地打破杜诗学中的思想桎梏(如对杜甫的偶像崇拜),从美学角度掘发杜诗艺术精髓,而且针对杜诗研究中偶像崇拜的庸俗化倾向,表现出实事求是的思想。文章最后指出,桐城文人在对清廷及其御用思想体系的离异与依附相交织的矛盾心理之中,试图“破旧说之藩篱”,必然表现出极大的局限,使其自身思想体系的总体最终仍然表现出相当程度的御用性。桐城派在对杜诗的研究中所表现出的两面性正是因此而造成的。惜文章对桐城派思想体系的御用性尚缺乏深刻的批判。许结《方东树论杜述评》(《草堂》1987 年第 2 期)则专就桐城派中坚人物方东树的杜诗学予以评介。方氏对杜诗的评论主要集中于他的《昭昧詹言》中,而《昭昧詹言》可说是桐城派诗论的代表著作。文章从三个方面评述了方氏的杜诗学:其一,文法通诗——杜诗为美学标本。方氏将桐城派始祖方苞结合《春秋》笔意与太史公文法而创立的"义法"说运用到杜诗研究中来,认为"欲学杜、韩,须先知义法粗胚"。其二,刚柔兼济——杜诗之创作风格。方氏将其师姚鼐论文章之美的"阴阳刚柔"说普遍运用于诗歌美学理论,对杜诗兼包并蓄、刚柔相济的风格的品尝与分析是具体而系统的。其三,杜公如佛——杜诗与诸家比较。方氏认为,杜诗本诸六经,深得司马迁文法,其风格,于屈骚、庄子、汉魏、齐梁,皆有弃取,尤其是阮(籍)、陶(潜)、谢(灵运)、鲍(照)对杜影响至巨。至于初盛唐诸公和李(白)、韩(愈)、苏(轼)、黄(庭坚)诸大家,其风格无不兼备于杜。可以说,杜以前的诗风流派至杜而总其成,其后之诗风流派皆源于杜。"丘壑万状,唯有杜公,古今一人而已。"

作为中国近代历史第一人的林则徐与杜诗也是息息相通的。杨丽《论杜甫与林则徐的爱国诗作及比较研究》(《杜甫研究学刊》1998 年第 3 期)主要从爱民诗和忠君诗的比较中得出二人的四个相似点——对国家与民族危机的深刻预见、对黑暗现实和腐败吏治的抨击、对友好和平的向往与反对侵略、对祖国壮丽河山的热爱和赞美,从中探出杜对徐的影响。

上海古籍出版社于 1984 年出版了清末郭曾炘撰《读杜札记》,黄君坦对原稿作了点校整理。郭氏平生笃嗜吟咏,于杜诗涵泳最深,心得尤多。该书乃郭氏读杜所作之随笔札记,对宋元以来各家评注的异同得失,从史实、诗意、字义等方面辨析订误,时有新见,为清末较好的杜诗评注本,颇具参考价值。

沈时蓉《〈词话丛编〉中有关杜甫资料辑证》(《杜甫研究学刊》1998 年第 4 期)从词学理论家对杜诗整体风格的评价,宋词化用杜诗意境、词语举例,杜诗与其他诗词遣词造句用法相同举例诸方面考论杜诗给予词的影响,对我们了解杜诗在词的发展过程中所起的特殊作用颇有积极意义。还有许多文章，谈到了康有为、陈独秀、鲁迅、陈寅恪、胡适、郭沫若、毛泽东、郭绍虞、周恩来、翦伯赞、庞石帚、洪业、胡小石、罗庸、闻一多、老舍、苏雪林、陈毅、冯至、萧涤非、聂绀弩、钱锺书、林庚、程千帆等人所受杜诗影响及其对杜诗的研究。因限于篇幅，暂不赘述。

这里需要特别提及的是有关杜集书目和索引的几部书。一是郑庆笃、焦裕银、张忠纲、冯建国编著《杜集书目提要》（齐鲁书社 1986 年版）。此书收录有关杜诗书目凡 890 种，起自稍后于杜甫的唐人樊晃，止于 1984 年的今人著述。每类书目以时代先后为序，一一叙录。叙录内容，首先简介撰著者生平、著述；其次介绍该书内容、体例、特点、成书过程等，并于介绍中略抒笔者对该书之评价；再次介绍版式及刊刻流传情况；书末附《杜甫研究报刊论文目录（1909—1984）》，颇便检索。此书为介绍杜集版本的专书，内容丰富翔实，被论者誉为“目前有关杜诗学的一部力作”。一是周采泉著《杜集书录》（上海古籍出版社 1986 年版）。全书分内、外两编，“内编”以存书之书录解题为主，“外编”以存目及参考资料为主，合计收书 840 余种。各类书目以著作时代为序排列。每书首列书名，下系卷数及著者小传，其下又分“著录”“版本”“序跋”“编者按”四项：“著录”说明该书之出处记载及存佚情况，“版本”对该书板刻情况作全面介绍，“序跋”详载该书原序跋及提要并引各家考订、评语，“编者按”说明对该书之评价。附录四项：“历代杜学作者姓氏选存”“近人杜学著作举要”“历代总集、诗话、笔记于杜诗有重要论述著作简介”“朝鲜、日本两国关于杜集著作知见书目”。书末有“书名、篇名索引”“作者姓名、字号、别名索引”。

全书收录书目共计 1200 余种,颇具参考价值。一种是钟夫、陶钧编《杜诗五种索引》(同上 1992 年版)。本索引所收杜诗 5 种,即上海古籍出版社和中华书局出版的《钱注杜诗》《杜诗镜铨》《杜诗详注》《读杜心解》及《全唐诗》(排印本)。以杜诗每一句出条目,诗题与诗句一样按题出条目。以诗句、诗题的第一字按四角号码顺序排列。每一条目下列出所在各书的名称、册数、页码、行数。书后另附"杜诗五种人名索引""杜诗五种索引笔划检字"。编制精密,颇便检索。一种是原哈佛燕京学社引得编纂处编《杜诗引得》,1985 年上海古籍出版社影印再版,增编了四角号码及汉语拼音检字,较前更便于查检。

综上所述,可以看出新时期对杜诗学的研究既广且深,取得了令人瞩目的成就。自从金代元好问提出"杜诗学"700 多年以来,从没有像今天这样引起人们对"杜诗学"建构本身的浓烈的兴趣和深入的研究。1989 年南京出版社出版了许总著《杜诗学发微》,该书除引论和后记外,分内、外两编。"内编"收论文 13 篇,是对杜诗研究史的各个阶段的总体特征、主要论点、代表学派以及为人忽视的若干确有价值的著作的探讨,力图为杜诗学史的发展过程作出一个较为完整的描述。"外编"收论文 9 篇,是对杜诗本身深层意蕴与艺术精髓的认识和评价,对一些长期为人忽略乃至遭到曲解或误解的问题,作者也尽力阐述一己之见。该书为建立和发展杜诗学体系进行了有益的探索,受到学术界的重视和赞扬。但也引起一些批评意见,认为"对于建国以来,尤其是五六十年代我国的杜学,个别研究者有些不大正确的看法。他们不是从总体上把握杜学的发展趋势,先是拈出一两部著作为代表,再用以偏概全的方法,贬低这些著作的价值,进而否定一个时期杜学的整体成就"

(黄志辉《全面认识杜学发展的历史和现状》,载《杜甫研究学刊》1992 年第 3 期)。谢思炜《杜诗解释史概述》(《文学遗产》1991 年第 3 期)则从解释学的角度,研究了杜诗研究史的几个方面,使人们认识到杜诗学研究的丰富性。文章分“伦理的解释”“诗艺的解释”等 7 个不同的解释角度,对杜诗学进行了总括性的论述,“从而显示杜诗解释曾有的和还会有的丰富的历史可能”。黄志辉《全面认识杜学发展的历史和现状》一文,对杜学由唐迄今的发展作了全面而系统的论述,特别将新中国成立以来的杜学发展过程分为三个阶段——奠基阶段(1949 年 10 月至 1966 年 5 月)、冷落阶段(1966—1976)、中兴阶段(1977—1991),认为“真正科学的杜学,其实是中华人民共和国建立后才逐步构建起来的”。廖仲安《杜诗学》(《首都师范大学学报》1994 年第 5、6 期)分“杜诗学”的由来、“杜诗学”独立发展的历史条件及“杜诗学”发展的几个时期三部分,勾勒出“杜诗学”历史发展的概况,材料丰富,脉络清晰,全文达 2.5 万多字,可作一部杜诗学简史读。特别是作者提出了“杜诗学”独立发展的四项历史条件:(1)杜诗集古今诗歌创作之大成,在诗史上有继往开来的作用;(2)杜诗继承《诗经》、汉魏乐府“缘事而发”“借古题写时事”的传统,创作了反映安史之乱的一系列新题乐府和写时事的“诗史”名篇;(3)杜诗中的济世热情,政治信念,人情伦理,具有高出于其他诗人的儒家“诗圣”风范和相信人类善良美好本性的诗人感情;(4)杜诗在词章方面继承和发展了“文选学”的传统而又能“以俗为雅,以故为新”,拓展了诗歌语言韵律的广阔领域。同时,认为 700 多年的杜诗学客观地已积累成深广之内容,浩繁之资料,“选学”在其前,“红学”居其后,鼎足而三,光照文苑,已非一日。胡可先

《杜诗学论纲》(《杜甫研究学刊》1995年第4期)认为杜诗学应该包括杜诗目录学、杜诗版本学、杜诗注释学、杜诗史料学、李杜优劣论、杜诗历史学、杜诗文化学、杜诗学的研究进程等8个方面的内容,初步构建起杜诗学的框架。胡氏的另一篇《杜诗史料学论纲》(同上1997年第2期)是其《杜诗学论纲》的续作。全文分历代唐诗选本对杜诗的取舍、传记的撰写与年谱的编纂、杜诗资料的辑录、类书的收录、杜诗伪书五部分,提纲挈领地论述了杜诗史料学的基本情况。林继中《杜诗学——民族的文化诗学》(《首都师范大学学报》1995年第4期)一文认为,应将杜诗研究从单个作家、线式因果研究的封闭体系中解放出来,放在文化大系统中进行考察,这会更有利于发掘杜诗深层的内蕴;同时,由于杜甫及其创作的典型性,深入研究也将有助于对中国文学和中国文化及其某些规律的认识与归纳。可以说,建构完整的杜诗学体系的条件已经成熟,我们期待着集大成式的《杜诗学史》的出现。

## 七、杜诗普及的新阶段

杜诗是我国文艺百花园中的一朵奇葩,是杜甫留给我们的一份宝贵精神财富。继承和发扬这一文化遗产,大力普及杜诗,使其家喻户晓,妇孺皆知,对提高全民族的文化素质,对促进社会主义精神文明建设,无疑具有重要的现实意义和深远的历史意义。新时期以来,普及杜诗方面取得了显著的成绩,出版了大量有关杜诗的选注、赏析、今译等类著作。

萧涤非《杜甫诗选注》(人民文学出版社1979年版)以编

年为序,选注杜诗173首,其注释包括写作年代、地点、背景、中心思想和表现手法。于注释字句之外,往往发挥议论评析,又时作考证,以加深对诗的理解。此书注释精当,分析透辟,时有新见,且文笔优美流畅,是最受读者喜爱的杜诗选本之一。傅庚生《杜诗散绎》(东风文艺出版社1959年初版,陕西人民出版社1979年修订版)是将所选杜诗演绎为散文,且加以评述,总计96篇,连同未附译文的50篇,共引杜诗150篇左右,将这些诗分别组织在12个题目里,订为12章,近似杜诗类选,边绎边论,别开生面,颇便初学。山东大学中文系古典文学教研室《杜甫诗选》(人民文学出版社1980年版)选录杜诗204首,诗题下有说明,介绍写作年代、地点及思想内容、艺术特色。诗后有注释,对词语典故作注或考证。简明扼要,分析中肯,为最受读者欢迎的杜诗选本之一。此书为集体编著,著名学者冯沅君、陆侃如、萧涤非、关德栋等都参加了编写,由殷孟伦、袁世硕、董治安最后定稿。此书后由袁世硕、董治安、张可礼、张忠纲修订,增选的53首诗和1篇《雕赋》,由张忠纲注释,同时修改了原来的部分注文,体例亦有所变化,并注意吸收新的研究成果,易名为《杜甫选集》,仍由人民文学出版社于1998年出版,被收入"世界文学名著文库"。周蒙、冯宇《杜甫诗选读》(黑龙江人民出版社1980年版)选录杜诗名篇百首,对每首诗除作简明注释外,全部译成白话,又对思想内容与艺术特色作了简要分析,颇便阅读,因选注者周蒙是学者兼诗人,故其所译诗亦颇有意味。金启华、陈美林《杜甫诗选析》(江苏人民出版社1981年版)选注杜诗123首,有说明和注释两项,为一简明的通俗读物。熊柏畦《杜甫绝句注释》(江西人民出版社1982年版)共选杜甫绝句137首,大略以编年为次。于每首诗题下,注明写作时地。诗后有“注释”和“说明”两部分。注释简明,除对字句的疏释、串解外,还择要列举前代诸家评语,使读者能从涵泳中得到较深的体味。邓魁英、聂石樵《杜甫选集》(上海古籍出版社1983年版)选录杜诗300余首,以时间为次,注释详明,而第一条注释则为该诗之题解,指明写作时、地,提示诗之大旨及有关问题。其注释多取之前人,择善而从,不作过多考订,引证翔实赅博,严谨审慎,且时有己见,诚为一部学术性极强的杜诗选本。梁鉴江《杜甫诗选》,原由香港三联书店出版,为刘逸生主编“中国历代诗人选集丛书”之一种,广东人民出版社1985年重印。此书选取杜诗名篇110首,每首都有题解、句译、注释与简析,一些难字还标有普通话和广州话的读音。徐放《杜甫诗今译》(人民日报出版社1985年版)是一别具特色的杜诗译注本。全书选取杜诗161首,加以解题、注释与今译,今译全系新体诗。徐放是一位著名的新诗人,又曾饱经风霜,因此该书的最大特色是,作者以他饱经忧患的心把杜诗译成新诗,故能体会入微,见解独到,给人以身临其境之感。夏松凉《杜诗鉴赏》(辽宁教育出版社1986年版)选取脍炙人口、广为流传的杜诗名篇92首加以鉴赏,侧重于艺术技巧和艺术手法的探讨与介绍。秦似《杜甫诗歌赏析》(广西人民出版社1986年版)主要选取杜甫那些最能反映历史面貌、社会本质、作者思想主流,同时在诗歌的形式美方面比较完善的作品,注释较详,并附有“赏析”,适合青少年阅读、自学。曹慕樊《杜诗选注》(西南师范大学出版社1986年版),选取杜诗365篇,均加注释、评语于诗后,而吸收今人的研究成果为是书主要特点。许永璋《杜诗名篇新析》(南京大学出版社1988年版)选取杜诗110首,按写作时间编次。选诗宗旨侧重爱国性与创造性两方面。每首诗后均有注释,而重点在解析。解析文字,举凡诗篇本旨、章法结构、艺术价值,以及前人评价、注家得失、个人一得等,皆详加阐发论述。刘开扬、刘新生《杜甫诗集导读》(巴蜀书社 1988 年版)为“中华文化要籍导读丛书”之一种。刘开扬撰写了“叙论”部分,共分 7 章 26 节,全面介绍了杜甫的生平、思想及其在文学史上的地位,并着重论述了杜诗的内容与艺术特色。为适应丛书要求,还专门写了一章《怎样诵读和研究杜甫诗集》。“诗选”部分共录诗 138 首,由刘开扬精选并作最后润色,由其子刘新生校注。文字简明扼要,便于初读。金启华、金小平《杜甫诗史》(上海教育出版社 1989 年版)是一颇具特色的杜诗评注本,作者在《答客问》代前言中阐述了选诗标准,即以杜诗所反映的各阶段的历史现实、杜甫生活以及杜甫在各阶段中各体诗歌的代表作来加以注释和评说,读之可以了解杜甫所处的时代背景、杜甫遭遇以及杜甫各体诗歌在各个阶段的发展情况。此书将杜诗分为五个阶段加以选评,即少壮时期(6 首)、长安十年时期(23 首)、天宝之乱时期(65 首)、成都夔府寓居时期(109 首)、荆湘漂泊时期(10 首),共 213 首,约占现存杜诗的 1/7。此书注释简明,评说公允。倪其心、吴鸥《杜甫诗选译》(巴蜀书社 1990 年版),为“古代文史名著选译丛书”之一种。该书选杜诗 61 首,依写作时序编次。注释简明扼要,译文流畅顺达,有一定的文采。每诗前冠一解题,交代题旨、作年和作品大意。黄珅《杜甫心影录》[江苏古籍出版社、中华书局(香港)1991 年版]为金性尧主编“诗词坊丛书”之一种。全书分 57 题简要介绍了杜诗,融鉴赏与论辩于一体,言简意赅,文笔优美流畅,可读性强。毕万忱《杜甫》(江苏古籍出版社 1991 年版)为“中国历代名人传丛书”之一种。全书共分十部分,特点是紧扣时代社会背景以及诗歌艺术的发展变化,评价杜甫其人其诗,写法上力求摆脱一般传记读物的既有程序,尽力做到科学性与通俗性、学术性与知识性的统一,从而较准确地展示了杜甫思乡爱国的人格魅力及其诗歌的思想艺术价值。万曼《杜甫传》(河南大学出版社 1992 年版)为万曼遗著,共列 13 目,组成一部包括家世、生平经历、坎坷遭遇、思想情绪、友朋交往及其相关重要诗歌创作等方面内容的杜甫传记。徐小龙编绘《杜甫行迹》(河南美术出版社 1992 年版)采用诗配画的形式,形象地描绘了杜甫的一生行迹。画为木刻,人物刻画生动,刀法熟练,颇见功力。书前有刘岘题词和陈天然序《淘尽狂沙始到金》。曹聚仁《论杜诗及其它》(上海教育出版社 1993 年版)收入作者论杜短文 21 篇,中有《杜诗十九证》,探讨杜甫的一些诗是在什么地方、什么时期、什么情况下写作的,颇有独到之见解。陶道恕主编的《杜甫诗歌赏析集》(巴蜀书社 1993 年版)为“中国古典文学赏析丛书”之一种。全书共收录 100 多位作者的 130 篇赏析文章,划分为入蜀前、两川、夔州和荆湘四个时期。对安史之乱发生前后的皇皇巨制和流寓夔州期间的精美篇章,都给予充分评价,对两川、荆湘时期的名篇佳什,也多加选录,排除偏见,予以实事求是的评述。李一飞《杜甫与杜诗》(岳麓书社 1994 年版),全书分三卷,卷上含评说杜诗渊源、创作、内容、形式、风格、影响等方面的 13 篇短文,卷中选注杜诗 181 首,卷下含关于杜甫生平考证的 2 篇文章。该书在汲取已有成果的基础上,时有创获,简明扼要,深入浅出。毛炳汉《九州诗圣杜甫》(海南国际新闻出版中心 1995 年版)为“中华百杰图传”的“文坛巨擘”之一种,系统全面介绍了杜甫其人其诗,对杜甫经历坎坷的一生和他在学术史上的地位及其伟大作品进行了评述，其特点是图文并茂，雅俗共赏，行文简练，评价中肯，并吸收了新的研究成果，为杜学研究提供了一种新样式。胡汉生《杜甫诗译析》（三秦出版社1996年版）为“唐宋诗文大家今译丛书”之一种。编选杜诗110首，按诗体、写作时间排序，并作了注释和译析。注释参照了不同注本，择善而从。译诗以直译为主，不好直译的作意译；采用长短句式，基本上仍用原韵；遣词力求简明。简析短小精悍，生动活泼。韩成武、南思雁《杜甫诗歌精选》（花山文艺出版社1996年版）为“唐代名家诗丛”之一种。此书从仇兆鳌《杜诗详注》中精选出250余首，依写作时序编次，加以注释，吸收了不少新的研究成果。马昭《杜甫传》（北岳文艺出版社1996年版）共分八章——“噫吁嚱，蜀道难”“绿雨红蕖裛草堂”“江村孤月又清清”“西川雨淫淫”“天涯欢与愁”“梓水波，阆山歌”“清秋幕府，绝塞狼烟”“云彩满蜀都”，从逃难秦州起，到困顿而逝于衡湘。此书不是严格意义上的传记，而类于小说，这对展示杜甫的性格、杜甫坎坷的一生是有帮助的。韩成武、张志民《杜甫诗全译》（河北人民出版社1997年版）是迄今为止中国大陆出版的第一部杜诗全译本。作者出于将杜诗研究推向社会的动意，历时6年，完成此书。全书以仇兆鳌《杜诗详注》所收诗歌为据（唯《哭长孙侍御》一首为杜诵作，不录），每首诗有“题解”“原诗”“注释”“译文”4项。编年基本采用古今学者的研究成果。作者潜心揣摩，殚精竭虑，正如杜甫研究专家陈贻焮赠诗云：“百万余言译杜功，少陵精粹在其中。要知二子多辛苦，字句之间见血红。”吴庚舜等《中国诗苑英华·杜甫卷》（山东大学出版社1997年版）选杜诗197首，每诗后有详注。注者前言简述杜甫集大成的时代条件和个人因素。

严燕子《中国古代十大诗人精品全集·杜甫卷》(大连出版社1997年版),选注杜诗529首。每首诗后都有“题解”和“注释”,多着眼于阅读与欣赏,消除读者阅读中的语言障碍。孟修祥《诗圣杜甫》(湖北人民出版社1998年版)为“走近圣人丛书”之一种。全书共分前言,时代骄子,盛世悲辛,乱世之歌,苦难人生,诗圣精神,诗圣、狂士、隐者,时代、个人、诗,崇拜与选择,杜甫与当代诗人十部分,对杜甫及其诗歌作了通俗易懂的介绍与评析,兼具知识性与学术性的特点。

又有英译杜诗3种。吴钧陶译《杜甫诗英译一百五十首》(陕西人民出版社1985年版)系英汉对照读物,共收杜诗156首。英译部分加有小注,原作部分则仅录其诗。此书为作者在其旧作《杜甫诗新译》(商务印书馆香港分馆1981年版)基础上修改、扩充而成,其中部分内容曾作为附录,用于画册《杜甫诗意画》。全书译文经译者的精心推敲,水平上乘,深受英语读者欢迎。李惟建译《杜甫诗选》(四川人民出版社1985年版)亦系汉英对照本。全书选取杜甫有代表性的诗作40首加以英译。书前有英文前言,简要介绍杜甫的生平经历以及创作成就。谢文通译《杜诗选译》(广东高等教育出版社1985年版),选取杜诗名篇127题140首作汉英对照翻译,个别长诗如《奉赠韦左丞丈二十二韵》《北征》作节选处理。由于作者具有深厚的中英文学素养,自1934年以来一直从事英译中国古典诗歌的研究与探索,故所译杜诗基本做到了信、达、雅。这些英译本杜诗对在英语世界传播和普及杜诗都起到了很好的作用。

另有高嵩《李白杜甫诗选译》(宁夏人民出版社1980年版)选李白诗52首、杜甫诗62首。诗题之下,先列其白话译诗,次列原诗,末有简要注释,每每简说诗旨、作品写作时地等问题。译诗注意了原诗的神韵、现代汉语的规范和新诗的格律化等问题,具有通俗易懂、明快流畅的特点,于理解李杜诗之内容颇为简便。朱代璁《李白杜甫吟四川》(四川教育出版社1993年版)为“中学生课外阅读丛书”之一种。此书收集了两大诗人的咏川诗作97篇,并附以“简说”“注释”和“今译”。诗作前分别题以“李白的蜀中生活”“杜甫的蜀中生活”的说明文字。杜维沫、高光起《李白杜甫诗精选》(山西古籍出版社1995年版)为“唐宋诗词三十家”之一种。该书选录李、杜诗各120首,共240首,列有简明注释及评析小文。该书主要对象为中等文化程度的一般读者。钟刚《唐三家五绝注释》(山西人民出版社1990年版)则辑录李白、杜甫、李贺的传世五绝166首(李白102首、杜甫32首、李贺32首),先注释,后分析说明。此书既是学习和欣赏五绝的普及读物,又为研治三大诗人五绝提供了资料。

其他方面,如对杜诗某一篇作品诸如作年、诗中人物和词语的具体考订,对杜甫文赋的研究,对杜诗海外影响的研究等等,因限于篇幅,只好从略。

# 《杜甫全集校注》纵横谈*

萧涤非主编、张忠纲终审统稿的《杜甫全集校注》是国务院古籍整理出版规划重点项目、全国高校古籍整理研究工作委员会重点项目、新闻出版总署"十二五"重点项目、国家出版基金重点资助项目。《杜甫全集校注》的编撰前后历时 36 年，凝结了三代学人的心血，是山东大学奉献给学术界的宝贵文化财富。由人民文学出版社于 2014 年 1 月出版，全书 680 万字，12 巨册。该书出版后，引起强烈反响，连得大奖，被誉为"当代集部整理的典范之作"。

## 一、编撰始末

1976 年底，粉碎"四人帮"不久，全国出版工作座谈会制订了整理出版"中国古代大作家集"的规划，确定的大作家集共有 15 种，杜甫集为其一。1978 年初，人民文学出版社约请萧涤非教授主编《杜甫全集校注》，并在山东大学组建《杜甫全集》校注组。校注组成立后，制定了校注体例，要求以严谨科

* 本文原载于《儒林》第七辑，上海古籍出版社 2018 年版。

学的态度，力求集前代治杜成果之大成，吸收现当代研究成果，精审慎取，参酌己见，撰成一部编录谨严、校勘审慎、注释详明、评论切当、附录完善的带有集校集注集评性质的新校注本。

杜甫是中国古典诗歌的集大成者，在中国文学史上享有崇高的地位，是中国优秀传统文化的代表，是原始儒家即孔孟思想的继承者和实践者，被誉为“诗圣”。继承和发扬杜甫留给我们的这份宝贵遗产，对弘扬中华民族的优秀传统文化，提高民族自信心和凝聚力，繁荣新时代的文化事业和文艺创作，具有重大的现实意义。杜甫又是“世界文化名人”。美国著名诗人、唐诗研究专家肯尼斯·鲁克斯罗斯说：“杜甫是有史以来最伟大的诗人。在某些方面，杜甫可超越莎士比亚或荷马。”研究杜甫，对促进国际文化交流，传布中华文明，拯救当前人类面临的精神危机和道德危机，提高中华民族的国际影响力，增强民族自豪感，都有不可低估的作用。而萧涤非先生是著名的中国文学史家，在我国学术界享有很高的声誉，尤以公认的杜甫研究权威蜚声海内外。他于 20 世纪 50 年代出版、80 年代再版的《杜甫研究》，被誉为“建国三十多年来杜甫研究界的代表著作”。由他来主编《杜甫全集校注》是再合适不过了。

鉴于“校注”任务之艰巨，校注组活动伊始，即开展了两项基础性工作。一是沿杜甫当年行踪，访遗采风，做实地考察；一是广搜版本，摘录文献。1979 年 5—7 月，已是 73 岁高龄的萧先生率领校注组成员先后到河南、陕西、四川、重庆、湖北、湖南等地，对杜甫的行踪遗迹进行了实地考察。之后，又先后三次分别去鲁西、鲁南、陕北、陇右、平江一带进行了补充考察，加深了对杜诗的理解，并收集到不少重要资料，后撰成《访古学诗万里行》一书，由人民文学出版社于 1982 年出版。

古人云:注诗难,注杜尤难。注杜之所以难,原因有二:一是杜诗本身博大精深,难窥其奥。宋人即云:"诗自风雅而下,惟工部为宗,其渊深浩博,后人莫窥涯涘,有谓工部胸中凡几国子监。"(《黄氏补千家集注杜工部诗史·董居谊序》)加之唐五代以后,有关杜诗评述及研究文献资料汗牛充栋,难以计数。一是杜诗注释版本太多,不少善本孤本星散各地,尚在秘藏,不易获见。所以我们在深入研读杜诗的同时,从两个方面进行了有关杜甫资料的搜集工作。

一是各人根据编写任务的分工,广泛阅览杜甫及其以后的诗文别集、总集、诗话、笔记、史书、地志、类书、丛谈、杂著等书,辑录其中有关杜甫生平事迹及其作品的研究资料,力求其全,分门别类予以整理,做成卡片,以备检索。由于《古典文学研究资料汇编·杜甫卷》上编《唐宋之部》已于 1964 年由中华书局出版,故唐宋时期的资料主要依据该书。但该书只是辑录"有关杜甫生平事迹及其作品思想、艺术总的评论的资料",而对杜甫某一作品、某一诗句的具体评论,尚需我们再事检索。至于宋代以后的资料,则需我们广事搜求。凡涉及杜甫的只言片语,不管有用与否,都搜录整理,做成卡片。像《四部丛刊》和《四部备要》这样重要的丛书,都要通读。这两部书都没有句读,萧先生让都加上句读,再认真抄写,不能出错。另外,书中涉及前人引用的有不准确或错误的地方也要指出来改正。这项工作是贯穿校注全过程的,一直到定稿为止。

一是对杜集版本、评注本,于海内外广事搜求,披阅摘录,翻拍复印。如 1979 年 6 月,我们借在成都进行实地考察的机会,承蒙杜甫草堂纪念馆(1985 年更名为成都杜甫草堂博物馆)的大力支持,查阅了 38 部杜诗,复制了 10 部,其中最珍贵的是宋刻本阙名编《草堂先生杜工部诗集》,此为海内孤本,但系残本,只残存6卷。该书为李一氓1964年在北京购得而赠送给杜甫草堂纪念馆的。李氏跋云:"《草堂先生杜工部诗集》,宋本,半叶十行,行二十字,白文无注。书名不载公私纪录,为极罕见之本。或传清内库所藏,曾有人收得零页云。现残存第十四卷(一至十三叶)、第十六卷(一至五叶,十七至二十一叶)、第十七卷(全)、第十八卷(全)、第十九卷(一至二十二叶)、第二十卷(十一至十三叶),共六卷八十七叶而已。……书中匡字缺笔(十六卷十九叶,十九卷一叶)、慎字缺笔(十八卷十五叶,十九卷十三叶)。依缺笔,约可断为淳熙刊本;依纸质字体,约可断为建阳刊本。……成都杜甫纪念馆所藏杜诗,仅一宋本《草堂诗笺》。忽见此本于北京中国书店,急代收之。事为北京图书馆所悉,惊为异本,曾谋迫让。书原有错简,特为重装。"该书编辑体例与今存所见之杜集版本迥异,颇显杂乱,而正文下有少量校语,诗题下大多标注作年。计有诗381首,另有残诗3首,附录他人唱和诗7首。李一氓重装本封面有"南宋草堂杜集残本　陈毅署签"十二大字,并盖有"陈毅之印"。扉页有朱德、何香凝、陈毅、康生、陈叔通、郭沫若、齐燕铭、阿英、李初梨、徐平羽等题词。《杜甫全集校注》是以商务印书馆影印之《续古逸丛书》第四十七种《宋本杜工部集》为底本,而以宋元刻本参校。校注开始,人民文学出版社就为我们提供了由王利器、舒芜诸先生于20世纪60年代据杜工部集十一种宋、元刊本和明抄本所作之校勘记,给全书的校勘工作打下了极好的基础。由于《草堂先生杜工部诗集》对杜集校勘极具价值,故我们将其与1981年江苏广陵古籍刻印社翻刻刘世珩1913年影宋本《王状元集百家注编年杜陵诗史》、

1982 年中华书局影印出版的宋刻本郭知达编《新刊校定集注杜诗》列入参校版本，这样就使杜集的校勘更加完备。我们搜集到的稀有杜诗版本还有北京图书馆（今国家图书馆）收藏的明抄本宋赵次公注《新定杜工部古诗近体诗先后并解》、北京大学图书馆收藏的明周甸撰《杜释会通》、吉林省图书馆收藏的明薛益撰《杜工部七言律诗分类集注》、山东师范大学图书馆收藏的清赵星海撰《杜解传薪》原稿抄本和南京图书馆收藏的《杜解传薪摘抄》刊本等。

1985 年前后，美国耶鲁大学的博士生车淑珊女士来山东大学从萧涤非先生进修。车淑珊女士的博士学位论文是写杜甫的，为此她特地到中国大陆访学。我们请她从耶鲁大学图书馆复制有关杜甫资料，她写信去，图书馆很快就把复印资料邮寄过来，大多是港台和海外研究杜甫的著作。她到日本访学时，又为我们复制了元代董养性所撰《杜工部诗选注》，此书国内早已不见原本，实为海外孤本，弥足珍贵。

在有关单位以及诸多专家同好的大力支持下，我们群策群力，历经六载，于公私书录所载及未载，而今尚存之杜集版本，几搜罗殆尽。计得清季辛亥以前著述 200 余种，近人著述、海外译本数百种。我们又分工查阅各地方志和古今书目，编成《杜集书目提要》，由齐鲁书社于 1986 年 9 月出版，尚早于周采泉所著《杜集书录》。该书收录有关杜诗书目凡 890 种，起自稍后于杜甫的樊晃《杜工部小集》，止于 1984 年的今人著述，内容丰富翔实，颇具参考价值。这些都为我们的校注工作打下了良好的基础。

为保证《杜甫全集校注》的编撰质量，集思广益，更好地做好杜集校注工作，我们于 1979 年 5 月印发《〈杜甫全集校注〉

例言》(征求意见稿),在征求了一些单位和个人的意见之后,7月又修订为《〈杜甫全集校注〉体例》(征求意见稿)。8月,人民文学出版社古典文学编辑室将修订稿印发全国有关单位和专家征求意见。征求意见函发出后,先后收到意见及建议信函百余件,如程千帆、吴世昌、姜亮夫、王起、启功、王利器、姚奠中、朱金城、聂石樵、邓魁英、庄维石等著名学者都来函提出宝贵意见。这些意见和建议,对于我们完善校注体例和搞好校注工作都大有裨益,有的建议已被吸收到我们的体例和校注工作中。

根据校注体例,我们每人按自己的分工开始具体的校注工作,并选出若干样稿送人民文学出版社古编室,同时请他们印发征求意见。经与各方面联系协商后,我们决定于1984年5月在杜甫故里召开《杜甫全集校注》样稿讨论会。4月上旬发出会议邀请函。在一切准备就绪后,由山东大学、人民文学出版社和巩县杜甫故里纪念馆联合召开的《杜甫全集校注》样稿讨论会,于1984年5月3—10日在河南省巩县杜甫故里举行。出席讨论会的,有山东大学党委副书记戈平,人民文学出版社总编辑屠岸,河南省委宣传部副部长林英海,巩县县委书记牛甲辰,巩县杜甫研究学会会长杨立柱,知名学者殷孟伦、蒋维崧、王利器、周振甫、舒芜、冯钟芸、陈贻焮、成善楷、安旗、聂文郁、耿元瑞等,还有成都杜甫草堂负责人杨铭庆、杜甫后裔杜思智、加拿大不列颠哥伦比亚大学亚洲学系教授叶嘉莹女士以及有关高等院校、科研单位、出版社和《杜甫全集》校注组的同志,共70余人。《杜甫全集校注》主编、山东大学教授萧涤非主持了会议。在开幕式上,戈平副书记代表山东大学向支持和协助召开这次会议的有关单位的领导和同志们表示衷心的感谢,向光临大会的专家学者表示热烈的欢迎。萧先生在讲话中表示:“人民文学出版社把《杜甫全集》的校注工作交给了山东大学,决定由我主持。考虑到整理《杜甫全集》是一项很有意义的工作,虽然感到担子很重,困难很多,我当时还是欣然接受了。古人说:‘不行万里途,不读万卷书,不可读杜诗。’明人陈继儒说:‘兔脱如飞神鹘见,珠沉无底老龙知。少年莫漫轻吟咏,五十方能读杜诗。’可见读杜不易,真正读懂更不易。我可以说读了一辈子杜诗,现年近八十,还不敢说真正读懂了杜诗。”“为了尽可能好地完成杜集校注工作,早在一九七九年,我们就编拟了《杜甫全集》校注体例,曾印发全国有关单位和专家征求意见,许多同志,包括在座的一些专家,都寄来了详细的书面意见,对校注体例提出了许多宝贵的建议,对杜集整理工作给予了大力支持,使我们的校注工作得以顺利进行。在此,我谨表示衷心的感谢。”“今天大家看到的这个《杜甫全集校注》(征求意见稿),是从初稿中选取了一部分由人民文学出版社印发的,共计十一题十六首诗,包括各种诗体,算是作为样稿,供大家讨论研究,广泛征求大家的意见。希望各位专家学者,在阅读样稿后,对征求意见信中所开列的几个方面的具体内容,当然不止于这几个方面,凡是有关杜集校注的体例和细目,提出宝贵的意见。我们的样稿还不成熟,算是‘抛砖引玉’,希望大家各抒高见,予以指正,我们竭诚欢迎。杜甫诗云:‘文章千古事,得失寸心知。’各位对杜诗都是深有研究的,个中甘苦,自然深知;诗中真意,自当神会。希望大家知无不言,言无不尽,畅所欲言,各抒己见,真正把我们的讨论会开好,达到预期的目的。大家对讨论会有什么要求,可以随时提出来。许多年事已高的老同志,可以量力而行,不要搞得太紧张,要劳逸适度，有的会可以随便参加，也可以‘运筹于帷幄之中’，让我们校注组的同志去当面征求意见。总之，我们要把讨论会开好，开得大家心情舒畅，身心健康！”

与会同志对杜集之体例、要求、规模、繁简、文风诸方面进行了周悉审慎的讨论，广泛地发表了意见，并在小组讨论的基础上作了大会发言。大家对《杜甫全集》校注组已经取得的初步成果，一致表示肯定和赞扬，而对其不足之处也提出了不少宝贵意见。大家对校注本的体例和规模基本上予以肯定，对《〈杜甫全集校注〉体例》中提到的要“编写出一部编录谨严、校勘审慎，注释详明、评论切当的带有集注集评性质的新校注本”这样一个编辑指导方针，表示赞同。许多同志要求这部书既要集大成，又要成为一家言，应该把集众说与树己见很好地统一起来；许多同志指出，虽然是带有集注集评性质的，但不要成为资料的堆砌，而是要有选择，有鉴别，有判断，有主见，应该是“全而精，详而明”；有的同志满怀激情地说，整理杜甫的文学遗产，整理和总结前人研究杜甫的成果，编出一个《杜甫全集》的新校注本，体现出中华人民共和国的学术水平，这是时代赋予我们的任务。用这样的精神编出其他各个大作家全集的新校注本，也是时代赋予我们的任务。完成这项任务，不仅是对当代读者负责，也是对子孙后代负责；不仅是对中国人民负责，也是对世界人民负责。早在新中国成立初期，邵荃麟同志就提出了这项任务，但工作进展不快，“文化大革命”更耽误了10多年时间，粉碎“四人帮”以后，重新制订了规划，到今天又已经过去了七八年。因此，我们应该有一种紧迫感，加快步伐，完成这项“千秋大业”。大家认为，这次讨论会，不仅会推动《杜甫全集》校注工作的加快进行，而且将推动其他各个大作家全集校注工作的加快进行。

实际上,征求意见、集思广益的工作是贯穿杜集校注始终的,这只要将最初的设想与最后出版的定本比较一下,就不难发现它们渐趋完备的演进过程。

1989 年底,我们给出版社送去六卷校注誊清稿。因萧先生年事已高,为使先生早日看到杜集出版,我们特地与人民文学出版社协商,能否争取在 1991 年底先出版《杜甫全集校注》第一册(包括"前言"和第一、二卷诗),出版社基本同意了我们的意见。想不到 1991 年 4 月 5 日萧先生因病住院,15 日下午 5 点 10 分,先生竟溘然长逝。

萧先生逝世后,编纂工作虽一度停滞,但郑庆笃、焦裕银和张忠纲都完成了各自承担的四卷校注稿。郑庆笃、焦裕银、张忠纲、王佩增还参编了《全唐诗广选新注集评》(辽宁人民出版社 1994 年 8 月)、《中华大典 · 文学典 · 隋唐五代文学分典》(江苏古籍出版社 2000 年 12 月)、《全唐五代诗》(陕西人民出版社 2014 年 10 月出版,1994 年交稿)的杜甫部分。张忠纲所带的博士生,有 8 个人的博士学位论文都是关于杜甫的。他和他的研究生先后出版了《杜甫诗话校注五种》(书目文献出版社 1994 年 7 月)、《杜甫与六朝诗歌关系研究》(安徽教育出版社 2002 年 5 月)、《杜甫诗话六种校注》(齐鲁书社 2002 年 9 月)、《山东杜诗学文献研究》(齐鲁书社 2004 年 5 月)、《清代杜诗学史》(齐鲁书社 2004 年 10 月)、《杜甫诗选》(中华书局 2005 年 1 月)、《杜甫与先秦文化》(泰山出版社 2006 年 6 月)、《杜甫集》(凤凰出版社 2006 年 11 月)、《杜诗语言艺术研究》(齐鲁书社 2007 年 5 月)、《杜甫与儒家文化传统研究》(齐鲁书社 2007 年 8 月)、《清代杜诗学文献考》(凤凰出版社 2007

年9月)、《杜诗学研究论稿》(齐鲁书社2008年6月)、《新译杜甫诗选》(台北三民书局2009年2月)、《杜甫与宋代文化》(重庆大学出版社2011年6月)、《百年杜甫研究之平议与反思》(人民出版社2014年7月)等著作。其中,最有代表性的是《杜集叙录》(齐鲁书社2008年10月)和《杜甫大辞典》(山东教育出版社2009年3月)。《杜集叙录》收录了古今中外有关杜甫著作1261种,是目前收录最多最全的;《杜甫大辞典》包括作品提要、名句解析、语词成语、家世交游、地名名胜、版本著作、研究学者等七大类,所收词目共7680余条,250万字,是对自唐迄今杜甫研究的一个总结。这些都为最后完成《杜甫全集校注》做了前期准备。

2009年初,鉴于《杜甫全集校注》是山东大学承担的国家重点科研项目,须有始有终地完成,在时任校长徐显明推动下,又决定重新启动"校注"工作,成立了由副校长陈炎,文史哲研究院院长傅永军、副院长宋开玉组成的"山东大学《杜甫全集校注》工作协调领导小组",由文史哲研究院具体组织实施,并制订了"山东大学关于完成《杜甫全集校注》的意见"和"山东大学《杜甫全集校注》终审统稿工作方案"。原由首都师范大学廖仲安等承担的十五、十六两卷,因李华去世和其他情况,至今未做;原由王佩曾承担的十三、十四两卷,因其于1994年去世,只完成了草稿,亟须增订;因原七、八两卷诗和文赋两卷的承担者未按期交稿,中途退出,亟须重做。故又聘请宋开玉、赵睿才、綦维、孙微四位博士完成校注工作。经山东大学、人民文学出版社、校注组成员等各方面共同努力,确定《杜甫全集校注》后期工作,由"山东大学《杜甫全集校注》工作协调领导小组"统一组织,张忠纲任全书终审统稿人。《杜甫全集校注》在已有基础上顺利启动。在山东大学和人民文学出版社的并力支持下,校注组诸成员全力以赴,校注工作进展甚速。张忠纲结合近年杜诗研究的新进展,对汇集的初稿逐卷剔厘补订,详加审改。又经五年努力,《杜甫全集校注》终克告竣。

历经36年漫长岁月,三代学人接力完成的《杜甫全集校注》,终于2014年1月由人民文学出版社出版。4月20日,在北京召开了《杜甫全集校注》新书发布暨出版座谈会。10月15日,张忠纲将《杜甫全集校注》手稿捐赠国家图书馆。至此,这项浩繁的学术工程圆满完成。

《杜甫全集校注》的编撰工作,过程曲折,复杂艰难,实非亲历者不能知。当年尚为年轻学子者,今多已成耄耋老翁矣。尤令人痛彻心扉的,原先参与校注者11人,除一人中途退出外,竟有5人先逝。老杜诗云:"访旧半为鬼,惊呼热中肠。"身历此境,情何以堪!注杜之艰难曲折,犹似老杜艰苦备尝之经历。注杜是炼狱,可以磨炼人的意志,可以提升人的道德情操,可以检验人对学术的赤诚。艰难玉成。现终以皇皇680万言的巨著问世,"诗卷长留天地间",亦足可告慰前贤,敬飨读者。在此,特向30多年来一直关心和支持《杜甫全集校注》工作的单位和个人致以衷心的感谢!

## 二、主要成就

《杜甫全集校注》采用编年体例,又因杜甫传世之作,以诗为主,故诗文分编而先诗后文。诗之编年,主要参照注杜全集最晚出本,即清人杨伦《杜诗镜铨》。对《镜铨》编次有异议者,则参伍他本而调整之。文二卷置诗后,赋及进赋表为一卷,余文为一卷,均按作年先后编次。至他集互见、可考订之伪作、近人发见而尚待辨证者,均别置卷末,不入正集。全书共收录杜诗1455首,文赋28篇。

总的来看,《杜甫全集校注》有以下几个方面的特点:

第一,体例完备,校勘精审。

《杜甫全集校注》的体例最为完备周详,卷前有"前言""凡例"及"引用杜集评注本简称及方式"。每篇作品都包括题解、注释、集评、备考、校记五部分。"题解"部分说明写作时间、地点、人事背景、提示内容要点等。"注释"部分,包括释词、本事、典故、史实、舆地、词语出处、句意诗旨,并兼及诗人遣词造语之匠心。杜诗注本繁多,宋人已称"千家注杜"。此书力求兼采众说之长,去芜存菁,阐释诗旨,做到"词语明而诗义彰"。"集评"部分,依次列举前人有关全诗或全文旨意、艺术技法、风格异同等等具有参考价值之评论,以及有代表性之异解,可备一说者。"备考"部分,辑录涉及该篇作品之有关资料及异说别解,以为研究杜诗之参考。"附录"部分,包括"杜甫年谱简编""传记序跋选录""诸家咏杜""诸家论杜""重要杜集评注本简介"等,以便读者阅读之参考。书末附有全书篇目索引,以篇目音序排列,颇便查检。

全书的体例设计体现了尊重前贤研究,博采约取,集古今大成,体现了当代学术需求的自觉意识。校注以商务印书馆影印之《续古逸丛书》第四十七种《宋本杜工部集》二十卷为底本,此本为宋代王洙、王琪所编定,为今日传世杜集之最早者,此后杜集补遗、增校、注释、批点、集注、编年、分体、分类、分韵之作,皆祖此本。参校十三种宋元刻本和一种明抄本宋赵次公注《新定杜工部古诗近体诗先后并解》(残存二十六卷),又以《太平御览》(商务印书馆影宋本)、《文苑英华》(中华书局影宋本一百四十卷、影明刊本八百六十卷)、《乐府诗集》(文学古籍刊行社影宋本)、《永乐大典》(中华书局影印本)等最佳影印本中所征引者参校。因此《杜甫全集校注》充分利用了存世的全部宋元杜集古本,体现了校注者在宋人基础上努力还原杜甫作品本来面目的学术努力。全书对杜集文本校勘之准确与异文之备存数量,远超前人的所有工作。特别可贵的是,《校注》于底本与参校本入选尺度严格,绝无好多宽滥之病,且尽量尊重底本,不轻易改字。如《登白马潭》,明清杜诗注本多作《发白马潭》,校注指出作"发"字于"宋元诸椠无征",应为后人所改。但底本文字有疑者,则经详确考证而改之。如《陪李北海宴历下亭》云:"东藩驻皂盖,北渚凌清河。""清河",《宋本杜工部集》卷一校语:"一作青荷。"此后注本多从"清河",唯钱谦益从"青荷"。《钱注杜诗》卷一:"青荷对皂盖,所谓'圆荷想自昔'也。一作'清河',注云:指济水也。或云当作'清菏',菏,济别名也。不如从'青荷'为长。"钱注是对的,但未深究原委。旧注皆云"清河"即济水,实欠考。清河,古河名,战国时介于齐、赵两国间,源出今河南内黄南,下游不详。而济水称为清河,则始自杜佑《通典·州郡二》:"今东平、济南、淄川、北海界中,有水流入于海,谓之清河,实菏泽、汶水合流,亦名济河。盖因旧名,非本济水也。"清初精通地理、擅长考据的阎若璩"讨论济渎,积至五载",而他得出的结论是:"自汉至隋、唐,惟有济水,杜佑始有清河之名。宋南渡后,始有大小清河之分。于钦《齐乘》以大清为古济水,而以小清为刘豫所导,后人皆沿其说,其实非也。以《水经注》《元和志》《寰宇记》诸书考之,济水最南，漯水在中，河水最北。今者小清所经自历城以东如章丘、邹平、长山、新城、高苑、博兴、乐安诸县，皆古济水所行；而大清所经自历城以上至东阿，固皆济水故道，而自历城东北如济阳、齐东、青城诸县，则皆古漯水所行；蒲台以北则古河水所经。盖唐宋时河行漯川，其后大清兼行河、漯二川，其小清所行则断为济水故道也。"(《潜丘札记》)须知，阎若璩这段话是为订正《大清一统志》的谬误而写给皇帝看的，所以他在这段话前冠以"臣按"字样，自然是十分慎重的，当是可信的。杜佑后于杜甫，《通典》书成之日，杜甫死已 30 余年，距杜甫写此诗近 60 年。新编《辞海》"清河"条亦云："古济水自钜野泽以下别名清水，宋后遂通称清河，一名北清河。金元后又称大清河，下游改道如今黄河。"这样的话，杜甫那时更不会称济水为"清河"了。旧注多从"清河"，甚至有的说："北渚即北海郡，清河乃济河郡，北渚与清河盖相近也。"更是大谬。杜诗常取首联对仗。这首诗虽是古诗，但首二句对仗工整，"东藩"对"北渚"，"驻"对"凌"，"皂盖"对"青荷"，方位对，颜色对，至为工巧。"东藩"即指北海郡，如果"北渚"又指北海郡，那岂不是重复吗？其实，这里的"北渚"就是历下亭所在的位置。"渚"为水中高地，"凌"为凌空、凌虚之"凌"，历下亭高踞水中，四周青荷环绕，景致绝佳，于是才引起下文所说的幽兴。所以校注认为："清河"，《宋本杜工部集》既说"一作青荷"，必有所本，当从"青荷"为是。此番考辨，可发千年之覆。而对历下亭历史演变的考证，亦发前人所未发。又如《诸将五首》之一"曾闪朱旗北斗闲"句，因触杜甫家讳，宋人多有考订，此书据宋人赵令畤《侯鲭录》卷七、胡仔《苕溪渔隐丛话》前集卷二〇引《蔡宽夫诗话》俱引薛向家藏五代本、张耒《明道杂志》引北宋王仲至家古写本,皆作“殷”字,又详引南宋周必大《二老堂诗话》云:“世言杜子美诗两押‘闲’字,不避家讳。”“七言诗‘曾闪朱旗北斗闲’,虽俗传孙觌《杜诗押韵》亦用二字,其实非也。”“此‘北斗闲’者,盖《汉书》有‘朱旗绛天’,今杜诗既云‘曾闪朱旗’,则是因朱旗绛天,斗色亦赤,本是‘殷’字,于斤切,盛也;于颜切,红也。故音虽不同,而字则一体。是时宣祖(按:赵匡胤之父名弘殷,庙号宣祖)正讳‘殷’字,故改作‘闲’,全无义理。今既祧庙不讳,所谓‘曾闪朱旗北斗殷’,又何疑焉!”故改底本“闲”字为“殷”,恢复了古本的原文。书中类似的校勘成果极其丰富,这充分保证了全书的学术质量。

第二,别择精审,考按合理。

宋人谓杜诗“无一字无来处”,历代注家大多广征远引,务求博雅,有的甚至伪造笺注,如“伪王注”“伪苏注”,有的则附会史实,务为穿凿。《杜甫全集校注》在校注中参考了散存于国内外公私图书馆、博物馆、高等学校和研究机构的重要杜集版本近300种,可谓尽集前贤精粹,然删削别裁,条次分明。由于秉持了“精审慎取,参酌己见”的注释原则,《校注》既能做到集大成,又能在守正中不断出新。这一原则通贯全书,使得全书胜义迭出,精彩纷呈。如《望岳》首句“岱宗夫如何”,旧注均语焉不详,而《校注》引清人翁方纲《石洲诗话》及今人徐仁甫《杜诗注解商榷》的说法,对“夫”字的意义和作用作了补充说明,足以补旧注之阙。又如《赠比部萧郎中十兄》:“有美生人杰,由来积德门。”《诗·郑风·野有蔓草》:“有美一人。”萧郎中为甫从姑之子,故此指甫从姑。“人杰”,人中之豪杰也。《史记·高祖本纪》:汉高祖刘邦曰:“夫运筹策帷帐之中,决胜于千里之外,吾不如子房(张良字);镇国家,抚百姓,给馈饷,不绝粮道，吾不如萧何；连百万之军，战必胜，攻必取，吾不如韩信。此三者，皆人杰也，吾能用之，此吾所以取天下也。”此指萧郎中。仇兆鳌《杜诗详注》引《桓玄传》：“刘裕风骨不恒，盖人杰也。”与萧无涉。“积德”，谓向来行善。《史记·周本纪》：“后稷，别姓姬氏。后稷之兴，在陶唐、虞、夏之际，皆有令德。”“古公亶父复修后稷、公刘之业，积德行义，国人皆戴之。”又云：“西伯积善累德，诸侯皆向之。”而《新唐书·宰相世系表一下》云：“萧氏出自姬姓，帝喾之后。”“汉有丞相酇文终侯（萧）何。”故曰“由来积德门”。仇注引《开皇神告录》曰：“隋开皇末，有老翁诣唐高祖，从容置酒，语及时事，曰：‘公积德之门，负至贵之表。’”不确。亦与萧氏无涉。由此可见杜诗用事之精切，不浪下一字，真可谓“无一字无来处”也。又如《秋野五首》其一：“盘飧老夫食，分减及溪鱼。”“分减”一词，杜甫之前亦曾出现过。如《东观汉记》载：“（孔）奋笃于骨肉，弟奇在雒阳为诸生”，“每有所食甘美，辄分减以遗奇”。又《陈书·姚察传》：“察每崎岖艰阻，求请供养之资，粮粒恒得相继。又常以己分减推诸弟妹，及至故旧乏绝者皆相分恤，自甘唯藜藿而已。”但其分减的对象只是亲人故旧。又“分减”在实叉难陀所译《大方广佛华严经》卷二一中出现 3 次，谓菩萨行十种施，“分减施”为其一：“何为菩萨分减施？此菩萨禀性仁慈，好行惠施，若得美味，不专自受，要与众生，然后方食。凡所受物，悉亦如是。”杜诗本此，极切其意。而所谓“枣熟从人打”“药许邻人劚”“拾穗许村童”“减米散同舟，路难思共济”“筑场怜穴蚁”“愿分竹实及蝼蚁，尽使鸱枭相怒号”云云，皆此仁人情怀。于此，亦可见佛教思想对老杜的影响。如此阐释，旧注皆不及此。此类尚多，不烦赘述。

“集评”“备考”两项，集历代评议，备诸相左观点，纲举目张，几乎全面网罗了千年来人们有关杜甫作品的各种意见，解决了古来杜注中各种未能妥善处理的诸多问题。如《聂耒阳以仆阻水》诗后于“备考”中附关于“狄相孙”“方田驿”以及“饫死耒阳说”的讨论；《回棹》后附“关于编年之异说”；《江阁卧病走笔寄呈崔卢两侍御》后附关于“江阁”“崔、卢二侍御”及“锦带”的解释；《长沙送李十一衔》后录洪迈、胡应麟有关李杜齐名的释读；《风疾舟中伏枕书怀三十六韵奉呈湖南亲友》后附录“关于诗之编年”“关于宗文之死”“关于‘公孙仍恃险，侯景未生擒’二句所指”三项备考。全书附录备考有数千例之多，将有关杜诗历来争议的主要观点和证据都列举出来，足资学者参考。

第三，驳正旧注讹误，充分吸收最新研究成果。

近30年来，杜甫研究取得了长足的进展，可谓硕果累累，新见纷呈，特别是对杜甫诗文所涉人名、史实的考辨，更是杜集校注所应汲取的。全书主要依据张忠纲主编《杜甫大辞典》（山东教育出版社2009年版）及新近重要发现，最大限度地吸收了杜甫研究的最新成果，纠正旧注讹误，并依此对杜甫诗文的编年作了重新调整和编次。如根据新出土的韦述《大唐故正议大夫行仪王傅上柱国奉明县开国子赐紫金鱼袋京兆韦府君（济）墓志铭》，重新考定了《奉寄河南韦尹丈人》《赠韦左丞丈济》《奉赠韦左丞丈二十二韵》诸诗的编年，对杜甫受困长安时期的情况有了更准确的反映。又如原卷八《所思》：“郑老身仍窜，台州信所传。为农山涧曲，卧病海云边。世已疏儒素，人犹乞酒钱。徒劳望牛斗，无计斸龙泉。”题下原注：“得台州郑司户虔消息。”杨注将此诗系于上元二年（761）。以前学术界认为郑虔卒于广德二年(764)。但据新发现的郑虔外甥卢季长所撰《大唐故著作郎贬台州司户荥阳郑府君(虔)并夫人琅琊王氏墓志铭并序》云:"无何,狂寇凭陵(指安史之乱),二京失守,公奔窜不暇,遂陷身戎虏。初胁授兵部郎中,次国子司业。国家克复日,贬公台州司户。非其罪也,国之宪也。经一考,遘疾于台州官舍,终于官舍,享年六十有九,时乾元二年九月廿日也。"(吴钢主编《全唐文补遗·千唐志斋新藏专辑》,三秦出版社2006年版)诗云"台州信所传",是作于虔殁之前。诗又云"无计斸龙泉",是又在华州弃官之后,当作于乾元二年秋流寓秦州时。故此诗不当置于上元二年虔死之后,而应移入卷五《有怀台州郑十八司户虔》诗后。再如原卷十一《将赴荆南寄别李剑州》:"使君高义驱今古,寥落三年坐剑州。但见文翁能化俗,焉知李广未封侯?路经滟滪双蓬鬓,天入沧浪一钓舟。戎马相逢更何日?春风回首仲宣楼。"旧注多编在广德二年(764)春阆州作,亦未考出李剑州为谁。李剑州,即李昌巎。据《旧唐书·杜鸿渐传》载:"永泰元年十月(《旧唐书·代宗纪》《资治通鉴》均作'闰十月'),剑南西川兵马使崔旰杀(剑南)节度使郭英乂,据成都,自称留后。邛州衙将柏贞节(即柏茂琳)、泸州衙将杨子琳、剑州衙将李昌巎等兴兵讨旰,西蜀大乱。"又《资治通鉴·唐代宗大历元年》载:"(八月)以柏茂琳、杨子琳、李昌巎各为本州刺史。"自大历元年至三年首尾为三年,故诗云:"寥落三年坐剑州。""路经滟滪双蓬鬓""春风回首仲宣楼"云云,正谓自己即将乘船东下荆南,特寄诗向剑州刺史李昌巎告别。故此诗当作于大历三年(768)正月在夔州未出峡时,应移入卷十八中。又如原卷一二《石砚诗》:"平公今诗伯,秀发吾所羡。奉使三峡中,长啸得石砚。"仇兆鳌注:"黄鹤依梁氏编在云安诗内,以诗有‘奉使三峡’句也。”(《杜诗详注》卷一四)此说非是。此诗题下原注:“平侍御者。”旧注亦未考出平侍御为谁。平侍御,即平冽。天宝六载(747)在监察御史任。七载二月,撰《唐济源令房琯遗爱颂》。而杜甫与房琯为至交。据《安禄山事迹》卷上,新旧《唐书·安禄山传》《安庆绪传》,冽天宝中为安禄山幕僚;据颜真卿《东方先生画赞碑阴记》,天宝十二载,冽以殿中侍御史、河北采访使、东平王判官身份至德州;又据《新唐书·安庆绪传》,安庆绪天和元年(757),以冽为宰相。故冽“奉使三峡”必在天宝中,而不在永泰年间云安诗中,旧注编年均误。故将此诗移入卷二天宝诗中。

又旧注作者,大多对杜甫行踪遗迹未作全面而系统的实地考察,故昧于地理,编次失当者,时而有之。如杜甫湖南诗,旧注如《杜臆》、朱注、仇注、杨注等,都将《入乔口》《铜官渚守风》《双枫浦》《发潭州》等诗,置于《宿凿石浦》《过津口》《次空灵岸》《宿花石戍》《次晚洲》诸诗之后,其实是前后颠倒了。校注组根据实地踏勘的成果对相关诸诗的编次作了重新调整,澄清了千百年的沿袭之误。

关于杜甫文赋两卷的校注问题,历来注本多缺而不录,录而不注。钱谦益、朱鹤龄、张溍、仇兆鳌等的注本亦很简略,而杨伦《杜诗镜铨》则照录张溍《读书堂杜工部文集注解》二卷。这次校注对杜甫文赋两卷的注释,可说是一千多年来最详尽精确的,有不少新见和新解。如《唐故德仪赠淑妃皇甫氏神道碑》的作年问题。碑曰:“有女曰临晋公主,出降代国长公主子荥阳郑潜曜,官曰光禄卿,爵曰驸马都尉。”“甫忝郑庄之宾客,游窦主之园林。以白头之嵇、阮,岂独步于崔、蔡。而野老何知，斯文见托；公子泛爱，壮心未已。不论官阀，游、夏入文学之科；兼叙哀伤，颜、谢有后妃之诔。”黄鹤《年谱辨疑》云：“（天宝四载乙酉）为开元皇帝皇甫淑妃作墓碑云‘公主戚然谓左右曰：自我之西，岁阳载纪’云云，‘于是下教有司，爰度碑版’。案《尔雅》：自甲至癸，为岁之阳。妃以开元二十三年乙亥十月癸未朔薨，其月二十七日葬于河南县龙门之西北原，故至今年乙酉为岁阳载纪矣。”旧注多从之。按：鹤云实误。此《碑》中“自我之西，岁阳载纪”之语，乃是临晋公主所说。而“自我之西”，诚如朱注：“自东都归西都。”（《杜工部文集》卷二）则“岁阳载纪”不应从皇甫淑妃去世之开元二十三年算起，而应从临晋公主下嫁郑潜曜之时算起。据独孤及《郑驸马孝行记》（载《毘陵集》卷一七），临晋公主于开元二十八年下嫁郑潜曜，往下推 10 年，则此碑文当作于天宝九载（750）。

似这类依据最新研究和实地考察调整的篇目，约占全集的 1/5。

## 三、社会反响

《杜甫全集校注》出版后获得了广泛的赞誉。2014 年 4 月 20 日，在北京举行了《杜甫全集校注》新书发布暨出版座谈会，中国出版集团副总裁潘凯雄指出，《杜注》首次对“诗圣”杜甫的作品进行全面搜罗、严谨比勘、精细注释和集评，是 200 年来杜甫全集及研究成果的又一次整理和总结，代表着目前我国杜甫研究的最高水平。与会专家一致认为，《杜注》从开始谋划到完成问世历时 36 年，集中了三代学者的接续努力。《杜注》

的出版是中国出版界的一件盛事，该书是目前看到的杜甫集注里面最好的版本，是现代出版的一部标志性著作，代表了当代杜甫研究的一个新台阶，能够带动今后很长时间内杜甫研究的深入开展。这部书的背后还有更深层次的意义，它标志着当代学人一直在守望着中华文化的传统，一直在维护着延续着中华文化的血统。

中国唐代文学研究会会长、复旦大学陈尚君教授在《杜甫研究的里程碑著作——〈杜甫全集校注〉初读记》中说："全书对杜甫全部存世诗文作了校勘、编年、注释、汇评、备考等几项工作，并附录《杜甫年谱简编》《传记序跋选录》《诸家咏杜》《诸家论杜》《重要杜集评注本简介》等。以上诸端，都达到很高学术水平"，盛称此书"文献之丰备，校勘之精审，注释之周详，考断之稳妥，确能代表当代别集整理新注之最高水平，是一部总结一千多年来杜甫研究的集大成著作，在杜甫研究史上具有里程碑意义"。（载《文汇报》2014 年 4 月 14 日第 11 版）

此外，学界及国内各大媒体均在显要位置对此书进行了报道。诸如张丽《坚守文化传承，守望古籍经典——〈杜甫全集校注〉新书出版》（《人民政协报》2014 年 4 月 28 日）、张妮《三代学者"治杜诗不以为苦"》（《中国文化报》2014 年 4 月 28 日）、尹平平《"皓首穷经"，为杜甫也为萧涤非》（《新华每日电讯》2014 年 5 月 16 日）、林雅琪《36 年，一批学者甘愿为老杜卖命》（《钱江晚报》2014 年 5 月 18 日）、闻诗哲《〈杜甫全集校注〉——集大成的一代巨著》（《文史哲》2014 年第 2 期）、陈璇《千古惨淡知杜甫》（《中国青年报》2014 年 7 月 16 日）、单青《皓首穷经 36 载，著成百年杜诗经典》（《大众日报》2014 年 8 月 22 日）、薛天纬《有初有终，钜制晚成——关于〈杜甫全集校注〉的记忆与初读感受》(《中华读书报》2014 年 9 月 24 日)、张庶卓《〈杜甫全集校注〉手稿入藏国家图书馆》(《中国广播网》2014 年 10 月 15 日)、李俊《熔古铸今,邃密精深——评〈杜甫全集校注〉》(《人民日报》2014 年 12 月 5 日)、黄鲁《"诗卷长留天地间"——〈杜甫全集校注〉出版侧记》(《中外文化交流》2015 年第 4 期)等等,都表明《杜甫全集校注》所产生的学术影响力正在日益扩大。

2016 年 10 月,《杜甫全集校注》荣获山东省第三十次社会科学优秀成果特等奖并一等奖,12 月 30 日《大众日报》特地作了专版推介。同年 10 月 29 日,《杜甫全集校注》又荣获第二届全球华人国学大典国学成果奖。因此奖项只授予健在者,故特邀张忠纲教授出席颁奖盛典。《凤凰网 · 凤凰国学》在报道荣获国学成果奖的 29 部著作时,独独对《杜甫全集校注》作出如下评论:"皇皇 12 巨册、总计 680 万字的《杜甫全集校注》一书,无可辩驳地获得本届国学成果奖,这部书曾由著名古典文学大家萧涤非先生主持编写,萧先生为此穷尽十余年精力。萧涤非先生去世之后,张忠纲先生等继续编撰完成此书,直到 20 多年后的 2014 年,全书方付梓出版,而此时,六位编撰成员(按:指六位主编和副主编)中,萧涤非、焦裕银和李华都已去世,堪称数十年磨一剑的精品大作。"

2017 年《杜甫全集校注》又获第四届中国出版政府奖提名奖和首届宋云彬古籍整理图书奖。6 月 16 日,首届宋云彬古籍整理奖颁奖典礼在北京国家图书馆古籍馆临琼楼举行,张忠纲教授代表《杜甫全集校注》整理组领奖。北京大学教授、中央文史馆馆长袁行霈,人民文学出版社原社长管士光为张忠纲教授颁奖。袁行霈教授致颁奖辞:"这是清代《钱注杜诗》《杜诗详注》《杜诗镜铨》之后，杜甫全集及研究成果的又一次深度整理和全面总结。历经三十六个寒暑，萧涤非先生、张忠纲教授两代学人带领的校注组，满怀对杜诗赤诚的挚爱，历尽曲折艰辛，依然坚持不懈，对'诗圣'杜甫的作品进行全面搜罗、严谨比勘、精细注释和集评，是对集大成式诗人作品进行的集大成式整理。该书校勘审慎，注释详明，评论切当，就规模宏大和体例完备而言，均超越前人，标志着杜甫研究达到了一个新的高峰，堪称当代集部整理的典范之作。”

# 辛弃疾评传*

## 一、壮志未酬的一生

辛弃疾，原字坦夫，后改字幼安，中年闲居农村后，又号稼轩居士，历城（今山东省济南市）人。生于宋高宗绍兴十年（1140），卒于宋宁宗开禧三年（1207）。为南宋伟大爱国词人。

宋室南渡前后，随着金贵族的加紧南侵，民族矛盾上升为当时的主要矛盾。辛弃疾的出生地济南，时已沦入金人之手。他的祖父辛赞，因受家族拖累，未能脱身南渡，不得已而仕金，官至朝散大夫，曾任亳州谯县令、开封府知府。但他仍念念不忘故国，经常对辛弃疾进行爱国教育，曾令弃疾两次随计吏去金都燕京侦察敌人形势，以图恢复。绍兴三十一年（1161），金主完颜亮大举南侵。22 岁的辛弃疾聚众两千，奋起抗金。后又率众参加耿京领导的农民起义军，为其掌书记，并亲自说服义端和尚率众千余投归耿京。后义端叛变窃印逃跑，耿京闻讯大怒，要杀介绍义端前来的辛弃疾。辛弃疾就说："给我三天期限去捉他，若捉不到再杀我不晚。"他揣度义端窃印必奔金营献功，以告虚实，于是急忙追赶将其擒获。义端求饶，辛弃疾

* 本文原载于《中国古代著名文学家》，山东教育出版社 1986 年版。

不理睬他,毅然将这个叛徒的首级割下归报耿京。从此,耿京更加器重他。为了取得南宋政府的支持,和官军配合作战,辛弃疾劝耿京"决策南向"。绍兴三十二年(1162)正月,耿京命贾瑞和辛弃疾等人奉表南归,宋高宗赵构在建康(今南京)接见了他们,正式委任耿京为天平军节度使,辛弃疾为右承务郎、天平节度掌书记,并让他们回去向耿京传达朝廷的意旨。但这时起义军中却发生了重大变故,叛徒张安国和邵进密谋杀害了耿京,并带着一部分人投降了金人。辛弃疾等走至海州(今江苏省东海县东北),闻变,即约海州统制王世隆及忠义人马全福等 50 人驰赴金营。时张安国方与金将酣饮,弃疾等即于敌五万众中缚取张安国,置诸马上,如挟狡兔,急驰而归,献俘行在,斩首示众。时人高度赞扬辛弃疾的英勇和机智,说他"壮声英概,儒士为之兴起","抱忠仗义,章显闻于南邦"。[①] 辛弃疾因此而被任命为江阴签判。

宋孝宗隆兴元年(1163),宋军符离之败后,张浚等主战派被排挤出政府,主和派得势,次年即缔结丧权辱国的"隆兴和议"。时辛弃疾江阴签判任满去职,直至乾道三年(1167),其间任职不详,踪迹难考。辛弃疾一生的最高理想就是收复失地,统一祖国。但此时却是"官闲心定",壮志未酬,于是他怀着不胜忧国之心,草成《美芹十论》(又名《御戎十论》),于乾道元年(1165)进呈孝宗。《十论》的前三篇详细地分析了金国的情况,后七篇则具体地提出了南宋政府在充实国力、筹划反攻等方面应采取的方针和措施。乾道四年(1168),辛弃疾被任命为建康府通判。乾道六年(1170),他又作《九议》上呈曾

---

① (宋)洪迈:《稼轩记》,《文敏公集》卷六。

大败金军于采石的宰相虞允文，再次陈述恢复方略。《十论》和《九议》充分显示了辛弃疾作为政治家和军事家的杰出才能和深谋远虑，表现了他“誓清中原”的坚定信念，也使南宋最高统治集团开始认识到他的才干。

乾道八年（1172）春，辛弃疾出任滁州知州。他宽征薄赋，招流散，教民兵，议屯田，使地处前线的残破荒凉的滁州大为改观，政绩颇著。淳熙元年（1174）春，辟江东安抚司参议官，深得留守叶衡器重。同年叶衡入朝为相，力荐辛弃疾慷慨有大略，被孝宗召见，任命仓部郎官。次年四月，茶商赖文政聚众四百起义于湖北，后转入湖南、江西，数败官军，致使帅臣拱手，提点刑狱连易三人，于是朝廷命辛弃疾为江西提点刑狱，节制诸军，进讨茶商军。闰九月，诱杀赖文政于江州。茶商军平，加秘阁修撰。又先后任江西、湖北、湖南地方官。辛弃疾渴望的是“要挽银河仙浪，西北洗胡沙”，但南宋统治者并不重用他这个北来的“归正军人”。相反地，他的那些力主恢复的议论，却招来同僚的攻击和统治者的迫害，把他调来调去，“二年历遍楚山川”，使他不能久居其位，施展抱负，而且越调越远离中原前线，去充当南宋朝廷镇压人民反抗的工具，使他只能在“梦中行遍，江南江北”。辛弃疾沉痛地说：“笑尘劳、三十九年非，长为客。”就在离任湖北将赴湖南之际，他写了那首有名的《摸鱼儿》（“更能消几番风雨”阕）词，委婉曲折地抒发了自己壮志难酬的愤懑和深沉的忧国伤时的感慨。这时农民起义不断发生，而辛弃疾往返州郡，接触了下层，目睹老百姓的“嗷嗷困苦之状”，使他不得不思考造成人民反抗的原因。于是，他在湖南转运副使任上，向朝廷奏进《论盗贼札子》，深刻地揭露了封建官吏对人民的残酷压榨和剥削，对被迫为“盗”的人民表示了深切的同情:“故田野之民,郡以聚敛害之,县以科率害之,吏以取乞害之,豪民大姓以兼并害之,而又盗贼以剽杀攘夺害之,臣以谓‘不去为盗,将安之乎’,正谓是耳。”这简直是在“为民请命”了。他认为“民者国之根本”,要皇帝仁政爱民,对被迫为“盗”者不要一味武力镇压,而要“深思致盗之由,讲求弭盗之术”。旋改知潭州,兼湖南安抚使,奏请以官米募工,浚筑陂塘,整顿乡社,兴办学校。尤其是创置湖南飞虎军一事,表现了辛弃疾卓越超群的才干机略。此军一成,即雄镇一方,为江上诸军之冠,后来在备边御敌中发挥了一定的作用,金人颇为惧怕,号为“虎儿军”。淳熙七年(1180),江西发生严重灾荒,辛弃疾又被任命为隆兴府知府兼江西安抚使,“任责荒政”。他一到任,就贴出“闭粜者配,强籴者斩”的八字告示。这一果断的措施既打击了富户、奸商的囤积居奇、投机倒把活动,稳定了物价,又防止了可能发生的骚乱,安定了社会秩序。因他赈荒有功,南宋政府提升他为奉议郎。次年冬十一月,改除两浙西路提点刑狱公事,因遭台臣王蔺弹劾而落职罢新任,遂回上饶带湖新居赋闲。

辛弃疾在上饶带湖闲居长达10年之久,他的心情是极为愤懑不平的。他“一生志切恢复”,而现在南宋统治者却让这位“用之可以尊中国”的爱国英雄去“管竹管山管水”,使他“把相牛经、种鱼法、教儿孙”,整天过着“宜醉宜游宜睡”的闲散生活。面对美丽的山光水色,他感到一种请缨无路、报国无门的深沉悲哀。这期间,最值得提起的是淳熙十五年(1188)冬,他与陈亮的“鹅湖之会”。陈亮是与辛弃疾一样的爱国志士,力主抗战。这次二人同游鹅湖,共饮瓢泉,长歌相答,极论世事。后两人以《贺新郎》词调多次唱和酬答,陈亮词说:“只使君从来与我，话头多合。”辛弃疾词道：“我最怜君中宵舞，道男儿到死心如铁。看试手，补天裂。”两人可谓志同道合的战友。

宋光宗绍熙二年(1191)冬，闲居10年的辛弃疾又被起用为福建提点刑狱。后迁福建安抚使。绍熙五年(1194)七月，以谏官黄艾论其“残酷贪饕，奸赃狼藉”，被罢职。宋宁宗庆元元年(1195)，退居上饶。次年，辛弃疾原带湖所居不幸失火，“一夕而烬”，遂全家移居铅山县期思市之瓢泉新居。在抑郁悲愤中又度过了8年的闲退生涯。

宁宗嘉泰三年(1203)夏，闲居的辛弃疾又被起知绍兴府兼浙东安抚使。年底，被召赴临安。友人陆游赋《送辛幼安殿撰造朝》诗送行，以管仲、萧何相期许，劝勉他捐弃前嫌，肩负起团结御侮、恢复失地的重任。次年正月，宁宗召见，弃疾陈用兵之利，并言金国必乱必亡，愿属元老大臣务为仓猝可以应变之计。加宝谟阁待制。三月，差知镇江府。对辛弃疾的任命，时人欢欣鼓舞，称为“敢因画戟之来，遂贺舆图之复”，“有喜国仇之雪”(刘宰《贺辛待制知镇江》)，寄予极大期望。在镇江知府任内，辛弃疾屡次派人员去金国侦察，并造红衲万领，欲于沿边招募土丁以应敌。时韩侂胄专权，欲借元老重臣开边北伐而邀功固权。辛弃疾虽渴望北伐，但主张要有充分的准备，反对轻举冒进。

宁宗开禧元年(1205)，辛弃疾因事受降职处分，归铅山家居。次年五月，韩侂胄请宁宗下诏伐金，出师无功，诸路多败。十二月，进辛弃疾龙图阁待制，派知江陵府，并在就任前召赴临安奏事。开禧三年(1207)，辛弃疾赴京奏事之后，又有试兵部侍郎的任命，他两次上章辞免，方遂所请，得归铅山家居，八月得疾。九月，韩侂胄复有用兵之意，遂除辛弃疾枢密院都承旨，并令辛弃疾速赴行在奏事。九月十日，未及受命，辛弃疾即与世长辞。据说他临终仍念念不忘恢复,“大呼杀贼数声而止”。后葬铅山县南十五里阳原山中。

辛弃疾不只是一位抗敌御侮的民族英雄,而且是我国文学史上以词名世的伟大爱国作家。他的词,流传至今的就有600多首,以今人邓广铭编著的《稼轩词编年笺注》搜集最为完备。

## 二、卓立千古的词作

词,萌芽于隋唐,至晚唐、五代始盛,但体制短小,内容狭窄。宋初之词,仍不脱晚唐、五代余习。词到苏轼为一大转变,“一洗绮罗香泽之态,摆脱绸缪宛转之度”(胡寅《题酒边词》),把铜琶铁板的声音带进词里,使之耳目一新。而词发展到辛弃疾,不论内容还是形式都较苏轼获得了更大的解放。他用词来记述战斗生活,描绘山水田园,抒发豪情壮志,倾吐友情相思,登临怀古,咏史咏怀,讽刺时政,议论说理,大大地开拓了词的题材范围,真正达到了“无意不可入,无事不可言”的地步。

辛弃疾首先是战士,然后才是词人。热烈笃挚的爱国主义精神像一条红线一样贯串于他的整个词作中。在那些描述横戈跃马的战斗生活、抒发深沉缠绵的故国情思的词篇里,他讽刺和批判了南宋小朝廷“偏安江左”的民族投降政策,抒发了收复失地的坚定信念,对沦陷区的人民寄予了深切的怀念。在这些“抚时感事”之作中,作者为我们展现了激烈雄壮的战斗场面,成功地塑造了一个具有雄才大略而又壮志难酬的爱国战士的英雄形象。“挥羽扇,整纶巾,少年鞍马尘”,“少年横槊,气凭陵,酒圣诗豪余事”,“记功名万里要吾身,佳眠食”,“破敌金城雷过耳，谈兵玉帐冰生颊”，这完全是一个以功业自许、以气节自负的爱国战士的形象。而这个鲜明生动的高大艺术形象，正是作者自己的化身。它概括了辛弃疾的生活感受和理想抱负，体现了辛弃疾的独特个性，充溢着强烈的爱国主义精神，具有极大的感人力量。这样的艺术形象是他以前和以后的词人作品中所没有或绝少有的。如《鹧鸪天·有客慨然谈功名，因追念少年时事，戏作》：

> 壮岁旌旗拥万夫，锦襜突骑渡江初。燕兵夜娖银胡觮，汉箭朝飞金仆姑。　追往事，叹今吾，春风不染白髭须。却将万字平戎策，换得东家种树书。

这里既有昂扬的战斗热情，又有悲壮的烈士情怀。词的上阕所忆“少年时事”，正是他青年时代率众起义，冒着敌人的枪林弹雨，擒贼于金营之中，斩将于战场之上那段壮烈的战斗生活。词的下阕写的是作者当时的境遇。南归后，他向朝廷屡陈恢复大计，但南宋统治者并不重用他。“却将万字平戎策，换得东家种树书。”辛弃疾的抱负是“袖里珍奇光五色，他年要补天西北”。他收复失地、统一祖国的壮志是至死不变的。即使在罢官闲居中，他虽企慕陶渊明的气节，学他的嗜酒、赏花、吟诗、抚琴，但经常占据他的心灵的，却是年老不被重用的赵国名将廉颇，“夺得胡儿马”的千古将军李广，隐居隆中的卧龙先生诸葛亮，“年少万兜鍪，坐断东南战未休”的孙权，“枕戈待旦，志枭逆虏”、中夜闻鸡起舞的刘琨、祖逖，曾卧居东山、“为苍生起”的谢安，“金戈铁马，气吞万里如虎”的刘裕等等，他渴望的是马援那种“马革裹尸”的战斗生活，并每每以“整顿乾坤”的宏

愿激励他的亲朋和战友。如《破阵子·为陈同甫赋壮词以寄之》:

> 醉里挑灯看剑,梦回吹角连营。八百里分麾下炙,五十弦翻塞外声。沙场秋点兵。　马作的卢飞快,弓如霹雳弦惊。了却君王天下事,赢得生前身后名。可怜白发生!

这首词前九句极力描写威武雄壮的军容和紧张激烈的战斗,风驰电掣,惊心动魄,豪情壮志,跃然纸上,酣墨淋漓,一气呵成。但全系梦境,结句陡地一转,跌回现实,戛然而止,真有千斤之重。感情虽然极为沉痛和愤慨,但那种急于建功立业、渴望统一祖国的爱国热诚,仍给人以巨大的鼓舞。即使到了晚年,辛弃疾收复"西北神州"的豪情壮志仍未衰减。如他60岁时在镇江知府任上写的那首有名的《永遇乐·京口北固亭怀古》:

> 千古江山,英雄无觅、孙仲谋处。舞榭歌台,风流总被、雨打风吹去。斜阳草树,寻常巷陌,人道寄奴曾住。想当年、金戈铁马,气吞万里如虎。　元嘉草草,封狼居胥,赢得仓皇北顾。四十三年,望中犹记、灯火扬州路。可堪回首,佛狸祠下,一片神鸦社鼓。凭谁问:廉颇老矣,尚能饭否?

作者通过怀古,抒发了他坚决主张抗金而又反对轻举冒进的正确思想,表现出"烈士暮年,壮心不已"的坚强战斗意志,可谓苍凉悲壮,掷地有金石声。而这种深沉悲愤的烈士情怀,还有表现得更为悲抑曲折的,如《清平乐·独宿博山王氏庵》:

> 绕床饥鼠，蝙蝠翻灯舞。屋上松风吹急雨，破纸窗间自语。　平生塞北江南，归来华发苍颜。布被秋宵梦觉，眼前万里江山。

这首词上阕连用四个仄声韵，激切动宕。下阕用平声韵，舒缓和平。下阕写的是梦境，在梦中词人重温了自己过去的战斗经历，抒发了恢复“万里江山”的壮志豪情，调子是高昂的，乐观的。而上阕正是作者“布被秋宵梦觉”后追寻“眼前万里江山”时所见所闻的情景：饥鼠绕床，蝙蝠翻舞，松风急雨，破纸自语，景象是很凄凉萧森的。而这正是使词人“归来华发苍颜”的残酷现实。在梦中，词人的心情还是比较平静的，而一回到现实，词人的心情就抑制不住沸腾翻滚了。

“唤取红巾翠袖，揾英雄泪”的生活境遇，使辛弃疾感到极大的苦闷和悲愤。因此，他在词中不断写到“愁”：“近来愁似天来大”“又把愁来做个天”，可见他的愁之大；“旧恨春江流不尽，新恨云山千叠”，可见他的恨之深。“闲愁最苦”，而他又无法解脱，往往故作旷达，以淡语说浓愁，寄寓着他的大感慨、大悲愤。必须特别指出，辛弃疾的“闲愁”并不是那些所谓“婉约派”词人的儿女“闲愁”和“情愁”，而是“雕弓挂壁无用”的战士之愁，“南共北，正分裂”的家国之恨，“不恨古人吾不见，恨古人不见吾狂耳。知我者，二三子”。他深深地陷入无人理解的孤独和苦闷之中。这种雄奇幽怨的感情，真实地反映了南宋那个时代爱国志士的心声。

辛弃疾对词的题材的扩大，还突出地表现在他对农村田园生活和自然景物的描写上。在古典词人中，真正写到农村生活的，是从苏轼才开始的。可是，《东坡乐府》中描写农村生活的词，数量并不多。可以说，在农村田园词这块荒芜的土地上，苏轼仅仅开垦出一片荒地，而使这块荒地变成绿野良田且栽培出丰硕果实的是辛弃疾。在近20年的闲居生活中，他和农村发生了较深的感情，农村的一事一物都引起他极大的兴趣，因而他对农民的疾苦很关切："父老争言雨水匀，眉头不似去年颦。殷勤谢却甑中尘。"(《浣溪沙》)风调雨顺，老百姓不致饿肚子了，他也感到很高兴。"城中桃李愁风雨，春在溪头荠菜花。"(《鹧鸪天·代人赋》)在这些农村词中，辛弃疾是把和平宁静的农村同污浊倾轧的"市朝"对立起来的。"古今陵谷茫茫，市朝往往耕桑。"(《清平乐·题上卢桥》)他在官场里遭受排挤迫害，而在农村可以得到暂时的慰藉，寻求精神的寄托。正如他的朋友陆游说的那样："农家农家乐复乐，不比市朝争夺恶。"(《岳池农家》)他的不少词还写到农村的劳动生活和风俗习惯，最著名的就是那首《清平乐·村居》。作者描绘了一幅生动活泼的农村生活画面，写出了农村劳动的欢乐情景。辛弃疾这类描写农村景物的词，几乎每一首都充满诗情画意，给人们以很高的美学享受。如《西江月·夜行黄沙道中》：

明月别枝惊鹊，清风半夜鸣蝉。稻花香里说丰年，听取蛙声一片。　七八个星天外，两三点雨山前。旧时茅店社林边，路转溪桥忽见。

这简直是一幅优美动人、饶有情趣的江南山村盛夏月夜图！辛词好用典，好发议论，有人讥之为"掉书袋"。而这首小词，一不用典，二不发议论，而是采用侧面烘托和动静相映的白描手法，把自己的所见所闻所感如实地描写出来，明白如话，轻快活泼,表现了作者对农村生活的热爱,使人读来感到异常亲切自然。应该说,像辛弃疾《西江月》这样描写农村风光的抒情小词,在整个古典词中是不可多得的。

特别值得提出的,是辛弃疾那些运用以动写静的艺术表现手法描写自然景物的词。这类词突出地表现了辛词独特的艺术风格。因为辛弃疾一肚皮不合时宜,就只好在自然美中寻求精神的寄托。“一松一竹真朋友,山鸟山花好弟兄”,他把自己的思想感情赋予客观的自然景物,使静止的自然景物充满了生气,完全人格化了。如他写松:“昨夜松边醉倒,问松‘我醉何如’? 只疑松动要来扶,以手推松曰‘去’!”(《西江月·遣兴》)同无知的松树问答,活画出作者的醉态,更刻画出醉中的性格,充分表现出作者那种兀傲倔强的性格和郁闷不平的感情。就是没有具体形象的春天,辛弃疾也把它写得绘声绘色,仿佛能触摸得到:“却笑东风从此,便熏梅染柳,更没些闲。闲时又来镜里,转变朱颜。”(《汉宫春·立春日》)而《粉蝶儿》赋落梅词,完全将春天拟人化,把盛春比作“十三女儿学绣”,把暮春比作“轻薄荡子”,设意新奇,比喻生动,层次分明,饶有风趣。最能代表这类词的风格的是《沁园春》(叠嶂西驰)、《摸鱼儿》(“更能消几番风雨”)、《木兰花慢》(“可怜今夕月”)等词。如《沁园春·灵山齐庵赋。时筑偃湖未成》:

叠嶂西驰,万马回旋,众山欲东。正惊湍直下,跳珠倒溅;小桥横截,缺月初弓。老合投闲,天教多事,检校长身十万松。吾庐小,在龙蛇影外,风雨声中。

争先见面重重。看爽气,朝来三数峰:似谢家子弟,衣冠磊落;相如庭户,车骑雍容。我觉其间,雄深雅健,如对文章太史公。新堤路，问偃湖何日，烟水濛濛？

这首词典型地表现了辛弃疾的大胆解放精神。他用一系列富有表现力的比喻来写自然景物，赋予自然景物以生动的性格，活跃着词人的生命。《摸鱼儿》（“更能消几番风雨”）是辛弃疾学习屈原和楚辞的杰作。他熟练地运用我国古典诗词传统的比兴手法，借景以抒其情，假物以寓其志，抒发了自己幽怨悲愤的胸怀，表现了对国事的深切忧虑，痛斥了投降派的卑劣行径。全词写得沉郁顿挫，一波三折，慷慨悲凉。这是只有联系作者的身世遭遇和理想抱负才能深刻体会的。《木兰花慢》（“可怜今夕月”）是一首想象奇瑰、构思新颖的送月词。它在过片作法上，像《破阵子》一样，打破了词的分片定格，把上下片的界限完全混淆，过片不变，文义不断，使全词纵横激荡，雄放恣肆。而在那雄伟奇幻的想象背后，却隐藏着词人难以名状的哀愁，表现了作者对南宋朝廷命运和前途的深深忧虑，这类词，与其说它写景，倒不如说它抒情。辛弃疾的心思并不在流连自然山水，只不过是借物抒怀罢了，就像他的咏史词是借古人躯壳来写自己怀抱一样。

在艺术表现手法上，辛弃疾不仅“以诗为词”，而且“以文为词”，打通了诗、文、词的传统界限，使词这种艺术形式更能挥洒自如地表现思想，给辛词带来不可羁勒的磅礴气势。他还在词中大量运用典故，使之思想意义更为深广。辛弃疾还以大量口语入词，这就更使辛词变得活泼飞动，幽默风趣，具有无穷变化。我们说辛词代表着我国古典词的最高成就，首先是因为它有着进步的思想内容，从没有一个古典词人能像辛弃疾那样在词中接触到那么多的问题，描写了那么广泛的题材。正因如此，他就不能不打破传统的艺术表现手法，以极为灵活而多样的形式来表现他那纵横驰骋、忧愤深广的思想。

辛弃疾一向被推为豪放词派的代表作家。但他的词，不只豪放，亦有婉约，正如刘克庄说的那样："公所作大声镗鞳，小声铿訇，横绝六合，扫空万古，自有苍生以来所无。其秾纤绵密者，亦不在小晏（几道）、秦郎（观）之下。"（《后村大全集》卷九八《辛稼轩集序》）像《祝英台近·晚春》《贺新郎·赋琵琶》那样潜气内转、细腻绵密的词作，使人读后真有荡气回肠之感。辛稼轩真可谓是英雄气盛，儿女情长。他的词是不能专以豪放论之的。像辛弃疾这样一位雄才大略的爱国词人，封建统治者却迫使他过了近20年投闲置散的退隐生活。"平生志愿，百无一酬"，一腔忠愤，无处发泄，情郁乎中，发为吟咏，自然是倾荡磊落、慷慨悲壮的声音。在这种闲适的退隐生活中，他虽有时不免流露出消极思想，但每当他想起沦陷的大好河山和当年的战斗生活，就抑制不住激情奔涌；每当他想到艰难的时局和整顿乾坤的宏伟抱负，就压抑不住满腔的悲愤。"放开笔下闲风月，收敛胸中旧甲兵"（刘过《送王简卿归天台》诗），以歌词为"陶写之具"，于豪迈中见精致，熔豪放和婉约于一炉，遂形成辛词雄奇幽怨、摧刚为柔的独特艺术风格。在漫长的中国文学史上，真可谓是"藩篱独辟"了。

辛弃疾虽以词著称于世，但诗文亦颇可观。他的诗流传下来的有120多首，内容与词相近，亦多言抗战恢复，充满抑郁不平之气。遗文近20篇，议论英伟磊落，笔势纵横浩荡，智略辐辏，有权书衡论之风。像《美芹十论》和《九议》这样的长篇巨制，组织严密，说理透辟，气势凌厉，感情充沛，具有很高的思想性和艺术性，实为不可多得的重要历史文献。

# 刘克庄评传*

刘克庄,初名灼,字潜夫,号后村居士,谥文定。宋兴化军莆田县(今属福建)人。生于孝宗淳熙十四年七月二十九日(1187 年 9 月 3 日),卒于度宗咸淳五年正月二十九日(1269 年 3 月 3 日),享年八十三。他是南宋江湖派最大诗人,又是著名的辛派词人。林希逸《后村先生刘公行状》说他"言诗者宗焉,言文者宗焉,言四六者宗焉",可见他在当时影响之大。

## 一、家世和生平经历

刘克庄生在一个有教养的官宦家庭。祖父刘夙,字宾之,师事林光朝。绍兴二十一年(1151)进士,除著作佐郎,先后知衢州、温州,陆游称他为"天下伟人"。叔祖刘朔(一作翔),字复之,绍兴三十年进士,为温州司户,知福清县,除正字。时称"二刘","号隆、乾第一流人"。父弥正,字退翁,淳熙进士,知临川县,历太常寺簿、寺丞,淮东提举,累迁左司郎中,直宝谟

---

* 本文原载于《中国历代著名文学家评传》续编二,山东教育出版社 1989 年版。

阁,出为两浙转运判官,迁转运副使,又入朝,累迁起居舍人,官至吏部侍郎。为官清廉,有直声。叔父弥邵,字寿翁,学者称习静先生。处在这样的家庭环境里,刘克庄幼年就受到良好的教育。宁宗嘉定二年(1209),23岁的刘克庄以荫补将仕郎,明年出任靖安县主簿。丁父丧终制后,任福州右理曹。嘉定十年调真州录事参军,当过江淮制置使李珏的幕僚,因为同僚所忌,33岁时以奉祠南岳庙回乡闲居,其间曾赴广西任胡榘的幕僚。嘉定十七年,改宣教郎,知建阳县,庭无留讼,政绩颇著。宁宗死,权相史弥远矫诏立赵昀为帝,是为理宗。而改封皇子赵竑为济王,出居湖州,以醴泉观使就第。理宗宝庆元年(1225),湖州人潘壬等谋立竑,竑度潘壬等不足成事,遂遣人上告朝廷,并率兵讨平之。事闻,史弥远即遣人至湖州,逼竑缢死于州治。时真德秀、魏了翁、洪咨夔等皆上言明其冤,史弥远的爪牙就罗织罪名,陷害善类。言官李知孝、梁成大摘取克庄《落梅》诗"东风谬掌花权柄,却忌孤高不主张"和《黄巢战场》诗"未必朱三能跋扈,只缘郑五欠经纶"等句,诬为讪谤,押归听审,幸经郑清之力救得免。所以刘克庄后来在《病后访梅九绝》中自嘲说:"梦得因桃数左迁,长源为柳忤当权。幸然不识桃并柳,却被梅花累十年。"在《贺新郎·宋庵访梅》词中亦云:"老子平生无他过,为梅花受取风流罪。"在另一首《贺新郎》中他又说:"不是先生瘖哑了,怕杀乌台旧案。"在《题杨补之墨梅》中说得更是心惊胆战:"予少时有《落梅》诗,为李定、舒亶辈笺注,几陷罪罟,后见梅花辄怕,见画梅花亦怕。"由此可见其忧愤之情与孤傲之性。端平改元(1234),理宗亲政,真德秀帅闽,刘克庄参与幕府,除将作监簿兼参议官。九月,诏除宗正簿。端平二年六月,除枢密院编修官,兼权侍右郎官。后被吴昌裔疏罢,主管玉局观。寻知漳州。嘉熙元年(1237),改知袁州。遭御史蒋岘弹劾,八月罢官归里,主管云台观。嘉熙三年,李宗勉为相,擢为江西提举,改广东提举。四年八月,升转运使,兼提举市舶使。宗勉死,克庄免职主管崇禧观。淳祐四年(1244)秋,起为江东提举,补信州。淳祐六年四月,召赴行在奏事,七月除太府少卿。八月,理宗召对,面奏三札,极论朝政得失。理宗赞其"文名久著,史学尤精",特赐同进士出身,除秘书少监,兼国史院编修官、实录院检讨官,御史兼崇政殿说书。十月,暂兼权中书舍人。十二月,奏劾史嵩之,历数其无父之罪四,无君之罪七,拒不草制。因草诏忤旨,在省仅八十日。郑清之再相,除直龙图阁,主明道宫。淳祐八年,除秘阁修撰、福建提刑,丁母忧去职。十一年四月入朝,以秘书监兼太常少卿、兼直学士院。五月,兼崇政殿说书。六月,兼史馆同修撰。十月,除起居舍人。闰月,兼侍讲。十二年正月,除右文殿修撰,知建宁府。二月,兼福建转运副使。因言事峻切,被劾免职。在家闲居八年,优游田里,日与宾客觞咏酬和,以抒抑郁不平之气。景定元年(1260)六月,诏除秘书监。八月,除起居郎。九月,兼权中书舍人。十一月,除兵部侍郎、兼中书舍人、兼直学士院。十二月,兼史馆同修撰。二年三月,兼侍读。俄除兵部侍郎。八月,再兼中书,屡乞退闲。三年三月,除权工部尚书。八月,上表乞退,特除宝谟阁学士知建宁府。五年秋,以目眚谢事,除焕章阁学士守本官致仕。度宗咸淳四年(1268)五月,特除龙图阁学士,仍旧致仕。五年正月,以疾薨于里第。

刘克庄一生经历了孝宗、光宗、宁宗、理宗、度宗五朝,主要活动是在理宗时期。当时国势日蹙,政局动荡不定。国内阶级矛盾激化,农民起义接连不断:孝宗淳熙五年,湘赣一带有赖文政领导的“茶商军”起义;淳熙六年,有陈峒起义;理宗绍定元年,有陈三枪、张魔王领导的赣州农民起义,横行于江西、福建、广东一带,持续达六七年之久,直到端平元年才被镇压下去;绍定二年,又有汀州晏梦彪领导的农民起义,声势颇为浩大。对外,宋、金之间摩擦不断,金亡之后,强大的元蒙贵族集团又虎视眈眈,宋、元民族矛盾渐趋激烈,战事不断。正如刘克庄说的:“今狄难日深,左衽之忧近在目睫。”(《题许介之诗卷》)克庄死时,距宋亡只有十年,正是“国脉微如缕”的非常时期。面对严峻的政治局势,刘克庄主张改良政治,抑制兼并,轻徭薄赋,减轻人民负担。端平元年,他在给理宗的奏札中尖锐地指出了当时土地兼并的严重状况:“至于吞噬千家之膏腴,连亘数路之阡陌,岁入号百万斛,则自开辟以来未之有也。”所以他说:“臣有裕国宽民之要方,不过没入大赃吏数十家之资。”即使做不到这一步,也应征收贵家大吏之资以充国用,这样“于贵家大吏无甚损,而国与民皆可小苏”。(《贴黄三》)他认为大地主大官僚的疯狂聚敛和兼并是造成农民起义的主要原因:“夫致盗必有由,余前所谓贵豪辟产诛货,官吏征求土物是也。”(《漳州谕畲》)正因如此,他主张对被逼“造反”的农民不能一味镇压和屠杀,而应该采取比较宽大的招抚政策。他在《满江红·送宋惠父入江西幕》词中说:“龚遂外,无长策。便献俘非勇,纳降非怯。帐下健儿休尽锐,草间赤子俱求活。”刘克庄是封建时代的一位正直官吏,他直言敢谏,对史弥远、史嵩之这样的权相,也敢于指斥其非。因此他仕途屡遭波折,长期被摈斥不用。难怪他的门人洪天赐慨叹说,“公前后四立朝,惟景定及二年,端平一年有半,余仅数月”(《后村先生墓志铭》),总共不过5年的时间。刘克庄一生为人所诟病的,就是晚年的谄事奸相贾似道。所以后人不无惋惜地说:“晚年为贾似道一出,君子惜焉。”(乾隆《兴化府莆田县志》卷二二《人物志·文苑传》)

克庄有弟三人——克逊、克刚、克永,皆先克庄卒。有子三人:强甫、明甫、山甫。

刘克庄一生著作甚丰,有《后村先生大全集》196卷传世。

## 二、现实主义的诗论

南宋理学盛行,而理宗时期,在思想领域占统治地位的是朱熹的道学。作为朱熹再传弟子真德秀的门生,刘克庄的文学主张自然逃不出所谓“明义理切世用”(真德秀《文章正宗纲目》)说教的牢笼。但他的可贵之处,是能通过对历来文学现象和当代文学创作实际的探讨和总结,指出理学对文学发展的不良影响和当代文学创作的弊病。如他在《竹溪诗序》中说:

> 唐文人皆能诗,柳尤高,韩尚非本色。迨本朝,则文人多,诗人少。三百年间,虽人各有集,集各有诗,诗各自为体,或尚理致,或负材力,或逞辩博,少者千篇,多至万首,要皆经义策论之有韵者尔,非诗也。自二三巨儒及十数大作家,俱未免此病。

他如“近世理学兴而诗律坏”(《林子显序》),“近世贵理学而贱诗,间有篇咏,率是语录、讲义之押韵者耳”(《跋恕斋诗存稿》),这些话都集中地表现了他与道学家诗论的不同。所以真德秀编《文章正宗纲目》,俾克庄编选诗歌一门,“凡余所取而西山去之者大半”(《诗话前集》卷一)。刘克庄认为,诗不仅要“发挥理义,有补世教”(真德秀《跋彭忠肃文集》),而且要突出诗人的情性。他在《何谦诗跋》中说:“余尝谓:以情性礼义为本,以鸟兽草木为料,风人之诗也;以书为本,以事为料,文人之诗也。也有幽人羁士,饥饿而鸣,语出妙一世;亦有硕师鸿儒,宗主斯文,而于诗无分者。信此事之不可勉强欤!”所以他说“古诗出于情性发必善”,“故诗必天地畸人、山林退士然后有标致,必空乏拂乱,必流离颠沛,然后有感触,又必与其类锻炼追琢然后工”。(《章仲山诗跋》)诗须有感而发,情郁于中,不吐不快,若无病呻吟,专事雕琢,则有失情性,所以他说:“昆体过于雕琢,去情性寖远。”(《刁通判诗卷跋》)“幼学西昆壮耻为”(《病起十首》其九),“虽守诗家之句律严,然去风人之情性远”(《跋方俊甫小稿》)。克庄虽讲情性,但对齐梁的绮靡诗风亦深致不满:“汉魏以前犹古雅,宋齐而下稍淫哇。”(《训蒙二首》其一)“南朝有脂粉气,季唐夸锦绣堆。”(《冬夜读几案间杂书得六言二十首》其二十)所以他“不作六朝徐庾诗”(《杂咏七言十首》其四)。南宋诗坛,初则为江西诗派所笼罩,后四灵、江湖诗人不满于江西而转学贾岛、姚合等人。刘克庄虽为江湖诗社中人,作诗曾学过江西诗派,对四灵也很推崇,但后来对他们都不满意,多有批评。所谓“资书以为诗失之腐,捐书以为诗失之野”(《韩隐君诗序》),所谓“近岁诗人,杂博者堆队仗,空疏者窘材料,出奇者费搜索,缚律者少变化”(《诗话前集》卷二),就是对此而发的。

刘克庄以上关于诗的见解,与和他同时的严羽在《沧浪诗话》中所论的“诗者,吟咏情性也”,“夫诗有别材,非关书也;诗有别趣，非关理也。然非多读书，多穷理，则不能极其至”以及对宋人“以文字为诗，以才学为诗，以议论为诗”的批评，是有许多共同之处的。严羽以禅喻诗，刘克庄也常常以禅喻诗，如他在《二林诗后序》中说：“子真诗如灵芝醴泉，天地精英之气融结而成，如德山赵州机锋，如寒山梵志诗偈，不涉秀才家笔墨蹊径，非顶门上具一只眼，未易观。”其实，以禅喻诗并非严羽首创，乃是宋人风尚。早在北宋，苏轼、黄庭坚、韩驹、吴可、龚相、赵蕃等人，就都津津乐道过。到南宋，诗禅之说更成为流行的口头禅。严羽正是在继承前人的基础上建立了自己的以禅喻诗的理论体系。刘克庄并不反对“以禅喻诗”，而只是反对“以禅为诗”，这在《何秀才诗禅方丈》中说得很清楚：

诗家以少陵为祖，其说曰：“语不惊人死不休。”禅家以达摩为祖，其说曰：“不立文字。”诗之不可为禅，犹禅之不可为诗也。何君合二为一，余所不晓。夫至言妙义，固不在于言语文字，然舍真实而求虚幻，厌切近而慕阔远，久而忘返，愚恐君之禅进而诗退矣。

这正是对当时一些诗人作诗如诗偈的中肯批评，所以郭绍虞先生评曰：“此论至公，沧浪之病，正在此片田地系闭门凿出者。”（《宋诗话考》上卷）

应该说，在论诗上，刘克庄很少门户之见。他主张“融液众格，自为一家”（《刘圻父诗序》），“各极其态，不主一体”（《陈敬叟集序》），“夫诗参众作而后见工拙”（《刻楮集后序》）。所以他博览群籍，广采众家，对前代和当代诗人多所揄扬。下面这段话最能见出后村对宋诗批评的切中肯綮：“国初诗人，如潘阆、魏野，规规晚唐格调，寸步不敢走作。杨、刘则又专为崑体，故优人有挦扯义山之诮。苏、梅二子，稍变以平澹豪俊，而和之者尚寡。至六一、坡公，巍然为大家数，学者宗焉。然二公亦各极其天才笔力之所至而已，非必锻炼勤苦而成也。豫章稍后出，会萃百家句律之长，究极历代体制之变，搜猎奇书，穿穴异闻，作为古律，自成一家，虽只字半句不轻出，遂为本朝诗家宗祖。在禅学中比得达摩，不易之论也。”（《江西诗派小序》）难怪翁方纲啧啧称赞“此论不特深切豫章，抑且深切宋贤三昧”（《石洲诗话》卷四）。

## 三、多方面的文学成就

刘克庄的文学成就是多方面的，诗、文、词创作皆足可观。他的古文典则清丽，腴赡简古，林希逸誉之为“一世大宗工”（《挽后村五首》其一）。就是体制严整的碑铭文字，写得也不古板枯燥，而是富有情致，生动活泼。如《陈鲁山墓志铭》，写儒生陈弥高虽屡试不第，但怡然自若，“谈论慷慨，掀髯摇足”之状，绘声绘色，跃然纸上。《宝谟寺丞诗境方公行状》，是写他的好友方信孺的，字里行间，饱含感情，把方信孺疏豁豪爽、狂放不羁的性格，写得活灵活现，宛如目前。克庄尤擅长题跋文字，有的言简意赅，有的明畅流利，有的生动形象，有的意味隽永。如《题林灏翁诗》：

> 夫诗如花卉然，清绝者莫如梅，秾艳者莫如海棠。取次轩槛之一枝半朵，固足以倾城而绝代矣。顷余尝游于仪

真之梅园,极目如瑶林琪树照映十余里;又尝饮于豫章某家海棠洞,老树樛结,不知其数。其开也,日光花色如卿云瑞锦;其落也,万点糁地如红雨绛云。二者皆极天下巨丽之观,与轩槛所见者异矣。

作者对“轩槛之一枝半朵”与“极天下巨丽之观”两种诗美,作了形象的描绘和精辟的阐释,充溢着浓郁的诗意和深刻的哲理。这是一篇袖珍型的诗论,又是一幅色彩斑斓的画卷,一首凝聚着睿智的散文诗,表现了作者高超的艺术审美观。

刘克庄是江湖派中成就最高的诗人,诗作数量也最多,流传至今的约有4500首。他的诗在当时颇受推重,叶适称其能“建大将旗鼓”(《题刘潜夫南岳诗稿》),清初张谦宜说:“刘后村诗,乃南渡之翘楚,读之忘倦。”(《䌹斋诗谈》卷五)叶矫然亦说:“南宋人诗,放翁、诚斋、后村三家相当,皆以野逸胜。”(《龙性堂诗话》续集)称誉虽嫌稍过,但亦不无道理。“忧时原是诗人职,莫怪吟中感慨多。”(《有感》)后村诗,确实继承了陆游等人的爱国主义精神,比较深刻地反映了当时日益尖锐的民族矛盾和阶级矛盾,揭露了统治集团的腐败无能和畏敌误国的罪行,对人民遭受的苦难寄予了深切的同情。如《北来人二首》:

试说东都事,添人白发多。寝园残石马,废殿泣铜驼。胡运占难久,边情听易讹。凄凉旧京女,妆髻尚宣和。

十口同离仳,今成独雁飞。饥锄荒寺菜,贫着陷蕃衣。甲第歌钟沸,沙场探骑稀。老身闽地死,不见翠銮归。

国破家亡,不堪回首,而统治集团醉生梦死,不思恢复,致使“北来人”有身死不得归的感慨。对于这种江山半壁、南北分裂的历史悲剧,刘克庄在诗中屡屡提及:“神州只在阑干北,几度来时怕上楼。”(《冶城》)“海州故老凋零尽,重见王师定几时。”(《魏胜庙》)“蝼蚁小臣孤愤意,夜窗和泪看舆图。”(《感昔》其二)这种令人痛心的局面,完全是统治集团的投降误国政策造成的。所以他说:“炎绍诸贤虑未精,今追遗恨尚难平。”(《题系年录》)《戊辰即事》说得更委婉沉痛:

诗人安得有青衫?今岁和戎百万缣。从此西湖休插柳,剩栽桑树养吴蚕。

“和戎”终非长策,亡国之祸迫在眉睫,诗人不禁大声疾呼:“汉家岂可无三策,胡运何曾有百年?渐觉风寒逼堂奥,寄声诸老急筹边。”(《无题二首》其二)但在朝“诸老”却多是些窝囊废物:“塞北今唯一韦睿,江南前此几陈乔。扶颠个个无长策,排闷时时引大瓢。”(《四和实之春日二首》其一)《赠防江卒》六首更是运用讽刺手法,嘲笑了在朝“诸老”:

战地春来血尚流,残烽缺堠满淮头。明时颇牧居深禁,若见关山也自愁。(其五)

一炬曹瞒仅脱身,谢郎棋畔走苻秦。年年拈起防江字,地下诸贤会笑人。(其六)

他的《筑城行》《开壕行》《运粮行》《苦寒行》《国殇行》《军中乐》《寄衣曲》《大梁老人行》《朝陵行》等一组乐府诗,更从各个方面深刻反映了严酷的现实,对达官贵人和守边将领的享乐腐化进行了无情的揭露，对防边战士和广大人民饱受的苦难深表同情。如《军中乐》：

> 行营面面设刁斗，帐门深深万人守。将军贵重不据鞍，夜夜发兵防隘口。自言虏畏不敢犯，射麋捕鹿来行酒。更阑酒醒山月落，彩缣百段支女乐。谁知营中血战人，无钱得合金疮药！

如《苦寒行》：

> 十月边头风色恶，官军身上衣裘薄。押衣敕使来不来，夜长甲冷睡难着。长安城中多热官，朱门日高未启关；重重帏箔施屏山，中酒不知屏外寒。

面对残酷的现实，"暮年未敢忘忧国"的诗人，不禁喟然长叹："乾坤如许大，无地着孤臣。"（《离郡五绝》其三）"自古英才多顿挫，只今世运尚艰难。"（《道中读孚若题壁有感》）他是多么希望"安得四方皆猛士，旄头扫尽一尘无"（《书事十首》其七），"安得四方皆结辈，苍黔开眼看升平"（《送吴时父侍郎二首》其一）。刘克庄这一类的诗，与其说是他学贾岛、姚合的晚唐体，倒不如说更接近元、白、张、王的新乐府。

刘克庄还写了许多描绘自然景物、抒发个人情趣的诗。这类诗风格清淡，其中写得好的，"质俚而多意趣，瘦淡而尚变化"（陈延杰《宋诗之派别》）。如《潮惠道中》：

> 春深绝不见妍华，极目黄茅际白沙。几树半天红似

染，居人云是木棉花。

如《入浙》：

浦城南畔只轻阴，入浙方惊雪许深。梅皓枫丹三百里，笑人短幅写寒林。

又如《题砚》：

吾砚平生极自珍，涂云抹月发清新。临归携就西湖洗，不受东华一点尘。

他如咏芙蓉的："羞作太真妃帐，宁为屈大夫裳。帝赏此花高节，别赐一名拒霜。"（《芙蓉六言四首》其四）咏梅的："春意萌于肃杀中"，"早知粉黛非真色，晚觉雕镌损自然。"（《梅花十绝三叠》）咏水仙的："不许淤泥侵皓素，全凭风露发幽妍。"（《水仙花》）等等，寓理于景，发人深思。

刘克庄发展了宋诗议论化、散文化的倾向，有的写得是好的，如"取人最忌规模狭，绝物常因议论严"（《圣贤》），"事十八九不如意，身百千亿皆有愁"（《排闷》）之类。但更多的是理而不文，散而乏韵，如"圆随如一百八，大知识五十三"，"老人七十八，佳节一百五"，"许奉太夫人以往，欧迎大君子以行"，"无《枯树赋》如开府，有《病梨篇》似照邻"等等，读来味同嚼蜡，有类文字游戏。他还好写一些"上三下四""一三三""二三二""三一三"的句子以争奇斗巧，和韵诗多至十和、十二和甚至十三和，又好堆砌典故，颇有点逞才使气，也招来不少非议。他还好写六言诗,今存约370首,其中好的不多。刘辰翁批评他说:“刘后村仿《初学记》,骈俪为书,左旋右抽,用之不尽,至五七言名对亦出于此。然终身不敢离尺寸,遂欲古诗少许自献,如不可得,故知唐宋大家数未易兼善也。每赋诗,入手必先得一事仗而后起,最是一病。……后村谓文人之诗与诗人之诗不同,味其言外似多有所不满,而不知其所乏适在此也。”(《赵仲仁诗序》)

刘克庄向以辛派词人著称于世。他论词,虽也说“长短句当使雪儿啭春莺辈可歌,方是本色”(《翁应星乐府序》),并认为在叶律方面,“前辈唯耆卿、美成尤工”(《题刘澜乐府》),但他最服膺的还是辛弃疾:“余谓耆卿直留连光景、歌咏太平尔。公所作大声镗鞳,小声铿鍧,横绝六合,扫空万古,自有苍生以来所无;其秾纤绵密者,亦不在小晏、秦郎之下。余幼皆成诵。”(《辛稼轩集序》)他的词,“秾纤绵密”虽不及辛弃疾,但豪纵跌宕,悲壮慷慨,议论风发,可谓稼轩嫡传。冯煦说得好:“后村词,与放翁、稼轩,犹鼎三足。其生丁南渡,拳拳君国,似放翁;志在有为,不欲以词人自域,似稼轩。……胸次如此,岂剪红刻翠者比邪!”(《蒿庵论词》)“男儿西北有神州,莫滴水西桥畔泪。”(《玉楼春·戏呈林节推乡兄》)“丈夫南北东西,应笑杀离筵粉泪啼。”(《沁园春·送包尉》)“粗识国风《关雎》乱,休学流莺百啭,总不涉闺情春怨。”(《贺新郎·席上闻歌有感》)这正是他和一些“剪红刻翠者”不同的地方。他和辛弃疾一样,时刻关注着祖国的命运,“时事只今堪痛哭”(《贺新郎·送黄成父还朝》)。面对强敌压境的危殆局势,“少年独步词场,引弦百发无虚矢”(《念奴娇》)的刘克庄,“忽动从戎之兴”,渴望投入火热的战斗生活:“金甲雕戈,记当日辕门初立。磨盾鼻一挥千纸,龙蛇犹湿。铁马晓嘶营壁冷,楼船夜渡风涛急。”(《满江红·夜雨凉甚,忽动从戎之兴》)但岁月蹉跎,壮志难酬,于是他把收复失地的希望寄托在志同道合的战友身上,如《贺新郎·送陈真州子华》:

> 北望神州路,试平章、这场公事,怎生分付?记得太行山百万,曾入宗爷驾驭。今把作握蛇骑虎。君去京东豪杰喜,想投戈下拜真吾父。谈笑里,定齐鲁。　两河萧瑟惟狐兔,问当年、祖生去后,有人来否?多少新亭挥泪客,谁梦中原块土。算事业须由人做。应笑书生心胆怯,向车中、闭置如新妇。空目送,塞鸿去。

词中既有对抗战派的歌颂,对沦陷区人民的信任,又有对投降派不思恢复、苟且图存的谴责。“算事业须由人做”,表现了作者积极进取的精神。这类“欲托朱弦写悲壮”的词篇,还有《贺新郎·实之三和有忧边之语,走笔答之》:

> 国脉微如缕。问长缨、何时入手,缚将戎主?未必人间无好汉,谁与宽些尺度?试看取当年韩五:岂有谷城公付授,也不干曾遇骊山母,谈笑起,两河路。　少时棋柝曾联句,叹而今、登楼揽镜,事机频误。闻说北风吹面急,边上冲梯屡舞。君莫道投鞭虚语。自古一贤能制难,有金汤便可无张许?快投笔,莫题柱。

这首词的中心思想,就是面对元蒙贵族的侵逼,南宋朝廷只有“不拘一格降人才”,重用有志报国之士,才能挽救危亡的局势,而不可倚恃天险,苟且偷安。通篇忧国伤时,句句不离国事，声声报国之情，悲痛而不消极，豪纵不减深沉。这种深忧国事的情怀，在后村的一些咏物词中也时时流露出来。如《六州歌头·客赠牡丹》："一自京华隔，问姚魏，竟何如？多应是，彩云散，劫灰余。野鹿衔将花去，休回首河洛丘墟。谩伤春吊古，梦绕汉唐都。歌罢欷歔。"又如《昭君怨·牡丹》："旧日王侯园圃，今日荆榛狐兔。君莫说中州，怕花愁。"

后村词，多为长调，在现存的258首词中，就有《贺新郎》43首，《满江红》32首，《沁园春》25首，《念奴娇》19首，《水龙吟》17首，《水调歌头》11首，占了大半。这类词，最适宜抒发作者那种豪迈奔放、抑郁愤激的感情。所以李调元说："刘后村克庄有《满江红》十二首，悲壮激烈，有敲碎唾壶、旁若无人之意。南渡后诸贤皆不及。升庵称其壮语足以立懦，信然！"（《雨村词话》卷三）这类词中的佳作，并不像张炎批评的那样"直致近俗"（《词源》），而是"旨正而语有致"（刘熙载《词概》）。如《贺新郎·席上闻歌有感》，先著交口称赞："真风骚之遗，不当仅作词观也。若情深而句婉，犹其余事。"（《词洁辑评》卷六）又如《贺新郎·端午》词，《蓼园词评》亦评曰："非为灵均雪耻，实为无识者下一针砭，思理超超，意在笔墨之外，可细玩之。"后村擅长长调，更进一步发展了辛词的议论化、散文化。如《贺新郎》（"国脉微如缕"）连用三个设问句，痛快淋漓地表达了作者那种"事在人为""一贤制难"的积极进取思想。国危思贤才，与"金汤"等自然条件相比，人才更为重要；而就人才与人主而论，人主善用人才更为重要。因此，"未必人间无好汉，谁与宽些尺度？"可以说是这首词的核心思想。只有"宽些尺度"，才能出"韩五"，才能出"张许"；反之，压抑人才，扼杀人才，遂使英雄有"事机频误"之叹。"以文为词"，更增加了后村词议论风发的气势。像《沁园春·梦孚若》词中的"使李将军,遇高皇帝,万户侯何足道哉!"陈廷焯赞其"沉痛激烈,几欲敲碎唾壶"(《白雨斋词话》卷六)。张德瀛誉其"拔天倚地,句句欲活"(《词征》卷五)。他如"我有平生《离鸾操》,颇哀而不愠微而婉"(《贺新郎·席上闻歌有感》),"须信谄语尤甘,忠言最苦,橄榄何如蜜"(《念奴娇·寿方德润》),亦蕴藉含蓄,富有理趣。

后村有些小词也写得清新可喜,饶有情趣。如《清平乐·顷在维扬陈师文参议家舞姬绝妙赋此》:

> 宫腰束素,只怕能轻举。好筑避风台护取,莫遣惊鸿飞去。　一团香玉温柔,笑颦俱有风流。贪与萧郎眉语,不知舞错《伊州》。

又如《清平乐》:

> 风高浪快,万里骑蟾背。曾识姮娥真体态,素面原无粉黛。　身游银阙珠宫,俯看积气蒙蒙。醉里偶摇桂树,人间唤作凉风。

后村词的缺点,一是过于散文化、议论化,如"老子今年,忽七旬加七"(《汉宫春·癸亥生日》),《哨遍》檃括韩愈《送李愿归盘谷序》之类,缺乏韵味;一是爱用典故,特别是一些烂熟的典故,很少新意;一是多自寿、寿人之词,多达70余首,又多和韵之作,六和、七和,多至十和,令人生厌;再是有些词流露了人生无常的消极思想。

# 康进之评传*

康进之，一说姓陈，棣州（今山东惠民）人。元代著名戏曲作家。关于他的生平事迹，我们知道得很少。或疑与康显之为兄弟辈。按康显之，名晔，元初高唐人，金末第进士，曾主东平府学，与元好问有交往。故孙楷第云："《录鬼簿》康进之，疑于晔为兄弟行。其剧《老收心》《杏花庄》，演梁山泊李逵事，皆涉东平。盖亦曾寓东平者也。"（《元曲家考略》丁稿）此亦揣测而已。据元钟嗣成所编《录鬼簿》把他列入"前辈已死名公才人，有所编传奇行于世者"，可知他为元前期杂剧作家。元末明初戏曲作家贾仲明的吊词云："编集《鬼簿》治安时，收得贤人康进之。偕朋携友莺花市。编《老收心》李黑厮，《负荆》是小斧头儿。行于世，写上纸，费骚人和曲填词。"（天一阁本《录鬼簿》）据《录鬼簿》和贾仲明吊词，可知康进之作有《黑旋风老收心》和《梁山泊李逵负荆》杂剧二种，影响颇大。明初戏曲理论家朱权的《太和正音谱》列康进之词曲为"杰作"，且称"其词势非笔舌可能拟，真词林之英杰也"。现仅存《李逵负荆》一种。

梁山泊农民起义英雄的故事在元代流传很广，因此描写梁

---

* 本文原载于《中国历代著名文学家评传》续编二，山东教育出版社1989年版。

山英雄的水浒戏在元杂剧中占着一个重要的地位。据《录鬼簿》《太和正音谱》《元曲选》及王国维的《曲录》等记载,已经失传,仅有存目的元剧水浒戏共有20余种,流传至今的近10种。在这些水浒戏中,又以描写黑旋风李逵的为最多。据贺昌群《元曲概论》所载,元杂剧中有关李逵故事的剧目就有19种之多。而康进之的《李逵负荆》是现存元剧水浒戏中最优秀的作品。

《李逵负荆》,一名《黑旋风负荆》,亦名《杏花庄》,全名《梁山泊李逵负荆》,一作《梁山泊黑旋风负荆》。全剧共分四折,写两个坏人宋刚和鲁智恩冒充梁山英雄宋江和鲁智深之名,抢去在梁山泊附近杏花庄开酒店的老王林之女满堂娇。适值清明时节,梁山泊放假,黑旋风李逵来店饮酒,听了老王林的哭诉,不禁勃然大怒,即回山怒斥宋江强抢民女,并抡起板斧要砍倒聚义厅前的杏黄旗。宋江为辨明真相,即与李逵下山到王林店中对质,方知是坏人假冒梁山英雄作恶。李逵因莽撞而冤枉了宋江,悔恨莫及,遂负荆请罪。恰好两个坏人又送满堂娇回家,老王林上山报信,宋江即派李逵下山捉拿,为民除害,搭救了王林父女。作者饱蘸笔墨热情地歌颂了梁山农民革命政权,揭示了梁山英雄与人民群众的血肉关系。这个农民革命政权把“替天行道救生民”的革命口号写在自己的旗帜上,因此它得到人民的拥护。剧中写宋刚、鲁智恩两个流氓冒充梁山英雄去王林店中吃酒,当宋刚问老王林,“俺那山上头领,多有来你这里打搅,若有欺负你的,你上梁山来告我,我与你做主”时,王林忙说:“你山上头领,都是替天行道的好汉,并没有这事。……老汉在这里,多亏了头领哥哥照顾老汉。”他殷勤地招待他们,并让自己18岁的女儿出来为他们把盏劝酒,“表老汉一点心”。虽然老王林招待的并不是真的梁山英雄,但从他那诚恳热情的态度中,可以看出梁山泊与人民群众的关系是何等密切！而梁山革命政权与人民群众的这种鱼水关系,是通过成功地塑造了李逵这样一个典型艺术形象深刻揭示出来的。李逵天真爽直,见义勇为,疾恶如仇,爱憎分明,对农民起义事业无限忠诚,为了起义军的利益而不顾私人情面,即使是与自己有“刎颈之交”的哥哥宋江也决不放过。他热爱梁山泊的一草一木,“人道我梁山泊无有景致,俺打那厮的嘴”！有人说梁山泊“水不甜,人不义”,他就觉得是莫大的侮辱,不能容忍。他不准人家说梁山泊的坏话,更不准自己人往梁山起义军脸上抹黑,他是革命政权的坚决维护者。他为了起义大业不惜赌掉自己的脑袋,“为着别人,输了自己”,而当发现了自己的错误后,又敢于承认,勇于自责。他虽有着急躁和莽撞的缺点,但这又正是他革命坚定性的表现,莽撞中有的是义愤,粗豪中略带妩媚,这正是他的可爱处。就人物形象塑造的思想高度而论,《李逵负荆》或为元杂剧的压卷之作。

在戏剧冲突的处理、故事情节的构思和人物形象的塑造等方面,《李逵负荆》都独具特色。这是一出令人捧腹的喜剧。作者通过一个偶然的误会事件构成曲折的戏剧冲突,而这种误会性的戏剧冲突又是建立在生活现实和人物性格真实的基础上的。如第三折写李逵和宋江对质,就通过一波三折的喜剧性情节惟妙惟肖地揭示了黑旋风李逵的内心活动和鲜明性格。对质前,他充满信心,嘲弄宋江和鲁智深,以为胜利在握;对质中,随着事实真相渐趋明朗化,他又显得紧张窘迫,有点近于耍无赖;而到对质失败后,他就气急败坏,以致蛮横地动手打王林。老王林正直老实,有啥说啥;黑旋风疾恶如仇,一腔怒火。

在这里，李逵打王林，丝毫不使我们感到李逵凶狠，而是更突出了他的刚烈性格。他误以为王林被宋江、鲁智深吓得不敢认。故这“打”中，有的是义勇，有的是爽直，有的是埋怨，埋怨老王林胆小怕事，致使自己的一番苦心化为泡影。他这是“恨铁不成钢”。而当我们看到李逵认识到自己的错误负荆请罪时，又不禁为他的知过必改、光明磊落的行为所深深感动。作者虽然写了英雄人物的缺点和过失，但因为恰到好处地处理了人物性格内在的矛盾，在对立统一中揭示了人物复杂的内心世界，就使得李逵这个艺术形象不单一化，不概念化，从而一个有血有肉的活生生的感人的艺术典型就矗立在读者和观众面前，使他们在轻松的笑声中受到深刻的教益。这正是作者塑造艺术典型的高明之处，也是《李逵负荆》常演不衰的重要原因。京剧传统剧目《丁甲山》即出于此，解放后又改编为《黑旋风李逵》。

康进之还写有套曲《双调新水令·武陵春》，亦颇可观。如其中【甜水令】曲：

> 难描难画，难题难咏，难亲难近，无意混嚣尘。若不是梦里相逢，年时得见，生前有份，等闲间谁敢温存。

写男女倾慕相爱心理，可谓细微逼真。表现了他创作风格的多样性。

# 冯沅君先生的古典文学研究*

## ——为纪念冯先生诞辰八十五周年而作

冯沅君先生是我国著名的文学史家和戏曲史家。她在长达半个世纪的古典文学教学和研究工作中,作出了卓著的贡献,受到学术界和教育界的重视和赞扬。她的论著较多,计有《中国诗史》《中国文学史简编》《中国古典文学简史》《南戏拾遗》(以上均与陆侃如先生合著)及《中国文学史教学大纲》(与游国恩先生等人合编)、《中国历代诗歌选》(与林庚先生主编)、《古剧说汇》等,曾单独出版过的《古优解》和其他散见于报纸杂志的古典文学论文,则大多被收进袁世硕同志编辑整理的《冯沅君古典文学论文集》中。先生学贯中西,博通古今,研究范围很广,而尤精于词曲。对于先生博大精深的古典文学研究,我作为她的学生,才疏学浅,实不敢窥其堂奥,只是在学习了先生的著作之后,结合先生平日对我的教诲,谈几点个人的粗浅体会。

## 一

我做先生的研究生时,先生经常教导说:做学问"功夫要

---

* 本文原载于《文史哲》1985年第6期。

死，心眼要活”。所谓“功夫要死”，就是要肯下苦功，博览穷搜，精严审慎，不能有半点马虎。对知识的掌握要做到博、深、透、熟；所谓“心眼要活”，就是要肯动脑筋，善于思考，有所创见，不能因袭成说。对知识的运用要做到活、新、真、准。这可说是先生的“治学三昧”。

先生治学严谨，实事求是，从不发无据之论。她做学问，第一步就是详细地占有材料。为了研究某一个问题，她博览群书，搜罗爬梳，把一切有用的材料都一一记录下来，然后抉幽显微，辨伪存真，排比推论，作出自己的判断，提出个人的见解。先生作了大量的读书笔记，如遗留下来的《东山杂录》《己卯从录》《涪滨余录》《辽海杂录》《媛庐读词》《媛庐读曲》等等装订成册的笔记，多达几百万字。她的《古剧说汇》《古优解》等有影响的著作，多是据此写成的。

先生写《古优解》和《古优解补正》，引用古今中外的文献资料多达100多种，其中有先秦古籍、历代史书、甲骨文及有关论著、稗史杂著，还有西方的有关论著和文学作品，特别是加奈尔的《法国御优的史的研究》一书，先生曾多次引用其中的材料。根据对这些材料的精深研究，先生写成了《古优解》《古优解补正》和《汉赋与古优》，对优的起源、社会地位、职能、特点及其影响等问题作了精辟的论述，对中国戏剧的起源问题进行了深入探讨。所据材料是如此浩繁，但《古优解》等三篇著作，连同注文也不过10万字左右，真可谓是“博观而约取”了。

古剧研究，是先生治学的一个重点。她的力作《古剧说汇》，是我国古剧研究的重要参考资料。它收录了先生1935—1945年所著有关戏曲的论文10余篇。在书中，先生引用了大量的文献资料，仅《古剧四考》及《跋》就引用了200多种，并从

《金瓶梅词话》及《水浒传》等文学作品中辑录了许多有关戏曲发展的资料，详尽地考证了我国宋、金、元戏曲发展的情况。

材料是研究的基础，是立论的根据。所以先生异常重视资料的积累和整理。早年治词，她写有《周草窗年谱》《周草窗朋辈考》《周草窗词学之渊源》《张玉田年谱》《玉田家世及其词学》《张镃略传》等，引用大量资料，对周密、张炎的生平、家世、交游和词学渊源作了深入的研究。后转向治古剧，她和陆侃如先生合编了《南戏拾遗》，辑录南戏新目72种，增补佚曲43种，为中国戏曲史的研究提供了宝贵的资料。为了研究明代散曲，先生辑佚补阙，从许多选本中辑成了《沈伯英（璟）散曲》一卷，存小令10余首、套数30余首；《史叔考槃散曲》一卷，存小令、套数十数首；《王伯良（骥德）散曲》一卷，存小令50余首、套数30余首；《龙子犹（冯梦龙）散曲》一卷，约存小令10首、套数20余首。从这些极为琐细的资料搜集工作，足以看出先生严谨扎实的治学精神。

## 二

如果说积累资料是做学问的第一步，那么，树立正确的观点，运用正确的方法来分析、研究所得的资料，对搞学术研究来说，那就更重要了。在老一辈古典文学研究者中，冯先生是较早运用新方法来研究文学史的人之一。早在20世纪20年代末，她就注意学习马克思主义的经典著作和1927年后翻译出版的左翼文艺理论书籍，试图运用唯物论和阶级论的观点来研究文学现象，注意从人类社会历史的发展和对现实生活的反映方面来研究作家作品。

为了研究古优，先生从社会、历史、心理、生活习尚等方面考察了古优的起源，认为“古优的身分是奴隶”。又从古优的形体、智力、服装、社会地位、生活等等方面具体地考察了古优的特征，论述了古优的社会职能，进一步发展了王国维先生在《宋元戏曲考》中认为古优是中国戏剧渊源的论点，阐明了许多前人未弄清楚的有关古优的记载，论述了后世优伶和古剧发展的内在联系与历史原因。

对于作家作品的研究，先生总是密切联系作家所处的时代、阶级地位和生平经历，作出合乎实际的结论。她在20世纪40年代所著《唐传奇作者身分的估计》一文，通过对60种传奇与杂俎作者出身的统计和分析，考察了唐传奇与唐科举所造成的新社会阶层的关系，又通过对这个新社会阶层的生活情趣和思想状况的深入探讨，揭示了唐传奇兴盛的社会的和阶级的原因，并深刻论述了传奇的特点与这个新阶层的内在联系。先生对于自己经过缜密思考而得出的结论，毫不武断，而是抱着十分谦逊的态度进行商榷。先生说：“在尚未获得有力反证的现在，我们不妨假定：唐传奇的发达颇得力于唐科举；换句话说，唐传奇的作者多是唐科举制度所造就的人才。”又说：“论唐传奇起源的人不少说它出于六朝‘志怪’，这未免过重前代的影响，忽视作者所托身的社会阶层的一般生活态度——寻求刺激，充满浪漫气味的生活态度。”这完全是一个真正的学者所具有的探讨学术的求实态度。

对于具体作品的研究，先生关于李玉《一捧雪》的评论，又是一个很好的例证。她的《怎样看待〈一捧雪〉》一文，从当时的阶级关系、戏曲本身的发展和作者特殊的生活遭遇三个方面论述了明末清初所谓“义仆戏”流行的原因和情况，对李玉的《一捧雪》传奇给予了恰如其分的评价，丝毫不简单化。如先生说：“作者通过莫诚行动所显示的确是为报主恩，奴应为主牺牲，包括生命。这是宣扬了封建奴隶道德。因此，‘出塞’与‘伐戮’在暴露权贵的罪恶上是有力的，在剧情的发展上是有关键性的，但从思想性上看是落后的，是作品的糟粕。”这种对作品所包含的积极和消极两方面的分析无疑是公允的，实事求是的，它表明先生已经自觉地运用马克思主义的观点和方法来评价古典作家和作品了。

## 三

冯沅君先生很早就注意用比较的方法从事文学研究。她不仅注意中外文学的比较研究，而且重视古今文学的比较研究，不同作家作品的比较研究。

她关于古优的研究，就是这方面的一个范例。为了搞清中国古优的起源、性质、特点等等问题，她对西方学者关于 Fou 的研究作了深入的了解，对优和 Fou 进行了比较研究。Fou，法文的意思是西方中世纪宫廷中的小丑一类人物，相当于英文的 fool。冯先生曾留学法国，并获得文学博士学位，对西方文学，特别是法国文学有着精湛的研究。因此，她对古优和 Fou 的比较研究是完全自觉的，也是很自然的。她在《古优解补正》中说：“我们深信研究中国古优应该参证西人关于 Fou 的著作。因为中优西 Fou 确属一实二名，同时西方学者对于古 Fou 的认识，实比中国治戏剧史者对于古优的认识精深得多，从他们的作品中我们可得到不少启发。所以在这篇文稿(指《古优解》一文)中,我们时常将二者比较论述,或以西方 Fou 之所存,补证中土优之所亡。”通过对中国古优和西方 Fou 的比较研究,先生认为:“优与 Fou 本来都是奴隶。这种人与其他奴隶不同处是他们是种奢侈奴隶,以娱人为职务。”这个结论是确实可信的。

对于中国文学内部的比较研究,冯先生在《中国诗史》中很重视这个问题。她对不同时代的作家和同时代的不同作家的艺术风格的异同与文学继承关系,都作了精细的比较研究。如黄庭坚的词,时人虽黄、秦(观)并称,但以成就而论,黄远不及秦。先生指出:“他的词实无什么显著的作风,他是位依违在苏轼、柳永、秦观三人间的作者。大约黄词的豪放处近苏,艳冶俚俗处近柳,婉媚处近秦。”但黄“学苏而未得其清旷,学柳而未得其详赡,学秦而未得其深切”。这可说是切中黄词要害。在散曲方面,先生认为,元代散曲,就风格而论,主要有豪放和清丽两派:豪放以马致远为领袖,相同者有冯子振、张养浩等;清丽则以张可久为领袖,相同者有乔吉、卢挚等。发展到明代,冯惟敏、王九思、康海等人是承继马致远的;王磐、金銮、施绍莘等人是承继张可久的;而梁辰鱼、沈璟、王骥德等人则崇尚文雅工丽,特别注意音律,元人苍茫萧爽的优点丧失殆尽了。清代散曲,与马(致远)、冯(惟敏)接近的,有尤侗、刘熙载等人;与张(可久)、王(磐)接近的,有朱彝尊、徐石麟、赵庆熺等人;承梁(辰鱼)、沈璟余风的,则有蒋士铨、沈谦等人。对于风格相近的散曲作家,先生又进一步作了比较,指出他们的异同。如她拿明之王磐与元之张可久比较,认为他们风格有同有异。他们的相同处有三:“一,骚雅;二,清俊;三,华美。”而相异处也有三:“一,张尚蕴藉,王尚放逸;二,张多凄惋,王多潇洒;三,王以俳谐名,张则否。”分析可谓精细入微了。

对文学的比较研究,可以发现和揭示某些文学现象的内部联系。在《〈杨白花〉及其作者》一文中,先生以北朝乐府《杨白花》为例,探讨了一个重要的文学现象——南北文学的融合。相传为后魏胡太后所作的这首“失恋的哀歌”,为什么会如此的吴歌化?为什么作为北人的胡太后,其歌却具有如此浓厚的南方风味?先生不仅从政治上考察了后魏孝文帝推行“汉化”政策所产生的影响,从文学、音乐诸方面考察了江南文化北渐的情况,而且从《杨白花》歌辞的风格和修辞技巧方面,揭示了它与南方诗歌的因缘关系。

## 四

精益求精,不断修改和补充自己的论著,不断修正和完善自己的论点,永远不满足于已经取得的成就,这是先生在治学上最显著的特点之一。她和陆侃如先生合著的《中国诗史》,是一部水平较高的研究论著。这部著作,从 1931 年大江书铺的初版到 1956 年作家出版社的再版,从体例到内容,从文字到观点,都有较大的修改和提高。《中国文学史简编》,解放前一连出了 8 版,解放后又开始改写。这个改稿曾以《中国文学史稿》的名称在《文史哲》月刊上连载了 18 期(从 1954 年第 7 期至 1955 年第 12 期)。后再加修改,于 1957 年由作家出版社出版了《中国文学史简编(修订本)》,在体例、内容和观点上都有较大的改动。作为漫长中国文学的一部简史,这部著作简明扼要，概括了中国文学史的发展过程，算得上是不可多得的佳作，难怪它被毛泽东同志视为经常的案头读物之一。这方面的范例，还有她的《古优解》和《古优解补正》。先生的《古优解》，是当时不可多得的学术著作。但她并不满足已经取得的成绩，她说："这篇文章完成的时候，我的心里就丝毫没有踌躇满志的喜悦，等到它成书出版后，我更感到惭愧，材料不充分，见解不正确，需要修改的地方太多了。"于是她又用了两三年的时间，续写成《古优解补正》，补充材料，修正观点。如关于古优的起源，在《古优解》中，先生认为中国的古优是从"师""瞽""医""史"等人的集团中分化出来的，而"古优的远祖，导师、瞽、医、史的先路者不是别种人，就是巫"。在注文中，她又根据"箕子佯狂为奴"的记载，猜想到"优亦奴之一种"。而在《古优解补正》中，先生根据新发现的材料，肯定地指出"古优的身分是奴隶"，认为这是"最重要的一项"修正，从而把古优起源的时间，由原来假定的西周初，提前到商代，这是由甲骨文得到证明的。

先生曾有诗赞李清照曰："评论创作两峥嵘。"我们借此以赞先生，更是再恰当不过了。先生是五四时期著名的女作家，曾受到鲁迅先生的赞扬和奖掖。之后，她专力于古典文学研究，如上所述，更是硕果累累，誉满学林。难怪人们称赞她"在中国古今文学研究家中，堪称'豪杰'"①。先生生于1900年九月四日，逝世于1974年六月十七日。作为她的学生，谨撰此文纪念先生诞辰八十五周年和逝世十一周年，以表达我对先生的仰慕和怀念之情。

---

①　《和封建传统战斗的冯沅君》，《新文学史料》1981年第4期。

# 萧涤非先生的杜甫研究*

萧涤非先生毕生致力于中国古典文学的教学与研究，造诣精深，著作颇富。但先生成就最大的，还是他的杜甫研究。

## 一

《杜甫研究》是萧先生精心研究杜甫的一部力作。它初版于20世纪50年代，由山东人民出版社出版，分上、下两卷：上卷对杜甫所处的时代背景及其生活、思想、作品和杜诗体裁等，作了极全面的论述；下卷是作品选注，选诗266首，除对诗中的一些史实、典故作了注解外，对每首诗的写作时地、背景、中心思想和艺术特色，均作了简要介绍。该书是新中国成立后较早一部全面论述杜甫的研究著作，由于它说理透辟，内容丰富，独具特色，代表了当时杜甫研究的最高水平，在学术界产生了广泛的影响，从而奠定了萧先生在我国杜甫研究领域的权威地位，为他赢得了崇高的声誉。著名学者黄云眉先生在该书的审查报告中，称誉它"是一部有创造性的作品"，能"以今日的科

---

* 本文原载于《文史哲》2002年第2期。

学方法，进行全面系统的研究，从而作出新的正确的评论”。特别是作者做到了“烂熟杜诗于胸中，不但分析杜甫作品时，可以‘呼之欲出’，即叙述杜甫的时代、生活、思想时，也处处‘有诗为证’，没有一句虚测或附会的话”。该书于1980年由齐鲁书社再版时，先生对全书体例和内容作了较大的改动和补充，仍分上、下卷：上卷仍为杜甫及其诗歌的全面论述，下卷为新中国成立以来先生关于杜甫研究论文的结集，共26篇，多有创见。而原版下卷之杜诗选注部分，则易名为《杜甫诗选注》，修改后先由人民文学出版社于1979年出版。该书注释精练，分析透辟，且文笔优美流畅，是最受欢迎的杜诗选本之一。

需要特别指出的是，萧先生的《杜甫研究》曾先后遭到不公正的严厉抨击和批判，郭沫若在《李白与杜甫》中更是不止一次地点名批评先生的观点。但先生在修订再版时，除在个别说法和字句上作了较多修改外，基本观点一仍其旧。正如论者指出的：“书中曾引起争论的主要观点一仍其旧。应该说，作为一部现代人研究杜甫的代表性著作，本书的成就是不可低估的。对它的公正评价，只能在排除政治因素的干扰时，才能做到。”①“综观萧先生对《杜甫研究》的修订，我认为萧先生用更翔实的史料，鲜明地坚持了他对杜甫的基本评价。”②这充分表现了先生严谨不苟的治学态度和唯真求实的学者风范。

萧先生在《〈杜甫研究〉再版前言》中，主要就“关于人民诗

---

① 原载《文史哲》2002年第2期，又见乔默：《中国二十世纪文学研究论著提要》，北京大学出版社1994年版，第134页。

② 杨廷治：《〈李白与杜甫〉的出版与〈杜甫研究〉的修订》，《北京大学学报》（哲社版）1991年第5期。

人问题”“关于人道主义问题”“关于主导思想问题”“关于忠君问题”“关于‘干谒’的问题”“关于杜甫之死的问题”等六大问题进一步阐述了自己的观点，在今天看来，我认为先生的基本观点仍然是正确的。现仅就几个主要问题略抒鄙见如下。

## 二

关于人民诗人问题。萧先生的杜甫研究，有一个基本的出发点，那就是基于个人的生活经历和时代的需要，从人民的利益出发来阐释纷繁驳杂的文学史现象。在新中国成立初期，“左”的倾向已在文学史研究中有所显露，如《文艺生活》杂志新5号刊登《评冯至〈杜甫的家世和出身〉》一文就说：“至于杜甫，在中国旧社会里，固然被推为诗圣，但是在现在看来，不过是一个趋炎附势，汲汲于想做大官的庸俗诗人罢了。他的一生，并无革命事迹的表现，脑子里充满着忠君、立功、个人主义的思想。”但萧先生不这样看，他在对杜甫的生平和作品作了全面的综合的考察之后，提出了杜甫是“人民诗人”的看法，并作为主要观点，贯穿于他的杜甫研究之中。他在初版《杜甫研究·前言》中就说：“我经常怀着这样一种心愿，就是：把诗人杜甫和他的诗，向广大的劳动人民介绍，让广大的劳动人民也懂得他和他的诗。”“企图对诗人杜甫和他的诗，作一比较全面、比较系统和比较真实的论述。”萧先生特别强调生活对诗人杜甫的影响，他说：“杜甫的一生，的确是艰难的一生。……然而，这种‘艰难苦恨’的生活，却正是促成杜甫走向人民、熟悉人民生活，接受‘人民的默默无声的帮助’的有利条件。同时也是杜甫所以能够超越当时所有的诗人们而成为一个历史上伟大的人民诗人的根本关键。”所以，他特辟“杜甫的生活”一章加以专门论述，详细地叙述了杜甫一生艰难困苦的生活，认为：

> 第一，正是这种艰苦生活，改变了杜甫的阶级思想感情，滋长了他对统治阶级的憎恨。因为生活迫使杜甫深入现实，丰富了他自己的经验，这样就使他有可能看透统治阶级的堕落、无耻、残酷和无能，在自相矛盾中前进。
>
> 第二，正是这种艰苦生活，培养了杜甫对劳动人民的热爱。同样，由于生活的逼迫，使杜甫首先在物质地位上接近人民生活，差不多和人民处于同一的可悲命运，从而使他有可能，或者说有资格向人民靠拢，并进而同情人民，关心人民，热爱人民。
>
> 第三，正是这种艰苦生活，提供了杜甫的诗作以丰富的题材，并使得他的诗的主题获得广泛的社会内容和深刻的政治意义，从各方面来反映现实，反映人民的生活，从而取得“诗史”的称号，成为时代的纪念碑。
>
> 总之，杜甫是在热火朝天的现实生活中成长起来的。这是他那伟大的人道主义和现实主义精神的根源，亦即他的创作的根源。

萧先生在《〈杜甫研究〉再版前言》中重申了自己的观点：“在我国文学史上，欠劳动人民血汗债最少、而为劳动人民说的话却最多的诗人，不能不推杜甫。正是基于这一客观事实，一九六二年我曾为《诗刊》撰写了一篇以《人民诗人杜甫》为题的纪念性文章。不料十年后竟招致了郭老的诘责。我个人的看法和主张,虽然并没有因此而有所动摇,但在对待这个问题的态度上却有了改变。”什么改变呢?“那就是决不去为杜甫争取‘人民诗人’的这顶‘桂冠’。因为我认为这种争取的任何努力,都会使杜甫感到脸红。你看,他为人民说话,是说得那样如从肺腑中流出,毫无私心杂念,哪里会计较什么‘桂冠’?”正因如此,所以当人民文学出版社把作为《杜甫诗选注》的代前言的那篇《人民诗人杜甫》削去“人民”二字改题为《诗人杜甫》时,尽管事先未通气,但先生还是同意的,认为“这样处理很好、很策略,既无损于文章内容和对杜甫的实际评价,又可避免在无关大体的头衔问题上的顶牛”。但当先生将此文收入《杜甫研究》(修订本)时,却又恢复了原来的题目《人民诗人杜甫》。对此,先生说得颇为耐人寻味:“但不过是想保存历史真象,还它个本来面目,在杜甫研究的道路上留下自己一个脚印,并无争取‘桂冠’之意。同时,为了使批评者的言论不至于无的放矢,我也应该留下这个靶子作为对立面。文责自负嘛。”很显然,萧先生是始终顽强地坚持了他“人民诗人”的论断的。1962年“纪念世界文化名人杜甫诞生1250周年”时,郭老在《诗歌史上的双子星座》一文中,也说杜甫“从755年以后一直到他的逝世,十五六年间所渡过的基本上是流浪的生活,饥寒交迫的生活,忧心如捣的生活。但就在这样的生活当中,他接近了人民,和人民打成了一片。这就使得他有了机会认识到封建制度下的阶级社会的本质”。这与萧先生的论述,简直如出一辙。

过去极左思潮泛滥时期,往往有一种极端片面的看法,认为只有劳动人民出身的人才能成为人民诗人,剥削阶级出身的人,是不可能成为人民诗人的。这种“阶级分析”法实质上是一种庸俗的机械唯物论,是不符合历史实际的。其实,马克思主义创始人和经典作家大多不是劳动人民出身。不能认为,只有无产阶级和劳苦大众才是人民,而在封建社会里根本不可能有人民诗人。当然,像杜甫这样的诗人,在我国封建社会里也是不多见的。是艰难困苦、颠沛流离的坎坷生活经历使杜甫接近了广大劳苦群众,加之杜甫深厚的传统文化素养,使他深深懂得“邦以民为本”的道理,人民是国家的主体,人民是平定安史之乱的主力。因此,他对饱尝战乱之苦、处于水深火热之中的广大人民抱着深切的同情,“穷年忧黎元,叹息肠内热”,“乾坤含疮痍,忧虞何时毕”?对人民的苦难,他可谓是无事不忧,无时不忧。征夫戍卒,田妇野老,寡妻弱子,渔民樵夫,这些普通老百姓的命运,无不牵动着诗人的心。“万方哀嗷嗷,十载供军食”,“乱世诛求急,黎民糠籺窄”,“况闻处处鬻男女,割恩忍爱还租庸”,人民的命运真是太悲惨了,人民的负担真是太沉重了。为什么会造成这样悲惨的局面呢?在杜甫看来,除了战乱的原因之外,就是统治者对人民的横征暴敛,强取豪夺。而对人民的残酷压榨和剥削,完全是为了满足他们穷奢极欲的生活:“富家厨肉臭,战地骸骨白”,“高马达官厌酒肉,此辈杼柚茅茨空”。面对如此不合理的现实,我们的诗人不禁挺身而出,为民请命了:“愿闻哀痛诏,端拱问疮痍”,“谁能叩君门,下令减征赋”。杜甫认为,人民的沉重负担来自统治者的奢侈靡费,因此他要求统治者“行俭德”,节欲戒奢,轻徭薄赋,减轻对人民的盘剥,以取得人民的信任和拥护:“君臣节俭足,朝野欢呼同。”“文王日俭德,俊乂始盈庭。”“借问悬车守,何如俭德临?”“不过行俭德,盗贼本王臣。”崇俭戒奢,是杜甫人生观的一个重要组成部分,也是我们中华民族的传统美德。统治者只有真正做到崇俭戒奢，才能真正减轻人民的负担，才能有效地扼制腐败现象，免蹈"朝野欢娱后，乾坤震荡中"的覆辙。所以诗人总是怀着满腔的义愤，无情地鞭挞统治者的奢侈腐化："忆昔南海使，奔腾献荔枝。百马死山谷，到今耆旧悲。""云壑布衣鲐背死，劳人害马翠眉须。"对那些"庶官务割剥，不暇忧反侧"的"豪夺吏"恨之入骨："必若救疮痍，先应去蟊贼！"大声疾呼："安得务农息战斗，普天无吏横索钱？"而对那些苦于诛求、濒临绝境的穷苦老百姓，杜甫则关怀备至，体贴入微："堂前扑枣任西邻，无食无儿一妇人。不为困穷宁有此？只缘恐惧转须亲！即防远客虽多事，便插疏篱却甚真！已诉征求贫到骨，正思戎马泪盈巾。"这首传诵千古、感人至深的《又呈吴郎》可以说是诗圣杜甫血泪凝成的至情文字。萧先生曾专门写了一篇《谈杜甫的〈又呈吴郎〉》在中央人民广播电台广播。

古往今来，像杜甫这样写平常人，写平常事，对身处社会底层的小人物给予如此关注和同情的诗人，实为少见。诗圣杜甫有着一颗仁慈的心，有着一副博大的胸襟，他所交往的，不尽是达官贵人，更多的是小人物，他是以平等的态度和这些小人物来往的，从不摆大诗人的架子。他和邻居相处，可以"隔屋唤西家"，"墙头过浊醪"，借酒相饮，可见很随便。春社将近，田翁邀饮，这位热情豪爽的老农民"叫妇开大瓶"，和杜甫整整对饮了一天，他"高声索果栗，欲起时被肘。指挥过无礼，未觉村野丑"。对田翁的粗豪，诗人不仅不嫌其"无礼"，反而爱他真诚。这位曾做过左拾遗的大诗人，热情地歌颂了劳动人民那种豪爽天真的优秀品质，表现了他对劳动人民的热爱。杜甫爱的是真诚，厌恶的是"机巧"。而村野多真诚，官场尽机巧，所以他"不爱入州府，畏人嫌我真！及乎归茅宇，旁舍未曾嗔"。这

"旁舍",正是劳动人民。诗人热爱他们,他们也从来没有讨厌过诗人。他们之间总是友好的。贫苦的劳动妇女在旧社会是地位最低的,被人瞧不起,但杜甫却对她们寄予深厚的同情。对自己家中的奴仆,杜甫也能以平等的态度对待他们,关怀他们。在《示獠奴阿段》一诗中,他对夜间上山寻源引水的阿段的安全很是关心,"怪尔常穿虎豹群",担心他会被虎豹伤害。在《信行远修水筒》一诗中,他对仆人信行的"秉心识本源,于事少滞碍"的恭谨干练很是赞赏,而对他在荒险崖谷中往来四十里修筒引水的艰辛劳动很是同情,对信行因修水筒而耽误吃饭的辛劳,既惊且愧,于是将供自己老病享用的瓜果和面饼拿来给他吃,"于斯答恭谨,足以殊殿最"。所以申涵光称赞说:"'日曛惊未餐,貌赤愧相对',体恤下情如是,真仁者之用心。"(《杜诗详注》卷一五引)

杜甫对人如此,就是在那些咏物诗中,他也常常因物及人,对贫苦的人们寄予同情。他赞美桃树:"高秋总馈贫人食,来岁还舒满眼花","寡妻群盗非今日,天下车书正一家"(《杜诗详注》卷一三《题桃树》)。因桃树而念及贫人,因贫人而念及寡妻群盗,一副仁人热肠。他如《病柏》《病橘》《枯棕》《枯楠》等,也都是因物比兴,寓意深刻。

杜甫一生多半是在穷愁潦倒、颠沛流离中度过的,这种悲惨的经历使他接触了社会下层,接近了人民。他的可贵之处,就是身处逆境,却心系国家,心想人民,一颗爱国爱民、忧国忧民的赤子之心从没有停止跳动。安史之乱前夕,杜甫由长安往奉先县探家,沿途所见,完全是一幅萧条凄惨的景象,而更惨的是,"入门闻号咷,幼子饿已卒","所愧为人父,无食至夭折"。身为人父,却无力养家,致使自己的小儿子被活活饿死。此情此景,催人泪下,令人心碎。而杜甫的伟大,恰恰是在自己惨遭不幸的情况下,他想到的却不只是自己一家的命运,而是广大人民群众,“抚迹犹酸辛,平人固骚屑。默思失业徒,因念远戍卒”。自己出自“奉儒守官”的世家,享受着“生常免租税,名不隶征伐”的特权尚且如此,更何况那些失去土地的农民、远离家乡戍守的战士,他们的命运不是更悲惨吗?每念及此,诗人不禁“忧端齐终南,澒洞不可掇”了。孟子曰:“老吾老,以及人之老;幼吾幼,以及人之幼。天下可运于掌。”又曰:“禹思天下有溺者,由己溺之也;稷思天下有饥者,由己饥之也,是以如是其急也。”杜甫这种己饥己溺的仁者胸怀,在有名的《茅屋为秋风所破歌》中同样得到了集中的体现。尽管自己居住的地方是“床头屋漏无干处,雨脚如麻未断绝”,“布衾多年冷似铁,娇儿恶卧踏里裂”,但他想到的却是“安得广厦千万间,大庇天下寒士俱欢颜,风雨不动安如山!呜呼!何时眼前突兀见此屋?吾庐独破受冻死亦足!”这就是1200多年前诗人杜甫的胸怀!

杜甫自华州弃官,流离陇蜀,漂泊湖湘,他生命的最后11年,历尽千辛万苦,过着“计拙无衣食,途穷仗友生”的生活。但艰难的生活使他走向了人民,更增加了他对穷苦人民的同情心,他总是尽其所能,乐于助人:“药许邻人劚”,“枣熟从人打”,“拾穗许村童”,“减米散同舟,路难思共济”。就是对那些小生物,他也充满恻隐之心:“筑场怜穴蚁”,“盘飧老夫食,分减及溪鱼”,“愿分竹实及蝼蚁,尽使鸱枭相怒号”。但他不是无原则的和事佬,“疾恶怀刚肠”,他的爱憎是非常鲜明的:“新松恨不高千尺,恶竹应须斩万竿。”所以在关键时刻,他敢于挺身而出,仗义执言,疏救房琯就是一个明显的例证。

正是基于此,萧先生总结出杜甫具有的几种进步思想。一是“人道主义的思想”,认为“这是杜甫的基本思想”。它包含有“两种极为可贵的进步因素:第一种是自我牺牲的利他主义精神”,“另一种进步因素是善恶分明,爱憎分明”。二是“热爱祖国的思想”。三是“热爱人民的思想”。萧先生指出“这是杜甫人道主义、爱国主义思想的核心”,认为“杜甫是无时无地不关心人民的”。“由于热爱人民,杜甫不但随时注视和同情人民的痛苦,而且经常把人民的痛苦放在第一位,放在自己切身的痛苦之上。他是忘我的。”四是“热爱劳动的思想”。五是“‘无贵’‘无富’的幻想”。萧先生特别强调指出:“一个真正的人道主义者,就必然会热爱祖国,热爱人民,热爱劳动,就必然会反对人压迫人,人剥削人,人吃人的社会制度。反过来,一个热爱祖国,热爱人民的人,也必然是一个伟大的人道主义者。”“正是这些进步思想,以及由此而形成的高尚人格,武装了杜甫,使杜甫能够同情人民疾苦,反映人民生活,敢于向丑恶的残酷的现实作斗争,敢于斥责剥削者和侵略者,从而使得他的作品具有无比鲜明的人民性和爱国精神,使他成为我国历史上一位伟大的爱国诗人、人民诗人。”

## 三

关于杜甫主导思想问题。萧先生在初版《杜甫研究》中就明确指出:“杜甫确是一个‘儒家者流’”,并详加论述,认为“由于杜甫一方面能继承儒家思想的若干优点,同时在某些点上又能突破儒家一些老教条的局限,因而终于成为伟大的人民诗人”。“至于道家和佛家思想,在杜甫思想领域中并不占什么地位……在他的头脑中，佛道思想只如'昙花一现'似的瞬息即逝，特别是佛家的思想。"萧先生的这一观点，遭到了郭沫若的严厉批判，他在《李白与杜甫》中不但点了萧先生的名，而且揶揄说："这些研究杜甫的专家们，对于杜甫现存的诗文，是否全体通读过，实在是一个疑问。"郭老认定杜甫是"禅宗信徒"，"与其称之为'诗圣'，倒宁可称之为'诗佛'；难道不更妥当吗？"对于郭老的诘责，萧先生不仅不为所动，而且在《杜甫研究》修订本中进而指出，"杜甫的主导思想是儒家。说得具体些是孔孟，这几乎已成定论"，并从六个方面证明杜甫的儒家思想。他说："为了证明杜甫信仰佛家，是禅宗信徒，郭老从杜诗中列举了十四条证据。其实这些证据一点也不能证明杜甫的主导思想是佛家"，"如果我们把杜甫诗中有关儒家思想的诗句也逐条罗列，那将不是十几条，而是百几十条。这是没有必要的"，并断言："杜甫的主导思想不是佛教而是儒家。"新时期对杜甫儒家思想的研究有新的开拓。许多研究者都认为，杜甫是原始儒家思想即孔孟之道的继承者和实践者，他阐释、恢复原始儒家道统思想，远在韩愈之前。而杜甫继承和恢复的是原始儒家思想的积极方面，不像韩愈那样精华与糟粕兼收并蓄。所以宋人黄彻谓"老杜似孟子"，今人称杜甫为"唐代儒学复兴运动的先行者"，甚至说："杜甫真正地继承、体现了儒家思想的真精神即核心意义"，"杜甫整幅人生，都是儒家的生命"。这与萧先生所说的"杜甫的主导思想是儒家，说得具体些是孔孟"的论断是一脉相承的。

谈到儒家思想，自然不能不涉及杜甫的忠君思想。萧先生说："杜甫的忠君思想，固然受了儒家影响，但主要还是由他所处的封建的历史时代所决定的，不但有他的阶级烙印，而且也有他的时代烙印，不仅是他的阶级局限，而且是他的时代局限，即历史局限。这也就是说，杜甫有这种思想，是可以理解的，是不足为奇的。”他对杜甫忠君思想的具体内容作了深入的分析以后，辩证地指出，在杜甫的作品中，忠君和爱国爱民总是交织在一起的，如杜诗“时危思报主”之于“济时肯杀身”，“日夕思朝廷”之于“穷年忧黎元”，“‘报主’之中有‘济时’，‘济时’之中也有‘报主’；‘思朝廷’是为了‘忧黎元’，‘忧黎元’所以就得‘思朝廷’，因为在那个时代老百姓的命就是捏在那个‘朝廷’上”。因此，“与其说杜甫是‘一饭未尝忘君’，不如说他是‘一饭未尝忘致君’。什么是‘致君’？那就是变坏皇帝为好皇帝，干涉皇帝的暴行”。然而人君的利益和人民的利益总是矛盾的，要同时又忠于人民，处处为人民着想，自然就要走上“显暴君过”的道路，引起人君的厌恶。“这就是杜甫为什么越要忠君反而离开人君越远，只落得个‘朝廷记忆疏’的缘故。然而这种疏远，对作为一个诗人的杜甫来说，是有好处的，因为使他有可能在更大的程度上突破这一落后思想的局限而成为一个伟大的人民诗人。”

我们知道，杜甫所处的时代是唐王朝由盛转衰的历史时期，其转捩点就是天宝末年爆发的安史之乱。在当时，维护唐王朝的统一，拥护唐王朝的平叛，就是爱国。杜甫对安史叛军有着刻骨的仇恨，对他们的暴行进行了无情的揭露。杜甫曾被叛军俘虏，但他没有变节投降，而是冒死逃出长安，“麻鞋见天子，衣袖露两肘”。在著名的“三吏”“三别”中，他既揭露战争给广大人民带来的深重灾难，又忍痛勉励人民投入平叛的斗争。他为战争的失利而深深忧虑，更为平叛的胜利而欢喜若狂。“近贺中兴主，神兵动朔方”，“再光中兴业，一洗苍生忧”，杜甫的忠君和忧国忧民是紧密联系在一起的，而且主导方面是爱国忧民的。他虽漂泊流离，但“尚想趋朝廷，毫发裨社稷”，还是希望为国出力，为民造福。忧国忧民之志，至死不衰。在他的绝笔诗《风疾舟中伏枕书怀三十六韵奉呈湖南亲友》中，这位爱国诗人仍念念不忘国事：“公孙仍恃险，侯景未生擒。书信中原阔，干戈北斗深。”“战血流依旧，军声动至今。”

杜甫认为：“兴衰看帝王。”所以他终身所抱的政治理想就是“致君尧舜上，再使风俗淳”。“致君唐虞际，淳朴忆大庭”，希望当今皇帝能成为尧舜那样的圣明君主。他不仅自己这样想，这样做，而且经常以此勉励同道友人：“致君尧舜付公等，早据要路思捐躯。”“死为星辰终不灭，致君尧舜焉肯朽？”杜甫确实忠君，但并非愚忠。他身历玄、肃、代三朝，而对这三代皇帝都有所讽喻和批判。杜甫一生的坎坷经历和全部诗歌充分证明，他对皇帝并非愚忠，更不是只忠于皇帝一人一姓，而更多的是从整个国家利益着想的，无非是希望皇帝和大臣们能把国家治理好。杜甫说：“上感九庙焚，下悯万民疮。”他希望有一个好皇帝，能使人民过上安居乐业的生活：“几时高议排金门，各使苍生有环堵。”这种愿望是好的。可见，杜甫的忠君，实质是爱国爱民。

关于杜甫的死，萧先生“一贯主张杜甫不是饫死或溺死于耒阳而是病死在由长沙到岳阳的洞庭湖上”。有的论者主张杜甫卒于耒阳，其主要依据之一是所谓戎昱的《耒阳溪夜行》诗。萧先生在《〈耒阳溪夜行〉的作者是张九龄》①一文中，考

① 萧涤非：《〈耒阳溪夜行〉的作者是张九龄》，《文史哲》1985年第5期。

定此诗非戎昱作，实乃张九龄作，载《曲江集》和明铜活字本《张九龄集》，《文苑英华》卷一六六和卷二九一双载作张诗。迄今为止，尚无人能以确凿的证据推翻先生的论断。

特别值得提出的是，萧先生在《文史哲》1979 年第 3 期发表的《关于〈李白与杜甫〉》一文指出，“扬李抑杜是《李白与杜甫》一书的基调”，纠正了郭老在李杜研究上的偏颇，并对郭老曲解、误解杜诗之处一一作了驳正。对如何对待李、杜两位大诗人的问题，萧先生认为：李白和杜甫，“一个是浪漫主义，一个是现实主义。他们是分道扬镳，而又各有千秋。李白不能包括杜甫，杜甫也不能包括李白。我们既需要杜甫，也需要李白”，“李杜二人，正是所谓‘离之则双美，合之则两伤！’”文章发表后，在全国引起强烈反响，充分表现了先生的过人胆识和理论勇气，对新时期杜甫研究的重新兴起起到了正本清源的作用。

《杜甫研究》是萧先生试图运用马列主义、毛泽东思想的立场、观点和方法来研究杜甫及其诗歌的一部著作，它代表了新中国成立初期杜甫研究的最高成就，对新杜学的建立作出了不可磨灭的贡献。毋庸讳言，它自然不免带有那个时代的印记，或者说是“时代局限性”。但如果完全用今天的“标准”来评价这种“局限性”，甚至寻瑕索斑，求全责备，断章取义，任意发挥，那恐怕也不是历史主义的正确态度。

# 附录　张忠纲论著目录

## 一、出版著作

### （一）个人著作

《杜诗纵横探》，山东大学出版社 1990 年版。

《杜甫诗话校注五种》，书目文献出版社 1994 年版。

《作家作品散论》，齐鲁书社 1996 年版。

《唐诗三百首评注》，齐鲁书社 1998 年版。

《杜甫诗话六种校注》，齐鲁书社 2002 年版。

《杜甫诗选》，中华书局 2005 年版。

《杜甫诗选》（插图本），中华书局 2009 年版。

《杜甫诗》，中华书局 2013 年版。

《唐诗三百首》（简本），中华书局 2014 年版。

《唐诗三百首》（详本，收入“国民阅读经典”丛书），中华书局 2014 年版。

《诗圣杜甫研究》，上海古籍出版社 2015 年版。

《杜甫诗选》（《中华经典指掌文库》本），中华书局 2018 年版。

《杜甫集》（《中华传统文化百部经典》本），国家图书馆出版社 2019 年版。

（二）主编

《全唐诗大辞典》，语文出版社 2000 年版。

《中国儒哲十大名著》，山东友谊出版社 2001 年版。

《唐诗探趣丛书》（共四种），河北人民出版社 2002 年版，2013 年再版。

《杜甫研究论集》，香港天马图书有限公司 2002 年版。

《山东杜诗学文献研究》，齐鲁书社 2004 年版。

《杜甫大辞典》，山东教育出版社 2009 年版。

《杜甫研究论集》，西安出版社 2013 年版。

（三）合著

《杜甫全集校注》（副主编兼全书终审统稿人），人民文学出版社 2014 年版。

《访古学诗万里行》，人民文学出版社 1982 年版。

《杜集书目提要》，齐鲁书社 1986 年版。

《中外文学人物形象辞典》（副主编），山东文艺出版社 1991 年版。

《全唐诗广选新注集评》，辽宁人民出版社 1994 年版。

《增订注释全宋词》（刘学箕词），文化艺术出版社 1998 年版。

《杜甫选集》（修订者之一），人民文学出版社 1998 年版。

《全唐五代词释注》（南唐二主词），陕西人民出版社 1998 年版。

《大学语文》，南京大学出版社 1999 年版。

《中华大典・文学典・隋唐五代文学分典》（杜甫），江苏古籍出版社 2000 年版。

《中国新时期唐诗研究述评》（第一作者），安徽大学出版社2000年版。

《中国古代文学作品选》(隋唐部分),人民文学出版社2002年版。

《江山胜迹待登临——唐诗与名胜》(第一作者),河北人民出版社2002年版,2013年再版。

《杜甫集》(第一作者),凤凰出版社2006年版。

《杜集叙录》(第一作者),齐鲁书社2008年版。

《新译杜甫诗选》(第一作者),台北三民书局2009年版。

《全唐五代诗》(杜甫),陕西人民出版社2014年版。

## 二、论文

《简论辛弃疾词的独特艺术风格》,《山东大学文科论文集刊》1979年第1期。

《"咏昭君诗,此为绝唱"》,《长江日报》1980年9月6日第4版。

《武当山色关不住》,《长江日报》1980年11月1日第4版。

《历下亭小考》,《大众日报》1980年12月3日第4版。

《鹊山湖》,《济南日报》1981年2月15日第3版。

《泰山异称录》,《济南日报》1981年8月8日第3版。

《中秋话月》,《大众日报》1981年9月15日第4版。

《一览众山小》,《柳泉》1981年第3期。

《"三军"解》,《中学语文教学》1981年第10期。

《杜甫〈咏怀古迹五首〉之三、辛弃疾〈水调歌头("折尽武昌柳"阕)〉、魏良辅〈题武当〉赏析三篇》,《楚天诗话》,长江文艺出版社1981年版。

《关于历史剧〈王昭君〉的创作和评论》,《山东大学文科论文集刊》1981 年第 2 期；人大报刊复印资料《戏剧研究》1982 年第 3 期转载。

《萧涤非与杜甫研究》，《文苑纵横谈》第 1 辑，山东人民出版社 1981 年版。

《大明湖·西湖·莲子湖》，《大众日报》1982 年 2 月 13 日第 4 版。

《应该正确评价杜甫的忠君思想》，《山东大学文科论文集刊》1982 年第 2 期；人大报刊复印资料《中国古代近代文学研究》1983 年第 10 期转载。

《读杜札记》，《文史哲》1982 年第 6 期。

《杜甫在山东行踪遗迹考辨》，《齐鲁学刊》1983 年 3 月古典文学专号。

《不动笔墨不读书——谈怎样写读书笔记》，《大众日报》1983 年 7 月 5 日第 4 版。

《泉城明珠大明湖》，《知识与生活》1983 年第 4 期。

《雄奇幽怨，壮志难酬——读辛弃疾〈清平乐·独宿博山王氏庵〉》，《唐宋词鉴赏集》，人民文学出版社 1983 年版。

《别具一格的送月词——读辛弃疾中秋词〈木兰花慢〉》，《唐宋词鉴赏集》，人民文学出版社 1983 年版；又收入《宋词鉴赏辞典》，北京燕山出版社 1987 年版。

《何逊评传》，《中国历代著名文学家评传》第一卷，山东教育出版社 1983 年版。

《何逊传略》，《山东历代作家传略》，山东教育出版社 1983 年版。

《刘迎传略》，《山东历代作家传略》，山东教育出版社 1983 年版。

《辛弃疾传略》,《山东历代作家传略》,山东教育出版社1983年版。

《党怀英传略》,《山东历代作家传略》,山东教育出版社1983年版。

《周密传略》,《山东历代作家传略》,山东教育出版社1983年版。

《武汉臣传略》,《山东历代作家传略》,山东教育出版社1983年版。

《康进之传略》,《山东历代作家传略》,山东教育出版社1983年版。

《贾仲明传略》,《山东历代作家传略》,山东教育出版社1983年版。

《读杜辨疑举例》,《唐代文学论丛》总第四辑,陕西人民出版社1983年版。

《百家联语百家春》,《知识与生活》1984年第1期。

《名联导君神州游》,《知识与生活》1984年第1期。

《谈学习中国古典文学》,《农村大众》1984年2月11—18日第3版连载。

《古文译释四篇》,《知识与生活》1984年第3期。

《历代昭君作品纵横谈》,《文苑纵横谈》第9辑,山东人民出版社1984年版。

《〈杜甫全集校注〉讨论会在巩县召开》,《古籍整理出版情况简报》第123期,1984年。

《郭沫若〈王昭君〉剧说》(第一作者),《郭沫若研究学会会刊》1984年总第4期;又收入《齐鲁学刊》1987年增刊《郭沫若研究》专号;又收入《文艺研究论集》,中国矿业大学出版社

1989年版。

《诗情画意　轻快活泼——〈西江月·夜行黄沙道中〉的艺术特色》,《中学语文教学》1984年第12期。

《奇联妙对　意深趣浓》,《知识与生活》1985年第1期;又收入《中学生阅读文选》,山东教育出版社2001年版。

《壮丽工致的山水画卷——阴铿〈渡青草湖〉赏析》,《汉魏六朝诗歌鉴赏集》,人民文学出版社1985年版;又收入《汉魏晋南北朝隋诗鉴赏词典》,山西人民出版社1989年版;又收入《山水诗歌鉴赏辞典》,中国旅游出版社1989年版;又收入《汉魏六朝诗鉴赏辞典》,上海辞书出版社1992年版;又收入《江山留胜迹》,上海辞书出版社1996年版。

《冯沅君先生的古典文学研究——为纪念先生诞辰八十五周年而作》,《文史哲》1985年第6期。

《〈杜甫全集〉校注工作情况介绍》,《唐代文学研究年鉴(1984)》,陕西人民出版社1985年版。

《杜甫的〈望岳〉诗》,《古典文学知识》1986年第4期。

《独具一格的杜诗评注本》,《草堂》1986年第1期。

《辛弃疾评传》,《中国古代著名文学家》,山东教育出版社1986年版。

《杜甫研究论文综述(1977—1985)》(第一作者),《文史哲》1987年第2期。

《山东学者注杜评杜概论》,《山东教育学院学报》1987年第2期。

《论严杜交谊与杜甫之去蜀》,《草堂》1987年第2期。

《关于〈杜工部草堂诗话〉》,《古籍整理出版情况简报》第177期,1987年。

《杜诗〈题张氏隐居二首〉新探》,《天府新论》1987年第3期。

《渔洋论杜》,《文学评论》1987年第4期;又收入《王渔洋研究论集》,山东文艺出版社1991年版;又收入《山东大学百年学术集粹》文学卷下,山东大学出版社2001年版;又收入《杜甫诗话六种校注》,齐鲁书社2002年版。

《严羽为何推尊李杜》,《严羽学术研究论文选》,鹭江出版社1987年版。

《谢逸〈卜算子〉赏析》,《唐宋词鉴赏辞典》,上海辞书出版社1988年版。

《王安中〈点绛唇〉赏析》《唐宋词鉴赏辞典》,上海辞书出版社1988年版。

《〈养一斋李杜诗话〉点校本拾遗》,《古籍整理出版情况简报》第191期,1988年。

《王安石〈读孟尝君传〉》,《高中语文指导》第1辑,语文出版社1988年版。

《辛弃疾〈清平乐·独宿博山王氏庵〉赏析》,《历代名篇赏析集成》,中国文联出版公司1988年版。

《辛弃疾〈西江月·遣兴〉赏析》,《历代名篇赏析集成》,中国文联出版公司1988年版。

《杜审言〈和晋陵陆丞早春游望〉》,《中国古代山水诗鉴赏辞典》,江苏古籍出版社1989年版。

《温庭筠〈咸阳值雨〉》,《中国古代山水诗鉴赏辞典》,江苏古籍出版社1989年版。

《苏舜钦〈淮中晚泊犊头〉》,《中国古代山水诗鉴赏辞典》,江苏古籍出版社1989年版。

《秦观〈秋日三首〉》,《中国古代山水诗鉴赏辞典》,江苏古籍出版社1989年版。

《杨万里〈过松源晨炊漆公店〉》,《中国古代山水诗鉴赏辞典》,江苏古籍出版社1989年版。

《杜甫〈旅夜书怀〉》,《中国古代山水诗鉴赏辞典》,江苏古籍出版社1989年版;又收入《中国文学名篇鉴赏辞典》,山东大学出版社1992年版。

《〈杜工部草堂诗话〉点校本补遗》,《古籍整理出版情况简报》第216期,1989年。

《刘克庄评传》,《中国历代著名文学家评传》续编二,山东教育出版社1989年版。

《康进之评传》,《中国历代著名文学家评传》续编二,山东教育出版社1989年版。

《孟子的"民贵君轻"思想》,《联合周报》1989年12月27日第3版。

《阮籍〈咏怀〉二首》,《先秦汉魏六朝诗鉴赏辞典》,三秦出版社1990年版。

《杜集书目评介6篇》,《唐诗百科大辞典》,光明日报出版社1990年版。

《杜诗及杜集版本介绍11篇》,《唐诗大辞典》,江苏古籍出版社1990年版。

《继承遗志答师恩——悼萧涤非先生》,《大众日报》1991年5月9日第3版。

《读杜辨疑举例》,《杜甫研究学刊》1991年第3期。

《论李清照词中花之意象》(第一作者),《山东师大学报》1991年第5期。

《忆冯沅君师》,《学林漫录》十三集,中华书局 1991 年版;又收入《峥嵘岁月》,山东大学出版社 1991 年版。

《忧国怀衷肠,报国抒壮志——读刘克庄〈贺新郎·国脉微如缕〉词》,《文史知识》1991 年第 11 期。

《关于〈诸家老杜诗评〉》(一),《杜甫研究学刊》1992 年第 2 期。

《关于〈诸家老杜诗评〉》(二),《杜甫研究学刊》1992 年第 3 期。

《论辛弃疾的恋情词》(第一作者),《文史哲》1992 年第 4 期。

《杜甫〈雕赋〉》,《历代辞赋鉴赏辞典》,安徽文艺出版社 1992 年版。

《欧阳修〈秋声赋〉》,《历代辞赋鉴赏辞典》,安徽文艺出版社 1992 年版。

《王安石〈思归赋〉》,《历代辞赋鉴赏辞典》,安徽文艺出版社 1992 年版。

《刘过〈独醒赋〉》,《历代辞赋鉴赏辞典》,安徽文艺出版社 1992 年版。

《刘克庄〈诘鼠赋〉》,《历代辞赋鉴赏辞典》,安徽文艺出版社 1992 年版。

《杜甫〈秋兴八首〉其一》,《中国文学名篇鉴赏辞典》,山东大学出版社 1992 年版。

《何逊诗 10 首赏析》,《汉魏六朝诗鉴赏辞典》,上海辞书出版社 1992 年版。

《阴铿诗 3 首赏析》,《汉魏六朝诗鉴赏辞典》,上海辞书出版社 1992 年版。

《辛弃疾与陶渊明》,《辛弃疾研究论文集》,中国文联出版公司 1993 年版。

《论苏轼的“密州三曲”》(第一作者),《东岳论丛》1993 年第 3 期。

《“沈宋”在初唐诗坛有何贡献》,《唐宋诗词一百问》,山东科学技术出版社 1993 年版。

《如何评价姚合、贾岛的诗风》,《唐宋诗词一百问》,山东科学技术出版社 1993 年版。

《身闲犹奋报国心——读王维〈老将行〉》,《山东老年》1993 年第 4 期。

《同耀并辉的学者伉俪——记冯沅君与陆侃如先生》,《山东画报》1993 年第 12 期;又收入山东画报增刊《百年山大》专刊 2001 年 10 月。

《梁运昌和〈杜园说杜〉》,《文献》1994 年第 3 期;又收入《杜甫研究论集》,中州古籍出版社 1996 年版。

《“词不迫切而味甚长”——王维〈酬张少府〉赏析》,《文史知识》1994 年第 12 期。

《阮瑀〈驾出北郭门行〉》,《中华文学鉴赏宝库》,陕西人民教育出版社 1995 年版。

《何逊〈临行与故游夜别〉》,《中华文学鉴赏宝库》,陕西人民教育出版社 1995 年版。

《何逊〈慈母矶〉》,《中华文学鉴赏宝库》,陕西人民教育出版社 1995 年版。

《何逊〈相送〉》,《中华文学鉴赏宝库》,陕西人民教育出版社 1995 年版。

《王褒〈渡河北〉》,《中华文学鉴赏宝库》,陕西人民教育出版社 1995 年版。

《忧国忧民无已时——杜甫爱国思想琐谈》,《杜甫研究学刊》1995 年第 3 期;人大报刊复印资料《中国古代近代文学研究》1996 年第 5 期转载;又收入《爱国主义与传统文化》,华龄出版社 1996 年版。

《说刘克庄〈诘鼠赋〉》,《文史知识》1995 年第 9 期。

《诗圣杜甫在山东》,《大众日报》1996 年 2 月 7 日第 7 版。

《说欧阳修〈秋声赋〉》,《文史知识》1996 年第 6 期。

《"东阁官梅动诗兴"——说何逊〈咏早梅〉诗》,《文史知识》1996 年第 8 期。

《刘学箕佚词一首》,《文献》1996 年第 3 期。

《陇右艰难诗兴多》,《首都师范大学学报》1997 年第 1 期;又收入《杜甫研究论集》,香港天马图书有限公司 2000 年版。

《杜甫在山东的行踪遗迹》,《山东画报》1997 年第 2 期。

《晏殊词美学风格浅论》(第一作者),《山东大学学报》1997 年第 3 期。

《"二安"与齐鲁文化品格》,《李清照辛弃疾研究论文集》,山东大学出版社 1997 年版。

《杜甫研究综述(1994、1995)》(第一作者),《唐代文学研究年鉴》1995、1996 年合辑,广西师范大学出版社 1997 年版。

《杜甫研究综述(1996)》(第一作者),《唐代文学研究年鉴(1997)》,广西师范大学出版社 1998 年版。

《杜甫研究综述(1997)》(第一作者),《唐代文学研究年鉴(1998)》,广西师范大学出版社 1998 年版。

《裴斐先生的杜甫研究》,《裴斐先生纪念集》,民族出版社 1998 年版;又载《杜甫研究学刊》1999 年第 1 期。

《喜读〈毛泽东与诗〉》,《毛泽东思想研究》1999年第4期。

《风俗画卷与时代精神》(第二作者),《杜甫研究学刊》2000年第1期;人大报刊复印资料《中国古代近代文学研究》2000年第11期转载。

《情圣的嗟叹与稷契之志》(第二作者),《杜甫研究学刊》2000年第2期;人大报刊复印资料《中国古代近代文学研究》2000年第12期转载。

《新时期大陆韩愈研究述评》(第一作者),《周口师范高等专科学校学报》2000年第3期;又收入《韩愈研究》第三辑,中国文联出版社2002年版。

《杜甫研究综述(1998)》(第一作者),《唐代文学研究年鉴(1999)》,广西师范大学出版社2000年版。

《评〈诗海沉帆——杨贵妃马嵬后历史揭谜〉》,《唐代文学研究年鉴(1999)》,广西师范大学出版社2000年版。

《〈诗圣:忧患世界中的杜甫〉序》,河北大学出版社2000年版。

《中国大陆新时期唐诗研究综述》(第一作者),《唐代文学研究》第8辑,广西师范大学出版社2000年版。

《新时期杜甫研究述略》,《杜甫研究学刊》2001年第1期;人大报刊复印资料《中国古代近代文学研究》2001年第11期转载。

《20世纪杜甫研究述评》(第一作者),《文史哲》2001年第2期;《中华读书报》2001年4月11日刊登摘要。

《世纪之交杜甫国际学术研讨会综述》(第一作者),《国际学术动态》2001年第3期。

《为“杜甫精神”写照》,《中国文化报》2001年4月12日第3版。

《李清照的女性意识》(第一作者),《文史哲》2001年第5期。

《杜甫研究综述(1999)》(第一作者),《唐代文学研究年鉴(2000)》,广西师范大学出版社2001年版。

《忆著名学者萧涤非先生》,《山东画报》增刊《百年山大》专刊2001年10月。

《萧涤非先生的杜甫研究》,《文史哲》2002年第2期;又载《漳州师范学院学报》2002年第2期(繁简不同)。

《〈杜甫与六朝诗歌关系研究〉序》,安徽教育出版社2002年版;又载《杜甫研究学刊》2002年第2期;又载《唐代文学研究年鉴(2003)》,广西师范大学出版社2004年版。

《杜甫研究综述(2000)》(第一作者),《唐代文学研究年鉴(2001)》,广西师范大学出版社2002年版。

《道德文章两峥嵘——痛忆贻焮师》,《杜甫研究学刊》2002年第4期;又载《陈贻焮先生纪念文集》,北京大学出版社2002年版。

《稿本〈杜解传薪〉提要》,《文献》2002年第4期。

《读渔洋著作札记》,(台湾)《书目季刊》第36卷第1期,2002年。

《杜诗〈刘九法曹郑瑕丘石门宴集〉鉴赏》,《齐鲁历代诗文词曲鉴赏》,泰山出版社2002年版。

《杜诗〈登兖州城楼〉鉴赏》,《齐鲁历代诗文词曲鉴赏》,泰山出版社2002年版。

《杜诗〈望岳〉鉴赏》,《齐鲁历代诗文词曲鉴赏》,泰山出版社2002年版。

《杜诗〈题张氏隐居〉鉴赏》,《齐鲁历代诗文词曲鉴赏》,泰山出版社 2002 年版。

《杜诗〈与任城许主簿游南池〉鉴赏》,《齐鲁历代诗文词曲鉴赏》,泰山出版社 2002 年版。

《杜诗〈陪李北海宴历下亭〉鉴赏》,《齐鲁历代诗文词曲鉴赏》,泰山出版社 2002 年版。

《杜诗〈同李太守登历下古城员外新亭〉鉴赏》,《齐鲁历代诗文词曲鉴赏》,泰山出版社 2002 年版。

《杜诗〈暂如临邑至鹊山湖亭奉怀李员外率尔成兴〉鉴赏》,《齐鲁历代诗文词曲鉴赏》,泰山出版社 2002 年版。

《杜诗〈与李十二白同寻范十隐居〉鉴赏》,《齐鲁历代诗文词曲鉴赏》,泰山出版社 2002 年版。

《杜诗〈昔游〉鉴赏》,《齐鲁历代诗文词曲鉴赏》,泰山出版社 2002 年版。

《〈杜诗艺谭〉序》,河北教育出版社 2002 年版。

《关于〈樗叟诗杜拾遗〉》,《文学遗产》2002 年第 6 期。

《储光羲佚诗》,《江海学刊》2002 年第 6 期。

《情寓其中——对唐人两类送别诗的民俗观照》(第一作者),《长江学术》第三辑,长江文艺出版社 2002 年版。

《二十世纪杜甫研究述略》(第一作者),《杜甫研究论集——世纪之交杜甫国际学术研讨会论文集》,香港天马图书有限公司 2002 年版。

《以开放的思维和姿态迎接新世纪》("中国古代文学研究的世纪回顾与展望"笔谈),《陕西师范大学学报》2003 年第 1 期。

《"文正"即蔡卞》,《文学遗产》2003 年第 1 期。

《杜甫在山东行迹交游考辨》,《东岳论丛》2003年第4期。

《中晚唐茶、诗关系发微》(第二作者),《文史哲》2003年第4期。

《杜甫诗(五首)注析及综论》,《大学语文》(修订本),南京大学出版社2003年版。

《杜甫诗(三首)注析》,《大学语文》(简编本),南京大学出版社2003年版。

《老杜似孟子》,《杜甫与唐宋诗学——杜甫诞生一千二百九十年国际学术研讨会论文集》,台湾里仁书局2003年版。

《读书辨误拾遗十六则》,《南京师范大学文学院学报》2003年第3期。

《杜甫研究综述(2001)》(第一作者),《唐代文学研究年鉴(2002)》,广西师范大学出版社2003年版。

《从不是"诗里的印象派"谈起——兼论王维诗之虚处传神》(第一作者),《王维研究》第四辑,辽海出版社2003年版。

《王禹偁——两宋尊杜第一人》,《齐鲁学刊》2004年第1期。

《恻隐之心为仁——杜甫儒家思想一瞥》,《中华传统文化与新世纪:西北大学百年校庆国际学术研讨会论文集》,三秦出版社2004年版。

《〈唐诗画谱〉序》,山东画报出版社2004年版。

《一部富涵史识的开创性力作——评〈中国文学史学史〉》(第一作者),《博览群书》2004年第2期。

《〈杜甫诗选〉前言》,《杜甫研究学刊》2004年第2期。

《清代稀见杜集书目提要十种》,《古籍研究2004》卷上,安徽大学出版社2004年版。

《〈萤雪丛说〉辑佚》,《陕西师范大学学报》2004年第4期。

《〈清代杜诗学史〉序》，齐鲁书社2004年版。

《唐诗与社会开放》，《唐代文学研究》第十辑，广西师范大学出版社2004年版。

《〈杜诗释地〉序》，上海古籍出版社2004年版。

《杜甫是孔孟思想的继承者和实践者》，《中华文史论丛》第78期，2004年。

《蔡居厚论杜评析》，《齐鲁文史》2004年第4期。

《杜甫——继往开来的伟大诗人》，《杜甫研究学刊》2004年第4期。

《柳宗元的千古寂寞——兼叙陶柳之辨》（第一作者），《湖南科技学院学报》2005年第3期。

《唐诗繁荣的西部因素》，《中国文学与地域风情——"〈文学遗产〉西部论坛"论文选萃》，学苑出版社2005年版。

《杜甫献〈三大礼赋〉时间考辨》，《文史哲》2006年第1期；人大报刊复印资料《中国古代近代文学研究》2006年第8期转载。

《恻隐之心为仁——杜甫儒家思想一瞥》，《孔子研究》2006年第1期。

《宋代杜集"集注姓氏"考辨》，《文史》2006年第1、2辑连载。

《〈三国志〉标点商榷》，《古籍研究2006》卷上，安徽大学出版社2006年版。

《志存少陵壮怀烈——兼论张志烈教授的杜甫研究》，《杜甫研究学刊》2006年第3期。

《论清代杜诗阐释的本义复原特征》（第一作者），《山西大学学报》2007年第1期。

《杜甫佚句摭拾》,《文献》2007年第1期。

《一个杜诗孤本的发现——朱琦及其〈杜诗精华〉》(第二作者),《杜甫研究学刊》2007年第2期。

《新编杜甫年表》(一),《古籍研究2007》卷下,安徽大学出版社2007年版。

《新编杜甫年表》(二),《古籍研究2008》卷上,安徽大学出版社2008年版。

《唐诗与社会开放》,《乐山师范学院学报》2008年第1期。

《是"嘉庆",不是"嘉靖"》,《杜甫研究学刊》2008年第3期。

《杜甫研究综述》,《中国古代文学研究年鉴(2005)》,陕西师范大学出版社2008年版。

《杜甫》,《中国大百科全书》第二版,2009年。

《〈诗圣陇右行吟〉序》,华夏文化艺术出版社2010年版。

《在纪念杜甫流寓陇右1250周年大会上的讲话》,《杜甫流寓陇右1250周年纪念活动讲话汇辑》,2010年。

《纪念杜甫流寓陇右1250周年感赋》,《杜甫流寓陇右1250周年纪念活动讲话汇辑》,2010年。

《霍松林先生的杜甫研究》,《霍松林先生学术评论集》,三秦出版社2010年版。

《〈杜诗详注研究〉序》,齐鲁书社2010年版。

《杜诗学文献研究的新拓展》,《杜甫研究学刊》2011年第2期;又载《唐代文学研究年鉴(2011)》,广西师范大学出版社2012年版。

《〈杜甫与宋代文化〉序》,重庆大学出版社2011年版。

《说"诗圣"》,《安徽大学学报》(哲社版)2012年第1期;

人大报刊复印资料《中国古代近代文学研究》2012年第5期转载。

《苏轼著作整理研究的集大成之作——评〈苏轼全集校注〉》,《河北学刊》2012年第32卷第1期。

《杜甫生前杜诗流传情况考辨——为杜甫诞生1300周年而作》,《杜甫研究学刊》2012年第2期。

《蔡兴宗论杜评析》,《齐鲁文史》2012年第2期。

《刘昫与开运官书本杜集》,《中国典籍与文化论丛》第十四辑,凤凰出版社2012年版。

《诗趋奇险谱新篇——从杜甫到韩愈》,《文史哲》2012年第6期;又载《杜甫研究论集——中国杜甫研究会第六届年会论文集》,西安出版社2013年版。

《关于樊晃与〈杜工部小集〉》,《杜甫研究学刊》2012年第4期。

《致"杜甫诞生1300周年纪念大会"贺函》,《杜甫研究学刊》2012年第4期。

《〈二妙轩碑帖〉序》,《天水师范学院学报》2012年第6期。

《〈古典文学研究资料汇编·杜甫卷〉补遗(上)》,《古籍研究》总第57—58卷,安徽大学出版社2013年版。

《开幕词》,《杜甫研究论集——中国杜甫研究会第六届年会论文集》,西安出版社2013年版。

《〈杜甫全集校注〉——集大成的一代巨著》,《文史哲》2014年第2期封2、3、4。

《36年,一批学者甘愿为老杜卖命》,《钱江晚报》2014年5月18日B4版。

《李白与杜甫的交往与友谊》,《国学茶座》总第1期,2014年。

《杜甫影响下的“小李杜”》,《杜甫研究学刊》2014年第4期。

《谈杜甫对山东的文化贡献》(第一作者),《杜甫研究学刊》2015年第3期。

《杜甫千载有知音——为〈杜甫研究学刊〉创刊三十五周年而作》,《杜甫研究学刊》2015年第4期。

《〈古典文学研究资料汇编·杜甫卷〉补遗(下)》,《古籍研究》总第61卷,凤凰出版社2015年版。

《〈杜甫全集校注〉编纂琐记》(一),《国学茶座》总第8期,2015年。

《〈杜甫全集校注〉编纂琐记》(二),《国学茶座》总第9期,2015年。

《〈杜甫全集校注〉编纂琐记》(三),《国学茶座》总第10期,2015年。

《〈杜甫全集校注〉编纂琐记》(四),《国学茶座》总第11期,2015年。

《〈杜甫全集校注〉编纂琐记》(五),《国学茶座》总第12期,2015年。

《〈杜甫全集校注〉编纂琐记》(六),《国学茶座》总第13期,2015年。

《杜甫与元白诗派》,《杜甫研究学刊》2016年第3期。

《〈杜甫与地域文化〉序》,社会科学文献出版社2016年版。

《〈新雨后,晚来秋〉序》,中华古籍出版社2016年版。

《李贺学杜及其影响》,《杜甫研究学刊》2017年第3期。

《韦庄的杜甫情结》,《国学茶座》总第17期,2017年。

《〈朝圣:重走杜甫之路〉序》,东方出版社2017年版。

《重走杜甫路的新收获——左汉林〈朝圣:重走杜甫之路〉读后记》,《杜甫研究学刊》2018年第1期。

《〈杜甫全集校注〉纵横谈》,《儒林》第七辑,上海古籍出版社2018年版。

《〈杜甫全集校注〉的编撰过程与体会》,《古籍研究》总第67卷,凤凰出版社2018年版。

《"我于古文学,特爱少陵诗"——萧涤非师治杜漫忆》,《古籍整理出版情况简报》2019年第4期。

《杜甫行踪遗迹考察日记》,《国学茶座》总第25期,2019年。

《共尊诗圣成巨著　勠力同心铸辉煌》,《文学名著诞生地》,人民文学出版社2021年版。

《刘昫〈旧唐书·杜甫传〉平议》,《国学季刊》第21辑,2021年。

《忆任继愈先生和冯钟芸师》,《国学季刊》第22辑,2021年。

《唐五代笔记小说有关杜甫记载考索》,《杜甫研究学刊》2021年第2期。

《皮日休、陆龟蒙学杜与"吴体"之谜》,《杜甫研究学刊》2022年第1期。

《缅怀冯沅君师》,《国学茶座》总第32辑,2022年。

《〈杜工部草堂诗笺〉序言》,国家图书馆出版社2022年版。

# 山东大学儒学高等研究院教授自选集

◎王绍曾　《文献学与学术史》
◎吉常宏　《古汉语研究丛稿》
◎龚克昌　《中国辞赋学论集》
◎董治安　《先秦两汉文献与文学论集》
◎孟祥才　《学史集》
◎张忠纲　《耘斋古典文学论丛》
◎徐传武　《古代文学、文化与文献》
◎马来平　《追问科学究竟是什么》
◎郑杰文　《墨家与纵横家论丛》
◎冯春田　《〈文心雕龙〉研究》
◎孙剑艺　《里仁居语言论丛》
◎王学典　《史料、史观与史学》
◎黄玉顺　《生活儒学与现象学》
◎张其成　《国学之心与国医之魂》
◎杨朝明　《洙泗文献征信》
◎戚良德　《〈文心雕龙〉与中国文论话语》
◎李平生　《中国近现代史研习录》
◎赵睿才　《唐诗纵横》
◎杜泽逊　《文献探微》
◎叶　涛　《民俗文化与民间信仰》
◎张士闪　《民俗之学：有温度的田野》
◎宋开玉　《语文丛考》

◎徐庆文 《儒学的现代化路径》

◎王承略 《古典文献与学术史论丛》

◎刘　培 《历史、思想与文学》

◎聂济冬 《汉唐文史论集》

◎周纪文 《和谐美散论》

◎赵卫东 《道教历史与文献研究》

◎何朝晖 《书与史》

◎孙　微 《杜诗的阐释与接受》

◎陈　峰 《重访中国现代史学》

◎王加华 《农耕文明与中国乡村社会》

◎龙　圣 《山河之间：明清社会史论集》